KB172375

한국학술진흥재단 학술명저번역총서

● 서양편 ●

한국학술진흥재단 학술명저번역총서

서양편 ● 61 ●

회상

나데쥬다 만델슈탐 지음 | 홍지인 옮김

한길사

ВОСПОМИНАНИЯ

by Надежда Мандельштам

Published by Hangilsa Publishing Co., Ltd., Korea, 2009.

• 이 책은 (재)한국학술진흥재단의 지원으로 (주)도서출판 한길사에서 출간·유통을 한다.

이 도서의 국립중앙도서관 출판시도서목록(CIP)은
e-CIP 홈페이지(http://www.nl.go.kr/cip.php)에서 이용하실 수 있습니다.
(CIP제어번호: CIP2009002444)

1934년 감옥에서 취조받을 당시 오십 만델슈탐이 자필로 적은 스탈린 비방시

오십 만델슈탐은 1934년 5월 13일 밤 모스크바에 있는 자기 아파트에서 갑자기 체포된다.
스탈린 비방시를 써서 유포한 혐의였다. 사건을 담당했던 예심판사는 이 시를 전대미문의
반혁명문서로 규정했고, 만델슈탐뿐 아니라 시를 알고 있으면서 고발하지 않았던
'공범자'들도 전원 총살될 것이라고 위협했다. 이 시기는 서로를 별명으로 부른다는 이유만으로도
국가 반역음모죄로 강제유형을 당하던 때였다. 그러나 무슨 이유에서인지 스탈린이
'고립시키되 목숨은 살려둘 것'이라는 지시를 내려서, 오십 만델슈탐은 보로네슈로 3년간 추방된다.
이 시의 번역은 본문 37~38쪽을 참조할 것.

1923년경 모스크바에서 오십과 나데쥬다 만델슈탐

1919년 키예프에서 만난 두 사람은 오십 만델슈탐(위 왼쪽)이 마지막으로 체포되는
1938년까지 19년간을 함께 산다. 나데쥬다(위 오른쪽)는 남편이 죽은 뒤 그의
미출판 원고들을 보존해 세상에 알렸고, 자서전을 통해 모든 휴머니즘적 가치가
붕괴되었던 스탈린 시대에 대한 증언을 남겼다.

P. V. 미투리치, 「오십 만델슈탐의 초상화」(1915)

1913년 첫 번째 시집 『돌』이 출판되자 오십 만델슈탐은 일약 유명 시인의 반열에 오른다.
이 시집은 상징주의의 신비적 경향과 불명료함, 탈현실주의에 반대하는 아크메이즘의
선언서 성격을 지닌 시들을 다수 포함하고 있다.

N. I. 알리트만, 「안나 아흐마토바의 초상화」(1915)

안나 아흐마토바(1889~1966)는 니콜라이 구밀료프, 오십 만델슈탐과 함께
1912년 아크메이즘 운동을 결성하면서 문단활동을 시작했다.
이때부터 만델슈탐과 시작된 우정은 평생 지속되며, 『회상』의 저자인
나데쥬다 만델슈탐과도 가깝게 지낸다. 아흐마토바 역시
소비에트 정권에 의해 탄압당하고 침묵을 강요당했다.

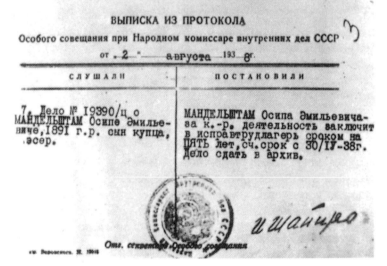

두 번째로 체포되었을 당시 만델슈탐의 사진과 판결문

위는 1938년 5월 2일 감옥에서 찍은 오십 만델슈탐의 사진이고,
아래는 1938년 8월 2일자 판결문으로, "반혁명활동 죄로 5년간 강제노동수용소 감금"이라고
적혀 있다. 오십 만델슈탐은 아내와 함께 1937년 여름 보로네슈 유형을 마치고
모스크바로 돌아갔다. 그러나 일정한 거처와 직업 없이 모스크바 근교를 떠돌며 살다가,
1938년 다시 체포된 뒤 시베리아 강제노동수용소로 이송되던 중 블라디보스토크 부근의
임시수용소에서 사망한다. 두 번째 체포는 이른바 스탈린 공포정치시기 등장한 '반복수감' 원칙에
따른 것으로, 딱히 기소될 만한 근거가 없었다는 것이 스탈린 사후에야 밝혀진다.

회상

나데쥬다 만델슈탐의 『회상』

홍지인 고려대학교 노어노문학과 강사

　이 작품은 20세기 초 러시아 시인인 오십 에밀례비치 만델슈탐(Осип Эмильевич Мандельштам)에 관해 그의 미망인이 쓴 회고록이다. 오십 만델슈탐은 1891년 바르샤바에서 태어나 가족과 함께 러시아로 이주한 뒤 페테르부르크에서 유년 시절과 청년 시절을 보낸다. '은세기'(Серебрянный век)로 명명되는 19세기 말 20세기 초 러시아 시는 푸시킨(А. С. Пушкин)을 전후한 낭만주의 시대 이후 제2의 전성기를 맞이했으며 당시 시의 주된 흐름은 상징주의였다. 1910년대부터 상징주의의 신비적 경향과 불명료함, 탈현실주의 등에 반대하는 문예운동이 나타나기 시작했고, 만델슈탐은 그런 시 운동 가운데 하나였던 아크메이즘(Акмеизм)에 참여하면서 문단에 나오게 된다. 1913년 발간된 그의 첫 번째 시집 『돌』(Камень)은 아크메이즘의 선언서 성격을 지닌 시들을 다수 포함하고 있으며, 사실적이고 명료한 시어, 건축물과 건축의 원칙 자체에 대한 열광을 특징으로 한다.

　만델슈탐은 다른 러시아 인텔리겐치아들처럼 제정러시아 체제에 반대하고 있었고, 변혁을 갈망했으며, 따라서 1917년 일어난 러시아 10월 혁명을 찬성하는 입장이었다. 그러나 시민전쟁과 그 뒤 일련의 수많은 혼란과 희생을 목격하고, 다시 외면적 안정을 찾은 소련 사회의 경직되며 위선적인 체제를 경험하면서 자신이 시대의 흐름과 함께할 수 없음을 깨닫게 되고 그 사실에 혼돈스러워한다. 1920년부터 1925년까지 그가 쓴 시에는 새 시대의 문턱에서 저물어 가는 구시대를 안타깝게 바라보며, 꺾어진 척추처럼 절단되어버린 과거와 현재를 어떻게든 이어보고자 하는 시인의 노력이 잘 드러나 있다. 새 시대가 내세우는 가치 그리고 자신과 자신이 소중하게 여기는 가치를 저울질하며 과연 어디에 정당성이 속해 있는지 끊임없이 고민하는 시인의 방황은 쉽게 결론나지 않았고, 1925년부터 이후 5년 동안 계속된 시인의 침묵은 이를 보여준다.

1930년 만델슈탐은 다시 쓰기 시작한 시에서 자기가 시대의 머릿결을 거슬러 서 있으며 늑대 또는 그 늑대를 쫓는 사냥개의 피가 자신에게는 흐르지 않는다고 당당하게 고백한다. 시대의 요구에 부합하지 않는 그의 시는 더 이상 출판되지 않았지만, 능동적이며 적극적이고 직선적이었던 시인은 자기 작품을 통해 시대와의 불화를 당당히 드러냈고, 파국은 가까워 왔다. 서로 별명으로 부른다는 이유만으로도 국가반역음모죄로 강제유형을 당하는 시기에 만델슈탐은 구더기같이 토실토실한 손가락에, 바퀴벌레 같은 콧수염을 가진 자가 마귀할멈같이 혼자 크레믈린에서 전권을 휘두른다는 내용의 스탈린 풍자시를 써 사람들 앞에서 낭송했다. 1934년 5월 13일 그는 체포되었고, 당시 유력한 정치가였던 부하린과 동료 문인들의 중재로 기적적으로 감형받아 보로네슈에서 3년간 추방자의 삶을 살게 된다.

'고립시키되 목숨은 살려둘 것'이라는 스탈린의 지시가 있었다. 국가가 모든 생산을 독점했으며 실업이라는 개념이 없던 시절, 국가는 추방자 만델슈탐에게 노동의 권리를 박탈했기 때문에 그는 국가가 배급하는 빵을 얻을 수 없었다. 이때부터 사망할 때까지 만델슈탐과 그의 아내는 임시로 구한 일자리나 주변의 감시를 피해 몰래 도와주는 몇몇 옛 친구들의 도움으로 연명하게 된다. 유형을 마치고 모스크바로 돌아왔지만, 소위 '전과자'들은 모스크바를 비롯한 대도시의 105베르스타(약 112킬로미터) 반경 이내에 거주가 금지되었기 때문에 일정한 거처와 직업 없이 모스크바 근교 마을들을 떠돌아다니다가 1938년 5월 다시 체포된다. 그 후 만델슈탐은 시베리아 강제수용소로 이송되던 중 블라디보스토크 부근의 임시수용소에서 심장마비와 협심증으로 사망한다. 1938년에 있었던 이 두 번째 체포는 스탈린 공포정치 시기 새로운 개념으로 등장한 소위 '반복수감'의 원칙(한 번 체포했던 사람을 위험 인물로 분류해 반복적으로 체포하여 격리하는 원칙)에 따라 이루어진 것으로, 아무런 특별한 기소 근거도 없었음이 만델슈탐의 사후 밝혀진다.

이 회상록은 만델슈탐이 처음으로 체포된 1934년 5월 13일 밤에서 시작해 두 번째 체포되던 1938년 5월 1일까지 3년간의 시간에 관한 회상이며, 체포 이후 만델슈탐의 불확실한 수용소 생활과 죽음에 관해 추정하는 것으로 끝을 맺는다. 공식적인 사망일은 1938년 12월 27일이지만, 아무도 그 무엇에 관해서도 확신할 수 없는 시대였으며, 수용소 안에서 일어난 일은 더 말할 나위도 없었다. 미망인은 만델슈탐의 수용소 동료들의 단편적인 기억을 통해 남편의 수용소 생활과 사망 시점을 알아내려 했지만, 강제수용소에 갇혔던 사람들은 이미 모두 자신들이 실제 본 것과 들은 것을 구분하지 못하는 상태였고, 정확한 시간이나 시간의 흐름을 기억하지도 못했다.

이 회상록에서는 시인이 겪은 전기적 사실 외에도 그의 아내가 목격한 시인의 창작 과정이나 시인의 세계인식에 많은 장을 할애하고 있다. 예를 들어 '직업과 병', '작업', '걷기와 속삭임', '책과 노트', '사이클', '쌍둥이 시', '찬양시' 등과 같은 장이 전자에 속하며, '책 한 권만 읽는 사람', '서가', '사회적 건축', '지상 그리고 지상의 것들' 등이 후자에 속한다. 좁은 셋방의 절망적으로 단순화되고 고립된 생활은 나데쥬다를 시 창작 작업의 모든 디테일을 관찰할 수밖에 없었던 증인으로 만들었다. 그뿐만 아니라 만델슈탐 생애 말기 거의 유일한 '대담자'였고, 출판되지 않은 후기 시의 몇 안 되는 독자 가운데 한 명이던 미망인의 이런 진술은 만델슈탐의 시를 연구하는 학자들에게도 값진 자료가 되고 있다. 또한 러시아 역사에서 가장 비극적인 시기인 1930년대를 살았던 시인에 대한 회상록은 역사서가 다루지 않은 당시 삶의 일상과 사회 분위기에 대한 묘사, 더 나아가 이에 대한 저자의 가치 평가와 고찰을 담고 있다. 솔제니친(А. И. Солженицын)의 『이반 데니소비치의 하루』
(Один день Ивана Дениовича)가 스탈린 시대 강제수용소 안에서
벌어졌던 일에 대한 정보를 준다면, 나데쥬다의 이 책은 같은 시기 수용
소 철책 밖의 삶에 대해 이야기하고 있다.

1938년 5월 남편이 체포된 뒤 나데쥬다는 두 가지 생존 목표를 세웠
다. 첫 번째는 만델슈탐의 출판되지 않은 1930년대 시들을 보존하는
것, 두 번째는 스스로의 표현에 따르면 모든 휴머니즘적 가치가 붕괴되
었던 스탈린 시대의 목격자로서 살아남아 다시는 그런 시대가 반복되지
않도록 후세를 위해 증언하는 일이었다. 첫 번째 목표를 위해 나데쥬다
는 남편이 쓴 시의 사본을 만들어 끊임없이 보관장소를 옮겨가며 주변
사람들에게 맡겼을 뿐 아니라 사본들이 모두 압수될 경우를 대비해 날
마다 작품을 암기하는 일을 계속했다. 스탈린 사후 1960년대 초 잡지에
만델슈탐의 시가 다시 실리고, '시인의 도서관'(Библиотека поэта)
시리즈에서 만델슈탐의 시집 발간을 준비함으로써 첫 번째 목표는 달성
되는 듯했으나 시집 발간은 계속 연기되었다. 그러나 저자가 본문에서
밝히듯 오류가 있는 불완전한 형태이기는 하지만 1955년 미국에서 만
델슈탐 전집이 출판되며, 나데쥬다는 1973년 은밀한 외교 채널을 통해
만델슈탐의 원고들을 안전한 미국으로 보내는 것으로 만족해야 했다(실
제로 러시아에 남겨놓았던 만델슈탐의 원고들은 나데쥬다가 우려했던
대로 1983년 KGB가 불법적으로 압수한다).

두 번째 목표는 모스크바 거주를 허가받은 1964년부터 이 회상록 집
필을 시작하는 것으로 실행되었다. 나데쥬다의 회상록은 1970년 미국
에서 러시아어본과 영역본이 동시에 출판되었고, 러시아에서는 1989년
에서야 겨우 세상에 나오게 되지만, 이미 그전에 필사본 형태로 널리 퍼
져 있었다. 나데쥬다는 이후에도 두 권의 회상록을 더 집필한다.

『회상』의 저자 나데쥬다 야코블레브나 만델슈탐은 1899년 10월 31일
볼가 강 하류에 있는 도시 사라토프에서 태어났지만, 유년기와 청소년
기의 대부분은 우크라이나의 수도 키예프에서 보낸다. 당대 유명했던

화가 엑스테르(A. A. Экстер)의 스튜디오에서 회화를 공부했으며, 프랑스어와 독어, 영어를 독학으로 공부했다. 이런 외국어 지식은 저자가 이후 번역이나 외국어 교습으로 생계를 꾸릴 수 있게 했다. 1919년 5월 1일 키예프에서 만델슈탐과 만난 뒤 그가 마지막으로 체포되는 1938년 5월 1일까지 그들은 함께 산다. 나데쥬다는 이 19년의 기간을 '공동 생활'(совместная жизнь)로 그리고 그 후의 기간을 무덤 이후의 삶(загробная жизнь)으로 명명한다. 나데쥬다는 모스크바에 정착해도 된다는 허가를 받게 될 때까지 소련 전역을 떠돌아다니며 공장 노동자나 가정교사, 학교 교사, 번역 등을 하며 살아간다. 1964년 모스크바에 돌아온 나데쥬다는 만델슈탐의 복권과 시집 출판을 위해 힘썼으며, 그녀의 집은 언제나 시 애호가들과 만델슈탐 연구가들의 집합 장소였다. 나데쥬다는 1980년 12월 29일 81세의 나이로 모스크바에 있는 자신의 아파트에서 사망했다.

회상

나데쥬다 만델슈탐의 『회상』 | 홍지인 · 11

1 5월의 밤 · 21   2 압수 · 27   3 아침의 단상 · 35

4 이차 수색 · 42   5 시장바구니 · 47

6 선처를 호소하러 다니다 · 50   7 여론 · 56

8 면회 · 63   9 이론과 실제 · 69   10 배웅 · 76

11 저쪽 편으로 · 82   12 비이성적인 것 · 86

13 동명이인 · 95   14 초콜릿 · 100

15 투신자살 기도 · 104   16 체르딘 · 111

17 환각 · 118   18 직업과 병 · 125   19 내부에서 · 131

20 흐리스토포로비치 · 138   21 누구의 죄인가 · 147

22 부관 · 153   23 기적의 본질 · 160

24 목적지를 향하여 · 166   25 살인하지 말라 · 173

26 러시아 혁명의 여성상 · 184   27 끈 · 191

28 보로네슈 · 201   29 의사와 병 · 207

30 모욕당한 집주인 · 214   31 돈 · 227

32 기적의 기원 · 239   33 정반대 · 246

34 두 가지 목소리 · 255   35 죽음의 길 · 259

36 투항 · 267   37 가치의 재평가 · 277   38 작업 · 293

39 걷기와 속삭임 · 299   40 책과 노트 · 308

41 사이클 · 312   42 쌍둥이 시 · 320

43 보로네슈에서의 마지막 겨울 · 329

44 찬양시 · 336   45 황금률 · 344   46 희망 · 353

47 추가의 하루 · 359   48 베사라비아의 마차 · 363

49 환상 · 368   50 책 한 권만 읽는 사람 · 374

51 콜랴 티호노프 · 384   52 서가 · 389

53 우리 문학 · 402   54 이탈리아 · 406

55 사회적 건축 · 415   56 네 트레바 · 422

57 지상 그리고 지상의 것들 · 426

58 문서보관소와 목소리 · 437   59 옛것과 새로운 것 · 450

60 전과자 · 457   61 우연 · 462   62 기계공 · 468

63 별장족 · 474   64 늑대에게 다리를 내주다 · 480

65 암소와 시낭송의 밤 · 485

66 옛 친구 · 491   67 비당원 타냐 · 496

68 시를 사랑하는 사람들 · 504   69 등화관제 · 513

70 일상의 한 장면 · 517   71 자살자 · 522

72 새로운 삶의 통보자 · 526   73 마지막 전원시 · 533

74 방직공 · 543   75 슈클롭스키 가족 · 549

76 마리인나 로샤 · 555   77 공모자 · 559

78 엄마가 젊은 아가씨를 사마티하에 휴양보내다 · 565

79 5월 1일 · 569   80 구고브나 · 574

81 덫 · 579   82 소피이카의 창구 · 583

83 사망일 · 592   84 또 하나의 이야기 · 613

찾아보기 · 623

일러두기

1. 이 책은 Надежда Мандельштам, *ВОСПОМИНАНИЯ*(СОГЛАСИЕ, 1999)를 번역한 것이다.

2. 본문의 각주는 세 종류로 나뉜다. '편집자'라고 표시한 것은 러시아 편집자 A. 모로조프의 주를 옮긴 것이며, '지은이'라고 표시한 것은 나데쥬다 만델슈탐의 주다. 그 밖의 주는 독자의 이해를 돕기 위해 옮긴이가 달았다.

3. 본문에 나오는 등장인물들의 이름은 역자의 판단에 따라 일반적으로 통용되는 표기방식을 따랐다.

아낙네의 얼굴이 유리창에 닿자, 그 유리창을 따라
눈물이 흐르기 시작했다.
아낙네는 이 눈물을 계속 참아두고 있었던 것 같다.
• 플라토노프

그 아래로 피가 흐르는 것만이 강하다.
강한 사람은 피를 쏟게 하는 자들이 아니라,
피를 쏟는 자들이라는 것을 악당들이 잊었을 따름이다.
• 도스토옙스키 수기에서

I 5월의 밤

오십 만델슈탐은 알렉세이 톨스토이(А. Н. Толстой)[1]의 뺨을 때린
후 바로 모스크바로 돌아왔고, 안나 아흐마토바[2]에게 매일 전화를 걸어
모스크바로 오라고 종용했다. 아흐마토바는 늑장을 부렸고, 만델슈탐은
화를 냈다. 아흐마토바는 이미 준비를 마치고 기차표를 산 뒤에도 창가
에 서서 골똘히 생각에 잠겼다. 현명하고 담즙질이며 명석한 그녀의 남
편 푸닌(Н. Н. Пунин)[3]이 물었다. "이 잔이 당신을 비켜가기를 기도하
는 거요?"[4] 언젠가 그는 아흐마토바와 함께 트레티야코프 미술관을 관

---

1) А. Н. 톨스토이(1883~1945): 작가. 혁명 직후 망명했다가 1923년 소련으로
   돌아온다. 만델슈탐은 체포되기 한 달 전인 1934년 4월 톨스토이의 뺨을 때린
   다. 이 사건의 발단은 1932년으로 거슬러 올라간다. 만델슈탐의 아파트에서 열
   린 파티에서 소설가 보로딘은 만델슈탐의 아내 나제쥬다를 구타했고, 이 사건
   은 당시 톨스토이가 재판장으로 있던 작가들의 법정에 회부된다. 톨스토이는
   보로딘이 무죄라고 선언하고, 만델슈탐 부부를 오히려 비난한다. 만델슈탐은
   이 일로 톨스토이를 증오했고, 1934년 4월 레닌그라드 작가 출판소장의 집무실
   에서 있었던 모임에서 톨스토이의 뺨을 때리기에 이른다. 당시 여러 작가가 이
   자리에 있었는데, 그들은 모두 공포와 경악으로 한동안 입을 다물지 못했다고
   전해진다.
2) 아흐마토바(1889~1966): 러시아의 대표적인 여류시인. 첫 남편이던 니콜라이
   구밀료프, 만델슈탐과 함께 1912년 아크메이즘이라는 시 운동을 만들어 문학
   활동을 시작했다.
3) 푸닌(1888~1953): 예술학자. 아흐마토바의 세 번째 남편으로 수용소에서 사
   망했다.
4) 성서에서 예수가 겟세마네 언덕에서 하느님께 했던 말을 빗대어, 아흐마토바가

람하다가 느닷없이 "그럼 이제 당신이 어떻게 형장으로 끌려가게 될지 보러 갑시다"라는 말을 던지기도 했다. 그래서 아흐마토바의 다음과 같은 시가 씌어지게 된다. "짐 썰매에 실려 간 뒤, 땅거미가 질 무렵 거름더미 같은 눈 속에 파묻히고. 어떤 정신 나간 수리코프(В. И. Суриков)⁵⁾가 내 마지막 길을 그리게 될까?"⁶⁾ 그러나 아흐마토바는 그 길을 걷지 않아도 되었다. "그들은 당신을 가장 마지막까지 두고 볼 거요." 푸닌은 얼굴에 경련을 일으키며 이렇게 말했다. 그러나 그 마지막이 되자 그들은 아흐마토바를 잊어버렸고 잡아들이지 않았다. 결국 평생 동안 그녀는 벗들의 마지막 길을 배웅해주었고, 푸닌도 그 벗들 중 하나가 되었다.

아흐마토바의 아들 료바가 자기 어머니를 마중하러 역에 나갔다. 료바는 당시 우리 집에 손님으로 와 있었다. 우리는 그를 과대평가했다. 료바는 똑똑한 척하다가 아흐마토바와 엇갈렸고, 그녀는 상심했다. 모든 것이 이렇게 예사롭지 않았다. 그해 아흐마토바는 우리 집에 자주 왔고, 역에서부터 만델슈탐의 농담을 듣는 것에 익숙해 있었다. 언젠가 한 번은 아흐마토바가 탄 기차가 연착하자 만델슈탐은 "안나 카레니나⁷⁾의 속도로 오셨군요"라고 말했다. 또 언젠가 비가 내리던 레닌그라드에서 출발한 아흐마토바가 모자 달린 레인코트에 장화까지 신고 햇볕이 내리 쬐는 모스크바에 도착했을 때는 "잠수부 복장으로 차려 입었군요"라고 말하기도 했다. 그들은 서로 만날 때면 '시인의 조합'⁸⁾ 시절 청년들로 돌아간 듯 유쾌하고, 아무 근심이 없는 듯했다. 나는 이렇게 소리치곤

모스크바행을 주저하고 있음을 암시한다.

5) 수리코프(1848~1916): 러시아 리얼리즘 화가. '이동파'의 일원으로 활동. 본문에서 언급되는 그의 작품은 「친위대 처형의 아침」이다.

6) 아흐마토바가 1939년에 쓴 시 「나는 알고 있네, 그 자리에서 꼼짝도 않는……」의 한 구절.

7) 레프 톨스토이의 동명 장편소설(1877년 출간)의 여주인공. 여주인공이 페테르부르크에서 모스크바에 도착하는 장면으로 이 소설은 시작된다. 여기서는 이 소설이 씌어지던 당시 기차의 속도가 느렸다는 것을 두고 농담한 것이다.

8) 1911년 구밀료프가 결성하고, 만델슈탐, 아흐마토바 등이 참여했던 모임의 이름이다.

했다. "어휴, 앵무새들이랑 못살겠군!" 그러나 1934년 5월 그들은 미처 쾌활해지기도 전에 헤어져야 했다.

그날은 고역스러울 정도로 더디게 갔다. 저녁에는 번역가 브로드스키 (Д. Г. Бродкий)[9]가 나타나더니, 그 자리에서 떼어낼 수 없을 정도로 퍼질러 앉았다. 집 안은 먹을 것이라고는 하나도 없이 텅 비어 있었다. 만델슈탐은 아흐마토바에게 대접할 저녁거리를 구하러 이웃집에 갔다. 브로드스키도 그를 따라 나섰다. 사실 우리는 집주인인 만델슈탐이 나가고 나면 브로드스키도 그냥 지쳐 떠나리라 기대했다. 만델슈탐은 곧 달걀 하나를 얻어 가지고 돌아왔다. 그러나 브로드스키를 따돌리지는 못했다. 브로드스키는 다시 자리에 앉더니, 슬루쳅스키(К. К. Случев-ский), 폴론스키(Я. П Полонский) 등 자기가 좋아하는 시인들의 시를 열거하기 시작했다.[10] 그는 우리나라 시들은 물론 프랑스 시들의 마지막 한 구절까지 꿰고 있었다. 그는 그렇게 앉아서 인용하고, 또 기억해냈다. 우리는 그가 이렇게 집요하게 군 까닭을 자정이 지나서야 알 수 있었다.

아흐마토바는 우리 집에 오면 작은 부엌에서 묵었다. 가스관이 아직 설치되지 않아서 우리는 석유 곤로를 이용해 간단한 음식을 만들어 먹었다. 아직 사용 불가능한 가스렌지는 손님에 대한 존중의 의미에서 천으로 덮어 탁자처럼 보이게 했다. 부엌은 사원(寺院)이라는 별명으로 불렸다. 언젠가는 나르부트(В. И. Нарбут)[11]가 부엌에 있는 아흐마토바를 물끄러미 바라보며 이렇게 물었다. "사원의 우상처럼 당신은 왜 거기서 빈둥거리시오? 무슨 회합에라도 가서 앉아 있는 게 낫지 않겠소?"

---

9) Д. Г. 브로드스키(1895~1966): 번역가. 노벨상을 받은 И. А. 브로드스키 (1940~96)와는 다른 인물.

10) 슬루쳅스키(1837~1904): 시인. 러시아 서정시의 새로운 경향을 연 선구자. 폴론스키(1819~98): 러시아 '은세기' 서정시에서 중요한 시인.

11) 나르부트(1888~1944): 아크메이즘에 참여했던 시인. 혁명 이후 볼셰비즘에 합류했으나, 1928년 당에서 축출된다.

그리하여 부엌은 사원이 되었다. 밤 한시경 느닷없이 문 두드리는 소리가 또렷하고 견딜 수 없을 만큼 강하게 울려 퍼졌을 때 아흐마토바와 나는 부엌에 앉아 있었고, 만델슈탐은 시 애호가인 브로드스키에게 시달리던 중이었다. "그이를 찾는 손님인가 봐요." 나는 이렇게 말하며 문을 열러 나갔다.

문밖에는 사내들이 서 있었다. 그들의 숫자는 많은 것처럼 보였고, 하나같이 똑같은 외투를 입고 있었다. 이것이 그것이 아니었으면 하는 바람이 아주 잠시 동안 스쳐갔다. 모직 외투 아래로 감춰진 제복을 알아차리지 못했기 때문이었다. 사실 이 모직 외투 역시 제복의 일부였으며, 혁명 전 비밀경찰의 그것처럼 단지 위장복 역할을 한다는 것을 당시 나는 알지 못했다.

초대하지 않은 손님들이 문턱을 넘자마자 내 바람은 곧 사라졌다.

"안녕하세요!", "만델슈탐 씨 댁입니까?", "집에 계신가요?" 또는 최소한 "전보 왔습니다" 등과 같은 말들을 나는 습관적으로 기다렸다. 방문객은 보통 문을 열어준 사람과 문턱을 사이에 두고 이야기를 시작하고, 문을 열어준 사람이 한쪽으로 비켜서서 집으로 들여보낼 때까지 기다린다. 그러나 우리 시대 야간 방문객은 이 의식을 따르지 않았다. 아마도 이건 다른 나라, 다른 시대의 비밀경찰들도 마찬가지일 것이다.

그들은 아무것도 묻지 않았고, 아무 대답도 기다리지 않았으며, 문턱 앞에서 잠시도 지체하지 않고는 상상할 수 없을 정도로 능숙하고 민첩하게 나를 젖히고(그러나 떠밀지는 않았다) 현관으로 들이닥쳤다. 그러자 집안은 곧 사람들로 가득 찼다. 이미 신분증을 검사했고, 무기 소지 여부를 검사하기 위해 정확하고 잘 숙달된 동작으로 주머니를 뒤지고 우리의 넓적다리를 훑었다. 만델슈탐이 큰 방에서 나와 물었다. "나를 찾아왔소?" 키가 크지 않은 요원이 미소를 지어 보이면서 만델슈탐을 향해 말했다. "신분증 좀 봅시다." 만델슈탐은 주머니에서 신분증을 꺼냈다. 체카(Чека)[12] 요원은 이것을 확인한 후 그에게 영장을 제시했고, 만델슈탐은 영장을 읽은 뒤 고개를 끄덕였다.

그들은 이것을 '야간작업'이라고 했다. 이후 알게 된 것이지만, 그들은 모두 언제 어느 곳에서 저항에 부딪힐지 모른다고 믿고 있었다. 그들 사이에 야간작업의 위험성에 대한 낭만적인 전설들이 퍼져 있었고, 이것은 사기를 진작하는 역할을 했다. 바벨(И. З. Бабель)[13]이 대응사격을 하다가 '우리'(1937년 승진한 체카의 거물급 요원의 딸의 표현에 따르면) 중 한 명에게 중상을 입혔다는 이야기를 나도 들은 적이 있다. 그녀는 아이와 동물을 매우 사랑했던 선량한 아버지에 대해 걱정하며 이 이야기를 했다. 그녀의 아버지는 집에서는 고양이를 항상 무릎 위에 올려놓고, 절대 자기 잘못을 인정해선 안 되며 모든 말에 '아니요'라고 완강하게 대답해야 한다고 딸에게 가르쳤다고 한다. 고양이를 사랑했던 이 가정적인 아버지는 자기에게 씌워진 모든 혐의를 인정하는 피고들을 용서할 수 없다는 말도 했다. "그들은 왜 그랬을까요?" 딸은 아버지의 말을 그대로 반복했다. "이로써 그들은 자신들은 물론 우리까지 곤경에 빠뜨렸어요!"

이때 '우리'는 밤마다 영장을 가지고 찾아가 취조하고 선고를 내리는 자들 그리고 한가한 때면 야간작업에 관한 흥미진진한 이야기를 친구들에게 들려주는 자들을 의미했다. 야간의 모험에 관한 체카 요원들의 전설은 내게 조심스럽고, 현명하며, 높은 이마를 지녔던 바벨의 두개골에 난 아주 작은 구멍을 떠오르게 한다. 그는 생전에 절대 권총을 손에 쥐었을 리 없다.

그들은 우리의 조용하고 가난한 집이 마치 산적 소굴 또는 마스크 쓴 카르보나리 당원들이 폭약을 만들고 무력저항을 준비하는 비밀 아지트

12) KGB(국가안전위원회)의 전신인 반혁명, 사보타주 및 투기 단속 비상위원회의 약칭.
13) 바벨(1894~1941?): 단편소설 작가. 「붉은 기마대」가 그의 대표작. 1934년 제1차 소비에트 작가회의에서 다음과 같이 발언한 것으로 유명하다. "나는 새로운 장르를 발명했습니다. 그것은 침묵이라는 장르입니다." 그는 1939년 체포되었고, 체포된 지 15년 뒤인 1954년 그의 미망인은 그가 1941년 3월 사망했다는 통보를 받게 된다.

라도 되는 양 기습했다.[14] 그들이 우리 집에 찾아온 것은 1934년 5월 13일에서 14일로 넘어가는 밤이었다.

그들은 신분증을 검사하고 영장을 제시한 뒤 저항이 없을 것임을 확신하자 수색을 시작했다. 브로드스키는 팔걸이의자에 털퍼덕 주저앉더니 그대로 굳어버렸다. 미개한 야만족의 나무 조각상처럼 거대한 그는 앉아서 씩씩거리더니 코를 골며 졸기 시작했다. 그 모습은 심술궂고 화가 나 보였다. 나는 우연히 그에게 무엇 때문인가로 말을 걸며 부탁을 했는데(아마도 만델슈탐이 챙겨갈 책들을 책장에서 찾아달라는 부탁이었던 듯하다) 그는 퉁명스럽게 "만델슈탐더러 직접 찾으라고 하슈"라고 대꾸하더니 다시 씩씩거리기 시작했다.

우리가 이미 자유로이 이 방 저 방을 돌아다니고, 지친 체카 요원들은 우리의 움직임에 눈길도 주지 않을 무렵 브로드스키는 갑자기 일어나더니 마치 초등학생처럼 손을 들고 화장실에 가도 되느냐고 물었다. 수색하던 관리는 그를 비웃는 눈빛으로 쳐다보며 말했다. "집에 가도 좋소." 놀란 브로드스키는 다시 물었다. "뭐라고요?" "집에 가도 된단 말이오." 체카 요원은 되풀이하고 외면했다. 관리들은 사복을 입은 자신들의 조수들을 경멸했다. 브로드스키는 우리가 노크 소리를 듣고 원고를 없애버리지 않도록 감시하는 임무를 띠고 우리 집에 왔던 것이 분명하다.

---

14) 카르보나리당: 19세기 초 프랑스 지배하에 있던 이탈리아에서 독립과 자유를 위해 활동한 비밀결사대.

2 압수

만델슈탐은 홀레브니코프(В. В. Хлебников)[1]의 다음과 같은 시 구절을 자주 읊었다. "파출소는 대단한 곳! 이곳은 나와 국가가 만나는 장소……" 그러나 이 만남의 형태는 너무도 순진했는데, 왜냐하면 홀레브니코프가 염두에 둔 것은 미심쩍은 부랑자의 신분증을 특별 검사하는 것, 즉 국가와 시인의 거의 고전적이라고 할 수 있는 관계였다.

초대받지 않은 손님들은 엄격한 절차에 따라 행동했는데, 그 어떤 상의조차 없이 즉시 각자 역할을 분담했다. 그들은 전부 다섯 명이었다. 그중 셋은 요원이었으며, 둘은 입회인이었다. 입회인은 현관에 놓인 의자에 앉더니 졸기 시작했다. 3년 후인 1937년[2] 그들은 아마도 지쳐 코를 골았을 것이다. 수색이나 체포시에 입회인들이 배석해야 한다는 것을 어떤 헌법이 보장했을까? 바로 이 졸린 한 쌍의 입회인이 체포의 합법성에 대한 사회적 감시 기능을 한다는 것을 우리 중 누가 아직 기억하고 있을까? 우리나라에서는 그 누구도 영장이나 입회인 없이 어둠 속에서 사라지지 않았다. 바로 여기에 19세기의 법적 입회인에 대한 경의가 표현되어 있었다.

---

1) 홀레브니코프(1885~1922): 미래주의 시인으로, 언어적 실험으로 유명하다. 1922년 영양실조로 사망. 본문에서 인용한 시는 1922년 작품이다.
2) 대대적이며 무차별적인 숙청이 시작되던 해. 1937년부터 1938년까지의 시기는 이 숙청작업을 주도하던 비밀경찰 지휘자의 이름을 따 '예조프 체제'라고도 한다.

사회적 감시 차원에서 체포에 입회하는 것은 우리나라에서 거의 직업화되어 있었다. 아파트마다 이미 사전에 선정된 자들이 이를 위해 호출되었고, 지방에서는 두 명의 입회인이 한 거리 또는 구역 전체를 담당했다. 그들은 이중생활을 했다. 낮에는 자물쇠 제조공, 경비, 수도공(그래서 우리나라에서는 언제나 수도꼭지가 샜던 걸까?) 등 아파트 관리직들로 간주되었지만, 밤이면 필요할 때마다 아침까지 남의 집에 모습을 나타냈다. 우리 아파트의 관리비 가운데 일부에는 그들의 봉급이 포함되어 있었다. 이 역시 아파트 관리를 위해 드는 경비였기 때문이다. 그러나 그들에게 야근 수당이 얼마나 지급되었는지는 알 수 없다.

요원 중 최고 연장자는 원고 상자를 맡았고, 나머지 둘은 수색을 맡았다. 그들 작업의 아둔함은 금세 눈에 들어왔다. 그들은 지침에 따라 행동했다. 즉 교활한 자들이 비밀문서나 원고를 숨기는 곳이라고 생각되는 곳들을 수색했다. 그들은 책들을 하나하나 흔들어 털었고, 책 표지 밑을 살폈으며, 책의 장정 부분에 칼집을 내고, 책상의 비밀서랍에 관심을 보였으며(이 비밀장소를 모르는 사람도 있을까?), 호주머니와 침대 주변을 맴돌았다. 만일 원고를 냄비에 숨겼더라면 세기가 끝날 때까지 거기 그대로 놓여 있었을 것이다. 아니면, 그냥 식탁 위에 놓아두던가.

두 명의 젊은 요원 가운데 한 명을 나는 기억한다. 젊고 웃는 인상에 얼굴이 큰 자였다. 그는 오래된 장정본들을 얌전히 다루며 책들을 조사했고, 우리에게 담배를 좀 줄이라고 설득했다. 해로운 담배 대신 그는 양철통에 담긴 사탕을 제복 바지 주머니에서 꺼내 권했다. 내가 현재 알고 지내는 사람 가운데 한 선량한 작가이자 소비에트 작가동맹의 간부는 열심히 책들을 수집했고, 헌책방에서 수집한 옛 장정본들(사샤 쵸르느이Caшa Черный나 세베랴닌Себерянин의 초판본)[3]을 자랑으로 삼았는데, 그는 문학인들 중 극소수만이 출입할 수 있는 양복점에서 맞춘

---

3) 사샤 쵸르느이(1880~1932): 본명 글릭베르그. 1920년 망명한 러시아 시인.
세베랴닌(1887~1941): 시인―편집자.

매우 통이 좁은 바지 주머니에서 양철통을 꺼내 항상 내게 사탕을 권했다. 이 작가는 1930년대에는 정보기관의 변변찮은 직책을 맡고 있었지만, 그 후 문학계에서 순조롭게 자리를 잡았다. 그래서 1950년대 말 중년의 작가와 1930년대 젊은 요원의 두 이미지는 나에게 하나로 합쳐진다. 사탕을 좋아하는 젊은이가 직업을 바꾸고 세상에 나와서 사복을 입고, 작가들의 몫이라 여기는 도덕적 문제를 다루면서 똑같은 상자에서 사탕을 꺼내 계속 내게 권하는 듯 여겨지는 것이다.

사탕을 권하는 이 동작은 많은 아파트, 많은 수색에서 반복되었을 것이다. 아파트에 들어가는 방법이나 신분증 검사, 무기를 찾기 위한 몸수색, 비밀서랍을 두드려 보는 것들처럼 이 역시 의식의 한 과정이었을지도 모른다. 우리에게는 혁명 초기와 내전 시기의 무분별한 수색과는 전혀 다른, 아주 사소한 세부 사항까지 사전에 고안된 절차가 마련되어 있었다. 나는 이보다 더 끔찍한 것을 알지 못한다. 중키에 야위었으며 금발 머리의 연장자인 관리는 말없이 쭈그리고 앉아서 상자 속 원고들을 넘겨가며 조사하고 있었다. 그의 동작은 더뎠고 신중했으며 철저했다. 영광스럽게도 우리에게 보내진 자들은 분명 문학 분과의 '숙련공'임이 틀림없었다. 문학 분과는 제3부[4]에 속한다고 이야기하지만, 사탕을 권하던 통이 좁은 바지를 입은 나와 친분 있는 작가는 입에 거품을 물면서 우리가 알고 있는 문학 분과는 제2부도, 제4부도 아니라고 증명했다. 이제 그런 행정기관은 더 존재하지 않았고, 혁명 전의 이런 행정적인 전통을 고수하는 것은 스탈린(И. А. Сталин)[5] 시대의 정신에도 부합하지 않았다.

---

4) 문학 분야의 수사와 검열, 작가들에 대한 탄압을 담당하던 19세기 비밀경찰의 분과.

5) 스탈린(1879~1953): 공산당 지도자 · 정치가. 본명 주가슈빌리(Джугаш-вили). 그루지야에서 구두수선공의 아들로 태어나 트빌리시의 신학교에 입학해 재학 중 마르크스주의 그룹에 들어가 혁명 활동 시작. 레닌 사망(1924년 1월) 후 트로츠키, 지노비예프 등 다른 유력한 후계자들을 교묘히 제거한 후 1929년부터 1953년까지 소련의 일인자가 되어 공포정치를 한다.

상자에 있던 원고들은 검토된 후 모두 두 종류로 분류되었다. 압수될 원고들은 의자 위에 놓였고, 나머지는 바닥에 버려졌다. 원고 선별의 성격에 따라 혐의 내용을 짐작할 수도 있었기 때문에 나는 요원의 상담역을 자청하며 알아보기 힘든 만델슈탐의 필체를 해독해주거나 원고가 씌어진 날짜를 알려주면서 가능한 모든 것(예를 들어 우리가 가지고 있던 퍄스트[6]의 서사시나 페트라르카[7]의 소네트 원고 등)을 빼돌리려 애썼다. 우리는 모두 관리가 후기 시 원고들에 관심이 있다는 것을 알게 되었다. 그는 눈썹을 찡그리며 만델슈탐에게 「늑대」[8] 원고를 가리켰다.

---

6) B. A. 퍄스트(1886~1940): 시인이자 번역가.
7) Ф. 페트라르카(1304~74): 이탈리아의 유명한 시인이자 인문주의자. 만델슈탐은 그의 소네트 중 네 편을 번역한다.
8) 만델슈탐이 1931년에 쓴 시 「다가오는 시대의 울려 퍼지는 위업을 위해」(За гремучую доблесть грядущих веков)의 약칭. 시의 전문은 아래와 같다.

다가오는 시대의 울려 퍼지는 위업을 위해,
사람들의 높은 종족을 위해
나는 아버지들이 벌인 잔치의 술잔을 빼았겠다
즐거움과 자기 명예도.

늑대를 쫓는 사냥개 같은 시대가 내 어깨 위로 달려들지만,
내게는 늑대의 피가 흐르지 않는다.
차라리 털모자처럼 나를
시베리아 벌판의 따뜻한 털외투 소매에 끼워 넣으라.

비겁자나 허약한 더러운 자,
바퀴에 낀 피문은 뼈를 보지 않도록
푸른 여우털이 있는 그대로의 모습으로
내 눈앞에서 밤새도록 빛나도록

예니세이 강이 흐르고,
소나무가 별까지 닿는 곳으로 나를 데려가라.
왜냐하면 내게는 늑대의 피가 흐르지 않으며
대등한 자만이 나를 죽일 것이기 때문이다.

이 시에서 만델슈탐은 요란스러우며 숭고한 목적을 운운하는 시대정신 때문에 많은 것을 잃었다고 표현하며, 시대를 늑대 또는 그 늑대를 쫓는 사냥개에 비유

관리는 이 시를 처음부터 끝까지 작은 소리로 읽었다. 그러고는 아파트에서 금지된 오르간을 부수어버린 아파트 관리인에 관한 농담시를 뽑아냈다. 관리는 원고를 의자 위에 올려놓으며 주저하는 듯한 어조로 만델슈탐에게 물었다. "이건 뭐에 관한 시요?" 만델슈탐은 되물었다. "실제로 무엇에 관한 것이냐는 겁니까?"

1937년 이전과 이후 시기를 구분하는 차이는 우리가 경험했던 수색의 성격에 온전히 드러나 있었다. 1938년에는 아무것도 찾지 않았고, 원고를 검토하느라 시간을 허비하지도 않았다. 요원들은 그들이 체포하고자 하는 사람이 무슨 일을 하는 사람인지조차 모르고 있었다. 조심성 없이 방석들을 뒤집고, 가방에 있는 물건들을 바닥에 전부 내던지며, 종이들을 자루에 쓸어 담고는 잠시 발을 구르더니 만델슈탐을 데리고 사라졌다. 1938년에 이 모든 과정은 20분 정도 걸렸지만, 1934년에는 밤새도록 계속되었다.

그러나 두 경우 모두 내가 짐을 꾸리는 것을 보고는 장난스럽게 (지침에 따라!) 말했다. "왜 그리 많은 짐을 꾸리시오? 무엇 때문에? 남편이 우리에게 오래 머물 것 같습니까? 이야기를 좀 하고서 돌려보낼 거요." 이것이 바로 1920년대에서 1930년대 초 '차원 높은 휴머니즘 시대'의 잔재였다. "우리가 휴머니스트들의 손아귀에 있었다는 걸 정말 몰랐네." 수용소를 요양소처럼 운영했다며 야고다(Г. Г. Ягода)[9]를 비난하는 신문기사를 읽던 만델슈탐은 이렇게 말했다. 1938년 말에서 1939년

한 뒤, 자신은 이런 시대와 동감하지 않으며, 따라서 여우털외투로 비유되는 시베리아의 수용소로 끌려가는 것을 택하겠다고 선언한다.
9) 야고다(1891~1938): 1920년대부터 체카에 근무. 1934년부터는 국가보안부라 불리는 비밀경찰의 수뇌가 되었다. 1936년 해임된 뒤 예조프가 그 후임으로 임명된다. 1937년 체포된 뒤 1938년 부하린 등 다른 거물급 정치인들과 함께 공개 처형된다. 소비에트 정치 사회사에서 1937년은 매우 중요한 의미를 지닌다. 스탈린의 무차별적이며 대규모적인 테러정치가 시작된 해이기 때문이다. 사람들은 예조프의 테러정치가 시작된 후에야 본문에서의 표현처럼 그 전임인 야고다의 시대가 상대적으로 휴머니즘적인 시대였음을 깨닫게 된다.

초 야고다가 숙청된 뒤의 일이다.

아흐마토바를 위해 얻어온 달걀은 식탁 위에 그대로 있었다. 모두들 (우리 집에는 얼마 전 레닌그라드에서 온 만델슈탐의 막냇동생 예브게니도 있었다) 우리 물건을 뒤적이는 자들의 주의를 끌지 않으려 애쓰면서 방을 돌아다니며 이야기를 나누었다. 갑자기 아흐마토바는 만델슈탐이 떠나기 전에 뭐든 먹어둬야 한다면서 그에게 달걀을 건넸다. 그는 식탁에 앉아 달걀을 먹었다. 그러는 사이 의자와 바닥 위의 종이들은 계속해서 불어났다. 우리는 원고를 밟지 않으려 노력했지만, 이방인들에게 그것은 잡초나 마찬가지였다. 루다코프(С. Б. Рудаков)[10]의 미망인에 의해 1910~20년대 시들이 사라졌다는 것이 애석하다. 그 시들은 압수될 운명을 피했고, 그 때문에 군화 굽에 엉망으로 짓이겨진 채 바닥에 널려 있었다. 나는 그 원고들을 매우 아꼈고, 그래서 가장 안전하다고 생각한 장소(믿을 만한 젊은이인 루다코프에게)에 보관하도록 맡겼다. 루다코프는 1년 반 동안 보로네슈에서 유형 생활을 했는데, 이때 그는 아무런 벌이도 하지 못했기 때문에 우리는 그와 빵 한 조각까지도 나누어 먹었다. 레닌그라드로 돌아온 뒤 그는 기꺼이 구밀료프(Н. С. Гумилев)[11]의 원고도 보관해주었다. 아흐마토바는 원고를 썰매로 실어 그에게 가져갔다. 나나 아흐마토바 모두 그 후로는 더 이상 원고를 볼 수 없었다. 아흐마토바는 이 원고뭉치 중 그녀가 잘 알고 있는 편지들을 누군가 사 갔다는 소문을 이따금 들을 수 있을 뿐이었다.

"만델슈탐, 난 자네가 부럽네. 자넨 다락방에서 죽을 걸세." 구밀료프는 이렇게 말했다. 이 무렵 이미 예언적 시는 쓰여지고 난 후였지만,[12]

---

10) 루다코프(1909~44): 문학연구가이자 시인. 1935~36년 보로네슈에서 유형 생활을 하면서 만델슈탐과 알게 된다. 제2차 세계대전에 참전했다가 사망했다.

11) 구밀료프(1886~1921): 아크메이즘 운동을 결성한 시인. 시인 아흐마토바의 첫 번째 남편. 1921년 반혁명 행위로 총살당한다.

12) 스스로의 운명에 대한 예언을 담은 시들. 구밀료프의 「노동자」(Рабочий), 만델슈탐의 「짚이 깔린 썰매를 타고」(На розвальнях уложенных соломой) (1916년 시)를 가리킨다. 구밀료프의 시는 전쟁터에서 그의 가슴을 관통하게

두 사람 모두 자신들의 예언을 믿고 싶어 하지 않았으며, 시인의 불행한 운명에 대한 프랑스식 버전으로 스스로를 위로했다. 사실 시인도 인간이며 단순한 사람이고, 그래서 그에게는 시대와 국가의 가장 전형적이며 일상적이고 평범한 일, 모든 사람을 매복하는 일이 일어나야 하는 것이다. 찬란하거나 끔찍한 개인의 운명이 아니라 '대다수의 무리'[13]와 함

될 총알을 만드는 공장노동자에 관한 내용이며, 만델슈탐의 시는 러시아 중세 혼란기에 출현했던 황태자 드미트리의 참칭자가 처형장으로 끌려가는 장면을 그리면서 자신의 이미지를 투사하고 있다. 이런 동일시는 창작 당시 연인이었던 시인 마리나 츠베타예바의 이름과 참칭자 드미트리의 아내 이름이 같다는 것에서 출발했으나, 참칭자 드미트리의 비극적 죽음은 마리나 츠베타예바와의 로맨스, 더 나아가 시인 운명 전체에 비극적 암운을 드리우게 된다. 시의 전문은 다음과 같다.

짚이 깔린 썰매를 타고
비운의 거적을 간신히 덮은 채
우리는 참새 언덕에서 아는 교회까지
거대한 모스크바를 따라 달렸다.

우글리치에서는 아이들이 자치기를 하고
난로에 올려놓은 빵 냄새가 난다.
거리에서 거리로, 나는 모자도 안 쓴 채 실려 다니고,
작은 예배당에서는 초 세 자루가 타고 있었다.

초 세 자루가 아니라 세 만남이 타고 있었다.
그들 중 하나는 신이 직접 축복했고
네 번째는 없을 것이며, 로마는 멀리 있다.
그리고 신은 결코 로마를 사랑하지 않았다.

썰매는 검은 구덩이에 빠졌고,
민중은 유원지에서 돌아오고 있었다.
여윈 사내들과 심술궂은 아낙네들은
건물 앞에서 오랫동안 서성였다.

축축한 하늘 저편은 새떼로 인해 검어졌고,
황태자는 끌려오고, 몸은 무섭게 마비된다.
그리고 붉은 짚에 불이 붙었다.

13) 만델슈탐의 「무명용사에 관한 시」(Стихи о неизвестном солдате, 1937)에

께 하는 단순한 길. 다락방에서의 죽음은 우리 시대에 어울리지 않았다.

늙은 은행원들의 구명 운동을 하던 시기[14](우리는 당시 차르스코예 셀로[15]에 살고 있었다) 만델슈탐은 이 처형에 반대하는 운동을 해달라는 제의를 한 교회 관계자를 통해 교회 고위층에 전달했다. 즉시 회답이 왔다. 만일 이와 유사한 일이 러시아 성직자 중 누군가에게 일어난다면 만델슈탐이 반드시 그들을 옹호하고 처형에 반대하겠다는 조건을 수락하면 교회도 처형자들의 편에 서겠다는 것이었다. 만델슈탐은 경악했고, 패배를 인정했다. 이것은 그가 현실과 화해하려 애쓰던 시기에 얻은 첫 번째 교훈이었다.

5월 14일 아침이 밝았다. 초대받았던 손님이나 그렇지 않은 손님이나 모두 떠났다. 초대받지 않은 손님은 집주인을 데리고 떠났다. 나와 아흐마토바는 간밤의 소동의 흔적을 간직하고 있는 빈 아파트에 덩그러니 남게 되었다. 아마도 우리는 그냥 말없이 서로 마주 보고 앉아 있었던 것 같다. 어쨌든 우리는 눈을 붙이기 위해 눕지 않았으며, 차를 마실 생각도 하지 못한 채 있었다. 우리는 다른 사람들의 이목을 끌지 않으면서 집 밖으로 나갈 수 있는 시간이 되기를 기다렸다. 무엇을 위해? 어디로? 누구에게? 삶은 계속되었다. 아마도 우리는 물에 빠진 사람들과 닮아 있었던 것 같다. 신은 내게 이 문학적 회고록을 허락하셨지만, 당시 우리는 그 어떤 문학에 관해서도 생각하지 않았다.

나온 표현―편집자.

14) 1828년 4월 14일 '경제적 반혁명'의 죄로 신용조합의 중역 다섯 명에 대한 사형이 선고되었고, 이 사실을 우연히 알게 된 만델슈탐은 한 달간 모스크바로 가서 집행 철회 운동을 벌인다.

15) 페테르부르크 근교 마을. 러시아어로 황제마을이라는 뜻의 이곳에 제정 시대 황제가 머물던 여름 궁전이 있다.

3 아침의 단상

"무슨 이유로 그를 잡아갔을까?" 우리는 체포 소식을 계속 접하면서도 한 번도 이런 질문을 한 적이 없었다. 그러나 우리 같은 사람은 많지 않았다. 공포로 넋이 나간 사람들은 순전히 자기 위안을 위해 서로서로 이런 질문을 주고받았다. 사람들을 잡아가는 것은 무언가 이유가 있기 때문이며, 이는 즉 '아무 죄가 없는 나'는 잡혀가지 않을 것임을 의미하기 때문이다. 그들은 모든 체포의 원인을 찾아내 정당화하려고 애썼다. "그 여자는 진짜 밀수업자였어요", "감히 그런 짓을 하더라니까", "그 자가 이렇게 말하는 걸 내가 직접 들었어요", "내 이럴 줄 알았지, 그렇게 성질이 고약하더니만", "그 사람 뭔가 이상하다고 항상 생각했어요. 그 사람은 아주 이질적인 자였어요." 그냥 이런 것들이 체포와 박해의 이유로 충분했다. 종류가 다르고, 말이 많고, 역겹다는 등 이런 모든 것은 '우리 편이 아니다'라는 1917년에 이미 울려퍼지던 테마의 변주였다. 그리고 여론이나 처형 기관들은 모두 한결같이 대담한 가설을 고안해내며 불구덩이에 톱밥을 던져 연기를 피웠다. "무슨 이유로 그를 잡아갔지?"라는 질문은 그리하여 우리에게는 금기시되었다. 일반적인 문체에 감염된 측근 중 누군가 이런 질문을 던질 때면 아흐마토바는 "무슨 이유로라니" 하며 격분하여 소리쳤다. "무슨 이유가 있겠어? 아무 이유 없이 사람들을 잡아들인다는 걸 아직도 모르겠어?"

그러나 만델슈탐이 잡혀갔을 때 나와 아흐마토바는 바로 이 금지된 질문을 스스로에게 던지고 있었다. 왜일까? 만델슈탐을 체포한 근거는 우리의 법 규범에 의거할 때 수없이 많았다. 시 때문일 수도, 문학에 관한 발언 때문일 수도, 스탈린에 관한 구체적인 시 때문일 수도 있었다. 그런가 하면 톨스토이의 뺨을 때린 일도 체포 이유일 수 있었다. 톨스토이는 뺨을 맞고 난 뒤 목격자들이 있는 자리에서 "모든 출판사가 만델슈탐에게 등을 돌리도록 할 것이며, 그의 작품은 결코 출판되지 않을 것이고, 그를 모스크바에서 추방하겠다"고 목청껏 소리쳤다. 사람들에게 전해들은 바에 따르면, 톨스토이는 그날로 모스크바에 가서 소비에트 문학의 우두머리인 고리키(M. Горький)[1]에게 자신을 모욕한 자에 대해 일러바쳤다. 곧 우리에게 다음과 같은 말이 들려왔다. "러시아 작가들을 때리면 어떻게 되는지 우리가 그에게 본때를 보여줍시다." 사람들은 모두 이 말을 고리키가 한 것으로 생각했다. 지금 우리는 고리키가 그런 말을 할 사람이 아니며, 당시 우리가 생각하던 것과는 다른 사람이었다는 것을 알게 되었다. 고리키를 스탈린 체제의 수난자, 사상의 자유와 인텔리겐치아를 위해 투쟁했던 투사로 만들려는 경향이 널리 퍼져 있다. 판단할 수는 없지만, 고리키는 자신의 주인 스탈린과 심각한 의견대립이 있었으며, 그가 보기 좋게 제압당했다고 나는 믿는다. 그러나 이것이 곧 고리키가 자기에게 본질적으로 이질적이며 적대적인 만델슈탐 같은 타입의 작가의 반대편에 선 톨스토이를 지지하지 않았으리라는 결론으로 이끌지는 못한다. 그리고 자유로운 사상에 대한 고리키의 태도에 관해 알고 싶다면 그의 논문이나 발언문, 책을 읽어보는 것으로 충분하다.

여하튼 우리는 이 체포가 러시아 작가 알렉세이 톨스토이의 뺨을 때린 것과 연관되었기를 원했다. 그 이유라면 어쨌든 추방 정도로 겁을 줄 것이고, 추방은 두렵지 않았다. 추방이나 유형은 우리에게 일상적인 현

---

1) 고리키(1868~1936): 본명 페슈코프. 작가·극작가·사회 활동가. 대표적인 소비에트 작가. 레닌과 스탈린의 친구. 내전시기 인텔리겐치아에게 많은 물질적 원조를 했다. 1921년 망명했다가 1929년 다시 소련으로 돌아와서 '사회주의 리얼리즘'의 대변자가 된다. 1936년 그가 죽자 스탈린은 그를 독살한 혐의로 야고다를 기소한다.

상이었다. 테러가 몰아쳤던 시절, 봄(대체로 5월)과 가을이면 대대적인 체포(특히 주로 인텔리겐치아를 대상으로 한)가 있었다. 이것은 매년 어김없던 농업의 실패로부터 주의를 돌리는 역할을 했다. 자취 없이 사라지는 것은 당시 아직 없었다. 사람들은 유형지에서도 작품을 썼고, 유형생활을 마치면 돌아왔으며, 다시 떠나곤 했다. 1933년 여름 콕테벨에서 만났던 안드레이 벨르이(Андрей Белый)[2]도 돌아온 친구들에게 편지를 쓰고 전보를 보내는 데 시간이 모자랄 정도라고 말하곤 했다. 1927년이나 1929년 철학적인 서클들에 올가미가 씌워졌고, 1933년 그들은 대대적으로 귀향했다. 퍄스트도 만델슈탐이 체포되기 직전의 봄에 우리에게 돌아왔다. 3년 내지 5년간의 부재 후 돌아온 자들은 소도시에 정착했다.[3] 모두 떠나간다면, 우리라고 더 나을 게 뭐가 있을까? 체포되기 얼마 전 만델슈탐이 잘 알지도 못하는 자들과 자유로운 대화를 나눴다는 말을 듣고 나는 다음과 같이 말했었다. "5월이 코앞이에요. 좀더 조심스럽게 행동해야 해요!" 만델슈탐은 손을 내저었다. "추방이 뭐 어때서? 추방하라지! 다른 사람들이나 겁내라고 해요. 우리는 뭐 상관없잖소!" 사실 우리는 어째서인지 추방이 두렵지 않았다.

그러나 스탈린에 관한 시가 알려졌다면 이건 다른 문제였다.[4] 만델슈

---

2) 벨르이(1880~1934): 본명 부가예프. 상징주의의 대표적 시인이자 이론가.
3) 당시 감옥 또는 유형지에서 돌아온 자들은 대도시에 사는 것이 금지되었다.
4) 1933년 11월 만델슈탐이 쓴 스탈린 비방시는 다음과 같다.

> 우리는 살아간다, 자신 아래 나라를 느끼지 못한 채,
> 우리의 말소리는 열 발자국 뒤에서는 들리지 않는다.
> 그리고 이야기하는 사람이 반만 있어도,
> 크레믈린의 산악지역 사람이 거론된다.
> 그의 두꺼운 손가락은 구더기처럼 기름기로 번들거리고
> 말은 저울추처럼 믿음직하며,
> 바퀴벌레 같은 콧수염은 웃고 있고,
> 그의 장화 목은 번쩍인다.
>
> 목이 가느다란 사령관들의 무리가 그를 둘러싸고
> 그는 반인(半人)들의 시중을 받으며 즐거워한다.

탐이 아흐마토바에게 작별 키스를 하며 집을 나설 때 그도 바로 이 점을 생각하고 있었다. 그 시라면 목숨을 잃을 수도 있다는 사실을 아무도 의심치 않았다. 바로 이 때문에 우리는 체카 요원들이 무엇을 찾는지 알아내려고 애쓰면서 주의 깊게 그들을 주시했다. 「늑대」 사이클은 그리 대단한 재앙을 가져오지 않을 것이다. 기껏해야 강제수용소 정도……

이 모든 잠재적인 죄목에 대해 어떻게 형량을 추측할 수 있을까? 모두 마찬가지가 아닌가! 로마법이나 나폴레옹 시대의 법전 같은 법적 사고의 잣대로 우리 시대에 접근하는 것은 우스운 일이다. 처벌 기관들은 정확하며 조심성 있게, 확신을 가지고 행동했다. 무언가를 기억해낼 수 있는 증인들을 없애고, 사상의 통일을 정립하며, 천년 왕국의 도래를 준비하는 등, 그것들은 많은 목적을 가지고 있었다. 사람들은 여러 가지 범주와 서열로 나뉘었다(연령 또한 고려되었다). 성직자, 신비론자, 이상주의적인 학자, 영리한 자, 순종적인 자, 사색가, 허풍선이, 말 없는 자, 논쟁을 좋아하는 자, 법적·국가적 또는 경제적 사상을 가지고 있는 자 그리고 엔지니어, 기술자, 농학자들. 왜냐하면 모든 실패와 오산의 원인을 돌릴 '해충'의 개념이 나타났기 때문이다.

"이 중절모를 쓰고 다니지 말게." 만델슈탐은 보리스 쿠진(Б. С. Кузин)[5]에게 이렇게 말했다. "눈에 띄어서는 안 돼. 그건 나쁜 결말로 이끌지." 그리고 실제로 나쁜 결과를 낳았다. 그러나 다행스럽게도 중절모에 대한 인식이 바뀌어, 소비에트 학자들은 서양 풋내기들보다 더 멋지게 입어야만 한다는 결정이 내려졌고, 쿠진은 형기를 마친 뒤 아주 멀

누구는 쩍쩍거리고, 누구는 야옹대고,
누구는 앵앵거리고, 그 혼자만이 지껄이고
명령을 내린다. 마치 사타구니나 이마,
눈썹이나 눈에 말 편자를 박듯이.
그리고 넓은 가슴의 카프카즈인에겐
모든 처형이 오락이다.

5) 쿠진(1903~73): 생물학자. 1930년 아르메니아에서 만델슈탐과 만난 뒤 친구
가 된다.

쩡한 학문적 지위를 얻을 수 있었다. 중절모 이야기는 농담이지만, 중절모 아래의 머리는 실제로 운명을 결정지었다.

처벌기관에 근무하는 사람들은 다음과 같은 경구를 만들어냈다. "아무나 데려와 보시오. 우리가 그를 죄인으로 만들어줄 테니." 1928년 얄타에서 우리는 작가 푸르마노프(Д. А. Фурманов)[6]의 형에게 이 말을 처음 들었다. 영화로 전향하는 데 성공한 체카 요원으로, 아내를 통해서는 아직도 이 기관과 연결되어 있었던 그는 이 말을 나름대로 이해했다. 대부분의 사람들이 결핵을 고치려고 있었던 요양원에서, 푸르마노프의 형은 쇠약해진 신경을 바다 공기로 치료하고 있었다. 그곳에는 선량하고 쾌활한 네프맨[7]이 묵고 있었는데, 그는 푸르마노프의 형과 급속히 가까워졌고, 이들 두 사람은 취조 게임을 고안해냈다. 이 게임은 그 현실감으로 그들의 신경을 자극했다. 푸르마노프의 형은 '아무나 데려오기만 하면 죄인으로 만들 수 있다'는 경구를 직접 설명하기 위해 떨고 있는 네프맨을 취조했고, 네프맨은 단어마다 교활하게 확대 해석하는 그물망에 걸려 허우적거리고 있었다.

당시 실제 체험을 통해 우리 법정의 특징을 알고 있는 사람들의 수는 적었다. 방금 전 내가 위에서 열거했던 범주의 사람들, 바꾸어 말하면 중절모 아래 머리가 있는 자와 재산이 몰수된 사람들 그리고 새로운 경제정책을 믿었던 행동가들인 네프맨들만이 이런 시련을 겪었다. 바로 이 때문에 만델슈탐을 제외하고는 그 누구도 이 전직 취조관이 벌인 게임, 즉 고양이와 쥐 게임을 주목하지 않았다. 나도 만일 만델슈탐이 지적하지 않았다면 그냥 지나쳐버렸을 것이다. 만델슈탐이 일부러 나에게 이 모든 것을 지적해 보여주었던 것은 어쩌면 내가 이 모든 것을 기억해

---

6) 푸르마노프(1891~1926): 소비에트 작가. 내전을 다룬 소설 『차파예프』(Чаапаев)로 유명.

7) 1921년 소련에 도입된 신경제정책의 약칭인 '네프'와 사람을 의미하는 '맨'이 결합한 복합어. 신경제정책에 의해 일부 허용된 자유 거래로 부를 축적하게 된 사람들을 일컫는다. 그들은 1920년대 말 신경제정책이 종결되면서 탄압당한다.

내길 바라서였을지도 모른다. 푸르마노프의 형이 고안한 이 게임은 우리에게 이제 막 정립된 국가의 재판 과정에 대한 첫인상을 심어주었다. '우리와 함께하지 않는 자는 곧 우리를 반대하는 자'라는 변증법적이며 완고한 생각이 재판의 기저에 놓여 있었다.

처음부터 인생을 주의 깊게 관찰해왔던 아흐마토바는 나보다 많이 알고 있었다. 야간 수색으로 폐허가 된 아파트에 남은 우리 두 사람은 모든 가능성을 나열했고, 미래를 점쳤다. 그러나 거의 입을 열지는 않았다. "힘을 아껴야 해요." 아흐마토바는 이렇게만 말했다. 이는 오랜 기다림을 준비해야만 한다는 걸 의미했다. 주위는 몇 주일, 몇 달, 아니 1년 이상을 추방이나 형 집행 판결도 받지 못한 채 갇혀 있는 사람들로 넘쳐났다. 그들은 사건 처리를 기다렸다. 위에서는 사건 처리를 생략하려는 생각은 하지 않았으며, 서류 위에 집요하게 헛소리를 적어 나갔다.

그들은 과연 정말로 후손들이 문서들을 살펴보면서 지금의 우둔해진 동시대인들처럼 모든 것을 맹목적으로 믿을 거라 생각했을까? 단지 관료적인 본능이 발동했고, 법이 아니라 규정을 먹고사는 먹물 악마가 몇 톤이나 되는 종이를 삼켜버린 걸까? 그리고 법이라는 것도 여러 가지가 있다.

체포된 자의 가족들은 판결을 기다리는 동안 틀에 박힌 과정들을 반복했다. 어떻게든 돈을 구해서 체포된 자에게 전할 물건을 마련한 뒤 전달 창구 앞에서 줄을 서는 것이 그것이다. 만델슈탐은 「네 번째 산문」(Четвертая проза, 1930)에서 이 과정을 측정 불가능한 '필수적인 과정'이라고 명명했다. 우리는 우리가 어떤 세상에 살고 있는지를 줄의 길이로 가늠했다. 1934년에 이 줄은 길지 않았다. 다른 체포된 자들의 아내들이 밟고 지나간 모든 길을 따라가려면 나는 힘을 아껴야만 했다. 그러나 이 5월의 밤, 나에게는 또 하나의 임무가 주어졌으며, 이를 위해 나는 살았고, 지금도 그렇다. 내 힘으로 만델슈탐의 운명을 바꿀 수는 없었지만, 원고의 일부를 보존하고, 대부분은 암기해놓는 것은 나만이 할 수 있었고, 이를 위해 힘을 아껴야 했다.

례바는 우리를 망연자실한 상태에서 구출했다. 전날 밤 아흐마토바가 도착하자 아르도프[8] 부부가 례바를 자기 집에 데리고 가서 재웠다. 우리 집에는 재울 곳이 없었기 때문이다. 만델슈탐이 아침 일찍 일어난다는 것을 알고 있는 례바는 만델슈탐과 차를 마시기 위해 동이 트자마자 왔고, 문턱에서 소식을 들었다.

여러 생각으로 머리가 복잡했던 이 젊은 청년은, 당시에 태어나지만 않았어도 모든 것을 행동으로 옮겼을 것이다. 사람들은 그에게 숨어 있는 역마살을 감지했고, 그의 운명을 알아챘다. 우리 집은 전염병동 또는 무덤과도 같았고, 그래서 나는 례바를 보자마자 발작적 공포를 느꼈다. "가거라." 나는 말했다. "어서 가거라. 밤에 만델슈탐을 잡아갔단다." 례바는 순순히 돌아갔다. 우리는 이런 식으로 살았다.

---

8) 아르도프(1900~76): 작가. 희극 소설이나 영화 시나리오, 풍자적 작품들을 남겼다.

4 이차 수색

우리를 정신차리도록 한 것은 오빠가 건 전화벨 소리였다. 오빠는 잠에서 깨자마자 우리 소식을 들었던 것이다. 물론 우리는 전화 통화하면서 '체포되다', '잡아가다', '가두다' 등과 같은 금지된 단어를 입 밖에 내지 않았다. 우리는 독특한 코드를 개발했으며, 그래서 직접적인 단어를 사용하지 않으면서도 충분히 정확하게 의사소통할 수 있었다. 내 오빠와 엠마 게른슈테인(Э. Г. Герштейн)[1]이 곧 우리 집으로 왔다.

손에 시장바구니를 들거나 그냥 주머니에 원고 뭉치를 집어넣은 채 우리 넷은 한 명씩 차례대로, 길지 않은 시간적 간격을 두고 집을 빠져나왔다. 그리하여 우리는 원고의 일부를 구했다. 원고 전체를 가지고 나가서는 안 된다고 모종의 본능이 우리에게 속삭였다. 그래서 원고더미들은 그대로 바닥에 내버려두었다. "건드리지 말아요." 내가 이 원고더미들을 감추려고 트렁크를 열자 안나가 이렇게 말했다. 나는 그녀의 말에 순순히 복종했다. 왜 그랬는지 스스로도 알지 못했지만 그저 나는 그녀의 본능을 믿었다.

그날 아흐마토바와 함께 도시를 분주히 뛰어다니다 집으로 돌아온 후 다시 문 두드리는 소리가 들렸는데, 이번에는 상당히 정중했다. 나는 초대하지 않은 손님을 다시 집으로 들였다. 그 사람은 야간 관리들의 우두머리였다. 그는 바닥에 굴러다니는 원고들을 만족스럽게 바라보았다.

---

1) 게른슈테인(1903~?): 문학연구가.

"당신들은 정돈할 새도 없었군요." 그러더니 바로 이차 수색에 착수했다. 이번엔 그가 혼자 나타났고, 시 원고가 들어 있는 상자에 유독 관심을 기울였다. 산문은 쳐다보지도 않았다. 세상에 둘도 없이 과묵하며 신중했던 오빠도 두 번째 수색 소식을 듣고 눈썹을 찡그리더니 다음과 같이 말했다. "그들이 한 번 더 나타난다면, 너희 둘 다 끌고 갈 거야."

두 번째 수색과 압수는 무엇을 의미하는가? 나와 아흐마토바는 시선을 교환했다. 소비에트인들은 서로 이해하는 데 이 정도면 충분했다. 예심판사는 밤중에 압수한 원고들을 훑어보았고(이를 위해서는 많은 시간이 필요없었는데, 왜냐하면 시는 분량이 얼마 되지 않았기 때문이다), 그가 찾는 것을 발견하지 못했음이 분명했다. 그렇기 때문에 그는 야간 수색을 서두르다 뜻하지 않게 필요한 글을 놓친 것을 걱정하면서 추가 수색을 위해 요원을 보냈을 것이다. 이로써 우리는 이 수색이 명확한 목적을 가졌으며, 「늑대」류의 시들로 그들이 만족하지 않는다는 결론을 쉽게 내릴 수 있었다. 그러나 그들이 원하던 원고는 상자 안에 없었다. 나와 만델슈탐은 그 시를 기록해두지 않았기 때문이다. 그리고 나는 이제 고문역을 자청하며 따라다니지 않았고, 아흐마토바와 함께 손님을 곁눈으로 살피면서 아무렇지도 않은 듯 차를 마셨다.

요원은 우리가 집에 도착하고서 정확히 20분이 지난 시점에 나타났다. 우리의 도착을 누군가 그에게 알려준 것이 틀림없었다. 도대체 누굴까? 같은 아파트에 살고 있는 요원일 수도 있고, 우리를 감시하라는 명령을 받은 이웃일 수도 있으며, 거리에 모습을 드러냈던 '감시인'일 수도 있다. 당시 우리는 아직 이른바 '감시인'을 식별하는 법을 배우지 못했다. 아흐마토바의 집 앞에서 전혀 숨으려 하지도 않고 꼼짝 않고 서 있는 사람들을 한참 보게 된 후에야 그들의 정체를 알 수 있었다.

그들은 왜 몸을 감추지 않고 그리도 노골적이었던 것일까? 극히 무례할 정도로 어설프며, 익숙하지 못한 일 솜씨 때문이었을까, 아니면 역시 마찬가지로 극히 무례할 정도로 난폭한 협박이었을까? 아마도 이 둘 다였을 것이다. 그들은 자신들의 행동으로 다음과 같이 말했다. "당신들에게 숨을 곳은 없소. 당신들은 감시당하고 있소. 우리는 언제나 당신들과 함께 있지." 우리가 전혀 의심치 않았던 선량한 사람들이, 자신들의 정체가 무엇이며, 왜 우리에게 친근하게 굴었는지 우리에게 깨닫도록 하는 말들을 하던 일이 한두 번이 아니었다. 이 솔직함 역시 일반 교육 체계에 포함되었을 것이다. 왜냐하면 그렇게 솔직한 말을 듣고 나면 우리 혀는 목구멍에 달라붙고, 우리는 물보다 조용하고 풀보다도 눈에 띄지 않게 행동하려 조심했기 때문이다.

예를 들어 나는, 만델슈탐의 원고 부스러기들을 가지고 다니지 말고, 과거를 잊고 모스크바에는 얼씬도 말라는 충고를 자주 들었다. "타슈켄트에 살게 하는 것만 해도 당신을 잘 봐준 거예요." 도대체 누가 잘 봐준 거냐고 물어봐야 소용없었다. 그런 질문에는 미소를 지을 뿐이었다. 암시라든지, 미소를 지으며 하는 말, 비밀스런 말은 내게 격렬한 반감을 불러일으켰다. 그러나 만일 이 모든 것이 아무것도 모르는, 그저 시대의 주된 권력을 따르는 추악한 인간의 공연한 수다라면? 그런 추종자들은 얼마든지 있었다.

그러나 이와는 다른 일이 있었다. 역시 타슈켄트에서 아흐마토바와 함께 살고 있을 때, 우리는 집에 돌아온 뒤 자주 낯선 담배꽁초들로 가득 차 있는 재떨이라든지, 어디서 나타난 건지 모를 책이나 잡지, 신문을 목격해야 했으며, 한번은 식탁 위에 놓인 혐오스러울 정도로 진한 립스틱과 옆집 여자의 손거울을 발견하기도 했다. 상자나 트렁크는 가끔 눈치채지 않을 수 없을 정도로 엉망이 되어 있었다. 지침에 따라 이런 흔적을 남겼던 것일까, 아니면 우리 트렁크를 뒤지는 임무를 맡은 자들이 단순히 재미로 그랬던 걸까? 유쾌한 웃음소리, 그러고는 "그래, 뭐좀 재밌게 해줄까!"라고 말하면서. 두 가지 가능성 모두 그럴 듯하다. 자만하지 않도록 우리를 위협한 건지도 모른다. 그러나 어쨌든 아흐마토바에 비하면 나는 겁준 것도 아니다.

'감시자'로 불리던 사람들 중 한 명이 특히 기억에 남는데, 그자는 제2차 세계대전 이후에 마주쳤던 사람이다. 혹한이 몰아치던 때였는데,

그는 발을 구르고 양팔을 격렬히 휘두르면서 '마부식'으로 추위를 견뎌내고 있었다. 며칠째 계속 아흐마토바와 나는 집 밖으로 나오면서 이 춤추는 '감시자' 옆을 부끄러운 듯 지나쳐 뛰어갔다. 그 후 그의 자리에 다른 자, 그보다는 덜 활발한 자가 나타났다. 어느 날인가는 우리가 폰탄카²⁾의 집 안뜰을 따라 걷고 있는데, 우리 뒤에서 플래시가 터졌다. 우리 사진을 찍어가서 '총애를 잃은' 아흐마토바를 방문한 자가 누구인지 알아내려는 모양이었다. 이 안뜰로 들어오려면 본관의 현관을 통과해야만 했다. 안뜰로 난 문에는 수위가 지키고 있었다. 플래시가 터지던 날 어째서인지 수위는 우리를 이 문 앞에서 오랫동안 붙들고 있었다. 우리를 붙들고 있었던 이유는 열쇠를 잃어버렸다거나 뭐 이와 비슷한 유의 바보 같은 것이었다. 우리의 귀가 소식을 듣고 촬영기사가 사진기를 준비하느라 시간이 필요했던 것이 아닐까? 이 모든 것은 아흐마토바와 조셴코(M. M. Зощенко)³⁾에 대한 공개적인 박해가 있기 얼마 전에 일어났는데, 나는 아흐마토바에 대한 이런 특별 감시의 징후에 소름이 끼쳤다.

개인적으로 나는 이런 주목을 받지는 않았다. 개인 감시 대상으로서 나는 자격 미달이었다. 보통 내 주위에는 요원이 아니라 야비한 밀고자가 우글거렸다. 단지 타슈켄트에서 딱 한 차례 감시당한 적이 있었다. 기관의 고위 관리의 딸인 라리사 글라주노바가 내게 과외를 받는 여학생 중 하나("이 아이가 당신에게 꼭 배우고 싶다는데요……"라면서 자연과학부 대학생이 추천해주었던)를 조심하라고 경고했다. 라리사는 우리 집 문 앞에서 우연히 이 아이와 마주쳤고, 이 아이는 '아빠 밑에서' 일한다고 알려줬다. 나는 이미 오래전부터 이 사실을 알고 있었다고 라리사를 안심시켰다. 사랑스러운 내 학생은 한 번도 약속한 시간에 온 적

---

2) 페테르부르크의 지명. 아흐마토바의 집이 그곳에 있었다.
3) 조셴코(1895~1958): 풍자작가. 1946년 소비에트 삶에 대한 '비속한 풍자'로 공격받은 뒤 아흐마토바와 함께 소비에트 작가동맹으로부터 제명당한다. 만델슈탐이 좋아하던 작가.

이 없었고, 언제나 나를 불의에 덮칠 기회만 엿보다가 들이닥쳐서는, 죄송하지만 몹시 바쁘니 수업을 연기해달라고 부탁하곤 했다. 더욱이 이 아이는 변변치 못한 탐정들의 특징적인 버릇을 가지고 있었으며, 내가 방을 돌아다닐 때면 자제하지 못하고 내 뒤를 힐끔힐끔 곁눈질하곤 했다. 하지도 않는 과외 교습이 그 아이에게 왜 필요했는지 추측하는 것은 어렵지 않았다.

라리사에 의해 정체가 탄로난 탐정 아이는 곧 사라졌지만, 이 아이를 나에게 소개했던 대학생은 이 일로 몹시 괴로워했던 것이 분명했다. 아마도 이 아이의 덫에 걸렸을 이 학생은 나에게 해명하려고 계속 애태웠다. 나는 그럴 때마다 이 대학생을 피했지만, 여자 탐정 아이가 경탄하며 반복하던 말을 영원히 기억한다. "전 아흐마토바와 선생님의 바깥어른을 숭배해요." 그들은 남편을 바깥어른이라고 불렀다. 바깥어른, 이 얼마나 듣기 좋은 말인가! 그런가 하면 체카 요원들은 남편을 '동지'라고 불렀다.

그러나 이 모든 것은 이후 일어났던 일들이며, 1934년 우리는 '미행'이라는 단어조차 생각해내지 못했고, 우리가 이미 집에 돌아왔다는 사실을 누가 체카 요원에게 알렸는지 추측할 수 없었다.

5 시장바구니

두 번째로 와서 다시 원고를 조사하며 상자를 뒤졌던 요원은 퍄스트의 서사시가 없어졌다는 것도 알아차리지 못했다. 이를 알아차렸다면 그는 우리가 원고를 빼돌렸다는 사실을 짐작했을 것이다. 방을 치우지 말라고 한 아흐마토바의 현명한 경고가 적중했다. 만일 내가 종이들을 정리해 다시 트렁크에 넣었다면 체카 요원은 긴장했을 것이다.

퍄스트의 서사시는 방대했다. 우리가 시장바구니에 담아 날랐던 것은 바로 그 원고였다. '조각'으로 불렸던 장(章)별로 나누어 가지고 나갔다. 만델슈탐은 이 서사시를 좋아했는데, 작품에 법적인 아내에 대한 욕설이 있었기 때문이었는지도 모른다. 작품에 보면 아내를 '면사포 쓴 여인'으로 묘사했는데, 시인은 그녀와 살고 싶어 하지 않았다. 코딱지만 하긴 하지만 거의 생전 처음 집다운 집에 얼떨결에 살게 된 만델슈탐 역시 가정생활의 무게를 달가워하지 않았고, 퍄스트를 열렬히 칭찬했다. 그의 열광을 눈치 채고 나는 물었다. "그런데 당신의 '면사포 쓴' 아내는 누군데요? 설마 나는 아니겠죠?"

마음의 상처와 스캔들, 이혼 같은 평범한 삶이 우리에게도 가능했다면! 바로 이런 것이 평범한 인간의 삶이며, 그런 삶을 위해 온 힘을 경주해야 한다는 것을 모르는 어리석은 자들이 이 세상에는 있다. 그러한 드라마를 위해 아까운 것이 무엇이랴!

퍄스트는 내게 보관하라면서 손으로 옮겨 적은 서사시(우리나 그나 비싼 타자기를 장만할 돈은 없었다) 두 편을 맡겼다. 이것은 옛날식 표현으로 말하면 유일한 '정서본'이었다. 보관하기에는 이보다 나쁜 장소는 없을 거라고 내가 아무리 설득해도 퍄스트는 믿지 않았다. 유형지에서 돌아온 그는 우리 집을 안전하고, 평온하며, 확고한 성곽이나 다름없다고 생각했던 것이다. 야간 방문객의 손에 이 '서사시'가 들려져 있던 것을 보고 만델슈탐은 안타까움에 괴로운 한숨을 내쉬었다. "퍄스트는 이제 어쩌지!" 그래서 나에게는 아흐마토바의 말처럼 '그런 힘이 생겼던' 것이다. 요원을 물리치고 이 '면사포 쓴 여인'에 대한 욕설, 아내가 아닌 아름다운 여인, 퍄스트의 키다리 애인(그는 언제나 키 큰 여자만 좋아했다)에 대한 찬가를 구했지만, 그것은 이후 분실되었다.

퍄스트는 자신의 마지막 키다리 애인을 우리 집에 데려와 '서사시'를 들려주기도 했다. 혹시 그녀가 퍄스트의 원고를 가지고 있지는 않을까? 그러나 그녀는 퍄스트가 아니라 그가 당시 국립출판사를 통해 맡은 라블레[1] 작품의 번역료에 관심이 있었던 듯했다. 기억하건대, 퍄스트는 당시 '변덕스러운 양녀'에 대해 불평했고, 그녀는 어딘가 먼 곳에 살면서 자기의 기이한 '양아버지'에 대해 친근하게 회상하는 정도라고 들었다. 내가 구했던 퍄스트의 서사시 원고를 그녀가 가지고 있는 게 아닐까?

만델슈탐이 체포되기 전에도 우리 집에는 경찰관들이 자주 드나들었다. 퍄스트는 문학 관련 일을 구하러 모스크바에 며칠간 머물 수 있는 허가를 받기 위해 경찰서에 가서 거주등록을 하면서 우리 집 주소를 댔다. 기간이 만료되었고, 그는 금지된 지역에서 허락된 지역으로 쫓겨났다. 우리 집이 수색당할 때 그가 우리 집에 없었던 것은 행운이다. 만일 경찰관들이 그를 모스크바에서 쫓아내지 않았더라면, 충분히 그럴 수도 있던 일이었다. 그가 요원과 마주쳤다면 그는 자신의 원고와 함께 잡혀 갔을 것이다. 운이 좋았다고밖에는 말할 수 없다. 퍄스트의 두 번째 행운은 그가 계속 체포당할 정도로 오래 살지 못하고 자기 침대나 병원의

---

1) 프랑스 르네상스 문학의 대표적 작가.

침상에서 암으로 죽었다는 사실이다. 가정의 드라마와 마찬가지로 이 역시 평범한 삶이며, 따라서 행운이다. 이를 이해하기 위해서는 길고 긴 학습 과정을 이수해야 한다.

우리는 만델슈탐의 다양한 시기의 시 원고를 빼돌릴 수 있었다. 이때부터 그 원고들을 결코 집에 들여놓지 않았다. 텍스트들을 정리하고 출판되지 않은 시들의 목록을 만들기 위해 나는 그 원고들을 작은 꾸러미로 묶어 보로네슈로 가져갔다. 나는 만델슈탐과 함께 이 작업을 꾸준히 실행했다. 만델슈탐은 자기 원고에 대한 태도를 돌연 바꾸었다. 예전에 그는 자기 원고에 대해 전혀 신경 쓰지 않았으며, 내가 자기 원고를 버리지 않고 친정어머니가 준 노란색 외제 트렁크에 그걸 보관할 때마다 화를 냈다. 그러나 체포당한 뒤 그는 사람보다 원고를 보관하기가 더 쉽다는 걸 깨닫게 되었고, 사람과 함께 사라질 기억력에 더 이상 의존하지 않았다. 이 원고들 중 어떤 것들은 지금까지 보존되어 있지만, 대부분은 두 차례 체포 과정에서 유실되었다. 처음에는 서류철에, 나중에는 자루에 담아 압수해갔던 원고들을 우리 법정에서는 어떻게 했을까? 거기서 사람들을 어떻게 다루었는지도 모르면서 그 종잇장들에 대해 어찌 알 수 있으랴. 그 시대의 증인들과 원고의 일부가 살아남아 있는 것만 해도 기적이다.

6 선처를 호소하러 다니다

3차 수색은 없었고, 따라서 우리를 잡아가지도 않았다. 우리는 친지가 체포된 사람들이 보통 착수하는 일들을 시작했다. 즉 선처를 호소하러 분주히 다니는 틀에 박힌 일에 매달렸다. 하루 종일 도시를 뛰어다니다가 지쳐 집에 돌아오면 우리는 식사 대신 1루블짜리 옥수수 캔을 먹었다.

그렇게 사흘이 지났다. 나흘째 되는 날 키예프에서 친정어머니가 오셨다. 어머니는 그곳에 있는 방을 처분하고 옛 가구들을 판 뒤, 아파트에 정착한 사위와 딸의 집에서 여생을 보내기 위해 오신 것이다. 아무도 역으로 어머니를 마중 가지 않아서 어머니는 서운하고 화가 난 상태로 집에 도착했다. 그러나 이 모든 감정은 만델슈탐의 체포소식을 듣자마자 누그러졌다. 그리고 어머니는 정부와 체포에 대해 어떻게 반응해야 하는지 알고 있는 예전의 자유주의적 여학생 시절로 되돌아갔다. 그녀는 손을 꼭 잡고 볼셰비즘의 이론과 실제에 대해 일장연설을 했고, 우리의 경제 상황을 점검하더니 안주머니에서 돈을 꺼내 시장으로 달려갔다. 우리의 방황은 끝났고, 이제 우리는 더 기운차게 일과를 수행할 수 있게 되었다.

나는 체포 직후부터 니콜라이 이바노비치 부하린(Н. И. Бухарин)[1]

---

1) 부하린(1888~1939): 볼셰비키 당원이자 정치가. 1919년에서 1929년까지 정치국원으로 있었으며, 1934~37년 『이즈베스티야』 신문의 편집장을 맡았다. 1937년 당에서 제명된 뒤 체포되며, 1938년 모스크바 공개재판에서 총살당한다.

을 찾아갔다. 부하린은 내가 전한 소식을 듣더니 안색이 변했고, 내게 질문을 던지기 시작했다. 나는 그가 그토록 흥분할 수 있는 사람이었다는 것을 몰랐다. 그는 자신의 넓은 집무실을 이리저리 뛰어다녔고, 내 앞에 다가와 계속 질문을 퍼부었다. "면회는 했나요?" 면회는 이제 허용되지 않는다는 것을 그에게 설명해야 했다. 부하린은 이런 사실조차 모르고 있었다. 모든 이론가들이 그러하듯 그는 자기 이론에서 실제적인 결론을 도출하지 못했다.

"만델슈탐이 흥분해서 뭔가를 썼던 게 아니오?" 나는 아니라고 대답했다. "악의적인 몇 편의 시도 부하린 씨가 알고 계시는 것보다 덜 끔찍한 것입니다." 나는 거짓말을 했고, 지금도 그것이 부끄럽다. 그러나 내가 그때 진실을 말했다면, 우리에게 '보로네슈 유형'이란 없었을 지도 모른다. 거짓말을 해야만 했나? 거짓말을 해도 되었던 걸까? '구원받기 위한 거짓말'은 정당화될 수 있는가? 거짓말하지 않아도 되는 상황에서 산다는 것은 좋은 일이다. 그런데 이 땅에 그런 곳이 있을까? 모든 곳에 허위와 위선이 있다고 우리는 어릴 적부터 배워왔다. 만약 거짓말을 하지 않았더라면 나는 우리의 끔찍한 시절에 살아남지 못했을 것이다. 그래서 나는 평생 거짓말을 했다. 대학생들에게도, 직장에서도, 전적으로 믿을 수 없었던 선량한 사람들(이런 사람들이 대부분이었지만)에게도. 그리고 이때 그 누구도 날 의심하지 않았다. 이것은 우리 시대의 일상적인 거짓말, 즉 일종의 판에 박힌 예절이었다. 나는 이런 거짓말을 부끄러워하지는 않았지만, 부하린에게 한 거짓말은 냉정한 계산에서 나온 고의적인 거짓말이었다. 유일한 버팀목을 놓칠 수는 없었다. 그래서 이것은 종류가 다른 거짓말이었다. 그런데 내가 과연 그때 사실대로 말할 수 있었을까?

부하린은 톨스토이의 뺨을 때린 사건으로는 체포당할 리가 없다고 말했다. 나는 무슨 이유로든 체포당할 수 있다고 우겼다. 언제나 법전의 제58조항이 적용되었다.[2] 이보다 더 편리한 것이 있었을까?

톨스토이의 협박에 대한 이야기와 "러시아 작가를 때리면 어떻게 되는지 우리는 그에게 보여줄 거요"라는 말은 부하린에게 깊은 인상을 준 듯했다. 그는 이 이야기를 들으면서 거의 신음에 가까운 소리를 냈다. 러시아 제정시대의 감옥을 알고 있었으며, 혁명적 테러를 원칙적으로 지지하던 부하린은 바로 이날 자신의 미래를 명확히 감지할 수 있었을 것이다.

체포된 만델슈탐을 구하기 위해 사방으로 뛰어다니던 시기에 나는 부하린을 자주 찾아갔다. 부하린의 비서 코로트코바(만델슈탐이 그의 산문에서 모든 방문객과 함께 호두를 갉아먹는 다람쥐로 묘사한)는 그럴 때면 언제나 나를 당황하고 상냥한 눈으로 맞이하고는 즉시 부하린에게 알리러 달려갔다. 그의 사무실 문이 활짝 열리고, 그는 책상에서 일어나 나를 향해 달려왔다. "새로운 소식은요? 난 없는데. 아무것도 아는 사람이 없더군요."

이것이 우리의 마지막 만남이었다. 체르딘에서 보로네슈로 가는 길에 나는 다시 『이즈베스티야』 신문사로 달려갔다.[3] "체르딘에서 당신은 몹시도 끔찍한 전보를 보내셨더군요"라는 말을 남기고 코로트코바는 부하린의 사무실로 갔다. 그녀는 거의 울먹이면서 다시 나오더니 다음과 같이 말했다. "부하린 씨께서는 당신을 만나지 않으시겠답니다. 어떻게 그런 시를……" 그 후로 더 이상 그를 볼 수 없었다. 나중에 그가 에렌부르그(И. Г. Эренбург)[4]에게 했던 이야기에 따르면 야고다가 그에게 스탈린에 관한 시를 소리내 읽어주었고, 놀란 그는 물러섰다는 것이다. 그러나 이 일이 있기 전까지 그는 자기 능력이 닿는 데까지 힘을 썼고, 덕분에 만델슈탐의 사건은 재검토되었다.

---

2) '반소비에트 선동'과 '반혁명적 활동'에 관한 악명 높은 조항으로, 이 조항은 모든 '정치범'에게 적용되었다.
3) 당시 부하린은 『이즈베스티야』 신문사의 편집국장으로 일했다.
4) 에렌부르그(1891~1967): 시인 · 작가. 중편소설 「해빙」(Оттепель)에서 스탈린 사후 소비에트 사회의 자유의 숨결을 민감하게 묘사한다. 만년에는 회고록 『인간, 세월, 생활』(Люди, годы, жизнь)을 저술하여 소비에트 지식인의 정신사라고도 할 만한 귀중한 증언을 남겼다.

체포된 만델슈탐을 위해 선처를 호소하러 다니던 시기에 『이즈베스티야』 신문사로 부하린을 만나러 다니는 데 걸린 시간은 한 시간도 채 안 되었다. 나머지 시간에는 도시를 끊임없이 뛰어다녀야 했다. 체포된 자들의 부인은(1937년 이후에도 감옥 내 성비는 남성이 훨씬 높았다) 페슈코바(Е. П. Пешкова)⁵⁾의 정치적 적십자로 가는 길을 다져놓았다. 그리로 가서 부인들은 실제로 약간의 하소연을 하고, 속내를 털어놓을 수 있을 뿐이었는데, 이것은 그들에게 무언가 하고 있다는 환상을 주었고, 이는 괴로운 기다림의 시기에 매우 중요했다. 적십자는 아무런 영향력도 행사하지 못했다. 적십자를 통해 아주 가끔 수용소에 소포를 보내거나, 이미 내려진 판결이나 집행된 처형 결과에 대해 알 수 있었다. 1937년 이 이상한 조직은 해체되었고, 이로써 감옥과 외부 세계의 마지막 끈도 끊겼다. 정치범을 돕는다는 생각 자체가 우리의 제도 전체와 명백히 모순되었기 때문이다. 처벌받은 사람과 아는 사이라는 이유만으로도 강제노동에 처해지거나 독방에 감금된 사람들이 얼마나 많았던가? 정치적 적십자의 해체는 아주 당연한 일이었지만, 이때부터 체포된 자들의 가족들은 단지 풍문에 의존한 채 살아야 했으며, 이 풍문 중 일부는 위협을 목적으로 고의적으로 유포된 것들이었다.

페슈코바는 처음부터 이 적십자의 단장을 맡고 있었는데, 내가 찾아다닌 사람은 페슈코바가 아니라 그녀의 조수이자 매우 현명한 자였던 비나베르(М. Л. Винавер)⁶⁾였다. 비나베르의 첫 번째 질문은 다음과 같았다. "트렁크를 뒤진 자의 계급은 뭐였습니까?" 야간 방문객 우두머리의 계급이 높으면 높을수록 사건은 심각하며, 앞으로의 운명이 끔찍

---

5) 페슈코바(1876~1965): 소설가이자 혁명활동가인 막심 고리키의 아내. 혁명이 후 모든 종류의 정치범들을 위한 구호 단체인 '정치적 적십자'를 설립했다. 고리키의 명성 때문에 소비에트 비밀경찰도 용인할 수밖에 없던 이 조직은 1939년까지 존속되었다. 적십자 건물은 비밀경찰 본부인 루반카와 매우 가까운 곳에 있었다.
6) 비나베르: 정치적 적십자의 직원. 체포되어 감금 중 사망했다―편집자.

하다는 것을 나는 이때 알게 되었다. 이런 추측방법을 나는 생전 처음 들었기 때문에, 수색당하던 날 밤엔 계급장을 살펴볼 생각을 하지 못했었다. 비나베르는 감옥 '안'의 생활환경은 청결이나 식사 면에서 매우 좋다는 사실도 내게 말해주었다. "음식은 아마 당신 집보다 나을 겁니다." 그러나 굶더라도 자유로운 편이 더 나으며, 이 감옥의 비굴한 '문명'에는 무언가 견딜 수 없는 불길함이 내재되어 있음을 그에게 일일이 설명할 필요는 없었다. 내가 설명하지 않더라도 그는 모든 걸 알고 있었기 때문이다. 조금 뒤 그는 내게 미래에는 무엇이 기다리고 있는지 말해주었고, 그의 예언은 적중했다. 그는 경험이 많았으며, 그로부터 결론을 내릴 줄 알았다. 나는 마치 출근하듯 비나베르 사무실을 방문했고, 운명의 변화에 대해 언제나 그에게 알렸다. 내가 그랬던 것은 무언가 조언을 얻기 위해서라기보다는 그저 우리의 이 혼란함 속에서도 법에 입각한 사고방식을 잃어버리지 않고, 무익하더라도 굽히지 않고 폭압과 싸우는 마지막 사람들 중 한 명과 이야기해야만 했기 때문이었다.

비나베르는 좋은 충고를 해주었다. 가능한 한 덜 활동적으로, 그 무엇도 바라지 말고(예를 들어 번역이나 다른 일자리 같은), 자기에 관해 상기시키지 말며, 숨어서 침묵해야 한다고, 한마디로 말해 죽은 듯이 있어야 한다고 만델슈탐을 설득하라고 한 것이 바로 그였다. "당신 이름이 적힌 그 어떤 새로운 작품도 출판되어서는 안 됩니다. 그러면 그들은 당신에 관해 잊을 겁니다." 그의 의견에 따르면 이것은 유일한 구원의 길이며, 적어도 얼마간 삶을 연장할 수 있는 방법이었다. 그러나 비나베르 스스로는 이 처방을 따르지 못했고, 언제나 사람들 앞에 모습을 드러냈다. 그래서 그는 예조프(Н. И. Ежов)[7] 체제 때 사라졌다.

---

7) 예조프(1894~1939?): 정치경찰의 지도자이며 대숙청의 조직자. 스탈린 시대 치안기관을 감독했고, 특히 1936년 9월 야고다의 뒤를 이어 내무인민위원(비밀경찰의 공식적 명칭, KGB의 전신)이 된 후 당·군·정부 간부들을 대대적으로 숙청함으로써 '예조프 체제'라는 용어를 낳기도 했다. 1938년 베리야가 그의 후임으로 임명된 후 아마도 1939년 처형된 듯하나, 그의 운명에 대한 공식

그가 이중생활을 했으며, 우리가 생각하던 그런 사람이 아니었다는 소문이 지금 돌고 있지만, 나는 이를 믿지 않으며, 앞으로도 그럴 것이다. 후대에 그의 결백을 증명해주었으면 하는 것이 나의 바람이다. 루뱐카[8]가 자신의 마음에 들지 않는 사람들에 관해 이런 종류의 악질적인 소문을 퍼뜨리곤 한다는 것을 나는 이미 알고 있다. 비나베르를 비방하는 그 어떤 문서가 문서보관소에 보관되어 있다 하더라도 이것은 비나베르가 자신을 방문한 자들을 기관에 팔아넘겼다는 증거가 될 수 없다. 비나베르가 스파이였다고 페슈코바를 설득할 수 있었는지 몰라도 우리는 그것을 믿을 수 없다. 서류를 조작하는 것은 그리 어렵지 않으며, 고문실에서 사람들은 말도 안 되는 헛소리에도 서명하게 마련이다. 선동자와 밀고자들로 노파를 위협해보았자 소용없는 일이다.

그러나 만일 도처에 거대한 거짓의 더미가 작은 조각의 진실 위에 겹겹이 쌓여 있다면 후세 역사가들은 어떻게 진실을 다시 세울 수 있을까? 선입견이나 당시의 실수가 아니라 고의적이며 계산된 거짓의 더미가 진실을 덮고 있다면?

적인 정보는 찾아볼 수 없다.
8) 모스크바에 있던 비밀경찰 본부이자 정치범 감옥.

7 여론

아흐마토바 역시 만델슈탐을 구하기 위해 사방으로 뛰어다녔다. 아흐마토바는 예누키드제(А. С. Енукидзе)[1]를 접견하는 데 성공했다. 그는 아흐마토바의 말을 주의 깊게 듣더니 침묵을 지켰다. 그 후 아흐마토바는 세이풀리나(Л. Н. Сейфуллина)[2]에게 달려갔는데, 세이풀리나는 자기가 알고 있는 체카 요원에게 즉시 전화했다. "그가 거기서 미치지나 않았으면 좋겠군요." 체카 요원은 이렇게 말했다고 한다. "우리는 그 방면의 대가거든요." 다음 날 이 체카 요원은 취조가 진행 중이며 이 사건에 개입해서는 안 된다고 세이풀리나에게 알렸다. 왜죠? 대답은 없었다. 그래서 세이풀리나는 도와주기를 포기했다.

누군가 우리에게 어떤 사건에 개입하지 말라고 충고하면 우리는 언제나 그 즉시 포기하고 물러났다. 우리 삶의 놀라운 특징이다. 동시대인들은 무슨 일에 관해 '위에서' 뭐라고 했는지 밝혀진 뒤에야 청원이나 부탁을 하고, 자기 의사를 표현하고 행동했다. '위'의 뜻을 거슬러 행동하기에는 모두 너무나도 분명히 스스로의 무력함을 알고 있었다.

"나는 이런 일들에는 소질이 없더라고." 에렌부르그는 자기가 왜 몇몇 일들, 예를 들어 연금이나 주거면적, 거주등록 등에 관한 일에는 이

---

1) 예누키드제(1877~1937): 스탈린의 오랜 동지. 중앙실무위원회 서기. 1935년 당에서 축출당한 뒤 체포되어 비공개 재판 후 1937년 처형되었다.
2) 세이풀리나(1889~1954): 소설가. 1920년대 러시아 농촌을 사실적으로 묘사해 유명했던 작가.

리저리 알아보며 애쓰지 않는지를 설명하며 이렇게 말했다. 정말 그는 요청할 뿐 주장하지는 못했다. 당국에게 이보다 더 편한 일이 있을까? '위에서' 그걸 좋아하지 않는다고 암시하기만 하면 모든 사회적 발언을 중단할 수 있었다. 행정관청의 중간급뿐 아니라 최고위급에서도 자신의 목적을 위해 이 방법을 사용했고, 그래서 관여하지 않는 일들이 생겨났다. 1920년대 중반부터 '사회의 속삭임'은 점점 더 포착하기 어려워졌고, 더 이상 그 어떤 행동으로 발전하지 못했다.

물론, 체포에 관한 모든 일은 '개입해서는 안 되는' 일이었고, 단지 가족들만 그럴 수(페슈코바에게, 그 후 검사에게 찾아가는 것) 있다고 인정되었다. 누군가 외부인이 구명운동에 동참한다면 그것은 극히 이례적인 것으로, 그는 높이 평가받을 만했다. 만델슈탐의 사건에 개입하는 것은 무의미했다. 그는 자기 시에서 너무도 엄청난 인물을 비방했기 때문이었다. 1934년 파스테르나크(Б. Л. Пастернак)[3]가 만델슈탐의 구명운동에 동참하고 싶다며 아흐마토바와 함께 우리 집으로 와서, 자기가 누구를 만나 부탁하면 좋을지 물었던 것을 나는 바로 이 때문에 매우 고맙게 생각한다. 나는 니콜라이 이바노비치 부하린(이미 나는 그가 만델슈탐의 체포에 대해 어떻게 생각하고 있는지 알고 있었기 때문에)과 데미얀 베드느이(Д. Бедный)[4]에게 가보라고 권했다.

나는 베드느이를 그냥 언급한 것이 아니었다. 그가 만델슈탐에게 1928년 했던 약속을 파스테르나크를 통해 상기시키고 싶었다. 만델슈탐은 당시 우연히 거리에서 자기와 성이 같은 사람인 이사이 베네딕토

---

3) 파스테르나크(1890~1960): 시인이자 소설가. 1914년 첫 시집 『구름 속의 쌍둥이』를 내고 등단. 스탈린 통치 시대에는 번역 작업에 몰두했고, 그중에서도 『셰익스피어 희곡집』은 명역으로 이름 높다. 장편소설 『의사 지바고』의 1958년 노벨상 수상을 두고 벌어진 정치적 회오리바람에 휩쓸리게 되자 "러시아에서 이대로 살고 싶다"며 노벨상 수상을 거부했다. 페레스트로이카 이후 복권되고 오랫동안 금서로 묶여 있던 『의사 지바고』도 1988년 발표되었다.
4) 베드느이(1883~1945): 본명 프리드보로프. 소련 시인. 단순하지만 힘 있는 시들로 1920년대에 큰 인기를 누렸다.

비치 만델슈탐에게서 다섯 명의 은행직원, 즉 늙은 '전문가들'(당시 그들은 이렇게 불렀다)에 관한 이야기를 들었다. 그들은 공금유용이나 경영부실의 죄도 아니었는데 총살을 선고받았다. 만델슈탐은 모스크바를 발칵 뒤집었고, 노인들을 구했다. 스스로나 이 이야기를 해준 사람도 예상하지 못했으며, 남의 일에 개입하지 말라는 법칙에서도 벗어난 결과였다. 만델슈탐은 「네 번째 산문」에서 이 일에 관해 언급했다. 그는 이때 데미얀 베드느이에게도 도와달라고 부탁했다. 만남은 '국제서점'의 뒤뜰에서 이루어졌다. 열렬한 책벌레인 베드느이는 이 서점의 단골이었고, 아마도 이곳을 지인들과 만남의 장소로 삼았던 듯했다. 당시 이미 크레믈린에 살고 있는 사람들은 감히 아무도 자신의 집에 사람들을 들이지 못했다. 베드느이는 늙은 은행원들을 위해 힘써 달라는 만델슈탐의 부탁을 단번에 거절했다. "그런데 당신이 왜 그들 일에 나선 거요?" 그는 만델슈탐에게 물었고, 그들이 만델슈탐의 친척도 아니며 심지어 일면식도 없는 자들이라는 것을 알게 되었다. 그러자 그는 만일 만델슈탐에게 무슨 일이 생긴다면 그때는 반드시 도와주겠노라고 말했다는 것이다.

비록 당시에는 '아무도 우릴 해치거나 죽이지 않을 것'[5]이라고 굳게 확신하고 있었음에도 이 약속은 무엇 때문인지 만델슈탐을 매우 기쁘게 했다. 얄타에 도착한 그는 내게 데미얀이 한 약속에 관해 말해주었다. "어쨌든 기분 좋지 않소? 그냥 해본 소릴까? 아니야, 내 생각엔 진심이었던 것 같아." 바로 이 때문에 나는 1934년 파스테르나크에게 베드느이를 찾아가라고 했던 것이다. 파스테르나크는 두 번째 수색이 있었던 바로 그날 베드느이에게 전화했는데, 그는 이미 만델슈탐의 체포에 대해 알고 있었다고 한다. "자네나 나는 이 일에 개입해선 안 되네." 그는 파스테르나크에게 이렇게 말했다. 베드느이가 '기름기 흐르는 손가락을 가진 자'(이미 자신과도 충돌해야만 했던)에 관한 시를 알고 있었는

---

5) 당시 만델슈탐이 쓴 시 「1924년 1월 1일」의 한 구절.

지, 아니면 그저 전염병자는 될 수 있는 대로 피해야 한다는 소비에트의 통상적인 법칙을 적용해 대답한 것인지는 알 수 없다. 둘 다 가능한 일이다.

그러나 어쨌든 베드느이 스스로도 책에 대한 집착 때문에 이미 스탈린의 눈 밖에 나 있던 상태였다. 부주의하게도 그는 스탈린에게 책을 빌려주기 싫다고 자신의 일기장에 적었던 것이다. 그 이유는 스탈린이 기름진 손자국을 책장에 남겨놓기 때문이었다. 베드느이의 비서는 아첨을 해 승진하리라 결심했고, 그래서 일기의 이 부분을 발췌해서 스탈린에게 보냈다. 배신했던 비서는 아무런 보상도 받지 못했던 듯하지만, 베드느이 본인은 오랫동안 궁핍하게 살아야 했고, 그래서 자신의 장서를 모두 팔아야만 했다. 그의 글이 다시 출판되기 시작했을 때는 15년이라는 저작권 보호기간이 이미 지난 뒤였고, 또 마지막 결혼은 법적으로 인정되지 않은 것 같았다. 나는 이때 그의 상속인인 야윈 청년이 수르코프 (А. А. Сурков)[6]에게 찾아와서는 아버지 이름을 대며 한 푼이라도 받을 수 없냐고 간청하는 것을 보았다. 수르코프는 내가 보는 앞에서 깨끗이 거절했다. 이것은 베드느이에 대한 마지막 모욕, 대물림된 모욕이었다. 왜 이런 취급을 받아야 했는가? 사실 베드느이는 두려움이 아닌 자신의 양심 때문에 소비에트 정권을 위해 일했다. 만일 나를 점점 더 군홧발로 짓밟는다 해도 나는 놀라지 않을 것이다. 나는 아무런 가치도 없을 것이기 때문에.

1934년 5월 중순 베드느이와 파스테르나크는 작가동맹 창립과 관련해 조직된 회의에서 만났다. 베드느이는 파스테르나크를 집까지 바래다 준다고 자청했다. 내가 기억하는 한 그는 운전기사를 먼저 보낸 뒤 모스크바를 한참 돌아다녔다. 당시 아직 우리의 많은 정치활동가들은 자동차에서 이야기하는 것을 두려워하지 않았는데, 자동차 안에 도청장치가

---

6) 수르코프(1899~1983): 시인, 종군기자, 『문학신문』의 편집자(1944~46), 소비에트 작가동맹의 서기(1954~59).

되어 있다는 소문은 그 후에 들려왔다. 베드느이는 '그들'이 러시아 시를 정조준하고 있다고 파스테르나크에게 말했으며, 특히 마야콥스키(B. B. Маяковский)[7]를 언급했다. 베드느이의 의견에 따르면 마야콥스키는 자신에게 이질적인 영역(베드느이에게는 친숙하지만)에 침입했기 때문에 죽은 것이었다.

한참 이야기한 뒤 베드느이는 파스테르나크를 푸르마노프 골목에 있는 우리 집 앞에 내려주었는데, 그곳에는 두 차례 수색으로 얼이 빠진 나와 아흐마토바가 앉아 있었다.

당시 발트루샤이티스(И. К. Балтрушайтис)[8]는 언론인의 집회에 달려가 만델슈탐을 구해달라고 한 명 한 명에게 차례로 간청했다. 그는 죽은 구밀료프를 봐서라도 그렇게 해달라고 간청했는데, 1930년대 언론인들의 귀에 이 두 이름이 어떤 울림을 가졌을지 상상해보라. 그러나 발트루샤이티스는 다른 나라 사람이었고, '이 일에 개입하는 것은 권고되지 않는다'라고 그에게 암시할 수 없었다.

발트루샤이티스는 오래전인 1920년대 초부터(1921년 구밀료프가 죽기 전에 이미) 어떤 종말이 만델슈탐을 기다리는지 예감하고 있었다. 그는 만델슈탐에게 리투아니아 시민권을 취득하라고 충고했다. 만델슈탐의 아버지가 언젠가 리투아니아에 살았던 적이 있고, 만델슈탐 역시 바르샤바에서 태어났기 때문에 가능성은 있었다. 만델슈탐은 약간의 서류

---

7) 마야콥스키(1893~1930): 그루지야 태생의 시인. 1905년 러시아 혁명의 영향을 받아 소년시절부터 정치활동에 참가하여 15세에 러시아 사회민주노동당에 입당. 세 차례의 체포와 반 년여의 독방 옥중생활 이후 1910년 석방되면서 정치활동에서 손을 떼고 '예술혁명가'가 되기로 결심. 1911년 모스크바 회화 조각 건축 학교에 입학하여 본격적인 회화공부를 했고, 시와 회화를 중심으로 하는 아방가르드 예술운동 미래파에 참여한다. 1917년 10월혁명을 '나의 혁명'으로 받아들인 시인은 혁명 직후부터 두드러진 활동을 시작하여 미술, 연극을 포함한 아방가르드 운동의 중심인물이 되었다. 그러나 혁명에 대한 열중은 오래가지 못했고 1930년 자살로 생을 마감한다.

8) 발트루샤이티스(1873~1944): 리투아니아 시인. 1921년부터 1939년까지 소련 주재 리투아니아 대사로 있었다.

를 준비해 발트루샤이티스에게 보여주러 가기도 했지만, 그러나 이후 생각을 바꾸었다. 자신의 운명에서 도망치는 것은 불가능하며, 애쓸 필요도 없다는 이유였다.

어쨌든 만델슈탐의 첫 번째 체포와 관련된 구명운동과 소란은 일정한 역할을 행사했음이 분명했다. 관례대로 처리되지 않았기 때문이다. 최소한 아흐마토바의 생각으로는 그러했다. 가벼운 울림, 속삭임 같은 조그만 반작용도 우리의 상황에서는 일상적이지 않은 놀라운 현상이기 때문이다. 그러나 이 소란의 정체가 무엇이었는지는 모르겠다. 여론은 언제나 강자가 아닌 약자, 모욕한 자가 아닌 모욕받은 자, 맹수가 아닌 희생양의 편이라고 단순한 나는 생각했다. 나보다 현실감각이 있던 리다 바그리츠카야(Л. Г. Багрицкая)[9]가 이런 내 눈을 뜨게 해주었다. 1938년 그녀의 친구 포스투팔스키(И. С. Поступальский)[10]가 체포되었을 때 그녀는 내게 하소연했다. "예전엔 이러지 않았는데. 만델슈탐이 잡혀갔을 때만 해도 체포를 반대하는 사람도 있었고, 찬성하는 사람도 있었잖아요. 그런데 지금은 어떤가요? 자기편 사람도 잡아가잖아요!"

리다 바그리츠카야의 이러한 지적은 정확했다. 그녀는 스파르타식 직설화법으로 우리 인텔리겐치아의 근본적인 도덕 법칙을 표현했는데, 여론 또한 이와 마찬가지 아닐까? '우리 편'과 '남의 편'(당시에는 '이질분자'로 불렸다)으로 나누는 편 가르기는 '누가 누구를 이겼는가'라는 규칙과 함께 내전시기부터 이미 있어왔다. 항복과 승리의 과정을 거친 뒤 승리자들은 언제나 포상과 보너스, 특권에 대한 권리를 주장했고, 패배자들은 박해당했다. 그러나 갑자기 '우리' 편에 있던 권리가 상속되지 않으며, 더구나 자기가 살아 있는 동안에도 보존되지 않는 현상이 나타났다. 이 권리를 위한 투쟁이 계속 벌어졌고, 벌어지고 있으며, 어제의 '우리 편'은 한순간에 '남의 편'으로 전락될 수 있었다. 더욱이 우리와

---

9) 바그리츠카야(1896~1969): 시인 Е. Г. 바그리츠키의 아내. 강제수용소에 수감되기도 했다.
10) 포스투팔스키(1907~89): 비평가이자 번역가.

남의 구분 원칙은, 전락하는 모든 자는 그가 전락한다는 이유만으로 '남'이 될 수 있다는 논리적인 결론으로 이끌었다. 1937년 이후는 이런 구분 원칙이 그 최종 국면까지 도달했던 시기였다.

누군가 체포되었다는 소식을 잇달아 접하면, 잠자코 있으면서 별로 구원처가 되지 않는 자신의 굴로 더 깊숙이 숨는 부류가 있었는가 하면, 같이 어울려 손가락질 하는 부류도 있었다. 소냐 비슈네베츠카야(C. К. Вишневецкая)[11]는 1940년대 말 자기 친구들의 체포 소식을 접할 때면 끔찍하다는 듯이 이렇게 외쳤다. "도처에 배신과 반혁명이군!" 더 나은 형편에 있었으며 무언가 잃어버릴 것을 가졌던 사람들은 당연히 이렇게 말해야 했다. 이 외침은 마치 주문과도 같은 것이었다. 우리가 할 수 있는 일이 무엇이 있었겠는가. 미신에라도 매달릴 수밖에……

---

11) 비슈네베츠카야(1899~1962): 정치운동가이며 시민전쟁 당시 사령관이었던 극작가 В. В. 비슈넵스키의 아내.

8 면회

2주일 뒤 첫 번째 기적이 일어났다. 예심판사가 내게 전화를 걸어 면회를 제의했다. 출입허가증은 믿기지 않을 정도로 빨리 교부되었다. 나는 비밀스러운 건물의 넓은 계단을 따라 올라갔고, 복도로 들어가서 지시받은 대로 예심판사의 집무실 문 앞에 멈춰 섰다. 그런데 이때 예사롭지 않은 일이 발생했다. 죄수가 복도를 따라 끌려나왔다. 아마도 이 성스러운 곳에 이방인이 있을 줄 전혀 예상치 못했던 것 같았다. 나는 이 죄수가 이상하게 눈을 부릅뜬 키 큰 중국인임을 알아차릴 수 있었다. 그러나 그 넋 나간 눈과 흘러내리는 바지(그가 손으로 잡고 있었던) 외의 다른 것들은 살펴볼 여유가 없었다. 호위병들은 나를 발견하자 우왕좌왕하더니 방인지 옆 통로인지 모를 곳으로 죄수를 데리고 갑자기 사라졌다. 시간이 없어 잘 볼 수 없었지만, 내부 수비를 맡은 호위병들의 인상을 느낄 수 있었는데, 이들의 인상은 이곳 밖의 호위병들과는 아주 딴판이었다. 순간적인 인상이었지만 등줄기를 따라 흐르는 오한과 공포를 느낄 수 있었다. 이때부터 오한과 소름은 이 '내부' 직업을 가진 자들의 시선을 감지하기도 전에 이미 그자들의 접근을 알렸다. 그들은 사람을 관찰할 때 고개는 움직이지 않고 눈동자만 움직인다. 자식들도 부모에게서 이 시선을 물려받는다. 나는 이러한 시선을 초등학생이나 대학생들에게서도 본 적이 있다. 사실 이런 특징은 직업적인 것이다. 그런데 우리나라에서는 다른 것들과 마찬가지로 이 역시 끔찍할 정도로 강조되어 나타났으며, 탐정의 시선을 가진 모든 사람은 마치 그들이 학과를 완전히 익혔다는 것을 선생님에게 보여주려고 애쓰는 학생들과 같았다.

　중국인은 끌려갔지만, '총살'이라는 단어를 들을 때면 나는 언제나 그의 눈이 떠오른다. 어떻게 우리가 마주칠 수 있었을까? 소문에 따르면 '내부'에서는 이런 종류의 만남이 발생하지 않도록 세밀한 기술적 조치를 취한다고 했다. 복도는 각 부마다 나뉘어 있고, 독특한 통로에 누군가 지나가면 호위병들에게 알려주는 신호 체계가 있다고 한다. 그런데 사실 우리가 그곳에서 무슨 일이 벌어지는지 짐작이나 할 수 있을까? 그저 우리는 소문을 들으며 상상하고, 그냥 소름끼쳐 할 뿐이다. 내 생각에 소름은 생리학적 현상이며 일상적인 공포와는 아무런 공통점도 가지지 않는다. 아흐마토바는 이런 내 말을 듣고 화를 냈다. "공포가 아니면? 그럼 뭐란 말이에요?" 그녀는 여기에는 그 어떤 생리학도 존재하지 않으며, 이것은 스탈린이 죽을 때까지 그녀를 계속 괴롭혔던 가장 평범하고, 고통스러우며, 생생한 공포였다고 주장했다.

　복도의 신호 '체계'뿐 아니라 여러 기술적 장치에 대한 이야기들은 '간소화된 심문' 체계로 이행했던 1930년대 말이 되어서야 중단되었다. 아주 알기 쉽고 전통적인 이 새로운 방법은 모든 전설에 종지부를 찍었다. "이제 모든 게 명확해." 아흐마토바는 이렇게 말했다. "털모자를 쓰고 타이가 지대로 쫓겨나는 거지." 이로부터 다음과 같은 시 구절이 씌어졌다. "저기 뾰족한 철조망 너머, 울창한 침엽수림의 바로 심장부에서 내 그림자를 심문하고 있다!"[1]

　면회하라고 나를 소환했던 부서가 제3부인지 제4부인지는 모르겠다. 단지 기억하는 것이라고는 예심판사가 흐리스토포로비치(Христо-форович)[2]라는 러시아 문학의 아주 전통적인 부칭(父稱)[3]을 가지고

---

1) 아흐마토바의 「주인공 없는 서사시」의 한 구절.
2) 19세기 러시아 시인 푸슈킨과 레르몬토프를 탄압했던 악명 높은 경찰국장 겸 제3부 책임자였던 알렉산드르 벤켄도르프의 부칭.
3) 러시아인들은 성과 이름 외에도 아버지의 이름을 딴 부칭을 가진다. 예를 들어 아버지의 이름이 '이반'일 경우 여자는 '이바노브나', 남자는 '이바노비치'가

있었다는 사실뿐이다. 그는 소위 문학 분과에 일한다면서 왜 부칭을 바꾸지 않았을까? 그는 이런 우연의 일치가 마음에 들었던 것이 분명하다. 만델슈탐은 이런 식의 일치를 매우 싫어했다. 그는 푸슈킨 이름과 관련된 것은 그 무엇도 쓸데없이 언급되어서는 안 된다고 생각했다. 언젠가 내가 아파서 우리가 페테르부르크 교외에 있는 차르스코예 셀로의 옛날 리체이[4] 건물에 2년간 살아야만 했을 때(왜냐하면 이 건물은 제법 괜찮은 아파트인데, 비교적 싸게 임대하고 있었다) 만델슈탐은 몹시도 괴로워했다. 성물모독이나 다름없다고 생각했기 때문이다. 그리고 핑계가 생기자마자 그는 이 건물에서 빠져나왔고, 우리를 계속된 방랑으로 내몰았다. 그래서 나는 만델슈탐 앞에서 흐리스토포로비치라는 부칭 이야기를 꺼낼 엄두도 내지 못했다.

면회는 흐리스토포로비치가 배석한 가운데 이루어졌다. 성을 잊었기 때문에 이 '금지된' 부칭으로 그를 부르겠다. 말르이 극장[5]의 배우처럼 시끄럽고 새된 억양을 가졌으며 몸집이 컸던 그는 계속해서 우리 대화에 끼어들었는데, 그렇다고 해서 이야기를 했던 것은 아니고, 약간의 암시나 강조를 하곤 했다. 그의 말은 어둡고 위협적으로 들렸다. 그러나 자유 세상에서 온 내게는 무섭기보다는 역겹게 느껴졌는데, 만일 내가 내부 감방에서 2주간 잠을 못 잔 채 심문을 당했더라면 그 느낌도 완전히 달라졌을 것이다.

만델슈탐을 데려왔을 때, 그도 중국인처럼 넋이 나간 눈에, 바지가 흘러내리고 있다는 것을 알아차릴 수 있었다. '안에서'는 자살 예방 차원에서 벨트나 멜빵을 몰수하고 모든 단추나 호크를 떼어낸다.

넋 나간 모습인데도 만델슈탐은 내가 남의 외투를 입고 있다는 걸 단번에 알아챘다. "누구 외투지?" 나는 대답했다. "어머니." 만델슈탐은

부칭이 된다. 부칭은 이름과 함께 존칭의 의미로 불린다.
4) 푸슈킨이 수학했던 귀족학교.
5) 모스크바에 위치한 대표적인 드라마 극장. '말르이'는 러시아어로 '작은'을 의미하며, 발레나 오페라를 주로 공연하던 '볼쇼이'(큰) 극장에 대비된다.

다시 물었다. "언제 오셨어?" 날짜를 말했다. "그럼 계속 집에 있었던 거요?" 나는 만델슈탐이 왜 그리 외투에 관심을 가지는지 당시에는 이해할 수 없었지만, 이제는 알 것 같다. 그는 나도 체포되었다고 들었던 것이다. 이는 수감자의 심리를 괴롭히려는 목적에서 사용하는 일상적인 수법이다. 우리처럼 이렇게 감옥과 심리 과정이 비밀에 싸여 있고, 아무런 사회적 견제도 받지 않는 곳에서는 이 같은 수법이 계속 사용된다.

나는 예심판사에게 해명을 요구했다. 이 법정에서는 그 어떤 요구도 부적합하다는 것이 분명했다. 순진하거나 돌았거나 해야만 거기서 무언가 요구할 수 있었다. 나는 둘 다였다. 그러나 물론 나는 직접적인 대답은 들을 수 없었다. 우리가 오랫동안, 어쩌면 영원히 헤어지는 것일지도 모른다고 생각한 만델슈탐은 서둘러 나와 소식을 교환했다. 우리는 감옥의 습관이 매우 발달해 있는데, 갇혀 있는 사람이나 그렇지 않은 사람이나 우리는 모두 '발언의 마지막 기회'를 활용하는 법을 알고 있었다.

만델슈탐은 에세이 「단테에 관한 대화」(Разговор о Данте)에서 우골리노의 이 필요성에 대해 쓴 적이 있다.[6] 그러나 이것은 우리만의 특징이며, 이를 개발하기 위해서는 우리와 같은 삶을 살아봐야만 한다. 내게도 몇 차례 '발언자'가 될 기회가 왔고, 나는 이 가능성을 활용하려 애썼다. 그러나 상대방들은 기저텍스트를 이해하지 못했고, 내 정보를 접수하지 못했다. 그들은 이제 막 시작된 우리의 친분이 영원히 계속될 것

---

6) 단테(1265~1321): 이탈리아의 시인·예언자·신앙인으로, 이탈리아뿐 아니라 세계 문학의 거작인 『신곡』을 남겼다. 주요 작품으로 「신생」, 「농경시」, 「향연」 등이 있다.
만델슈탐은 「단테에 관한 대화」에서 단테의 『신곡』 지옥편 33장에 나오는 우골리노 이야기를 언급하며 다음과 같이 적었다. "우골리노 이야기는 단테의 『신곡』에 나오는 아주 훌륭한 독백 중 하나다. 유일한 발언 기회를 얻은 사람은 청자의 눈앞에서 자신의 불행을 연주하는 명연주가로 변신하고, 이때까지 그 누구도 들은 적 없는 음색을 자신의 불행에서 뽑아낸다."

이며, 서두르거나 긴장하지 않더라도 차차 모든 것을 알게 될 거라고 생각했다. 그것은 그들의 커다란 실수였으며, 내 노력은 허사로 끝났다. 면회 당시 만델슈탐은 최상의 조건에 있었다. 왜냐하면 나는 정보를 받아들일 준비가 충분히 되어 있었기 때문에 일일이 내게 설명할 필요도 없었으며, 나는 단어 하나도 놓치지 않았다.

만델슈탐은 예심판사가 4행에 '촌뜨기 투사'라는 단어가 씌인 첫 번째 판본을 자신에게 들이댔다고 말했다. "단지 들릴 뿐, 크레믈린의 산악지대 사람이자 살인자, 촌뜨기 투사의……" 이것은 누가 기관에 밀고 했는지 밝히는 데 매우 중요한 단서가 될 수 있었다. 만델슈탐은 또한 심리과정을 이야기해주려고 서둘렀다. 그러나 예심판사는 그의 말을 계속 중단시켰으며, 나에게도 겁을 줄 수 있는 이 상황을 이용하려고 노력했다. 그러나 나는 이러한 말씨름 와중에도 바깥세상에 알리기 위해 가능한 한 모든 정보를 꼼꼼히 붙잡았다.

예심판사는 이 시를 '전례없이 반혁명적인 문서'로, 나를 '공범자'로 불렀다. "소련 국민이라면 당신 입장에서 어떻게 해야 했겠소?" 그는 내게 물었다. 소련 국민이라면 내 입장에 놓였을 때 즉시 이 시에 관해 기관에 알려야 했다. 그렇지 않으면 그에게도 범죄의 책임이 있다는 것이다. 이 예심판사의 입에서 나온 단어의 3분의 1은 '죄'와 '벌'이었다. 내 책임을 묻지 않은 것은 순전히 '문제를 시끄럽게 만들지 않기로' 상부에서 결정했기 때문이었다.

바로 이때 나는 다음과 같은 공식을 알게 되었다. '고립시키되 살려둘 것.' 상부(예심판사는 가장 높은 곳임을 암시했다)의 이런 조치는 그야말로 은혜였다. 원래 처음 내려진 판결은 운하 건설을 담당하는 수용소에 보내는 것이었지만, 최고심급에서 감형되었다. 죄수는 체르딘이란 도시외곽의 한 마을로 보내지게 되었다. 그리고 흐리스토포로비치는 내게 만델슈탐과 함께 유형지로 가겠느냐고 물었다. 이것은 두 번째 은혜로, 당연히 나는 즉시 동의했다. 지금까지 궁금한 것은 만일 내가 그때 거절했다면 어찌 되었을까 하는 것이다. 예를 들어 만일 1937년에도 원하는 사람은 가족과 함께, 잡동사니와 책들을 가지고 유형지에 가도 된다고 했다면 그 지원자들의 줄이 얼마나 길었을까?

그러나 아닐 수도 있었다. 사람들은 자신의 앞날을 알지 못하고 오로지 공동의 운명을 피하기를 바라는 것으로만 버텨나가고 있었다. 이웃이 탄압당하면, 그 유명한 질문을 던지며 아직 멀쩡한 자신을 위로했다. "그를 왜 잡아간 거지?" 그러고는 그의 부주의함이라든지 잘못을 하나하나 헤아려 꼽아보는 것이었다.

여자들이야말로 가정의 진정한 수호자들로서 악마적인 힘으로 희망의 불씨를 지킨다. 1937년 릴랴 야혼토바(Л. Яхонтова)[7]는 루뱐카를 지나며 다음과 같이 이야기했다. "저 건물이 있는 한 나는 안전해." 아마도 그녀의 이 신성한 믿음이 남편의 죽음을 몇 년 동안 유예시킬 수 있었을 것이다. 그녀의 남편은 자기를 체포하러 사람들이 오고 있다는 공포를 느끼고 발작을 일으키더니 창문에서 뛰어내렸다. 1953년, 정교 신자이며 생물학박사 후보생이던 한 유대인 여자는 서방에서 온 다른 유대인 여자에게, 만일 '당신이 아무런 잘못도 하지 않고 양심에 거리낄 게 없다면 당신에겐 아무 일도 일어나지 않을 것'이라고 말했다. 그리고 1957년 여행 도중에 만난 한 여인은 복권된 사람들에게는 조심성 있게 다가가야 한다고 내게 말했다. 그녀의 말에 따르면 그들은 휴머니즘적 원칙에서 풀려났을 뿐, 무죄라서 풀려난 것이 절대 아니기 때문이었다. "아니 땐 굴뚝에서 연기가 날 리 없잖수……." 인과관계와 합목적성은 우리 시대 대중 철학의 기본 범주였다.

---

7) 야혼토프의 아내. 야혼토프(1899~1945)는 '일인극'의 창시자로 1927년부터 만델슈탐의 친구이자 숭배자가 된다.

9 이론과 실제

예심판사가 만델슈탐에게 스탈린에 관한 시를 들이댔고, 만델슈탐은 자기가 그 시를 썼으며, 열 명 정도의 가까운 사람들에게 읽어주었다고 자백했다는 소식을 가지고 나는 집에 도착했다. 만델슈탐이 다른 음모자들처럼 모든 것을 부정하지 않았다는 사실 때문에 나는 화가 났다. 그러나 사실 음모자 역할을 하는 만델슈탐을 떠올리기란 전혀 불가능했다. 그는 매우 솔직한 사람이었고, 교활한 술수를 전혀 사용할 줄 몰랐다. 소위 약삭빠름이라는 것이 그에게는 조금도 없었다. 그런데 경험 많은 사람들이 나에게 들려준 이야기에 따르면, 취조과정에서 최소한 무엇이라도 자백해야 하며, 그렇지 않으면 '압력'이 시작되고, 무기력하게 된 죄수는 되는 대로 지껄이게 된다고 한다.

우리는 음모자가 되기에는 어림도 없었다. 정치활동가, 지하운동가, 혁명가, 모반자들은 항상 성격이 독특한 사람들이다. 이런 활동은 우리에게 알레르기를 일으켰다. 그러나 삶은 우리를 카르보나리 당원 같은 환경에 몰아넣었다. 우리는 만나면 속삭이며 이야기했고, 주위를 살폈다. 혹시라도 이웃이 엿듣거나 도청장치가 되어 있지 않을까 하는 염려에서였다. 제2차 세계대전이 끝난 뒤 모스크바에 돌아왔을 때에는 집집마다 전화기에 방석을 덮어놓고 있었다. 전화기에 도청장치가 설치되어 있다는 소문이 떠돌았고, 주민들은 그들의 비밀스러운 생각을 엿듣는 이 검은 금속제 증인 앞에서 두려움에 떨었다. 아무도 서로 믿지 못했고, 가까운 사람들을 항상 밀고자가 아닌지 의심했다. 나라 전체가 추적

망상증에 사로잡혀 버렸다. 그리고 아직까지도 이 병은 완치되지 못하고 있다.

이 병은 괜히 생긴 것이 아니었다. 우리는 마치 엑스레이 사진처럼 속이 낱낱이 공개되었다. 상호감시는 우리를 지배하는 기본 원칙이었다. 스탈린이 말했다. "두려워하도록 만들어야 한다……" 직원은 자신들의 상사나 당 조직의 비서, 인사과에 자신의 꿀을 갖다주었다. 교사는 학급 자치라는 미명 아래(반장, 공산청년동맹원 등) 모든 학생에게서 기름을 짜낼 수 있었다. 대학생들에게는 강사를 관찰하는 임무가 부여되었다. 감옥과 외부세계의 상호침투가 광범위하게 이루어졌다. 모든 기관, 특히 대학마다 많은 사람이 '내부에서부터' 자신의 경력을 쌓기 시작했다. 그들은 수뇌부가 그들을 어디로든 발탁할 수 있다는 것을 매우 잘 알게 되었다. '학업'의 길로 나가게 되면 그들은 근무에 따른 모든 포상을 받았고, 대학원에 남게 되는 일도 종종 있었다. 그들 이외에도 직업적 밀고자들에 의해 접촉은 유지되었다. 밀고자들은 직업적 밀고자들과 뒤섞여 구분할 수 없었고, 그래서 더 위험한 존재가 되었다. 그들은 근속한 뒤 스파이 활동을 할 수 있었는데, 이런 기회는 전직 기관원들에게는 거의 주어지지 않는 것이었다. 자신이 '그곳으로' 소환되어 어떤 위험과 제안을 받았는지에 관해 이웃이 한밤중에 고백하거나, 가까운 사람들 가운데 누구를 조심해야 하는지 친구가 주의를 주는 것 등으로 우리의 일상적인 삶은 장식되었다.

개인적인 감시가 미치지 못하는 사람들에게는 이 모든 것이 일반적 질서로 이루어졌다. 가정마다 밀고자나 염탐꾼, 배반자를 찾아내며 가까운 사람들을 선별했다. 1937년 이후 사람들은 더 이상 서로 만나지 않았다. 이로써 기관의 궁극적 목표는 달성되었다. 기관에서는 끊임없이 정보를 수집하는 것 외에도 사람들의 접촉을 약화시키고 공동체를 와해시키려고 노력했으며, 많은 사람을 수시로 소환하고, 그들에게 침묵하겠다는 각서를 받아내면서 자기편으로 끌어들였다. 그리고 '소환당했던' 이 많은 사람들은 자신들의 정체가 폭로될지 모른다는 끝없는 공포 속에 살았고, 당 간부들처럼 체제의 견고성이나 문서들(자신들의 이름이 들어가 있는)의 비공개 문제에 관심을 가지게 되었다.

이 같은 삶의 양식이 하루 아침에 만들어진 것은 아니었다. 그러나 만델슈탐은 영광스럽게도 개인적인 감시를 당한 최초의 인물들 가운데 한 사람이었다. 모든 문예지 기고자들의 명단에서 그의 이름이 삭제되던 1923년에 이미 그의 문학적 입지는 정해졌다. 그리고 이 때문에 이미 1920년대부터 그의 주위에는 밀고자들이 들끓었다.

우리는 이 밀고자들을 몇 가지 부류로 나누었다. 군인의 태가 이미 몸에 배어 있는 젊은 자들은 무엇보다도 가려내기가 쉬웠다. 그들은 작가에 대한 관심을 가장하려 들지조차 않았으며, 곧바로 '최근 작품'을 요구했다. 만델슈탐은 보통 여분의 사본이 없다는 식의 이유를 들어 이 요구를 거절하려고 했다. 그러면 그 젊은 자들은 직접 타자를 쳐서 옮겨 적겠다고 제안했다. "……그리고 당신께도 사본을 하나 만들어 드리지요." 만델슈탐은 「늑대」를 내주지 않겠다며 이런 방문자들 중 한 명과 오랫동안 실랑이를 벌인 적도 있었다. 1932년의 일이다. 노련한 젊은이는 「늑대」가 이미 널리 알려져 있다고 주장하면서 고집을 부렸다. 필사본을 얻지 못한 그는 다음 날 다시 찾아왔고 「늑대」를 암송했다. 이런 방식으로 「늑대」가 널리 알려져 있다는 것을 증명한 뒤 그는 자기에게 꼭 필요했던 저자본을 얻을 수 있었다. 이런 밀고자들은 정해진 임무를 완수하고 나면 자취도 없이 사라졌다. 언제나 서둘렀으며 손님행세를 하는 법이 없었다는 것도 이들의 또 다른 장점이었다. '주위(즉 누가 우리를 방문하는지)를 감시'하는 것은 그들의 기능에 포함되지 않았음이 분명하다.

두 번째 부류의 밀고자들은 '애호가'들로서 대개가 직업이 같은 자들, 즉 동료나 이웃이었다. 문학인 아파트에서 이웃은 언제나 동료이기도 했다. 그들은 전화도 없이, 약속도 하지 않은 채 느닷없이, 이른바 '불켜진 창을 보고' 나타났다. 그들은 오랫동안 앉아서 직업적인 대화를 나누며 소소한 첩보활동을 했다. 이런 밀고자들이 방문할 때면 만델슈탐은 언제나 차를 내오라고 말했다. "일을 하려면 차를 마셔야지." 사르기드쟌, 즉 보로딘은 동양에 대한 이야기를 가지고 우리 집에 처음 나타났다. 그는 자신이 중앙아시아 태생이며, 회교의 최고학교에 다녔다고 했다. 자신의 '동양성'을 입증하기 위해 그는 시장에서 파는 자그마한 불상까지 가져왔다. 불상은 보로딘, 즉 사르기드쟌이 동양통이며, 참된 예술 애호가라는 증거였다. 불상과 회교가 어떻게 결합할 수 있는지 우리는 밝혀낼 수 없었다. 사르기드쟌은 금세 울화통을 터뜨렸고, 스캔들을 일으킨 뒤 사라졌다. 그러자 초대하지 않은 다른 이웃이 느닷없이 방문함으로써 만델슈탐의 감시직은 곧 다시 채워졌다. 그 역시 처음 방문할 때 예의 그 불상을 들고 있었다. 이번에는 만델슈탐이 발끈했다. "또 불상이야! 질렸소! 좀 다른 걸 생각해보라고 해!" 그리하여 운 없는 후임자는 쫓겨났다. 물론 차 대접도 받지 못했다.

가장 위험한 부류인 세 번째 부류를 우리는 '부관'이라고 불렀다. 이들은 학문적 환경, 즉 대학원생에 속하는 문학청년들로서 시에 대해 가장 적극적인 관심을 보였으며, 세상에 있는 모든 것을 암기하고 있었다. 그들은 대개 처음에는 순수한 의도로 찾아왔다가 이후에 고용되곤 했다. 그들 중 몇몇은 자신들이 '소환되어 취조당했'노라고 만델슈탐에게 솔직히 고백했다(아흐마토바에게도 같은 일이 있었다). 그리고 이런 고백을 한 뒤 그들은 보통 사라졌다. 아무 고백도 하지 않은 자들 중에서도 역시 갑자기 우리에게 더 이상 찾아오지 않는 자들이 있었다. 간혹 여러 해 뒤 나는 그들에게 무슨 일이 일어났었는지, 즉 그들이 어떻게 소환당했는지 알게 되기도 했다. 아흐마토바 때문에 알게 된 Л에게도 이 같은 일이 일어났다. 그는 레닌그라드에서는 감히 아흐마토바에게 접근하지 못하고, 모스크바에서 그녀를 찾아왔다. "선생님이 얼마나 비밀 없는 생활을 하는지 상상도 못하실 겁니다"라고 그가 말했다. 우정을 맺고 있던 사람들이 갑자기 은밀하게 사라지는 것은 모욕스러운 일이다. 그러나 불행하게도, 명예를 아는 사람들이 할 수 있는 유일한 방법은 사라지는 것, 달리 표현하면 '부관'의 임무를 거절하는 것이었다. '부관'이란 바로 두 신(神)을 한꺼번에 모시는 자들이었다. 시에 대한 사랑을 잃지 않았으나, 그들 자신도 역시 문학인이며 시인이고, 자신들의 작품을 출판할 때가 되었으며, 어떻게든 생활을 꾸려 나가야 한다는 사실을 기억했다. 바로 이런 점 때문에 그들은 유혹당했다. 사실 만델슈탐이나 아흐마토바와의 친분이나 우정, 그 어떤 관계도 문학으로 가는 길을 터주지는 않았다. 그러나 우리 집에서 저녁때 나누었던 대화에 관해서 솔직히 이야기하면, '부관'은 잡지의 금지된 페이지에 자신의 글을 싣는 데 도움을 받을 수 있었다. 위기의 순간에 문학청년이 항복하면, 그때부터 그의 이중생활은 시작되었다.

마지막으로, 자신의 이중적 생활을 즐기며, 진심으로 악을 사랑하는 자들도 존재했다. 그들 중에는 엘스베르그(Я. Е. Эльсберг)[1] 같은 저명인사도 있었다. 이 자는 자기 분야에서 의심할 여지없이 중요한 인물이었다. 그는 다른 서클에서 일했고, 그에 관해서는 전해들었을 뿐이지만, 어느 날 「소비에트 시대의 도덕적 경험」이라는 그의 논설문 제목만 보고 나는 이 자의 명민함을 알아차릴 수 있었다. 논설문은 이 자의 정체가 대중적으로 폭로될 즈음 발표되었다. 글의 제목과 테마는 우리 시대 도덕 규범의 진정한 달인인 저자를 그 무엇으로도 위협할 수 없다는 사실을 독자들에게 선언하는 것 같았다. 그럼에도 결국 그의 정체는 폭로되었다. 그러나 그에게는 소연방 작가동맹에서 제명되는 것 같은 사소한 제재도 내려지지 않았다. 그는 아무것도, 심지어 지도학생들의 충성도 잃지 않았다. 이것이 엘스베르그의 특성이었다. 그는 자기 친구인 슈테인베르그(Е. Л. Штейнверг)[2]를 유형가도록 밀고하고도 계속 그의 아내를 찾아다니며 조언을 아끼지 않았다. 슈테인베르그의 부인은 엘스베르그의 역할을 이미 알고 있었지만 두려움 때문에 화를 내지도 못했다. 밀고자들을 폭로하는 것은 우리 사이에서 금기시되었다. 만일

---

1) 엘스베르그(1902~76): 소비에트 문학연구가. 스탈린 시대 비밀경찰 요원으로서 동료 작가들의 체포와 유형에 결정적 역할을 했다.
2) 슈테인베르그: 모스크바 대학의 역사학 교수.

그랬다가는 크나큰 대가를 치를 수도 있었다. 슈테인베르그는 제20차 전당대회[3] 이후 돌아왔고, 엘스베르그는 꽃다발과 축하의 말, 악수로 그를 맞이했다. 우리는 저 세상, 유형지, 수용소로 사라진 사람들과, 그들을 그리로 보낸 자들 사이에서 살았다. 생각하고 일하기를 멈추지 않는 사람들에게 다가가는 것은 위험했다. 자기 남편이 만델슈탐과 가깝게 지내는 것을 허락지 않았던 알리사 구고브나 우소바(А. Г. Усова)[4]는 옳았던 것이다. "그에게 절대 찾아가지 말아요. 그곳엔 온갖 부랑배들이 오가니까"라고 그녀는 말했다. 그녀의 생각은 이러했다. 모험을 하지 않는 편이 낫다. 문학논쟁의 먼지를 누가 뒤집어쓰게 될지 누가 알겠는가. 그러나 이러한 조심성도 그녀의 남편에게 도움이 되지 못했다. 그는 '사전 편찬' 때문에 언어학자들과 함께 수용소로 보내졌다.[5] 모든 길은 그곳으로 향했다. 감옥과 구걸에 관한 오래된 속담('감옥에 가거나 구걸할 일은 없다고 단언하지 말라')은 계속 유효했고, '쓰다'라는 말은 부가적인 의미를 획득했다. 연로한 학자 지르문스키(В. М. Жирмунский)[6]는 내게 승승장구하는 박사후보생들 그룹에 관해 이야기하면서, "그들은 모두 쓰고 있지"라고 귀띔했다. 그런가 하면 슈클롭스키(В. Б. Шкловский)[7]는 자기가 기르는 강아지를 조심하라고 주장

---

3) 스탈린이 죽은 뒤 흐루시초프가 스탈린을 비난하는 비밀 보고서를 낭독했던 당대회.

4) 시인이자 번역가인 우소프(Д. С. Усов, 1896~1944)의 아내.

5) 이 사건으로 1935년 3월에 체포된 슈페트(Г. Г. Шпет) 교수는 다음과 같이 적었다. "파시즘적 독일에 대해 호의적인 사람이 발간한 독러사전 편찬에 내가 참여했다는 것이 나의 죄목이었다. 이와 함께 러시아 민족주의를 믿는 사람들과 친분이 있다는 혐의도 씌워졌다." 우소프는 독일 태생의 강사들과 함께 『독일어 번역을 위한 텍스트 선집』을 공저했다는 이유로 체포되었다—편집자.

6) 지르문스키(1891~1971): 문학 연구가. 학술원 회원이었다.

7) 슈클롭스키(1893~1984): 작가 · 형식주의 비평가. 페테르부르크 대학 재학 중 시어연구회(Опояз)를 결성, 형식주의 비평운동의 중심으로서 미래주의로부터 레프에 이르는 아방가르드 예술운동과 동반자 문학에 큰 영향을 주었다. 시적 언어와 일상 언어의 구별, 의식의 자동화와 규범의 격상, 예술방법으로서 '낯설

했다. 그의 강아지는 젊고, 조심성 많으며, 예의바른 부관들에게 쓰는 법을 배웠다는 것이다. 우소바와 함께 타슈켄트에 있는 대학에서 일할 때 우리는 밀고자들을 가려내지 않았다. 왜냐하면 모두 '쓰고' 있었기 때문이다. 그래서 우리는 이솝어를 연마했다. 대학원생들과 있을 때 우리는 우리에게 이런 행복한 삶을 살게 해준 자들을 위해 첫 번째 잔을 들어 건배했고, 대학원생들은 그 속에서 필요한 의미를 찾았다.

부관과 다른 모든 사람이 '썼다'는 사실은 매우 당연하다. 그러나 이상한 것은 어떻게 우리가 농담하고 웃는 법을 잊지 않을 수 있었느냐는 것이다. 1938년 만델슈탐은 농담을 사전에 예방하는 장치를 고안해내기까지 했다. 농담은 위험했기 때문이다. 그는 소리 없이 입술을 움직였고(흘레브니코프처럼), 이미 장치가 목구멍에서 작동하고 있음을 몸짓을 통해 보여주었다. 그러나 이런 고안은 아무런 소용도 없었고, 만델슈탐은 농담을 멈추지 않았다.

게 하기' 이론은 현대 구조주의와 기호학의 기초가 되었다. 스탈린 시대에는 '형식주의자'라는 비판을 받고 불우하게 지내다가 스탈린 사망 후 활발하게 글을 발표했다.

10 배웅

내가 집에 도착하자마자 아파트는 사람들로 가득 찼다. 남자들은 감염된 집에 발을 들이지 않았지만, 대신 아내들을 보냈다. 여자들은 남자들보다 위험 부담이 훨씬 덜했다. 1937년에도 대부분의 여자들은 스스로가 아니라 남자들 때문에 고난당했다. 따라서 여자들보다 남자들이 조심성 있게 행동한 것은 당연한 일이다. 아무리 조심스러운 남자들도 '애국심'에 있어 '가정의 수호자'인 여자들을 능가하지는 못했다. 남자들이 왜 오지 않았는지 나는 충분히 이해했지만, 이렇게 많은 수의 여자들이 모여들리라고는 예상치 못했다. 대부분의 사람들은 보통 유형당하는 자들을 피하게 마련이었다. 아흐마토바는 거의 신음에 가까운 소리를 냈다. "이렇게 많은 미인들이 오다니!" 만델슈탐이 「네 번째 산문」에서 이야기했듯 체쿠부[1]의 하녀가 혐오했던 바로 그 바구니에 우리는 짐을 쌌다.[2] 더 정확히 말하면 짐을 싼 것이 아니라 냄비, 속옷, 책 등을 닥치는 대로 바구니에 던져넣었다. 만델슈탐은 체포 당시 단테의 책을 가지고 갔지만 감옥에까지 가지고 들어가지는 못했다. 들은 바에 따르면, 감옥에 가지고 들어간 책은 다시 가지고 나올 수 없으며, '내부'의 도서관에 넘겨진다는 것이었다. 어떤 상황에서 책이 무기수의 신세로 남

---

1) 1921년 창설된 '학자들의 생활환경개선 위원회'의 약칭.
2) 「네 번째 산문」(1930~31)에서 만델슈탐은 모스크바의 체쿠부에서 생활할 당시를 회고하며 다음과 같이 썼다. "체쿠부의 하녀는 짚으로 만든 내 바구니 때문에 그리고 내가 교수가 아니라는 사실 때문에 나를 싫어했다."

게 되는지 확신할 수 없었던 나는 단테의 다른 판본도 챙겼다. 모든 것을 기억해내야 했다. 어느 것 하나도 빠뜨리면 안 되었다. 이사, 그것도 유형지로 가는 이사였으며, 가방 두 개를 들고 가는 평범한 여행이 절대 아니었기 때문이다. 평생 동안 보잘것없는 재산을 가지고 여기저기로 옮겨 다녔던 나는 이 사실을 잘 알고 있었다.

어머니는 키예프에서 가구를 팔아 받은 돈 전부를 꺼내 놓으셨다. 그러나 이것은 푼돈이었으며 종이다발에 불과했다. 여자들은 출발 준비를 하기 위해 사방으로 흩어졌다. 이러한 배웅은 우리 체제가 존재한 지 17년이 되는 해에도 행해졌다. 17년이라는 세월 동안 계속한 주도면밀한 교육은 효력을 발휘하지 못했다. 돈을 모아 우리에게 가져다준 사람들이나 이들에게 그 돈을 준 사람 모두 우리 시대에 통용되는 규범의 측면에서 볼 때 권력이 벌한 자에게 취해야 하는 태도를 위반한 것이었다. 폭압과 테러의 시대에 사람들은 자신의 껍질 안으로 숨었고, 자기 감정을 숨겼다. 그러나 이 감정은 근절할 수 없었고, 그 어떤 교육도 이 감정을 사라지게 할 수는 없었다. 만일 이를 한 세대에서 근절한다 하더라도 (사실 이것은 어느 정도 성공을 거두었다) 다른 세대에 가서 다시 나타났다. 우리는 이를 여러 차례 확인할 수 있었다. 사람들은 모두 확실히 선(善)하게 태어났으며, 인간성의 법칙을 위반한 자들은 이르건 늦건 간에 자기 세대나 자식 세대에서 잘못을 깨닫게 마련이다.

아흐마토바는 불가코프(М. А. Булгаков)[3]에게 갔다가 그의 아내 엘

---

3) 불가코프(1891~1940): 소설가이자 희곡 작가. 키예프에서 태어나 1916년 키예프 대학 의학부를 졸업하고 의사가 되었으나, 러시아 혁명 후 내전의 소용돌이에서 문필활동을 시작했으며, 장편 『백위군』(Белая Гвардия)을 집필한다. 작가의 개인적 경험과 밀접하게 관련된 '혁명과 인텔리겐치아'를 문제로 한 이 작품을 기초로 한 희곡 「투르빈가의 나날들」(1926)은 모스크바 예술극장에서 상연되어 대성공을 거두었지만 곧 금지된다. 그는 발표할 전망도 없이 많은 작품을 썼으며 중병과 실명으로 시달리다가 사망한다. 사후 출판된 작품 중 특히 『거장과 마르가리타』(Мастер и Маргарита, 1967년 출판)는 20세기 러시아 소설의 걸작으로 평가되어 이 작가에 대해 재평가하게 했다.

레나 세르게예브나의 행동에 감동받아 돌아왔다. 유형 소식을 들은 그녀는 눈물을 흘리더니 자신의 주머니를 문자 그대로 탈탈 털었다. 나르부트의 아내는 바벨의 집으로 달려갔지만 돌아오지 않았다.

이렇듯 모두 획득물을 가지고 속속 도착했고, 그 결과 큰돈이 모였다. 우리는 그 돈으로 체르딘과 보로네슈로 가는 여비를 충당할 수 있었고, 그런 뒤에도 두 달 이상 버틸 수 있었다. 사실 우리는 기차 삯은 거의 지불하지 않았으며, 돌아오는 길에만 삯을 치르면 되었다. 바로 이런 점이 유형지로 가는 여행객들의 편리한 점이다. 만델슈탐은 기차에서 내가 돈을 많이 가지고 있다는 것을 바로 눈치챘고, 어디서 그렇게 많은 돈이 났는지 물었다. 나는 설명했고, 그는 웃음을 터뜨렸다. 여비를 마련하는 엄청난 방법이군. 사실 평생 동안 그는 어디론가 떠나려고 기를 썼지만 여비가 없어서 그러지 못했다. 모은 돈은 당시로서는 매우 큰 액수였다. 우리는 단 한 번도 부자였던 적이 없지만, 전쟁 전까지는 우리 부류에서 상대적인 넉넉함이라도 뽐낼 수 있는 사람은 아무도 없었다. 모두 하루하루를 근근이 살아갔다. 1937년이 되어서야 동반작가(попутчик)[4] 중 운 좋은 몇몇이 어느 정도 여유로운 생활을 할 수 있었지만, 사실 그것도 환상이었고, 간신히 연명하는 다른 나머지 사람들에 비할 때 그렇게 느껴질 뿐이었다.

해가 저물 무렵 들리가치(Л. М. Длигач)[5]가 지나와 함께 왔다. 나는 그에게도 돈을 부탁했다. 그는 돈을 구하러 갔고, 지나를 우리에게 보냈다. 나는 그를 더 이상 볼 수 없었다. 그는 영원히 자취를 감추었다.

---

4) 1920년대 문학에서 쓰이던 용어로 프롤레타리아 작가는 아니지만 10월혁명에 동조했던 작가들을 일컫는다. 트로츠키가 문학잡지 『문학과 혁명』에서 1923년 '동반자'라는 호칭을 쓴 것에서 유래한다. 레오노프, 페딘, 필냑, 바벨, 불가코프, 조셴코, 카타예프, 예세닌 등 구인텔리겐치아계, 농민계, 도시 소시민계 등 다양한 작가를 포함한다. 중심적인 조직자는 『붉은 처녀지』의 편집장 보론스키였으며, 1932년 문학단체 해산 결의, 1934년 작가동맹 성립 후에는 이 호칭도 사용되지 않게 된다.
5) 들리가치(1904~49): 저널리스트, 시인.

나는 그에게 돈을 기대하지는 않았다. 다만 그가 자취를 감출지 어떨지 확인해보고 싶었다. 우리는 항상 그가 '부관'이라고 의심했다. 내가 만델슈탐을 면회했다는 사실을 안 '부관'은 혹시라도 자기 역할이 들통 나지는 않았을까 두려운 마음에 종적을 감추어야만 했을 것이다. 그리고 그렇게 했다. 그러나 그의 증발이 곧 그가 밀고자라는 증거가 될 수는 없었다. 단순히 놀랐기 때문에 그랬을 수도 있기 때문이다. 그런 가능성도 배제할 수 없었다.

아흐마토바와 친척들(남편의 동생과 내 오빠)이 나를 역까지 배웅해주었다. 역으로 가는 도중, 나는 예심판사와 약속했던 대로 루뱐카의 출입구에 잠시 들렀다. 아침에도 면회하기 위해 왔던 곳이다. 당직자는 나를 들여 보내주었고, 잠시 후 예심판사가 만델슈탐의 가방을 손에 들고 계단을 따라 내려왔다. "가기로 결정했습니까?" "예." 헤어지면서 나는 기계적으로 그에게 손을 내밀었다. 누구를 상대하는지 잊었던 것이다. 거듭 말하건대, 우리는 인민의 의지당원[6]도, 음모자도, 정치적인 인간도 아니었다. 뜻밖에 낯선 역할을 맡게 된 우리는 고결한 전통을 위반할 뻔했다. 그러나 예심판사는 내가 이런 위반을 저지르지 않도록 해주었다. 악수는 이루어지지 않았다. 흐리스토포르이치는 나 같은 사람, 즉 잠재적 피고에게는 악수를 허락하지 않았다.

나는 좋은 교훈을 얻었다. 혁명적 전통의 맥락에서 정치적 의식을 깨우쳤던 첫 번째 교훈이었다. "헌병들과 악수해서는 안 된다." 내가 누구고, 그가 누구인지를 예심판사가 나에게 깨우쳐주어야 했다는 점은 나를 매우 수치스럽게 만들었다. 그때부터 나는 이에 관해 결코 잊지 않았다.

우리는 대합실로 들어갔다. 매표소로 갔지만, 헐렁한 일반 양복을 입은 중키의 금발머리 사내가 그곳에서 나를 붙잡았다. 트렁크를 뒤적이

---

6) 1879년에 결성된 혁명 조직. 도시에서의 테러활동을 중심으로 한 정치투쟁을 당면 전술로 삼아 당에 의한 제정 타도, 정권 탈취, 보통선거 실시, 입헌의회, 사회주의 수립이라는 혁명노선을 표방했다. 이런 확신에서 1881년 황제 알렉산드르 2세를 암살하기도 했다.

며, 원고들을 마룻바닥에 집어던지던 바로 그자였다. 그가 내게 기차표를 주었다. 돈은 받지 않았다. 내가 아까 불렀던 짐꾼들이 아니라 다른 자들이 내 짐을 가로챘다. 걱정 말라고, 모두 기차 객실로 가져다주겠다고 말하면서 내가 불렀던 짐꾼들이 품삯도 요구하지 않고 그냥 슬쩍 사라져버렸다는 것을 깨달은 것은 한참 뒤였다.

우리는 오래 기다려야 했고, 그래서 아흐마토바는 먼저 떠나야 했다. 아흐마토바가 탈 레닌그라드행 열차가 이미 출발하려 했기 때문이다. 마침내 금발의 남자가 다시 나타났고, 짐 가방이나 역의 그 모든 번잡한 절차들에서 해방된 우리는 플랫폼으로 나갔다. 기차가 나타났고, 창 안으로 만델슈탐의 얼굴이 보였다. 나는 표를 내고 차에 탔다. 차장은 배웅객, 즉 만델슈탐의 동생과 내 오빠를 기차 안으로 들여보내지 않았다.

만델슈탐은 이미 객실에 있었고, 세 명의 군인도 함께 있었다. 이들 호위병과 우리는 여섯 개의 침대석과 두 개의 좌석을 차지하게 되었다. 우리의 출발을 주관하는 자인 금발의 사내(제복을 입고 나타났다가 다시 사복을 입고 나타난)는 마치 소비에트판 아라비안나이트의 기적을 보여주기라도 하려는 듯, 모든 것을 나무랄 데 없이 매우 훌륭하게 처리했다.

만델슈탐은 유리창에 몸을 바짝 기댔다. "이건 기적이야!" 그는 이렇게 말하며 유리창에 다시 달라붙었다. 플랫폼에는 그의 동생과 처남이 서 있었다. 만델슈탐은 창을 열려고 했지만 호위병이 그를 제지했다. "그러면 안 됩니다." 금발의 사내가 다시 나타나더니 모든 것이 제대로 되었는지 점검했다. 그러고는 차장에게 마지막으로 지시했다. "운행 내내 이 열차 칸으로 연결되는 모든 통로의 문을 잠그고, 그 어떠한 경우와 상황에도 열지 말 것. 이쪽 통로의 화장실은 사용하지 말 것. 중간 역들에서 한 명의 호위병만 잠시 하차할 수 있으며, 나머지 두 명은 열차 내에서 제자리에 있을 것. 한마디로 '모든 점을 지침대로 할 것.'" 잘 다녀오길 빈다는 말을 남기고 금발의 사내는 떠났다. 그러나 플랫폼에서 그는 열차가 떠날 때까지 지켜보고 있었다. 아마도 이 역시 지침에 있었을 것이다.

기차는 점점 사람들로 찼다. 마지막 열차 칸으로 들어가는 입구에는 군인이 서서, 빈자리를 찾아 몰려드는 승객들을 돌려보냈다. 지정좌석이 없는 열차 칸은 그야말로 빈틈없이 가득 찼다. 만델슈탐은 창문가에서 물러서지 않았다. 창을 사이에 둔 양쪽 편의 사람들은 서로를 향해 조금이라도 가까워지려 애썼지만, 유리는 소리를 가로막았다. 말소리는 들리지 않았고, 몸짓의 의미도 불명확했다. 우리와 저 세계 사이에 장벽이 놓여버렸다. 아직은 유리로 되어 있어 투명했지만, 이미 침투할 수 없었다. 그리고 기차는 스베르들롭스크[7]를 향해 떠났다.

---

7) 우랄산맥 중부의 동쪽 기슭에 위치한 도시로 우랄 지방의 공업, 문화의 중심지이자 교통요충지다. 현재는 예카테린부르크로 개칭되었다.

II 저쪽 편으로

열차에 탄 뒤 유리창을 통해 시동생과 오빠를 보던 바로 그 순간 나에게 세계는 둘로 쪼개져버렸다. 이전에 있던 모든 것은 어디론가 자취를 감추고 어렴풋한 회상, 거울 너머의 세상이 되어버렸고, 과거와는 결코 연결되려 하지 않는 미래가 내 앞에 열렸다. 이것은 문학이 아니라 숙명의 선을 넘어버린 많은 사람이 분명 경험했을 의식의 전위를 묘사하고자 하는 작은 시도다. 무엇보다도 이 전위는 뒤에 남겨진 모든 것들에 대한 무관심으로 나타났다. 왜냐하면 우리는 돌이킬 수 없는 죽음의 궤도에 들어섰다는 절대적인 확신이 생겼기 때문이다. 누구에게는 한 시간 정도, 또 어떤 사람에게는 일주일 또는 1년의 말미가 주어졌지만, 종말은 동일했다. 끝. 가까운 사람들, 친구들, 유럽, 어머니 등 모든 것에서의 종말…… 유럽이라고 말한 이유는 내가 가게 되는 '새로운 곳'에는 지금껏 누리며 살아온 생각과 감정, 개념의 유럽적 총체 전부가 존재하지 않기 때문이다. 다른 개념, 다른 척도, 다른 셈법이 존재하는 곳.

얼마 전만 해도 나는 나 자신과 연관된 일들이나 가까운 사람들에 대한 염려, 내가 서 있는 기반에 대한 불안으로 가득 차 있었다. 그러나 지금 이러한 염려와 불안은 사라졌고 두려움도 없어졌다. 그 대신 운명지워졌다는 사실을 뼈저리게 자각하게 되었으며, 이는 물리적으로 감지할 수 있고, 느낄 수 있는 1푸드[1] 무게가 나가는 무관심을 낳았다. 그러자

---

1) 러시아 중량단위, 16.38킬로그램.

시간은 더 이상 존재하지 않았고, 다만 유럽, 마지막 생각과 감정의 한 줌과 함께 있는 우리 모두를 매복하고 있는 이 돌이킬 수 없는 운명이 실현될 때까지의 유예기간만이 있을 뿐이었다.

암담함은 대체 언제 도래할 것인가? 어디서? 어떻게 이것이 실현될 것인가? 아무래도 상관없지 않은가! 저항해도 소용없는 일이다. 부재(不在)의 영역에 진입한 나는 죽음의 느낌을 잃어버렸다. 숙명성과 대면하니 두려움조차 없었다. 두려움은 빛이며, 삶에 대한 의지이며, 자기 긍정이다. 두려움은 극도로 유럽적인 감정이다. 그 감정은 자기 가치와 권리, 필요, 희망에 대한 인식, 자기 긍정을 전제로 한다. 사람이 자신의 것을 붙잡고 있으면서 그것을 잃을까봐 두려워하는 것이다. 두려움과 희망은 상호 연결되어 있다. 희망을 잃으면 두려움 또한 잃게 된다. 희망이 없다면 두려울 게 무엇이란 말인가.

도살장에 끌려가는 소는 더러운 도살꾼을 밟아 뭉개고 도망칠 수 있다는 희망을 아직 가지고 있다. 그런 행운이란 존재하지 않으며, 가축이 도살장에 끌려갔다가 돌아온 예는 아직까지 한 번도 없었다는 것을 다른 소들이 가르쳐줄 수 없었기 때문이다. 그러나 인간 사회에서는 경험의 교환이 끊임없이 일어난다. 그래서 나는 형장에 끌려가던 사람이 저항하고 피하며, 방어하고 장벽을 부순 뒤 도망쳤다는 이야기를 들어본 적이 없었는지도 모른다. 사람들은 형을 당하는 사람을 위해 독특한 용기를 고안해내기까지 했다. 눈을 가리는 것을 금지했고, 눈가리개 없이 죽었다. 그러나 나는 소의 그 맹목적인 분노가 좋다. 분별이나 용기를 가지고 성공의 가능성을 계산하는 인간이 아니라 자포자기라는 더러운 감정을 알지 못하는 고집 센 동물이 좋다.

이후 나는 마구 구타당하고 장화신은 발로 짓이겨질 때 울부짖을 필요가 있을까 하고 자주 생각해보곤 했다. 악마적인 오만으로 차갑게 굳은 채 형리에게 경멸적인 침묵으로 답하는 편이 낫지 않을까? 그러나 내 결론은 울부짖어야 한다는 것이었다. 메아리가 없고, 거의 소리가 통과하지 않는 감옥으로까지 전달되는, 가끔은 어디서 왔는지 모를 애달픈 울부짖음에는 인간이 가진 품위의 마지막 잔재와 삶에 대한 믿음이 응축되어 있다. 이 울부짖음으로써 인간은 땅 위에 자취를 남기고, 어떻게 자신이 살다 갔는지를 사람들에게 알리는 것이다. 이 울부짖음으로써 인간은 삶에 대한 권리를 주장하고, 자유세계로 소식을 보내며, 도움과 저항을 청한다. 만일 다른 아무것도 남아 있지 않다면 울부짖어야 한다. 침묵은 인류에 대한 범죄 행위다.

그러나 그날 저녁 세 병사의 호위를 받으며 어두운 기차 안에 있을 때 나는 모든 것, 심지어 절망조차 잃어버렸다. 사람들이 그 어떤 경계선을 넘어 놀라움에 마비되는 순간이 있다. 내가 이런 곳에 이런 자들과 살고 있다니! 이런 일을 저지를 수 있는 자들과 함께 살고 있다니! 내가 이런 곳에 있다니! 너무나 놀라워서 우리는 울부짖을 수조차 없었다. 사람들이 '내부'로 들어가 문득 자신이 어디서 누구와 함께 살고 있으며, 현대성의 진짜 얼굴이 어떤 것인지 문득 알게 되었을 때 사로잡히는 감정이 바로 이 놀라움이 아닐까? 이 놀라움은 모든 척도와 규범, 모든 가치의 상실로 이어진다. 그들이 어디에 서명했으며, 무슨 행동을 했고, 무엇을 자백했으며, 누구를 자신들과 함께 파멸시켰는지 등 그곳에서 벌어진 일들은 육체적 고통이나 두려움만으로는 설명할 수 없다. 이 모든 일은 '경계 너머' 무분별의 상태에서나 가능했다. 이때 시간은 정지하고, 세계는 끝나고, 모든 것이 무너져버려 더 이상 회복될 것 같지 않게 느껴지게 된다. 모든 개념의 붕괴, 이것은 세계의 종말과 같다.

그러나 실제로 내게 무슨 일이 일어났단 말인가? 이성적으로 접근해 보았을 때 까마 강 유역에 있는 작은 도시에 이주해 3년간 살게 된다는 것이 뭐 그리 끔찍하단 말인가? 만델슈탐이 죽은 뒤 내가 떠돌았던 칼리닌이나 무이나크, 잠불, 타슈켄트, 울리야놉스크, 프스코프보다 체르딘이라는 도시가 뭐 그리 나쁘단 말인가? 정신이 나가서 세상의 종말을 기다릴 만한 이유가 있었을까?

그렇다. 있었다. 절망을 되찾고, 울부짖을 수 있게 된 지금 난 이것을 완전히 확신할 수 있다. 이유가 있었다. 가방을 가지러 루뱐카에 들르고, 무료 짐꾼에, 거수경례를 하며 우리에게 잘 가라고 말해준 예의바른 금발머리 환송인의 배웅을 받는 등 우리의 출발은 흠잡을 데 없이 아름답게 조직되어 있었지만(결국 우리 외에는 아무도 유형지로 떠나지 않았다), 이는 판자침상이나 감옥, 수갑, 헌병이나 형리, 살인자들의 야비한 욕설보다 더 끔찍하게 무섭고, 더 집요하게 세상의 끝을 반복해서 확신시켰다. 이 모든 것은 한마디의 비속어도 없이 아름답고 매끄러우며 품위 있게 진행되었고, 우리만이 시골 청년 세 명(지침을 따르는 호위병)의 호위를 받으며 알지 못하는, 극복하기 어려운 힘에 이끌려 동쪽으로, 유형지로, 고립의 땅으로 실려갔다. 내가 들은 바에 따르면 이곳은 누군가를 보존하도록 명령받은 곳이었다. 나는 이 말을 깨끗하고 커다란 감옥에서 들었고, 그곳에서는 어쩌면 지금 중국인을 심문할지도 모른다. 그리고 아마 그에게도 아내가 있을지 모른다.

12 비이성적인 것

비이성적인 힘, 비이성적인 필연성, 비이성적인 끔찍함과 맞닥뜨리면서 우리의 심리 상태는 크게 변했다. 우리 중 많은 자들은 필연성을, 나머지 사람들은 그 타당성을 확신했다. 돌이킬 수 없음에 대한 인식이 모든 사람들을 덮쳤다. 이 감정은 과거의 경험과 미래에 대한 예감, 현재의 최면상태를 조건으로 했다.

단언하건대 우리 모두, 특히 시골 사람들보다는 도시 사람들이 더 최면적인 꿈과 가까운 상태에 있었다. 실제로 우리는 새로운 시대로 진입했으며, 인류의 행복을 위해 싸우는 전사들, 최고의 사람들의 꿈과 일치하는 역사적 필연성에 따라야 할 뿐이라는 생각이 우리에게 주입되었다. 역사결정론의 교리는 우리에게서 의지와 자유로운 판단을 빼앗아갔다. 아직도 회의를 품고 있는 자들을 우리는 대놓고 비웃었고, 신비로운 공식과 통상적인 제재에 관한 소문을 되풀이하면서 스스로 신문의 기능을 했다. "수동적인 저항의 결말이란 바로 이런 거지!" 그리고 남아 있는 사람들을 위한 변명을 주워 모았다. 시공간상의 모든 역사에 대한 폭로가 그 주된 논거 역할을 했다. 언제 어디서나 인류는 한결같이 강제와 전횡 말고는 몰랐고, 지금도 그러하다. "어디서나 총살을 당해요. 우리가 더 심하다고요? 이게 진보예요." 젊은 물리학자 Л은 내게 이렇게 말했다. 그런가 하면 Л. E.는 이렇게 나를 설득했다. "다른 곳들도 나쁘기는 마찬가지예요. 아시겠어요?" '나쁜 것'과 우리의 '일곱 번째 지평선'[1]의 차이를 지금도 많은 사람이 구분하지 못한다.

1920년대 중반, 어깨 위의 공기가 점점 더 무거워질 때(힘든 시기 그것은 종종 남보다도 더 무거워진다) 사람들은 돌연 서로 회피하기 시작했다. 이것은 아직 밀고나 밀고자에 대한 두려움으로는 설명할 수 없었는데, 왜냐하면 당시만 해도 우리는 아직 진짜 경악이 무엇인지 몰랐기 때문이다. 단지 벙어리가 되었고, 혼수상태의 첫 번째 증상이 나타났다. 이미 모든 것이 이야기되었고, 해명되었고, 서명되었는데 무엇에 관해 이야기하겠는가?

단지 아이들만이 지극히 인간적인 시시한 말을 계속했고, 어른들(회계원이나 작가들)은 동년배들과 대화하기보다는 자신들의 서클을 더 선호했다. 그러나 어머니들은 자식들에게도 어른들의 성스러운 언어를 가르침으로써 인생을 준비시켰다. "우리 아이는 스탈린 동지를 가장 좋아하고, 그다음이 나래요." 파스테르나크의 아내 지나이다 니콜라예브나는 이렇게 말했다. 다른 사람들은 이 정도까지는 아니었지만, 자신의 의심을 아이에게 이야기하는 사람들은 아무도 없었다. 무엇 때문에 아이들을 죽음으로 내몬단 말인가? 그리고 만일 아이가 학교에서 갑자기 무심코 지껄여 가족을 모두 파멸시킨다면? 아이가 필요 이상의 것을 이해해야 할 필요가 있을까? 다른 모든 사람처럼 살도록 하는 편이 낫다. 최면에 걸린 자들의 숫자를 늘리면서 아이들은 자란다. 폴랴는 내게 말했다. "러시아 민족은 병에 걸렸어요. 치료해야만 해요." 위기가 지나가고 회복의 첫 징조가 나타나기 시작하는 지금 이 병도 특히 눈에 잘 띈다. 전에는 의심을 떨쳐버리지 않는 우리가 오히려 병자로 오인되었다.

미하일 알렉산드로비치 젠케비치(М. А. Зенкевич)[2]는 일찌감치 최면적 상태 또는 혼수상태에 빠져버렸다. 이것은 그가 일하고, 돈을 벌고, 아이를 키우는 데 방해가 되지는 않았다. 어쩌면 이 혼수상태는 그가 목숨을 부지하고, 매우 정상적이며 건강한 사람처럼 보이도록 도왔

---

1) 러시아어로 천국, 파라다이스를 의미.
2) 젠케비치(1891~1973): 아크메이스트.

는지도 모른다. 그러나 더 깊숙이 들여다보면, 그는 이미 경계선을 넘었고, 유리창을 깨뜨리지 못했음을 알 수 있다. 젠케비치는 한때 그의 삶의 의미 전부를 차지했던 것을 되돌릴 수 없게 되었으며, 유리창 너머 저쪽 편에 남게 되었다는 의식을 가지고 살아갔다. 이 감정은 시로 승화될 수도 있었지만, 시 역시 존재하지 않을 것이며, 청년시절 그를 유혹하던 대화나 '시인의 조합'도 더 이상 없을 것이라고 여섯 번째 아크메이스트[3]인 그는 굳게 결론 내렸다. 그는 육체뿐 아니라 지적인 포로 신세를 어서 빨리 자처해야만 한다고 자신과 다른 사람들을 설득하면서 자신의 로마의 폐허를 배회했다.

"이것은 의미 없으며, 이제 모든 것이 다르다는 것을 자네는 정말 모르겠나!" 그는 만델슈탐에게 이렇게 말했다. 이것은 시와 명예, 미학의 문제들, 일련의 정치적 사건이나 강압(즉 소송과정과 체포 그리고 재산 몰수 등)과 관련되었다. '이제 모든 것이 달라졌기' 때문에 모든 것은 정당화되었다.

그러나 가끔 그는 스스로 결백하게 만들려고 노력했다. 사람들의 말로는, 그는 기억을 완전히 상실할 정도로 많은 진정제를 먹기도 했다. 그러나 실제로 그는 아무것도 잊어버리지 않았고, 만델슈탐에 대해 감동스러울 정도로 애착을 보였다. 비록 만델슈탐이 어리석게 자기 의견을 고수하고 완고하게 구는 것에 놀라워하기는 했지만. 젠케비치가 죽음 이후의 새로운 삶으로 옮겨가고 싶어 했던 유일한 물건은 저자의 친필원고 더미였다. "구밀료프는 이미 죽고 없는데, 내게는 그의 친필 원고 한 장 남아 있지 않아." 그는 만델슈탐에게 원고를 간청하면서 이렇게 푸념했다. 만델슈탐은 울화통을 터뜨리며 내어주지 않았다. "그자는 이미 내 죽음을 준비하는 거 같아!" 1950년대 초(참으로 역겨운 시절이었다!) 나는 작가전용 아파트의 안뜰에서 젠케비치를 만났는데, 그는

---

3) 구밀료프, 아흐마토바, 만델슈탐, 쿠즈민, 고로제츠키 등과 달리 젠케비치는 아크메이스트로서 눈에 띄는 활약을 하지 않았으며 잘 알려지지 않은 시인이었음을 염두에 둔 표현.

저자 친필원고에 대해 다시 거론하는 것이었다(당시 나는 그를 15년 만에 만났다). "만델슈탐의 원고들은 어디 있어요? 난 만델슈탐에게 아무것도 얻지 못했고, 그래서 저자 친필원고 하나 가지고 있지 못한데……당신이라도 줄 수 없겠소?" 이렇게 성가시게 조르던 것을 만델슈탐이 못견뎌했던 것을 기억하던 나는 그에게 아무것도 주지 않았다. 그러나 그는 그럼에도 무언가를 손에 넣었다. 과거가 그에게 남긴 것은 책도, 울려 퍼지는 시도 아닌, 마치 과거 문학적 삶을 문서적으로 증명해줄, 죽은 옛 동료들의 손으로 쓰여진 시가 있는 종잇장뿐이었다. "시도 지금은 완전히 달라졌어." 젠케비치는 이렇게 푸념했다.

젠케비치는 운하건설 현장에 다녀와 자연의 개조자에게 바치는 시를 쓴 최초의 작가들 중 한 명이었다. 이 때문에 만델슈탐은 그를 젠케비치 카날스키[4]라고 불렀다. 마치 언젠가 세묘노프의 성에 존경의 명칭 톈산스키를 덧붙였던 것처럼.[5] 1937년 라후티(А. Лахути)[6]는 만델슈탐을 운하건설 현장에 파견했다. 이 호의적인 페르시아인은 만델슈탐이 뭐든 창작해서 그것으로 목숨을 보존할 수 있게 되기를 기대했다. 파견현장에서 돌아온 만델슈탐은 매끄러운 시를 깔끔하게 지어서 내게 보여주었다. "젠케비치에게 선물할까?" 이렇게 물었다.

만델슈탐은 죽었고, 시는 그 기능을 수행하지 못한 채 무사히 남아 있었다. 언젠가 타슈켄트에 있을 때 이 시는 내 눈에 띄게 되었고, 이 시를 어떻게 처리해야 할지 아흐마토바에게 조언을 구했다. "난로에 던져버릴까요?" 제2차 세계대전 당시 피란생활을 하던 때였다. 아흐마토바는 이렇게 대답했다. "만델슈탐은 모든 원고를 처리할 전권을 당신에게 주

---

4) 카날은 러시아어로 '운하'를 의미한다. 그것을 이름의 형태로 바꾸어 부름으로써 조롱의 뜻으로 사용.

5) П. П. 세묘노프 톈산스키(1827~1914): 지리학자. 1856년과 1857년 두 차례에 걸쳐 중앙아시아 지방에 있는 톈산산맥으로 가서 정밀한 학술조사를 실시했다. 그의 연구 활동을 기려 톈산스키라는 제2의 성이 1906년 그에게 수여되었다.

6) 라후티(1887~1957): 페르시아 시인. 1923년부터 소연방 작가동맹 간부 역임 ─ 편집자.

었어요." 그러나 이건 순전히 위선이었다. 우리는 모두 원고의 파기나 위조, 문학 유산의 왜곡에 반대한다. 아흐마토바는 내가 의도한 행위를 인가하기가 쉽지 않았을 것이다. 그래서 그녀는 만델슈탐이 결코 내게 부여하지 않았던 권리를 만델슈탐의 이름으로 내게 선물했던 것이다. 마음이 내키는 대로 파기하거나 보존할 권리를. 운하 찬양시를 떨쳐내기 위해 그녀는 이렇게 했고, 그래서 이제 그 시들은 한 줌의 재로 변했다.

만일 누군가 이 시의 사본을 우연히 가지게 되었다면, 아흐마토바와 내가 타슈켄트에서 쟁취했던 그 권리의 이름으로 간곡히 부탁하건대, 저자 원본이나 진품에 대한 애착을 극복하고 그것을 난로에 던져버리기를. 이런 시는 소비에트 작가동맹의 외국위원회에서 호기심 많은 외국인들에게 보여주는 용도로나 쓸모 있을 것이다. 만델슈탐의 문학적 유산이 무엇인지 보시오. 그걸 출판할 만한 가치가 있는지! 우리는 거리낌 없이 전기(傳記)라든지 사망일을 왜곡할 수 있다. 만델슈탐이 보로네슈에서 독일인들에게 피살당했다는 소문을 퍼뜨린 것이 누구인가? 수용소에서의 죽음이 모두 1940년대 초에 발생했다고 주장한 자는 누구인가? 생존해 있거나 죽은 시인들의 책을 펴내면서 좋은 작품들을 편파적으로 감춘 것이 누구인가? 생존하고 있거나 죽은 시인들과 작가의 출판을 앞둔 원고들을 몇 년간 편집국에서 붙잡아두고 있는 자는 누구인가? 다 열거할 수 없을 정도로 너무도 많은 작품이 여러 형태의 보관소에 감추어지거나 묻혀 있으며, 또 더 많은 작품은 아예 파기되어버렸다.

운하의 아름다움을 묘사한 시들이 특히 나를 화나게 했던 것은 만델슈탐이 본래는 운하 건설 현장에 유형 보내지기로 되어 있었으며, '고립시키되 살려둘 것'이라는 지령으로 간신히 이 강제노동형을 면할 수 있었기 때문이다. 그래서 운하 건설의 강제노역은 체르딘 유형으로 바뀌었다. 운하 건설 현장에서는 그 누구도 살아남을 수 없었다. 젊고 건강한 언어학자 드미트리 세르게예비치 우소프와 야르호(Б. И. Ярхо)[7]

---

7) 야르호(1889~1942): 중세 서양문학 연구가.

는 운하 건설의 강제노역형을 마치자마자 바로 사망했다. 그 정도로 운하 건설 현장에서 있던 몇 년간 그들은 혹사당했다. 사실 그들은 육체노동에는 거의 참여하지 않았는데도 말이다. 만일 만델슈탐이 운하로 갔다면 1938년이 아니라 1934년에 죽었을 것이다. '기적'은 그에게 몇 년간의 삶을 가져다주었다. 그러나 나는 여전히 이 기적이 소름끼치며, 이 점에서 스스로를 배은망덕하다고 생각하지 않는다. 기적은 동양적인 것으로, 서구적인 의식은 이것을 금기시한다.

그래서 나는 자신의 콜로세움의 폐허에서 죽임당한 시인들의 자필원고를 소중히 여기던 자발적인 로마인 젠케비치에 대한 태도를 바꾸었다. 이제 그의 삶도 내게는 감동적이며 비극적으로 여겨졌다. 파국은 없었지만(그는 감옥에 갇혔던 적도 없었으며 굶주림에 허덕이지도 않았지만), 천성적으로 심약했던 그는 다른 사람들보다 일찍 심리적 전염병에 감염되었고, 그 감염과정은 내가 기차 안에서 겪었듯 그렇게 강렬하지는 않았지만 지루하게 오래 끄는, 그 누구도 절대 회복할 수 없는 성질의 것이었다. 과연 단지 혁명 이후의 상황으로 인텔리겐치아들이 그토록 쉽게 이 전염병에 굴복했던 이유를 설명할 수 있을까? 혁명 이전의 소요와 허우적거림, 사이비 예언들 속에 이미 첫 번째 세균이 잠복해 있었던 것이 아닐까?

'새로운 시대'의 이름으로 끔찍한 일들을 수행했던 사람들에게 이 질병, 혼수상태, 전염병, 최면 상태는 독특한 형태로 나타났다. 모든 형태의 살인자나 선동자, 밀고자들은 하나의 공통점을 지녔다. 그들은 자신들이 파멸시킨 자들이 언젠가는 부활하여 다시 말하리라는 것을 상상도 하지 못했다. 그들 역시 시간이 멈추었다고 느꼈으며, 이것은 이 질병의 가장 큰 증상이었다. 우리나라에서는 더 이상 아무것도 변하지 않을 것이며, 다른 나라들도 우리의 상태에 도달해야만 한다. 즉 새로운 시대로 진입해야 하며, 그때가 되면 모든 변화는 영원히 종식될 것이라고 우리는 세뇌되었다. 그래서 이 신조를 받아들인 사람들은 결국 그 마지막 극한까지 치달은 역사결정론에서 발생한 이 새로운 도덕의 영광을 위해 정직하게 일했다. 그들은 자신이 저 세상이나 수용소로 보낸 모든 사람이 삶과는 영원히 단절되었다고 생각했다. 이 유령들이 소생하여 그들에게 책임을 물을 수 있으리라는 생각을 그들은 꿈에도 하지 못했다. 그렇기 때문에 복권의 시기 그들은 심리적 공황 상태에 빠졌고, 그들에게는 마치 시간이 뒷걸음질쳐, 그들이 '수용소의 먼지'라는 별명으로 불렀던 자들이 갑자기 다시 이름과 몸을 갖게 된 듯 여겨졌다. 공포가 그들을 지배하게 되었다.

당시 나는 슈클롭스키의 이웃 여자인 겸손한 밀고자를 관찰하게 되었다. 그 여자는 검사에게 불려가서 자신이 한 오래전 진술을 번복했고, 바로 이로써 죽은 자와 산 자들의 누명을 벗겼다. 그녀는 슈클롭스키(한때는 그녀의 감시 대상이었던)의 아파트로 달려오더니 자신은 신에게 맹세코 그 누구에 대해서도 나쁜 말을 한 적이 없으며, 지금도 고인들이어서 빨리 복권될 수 있도록 검사에게 가서 모든 사람에 대해 최선의 진술만을 하고 오는 길이라고 잘 돌아가지 않는 혀로 이야기했다. 양심 같은 것이라고는 찾아볼 수 없던 여인이었는데, 어째서인지 스스로를 지탱하지 못했고, 치매에 걸리고 말았다. 어느 순간 그녀는 문득 재심이 열릴지도 모르며, 비방자와 그 앞잡이들에게 형사 책임을 물을 수도 있다고 확신하게 되었는지도 모른다. 물론 이런 일은 일어나지 않았으나, 치매에 걸려 어린애가 되는 편이 잘된 것이었는지도 모른다. 그녀에게는 또다시 시간이 멈추었으니 말이다.

타슈켄트에서는 기적적으로 살아남아 수용소에서 돌아온 예전의 피의자들과의 대질심문에 소환된 전직 고위직 관리가 심리적 고통을 견디지 못하고 목을 매어 자살한 일이 있었다. 나는 그가 비밀경찰에 보낸 유언장 초안을 읽을 기회가 있었다. 그의 논거는 복잡하지 않았다. 헌신적으로 충실했던 그는 청년공산동맹단원 시절 기관으로 보내졌고, 언제나 승진과 포상을 받았다. 그러는 동안 그는 자신들의 동료나 피의자들 외에는 아무도 만나지 못했고, 쉴 틈 없이 밤낮으로 일했다. 해임된 이후에야 비로소 그동안 있었던 일들에 관해 생각하고 음미할 여유를 갖게 되었는데, 그가 인민이 아니라 어쩌면 '그 어떤 전제주의'를 위해 일했는지도 모른다는 생각이 들게 되었다는 것이다. 자살자는 자신의 죄를 첫째로, 심문을 받으면서 있지도 않은 일들을 자백하고 이로써 예심판사와 검사를 곤경에 빠뜨린 자들, 둘째로는 '간소화된 심문과정'에 대한 지시를 설명하고 계획 완수를 요구했던 중앙 관리들, 마지막으로는 자발적으로 기관에 정보를 가져와 많은 사람을 심문하도록 만들었던 밀고자들에게 전가하려고 애썼다. 계급적 의식이 기관원들에게 이 정보를 그냥 흘려버리도록 허락지 않았기 때문이다. 그가 죽기 직전 읽은 책 『수형자의 마지막 날』은 자살의 마지막 동기 역할을 했다.

자살자는 묻혔고, 당연히 그 일은 덮여졌다. 그가 중앙 관리들과 제보자의 이름을 거명했기 때문이다. 자살자의 딸은 아버지를 파멸시킨 자들에게 앙갚음하기를 꿈꾸며 오랫동안 미쳐 날뛰었다. 그녀의 분노는 이 독약(毒藥)을 퍼뜨린 자에게 향했다. "당시 일했던 자들에 대해서도 생각을 해야만 해요! 그들은 스스로의 생각대로 움직였던 것이 아니라 명령대로 움직였을 뿐이니까." 라리사(라리사 레이스네르Л. M. Рейснер[8])의 이름을 딴)는 이렇게 말했다. 그녀는 "이대로 그냥 내버려 두지는 않겠다"는 말을 되풀이했고, 이곳에서 자신의 아버지를 어떻게 대했는지 국외에 알리려고까지 했다. 무엇에 대해 하소연하려 하느냐고 나는 물었다. 그녀에게는 아주 명확한 것이었다. 모든 것이 이렇게 돌연히 변해서는 안 된다는 것이었다. 그러면 사람들은 상처를 입기 때문이다. 사람들, 즉 그녀의 아버지와 그의 모든 동료는 상처를 입어서는 안 된다는 논리였다.

"누가 당신을 동정하겠어요?" 나는 물었고, 그녀는 내 말을 이해하지 못했다. 일단 사람들에게 더 이상 아무것도 변하지 않을 거라고 약속했으면, 그 어떤 변화도 용납해서는 안 된다는 것이었다. "아무도 체포하

---

8) 레이스네르(1895~1926): 볼셰비키 혁명 영웅 표도르 라스콜리니코프(Ф. Раскольников)의 아내. 작가이자 저널리스트. 트로츠키는 그녀를 일컬어 "올림푸스 여신의 아름다움과 섬세한 정신, 전사의 용기를 가졌다"고 표현했다.

지 않더라도, 모든 것은 예전대로 남아 있도록 해야 해요." 멈춰진 시간은 계속 정지해 있어야 했다. 확고함과 안정은 정지된 시간 내에서만 가능하며, 이것은 우리 시대의 활동가들에게 불가결한 것이었다.

라리사는 시간을 다시 정지시킬 것을 요구했고, 그녀의 요청은 어느 정도 존중되었다. 아버지와 함께 일했던 동료들의 아들들은 새로운 방법을 배우기 위해 모스크바로 떠났고, 출발에 앞서 그녀의 아버지 무덤에 꽃을 바쳤다. 그들은 옛 자리와 사무실을 다시 차지할 것이고, 상부의 명령을 수행할 만반의 준비를 항시 갖추게 될 것이다. 이제 문제는 이 명령이 무엇이 될까라는 것이다.

라리사와 나는 서로 이해하지 못했다. 나는 그녀를 보면서 왜 우리나라에서는 모든 길이 죽음으로 귀결될까라는 생각을 항상 하곤 했다. 구원받기 위해서는 어떤 자가 되어야 할까? 구원받기 위해 숨어들 수 있는 굴은 어디에 있을까? 라리사와 그녀의 친구들 역시 자신들을 위한 굴을 팠고, 그들에게 행복을 상징하는 모든 것, 장식장, 포도주잔, 키 큰 스탠드, 체코산 크리스털, 쿠즈네츠크산 도자기, 수놓인 실내복, 일본제 부채 등을 그 안에 끌어다 놓았다. 그들은 가구뿐 아니라 묘비석을 사기 위해 모스크바로 다녔다. 그들의 굴 역시 충분히 깊지 않기 때문이다. 어떤 자들은 스탈린의 명령에 따라 사라졌고, 다른 자들은 스스로 목숨을 끊었다.

13 동명이인

나는 만델슈탐의 상태를 바로 알아차리지 못했다. 그는 나를 매우 기쁘게 맞이했고, 내가 나타난 것을 기적처럼 생각했다. 그것은 사실 기적이었다. 만델슈탐은 계속 총살을 각오하고 있었노라고 말했다. "우리나라에서는 아주 작은 일에도 그렇게들 하니까……" 아주 일리 있게 들리는 말이었다. 만일 스탈린에 관한 시가 알려진다면 만델슈탐이 목숨을 잃게 되리라는 것을 우리 가운데 의심하는 자는 아무도 없었다.

무슨 일에나 정통하며, 경험이 많고, 끝없이 많은 사실과 비밀을 알고 있던 비나베르 또한 몇 달 후 내가 보로네슈에서 잠시 돌아와 그를 찾아갔을 때, 스탈린에 관한 시를 듣고 이렇게 말했다. "무엇을 더 바랍니까? 만델슈탐은 매우 관대한 처분을 받은 겁니다. 우리나라에서는 그보다 덜한 일에도 총살을 당하지요." 최고의 은총에 대한 불필요한 희망을 버리라고 바로 이때 그는 내게 다음과 같이 경고했다. "소음이 가라앉자마자 이마저도 거두어버릴 수 있어요." "그런 일도 있나요?" 나는 이렇게 물었다. 나의 순진함은 그를 놀라게 했다. "그렇고 말고요!" 그리고 이런 말도 했다. "사람들이 만델슈탐에 관해 떠올릴 만한 행동을 하지 마세요. 그를 잊도록 해야 해요." 그러나 이 조언(물보다 조용하고 풀보다 낮게 행동하라는)을 우리는 따르지 못했다. 만델슈탐은 소란한 사람이었고, 죽는 순간까지 계속 소리를 냈다.

"3년 동안의 자비로운 유형이란 징벌이 더 편리한 순간으로 늦추어졌음을 의미할 뿐"이라고 만델슈탐은 내게 기차에서 말했다. 이것은 내가 이후 비나베르에게 들었던 말과 똑같았다. 나는 이러한 발상이 조금도 놀랍지 않았다. 우리는 모두 1934년쯤 되자 이미 많은 것을 알게 되었다. 만델슈탐은 어떻게 하든 죽음을 피할 수는 없다고 주장했고, 이는 전적으로 옳았다. 상황에 대한 냉정한 평가는 바로 그러한 결론을 도출했다. 그래서 만델슈탐이 내게 "그들을 믿지 마오!"라고 속삭였을 때 나는 수긍했다. "그럼요! 누가 그들을 믿겠어요!"

이것이 바로 만델슈탐이 내부 감옥에서 걸리게 된 쇼크성 정신질환의 내용이었다. 그러나 처음에는 만델슈탐이 아니라 호위병 중 가장 연장자였던 오시카(Оська)[1]가 오히려 미친 사람으로 생각되었다. 만델슈탐과 이름이 같았으며, 이후 만델슈탐 시에 등장하게 된 그는 양 같은 눈을 부릅뜨고 이렇게 말했다. "그를 좀 진정시켜요! 우리나라에서는 '노래' 때문에 사람들을 총살시키지는 않는다고 그에게 말해줘요!" 그는 우리의 대화를 듣고 우리가 시(민중은 노래라고 부르던)에 관해 이야기한다는 것을 짐작했다. 그의 의견에 따르면 우리나라에서는 스파이나 방해분자, 사회주의의 적만을 총살했다. 부르주아 국가였다면 만델슈탐은 무사하기 어려웠을 거라고 그는 이야기했다. 그곳에서는 만일 부적합한 시를 쓴다면 선량한 사람일지라도 저 세상으로 보내버릴 수 있다는 것이었다.

물론 사람들마다 자신들에게 주입된 사실을 믿는 정도는 달랐다. 젊은이들이나 대학생, 호위병, 작가, 병사들이 특히 잘 믿는 축에 속했다. 제대한 병사 한 명은 1937년 내게 다음과 같이 말했다. "가장 공정한 선거입니다. 우리에게 제안하면, 우리는 선택하는 거지요." 작가인 만델슈탐 역시 술책에 걸려들었다. 남의 말을 쉽게 믿는 성격이었다. "우선은 이렇게 선거를 하고, 점차 익숙해지면 나중에는 정상적인 선거가 이루어질 거야." 처음이자 마지막으로 참여했던 선거의 새로운 방식에 놀라

---

1) 만델슈탐의 이름인 '오십'과 같은 어근에서 나온 이름 '이오시프'의 구어적인 형태.

투표소를 빠져나오면서 그는 이렇게 말했다.

이미 인생 경험이 많은 우리조차도 모든 변화들을 온전히 평가할 수 없었다. 하물며 젊은이들이나 병사들, 대학생들에게 무엇을 바라겠는가? 전쟁 전 칼리닌에서 나에게 우유를 가져다주었던 이웃 여자가 한 번은 한숨쉬며 이렇게 말했다. "우리가 청어나 설탕, 석유를 배급받을 때 자본주의 국가들의 사정은 어떻겠어요? 그곳 사람들은 분명 굶어 죽을 지경일 거예요!" 대학생들은 아직까지도 일반 교육은 사회주의에서만 가능하며, '저곳에서' 인민들은 분명 무지몽매에 빠져 있을 거라고 믿고 있다.

앞서 말한 타슈켄트의 자살자의 딸인 라리사의 집에서는 제대한 상이 조종사들이 런던이나 파리 같은 대도시에 거주하는 것을 금지하는지 아닌지에 대해 열띤 토론이 벌어졌다. 타슈켄트에서는 당시(1959) 이런 사건이 일어났던 참이었고, 그래서 라리사는 조종사, 특히 시험비행 조종사에 대해서는 반드시 거주를 허락해주어야 한다고 주장했다. 나는 '저쪽에서는' 거주 허락이나 금지 같은 거주등록 제도 자체가 없다고 설명하려 했지만 아무도 내 말을 믿으려 들지 않았다. 거주등록을 하지 않고 어떻게 살 수가 있지? 그럼 모두 한꺼번에 대도시로 몰려들 거 아냐! 만일 우리가 모두 교육자들을 믿고, 교육자들 또한 어리둥절하여 자기 자신을 믿기 시작한다면, 최고참 호위병 오시카가 그들의 말을 믿는 게 뭐 그리 놀랍단 말인가?

나는 푸슈킨 작품집을 가지고 여행길을 나섰다. 오시카는 늙은 집시의 이야기[2]에 매료되어 가는 길 내내 그것을 무관심한 동료들에게 소리내 읽어주었다. 만델슈탐은 이들을 가리켜 제복외투를 입고 총을 찬 채 글을 깨우치는 '푸슈킨 연구가 패거리' 또는 '이가 하얀 시 애호가들'이라고 불렀다.

"로마황제들이 노인들을 어떻게 모욕했는지들 보게나." 오시카는 동

---

2) 푸슈킨의 서사시 「집시들」의 등장인물 가운데 한 명.

료들에게 말했다. "바로 노래 때문에 그를 그렇게 유형보낸 거지." 북부 지방에 대한 묘사는 강렬한 인상을 주었다. 북방 유형은 물론 가혹한 형벌이었고, 그래서 오시카는 나를 안심시키기로 결심했다. 내가 화장실 가는 것을 호위하면서(지침에 따라!) 그는 이 틈을 이용해 우리는 로마의 유형수같이 가혹한 유형을 가는 게 아니라 목적지는 체르딘이며, 그곳의 기후는 온화하고, 우리가 첫 번째로 열차를 갈아타게 될 곳은 스베르들롭스크라고 내게 소리 낮춰 말했다. 예심판사가 우리에게 이미 유형지를 알려주었다고 말하자 오시카는 깜짝 놀랐다. 우리가 어디로 가는지 말하지 말고 행선지를 비밀에 붙이라는 명령을 받았기 때문이었다. 그리고 대체로 이런 사항들은 호위병만 알 수 있는 것이었다. 우리에게 호의를 가진 오시카는 지침을 어기고 목적지를 말했다. 그러나 공연한 짓이었으며, 난 이미 목적지를 알고 있었다. 나는 예심판사의 말이 사실이라는 것을 확인시켜주는 그의 솔직한 말이 없었더라면, 어디로 가는지 끝까지 불안에 떨었을 거라며 그를 위로했다.

오시카가 감행한 묵인은 그밖에도 많았다. 여러 차례 열차를 갈아탈 때마다 그는 호위병들에게 우리 짐을 나르도록 명령했고, 솔리캄스크에서 배로 갈아탈 때에는 개인적으로 선실을 하나 빌리라고 귀띔했다. "당신 남편을 쉬도록 해줘요." 그는 호위병들이 우리 선실에 들어오지 못하게 했고, 그래서 그들은 갑판에서 웅성거렸다. 나는 그에게 왜 지침을 어기냐고 물었지만, 오시카는 손을 내저을 뿐이었다. 이제껏 그는 형사범이나 '해충'을 호위해왔고 그런 경우 경계를 늦춰서는 안 되었다. "그러나 당신 남편의 경우는 다르잖소! 당신네들은 감시할 필요도 없어요!"

그러나 음식 문제만큼은 달랐다. 호위병들에게 아무리 음식을 권해도 그들은 손도 대지 않았다. 금지되어 있다는 것이다. 체르딘에서 만델슈탐을 사령관에게 인도한 후에야 호위병들은 이렇게 말했다. "이제 우리는 자유요. 대접해봐요……"

나는 평생 동안 오시카 같은 직업을 가진 사람을 두 명 더 만날 수 있었다. 그중 한 명은 오로지 이를 부드득 갈 뿐, 우리는 아무것도 모르고 아무것도 이해하지 못하며 상상조차 할 수 없을 거라는 말만 되풀이했다. 그는 제대할 날만 손꼽아 기다렸다. 그래서 그가 자유를 찾아 도망쳤다는 사실을 알고 나는 기뻤다. "집단농장만 되어도 천국 같을 거요." 그는 언젠가 한 번은 나와 만났을 때 이렇게 말했다.

다른 또 한 사람은 이마가 좁고 짐승 같은 자였다. 그는 어느 날 죄수를 놓침으로써 그토록 많은 가능성을 약속하며 그의 취향에도 맞았던 직업을 잃었다. 여러 해 동안 그는 취했을 때나 그렇지 않을 때나 자신의 경력을 망친 그 '반혁명분자', '독일인', '인민의 적', '파시스트'를 저주했다. 그는 언젠가는 도망자를 찾아내서 벌하리라는 꿈을 꾸며 살았다. 그는 소비에트 정권에 대한 울분을 감추고 있었다. "도대체 왜 저런 범죄자들의 응석을 받아줘야 한단 말이야? 그들을 수용소로 보낼 게 아니라 바로 총살시켜버려야지……" 그러면서 그는 의미심장하게 손가락을 튕겼다.[3]

만일 오시카가 아니라 그 인간이 만델슈탐의 호송 임무를 맡았더라면……. 생각만 해도 끔찍하다.

---

3) 총살을 의미하는 제스처.

14 초콜릿

스베르들롭스크에서 열차를 처음으로 갈아탔다. 그곳 역에서 우리는
여러 시간 동안 기다려야 했는데, 호위병들은 만델슈탐뿐 아니라 내 곁
에서도 잠시도 떨어지지 않았다. 나는 전보를 치려 했지만, "안 됩니
다!"라고 했다. 빵을 사려 했으나 이 역시 금지당했다. 신문판매대에 다
가가려 했으나 제지당했고, 간이역에서도 열차 밖으로 나가지 못하게
했다. 금지되어 있다는 것이다. 만델슈탐은 단번에 이를 알아차렸다.
"즉 당신 역시 걸려든 거야." 나는 유형수가 아니며, 자발적으로 따라가
는 사람이라고 호위병들에게 설명해보았지만 "안 됩니다. 명령입니다"
라는 대답뿐이었다.

스베르들롭스크에서 무기를 든 두 보초병의 호위를 받으며 우리는 아
침부터 저녁 늦게까지 내내 역의 나무벤치에 앉아 있어야 했다. 우리가
조금만 움직여도(저린 발을 주무르기 위해 몸을 조금 일으켜서도 안 되
었고, 자세를 바꾸거나 뒤척이는 것 또한 금지되었다) 보초병들이 즉시
경계태세를 하며 권총에 손을 갖다 대었다. 어째서인지 우리는 출입구
바로 맞은편에, 출입구를 마주본 채 앉혀졌고, 그래서 우리는 드나드는
사람들의 끝없는 흐름을 바라보고 있어야 했다. 일단 우리에게 시선이
부딪힌 사람들은 모두 예외없이 즉시 외면해버렸다. 아이들까지도 우리
에게 관심을 보이지 않았다. 우리는 아무것도 먹을 수 없었다. 왜냐하면
먹을 것들은 모두 가방 안에 있었고, 가방을 여는 것은 금지되어 있었기
때문이다. 그래서 마실 물도 꺼낼 수 없었다. 여기서는 오시카도 지침을

어길 엄두를 내지 못했다. 스베르들롭스크는 심각한 역이었다.

저녁때 우리는 스베르들롭스크와 솔리캄스크를 잇는 협궤열차로 갈아탔다. 우리는 주 철로가 아닌 비상용 철로로 다니는 좌식 열차에 탔고, 몇 개의 좌석을 비워둠으로써 다른 승객들과 격리되었다. 두 병사가 밤새도록 우리 주위에 서 있었고, 나머지 한 명은 비어 있는 좌석의 맨 끝에서 빈자리에 앉겠다고 고집부리는 승객들을 쫓아내고 있었다. 스베르들롭스크에서 우리는 나란히 앉았지만, 열차에 갈아탄 뒤에는 불 꺼진 유리창을 사이에 두고 마주보고 앉아 있었다. 철도는 울창한 숲 사이로 나 있었고, 만델슈탐은 밤새도록 창문에 붙어서 밖을 바라보았다. 사흘 또는 나흘째 잠을 못 이루고 있었다.

우리가 탄 열차나 배마다 승객은 만원이었고, 대기하는 역은 소란하고 인파로 가득했지만, 그 어느 곳에서도 그 누구도 두 남녀가 세 무장 병사의 호위를 받고 있는 이 희한한 광경에 관심을 보이지 않았다. 우리를 쳐다보기 위해 몸을 돌리는 사람도 없었다. 우랄[1]사람들은 이런 광경에 이미 익숙해져 있는 것인지, 아니면 단지 불행이 전염될까 두려워서인지, 그 이유를 누가 알겠는가……. 아마도 수십 년 동안 우리 국민이 굳게 지켜온 독특한 소비에트 에티켓의 하나일 것이다. 일단 위에서 유형을 보내면, 그것은 그래야 할 필요가 있는 것이고 내 알 바 아니라는 것.

무관심한 군중은 만델슈탐에게 상처를 주었다. "예전 사람들은 이송되는 죄수들에게 적선을 했는데 이제는 쳐다보지도 않는군." 이런 군중이 보는 앞에서는 이송죄수에게 무슨 짓(총살하거나, 살해하거나, 갈기갈기 찢는 등)이라도 저지를 수 있으며, 아무도 거기에 참견하지 않을 거라며 만델슈탐은 내 귀에 대고 섬뜩하게 속삭였다. 관중은 다만 불쾌한 광경을 보지 않기 위해 등을 돌릴 거라고. 가는 길 내내 나는 그 누구

---

1) 유라시아와 시베리아 접경에 펼쳐 있는 남북 약 2,000킬로미터, 동서 40~150 킬로미터에 이르는 지역. 스베르들롭스크(예카테린부르크)는 현재 이 지방을 대표하는 공업 도시 가운데 하나다.

의 시선이라도 붙잡아보려 했지만 성공하지 못했다.

아마도 우랄 지방만 유독 이렇게 냉담했던 건지도 모르겠다. 1938년 나는 모스크바에서 100베르스타 떨어진 지역에 있는 스트루닌이라는 곳에 살고 있었다. 이 도시는 야로슬라블리[2]로 가는 길에 있는 크지 않은 방직 도시로, 매일 밤 죄수들을 실은 수송열차가 당시 이곳을 지났다. 내가 살던 집 주인을 방문하는 이웃들은 이 수송열차에 관한 이야기만 했다. 죄수들을 동정하는 것이 금지되었으며, 그들에게 빵을 줄 수도 없다는 사실에 그들은 모욕감을 느꼈다.

언젠가 한 번은 집 주인이 꾀를 내어 임시객차의 망가진 쇠창살 창 안으로 초콜릿을 던졌다. 이 초콜릿은 원래 딸에게 주려던 것으로 가난한 노동자의 가정에서 매우 드문 사치였다. 병사는 욕설을 하고 총의 개머리판을 휘두르며 그녀를 쫓아버렸지만, 그녀는 하루 종일 행복해했다. 어쨌든 뭐라도 할 수 있었으니! 이웃 여자 중 한 명이 한숨을 쉰 것은 사실이다. "그들과 접촉하지 않는 편이 나아요. 죽임을 당할 수도 있으니. 공장위원회에 계속 불려다니거나." 그러나 내 여주인은 '집에 앉아 있었고', 즉 아무 직업도 없었으므로 공장위원회를 무서워할 턱이 없었다.

아이들을 위한 그림이 그려져 있는 이 초콜릿이 1938년 강제수용소를 향해 가는 숨 막히는 가축우리 같은 열차 안에서 무엇을 의미했는지 미래 세대의 누군가 이해할 수 있을까? 열차 안의 사람들에게 시간은 이미 정지되어버렸고, 공간이라고는 서 있을 수밖에 없는 감방이나 영창, 반쯤 죽은 짐짝 같은 사람들이 빽빽히 들어선 열차 칸이 전부였다. 거부되고, 잊힌 채 살아 있는 자들의 명단에서 제외된 그들, 이름과 별명을 잃고 번호로 불리고, 낙인찍힌 채 화물인도 증서에 따라 수용소의 검은 비존재로 넘겨진 이들에게 갑자기 몇 달 만에 처음으로 다른 세계에서 소식이 날아든 것이다. 값싼 어린이 초콜릿은 그들이 아직 잊히지 않았으

---

2) 유러시아 북부에 위치. 모스크바 북동쪽으로 약 250킬로미터 떨어진 볼가 강 연안의 항구 도시. 볼가 강 연안에서 가장 오래된 도시.

며 감옥 너머에 아직도 사람들이 살아 있음을 말해주는 것이었다.

체르딘으로 가는 길, 이 엄격한 우랄인들은 단지 우리를 바라보는 것을 두려워했을 뿐이며, 우리와 마주쳤던 모든 사람이 집으로 돌아가서는 아버지나 아내 또는 어머니에게 수비대의 세 병사들에 의해 북쪽 어디론가로 쫓겨가는 남녀에 관해 작은 소리로 이야기할 것이라는 생각으로 나는 나 자신을 위로했다.

15 투신자살 기도

만델슈탐이 잠을 못 자면서 긴장한 상태로 무언가에 귀 기울이면서 양다리를 붙이고 의자에 앉아 있는 것을 본 첫날 밤부터 나는 그가 정상이 아니라는 것을 깨달았다. "들려?" 나와 눈이 마주치자 그는 물었다. 나는 주의 깊게 귀 기울여 보았지만 기차 바퀴소리와 승객들의 코고는 소리뿐이었다. "당신 귀는 어두워. 언제나 아무 소리도 못 듣는다니까……" 사실 그는 지나치게 귀가 밝아서 내가 아무 소리도 못 들을 때에도 아주 작은 부스럭 소리까지 들을 수 있었다. 그러나 지금은 이런 문제가 아니었다.

가는 내내 만델슈탐은 긴장하며 귀 기울였고, 파국이 가까워졌으며, 별안간 걸려들지 않고 빠져나가려면 계속 경계를 늦추지 말아야 한다고 가끔 몸서리치며 내게 말했다. 나는 그가 단지 최후의 징벌을 기다리는 것이 아니라는 것을 깨달았다. 물론 나 역시 최후의 징벌이 있으리란 것은 믿어 의심치 않았지만, 만델슈탐은 그것이 당장 여기서 가는 도중에 일어날 거라고 생각했다. "도중에요? 당신은 26명의 전권위원[1] 일을 떠올리고 있군요"라고 내가 말했다. "무엇 때문에 불가능하다는 거지? 그들이 못할 거라고 생각하는 거요?"라고 그가 대답했다.

그들이 뭐든 다할 수 있다는 것을 우리는 매우 잘 알고 있었다. 그러나 만델슈탐은 판단력을 상실한 상황에서, '죽음을 미리 막고' 도망쳐

---

1) 1921년 총살당한 바쿠의 26명의 볼셰비키 전권위원.

서, 즉 총살장에 닿기 전에 스스로 목숨을 끊을 수 있기를 바라고 있었다. 이상하게도, 판단력을 잃은 자나 멀쩡한 자나 한결같이 희망을 결코 잃지 않았다. 자살은 우리가 비상용으로 가지고 있는 수단이었으며, 어째서인지 우리는 언제나 늦지 않게 그것에 의지할 수 있다고 믿었다. 그러나 얼마나 많은 사람이 산 채로 비밀경찰의 손에 잡히지 않으려고 노력했으나 마지막 순간 별안간 급습당했던가.

이 마지막 탈출구에 대한 생각은 평생 나에게 위안을 주었으며 나를 안심시켰다. 견디기 힘들었던 시기마다 나는 만델슈탐에게 함께 자살하자고 제안했다. 만델슈탐은 언제나 내 말에 강력히 반대했다.[2] 기본적인 논거는 다음과 같았다. "나중에 어떤 일이 생길지 당신이 어떻게 알아? 삶이란 그 누구도 감히 거절할 수 없는 선물이야." 그리고 "행복해야만 한다고 왜 계속 생각하는 거야?"라는 그의 말은 내게 가장 설득력 있게 들렸던 논거였다. 만델슈탐은 전적으로 낙천적이었으며, 결코 불행을 좇지 않았으나 소위 말하는 행복에도 연연하지 않았다. 그에게는 그런 개념 자체가 존재하지 않았다.

더욱이 그는 매우 자주 농담으로 얼버무렸다. "자살하자고? 그럴 수 없어! 아베르바흐(Л. Л. Авербах)[3]가 뭐라고 그러겠소?"라든가 "직업적 자살자와 함께 못 살겠군"이라는 식으로. 그가 자살에 대한 생각을 처음 하게 된 것은 체르딘으로 가는 길, 병든 상태에서였으며, 곧 있을 거라 생각한 총살을 피하기 위한 방편으로였다. 그래서 나는 그에게 이렇게 말했다. "총살하라고 해요. 그럼 좋잖아요, 자살하지 않아도 되고." 그러나 이미 한 가지 지배적인 생각에 사로잡힌 채 정상이 아닌 착란상태에 빠져 있던 그는 갑자기 웃음을 터뜨렸다. "또 당신은 자기 말

---

2) 만델슈탐이 젊은 시절 바르샤바에서 자살을 기도했다는 게오르기 이바노프의 이야기는, 내 견해로는, 그의 다른 많은 이야기처럼 조금의 근거도 없다―지은이.

3) 아베르바흐(1902~39): 문학비평가. '프롤레타리아 문학' 개념의 전투적 주창자. 1927년부터 1932년 숙청되기 전까지 소비에트 문학계의 제1인자였다. 1939년 총살당한다.

만 하는군." 이때 이후로도 이 주제가 여러 차례 거론되도록 삶은 흘러
갔지만, 만델슈탐은 그때마다 이렇게 이야기했다. "기다려봐. 아직은 아
니야. 좀더 기다려보자고."

그런 그도 1937년에는 아흐마토바에게 조언을 구했다. 그러나 그녀
는 우리의 기대를 저버렸다. "그들이 지금 하는 일을 알고 있나요? 작가
들을 점점 더 보호하고, 심지어 레오노프(Л. М. Леонов)[4]라는 자에게
는 별장까지 주었어요. 왜 당신은 자살해야 한다는 거죠?"

만일 그가 그때 자살을 단행했더라면 두 번째 체포도 없었을 것이며,
가축 축사 같은 기차에 실려 블라디보스토크의 수용소도, 죽음과 참혹
함으로 가는 끝없는 길도 피할 수 있었을 것이다. 나 역시 이렇게 죽음
이후의 삶을 살지 않아도 되었을 것이고. 이 운명적인 문턱을 넘어서기
가 얼마나 어려운가 하는 사실은 나를 언제나 놀라게 한다. 자살에 대한
기독교의 금기에는 인간 본성에 심오하게 합치된 무언가가 있다. 우리
시대에 그랬던 것처럼 비록 삶이 죽음보다 훨씬 더 끔찍할지라도 인간
은 진실로 이 일보를 내딛지 않는다. "행복해야만 한다고 왜 당신은 생
각하는 거지?"라는 만델슈탐의 말이나 아바쿰(Аввакум)[5] 사제가 아
내에게 한 다음과 같은 이야기는 혼자 남겨진 나를 계속 지탱해주었다.
"사제여, 우리는 얼마나 더 가야 합니까?"라고 기진맥진한 아내가 묻자,
"무덤에 닿을 때까지라오, 아내여"라고 아바쿰 사제는 대답했고, 사제
의 아내는 일어나 계속 걸어갔다고 한다.

어쩌면 내 회고록이 보존되고, 사람들이 내 글을 읽으면서 나를 병든
자나 우울증 환자로 치부하는지도 모른다. 그들은 정말 모든 것을 잊어
버리고, 그 어떤 증인들의 진술도 믿지 않게 될지 모른다. 외국에 있는
많은 사람이 아직까지도 우리 말을 믿지 않는 것을 보라. 그들은 동시대
인들인데도 말이다. 시간이 아닌 공간이 우리를 갈라놓을 뿐인데도. 바

---

4) 레오노프(1899~1994): 작가. 소련 학술원 회원.
5) 아바쿰 사제(1620~81): 러시아 정교 의례에 니콘 주교가 도입한 변화를 받아
   들이는 것을 거부했던 '구교도'의 지도자.

로 얼마 전 나는 누군가의 다음과 같은 주장을 읽은 적이 있다. "그곳에서는 모두 공포에 떨고 있다고 하더군요. 모든 사람이 두려워한다는 것은 말도 안 돼요. 두려워하는 자가 있으면, 그렇지 않은 자들도 분명 있어야지요." 조리에 맞고 논리적인 말이었지만 우리의 삶은 논리적인 것과는 거리가 멀었다. 그리고 나는 만델슈탐이 놀렸듯 '직업적인' 자살자는 아니었다. 많은 사람이 당시 자살에 관해 생각했으며, 소비에트 최고 걸작 드라마의 제목이 「자살자」[6]인 것도 우연이 아니다.

어찌 되었든 만델슈탐은 기차에서 세 병사의 호위를 받으며 처음으로 자살에 관해 생각했고, 이것은 병의 증상이었다. 만델슈탐은 언제나 벌어지는 일의 가장 세밀한 부분까지도 알아차렸고, 관찰력이 매우 높았다. 그의 말대로 "주의력은 서정시인의 위업이며, 평정심을 잃고 산만한 것은 서정적 게으름에서 나온 도피다." 그러나 체르딘으로 가는 길, 이 동물적인 관찰력과 예민한 청각은 그의 병을 악화시켰다. 객차 안과 기차역의 야만적인 분주함 가운데 그는 계속해서 모든 자질구레한 것들에 주목했고, 모든 것을 자신과 연관지으며(정신병의 첫 번째 징후는 자기중심주의가 아닐까?) 이것들에서 단 하나의 결론, 즉 운명의 순간이 가까워지고 있다는 결론을 이끌어냈다.

솔리캄스크의 기차역에서 우리는 트럭으로 바꾸어 타고 항구까지 갔다. 트럭은 숲을 가로질러 난 길을 따라갔다. 트럭에는 노동자들이 타고 있었다. 그들 중 턱수염이 난 한 남자가 붉은빛이 도는 갈색 셔츠를 입고, 손에는 도끼를 들고 있었는데, 이 남자의 모습은 만델슈탐을 공포로 몰아넣었다. "형 집행이 표트르 시대[7]식으로 될 모양이야." 그는 내게 이렇게 속삭였다. 그러나 배에 올라 호송병 오시카 덕택에 얻을 수 있었던 개인 객실에 있게 되자 만델슈탐은 이제 자신의 공포를 비웃었고, 솔리캄스크 노동자같이 전혀 아무 관련 없는 자들 때문에 놀랐다는 사실

6) 니콜라이 에르드만의 1928년 작품.
7) 표트르 대제 시대를 가리키는 것으로 여기서는 도끼에 의해 연상되는 전근대적 처형을 암시한다.

을 인정했다. 그리고 자신이 '이것'을 더 이상 두려워하지 않을 때까지 안심시키고, 잊도록 '그들이' 계략을 쓰고 있다고 탄식했다. 정말 '이것'은 4년이 흐른 뒤 일어났다.

넋이 나간 상태에서는 무엇이 자신을 기다리는지 알고 있던 만델슈탐은 제정신을 차리자 현실감각을 잃어버렸고, 자신이 안전하다고 믿게 되었다. 우리가 살아온 삶에서, 심리 상태가 건강한 사람들은 현실을 악몽으로 만들지 않기 위해 현실에 대해 눈을 감아버렸다. 그러나 눈을 가리기는 어려웠고, 많은 노력이 필요했다. 자기 주위에서 일어나는 일들을 보지 않는 것은 결코 단순히 수동적인 행위가 아니었다. 소비에트인들은 심리적 눈가림에서 높은 수준에 올랐으며, 이것은 그들의 정신구조 전체에 파괴적으로 작용했다. 지금은 자발적 맹인들의 세대가 힘을 잃었지만, 이 원인은 매우 단순하다. 나이 때문이다. 그러나 그들은 후손에게 무엇을 유산으로 남겼는가?

체르딘은 자연풍경 그리고 표트르 대제 이전 풍의 전반적인 분위기로 우리를 기쁘게 했다. 우리는 체카로 끌려갔고, 서류와 함께 사령관에게 넘겨졌다. 오시카는 반드시 보존할 것을 명령받은 특별한 새를 데려왔다고 설명했다. 그는 사령관에게 이 사실을 알려주려고 매우 노력하고 있음이 역력했다. 이 사령관은 외부가 아닌 내부 수비를 담당하는 유형으로, 총살이나 고문을 집행하다가 너무 잔혹한 일, 기억되어서는 안 될 일을 목격했기 때문에 멀리 보내진 사람들에 속하는 자였다. 사령관의 호기심 어리고 심술궂은 시선이나, 내가 병원에 정착하도록 그가 그리 쉽게 도와준 것으로 보아 오시카가 전력을 다했음을 느낄 수 있었다. 체르딘의 유형수들이 이후 내게 해준 말에 따르면 사령관은 호위병의 말 때문에 유형수들을 너그러이 봐준 일이 결코 없었다는 것이다. 병원에서는 우리에게 커다란 빈 병실을 내주었다. 그곳에는 삐걱이는 두 개의 그물 침대가 벽에 수평으로 매달려 있었다.

나는 사실상 닷새 동안 밤을 새워가면서 얼이 빠진 추방자를 지켰다. 병원에서 끝없는 백야에 지친 나는 아침 무렵 깜박 졸고 있었다. 나는 만델슈탐이 다리를 바짝 꼬고, 외투의 단추를 푼 뒤 정적에 귀 기울이며 흔들리는 그물 침대 위에 앉아 있는 것을 꿈결에 어렴풋이 보았다.

그러다가 갑자기 모든 것이 자리를 바꾸었다(나는 이것을 꿈결에 느낄 수 있었다). 만델슈탐은 갑자기 창가에 있었고, 나는 그와 나란히 있었다. 그는 다리를 바깥으로 내려놓았고, 그의 몸 전체가 아래로 내려가는 것을 알아차릴 수 있었다. 창턱은 높았다. 절망적으로 손을 뻗은 나는 만델슈탐의 외투 어깨 쪽을 꽉 잡았다. 그는 옷소매에서 빠져나가 아래로 떨어졌고, 나는 추락 소리를 들었다. 무언가 철퍽 떨어지더니 비명…… 내 손에는 외투가 들려져 있었다. 나는 흐느끼면서 병원 복도와 계단을 따라 달려서 밖으로 나갔다. 간호사들도 나를 따라 달려나왔다. 만델슈탐은 작은 덩어리처럼 오그라든 채 누워 있었다. 사람들은 욕설을 퍼부으며 그를 위로 옮겼다. 특히 남편을 제대로 감시하지 못한 나를 주로 욕했다.

부스스한 용모에 매우 악독한 여의사가 달려와 그를 급히 진찰했고, 만델슈탐의 오른쪽 어깨가 탈골되었다고 말했다. 그밖에는 모두 멀쩡했다. 이것은 순조로운 결말이었다. 왜냐하면 만델슈탐은 현대식 건물이라면 적어도 3층 높이에 맞먹는, 오래된 지방 병원 건물의 2층 창에서 뛰어내렸기 때문이다.

어디선가 많은 수의 간호사와 접골사들이 느닷없이 몰려들었다(그들이 실제 누구였는지는 신만이 알겠지만). 만델슈탐은 자기를 붙잡고 있던 사내들을 물리치고, 수술실이라 불리는 완전히 텅 빈 방의 바닥에 누웠다. 병원에 없었던 마취제 대신 욕지거리를 큰 소리로 퍼부어대며 여의사는 만델슈탐의 어깨를 맞추었다. 엑스레이 장치는 작동하지 않았다. 왜냐하면 백야기간에 소형발동기는 절전하기 위해 정지되었고, 촬영기사는 차례대로 휴가를 떠났기 때문이다. 바로 이 때문에 여의사는 만델슈탐의 어깨뼈에 생긴 골절을 알아차리지 못했다. 이 골절에 관해서는 훨씬 후 보로네슈에서 알게 되었다. 팔을 쓰지 못하게 된 만델슈탐이 외과의사를 찾아갔기 때문이다. 만델슈탐은 오랫동안 치료를 받은 뒤 부분적으로 팔을 쓸 수 있게 되었지만, 외투 같은 것을 걸기 위해 팔을 들 수는 없었다. 이런 경우 그는 왼팔을 썼다.

한밤중 투신자살 시도 이후 만델슈탐은 진정되었다. 시에서 쓰고 있듯이 "투신 그리고 나는 정신이 들었다"(Прыжок–И я в уме).[8]

---

8) 1935년에 쓴 시 「스탄스」의 구절.

16 체르딘

오랫동안 면도를 하지 않아서 성서에 등장하는 인물들처럼 턱수염이 난 만델슈탐은 집중되고, 어째서인지 매우 평온한 시선으로 모든 것을 주시하면서 체르딘에서 2주일을 보냈다. 이 시기처럼 주의 깊고 평온한 시선은 여태껏 보지 못했던 것 같다. 그는 이제 자기처럼 턱수염을 기른 채 병원 복도를 서성대는 농부들을 보고도 놀라지 않았다. 그의 설명에 따르면, 솔리캄스크에서의 경험이 도움이 되었다. 농부들은 농부들일 뿐 아무런 해도 끼치지 않을 거라며. '그들은' 완전히 다르게 생겼다는 것이다. 농부들은 만성염증을 앓고 있었고, 그들도 만델슈탐의 경우와 마찬가지로 원시적 방식으로 치료받았다. 그들은 서로 서두르지 않는 대화를 나누었고, 어째서인지 언제나 냉소를 지었다. 인간의 행동에는 이해할 수 없는 것이 많은데 이 냉소도 바로 그중 하나였다. 그에 비하면 만성염증은 훨씬 더 설명하기 쉬웠다. 끔찍했던 이주 상황, 힘겨운 고통, 타박상 등으로 유형수였으며, 병원에서 시트 담당자로 일하던 60세가량의 깡마른 여인이 있었다. 그녀는 이 일을 한다는 것을 놀랄 만한 행운으로 여겼고, 농부들을 위해 평생을 바칠 준비가 되어 있다고 말했다. 만델슈탐은 이 말을 듣고 그녀가 사회혁명당원[1]이라는 것은 단번에

---

1) 사회혁명당: 1901~23년까지 러시아에 존재했던 정당. 기본 요구는 전제정치 종결과 민주공화제 창설, 권리와 자유, 8시간 노동, 토지의 공유화 등이다. 투쟁 방법은 합법적인 것에서부터 테러를 포함하는 무장 봉기에 이르기까지 다양했다. 1917년 10월혁명 후 볼셰비키에 대항하는 운동을 했고, 1922년 당 지도

직감했다.

그곳에서는 이 턱수염 난 농부들을 어떻게 불렀던가? 이주농민? 이주민? 확실히 기억은 못하겠지만, 어쨌든 재산을 몰수당한 부농으로 부르는 것은 금지되어 있었다. 우리는 사물을 본래 이름으로 부르는 것을 좋아하지 않았다. 만성염증으로 시달렸던 턱수염 난 사내들은 이미 오래전 무덤에 누워 있게 되었다. 우리는 단 한 번도, 그 어디서도 그들에 관해 상기하지 않는다. 이 염증을 건드리는 것이 두려워서였던가?

당시 수용소뿐 아니라 원거리 유형지에서도 동지의식과 서로 돕는 전통이 보존되어 있었다. 바깥세상에서는 이미 없어진 현상이었지만 체르딘은 전통을 유지했고, 시트 담당 여자도 우리에게 뜨거운 동정을 표했다. 그녀는 내가 겨울을 대비해 펠트 장화를 사야 하며(나중에는 구할 수 없으니), 텃밭을 가꿔야 한다고(그러지 않으면 입에 풀칠할 수 없다고) 주장했다. 텃밭을 가꾸기 위한 땅은 유형수들에게 허용되지 않았지만, 방은 구해야 했다. 다른 모든 곳에서처럼 체르딘에서도 주택난이 심각했고, 유형수들은 칸막이를 한 방의 한 귀퉁이를 얻을 수 있었다.

시트 담당 여자와 나는 그럭저럭 정착한 다리가 짧은 남자를 방문하곤 했다. 그는 누군가의 집 한 귀퉁이를 벨벳 커튼으로 칸막이하고, 직접 책장을 만들어 마르크스와 엥겔스의 저작을 빽빽이 꽂아놓았다. 그는 아내와 함께 이 칸막이 뒤에서 살고 있었고, 두 사람은 3일 내내 사령관에게 거주등록을 하러 다녔다.

비록 만델슈탐은 병원에 입원한 환자였지만, 그도 이 절차를 거쳐야 했다. 그는 증명서를 받았지만, 이것은 거주등록증 역할은 하지 못했다. 그래서 사령관은 3일간 이 서류에 자신의 직인을 찍어댔다. 사령관이 만델슈탐을 교외로 내쫓지 않는 것에 대해 체르딘의 다른 유형수들은 이상하게 생각했다. 사령관은 지역의 행정중심지였던 체르딘에는 아무

부 47명이 체포되어 그중 14명이 총살당한 뒤 당원 대다수가 탄압당하고 제거되었다.

도 남겨두지 않으려고 애썼기 때문이다. "그는 이곳에 우리가 너무 많다고 생각하지요." 나는 만델슈탐의 목적지가 그냥 '체르딘'이었지 교외가 아니었다고 설명하며 물었다. "사령관이 우리를 내쫓을 권리가 있나요?" 그들의 대답은 이러했다. "당신들은 사령관의 손바닥 안에 있어요. 그의 마음대로 우리는 보내지는 거죠. 그리고 그는 언제나 사람들을 도시 밖으로 내쫓을 생각만 하고요."

이른 봄 이곳에는 정치범들이 지나칠 정도로 더 많이 있었지만, 육체노동 이외의 일은 얻기 불가능한 지방으로 그들은 모두 보내졌다. "그곳에는 완전히 병든 동지들밖에 없어요." 시트 담당 여자는 말했다. 강제노동과 유형 상황에서 '동지'라는 단어는, 자유세상에서는 이미 오래전에 잊힌 독특한 의미를 가지고 있었다.

시트 담당 여자의 남편은 벨벳 커튼 뒤에 사는 다리가 짧은 마르크시스트와 끊임없이 논쟁했다. 그들은 분열된 당의 잔재이자 변방이었고, 논쟁은 이미 혁명 전 지하활동 시기부터 시작된 것이었다. 아내들은 논쟁보다는 살림과 일에 더 열중했고, 아이들을 몹시 그리워했다. 두 부부 모두 자기 부모들에게 아이를 맡겨놓고 왔다. "애들은 그곳에서 어떻게 살고 있을까?" 엄마들은 한숨지었지만 데려올 엄두는 내지 못했다. "우리는 파멸할 운명이니 자식들이라도 살게 해야지요⋯⋯."

그들은 스스로의 미래에 관해 매우 명확히 알고 있었다. 기회가 되면 그들을 이곳에서 죽여버리거나 수용소로 내쫓을 것이다. "어쩌면 누그러질 수 있을지 몰라요"라고 우리는 이들에게 말한 적이 있었다. "무슨 소리요! 이제 막 불붙기 시작했는데"라고 그들은 대답했다. 그러나 나는 믿지 않았다. 그들이 미래를 암울하게 바라보는 것은 매우 당연했다. 그들 상황에서는 낙관론이 생길 수 없겠지. 그러나 지금과 같은 상황이 영원히 계속되는 것은 불가능했다. 긴 한평생 동안 우리가 한계까지 왔으며, 내가 말한 완화의 시대가 곧 도래할 거라 여겨진 때가 여러 차례 있었다. 환상을 버리고 싶은 사람은 아무도 없는 것이다.

체르딘의 유형수들은 만델슈탐의 건강에 대해 나를 안심시켰다. "저기서는 모두 이런 모습으로 나오지만, 나중에는 괜찮아지고, 회복되지요." 나는 물었다. "왜 이런 모습으로 나온다는 거죠?" 그들은 설명하지 못했다. "예전에도 이랬었나요?" 그들은 실제로 혁명 전에도 감옥 생활을 했던 자들로, 문제가 어디에 있는지 내게 밝혀줄 수 있었다. 그러나 예전에는 이처럼 정신 상태에까지 영향을 미치지는 않았다는 말을 할 뿐이었다. 두 달에서 석 달 정도면 병은 사라진다고 했다. 중요한 것은 자기 원칙이었다. 미래를 엿보려 하지 말 것. 하등의 좋은 일을 기대할 수 없기 때문이다. 체르딘이 마지막 짧은 휴식처라고 받아들여야 한다. 아무것도 기대하지 말고, 모든 것에 대해 준비해두라. 평정의 비밀이 여기에 있었다.

그들은 내게 운명과 화해하고 전보를 치는 데 마지막 남은 돈을 허비하지 말라고 애원했다. '내부'에서 그들에게 일어났던 환상에 깊은 인상을 받은 모든 유형수가 이의신청을 담은 전보를 정부에 끊임없이 보내는 일부터 시작했으나, 답장을 받은 자는 아무도 없었다. 새롭게 알게 된 동지들이 누적한 경험은 상당했다. 유형지와 수용소에서 이미 10년 이상 보낸 자들이었다. 처음에는 각자, 그러다가 남편과 아내가 결합하는 데 성공했다.

나는 지방의사였던 겐델만이라는 노인을 기억했다. 1920년대 초반 모스크바에서 만난 사람이다. 그는 '구명운동'을 하러 모스크바에 왔으나 아무 성과도 얻어내지 못했다. "아무도 남지 않았소." 그는 이렇게 내게 말했다. "그들은 모두, 심지어 밀랴와 놀랴까지도 유형 보냈지." 밀랴와 놀랴는 아직 미성년인 손자들의 이름이었다. "이런 적은 한 번도 없었어." 옛날, 큰아들이 유형당할 때면(이런 일은 매우 자주 일어났다고 한다), 손자들은 언제나 자기에게 보내지곤 했다고 노인은 말했다. 아들의 체포는 다른 가족에게 영향을 미치지 않았으며, 모두 자유롭게 자기가 원하는 곳에서 살았다. 그러나 이제 노인은 미성년자 중 한 명이라도 빼내보려고 동분서주하며 노력했지만, 아무 소득도 얻을 수 없었다.

나는 '고립시키되, 살려둘 것'이라는 지령을 체르딘의 유형수들에게 이야기했다. 그리고 이 지령이 무엇을 약속하는지 물었다. 사령관이 감히 만델슈탐을 더 힘든 조건, 지방 같은 곳으로 내보내지 못하도록 작용하지 않을까? 어쩌면 상황이 더 나아지거나 치료를 받을 수 있지는 않을까? 그들은 회의적이었다. 그들 주변에는 스탈린이나 다른 고위층 인사가 개입해서 감형된 사람들을 개인적으로 알고 있는 사람들이 많았다. 혁명 전 감옥이나 지금 유형지에서 그들을 알게 되었다고 했다. 지금은 그들을 유형 보내면서 그들을 단지 '고립시킬' 것이며, 생활하고 일할 수 있는 '여건을 만들도록' 힘써주겠다는 보증을 대개 하지만, 그러나 그 약속은 한 번도 지켜지지 않았고, 그들이 정부에 보낸 모든 탄원서와 편지는 심연으로 사라졌다. 고립은 '보존'이 아닌 가장 평범한 제거(몰래, 증인도 없이 '편리한 시간에')를 약속했다. 희망을 버리고 죽음을 기다리며, 인간적 품위를 잃지 말 것이 기대해도 좋은 유일한 것들이었다. 이 원칙을 지키기는 어려웠으며, 이를 위해서는 모든 힘을 모아야만 했다.

상황에 대한 냉철한 분석과 경험이 이를 가르쳤다. 우리 보다 먼저 경험한 사람들이 우리에게 이 사실을 알려주었다. 그러나 그들은 너무 회의론자들이고, 그래서 객관적이지 못하다고 우리는 생각했다. 그들의 운명 때문에 부득이하게 모든 것을 지나치게 어둡게만 바라본다고. 3년 동안의 체르딘 유형, 과연 이것이 종말이란 말인가? 모든 것은 나아지고, 완화될 것이며, 삶은 제자리를 찾을 것이다.

인간은 언제나 희망의 아주 작은 조각이라도 붙잡으려 한다. 환상과 결별하려는 사람은 아무도 없다. 삶의 얼굴을 정면으로 쳐다보기는 매우 어렵다. 냉철한 분석과 결론은 초인적인 노력을 요한다. 자발적으로 눈 먼 자가 있다. 그러나 볼 수 있다고 생각하는 사람들 가운데에도 보는 것뿐 아니라 그것을 이해하는 사람들이 얼마나 될까? 더 정확히 말하면, 환상과 희망을 버리지 않기 위해 보이는 것을 조금 왜곡하고 있지 않을까? 아마도 바로 이것이 우리의 생활력을 설명해주는 게 아닐까?

체르딘에서 만난 유형수들에게는 인간의 품위를 유지해야 한다는 한 가지 목적만이 남아 있었다. 이를 위해 그들은 모든 활동을 거부하고, 다가오는 죽음을 예감하면서 완고한 고립의 운명을 자발적으로 선택했다. 물론 이 역시 일종의 수동적 저항이지만, 간디의 무저항 정신과 비교할 때 능동적인 정치 투쟁의 성격을 띤다. 어떤 의미에서 그들은, 언젠가 표지전환파(Веховцы)[2]들이 그들에게 제안했지만, 화를 내며 거절했던 자기완성의 길을 선택한 것이다. 게다가 그들에게 선택의 여지는 없었다. 그들에게 남은 유일한 것은 어쨌든 아무도 들어주지 않을 울부짖음뿐이었다.

정말 우연하게 나는 체르딘의 시트 담당 여자에 관한 소식을 듣게 되었다. 그녀는 콜르이마에 갔고, 그곳의 유형수였던 한 레닌그라드 여인에게 만델슈탐의 병에 관한 이야기를 했다고 한다. 만델슈탐은 투신자살을 시도한 후에도 계속 총살을 기다렸지만, 이제 도망치려고 애쓰지는 않았다. 그는 처형자들이 도착할 시간을 자기 나름대로 정해놓고, 공포에 떨며 그들을 기다렸다. 우리가 있던 병실에는 커다란 벽시계가 있었다. 어느 날인가 만델슈탐은 6시에 있을 처형을 기다린다고 고백했다. 그러자 시트 담당 여자는 내게 몰래 시계를 돌려놓으라고 조언했다. 나와 그녀는 그렇게 했고, 그래서 만델슈탐은 운명의 시간이 가까워지면 생기는 흥분과 공포의 발작을 경험하지 않아도 되었다. 난 말했다. "보세요. 6시에 온다고 당신은 그랬는데, 지금은 벌써 8시 15분이에요." 황당하게도 속임수는 성공했고, 특정 시간과 관련된 발작은 사라졌다.

시트 담당 여자는 이 일을 매우 정확하게 기억하고 있었고, 수용소 동료이자 레닌그라드의 여류 문인인 타게르(Ф. М. Тагер)[3]에게 이 일을

---

2) 1921년 러시아 망명 지식인들이 프라하에서 발간한 러시아 인텔리겐치아에 관한 논문 선집인 『표지』(Вехи)의 참여자들. 베르댜예프(Н. А. Бердяев), 불가코프(С. Н. Булгаков), 게르셴존(М. О. Гершензон) 등이 있다.
3) 타게르(1895~1964): 여류시인, 콜르이마에 있는 강제수용소에 오랫동안 수감되어 있었다. 이후 만델슈탐에 대한 회고록을 쓴다.

이야기했던 것이다. 20년 정도 수용소를 전전하던 타게르는 제20차 전당대회 이후 복권되어 고향으로 돌아왔다. 타게르는 아흐마토바와 같은 건물에 있는 아파트를 배정받았고, 그곳에서 우리는 그녀와 만날 수 있었다. 그리고 나 역시 기억을 보존하고 무사히 살아남아 시계와 관련된 일화에 관해 이야기했다는 여자가 시트 담당 여자라는 것을 알아차렸다. 우연과 우연이 만나서 시트 담당 여자의 최악의 예상이 옳았음에 대해 내가 이 회상록에 적을 수 있게 했다. 그녀는 극도로 쇠약해져서 콜르이마에서 죽었다고 한다. 그러나 '그들이라도 살리기' 위해 그녀가 버렸던 자식들의 운명에 관해서는 알아낼 수 없었다. 유형당하거나 강제수용소에 끌려간 사람들의 아이들이 보통 겪었던 운명을 그들이 피할수 있었을까? 인간의 품위를 보존하기를 바랐던 부모 때문에 그들 역시 감옥과 수용소에 끌려가는 대가를 치러야만 하지는 않았을까? 그리고, 결국 부모들이 그리도 비싼 대가를 치르며 지키려 했던 인간의 품위를 자식들은 지켜냈을까?

나는 이것을 알 수 없으며, 결코 알아내지 못할 것이다.

17 환각

우리는 체르딘을 돌아다녔고, 사람들과 이야기했으며, 병원에서 잠을 잤다. 나는 이제 더 이상 열린 창을 두려워하지 않게 되었다. 단지 만델슈탐의 어깨에 걸어맨 팔만이 내게 첫날 아침(아니면 백야의 밤이었나?) 그리고 그날 내 손에 남아 있던 빈 외투의 느낌을 떠오르게 했다. 1938년 체카 요원들이 와서 다시 만델슈탐을 끌고 갔을 때 다시 내 손에는 빈 외투가 남겨졌다. 급히 서두르느라 만델슈탐은 외투를 가져가는 것도 잊었던 것이다.

체르딘에 있는 며칠 동안 만델슈탐은 안정을 찾았고, 예민한 상태도 없어졌지만, 병은 여전히 계속되었다. 그는 전과 마찬가지로 징벌을 기다렸다. 그러나 그를 모종의 현실로 돌려놓은 심리적 반전이 일어났다. 이미 시계와 관련된 사건이 있은 후 만델슈탐은 징벌을 피할 수 없는 것은 분명하고, 여전히 아무것도 할 수 없으며, 자살하는 것조차도 그리 간단치 않다고 내게 말했다. "그렇지 않다면 그 누구도 산 채로 그들 손아귀에 잡히지 않았을 테니……." 흥분 상태는 없어졌지만 환청은 남아 있었다. 그는 환청을 자기 내부에서 나는 소리가 아니라 누군가 다른 사람이 하는 소리라고 생각했다. 체르딘에서 이미 만델슈탐은 환청에 대해 거의 객관적으로 이야기했고, 그것을 분석하고 이해하려고 애썼다. 그의 설명에 따르면, 그가 듣는 목소리는 자기 안에서 나올 수 없는 것이었다. 그가 사용하는 어휘가 아니었기 때문이다. "그런 말을 나는 속으로도 감히 발설할 수 없어." 바로 이것이 환청의 사실성을 입증하려는 그의 결론이었다. 어떤 의미에서 분석 능력은 그가 환각과 싸우는 것을 방해했다. 환각이란 환자의 내적 세계를 어떤 식으로든 반영해야 한다고 생각했던 그는 이 환각이 자기 안에서 발생했다는 것을 믿지 못했다.

"어쩌면 억눌린 자아일지도 모르잖아요?" 내 짐작을 말했다. 그러나 만델슈탐은 자신의 '억눌린' 자아는 전혀 다르며, 이건 외부적인 것이라고 확고하게 주장했다. "공포도 이것과는 전혀 다르지." 만델슈탐은 시를 통해 자신을 강하게 드러냈기 때문에, 그에게는(적어도 내가 보기에는) 어두운 부분이 매우 적었다. '어두운 부분'에 관해 내가 이야기하는 이유는 그가 나름대로 절제된 사람이었으며, 그가 입 밖에 내지 않는 테마들이 존재했기 때문이다.

예를 들어 그는 시적 연상 과정을 밝히지 않았고, 시에 주석을 다는 일도 결코 없었다. 그리고 자기가 가장 소중하게 생각하는 물건이나 사람, 예를 들어 어머니나 푸슈킨에 관해서는 말을 아꼈다. 그는 일정한 영역에 대해서는 언급하는 것 자체가 신성모독이라고까지 생각했다. 바로 이런 의미에서 나는 절제에 관해 이야기하는 것이다. 그러나 이것을 '억제'라고 부를 수는 없었다. 그는 억눌린 생각이나 감정, 느낌을 가지고 있는 사람은 아니었다. 오히려 정반대라고 할 수 있었다. 그런데 현실에 대한 강한 반작용으로서 병이 생겼을 때 '억제'에 관해 생각하는 것이 대체 가치 있는 일일까?

"그렇다면 누구의 말일까요? 누구의 말이 당신에게 들리는 거죠?" 그는 정확히 규정할 수 없었다. 어쩌면 야간취조를 하기 위해 그를 내부 감옥의 복도를 따라 데려갔던 자들일지도 모른다. 그들은 가끔 서로 눈짓을 하며, 손가락을 튕기거나(총살을 뜻하는 상징적 제스처), 공포스러운 말들을 단편적으로 주고받았다. 그들의 모든 행동은 죄수들을 위협하는 기능 또한 수행했고, 그들은 예심판사들과 공조관계에 있었다. 그리고 이것은 내부 감옥에 있던 사람들이라면 누구나 알고 있었다. 만델슈탐은 '국가보안부의 철문' 밖으로 자기를 내보냈던 사람의 목소리를 아직도 자주 떠올렸다. 만델슈탐은 그를 사령관이라고 불렀지만, 어쩌면 그는 그저 수비대의 당직 근무자였을 수도 있다. 만델슈탐은 '죄인수송용 차'에 타고 있었기 때문에 그의 모습을 볼 수는 없었지만, 수송용 차를 철문 밖으로 통과시키기 전에 누군가 서류를 검토하는 소리를 들을 수 있었고, 그 목소리는 모든 절차와 함께 그에게 깊은 인상을 남겼다. 그러나 가장 중요한 것은 '죄와 벌'을 말끝마다 되풀이했던 예심판사의 '인상적인' 말들이었다.

만델슈탐은 언젠가 이런 말을 하기도 했다. "환청은 마치 내가 들었던 모든 것에 대한 '종합적 인용' 같아." ('종합적 인용'이란 안드레이 벨르이의 표현이었다. 벨르이는 자기 작품에서 다른 작가의 말을 인용할 때 구체적인 작품들의 정확한 구절을 그대로 옮겨 적지 않고, 그 작가 전반의 사상이나 작품의 핵심이라고 생각하는 개념을 일반화하여 '종합적 인용'의 형태로 옮긴다고 말했다.)

만델슈탐이 현실에 얼마나 적응했는지 확인하기 위해 나는 그에게 오시카 같은 호송병이나, 병원에 같이 있었던 농부들의 목소리가 들리는지 물었다. 만델슈탐은 발끈했다. 호송병은 단지 끔찍한 임무를 수행하는 소박한 시골 청년일 뿐이야. 그리고 만델슈탐은 병원에 같이 있던 농부들도 그저 열심히 일했던 성실한 사람들일 뿐이라고 생각했다. "평범한 사람들은 이런 말을 생각하거나 내뱉을 수 없어⋯⋯" 만델슈탐이 내부에서 마주쳤던 사람들은 평범한 사람들과는 정반대극에 있었다. 체르딘에서도 그리고 그 후에도 만델슈탐은 여러 차례 말했다. "그곳에서 일하는 자들이 어떤 자들인지 당신은 상상도 못할 거야."

더욱이 그는 밤마다 활동하는 이 특수한 기구에 종사하는 사람들을 보로네슈에서 우리가 마주쳤던 몇몇 책임자들이나 외부수비대와도 구분지었다. 후자가 붉은 군대 일반의 유형에 따라 선별되었다면, '내부'의 전자는 완전히 독특한 집단이었다. "그곳에서 일하기 위해서는 특수한 소질이 있어야만 하지. 보통 사람들은 감당하지 못하니까⋯⋯" 체르딘에서 그는 사령관 단 한 명만을 이 '내부직' 사람으로 분류했다. 다른 유형수들의 평가도 똑같았다. 그들은 이 사령관을 경계했다. 사령관 앞에서는 조심스럽게 행동했으며, 가능한 한 그와 눈이 마주치지 않으려고 애썼다. "그의 머리에 무슨 생각이 떠오르게 될지는 신만이 아시지." 이 사령관은 내전 시기의 사람이었다. "그는 언제나 자신의 계급적 감각에 귀 기울였고, 그것은 좋은 결과를 낳지 않지요. 짐작도 할 수 없을 겁니다." 다리가 짧은 마르크시스트는 끔찍하다는 듯이 내게 이렇게 말했다.

만델슈탐은 자기 죄를 평가하고, 추궁하며, 모든 가능한 형벌을 나열하고, 스탈린 시대 폭로 캠페인 시기에 신문들에서 사용하던 논조로 이야기하면서, 자기가 시를 들려줌으로써 얼마나 많은 동료를 궁지에 몰아넣었는지에 대해 욕설하며 비난하는 난폭한 남자의 목소리를 환청으로 들었다. 이 목소리는 만델슈탐의 동료들이 다음 취조 대상이라고 했고, 만델슈탐이 그들의 인생을 망쳤다며 양심을 괴롭혔다. '양심'이라는 단어는 우리 일상생활에서는 완전히 사라졌다. 이 말은 신문이나 책, 학교에서 사라졌다. 왜냐하면 처음에는 '계급적 감정'이, 나중에는 '국가의 이익'이 그 기능을 대신했기 때문이다. 그러나 양심은 '내부'에서는 보존되고, 작용했다. 그곳에서는 '양심의 고통'을 들먹이며 피고들을 끊임없이 위협했다. 보리스 세르계예비치 쿠진은 자신이 그곳에 끌려갔을 때 밀고자가 되라는 요구를 받았고, 요구에 응하지 않을 경우 체포하거나, 연구 활동을 방해하거나, 아니면 친구들과 동료들에게 그가 밀고자라는 소문을 퍼뜨리겠다고 협박했다고 고백했다.

그뿐만 아니라 그가 기관의 제안을 거절할 경우 가족에게 닥칠 불행을 들먹이며 양심을 괴롭혔다고 한다. 만델슈탐이 환청으로 듣는 말 중에 '양심'이라는 단어가 포함되었다는 사실은 이 환청이 야간 취조를 출처로 한다는 것을 직접적으로 드러냈다. 그리고 스탈린을 반대한 음모에 참여한 사람들의 명단 역시 만델슈탐 스스로 생각해낼 수는 없었고, 그의 의식의 어두운 영역에서 퍼올릴 수도 없는 성질의 것이었다. 예심 판사가 내가 있는 자리에서 언급했던 이 테마는 상부의 명령으로 '소송을 제기하지'는 않겠다고 설명하면서 이에 덧붙여, 모반이 아니라면 사람들의 이러한 행위를 도대체 어떻게 설명할 수 있겠느냐는 수사적인 질문을 했다. 우리의 현실은 가장 대담하고 가장 병적인 상상을 넘어섰다.

우리 같은 시대에 심리적 정상과 병의 경계는 어디에 있을까? 나나 만델슈탐이나 생각하는 것은 같았지만, 만델슈탐은 이 모든 생각에 감정적인 색채를 부여했다. 그는 단지 생각할 뿐만 아니라, 모든 것이 어떻게 전개될지 눈앞에 그릴 수 있었다. 한밤중에 만델슈탐은 잠자는 나를 깨우더니 아흐마토바가 체포되었으며 지금 심문당하고 있다고 말했다.

나는 물었다. "왜 그렇게 생각해요?" 그의 대답은 다음과 같았다. "그럴 것 같은 느낌이 들어……." 체르딘에서 산책하면서도 그는 절벽 아래서 아흐마토바의 시체를 찾곤 했다. 물론, 이것은 온전한 정신에서 한 행동이 아니었다. 그러나 수송열차 안에서 갑자기 덮쳤던 가사 상태에서 깨어나 정신을 차린 나 역시, 우리의 가까운 동료들이나 친구들 중 누군가가 이미 체포되지는 않았을까, 그들에게 무슨 죄를 들이댔을까 하는 생각에 밤잠을 못 이뤘다. '방조' 정도라면 다행이지만 어느 죄나 덮어씌울 수 있었다. '소송을 제기하지 않겠다'고 약속했던 예심판사를 믿는다는 것은 정말 정신 나간 일이며, 비겁한 일이기까지 하다. 예를 들어 아달리스 같은 여자의 경우가 그랬는데, 그 여자는 자신의 남편과 관련된 사건으로 소환되었을 때 예심판사의 말만 믿고서 그 즉시 아무런 죄도 없는 사람에게서 등을 돌렸다. 이 사실을 알게 된 나도 그녀와 멀어지게 되었다.

잠이 안 오는 밤마다 아는 사람들이 취조와 고문(심리적이거나 최소한 신체에는 아무런 흔적도 남기지 않는 그런 종류의 것일지언정)을 당하는 상상을 했던 내가 병적이었던 걸까? 아니다. 전혀 병적인 증상이 아니었다. 아무리 정상적인 사람들이라도 내 입장에 처했더라면 누구나 그런 생각으로 괴로워했을 것이기 때문이다. 우리 중 그 누가 예심판사실에 있는 자신을 상상해보지 않았으며, 가장 바보 같은 이유에서일지언정 자신에게 쏟아지는 질문들에 대한 대답을 생각해보지 않았을까?

다음과 같은 아흐마토바의 시 구절은 괜히 씌어진 것이 아니다. "저기 가시 돋친 철조망 너머 울창한 침엽수림 지대의 가장 깊숙한 곳에서 내 그림자는 취조실로 끌려가고……"

만델슈탐은 물론 감수성이 매우 예민하며 쉽게 흥분하는 사람이었다. 그는 다른 사람보다 상처를 잘 받았고, 외부의 자극에 언제나 강하게 반응했다. 그러나 우리 같은 삶에서 폐인이 되기 위해서는 그렇게 감수성이 예민할 필요조차 없었다.

환자는 치료되어야 했다. 나는 전문가의 검진을 요청했다. 병원장이었던 여의사는 이 요청을 단호히 거절했다. 그녀의 답변은 '허용되지 않는다'는 말을 기억나게 했다. 나는 여의사를 귀찮게 따라다녔고, 의사는 대화를 피하며 욕설로 되받았다. 어느 날 의사는 더 이상 참지 못하고 내게 이렇게 말했다. "내가 어떻게 해주길 바라는 거요? '거기서' 온 사람들은 누구나 다 그런 상태로 오는데……."

제정신이 아닌 자를 유형보내서는 안 된다, 그건 불법이라는 고리타분한 생각을 나는 아직도 하고 있었던 것이다. 그래서 나는 의사를 냉혹한 형리라고 비난했다. 그러나 수염 난 농부들이 이 여의사에게 나쁘지 않은 태도를 보인다는 것을 나는 곧 눈치 챘다. "의사를 귀찮게 해보았자 소용없어요. 의사가 무얼 할 수 있겠어요? 전혀 없어요." 그들 중 한 사람이 이렇게 말했다. "그녀는 어떤 사람이지요?" 내가 물었다. "다른 사람들보다 더 나쁠 것도 없는 자예요." 수염 난 농부들이 대답했다. 실제로, 언제나 높은 도덕성을 견지하는 것은 불가능했다. 주의 깊게 관찰해보니 그녀는 평범한 지방의사였다. 다만 운이 나빴을 뿐이었다. '그곳에서' 보낸 유형자들이 많은 지역에 배치되었고, 이로 인해 그녀는 기관과 끊임없이 접촉하며 '지침에 따라 행동'해야만 했다. 바로 거기서 그녀는 말을 삼가며, 상부의 일에 개입하지 않는 법을 배우게 되었다. 매일매일 그녀는 수염 난 사내들의 고름 묻은 붕대들과 씨름하면서 그들에게 소리치고 욕설했지만, 아무튼 힘닿는 데까지 그들을 치료했으며, 내게도 좋은 충고를 해주었다. 만델슈탐을 폐름으로 보내 검진받게 하려고 애쓰지 말고, 그를 그 어떤 치료 기관에도 넘기지 말라는 충고였다. "이 병은 곧 사라질 거예요. 그러나 그곳에 보내면, 그를 망칠 거예요. 아시다시피 우리나라의 그런 곳들은……." 나는 그 충고를 받아들였고, 그건 잘한 일이었다. '이 병'은 정말 사라졌다. 그러나 나는 '이 병'을 의학 용어로는 뭐라 하는지, 왜 그렇게 많은 피고들이 이 병에 걸리는지, '내부'의 어떤 조건들이 이 대량 발병의 원인인지 알고 싶었던 것이다. 거듭 말하건대, 만델슈탐은 아주 쉽게 흥분하는 성격이며, 그래서 아마도 심리적 질환에 걸릴 가능성도 더 높았을 것이다. 내가 놀란 것은 만델슈탐이 병에 걸렸다는 사실이 아니라, 내가 마주친 사람들마다 이 질병의 대중성을 거듭 입증했다는 사실이다. 결코 인간적이지 않았던 혁명 전 제정러시아 시대의 감옥을 알고 있는 사람들도, 당시 체포된 자들은 훨씬 더 난폭하게 다루어졌지만, 그들의 심리 상태는 훨씬 더 나았을 것이라는 내 추측을 확인해주었다.

여러 해가 지난 후, 동쪽으로 가는 기차에서 나는 젊은 여의사와 같은 칸에 타게 되었다. 그녀 역시 수용소 병원에 배치된 운 없는 의사였다. 시대는 이미 그리 살벌하지 않던 1954년이었고, 그래서 나는 젊은 여의사와 이야기를 나눌 수 있었다. "어디로 가시나요? 어떻게 빠져나왔나요?" 내 물음에 그녀는 이렇게 대답했다. "더 이상 견딜 수가 없어서요……. 가장 큰 이유는 내가 할 수 있는 일이 아무것도 없었기 때문이지요……. 의사가 대체 뭔가요? 위에서 명령한 대로 적고, 위에서 명령한 대로 행하기만 하면." 그 어떤 의사들도 감히 제멋대로 행동하지 못하고, 너무나도 자주 자기 양심에 거스르는 행동을 해야만 하며, 그들 중 몇몇은, 예를 들어 병에 대한 증명서나 진단서, 장애 증명 등을 써주기를 거부할 때 자신이 의학적 양심에 거스르는 행동을 한다는 사실조차 깨닫지 못한다는 것을 이 당시 나는 이미 확실히 알고 있었다. 그러나 의사만 특별할 게 뭐란 말인가? 우리 모두가 명령받은 대로만 하는데……. 우리 모두가 '지침에 따라' 살며, 이 사실에 대해 눈을 감을 필요도 없는데.

18 직업과 병

내 생각에, 시인에게 환청은 일종의 직업병이다.

시는 환청에서 시작되며, 이에 관한 언급은 많은 시인에게서 찾을 수 있다. 「주인공 없는 서사시」(Поэма без героя)[1]나 만델슈탐의 작품에도 환청에 대한 언급은 나타난다. 처음에는 불명확한 형태가, 이후에는 정확하지만 아직은 언어화되지 않은 음악적 소절이 시인의 귓가에 집요하게 들려온다. 만델슈탐이 멜로디에서 벗어나서 그것을 떨쳐내고 도망치려던 모습을 나는 여러 차례 지켜보아야만 했다. 수영할 때 귀에 들어간 물을 털어내듯 그는 멜로디를 털어내려고 머리를 흔들어댔다. 그러나 그 무엇도 소리를 잠재울 수 없었다. 소음이나 라디오 소리, 같은 방에서 들리는 말소리조차도.

'서사시'가 찾아왔을 때 아흐마토바는 그에게서 벗어나기 위해 무엇이든 할 각오가 되어 있었으며, 심지어 서둘러 빨래도 해보았지만 소용없었다는 이야기를 들은 적이 있다.

어느 순간이 되면 갑자기 음악적 구절을 통해 말이 나타났고, 이때가 되면 입술이 움직이기 시작했다. 작곡가와 시인의 작업에는 분명 무언가 공통점이 존재하지만, 단어들이 나타나는 때가 이 두 형태의 창작을 구분짓는 결정적인 순간이다.

멜로디는 가끔 만델슈탐의 꿈속에도 찾아왔지만, 만델슈탐은 잠에서

---

1) 안나 아흐마토바의 서사시.

깨면 전혀 기억해내지 못했다.

나는 시들이, 그것이 창작되기 전에 이미 존재한다는 느낌을 가지게 되었다(만델슈탐은 시가 '쎠어진다'고 말하지 않았다. 만델슈탐은 먼저 '창작하고' 그다음에 기록했다). 어디서 들려오는지 알 수는 없지만, 이미 존재하는 조화롭고 의미 있는 단일체를 긴장 속에서 포착하여 언어로 차츰 구현하는 것이 바로 창작의 전체 과정이다.

작업의 마지막 단계는, 시 발생 이전에 존재했으며, 조화로운 전체에는 없었던 우연적인 단어들을 시에서 제거하는 일이다. 이 우연하게 잠입한 단어들은 전체가 출현했을 때 공백을 메우기 위해 급하게 놓여진 것으로, 이미 자리를 잡아버린 이 단어들을 골라버리는 것 역시 매우 힘겨운 작업이다. 마지막 단계에서는 시라고 불리는 그 객관적이며, 절대적으로 정확한 단일체를 찾기 위해 스스로에게 귀 기울이는 고통스러운 작업이 수행된다.

「내 말을 영원히 보존하라 불행과 연기의 여운으로서」(Сохрани мою речь навесгда за привкус несчастья и дыма, 1931)라는 시에서는 '양심적'('노동의 양심적인 타르')이라는 형용사가 제일 나중에 나타났다. 만델슈탐은 아흐마토바의 시에서처럼 여기에는 정확하고 인색한 표현이 필요하다고 한탄했다. "아흐마토바만이 이것을 해낼 수 있는데……" 그는 아흐마토바가 도와주기를 기다리는 듯했다.

내가 파악한 바에 따르면, 시 창작 작업에는 두 번의 '심호흡'이 존재한다. 첫 번째 심호흡은 시의 첫 번째 단어가 출현할 때이고, 두 번째는 최후의 정확한 단어가 우연히 뿌리내린 떠돌이 단어를 내쫓을 때다. 이때가 되면 자기 자신에게 귀 기울이는 과정은 멈추어진다. 시는 윙윙대면서 작가를 괴롭히기를 중단하고 작가에게서 떨어져 나간다. 사로잡혔던 사람은 해방되고, 벌떼는 가엾은 암소를 놓아준다.

만일 시가 떨어져나가지 않는다면 이는 곧 무언가 제대로 되지 않았거나 '무언가 아직 감추어져' 있음을 의미한다고 만델슈탐은 말했다. 즉 새로운 가지가 자라날 싹눈이 아직 남아 있다는 것을, 바꿔 말하면 작업이 아직 완결되지 않았다는 것을 의미한다.

내부의 목소리가 잦아들면 만델슈탐은 새로운 시를 누구에게든 읽어 주려고 애썼다. 아내인 나만 가지고는 불충분했다. 나는 매우 가까이서 이 몸부림을 보았기 때문에 만델슈탐은 나 역시 모든 멜로디를 자기와 함께 들었다고 생각했다. 가끔은 내가 무언가를 못 듣고 놓쳐버렸다면 서 비난하기까지 했다. 보로네슈에서 유형하던 시절 우리는 나타샤 슈 템펠(Н. Е. Штемпель)²⁾의 집을 찾아가거나, 페댜 마란츠(Ф. С. Маранц)³⁾를 집으로 불렀다. 그는 원숭이를 닮은 농학자로, 매우 매력 적이고 순수한 사람이었다. 바이올린 연주가가 되려다, 청년시절 우연 히 손을 다쳐 꿈을 접은 그는 남다른 음감을 가지고 있었다. 시는 처음 접해보았지만, 그의 음악적 감각은 그를 전문가들보다도 더 나은 청자 로 만들었다.

첫 번째 시 낭독은 시 작업 과정을 완결 짓는 것과 같았기 때문에 첫 번째 청자는 시 작업의 참여자나 마찬가지였다. 1930년부터 만델슈탐 시의 첫 번째 청자는 생물학자 보리스 세르계예비치 쿠진(만델슈탐은 그에게 시「독일어에 관해」К немецкой речи를 헌사했다)과 알렉산드 르 마르굴리스(А. О. Маргулис)⁴⁾였다.

마르굴리스는 사실상 만델슈탐의 출판되지 않은 후기 시들 중 모스크 바 거주 시기에 쓴 시들을 퍼뜨린 장본인이었다. 마르굴리스는 들은 대 로 시를 기억하거나 필사본을 얻어간 뒤, 그것을 친구들이나 지인들에 게 읽어주었는데, 그의 친구나 지인들은 헤아릴 수 없이 많았다. 만델슈 탐은 마르굴리스에 관한 많은 수의 농담시를 지었는데, 이 시들은 모두

---

2) 슈템펠(1910~88): 보로네슈 토박이로 교사. 1936년부터 만델슈탐 부부와 절 친한 친구가 된다. 이후 만델슈탐에 관한 회상록을 쓴다.
3) 마란츠: 보로네슈의 농학자이자 생물학자. 1942년 제2차 세계대전 참전 중 사 망했다.
4) 마르굴리스(1898~1938): 문학연구가, 번역가, 만델슈탐의 친구. 감옥에서 사 망했다.

'노인장 마르굴리스'라는 단어로 시작되어야만 했고, 마르굴리스 본인에게 반드시 허락을 받아야만 했다. 그래서 만델슈탐은 가난한 노인 마르굴리스(그는 당시 30세도 안되었다) 집에는 그가 남몰래 부양하고 있는 더 가난한 노인이 살고 있을 거라고 단언했다. 마르굴리스는 진짜 인간 오케스트라였으며, 아무리 복잡한 교향곡도 휘파람으로 불 수 있었다. '노인'이 모스크바의 가로수 길에서 베토벤을 연주하는 내용의 가장 멋진 '마르굴리스 시'를 잃어버린 것이 애석하다. 그리고 마르굴리스는 스크랴빈 곡을 훌륭하게 연주했던 피아니스트 한친(И. Д. Ханцин)과 결혼했다. 마르굴리스는 생전에 음악과 시, 모험 소설을 좋아했다. 들은 바에 따르면, 그는 극동지방에서 죽어가면서, 총잡이들의 모험담을 비롯한 온갖 허무맹랑한 이야기들을 죄수들에게 해주었고, 죄수들은 이에 대한 보답으로 그에게 먹을 것을 더 주었다고 한다.

1933년에서 1934년으로 넘어가는 겨울 우리 집에서 살았던 레프 구밀료프 역시 자주 첫 번째 청자가 되었다. 보로네슈 유형 초기 시들은 레닌그라드 귀족들과 함께 보로네슈에 유형왔던 루다코프에게 읽어주었다(그러나 그는 운좋게도 곧 레닌그라드로 돌아갈 수 있었다).

만델슈탐 시의 첫 번째 청자들은 우연하게도 모두 비극적인 운명을 맞았다. 나타샤를 제외하고는 모두 감옥과 유형지를 거쳤다. 예를 들어 페댜는, 예조프의 대숙청 시기 1년 이상을 감옥에 있었고, 모든 고통을 겪어야 했다. 그러나 아무 죄도 시인하지 않았기 때문에 예조프가 숙청된 뒤 석방되는 행운을 얻게 되었다. 그는 병들고 망가진 상태로 석방되었고, 전쟁 시기 다시 유형당하게 된다. 이유는, 그가 우연히 빈에서 출생했기 때문이었다. 생후 3주 만에 키예프에 있는 집으로 돌아왔지만.

논리적으로 생각할 때 만델슈탐 시의 첫 번째 청자들이 모두 탄압을 받았다면, 그들 사이에는 무언가 연관이 있어야 했다. 그러나 실제로는 아무 연관도 없었다. 쿠진은 우리와 알게 되기도 전에 생물학자들과의 사건에 연루되어 '끌려갔다.' 이에 앞서 그는 자기가 쓴 농담시(우리에게는 열심히 숨기려 했던) 때문에 끌려가기도 했다. 그는 어떤 개인 아파트로 소환되었다. 그곳에서는 특별히 마련된 독립된 방에 예심판사가 앉아서 밀고자를 모집하고 있었다. 1932년에 이미 그는 투옥된 적이 있었고, 그 후 생물학자 베르멜(Ю. М. Вермель)[5]과 같은 날 두 번째로 체포되었다. 이 두 사람은 신라마르크주의자로 간주되었고, 이미 티미챠제프 학술원에서 제명된 상태였다.

생물학자 쿠진, 농학자 페댜 마란츠, 총살당한 루다코프 장군의 아들, 역시 총살당한 시인의 아들 레프 구밀료프는 서로 모르는 사이였다. 그들 사이의 유일한 공통점은 시에 대한 애정이었다. 분명 이 감정은 우리나라에서는 죽음이나, 운 좋은 경우 유형을 당하게 운명 짓는 정도의 지성을 요구한다. 오로지 번역가들에게만 삶은 허락되었다.

번역작업 과정은 진정한 시의 창작과정과는 정반대다. 물론 나는 이때 주콥스키(В. А. Жуковский)[6]나 А. 톨스토이의 번역처럼 러시아 시에 새로운 흐름을 도입했거나, 우리에게 사랑받는 「코린트의 신부」[7]처럼 번역한 시가 러시아 문학에 충분히 가치 있는 자산이 된 경우에 대해 말하는 것이 아니다. 참된 시인들만이 이런 성공적인 번역을 수행할 수 있으며, 이 역시 흔한 일은 아니다.

그러나 통상적인 번역은 시 쓰기의 몇몇 요소만을 모방하는 차갑고 이성적인 작시법적 행위다. 당연하게도, 번역 작업을 할 때에는 번역이 완성되기 전까지 그 어떤 준비된 전체도 존재하지 않는다. 번역가는 자신을 기계처럼 다루며, 장시간의 기계적인 노력을 기울여 그가 사용할 멜로디를 불러낸다. 호다셰예비치가 매우 정확히 명명했던 '신비로운 청력'을 번역가는 갖지 못한다. 진정한 시인에게 금기시되는 작업인 번역은 심지어 시의 탄생을 방해하기 위해 만들어졌다고도 할 수 있다.

「단테에 관한 대화」에서 만델슈탐은 자신의 사상을 설명하기 위해

---

5) 베르멜: 생물학자로 수감 중 사망했다.
6) 주콥스키(1783~1852): 러시아 시인. 푸슈킨의 스승으로 유명하다.
7) А. 톨스토이가 번역한 괴테의 작품을 가리킨다.

시 형식을 사용하는 사람들이나 번역가들에 대한 입장을 밝히면서 '준비된 의미의 번역가'에 관해 이야기했다. 만델슈탐은 이 번역가들과 진정한 시 창작자들을 언제나 구분했다. 우리나라에서 한때는 시 읽기가 중단된 적이 있었다. 아흐마토바가 말한 바에 따르면, "시는 한 번이라도 대용품을 삼키게 되면 영원히 중독되고 마는 그런 것"이다. 지금은 시로 회귀하여 그 어느 때보다도 시를 많이 읽지만, 그러나 이 이유는 단지 시와 다른 번역적 기교의 산물을 구분하는 법을 배웠기 때문이다.

시는 단어와 같다. 의식적으로 생각해낸 단어는 생명력이 없다. 이것은 단어를 만들려는 모든 시도(신이 내린 선물인 말을 가지고 단순하게 개인적으로 유희하는)가 실패한 것으로 증명된다. 단어라고 불리는 음성적 집합에 자의적인 의미를 고정하면, 신관이나 주술사, 지배자 그리고 그 외 사기꾼들의 이해타산적 목적에 사용되는 언어적 껍데기나 은어가 얻어진다. 언어나 시를 마치 최면술사의 수정구슬처럼 사용하기 위해 언어나 시에 심한 모욕을 가한다. 속임수는 언젠가는 폭로되지만, 수정구슬의 다른 면을 보여주는 새로운 사기꾼들의 권력과 마력 아래 처할 위험이 인간을 항상 위협한다.

19 내부에서

취조기간에 내부 감옥에서 어떤 일이 있었을까? 보로네슈에서 나와 만델슈탐은 이에 관해 많은 이야기를 나누면서 환각이나 환각에서 비롯된 생각과 사실을 구분해내려 애썼다. 그는 날카로운 관찰력을 잠시도 잃어버리지 않았다. 이것을 확신하는 이유는 내가 면회 갔을 때 그는 내가 입고 있던 외투에 대해 바로 물었고, 엄마의 외투라는 대답을 듣고 다음과 같이 정확한 결론을 내렸기 때문이다. "즉 당신은 체포되지 않았었단 말이군……." 그러나 그는 정상이 아니었고, 그의 관찰과 결론이 모두 옳은 것은 아니었다. 그와 나는 실제의 작은 조각들을 꼼꼼히 가려 냈는데, 이는 쉽지 않은 작업이었다.

우리는 만델슈탐이 기억해낸 사실의 진위를 가늠할 수 있는 나쁘지 않은 기준을 하나 가지고 있었다. 면회할 당시 예심판사는 많은 문제를 거론했기 때문이다. 그는 이때 사건 전체와 소송과정의 다양한 측면들을 바라보는 자신의 시각을 내게 주입하려는 명백한 목적을 가지고 있었다. 사건을 어떻게 해석해야 하는지, 즉 소위 말하는 권위 있는 판단을 나는 접할 수 있었다. 이 같은 판단을 감사히 받아들이는 사람들은 많았다. 이들 중 대부분은 자기보존을 위해 그랬겠지만, 어떤 사람들은 진심으로 받아들이기도 했다.

어찌 됐든 면회 당시 예심판사와 만델슈탐은 사건에 대한 자신들의 견해를 내게 말했고, 나는 마치 레코드판처럼 이 모든 것을 머리에 녹음했다. 예심판사는 나와 내 이야기를 듣게 될 사람들을 위협하기 위해 의식적으로 노력했다. 그러나 그는 우리 시대의 다른 관료들과 마찬가지로, 그들이 희생시킨 자들이 무언가를 기억할 수 있으며, 공식적인 잣대가 아닌 자신의 잣대로 사건에 감히 접근할 수 있다는 사실을 간과했다. 테러와 전제정치는 언제나 근시안적이다.

만델슈탐은 쉽게 흥분하는 성격상 분명 용이한 희생물이 되었을 것이다. 더군다나 정교한 수법들이 그에게 적용되었다. 그는 '이인용 독방'에 수감되었다. 예심판사는 독방에 대해 다음과 같은 주석을 달았다. "인도주의적 차원에서 우리는 독방감금을 금하고 있소." 나는 이 말이 거짓임을 알고 있었다. 이런 금지가 존재했다면, 그것은 아마도 서류상에서였을 것이다. 독방에 감금된 사람은 어느 시기를 막론하고 있었다. 그러나 감옥 수용 능력이 한계에 다다른 경우에는, 이 조그만 감방들도 인파로 가득 찼다.

재산을 몰수하던 시기[1] 우리는 이런 사실을 처음으로 접하게 되었다. 감옥에서 나온 사람들은 죄수가 빽빽이 들어찬 독방에서 며칠씩 꼬박 서 있어야 했다는 이야기를 했다. 그러나 평상시 이인용 독방의 두 번째 침대는 독특한 방식으로 사용되었는데, 이에 관해서는 1934년 만델슈탐이 체포되기 전까지는 몰랐다.

만델슈탐과 같은 감방에 있던 자는 앞으로 전개될 소송 과정을 이야기하면서 만델슈탐을 겁먹게 했다. 만델슈탐과 가까운 친구나 지인 모두 이미 체포되었으며, 앞으로의 소송에서 피고로 설 것이라고 만델슈탐이 믿도록 만들었다. 그는 법 조항들을 하나 둘씩 읊조리며, 만델슈탐의 이른바 상담역을 자처했다. 즉 테러나 음모 등과 같은 혐의로 그를

---

1) 본래는 1920년 7월 25일 인민위원소비에트가 발표한 '귀금속과 금속, 화폐를 비롯한 여러 유가증권의 압수'에 대한 법령. 그러나 나데쥬다 만델슈탐이 본 맥락에서 지칭하는 것은 1930년에서 1931년 사이에 있었던 소위 '금 캠페인'이다. 당시 신경제정책이 종결된 이후 그동안의 자유거래로 부를 축적했던 사람들을 감옥에 끌고 가 그들이 가지고 있던 외국화폐, 금, 보석 등과 같은 재산을 압수했다─편집자.

협박했다. 야간 심문을 받고 돌아온 만델슈탐은 쉴 틈을 안 주는 감방 '동료'의 마수에 걸려들었다. 그러나 이 동료의 위장술은 엉성했고, 그래서 만델슈탐은 귀찮게 하는 그에게 이렇게 묻는 실수를 범했다. "왜 당신 손톱은 그렇게 깨끗하지요?" 이미 여러 달째 수감 생활을 하고 있는 '고참'인데도 손톱은 단정하게 깎여 있다고 지적하면서. 어느 날 아침 그는 만델슈탐보다 조금 늦게 취조실에 갔다 돌아왔는데, 만델슈탐은 그에게 양파 냄새가 나는 것을 알아차렸고, 이번에도 즉시 이 사실을 그에게 말했다.

독방에 감금되어 있었다는 만델슈탐의 말에 예심판사는 인도주의적 차원에서 독방을 금지하고 있다고 받아넘기면서, 만델슈탐이 같은 방에 있는 죄수를 모욕했기 때문에 그 죄수를 다른 방으로 옮겨야만 했다고 덧붙였다. "대단한 배려군요!" 만델슈탐은 예심판사의 말을 끊었고, 이 주제에 대한 언쟁은 종결되었다.

만델슈탐은 첫 번째 취조 때 이미 그에게 혐의가 씌워진 시를 썼다는 사실을 인정했다. 즉 같은 감방에 갇혔던 자의 역할은 예심판사에게 숨기려 하는 사실들을 밝히는 것이 아니었다. 수감자들에게 겁을 주고, 삶이 끔찍하게 여겨지도록 그들을 괴롭히는 일이 이러한 자들의 역할일 것이다. 1937년 이전 우리나라가 고도의 심리적 고문을 금지로 여겼다면, 그 후 이것은 물리적이며, 완전히 원초적인 폭력으로 대체되었다. 1937년 이후로는 독방에 대한 이야기를 들을 수 없었다(옆 침대에 '동료'가 있든 없든). 1937년 이후 루뱐카에서는 독방에 감금할 만한 사람들을 더 이상 살려 내보내지 않았기 때문일지도 모른다.

만델슈탐은 우리나라에서 항상 실행되었던 육체적 고문을 당했다. 첫 번째는 잠을 재우지 않는 규칙이었다. 그는 매일 밤 취조실에 불려갔고, 취조는 여러 시간 동안 계속되었다. 그러나 대부분의 시간은 취조가 아니라 호위병의 감시를 받으며 예심판사실 문 앞에서 기다리는 데 할애되었다. 취조가 없던 어느 날인가도 만델슈탐을 여전히 깨워 어떤 여자에게 끌고 갔고, 그녀는 그를 여러 시간 동안 문 앞에서 기다리게 하더니 그에게 건의 사항이 없는지 물었다. 소위 검사 감독관에게 건의하는 것이 무의미하다는 사실은 누구나 다 알고 있었고, 그래서 만델슈탐은 자신의 이러한 권리를 행사하지 않았다. 검사 감독관에게 그를 데려갔던 이유는 분명, 형식을 지키고, 예심판사가 잠든 날에도 만델슈탐을 재우지 않기 위해서였을 것이다. 이 야행성 새들은 기이한 방식의 생활을 했지만, 어쨌든 그들은 잠을 잘 수 있었다. 비록 보통 사람들이 자는 시간은 아니었지만. 재우지 않는 고문과 감방의 강렬한 조명은 이 길을 거쳤던 사람이라면 누구나 알고 있다.

면회하면서 나는 만델슈탐의 눈꺼풀에 염증이 생긴 것을 보고 이유를 물었다. 예심판사가 이 질문에 서둘러 대답했다. 그가 책을 너무 읽어서 그렇다는 것이었다. 그러나 만델슈탐의 감방에 책을 반입하지 않았다는 사실이 그 자리에서 바로 밝혀졌다. 만델슈탐은 그 후 평생 염증 난 눈꺼풀 때문에 고생해야 했다. 완치는 불가능했다. 염증은 단순히 강렬한 전등 불빛 때문만이 아니며, 감방 감시용 작은 구멍에 다가갔을 때 무언가 자극적인 액체를 눈에 넣었던 것 같다고 만델슈탐은 내게 우겼다. 갖은 걱정거리들이 그에게는 현실처럼 변형되었고, 혼자 감방에 남겨진 그에게 이런 상상들은 꼬리에 꼬리를 물고 이어졌다. 사람들의 이야기로는, '감시용 구멍'은 두꺼운 이중 유리로 막혀 있으며, 따라서 이 유리를 뚫고 액체를 주입한다는 것은 불가능하다고 했다. 아마도 이 자극적인 액체는 거짓된 기억에 속할 것이다. 그러나 강렬한 전등 불빛 하나가 그다지도 고질적이었던 염증의 원인으로 충분한 걸까?

만델슈탐에게 짠 음식들만 주었고, 마실 것은 주지 않았다. 이런 조치는 루반카에 갇힌 사람들에게 예외없이 적용되었다. 만델슈탐이 감방의 간수에게 물을 달라고 하자, 간수는 만델슈탐을 영창으로 끌고 가서 진정복을 입혔다. 만델슈탐은 이전에는 진정복을 본 적이 없었으므로 그림을 그려 이것이 사실임을 증명하겠다고 했다. 그는 진정복이 어떻게 생겼는지 그렸고, 우리는 그의 그림이 정확한지 확인하기 위해 병원으로 갔다. 그림은 정확했다.

면회하면서 나는 만델슈탐의 두 손목에 모두 붕대가 감겨져 있는 것을 보았다. "당신 손이 왜 그래요?" 내가 묻자 만델슈탐은 대답을 피했고, 예심판사는 위협적인 장광설을 늘어놓았다. 만델슈탐이 금지된 물건을 감방에 가지고 들어왔으며, 이것은 규정에 따르면 어떤 처벌을 받는다는 등. 만델슈탐은 자신의 정맥을 그었고, '질레트' 면도날이 무기로 사용되었다고 했다. 두 달간 감금된 후 1933년 석방된 쿠진(그와 친분이 있었으며, 곤충학에 심취했던 한 체카 요원이 그의 석방을 위해 애썼다)이 그런 혹독한 상황에서는 칼이나 면도날이 무엇보다도 필요하다고 만델슈탐에게 이야기해주었던 것이 문제였다. 쿠진은 만일의 경우를 대비해 면도날을 어떻게 휴대할지까지 고안해냈다. 구두창에 숨기는 것이었다. 이 말을 들은 만델슈탐은 자기 구두창에 면도날 몇 개를 넣어달라고 아는 제화공에게 부탁했다. 이런 준비성은 우리의 풍속 중 하나였다.

1920년대 중반에 벌써 로진스키(М. Л. Лозинский)[2]는 체포당할 경우를 대비해 준비한 물건들을 담은 자루를 우리에게 보여주었다. 엔지니어나 다른 '위험직종'의 사람들도 이런 준비를 해두었다. 무엇보다도 놀라운 것은 그들이 미리 자신의 감옥용 짐 꾸러미를 준비했다는 데 있는 것이 아니라, 짐 꾸러미나 이에 관한 이야기가 우리에게 아무렇지도 않게 여겨졌다는 것이다. 사람이 미래에 대해 생각하는 것은 매우 당연하며 대견한 일이라면서. 이것이 우리의 일상이었으며, 구두 밑창에 미리 감춰두었던 면도날은 만델슈탐이 자신의 정맥을 그을 수 있도록 해주었다. 피를 흘리다 죽는 것은 우리에게 그다지 나쁘지 않은 탈출책이었다.

정신을 약화시키는 작업이 루반카에서 수행하는 전 과정에 걸쳐 이루어졌다. 우리 기관들은 관료적인 시설이었기 때문에 지침 없이는 아무

---

2) 로진스키(1886~1955): 시인. 아크메이스트. 혁명 이후에는 외국 문학작품의 번역에 종사하면서 훌륭한 번역물들을 남겼다.

것도 행하지 않았다. 따라서 상응하는 지침 또한 분명히 존재했을 것이다. 사악한 개인의 본능으로는 아무것도 설명할 수 없다. 비록, 물론 그런 작업에 적합한 사람들을 뽑았겠지만, 바로 그 인물이 다음 날은 지침에 따라 선한 사람이 될 수도 있었다. 야고다가 비밀 실험실을 차리고, 그곳에 전문가들을 앉혀놓고 레코드, 최면, 암시기법 등 갖은 고문 기술들을 실험하고 있다는 소문이 바깥에 있는 우리 사이에 돌았다. 이런 소문들의 진실 여부는 확인할 수 없다. 어쩌면 이것은 우리의 병적인 상상이거나, 우리를 손아귀에 쥐고자 위에서 퍼뜨린 낭설일지도 모른다.

만델슈탐은 멀리서 자신의 감방까지 들려오는 여자 목소리를 내 목소리일 거라고 생각했다고 한다. 분명치 않게 들려서 내용을 알아들을 수는 없었지만 이 목소리의 주인은 하소연하며 급히 무언가를 이야기하거나 신음을 냈다고 한다. 그래서 그는 취조과정 중 예심판사가 암시했던 것처럼 내가 정말 체포되었다고 결론지었다는 것이다. 만델슈탐과 나는 이 목소리도 환청으로 치부해야 할지 고민했다. 왜 만델슈탐은 무슨 말을 하는지 알아들을 수 없었을까? 보통 그는 환청을 들을 때도 내용을 매우 정확하게 들었다. 당시 내부 감옥을 거쳐갔던 많은 수의 사람들 역시 자기 아내의 목소리와 비명을 들었다고 했다. 이후 아내들은 바깥세상에 있었던 것이 밝혀졌지만. 모든 사람이 환청을 들었던 걸까? 만약 그렇다면, 이로부터 어떤 추측이 가능한가?

이야기하기로는, 내부 감옥의 창고에는 전형적인 아내와 어머니, 딸의 목소리를 녹음한 레코드판들이 있어서 수감자의 정신을 분열하기 위해 사용되었다고 한다. 이런 섬세한 심리적 고문 기술들이 단순한 것들로 대체된 이후에는 더 이상 그 누구도 자기 아내의 목소리를 들었다며 하소연하지 않았다. 더 조야한 방법들에 관해서도 나는 알고 있다. 예를 들어 끔찍한 모습을 하고 피투성이가 되어 있는 구타당한 사람을 문틈으로 보여주고, 그 사람이 피의자의 아들 또는 남편이라고 이야기했다. 이때부터는 멀리서 들려오는 목소리에 관해서는 이미 그 누구도 말하지 않게 되었다. 그런 레코드판이 있었을까? 나는 이에 관해 알 수 없으며,

물어볼 만한 사람도 없다. 감옥에서 나온 만델슈탐에게는 환청 증상이 있었으므로, 이 목소리 역시 체르딘에서 그를 괴롭히던 환청이라는 생각 쪽으로 나는 기운다. 그러나 최면 실험실에 관한 소문은 아직까지도 떠돈다.

이 모든 방법은 체포 직후부터 피의자와 외부 세계가 완벽히 단절되는 곳에서만 가능하다. 피의자는 전달품 목록에 있는 서명(署名)을 제외하고는 바깥세상에 남겨진 사람들에 관해 아무것도 알지 못하며, 이 전달품이라는 것도 모든 사람에게 허락되는 것이 아니다. 피고에게 영향력을 미치는 첫 번째 방법은 세계와 그를 연결하는 마지막 끈인 이 전달을 금하는 것이다. 바로 이것이 애착을 가지지 않는 것이 더 나은 이유다. 가까운 자들의 운명을 알아내기 위해, 취조시 예심판사가 흘리는 거짓된 실언이나 암시에 연연하지 않아도 되는 자는 스스로를 더 강하게 느끼기 때문이다. 외톨이들의 심리를 불안하게 만들기는 훨씬 더 어려우며, 그들은 자신의 이익에 집중하여 체계적으로 자신을 방어하기가 훨씬 쉽다. 선고는 미리 결정되어 있었지만 그럼에도 현명한 자기 방어는 여전히 모종의 역할을 했다.

내가 알던 한 사람은 놀라운 꾀를 내어 예심판사를 속였다. 예심판사(물론 지방예심판사이기는 했지만)와 오랫동안 실랑이를 벌인 끝에 그는 자신에게 덮어씌워진 모든 터무니없는 죄들을 자백하는 진술서를 쓰는 데 동의했다. 그는 종이를 받아서 예심판사가 요구한 모든 것을 적었지만, 이 진술서에 서명하지 않았고, 예심판사는 기쁜 나머지 이 사실을 알아채지 못했다. 그는 물론 행운아였다. 당시 때마침 예조프가 해임되었기 때문이다. 사건은 협의회까지 도달하지 못했고, 선고는 내려지지 않았으며, 서명 없는 진술은 무효라는 이유로 재심이 이루어졌다. 그는 예조프 해임 이후 석방된 많지 않은 사람들에 속하게 되었다. 행운을 타고나는 것뿐만 아니라 정신을 바짝 차리는 것도 중요했는데, 외톨이인 사람들은 그러기가 쉬웠다.

20 흐리스토포로비치

만델슈탐의 예심판사였던 악명 높은 흐리스토포로비치는 사이비신사 기질이 없지 않은 사람이었으며, 사람의 심리 상태를 어지럽히고, 위협하는 자신의 임무에 만족했던 듯하다. 그의 모든 태도와 눈빛, 억양은 피의자가 보잘것없고 하찮은 존재이며 인간쓰레기라고 말하고 있었다. "그는 왜 저렇게 잘난 척하는 거지?" 정상적인 상황에서 그런 자를 만났더라면 우리는 이런 질문을 던졌을지도 모른다.

그러나 야간 취조 시간, 인간은 이런 시선 앞에 위압감을 느끼거나, 아니면 적어도 자신의 완벽한 무기력을 깨달을 수밖에 없다. 흐리스토포로비치는 육체적인 허약함과 가련한 지식인의 편견을 비웃으며 자신이 마치 가장 우수한 종족의 인간이라도 되는 듯이 행동했다. 잘 훈련된 그의 습관 전체가 이를 증명했으며, 나도 비록 피의자들처럼 당황하지는 않았지만, 면회시간 동안 그의 시선 아래서 점점 작아져만 가는 것 같은 느낌을 받았다. 그러나 이런 흐리스토포로비치들, 초인의 후예와 친구들이 우리 같은 상황에 처한다면 그 어떤 시련도 견디지 못할 것이며, 완전히 무기력해질 것임을 나는 이미 짐작할 수 있었다. 그들은 다만 방어력이 없는 자들 앞에서만 위엄 있고, 함정에 빠진 희생양들을 공격할 수 있을 뿐이었다.

그의 사이비신사 기질은 행동 방식에만 국한되는 것은 아니었다. 그는 이따금 문학 살롱의 냄새를 약간 풍기는 상류 계층의 독설을 사용하기도 했다. 1937년 경질되거나 숙청되는 이 제1세대 젊은 체카 요원들은 최첨단 유행의 세련된 취향을 가졌으며, 문학(물론 이 역시 최첨단에 속한다)에 약하다는 특징을 지녔다. 시인에게는 공포의 느낌도 유용할 것이며, 시의 창작을 자극할 거라고 그리고 이 자극제가 될 감정을 충분히 경험하게 되리라고 그는 만델슈탐에게 말했다. 흐리스토포로비치가 '경험하게 되었다'가 아니라 '경험하게 되리라'는 미래 시제를 사용한 사실을 나와 만델슈탐 모두 눈치 챘다.

그가 어떤 모스크바 살롱에서 이런 이야기들을 들었는지?

나와 만델슈탐은 같은 느낌을 받았는데, 만델슈탐은 그것을 이렇게 표현했다. "이 흐리스토포로비치에게는 모든 것이 거꾸로 뒤집어져 있어." 체카 요원들은 정말 '새로운 사람들'의 전위부대였으며, 모든 평범한 시각을 초인적으로 변혁시켰다. 그 후 거꾸로 되었건 바르건 그 어떤 시각도 아예 가지지 않은, 완전히 다른 물리적 유형의 사람들이 이들을 대체했다.

그럼에도 만델슈탐을 위협하기 위해 예심판사가 사용했던 주된 기법은 전적으로 초보적인 것이었다. 그는 누군가의 이름을 거론하면서(나나 아흐마토바 또는 만델슈탐의 형제) 이 사람에게 모종의 진술을 받아냈노라고 말했고, 그러면 만델슈탐은 그 사람이 체포되었는지 알아내려 애쓰기 시작했다. 예심판사는 부정도 긍정도 하지 않았지만, '그들이 이미 여기 있다'는 암시를 넌지시 흘린다. 그러나 곧 자신의 말을 번복한다. "난 당신께 그런 말을 한 적이 없소." 이런 불투명성은 피의자에게 치명적으로 작용하는데, 이는 우리나라의 감금 조건에서만 가능하다.

흐리스토포로비치는 만델슈탐과 고양이 쥐 게임을 하면서 만델슈탐 때문에 그의 가족이나 친지가 체포되었다는 암시를 했는데, 이는 그가 고급스러운 예심판사에 속한다는 것을 의미했다. 왜냐하면 보통 예심판사들은 그 어떤 게임도 하지 않은 채 모두 이미 체포되었고, 취조를 당한 뒤 총살당했다고 선언하면 그만이었기 때문이다. 나중에 자기 감방에 앉아 이게 참인지 거짓인지 곰곰이 생각해보라는 것이다.

'문학전문가'인 예심판사는 자신이 모든 것을 파악하고 있다는 사실을 집요하게 과시했다. 그는 '당신들 문제'에 관한 모든 것을 알고 있다고 했다. 우리가 알고 지내던 모든 사람이 그에게 다녀갔으며, 우리의 비밀을 모두 다 알고 있다는 인상을 주려고 애썼다. 그는 많은 사람을 이름이 아니라 그 어떤 특징을 따서 불렀다. '재혼한 자'[1]라든지, '제명된 자',[2] '극장광'[3] 등으로. 이 별명들은 내가 면회 갔을 때 예심판사가 사용했던 것들이며, 만델슈탐의 이야기로는 예심판사가 다른 사람들도 별명으로 불렀다고 했다. 예심판사는 이를 통해 자기가 모든 것을 잘 알고 있다는 사실 외에도 무언가 다른 것을 시위했다. 보안과에서는 그들의 요원을 언제나 이름이 아니라 별명으로 기재한다. 그는 사람들을 별명으로 부름으로써 그들이 요원이라는 뉘앙스를 부여하려는 듯했다. 만델슈탐은 별명에 신경 쓰지 않았다. 왜냐하면 이를 통해 예심판사가 달성하고자 하는 바가 무엇인지 잘 알고 있었기 때문이다.

만델슈탐은 예심판사의 작업에 관료주의와 도식주의가 계속해서 나타났다고 주장했다. 사회의 모든 계층, 심지어 중간층들까지도 전형적인 '대화들'로 특징지어진다고 우리의 법률은 전제했다. 루뱐카의 과학적 역량은 이런 계급적 대화들의 풀 세트를 만들어냈고, 예심판사는 이런 대화를 이용하여 만델슈탐에게 미끼를 던지려 했다. "당신, 아무개에게 모스크바가 아니라 파리에 살고 싶다고 말했다던데……." 만델슈탐이 부르주아 작가이며 멸망해가는 계층의 이념가로서 그 품속으로 되돌아가고 싶어 할 거라는 계산이었다.

'아무개'의 성은 되는 대로 주워섬겼는데, 이바노프나 페트로프처럼 매우 흔한 성이었다. 필요에 따라서는 긴즈부르그나 라비노비치도 허용되었다. 그러면 겁먹은 피의자는 부들부들 떨면서 비밀스럽게 간직했던 망명의 꿈에 관해 실토하고, 페트로프나 라비노비치라는 성을 가진 자기 주변 사람들을 고통스럽게 한 명 한 명 떠올리기 시작한다고 전제되

---

1) 셴겔리—지은이.
2) 나르부트—지은이.
3) 페트로브이흐—지은이.

었다. 망명을 꿈꾸는 것이 범죄 행위는 아니었지만, 어쨌든 부담을 지우는 상황으로 작용할 것이며, 가끔은 예상 밖의 결과에 이르러 법전 아무 조항에나 적용될 수도 있었다. 어쨌든 파리에 대한 꿈은 피의자의 계급적 정체를 폭로하며, 우리의 무계급 사회에서 계급적 귀속성은 고려되지 않을 수 없는 것이다. 다음 질문도 역시 동일한 유형의 도식적 질문에 속한다. "혁명 전에는 글 쓰는 일로 지금과는 비교할 수 없을 정도로 돈을 더 많이 벌 수 있었다고 당신이 아무개에게 불평했다던데……." 만델슈탐이 이런 낚싯바늘에 걸리지 않았음은 명백하다. 이런 업무는 참으로 조잡했으나, 굳이 섬세하게 진행될 필요도 없었다. 무엇 때문에? 사람만 있으면, 사건은 만들어지는데…….

처음에 흐리스토포로비치는 '소송'에 대한 준비 절차로 취조를 진행했으나, 면회시 그가 언급했던 대로("우리는 소송을 제기하지 않기로 결정했습니다") '소송'에 대한 인가를 받지 못했다. 우리 같은 경우 '소송'을 위한 자료는 넘칠 정도로 충분했고, 소송으로 이어질 확률이 그렇지 않을 확률보다 더 높았다. 취조는 스탈린 비방시에 사용되었던 단어 하나하나를 설명하는 식으로 진행되었다. 이 시를 쓰게 된 동기가 무엇인지에 예심판사는 특히 관심을 가졌다. 만델슈탐이 내뱉은 뜻밖의 답변은 그를 당황시켰다. 만델슈탐은 무엇보다도 파시즘을 증오하기 때문이라고 답했다. 이 답변은 분명 무심코 튀어나온 것이었다. 왜냐하면 만델슈탐은 예심판사 앞에서 자백하려는 생각이 없었기 때문이다. 그러나 이 대답을 발설한 순간, 만델슈탐은 아무래도 상관없다고 생각하게 되었고, 모든 것을 체념해버렸다.

예심판사는 그가 맡은 역할에 따라 만델슈탐을 호되게 꾸짖고, 소리치면서 도대체 우리나라 어디에 파시즘이 존재하느냐고 물었다. 내가 면회할 때에도 예심판사는 이 말을 반복했다. 그러나 놀랍게도 그는 애매한 답변에 만족했고, 아무것도 확실하게 밝히지 않았다. 만델슈탐은 예심판사의 행동 전반에서 모종의 이중성을 느낄 수 있었으며, 강한 어조와 위협들에도 불구하고 그가 스탈린을 증오하고 있다는 사실을 알 수 있었다고 주장했다. 나는 만델슈탐의 말을 믿지 않았다. 그러나 1938년 이 예심판사 역시 총살당했다는 소식을 들은 뒤 우리는 잠시 생각에 잠겼다. 어쩌면 만델슈탐은 당시 온전한 정신의 이성적인 상태에 있던 사람도 눈치 챌 수 없었을 것을 감지했던 것일지도 모른다. 멀쩡한 정신의 이성적인 사람들은 으레 상식에 지배되기 때문이다.

무시무시한 기구들을 장악하고 있던 야고다가 아무런 저항도 하지 않고 스탈린에게 순순히 투항했으리라고는 생각하기 어렵다. 만델슈탐의 시에 대한 취조가 이루어지던 1934년 브이신스키(А. И. Вышинский)[4]가 야고다를 함정에 빠뜨리려 한다는 소문이 이미 널리 퍼져 있었다. 세상 물정을 전혀 몰랐던 우리는, 법률가 교육을 받은 브이신스키가 비밀경찰의 테러와 전횡에 종지부를 찍으리라 기대하면서 비밀경찰의 우두머리 야고다와 총검사인 브이신스키의 대결에 관한 소문을 흥미롭게 들었다. 1920년대의 소송들에 대해 이미 알고 있던 우리가 바로 이런 생각을 했던 것이다.[5] 브이신스키에게 무엇을 기대할 수 있단 말인가! 어쨌든 브이신스키가 승리하면 자기들이 무사하지 못할 것이라는 사실을 야고다의 옹호자들, 특히 흐리스토포로비치는 분명히 알고 있었다. 그리고 물론 그들은 어떤 고난과 조롱이 파멸을 앞둔 자신들을 기다리고 있는지도 알고 있었을 것이다. 동포들의 삶과 죽음을 무제한적으로 관리할 권한을 놓고 두 세력이 맞설 때, 패배한 측의 운명은 죽음 외에는 없었다.

만델슈탐은 정말 완고한 담당 예심판사의 숨겨진 생각을 읽었던 듯하다. 그러나 두 진영의 사람들 모두 자신들만이 생각과 판단에 대한 권한

---

4) 브이신스키(1883~1954): 모스크바 대학 총장, 소련의 외무부 장관, 주미소련 대사 역임. 1935년 총검사로 임명된 후 볼셰비키들을 '미친 개들'로 고발한다. 1938년 야고다 등 거물급 정치인들의 공개처형을 이끄는 등 제1세대 혁명가들을 겨냥한 저격수 역할을 했다.

5) 1928년 아직 모스크바 대학 총장으로 있을 당시 브이신스키는 반혁명사건들과 관련된 많은 재판을 지휘했는데, 이 재판들은 한결같이 날조되었으며 피고인들의 자백도 고문과 회유로 받아냈던 것으로 유명했다—편집자.

을 가졌다고 생각했다는 사실은 당대의 놀랄 만한 특징을 보여준다. 흘러내리는 바지를 입었으며, 연극배우 같은 억양도 가지지 못한 자, 낮이든 밤이든 언제든지 호위병의 감시 아래 자기들에게 끌려오는 바로 그 자가 그 어느 것도 개의치 않고 자유로운 시에 대한 자기 권리를 의심하지 않았다는 것을 알았다면 그들은 깔깔 웃어댔을 것이다. 야고다는 만델슈탐이 쓴 스탈린 비방시를 외울 정도로 무척 마음에 들어했다고 한다. 우리가 체르딘에 있을 때 부하린에게 그 시를 들려주었던 자도 바로 그였다. 그러나 그는 만일 자신에게 유용하다고 판단되면 문학 전체를 (과거와 현재, 미래 문학 모두) 이용하는 데 주저하지 않았을 사람이었다. 그가 장악하고 있던 기관은 인간의 피를 물이나 다름없이 여겼다. 승리한 통치자를 제외한 모든 사람은 대체할 수 있으며, 한 인간이 가지는 의미는 통치자나 그 일당에게 가져다주는 효용에 있었다. 민중이 통치자에게 열광토록 만들 수 있는 능력을 가진 선동가들은 다른 건달들보다 더 나은 보수를 받았다. 그리고 그들은 자기와 사적으로 가까운 자들을 이따금 도와줄 수도 있었다. 그들은 모두 후원자 역할을 하는 것을 좋아했지만, 우리의 통치자들은 그 누구도 자기 일에 간섭하거나 스스로 판단하는 것을 허락지 않았다.

이런 시각에서 볼 때 만델슈탐의 시는 정권이 독점하던 말과 생각에 대한 권리를 무단으로 도용한 진짜 범죄였다. 이것은 스탈린 일당이나 스탈린의 적에게나 모두 마찬가지였다. 말과 생각에 대한 권리를 자신들이 독점한다는 확신은 우리 통치자들의 피가 되고 살이 되었다. 판단에 대한 권리는 지위나 관등 서열에 따라 결정되었으며 결정될 것이다. 바로 얼마 전 수르코프는 파스테르나크의 소설이 잘못된 이유를 내게 이렇게 설명했다. "파스테르나크의 소설은 우리 현실에 대해 판단할 권리를 가지지 않소. '우리'는 그에게 그런 권리를 부여한 적이 없소." 흐리스토포로비치도 만델슈탐에 대해 이런 권리를 인정해줄 수 없었다.

흐리스토포로비치는 시를 쓴 사실 자체를 '행위'로, 시는 '문서'로 명명했다. 면회시 그는 이런 터무니없고, 전례없는 '문서'는 이제껏 본 적이 없었노라고 말했다. 만델슈탐은 이 시를 대략 열한 명 정도 되는 사람들에게 읽어주었다는 사실을 부인하지 않았다. 여기에는 나, 내 오빠, 만델슈탐의 동생 그리고 안나 아흐마토바도 포함되어 있었다.

예심판사는 우리 집에 오가던 사람들을 하나씩 거명함으로써 이 이름들을 낚아내었다. 그는 우리가 누구와 가깝게 지내는지를 정말 잘 알고 있었다. 내가 면회갔을 때, 만델슈탐은 취조 과정 중에 거명되었던 사람들의 이름을 열거함으로써 내가 그들에게 미리 경고할 수 있도록 했다. 다행히 그들 중 아무도 고통당하지는 않았지만, 몹시들 놀랐다. 혹시라도 그들 중에서 배신자를 찾아내고자 하는 유혹에 독자들이 빠지지 않도록 나는 그들의 이름을 여기에 나열하지 않겠다.

예심판사는 만델슈탐 시를 들은 사람들의 반응에 대해 궁금해했다. 만델슈탐은 모두들 자기에게 이 시를 잊으라고, 그래서 자신은 물론 다른 사람들도 파멸시키지 말도록 간청했노라고 주장했다. 이 열한 명 외에도 일고여덟 명 정도가 더 스탈린에 관한 시를 들었지만, 예심판사는 그들의 이름을 거명하지 않았고, 따라서 그들은 사건에 포함되지 않게 되었다. 파스테르나크와 슈클롭스키도 거명되지 않은 자들에 속했다.

만델슈탐은 조서를 읽어보지도 않고 서명했으며, 나는 그 일에 관해 두고두고 잔소리를 했다. 예심판사도 내가 있는 자리에서 이에 관해 비난했다. "당신을 믿어서 그랬겠지요." 나는 비아냥거리며 이렇게 말했다. 그러나 나는 지금도 생각하기를, 실제로 이런 면에서 예심판사는 정말 믿을 만했다. 사건은 매우 현실적이었으며, 자료들은 10건의 소송에도 충분할 정도였고, 따라서 무언가 추가적으로 날조한다는 것은 아무런 의미도 없었다.

만델슈탐이 지적한 것처럼 예심판사는 취조과정 초기에 훨씬 더 공격적으로 굴었다. 그러나 마지막에는 시 창작을 테러행위로 규정하고 총살로 위협하는 것조차 중단했다. 처음에는 저자뿐 아니라 그 시를 들은 모든 사람이 총살될 거라며 협박했던 그였다. '보존하라'는 지령으로 예심판사가 이렇게 누그러진 것이라고 우리는 결론지었다. 나는 취조과정

초기의 위협적인 예심판사의 모습은 보지 못했지만, 면회 갔을 때 본 모습만으로도 그가 충분히 공격적이라고 느꼈다. 그러나 직업 자체가 그런 성격을 가졌으며, 이건 우리나라에서만 그런 것도 아닐 것이다. 예심판사는 소비에트정권에 대한 만델슈탐의 태도도 알고 싶어 했다. 만델슈탐은 체카를 제외하고는 그 어떤 소비에트 기관과도 협조할 용의가 있다고 답했다. 그는 용기나 객기로 이런 말을 한 게 아니라 그저 재치 있게 자기 방어를 할 줄 전혀 몰랐기 때문이었다. 이 엄청난 무지(無智)는 예심판사에게 풀 수 없는 수수께끼였을 것이다. 이런 답변, 그것도 자기 취조실에서 듣게 된 이 답변을 그는 어리석음으로밖에 설명할 수 없었지만, 그러나 그는 아직껏 이런 멍청이를 본 적이 없었다. 그래서 그는 면회시 이 바보 같은 답변을 인용하면서 이해할 수 없다는 표정을 짓고 있었다.

나와 만델슈탐은 예조프 테러 정치가 절정에 달했던 시절 이 에피소드를 기억해냈다. 당시 『프라브다』(Правда) 신문에는 샤기냔(М. С. Шагинян)[6]의 칼럼이 실렸는데, 이 기사에서 그녀는 피의자들이 담당 예심판사에게 기꺼이 흉금을 털어놓았으며, 취조에 '협조했다'고 적었다. 샤기냔의 의견에 따르면, 이 모든 것은 소비에트인들에게 고유한 책임감이라는 고결한 감정에 따른 것이었다. 샤기냔이 자발적으로 이 칼럼을 썼는지 아니면 상부의 지시를 받아서인지는 알 수 없지만, 어쨌건 이 칼럼은 잊을 수 없다.

작가만큼 타락하고 황폐해진 부류도 없었다. 1934년 작가 파블렌코(П. А. Павленко)[7]의 이야기가 아흐마토바와 내 귀에까지 들려왔다. 만델슈탐의 사건을 담당하던 예심판사와 친구 사이였던 그는 호기심을 못 이겨 벽장이나 이중문 틈에 숨은 채 만델슈탐에 대한 야간 취조를 지켜보았다고 한다. 예심판사 집무실에서 나는 같은 모양을 한 여러 개의

---

6) 샤기냔(1888~1982): 소비에트 소설가.
7) 파블렌코(1899~1951): 소비에트 소설가. 1947년 반서구적인 내용을 담은 「행복」이라는 소설로 스탈린 문학상 수상.

문을 보았는데, 방 하나에 있기에는 너무 많은 숫자였다. 나중에 들어서 안 얘기지만, 문 하나는 함정 역할을 하는 벽장으로 이어졌고, 다른 문 들은 비상구였다. 이런 건물들은 국가의 안보와 질서를 위한 투쟁에 목 숨을 걸고 있는 예심판사들의 안전을 보장하고, 만일의 경우 피의자가 도망치거나 담당 예심판사에게 달려드는 상황을 대비하는 것을 목적으 로 매우 과학적이며 현대적으로 설계되었다.

취조받는 동안 만델슈탐은 가련하고 어찌할 바 모르는 모습을 하고 있었고, 흘러내리는 바지를 계속 추켜올리면서 엉뚱한 답변을 했고(명 확하고 또렷한 답변은 없었다) 실없는 소리를 하며, 불안해했고, 프라이 팬 위에 놓인 생선처럼 뒤척거렸다는 등의 말을 파블렌코는 사람들에게 퍼뜨리고 다녔다. 우리나라에서 여론은 언제나 강자의 편에서 약자에게 불리하게 조작되었지만, 파블렌코가 한 짓은 그 모든 것을 초월한다. 니 콜라이 부하린이라면 감히 그러지 못했을 것이다. 그뿐만 아니라 피의 자가 비난받아야 하는 유일한 경우는 자기 목숨을 부지하고, 책임자의 환심을 사고자 허위 진술을 하는 때이지, 어쩔 줄 몰라하거나 공포스러 워하는 모습을 보일 때는 절대 아니라는 사실을 파블렌코가 속했던 공 식문학 서클에서는 완전히 잊고 있었다.

왜 우리는 용감해야만 하는가? 20세기의 감옥과 수용소의 끔찍함을 견뎌내기 위해? 단체 무덤이나 구덩이 속에서 뒹굴면서 노래하기 위 해? 가스실에서 질식당하기 위해? 가축우리 같은 열차를 타고 웃으며 여행하기 위해? 시 창작에 미치는 공포의 역할에 관해 예심판사와 살롱 식 대화라도 나누기 위해? 아니면 분노와 격분 상태에서 씌어진 시의 창작 동기를 밝히기 위해?

시 창작을 자극하는 공포는 비밀경찰 앞에서 느끼는 공포와는 전혀 성격이 다르다. 강압과 모욕, 테러 앞에서 본능적인 공포가 나타날 때 존재 자체에 대한 형이상학적 공포는 사라져버린다. 이에 관해서 만델 슈탐은 자주 이야기했다. 우리 눈앞에서 피를 줄줄 쏟아낸 혁명 이후로 후자와 같은 공포는 사라졌다고.

21 누구의 죄인가

예심판사가 던진 첫 번째 질문은 "당신이 왜 체포된 거라고 생각하시오?"였다. 애매한 대답을 하는 만델슈탐에게 예심판사는 체포의 원인이 될 만한 시를 생각해보라고 제안했다. 만델슈탐은 「늑대」와 「고풍스런 크림」(Старый Крым),[1] 「아파트」(Квартира)[2]를 차례차례 나열했다. 만델슈탐은 그때까지만 해도 이 시들만으로도 예심판사의 기대를 충족시킬 수 있으리라 기대했다. 이 시들 중 한 편만 가지고도 시인을 수용소에 보내기에 충분했기 때문이다. 예심판사는 「고풍스런 크림」이나 「아파트」라는 시에 대해 모르고 있었고, 그래서 즉시 이 시들을 받아 적었다. 만델슈탐은 「아파트」에서 다음과 같은 여덟 행을 빼고 낭송했다.

공산청년동맹단원보다 더 뻔뻔스럽고
대학생들의 노래보다 더 뻔뻔하다.
초등학교 걸상에 앉은
형리들에게 지저귀는 법을 가르치는 것은.

---

1) 1933년 시. "추운 봄. 고풍스런 크림은 굶주렸고,/브랑겔 통치 시절처럼 유죄다"로 시작되는 이 시는 집단화 시기 굶주림에 허덕이는 크림 지방을 그리고 있다. 크림 지방은 흑해로 돌출한 큰 반도로서 현재 대부분 우크라이나 영토에 속한다. 해당 시에서 브랑겔 통치는 1920년대 내전 시기 브랑겔 남작이 이 지방에 백위군 정부를 세웠던 것을 가리킨다.

2) 1933년 시 「아파트는 종잇장처럼 조용하다」(Квартира тиха как бумага)의 약칭.

배급된 책을 나는 읽고,
마로 된 말을 나는 낚고,
무시무시한 자장가를
집단농장의 대지주에게 나는 부른다.

타라셴코프(A. K. Тарасенко)[3]가 가지고 있는 판본은 이 여덟 행이
빠진 것이다.[4] 그리고 난 뒤 예심판사는 스탈린에 관한 비방시가 씌어
진 종이 한 장을 파일에서 꺼내더니 몇 줄을 읽기 시작했고, 만델슈탐은
자기가 쓴 시임을 인정했다. 예심판사는 이 시를 외워보라고 만델슈탐
에게 요구했다. 시를 듣더니 예심판사는 첫 연이 자기가 가지고 있는 것
과 다르다는 것을 알아차리고, 자기가 가지고 있는 것을 읽어나갔다.

우리는 자기 아래 나라를 느끼지 못하며 살고,
우리의 말소리는 열 발자국 떨어진 곳에서는 들리지 않는다.
단지 크레믈린의 산악인, 살인귀,
시골투사의 소리만 들린다.

만델슈탐은 이것은 첫 번째 판본이라고 설명했다. 그 후 만델슈탐은
시를 종이에 적어야만 했고, 예심판사는 저자 친필본을 파일에 끼워넣
었다.[5]

만델슈탐은 검사가 파일에서 꺼낸 종이를 보았지만, 자기가 그걸 건네

---

3) 타라셴코프(1909~56): 비평가이자 시 수집가. 1933년 발행된 문학 백과사전
에서 만델슈탐에 관한 부분을 기술하기도 한다-편집자.
4) 타라셴코프는 「아파트」의 이 텍스트를 어디서 입수했을까? 아마도 '그곳'에서
였을지도 모른다-지은이.
5) 국보에 버금갈 정도로 중요하다고 할 수 있을 이 친필본이 1989년 KGB의 문서
보관소에서 발견되었다. 당시 만델슈탐의 문학유산위원회 위원장이었던 로제
스트벤스키(P. Рождественский)는 이 친필본을 '감사히' 받아 소연방 중앙국
립문학예술 문헌보관센터에 전달했다-편집자.

받아 거기에 기록된 시를 직접 읽었는지는 기억하지 못했다. 당시 만델 슈탐은 너무나 경황이 없었고, 자기가 한 일조차 기억하지 못했다. 따라서 시가 어떤 형태로 기관에 넘겨졌는지, 전부였는지 아니면 몇 행 정도였는지 그리고 정확하게 기록되어 있었는지는 확인할 길이 없다.

스탈린 비방시를 직접 들은 사람들은 대개 한 번 들었던 시라도 그 열여섯 행 전체를 기억할 수 있었다. 직접 시를 쓰는 사람들은 특히 기억하기가 쉬웠는데, 이때 한 행 정도가 바뀐다든지, 누락되든지 하는 약간의 실수는 불가피했다. 만일 만델슈탐이 이런 실수를 발견했더라면, 시를 받아 적었던 자가 아니라 듣기만 했던 사람이 시를 기관에 넘겼다고 말할 수 있었을 것이다. 그럼 만델슈탐이 첫 번째 판본을 받아 적도록 허락한 한 사람의 결백은 자동으로 증명될 수 있었다. 그러나 당시 만델슈탐은 이런 사실을 확인할 정도로 침착하지 못했다. 무얼 해야 했으며, 어떻게 행동해야 했는지에 관해 우리가 늦게나마 보로네슈에서 토론했던 것은 그나마 다행이었다. 대담한 자들이 얼마나 교묘하게 예심판사들을 휘감아, 그들을 진땀나게 만들었는지에 관한 이야기를 지금은 자주 듣게 된다. 이것이 바로 무얼 해야 하고 어떻게 행동해야 하는지에 대한 뒤늦은 고민의 성과가 아닐는지……

만델슈탐의 무관심은 다른 식으로도 설명할 수 있었다. 그는 배신자를 식별할 생각이 전혀 없었으며, 그럴 시간이 있으리라고도 생각지 않았다. 모든 사람이 '그곳으로 끌려가' 자신의 생각과 감정을 말하도록 요구당하는 세상에서 우리는 살고 있었다. 아름다운 여자들도, 아름답지 않은 여자들도 끌려갔다. 이들에게 전혀 다른 역할들이 할당되었고, 다양한 포상들로 그들을 유혹했다. 경력이나 출생에 관련된 약점이나 심리적 약점을 가진 자들도 끌려갔다. 어떤 자는 관리나 은행가, 군인장교의 아들이라는 사실로 위협했으며, 또 어떤 자들은 후원과 총애를 보장받기도 했다. 직업을 잃을까봐 걱정하는 자들이나 출세하고 싶어 하는 자들뿐 아니라 그 무엇도 원하지 않고 그 무엇도 두려워하지 않는 자들도 그리고 모든 것에 각오가 되어 있는 자들도 끌려갔다. 정보를 캐려는 목적 하나만을 위해 사람들을 잡아간 것은 아니었다. 공동 범죄만큼 사람들을 결속하는 것은 없다. 더 더럽혀지고, 연루되고, 복잡하게 얽히고, 배신자와 밀고자, 무고자가 많을수록 체제가 천년만년 지속되기를 바라는 체제 옹호자들도 더 많아졌다. 그리고 모든 사람을 '잡아간다'는 것을 모두가 알게 되면, 사람들은 서로 교제할 능력을 상실하고, 사람들 사이의 관계는 약화되며, 모두 자신의 구석에 웅크리고 침묵하게 된다. 바로 여기에 권력의 매우 귀중한 특권이 있었다.

그들은 쿠진에게는 자식 된 도리에 호소했다. "만일 우리가 당신을 체포한다면 당신 어머니는 감당하지 못할 것이오." 쿠진은 어머니가 죽었으면 좋겠다고 대답해서 상대방을 경악시켰다. 쿠진에게 어머니를 들먹이며 협박했던 자는 우리가 당신을 고용했다는 소문을 퍼뜨릴 것이며 그러면 당신은 사람들의 얼굴을 똑바로 쳐다볼 수 없게 될 것이라고 위협하기도 했다.

매우 순수했으며 우리 모두가 아꼈던 화가 브루니(Л. А. Бруни)[6]는 기관이 호출할 때면 언제나 늦게 출두했다. 비록 호출은 비공식적이었으며, 카프카의 작품에서처럼 대개는 전화로 이루어졌지만, 누구도 감히 그것을 무시할 수는 없었다. 뒤늦은 출두를 질책할 때면 그는 이렇게 대답했다. "기분이 안 좋을 때면 잠드는 버릇이 있어서……" 당시 예쁜 소녀였던 내 여자친구는 아직 1920년대이던 어느 날 거리에서 갑자기 멈춰 세워진 뒤 납치당했다. 그들은 안 한 짓이 없었던 것이다.

사람들은 보통 루뱐카가 아니라 이런 목적으로 특별히 운영하는 아파트로 소환되었다. '밀고'를 거부하는 자들은 '생각해볼 것'을 강요당하면서 몇 시간이고 억류되었다. 소환은 비밀에 부쳐지지 않았다. 그 자체가 위협 시스템의 중요한 고리였으며, 국민적 감정을 점검하는 것을 도왔다. 고집을 부린 자들은 기억해두었다가 기회가 될 때 처벌했다. 동의한 자들의 직업적 미래는 평탄해졌고, 인원 감축이나 숙청의 경우 인사

---

6) 브루니(1894~1948): 화가.

과의 호의를 기대할 수 있었다.

　기관의 협조 제안에 대한 반응은 세대에 따라 달랐다. 구세대들은 두려운 나머지 대화 내용을 비밀에 부치겠다는 각서를 제출한 뒤 괴로워했다. 내가 아는 사람들 중에서는 조셴코만이 유일하게 이런 각서에 서명하는 것을 거부했다. 이후 세대들은 이런 각서가 왜 비난받을 만한지 이해조차 하지 못했다. 그들은 전혀 다른 방식으로 피했다. "제가 만일 뭐든 알았더라면, 당신들께 제 발로 찾아왔을 겁니다. 그러나 저는 아무것도 알 수가 없습니다. 직장 이외에는 어디도 다니지 않기 때문이지요." 이 모든 이야기는 '협조'를 거부한 사람들이 한 것이다. 우리나라에서는 세상에 있는 모든 것이 협조로 불렸다. 그러나 거부한 자들이 몇 퍼센트나 될까? 알 수 없다. 테러가 약화되던 시기 그 수가 증가했다는 것은 생각해봐야 할 문제다.

　'협조'를 강요당한 사람들 외에도 다수의 지원자가 있었다. 모든 기관마다 밀고가 넘쳐났다. 밀고는 재앙이 되어버렸다. 제20차 전당대회 전 내가 일하던 추바시 사범대를 방문한 한 교육부 감독관이 선생들이 모인 자리에서 밀고장을 더 이상 쓰지 말라고 지시하면서 익명으로 된 밀고장은 더 이상 읽지 않겠다고 경고하는 것을 나는 직접 들었다. 그런데 그들이 정말 읽지 않았을까? 어째서인지 나는 믿을 수 없다.

　소환이 계속되는 가운데 사람들에게는 두 가지 병이 생겼다. 모든 사람을 밀고자로 의심하는 병과, 다른 사람들이 자기를 밀고자로 의심할까봐 두려워하는 병이다. 바로 얼마 전 한 시인이 만델슈탐의 시를 가지고 있지 않다며 한탄한 일이 있었다. 내가 그에게 시 사본을 주겠다고 제안하자 그는 공포에 휩싸였다. 내가 갑자기 어느 날 그가 루반카를 위해 시 사본을 빼내고 있을지도 모른다고 생각할까봐 두려웠던 것이다! 셴겔리(Г. А. Шенгели)[7]에게도 나는 시의 원고를 주겠다고 제안했는데, 그러자 그는 수십 년 동안 자신이 소환당하며 고초당한 이야기를 상

_____

7) 셴겔리(1894~1956): 시인이자 번역가.

세히 해주었다. 1934년 만델슈탐이 이미 보로네슈에 있을 때 마르굴리스가 얼굴을 잔뜩 찌푸린 채 음울한 모습으로 내게 찾아왔다. "말씀해보세요. 내가 아닙니까?" 그는 혹시라도 우리가 자기를 밀고자라고 생각하지는 않는지 알아보기 위해 왔던 것이다. 사실 그는 체포의 원인이 된 시를 들은 적도 없었으며, 정말 좋은 친구였다. 나는 이렇게 말했고, 그는 무거운 짐을 어깨에서 내려놓은 듯했다.

우리는 너무 자유롭게 말하는 사람들을 여러 차례 제지했다. "됐어요! 무슨 짓을 하는 거예요? 당신이 그런 말을 하면 사람들이 당신을 뭐라고 생각하겠소." 아무와도 만나지 말라는 충고를 우리는 언제나 들어야 했다. 예를 들어 젠케비치는 전 생애를 알고 있는 자만을 자기 집에 들여야 한다고 내게 훈계했다. 그러나 그런 자들도 전혀 다른 자들로 변모할 수 있다고 나는 이치에 맞는 대답을 했다. 이런 식으로 우리는 살았고, 그래서 우리는 다른 사람들과 같지 않았다.

이러한 삶은 대가를 남겼다. 우리는 모두 정신적으로 변화되었다. 약간은 정상이 아니게. 그렇다고 병적이지는 않지만, 그렇다고 완전히 멀쩡한 상태도 아니었다. 의심 많고, 거짓말 잘하고, 뒤죽박죽 지껄였으며, 말하다가 멈칫멈칫하며 미심쩍은 청년적 낙관주의를 갖게 되었다. 이런 우리가 증인이 될 수 있을까? 증인들을 없애는 것도 말살 프로그램에 포함되어 있었다.

22 부관

보로네슈 노트의 「스탄스」(Стансы)[1](1935년 시)는 다음과 같이 출현했다. D라는 자가 두꺼운 잡지 중 하나에 시를 게재했는데, 그는 이 시에서 음절 하나만 들어도 계급의 적인지 아닌지를 알 수 있다고 공언했다.[2] 이 시에서 언급된 것이 「이고리 원정기」(Слово о полку Игореве)이다.

1920년대 중반 키예프에서 우리는 D와 알게 되었다. 그곳에서 젊은 저널리스트들이 지방 신문의 바보 같은 편집장의 머리를 어지럽혀서 만델슈탐의 에세이 몇 편을 출판하도록 만들었다. 수도에서는 이미 불가능한 일이었다. 만델슈탐의 가슴을 언제나 설레게 하는 밝은 금발인 D의 아내는 나와 같은 김나지움을 졸업했다. 그들은 우리 부모님 댁 근처에 살았고, 그래서 우리는 키예프에 있을 때 그들과 자주 만났다. 몇 년 뒤 D는 모스크바에 나타났고, 『모스크바 공산청년동맹단원』(Московский комсомолец) 지의 편집국에서 만델슈탐과 함께 일하게 되었다. 그의 일은 잘 풀리지 않았다. 포악한 모스크바 토박이들은 지방에서

---

1) 1935년 5월에서 6월 사이에 창작된 시. 스탄스란 대개 4행으로 이루어진, 그 자체가 완성된 의미를 가진 시의 한 절을 가리키는 용어다.

2) 1935년 『신세계』(Новый мир) 제2권에 실린 들리가치의 서사시 「시골에 대한 이야기」(Речь о деревне)의 다음 구절을 가리킨다. "나는 노래 속에서 적을 알아본다./적의 마지막 현은 아직도 팽팽하다." 반면 만델슈탐의 「스탄스」 마지막 부분은 다음과 같다. "이고리 원정기처럼, 내 현은 팽팽하며, 호흡곤란 뒤 내 목소리에는/대지, 흑토의 건조한 습기가,/즉 마지막 무기가 울려 퍼진다—편집자.

올라온 사람의 출세를 방해했다. 그러던 어느 날 D는 빛나는 얼굴로 우리에게 달려왔다. 마침내 그에게도 행운이 찾아왔던 것이다. 신문사 주임인 자신의 적이 무심코 떨어뜨린 편지를 발견했다. 돈을 벌기 위해 상경한 시골 청년의 전형적인 편지였다. 가족과 친지들, 친구들과 동년배들, 이웃들에게 안부를 전하고, 어머니에게는, '신의 덕택으로'[3] 상관들이 자기를 좋아하고 격려해준다고 썼다. 은총과 일이 항상 그와 함께할 거라고도 했다. 아마도 나중에는 더 확고히 자리를 잡을 것이고, 포상도 받을 것이며, 아파트도 지급받을 것이며, 형제들 중 누구라도 데려가 사회에 내보낼 수 있을 거라고 생각했을 것이다.

편지는 매우 인간적이었으며, 그는 『모스크바 공산청년동맹단원』 신문사 간부들의 개인적 관심사를 나열했는데, 이는 사실 그의 권한 밖의 일이었다. 더욱이 이 애송이는 '신'을 언급했는데, 이는 공산주의 청년동맹단원 지도자에게는 용납되지 않았다. '신의 덕택으로'처럼 흔해빠진 관용구도 종교적 잔재로 간주되었다. 이 청년은 명백히 이중적인 삶을 살았고, 두 가지 다른 언어로 이야기했다. 어떤 순간 그들은 기관의 언어, 즉 사상성 높은 언어에서 가정의 언어로 이행하는 것일까? 우리 시대의 가장 위대한 극작가[4]는 언제나 이중 언어와 이 결정적인 순간에 관한 드라마를 쓰고 싶어 했다. 그러나 그는 구세대에 속했고, 따라서 자신의 구상을 실현할 수 없었다. 그의 손은 근질거렸고, 그는 언제나 이런 질문을 던졌다. "이런 일은 언제 일어나지? 거리에서야, 아니면 집에서야?" 여러 해가 지난 뒤 훨씬 젊은 다른 작가가 마을 소비에트 회의에 관해 이야기하면서 이 주제에 접근했다.[5] 그의 작품에서 농부들은 회의의 시작을 알리는 의장의 종소리를 듣자 관청의 언어로 이야기하기 시작했다.

D는 최고위층 상관 앞에서 적을 폭로하기 위해 이 습득물(공산청년

---

3) 러시아에서는 '다행히도', '덕분에'의 뜻으로 쓰이는 관용적 표현.
4) H. P. 에르드만(1902~70)—지은이.
5) 야신(А. Яшин)의 「지렛대」(Рычаги)라는 단편(1956년 작)을 가리킨다—편집자.

동맹단원 신문 이념가의 이중 언어로 된 편지)을 충분히 활용하려 했다. 그는 자신의 횡재를 자랑하기 위해 우리 집에 왔고, 만델슈탐에게 편지를 보여줬다. 만델슈탐은 그 편지를 낚아채더니 난로 속에 던져버렸다.

D의 행동은 우리 시대(1920년대 말~1930년대 초)에 전형적인 것이었다. 이념의 순수성을 위한 투쟁에 임하면서 당국은 누구든 불문하고 자기 동료의 구시대적 정신의 '유물'과 잔재를 색출하는 '용기 있는 폭로자들'을 다방면으로 장려했다. 명성은 비누 거품처럼 사라졌고, 폭로자들은 경력의 계단을 기어올랐다. 당시 승진했던 모든 활동가는 한 번이라도 이 수법을 활용했다. 즉 자기 상관을 폭로했다. 그렇지 않다면 그의 자리를 어떻게 차지하겠는가? 이 편지는 D에게 큰 직책을 가져다줄 수 있었지만, 그는 자기 행동이 옳았음을 주장하는 만델슈탐의 논거들에 동의했고, 화가 났다기보다는 슬픈 모습으로 우리 집을 나갔다. 비록 빛나는 미래에 대한 그의 희망이 난로 속에서 재가 되었지만 그는 만델슈탐에게 화를 내지는 않았다. 그러나 어쩌면 그는 화가 났는지도 모르겠다. 왜냐하면 이 사건 이후 우리는 그를 몇 년간 볼 수 없었기 때문이다.

1933년에서 1934년으로 넘어가는 겨울에서야 D는 다시 푸르마노프 골목에 나타났다. 야혼토프가 우리에게 유산으로 남긴 작은 배우로, 어리석긴 했지만 매우 사랑스런 여자였던 지노치카가 그를 데리고 왔다. 편지 이야기가 나왔고, D는 비겁한 행동을 하지 않도록 자신을 구해준 만델슈탐에게 감사하다고 했다. 그는 곧 우리의 신임을 얻었고, 『모스크바 공산청년동맹단원』 신문사에서 있었던 지난 이야기는 더 이상 거론되지 않았다. 당시 젊은 청년들이 행하지 않은 일이 무엇이랴. 한 번의 실수를 가지고 평생 못살게 굴어서는 안 된다.

1933년 D는 베즈이멘스키(А. И. Безыменский)[6] 주위에도 빙빙 돌

---

6) 베즈이멘스키(1898~1973): 공산청년동맹단원 시인. 그룹 '젊은 근위대'(Mo-

면서 무언가 신문사 일거리를 얻으려 했다. 그는 만델슈탐에게도 베즈이멘스키와 여러 가지 일을 상의해보라고 권했다. 만델슈탐은 사르기드잔, 톨스토이와의 사건으로 아직 흥분한 상태였다. 만델슈탐이 체포되기 직전에도 D는 그에게 베즈이멘스키와 친한 어떤 검사부인에게 가서 톨스토이의 뺨을 때린 이유가 무엇이었는지 이야기해보라고 설득했다. 이런 부산스러움이 무얼 의미했는지는 모르겠으나, 한 가지 확실한 것은 만델슈탐이 D에게 스탈린 비방시를 들려주었다는 것이다.

만델슈탐이 체포된 바로 그날 아침 매우 이른 시간에 베즈이멘스키가 우리 집에 전화했다. 나는 밤에 일어났던 일에 관해 설명했다. 물론 암시적으로 말했지만, 누구나 알아들을 수 있었다. 그는 몇 마디 얼버무리더니 전화를 끊었다. 그전에도, 그 후에도 그는 우리 집에 전화한 적이 없었다. D가 만델슈탐에 관해 그에게 무슨 말을 했던 걸까? 어쩌면 그는 체포에 관해 무언가 듣고서 확인하기 위해 전화했던 것은 아닐까? 그런데 만델슈탐이 체포되었다는 이야기를 누구한테 들었을까? 누가 이 사실을 알고 있었을까? 야고다의 명령서에 서명하고 만델슈탐이 끌려간 이후 정말 얼마 지나지 않은 시간이었다. 과연 몇 시간 만에 소문이 퍼졌단 말인가? 그자가 왜 전화했을까?

내가 D를 마지막으로 본 것은 예심판사실에서 면회를 하고 돌아오던 날 푸르마노프 골목에 있는 우리 아파트 입구에서였다. 나는 D에게 돈을 부탁했고, D는 돈을 구하러 나가더니 더 이상 돌아오지 않았다. 지노치카가 보로네슈에 있는 우리에게 오려고 하자 D는 그녀에게 계획을 포기하라고 요구하면서 난리를 쳤다고 한다. 놀라서 어쩔 줄 몰라하던 지노치카는 자기 애인이 보인 이 뜻밖의 신경질적인 반응과 몇 년간 지속되었던 그들 관계의 종말에 관해 보로네슈에 와서 우리에게 이야기해주었다. 나는 그가 목을 매어 자살했다는 사실을 제2차 세계대전이 끝난 뒤 들을 수 있었다. 이것은 '세계주의자'들에 반대하는 캠페인 시기

лодая гвардия)와 '10월'(Октябрь)의 창시자 중 한 명.

였던 당시 놀라움이었다. D는 용기 있는 사람은 아니었다.

만델슈탐은 배신자를 찾지 않았다. 그는 자기 자신의 잘못이라고 말했다. 우리 시대에는 사람들을 시험에 들게 해서는 안 되었다. 만델슈탐이 체포될 당시 안락의자에 앉아 있었던 브로드스키는 위험한 시들을 자기에게 읽어주지 말라고 언젠가 만델슈탐에게 부탁하기도 했다. 왜냐하면 그는 그 사실을 밀고해야만 될 터이므로……. "D가 아니더라도 누군가 그랬을 거요." 놀랍도록 무관심하게 만델슈탐이 말했다. D에 관해 만델슈탐에게 계속 이야기했던 것은 바로 나였다. 나는 이 벼룩 같은 자에게 모든 책임을 돌리고 싶었다. 왜냐하면 다른 가설은 정말로 견딜 수 없었기 때문이다. 우리가 친구로 생각하던 제대로 된 사람을 의심하는 것보다는 하찮은 D 같은 자를 비방하는 것이 한결 나았다. 그러나 여전히 나는 D가 밀고자였는지 아닌지를 확신하지 못한다.

취조 과정에서 D의 이름은 언급되지 않았다. 요원들을 보호하기 위해서일 수도 있지만 다른 가능성도 있다. 우리를 방문하는 자들을 열거했던 밀고자가 D와 만나지 못했을 수도 있다. D는 지노치카와 함께 보통 낮에 우리 집에 찾아왔다. 지노치카가 저녁에는 극장 일로 바빴기 때문이다. 그리고 지노치카는 우리의 지인들을 꺼렸고, 그래서 우리만 있을 때 찾아오는 걸 편해했다. 밀고자들은 언제나 모든 방문객에 관해 기관에 알렸고, 탐조등은 한 사람이 아니라 그의 동아리 전체에 비추어졌다. 우리 경우에도 마찬가지였다. 흐리스토포로비치는 우리 집에 왔던 거의 모든 사람들을 알고 있었다.

D는 듣기만 하고서 16행이나 되는 시를 기억해낼 능력이 있었을까? 나는 그가 듣기만 했던 시들을 암송하는 것을 본 적이 없다. 만델슈탐은 그가 있는 자리에서 스탈린에 관한 시를 딱 한 번 들려주었다. 그리고 당시는 평상시와 달리 다른 인물(화가 T)이 배석하고 있었다. 이 화가의 이름은 취조 과정에서 거론되지 않았다. 예심판사는 그의 이름을 거명하지 않았다. 그러나 가장 중요한 사실을 우리는 기억해낼 수 없었다. D가 어떤 판본을 들었는지, '농부투사'라는 단어가 있던 판본인지

아닌지. 아마도 없었던 것이기가 쉽다. T는 우리 집에 아주 가끔 들렀고, 만델슈탐이 체포되기 얼마 전에 주로 왔다. 그때 첫 번째 판본은 이미 완전히 버려진 상태였다. 만델슈탐이 시를 받아 적도록 허락한 유일한 사람은 첫 번째 판본을 가지고 있었지만, 그의 전 생애를 놓고 판단해볼 때 전혀 의심할 만한 자가 아니다. 그렇다면 누군가 그에게서 이 시를 빼낸 것은 아닐까? 이런 가설이 불가능하지는 않다. 그러나 내 생각에는 개개인의 집에서 첩보 기관으로 이동하는 경로들이 훨씬 더 간단하다.

만델슈탐이 체포된 이후 D가 보인 행동은 비겁함이나 밀고자로 오인될까 하는 두려움으로 설명할 수 있다. 전기적으로 볼 때 그는 다른 누구보다 이 역할에 적합했지만, 대개 예상치도 못했던 사람들이 밀고에 종사했다. 이 직업에 종사하는 사람들 중에는 좋은 집안 출신의 아주 고상한 숙녀와 청년들(누구라도 그들을 믿을 것이다)이나, 섬세하고 현명하며 우아한 대화로 마음을 사로잡는, 예술과 학문을 걱정하고 사색하는 사람들이 매우 많다. 어쩌면 이런 사람들이 무례한 D에 비해 이 역할에 훨씬 더 적합할지도 모른다! 어쨌든, 됐다. D는 끔찍한 시기에 살게된 불쌍한 벌레일 뿐이다. 과연 사람은 자신이 한 일에 대해 책임이 있을까? 그의 행동이나 성격조차도 모두 시대의 손아귀 안에 있는데. 시대는 인간을 두 손가락으로 꽉 잡고서, 자기가 필요로 하는 선이나 악을 그에게서 짜낸다.

또 하나 의문스러운 점이 있다. 스탈린에 관한 시가 언제 기관에 알려지게 되었을까? 시는 1933년 가을에 씌어졌고, 체포는 1934년 5월에 이루어졌다. 어쩌면 톨스토이의 뺨을 때린 사건 이후 당국은 만델슈탐에 대한 감시를 강화하고, 요원들을 동원하여 그제서야 이 시에 관해 알게 되었는지도 모른다. 아니면 기관이 반년간이나 꼼짝 않고 엎드려 있었단 말인가? 이는 신빙성이 없다. 그런데 D는 한겨울에서야 우리 집에 나타났고, 봄 무렵부터 우리의 신임을 얻었다.

마지막 질문. 나와 동시대를 살았던 훌륭한 아내나 어머니의 대다수가 그랬던 것처럼 만델슈탐 주위의 친구들과 지인들을 모두 쫓아버리지 않은 내가 잘못일까? 그러나 내가 만일 그렇게 했더라도 만델슈탐은 내 감시 영역 밖으로 도망쳐서 제일 먼저 마주치는 아무 사람에게나 금지된 시(우리 시각에서는 모든 시가 금지된 시다)를 읽어주었을 것이라는 사실은 내 죄를 가볍게 한다. 자기억제와 자기규제의 규칙도 만델슈탐에게는 해당되지 않았다.

23 기적의 본질

루뱐카에 자주 드나들어야만 했던 비나베르는 만델슈탐의 사건과 관련하여 무언가 예사롭지 않은 움직임이 일어나고 있다는 것을 감지한 첫 번째 사람이다. "공연한 소동이라든지 수군거림같이 무언가 평상시와는 다른 분위기예요." 사건은 느닷없이 재검토되었고, 새로운 판결은 '마이너스 12'[1]였다. 이 모든 것은 전례 없이 빠른 속도로 처리되었다. 재검토는 하루는커녕 몇 시간도 안 걸렸다. 속도 자체가 기적임을 증명했다. 위에서 버튼을 누르면, 관료제라는 기계는 놀라운 유연성을 보였다.

중앙집권화의 정도가 강할수록 기적의 효과도 컸다. 우리는 기적을 반겼고, 순진한 동양의 군중처럼 그것을 받아들였다. 기적은 우리 일상의 일부분이 되었다. 최고 관청의 가장 금속적인 이름[2] 앞으로 편지를 쓰지 않은 사람이 누구던가! 바로 이런 편지들이 소위 기적을 일으켜 달라는 청원서인 것이다. 만일 그러한 편지들의 거대한 더미가 보존된다면, 역사가들에게 귀중한 사료가 될 것이다. 그 편지들은 그 다른 어떤 문서들보다 훨씬 더 집약적으로 우리 시대의 삶을 담고 있다. 왜냐하면 그 편지들은 울분과 모욕, 돌발적인 재난, 구덩이와 덫에 관해 적고 있기 때문이다. 그러나 그것들을 정리하고, 언어적 쓰레기에서 사실의 작

---

1) 모스크바, 레닌그라드, 키예프 등을 비롯한 소련의 12개 주요 대도시에 거주할 권리를 박탈하는 처벌.
2) 스탈린의 이름이 러시아어의 '강철'이라는 단어에서 나왔다는 사실을 빗대어 말한 것.

은 조각들을 가려내기 위해서는 길고 지루한 작업이 필요할 것이다. 편지를 통해 우리는 독특한 문체와 정교한 소비에트적 정중함을 지키면서 신문 사설의 언어를 사용하여 자신들의 불행에 관해 이야기했다. 이 편지 더미를 그저 '위에서' 힐끗 내려다보기만 해도 기적이 반드시 필요했다는 것을 틀림없이 확신할 수 있다. 다른 말로 하면, 기적 없이 살기는 불가능했다는 것이다. 그러나 기적이 일어난 경우조차도 쓰디쓴 환멸이 편지를 쓴 자들을 매복하고 있었다. 청원자들은 이 사실을 몰랐다. 민중의 지혜는 기적이란 단지 순간적인 불꽃일 뿐 아무런 결과도 가져다주지 않는다는 것을 오래전부터 증명해주고 있다. 세 가지 소원이 이루어진 뒤 손에 남겨진 것은 무엇인가? 절름발이에게서 밤중에 얻었던 황금은 아침에 무엇으로 변해버렸는가? 진흙 조각, 먼지 한 줌……. 기적을 필요로 하지 않는 삶만이 행복하다.

만델슈탐과 관련된 사건은 마치 은혜로운 뇌우나 우레처럼(만일 뇌우가 정말 은혜로울 수 있다면) 하늘에서 떨어져 내린 기적들에 관한 동화 시리즈를 그대로 펼쳐놓았다. 어쨌든 기적은 우리를 구원했고, 우리는 3년 동안의 보로네슈 생활을 선사받았다.

판결이 바뀌었다는 사실을 오빠가 우리에게 전보로 알려주었다. 우리는 그 전보를 사령관에게 보여주었다. 사령관은 어깨를 으쓱했다. "그래도 공식적인 절차를 밟으려면 한참 걸릴 거요. 공식적인 문서가 도착하기도 전에 눈이 내리기 시작할 거요." 그리고 그는 병원에서 퇴원해서 겨울을 날 집을 구하라고 우리에게 충고했다. "틈새로 바람이 들어오지 않도록 해야 해요. 여기 겨울은 대단하니까."

그러나 사령관의 예상과 달리 공식적인 전보는 바로 다음 날 도착했다. 만델슈탐과 이미 친해진 전신국 여직원들이 우리에게 이 사실을 미리 통보하지 않았더라면, 사령관은 이 전보에 대해 우리에게 바로 알리지 않았을는지도 모른다. 사령관은 아직 출근 전이었고, 우리는 그의 집무실로 가서 '주인'을 오랫동안 기다렸다. 그는 우리가 있는 자리에서 전보를 읽으면서 자기 눈을 의심했다. "혹시 당신네 친척들이 보낸 전보일 수도 있잖소? 나는 모르겠소!" 2, 3일 동안 그는 만델슈탐을 놓아주지 않았다. 이로써 우리는 적잖이 마음을 졸여야 했다. 정부에서 보낸 진짜 전보라는 것이 마침내 모스크바를 통해 확인되었다. 그러자 사령관은 즉시 우리를 소환한 뒤 유형지로 가고 싶은 도시를 선택하라고 했다. 우리는 바로 결정해야만 했다. 사령관은 이를 고집했다. 전보에는 우리에게 생각할 시간을 주어야 한다는 말이 없었다는 것이다. "즉시!" 그는 이렇게 말했고, 우리는 그가 보는 앞에서 도시를 선택했다. 우리는 지방 도시들을 잘 몰랐고, 12개의 금지된 도시 그리고 또 거주가 금지된 국경 근처를 제외한 다른 곳에는 친척들도 없었다. 만델슈탐은 문득 타슈켄트 대학 출신의 생물학자 레오노프(Н. М. Леонов)가 자신이 태어난 도시 보로네슈를 자랑하던 것을 기억해냈다. 그곳에서 레오노프의 아버지는 교도소 의사로 일하고 있었다. "누가 알겠소. 어쩌면 또 교도소 의사가 필요할지도 모르지." 만델슈탐은 이렇게 말했고, 우리는 보로네슈로 결정했다. 사령관은 서류를 작성했다. 그가 우리에게 보인 전례 없는 친절을 통해 우리는 사건의 급작스러운 전환, 즉 사건이 재검토된 속도에 그가 얼마나 충격을 받았는지 짐작할 수 있었다. 그는 우리가 항구까지 짐을 옮길 수 있도록 관청의 짐수레를 내주었다. 그렇지 않았다면 우리는 말을 구할 수 없었을 것이다. 얼마 전 수행된 집단화에 따라 이미 자취를 감추었기 때문이다. 마지막 순간 사령관은 우리에게 행운을 빌어주었다. 아마도 그는 우리를 '자기편'처럼 생각하는 것 같았다. 왜냐하면 '위에서' 떨어진 기적의 첫 번째 증인 중 하나가 되었기 때문에.

그러나 시트 담당 여자는 정반대의 반응을 보였다. 그녀는 우리에게 보여주었던 모든 신뢰를 거두어들였다. 어떤 작자이기에 이런 대접을 받을 수 있을까? 나는 그녀의 눈에서 말없는 비난을 읽을 수 있었다. 만델슈탐은 분명 무시무시한 공훈을 세웠을 것이라는 사실을 그녀는 의심하지 않았다. 그렇지 않다면 '그들이' 자신들의 손아귀에서 그를 놓아주지 않을 것이므로. 한번 걸려든 사람은 아무도 놓아주지 않았듯이. 시트 담당 여자는 우리보다 경험이 풍부했으며, 우리나라 사람들에게는 기이한, 그러나 이해할 수 있는 자기중심주의가 발달되어 있었다. 그들은 자신의 경험만을 믿었다. 시트 담당 여자에게 유형수 만델슈탐은 '자기편' 사람이었다. 그러나 모든 유형수가 '자기편'으로 분류되는 것은 아니며, 유형수들이 있는 데서도 말조심해야 한다는 것을 그녀는 3년 후에 알게 된다. 느닷없이 사면 받은(체르딘에 있는 사람들에게 보로네슈로는 천국이나 다름없었다) 만델슈탐은 그녀에게 다른 편 사람, 수상적은 사람이 되었다. 아마도 체르딘의 유형수들은 우리가 있는 자리에서 자기들이 무언가 위험한 말을 떠벌리지는 않았는지 우리가 떠난 뒤 곰곰이 되새겨보았을 것이다. 그리고 우리가 그들의 생각이나 비밀을 염탐할 목적으로 일부러 보내진 건 아니었는지 토론했을 것이다. 시트 담당 여자에게 화를 낼 수는 없었다. 내가 그녀의 처지였더라도 그런 기분이 들었을 테니까. 상호신뢰의 상실은 독재체제에서 사회 분열의 첫 번째 징후로, 우리 지도자들이 바로 원하던 바였다.

나도 시트 담당 여자를 '자기편'으로 느끼지 않았고, 그녀가 이야기하는 것들 중 많은 부분을 이해할 수 없었다. 우리는 그토록 왜곡된 법 개념을 가지고 있었으며, '경험한 자'와 '아직 경험하지 못한 자' 사이에는 그 어떤 접촉도 존재할 수 없을 정도로 사교성을 잃었고, 반쯤 정신 나간 눈으로 세상을 바라보았다. 그 기억할 만한 해에 나는 이미 무언가를 이해했지만, 아직 충분치는 못했다. 시트 담당 여자는 그들 모두가 완전히 비합법적으로 유형지에 억류되어 있다고 주장했다.

예를 들어 그녀는 체포 당시 당의 업무에서 이미 물러난 상태였으며, 그녀는 일개 평범한 시민이었을 뿐이었다고 했다. "그리고 그들도 이 사실을 알고 있었지요!" 그러나 편협했던 나는 그녀의 결론을 이해하지 못했다. 스스로 인정하듯, 박살난 당에 속해 있었다면, 자신을 유형 보낸 사실에 왜 분개해야 하는가? 우리 규범에 따르면 유형 보내야 마땅한데…… 당시 나는 이렇게 생각했다. '우리 규범'은 끔찍하고 혹독하지만, 이것이 현실이며, 비록 활동하지는 않더라도 명백한 반대자들, 여전히 활동 가능성이 있는 잠재적 적수들을 강력한 권력은 용납할 수 없을 것이다. 나는 국가가 벌이는 선동의 영향을 받지 않는 편이었지만, 그럼에도 내게는 이미 이런 편협한 법 개념이 자리 잡고 있었다. 반면 예를 들어 나르부트는 새로운 법에 더욱더 쉽게 감화된 학생이 되었다. 그의 시각에 따르면 만델슈탐은 유형 보내지지 않을 수 없었다. "국가도 스스로를 보호해야만 하지 않을까요? 그러지 않는다면 대체 어떻게 되겠어요? 당신이 이해하세요." 나는 반박하지 않았다. 출판되지도, 그렇다고 회합에서 낭독되지도 않은 시는 생각과 마찬가지이며, 생각만을 가지고 유형 보내서는 안 된다는 것을 논쟁하고 설명할 필요가 있었을까? 스스로의 불행만이 우리의 눈을 뜨게 했고, 우리를 간신히 사람 비슷하게 만들었지만, 그것도 단번에 그렇게 된 것은 아니었다.

우리는 한때 혼돈으로 공포에 빠졌고, 강력한 권력과 힘을 가진 자가 나타나서 이 혼란에 빠진 인파들을 안정된 궤도에 따라 이끌어주기를 간절히 바라게 되었다. 이 공포는 아마도 우리 감정 중에서 가장 견고한 것으로, 지금까지도 우리는 이 공포에서 벗어나지 못했으며, 유산으로 물려주기까지 한다. 혁명을 목격했던 나이 든 사람이나, 아직 아무것도 모르는 젊은이들이나 모두 바로 자신이 광포해진 군중의 첫 번째 희생자가 될 수 있다고 생각했다. '우리를 제일 먼저 기둥에 묶어 교수형에 처할 거요'라는 영원히 반복되는 말은 내게 인텔리겐치아는 민중의 족쇄를 벗기지 않는 한에서만 민중과 함께 결박되어 걸을 준비가 되어 있을 정도로 민중을 두려워한다고 한 게르첸(А. И. Герцен)[3]의 말을 상

---

3) 게르첸(1812~70): 저명한 러시아 언론인이자 사상가. 망명지 런던에서 잡지 『종』을 발행, 당시 러시아 지식인들에게 큰 영향을 미친다. 14세 때 모스크바 대학의 '참새 언덕'에서 데카브리스트가 남긴 뜻을 이어받아 농노해방과 전제 정치의 타도에 일생을 바칠 것을 맹세하고 이것을 실행했다. 1829년 모스크바 대학 물리수학부에 입학하여 서클을 조직해 프랑스 사회주의 사상에 몰두했다. 1834년 반정부적 언동을 이유로 체포되어 유형당한다. 이후 서유럽으로 망명한 그는 파리 6월 봉기를 비롯한 1848년 혁명의 좌절을 경험하고 서유럽적 역사발전의 필연성에 의문을 품게 되어 러시아의 독자적인 발전 가능성을 탐구했다.

기시켰다.

우리가 원했던 것은 모든 일이 돌발적인 사고 없이 순조롭게 흐르도록 역사의 흐름을 평탄하게 하고, 그 길의 파인 곳들을 메우는 것이었다. 그리고 이 희망은 우리 앞길을 결정하는 '지혜로운 자'들의 출현을 환영하게 만드는 심리적 토대가 되었다. 일단 그들이 나타나면 우리는 더 이상 스스로 행동할 생각을 하지 못하며 직접적인 지시와 정확한 처방을 기다렸다.

최선의 처방전은 나도, 너도, 그도 만들 수 없으며, 따라서 우리는 상부에서 내리는 지시에 대해 감사해야만 했다. 사소한 문제들의 경우에만 우리는 감히 스스로 의견을 내비칠 수 있었다. 예를 들어 '예술 분야에서 사회적인 요구를 수행할 때 다양한 문체를 사용하는 건 불가능한가요? 그랬으면 정말 좋겠는데'와 같은 식으로. 눈이 멀었던 우리 스스로가 획일적인 사고를 위해 투쟁했다. 왜냐하면 다양한 목소리와 독특한 의견에서 우리는 다시금 무질서와 극복하기 어려운 혼란을 보았기 때문이다. 그래서 강력한 권력이 비방자(시트 담당 여자나 시인, 떠버리 등과 같은)들에게서 스스로를 보호하도록 우리는 묵인했다.

우리는 자신의 안위가 불확실하다는 것을 확신하기 전까지는 자신의 무기력을 권장하면서 그렇게 살았다. 남의 경험을 믿지 않았으므로. 자신의 생명과 관련될 때만 예외였다. 우리는 정말 무기력해졌고, 책임감 같은 것도 느끼지 못했다. 기적만이 우리를 구원했다.

그 과정에서 러시아 농촌공동체를 사회주의 사회의 초석으로 재인식하여 러시아 공동체 원리와 서유럽의 개체 원리를 결합한 '러시아 사회주의론'을 주장, 인민주의자의 선구가 되었다.

24 목적지를 향하여

 소비에트의 가장 영향력 있는 기관의 직인이 찍힌 서류가 우리에게 발급되었고, 우리는 군인용 창구에서 무임승차권을 받을 수 있는 권리를 부여받았다. 당시로서는 전례 없는 특권인데, 왜냐하면 항구와 기차역마다 음울한 군중으로 가득 차 있었기 때문이다. 민족의 이동이나 피란 시기에 볼 수 있는 사나운 군중들……. 페름[1]의 항구에서는 온통 기진맥진하여 누더기가 된 사람들이 가족이나 일가 전체를 단위로 푸대나 넝마 위, 조잡하게 색칠된 그림이 있는 나무 상자들 주위에 자리 잡고 있었다. 사람들은 강가 모래사장에 구덩이를 파서 석탄으로 불을 지폈고, 여기서 아이들에게 죽을 끓여주었다. 어른들은 나무껍질을 씹었다. 그들은 이것을 비상용으로 자루에 담아왔다. 빵은 아직 배급표에 따라 배급되고 있었다. 부농의 재산 몰수 조치는 거대한 군중을 이동시켰고, 그들은 더 나은 곳을 찾아 나라 전체로 흩어져 가면서 폐쇄된 자신의 시골집을 아직도 애타게 그리워했다.
 정확히 말하면, 재산을 몰수당한 부농은 이곳에 없었다. 그들은 이미 오래전 지정된 곳들로 보내졌다. 지금 페름의 이 인파들은 주변적인 이동으로, 집단화와 부농 근절이라는 대변화의 순간 제자리에서 이탈하여 전국을 배회하기 시작했다. 고향 마을에서 멀리 떨어진 곳이라면 어디라도 좋았다. 내전, 볼가 강 유역과 우크라이나의 흉년, 부농 근절에 따

---

1) 러시아 동부 우랄 지방의 항구 도시.

른 피란 등 민중의 강제 이주와 몇 차례의 자발적인 이주를 우리는 목격하게 되었다. 전쟁 직전까지 기차역들은 주거지를 이탈한 농민들로 가득 찼다. 전쟁 후 사람들은 다시 행렬을 이루기 시작했다. 그러나 이미 그 규모는 줄어들었으며 빵과 일자리를 찾아서였다. 남자가 살아남아 있는 가정은 모두 일자리가 있다는 소문이 들리는 곳으로 가려고 기를 썼다. 가끔은 미리 확보된 일자리가 있는 곳으로 대량 이주당하기도 했다. 그들은 어디나 오십보백보라는 사실을 경험으로 알게 되면 다시 돌아오거나 새로운 피난처를 찾았다. 특정 계급이나 민족에 대한 강제적 이주가 일어난 뒤에는 언제나 자발적인 도망자들의 물결이 뒤따랐다. 아이들과 노인들이 파리떼처럼 죽어갔다.

강제이주는 우리에게 전적으로 새로운 개념으로서 20세기에 생겨났다. 이집트나 앗시리아의 정복자들에 의한 것은 아니었다. 수염을 기른 자들을 싣고 우크라이나와 쿠반에서 오는 기차들을 보았고, 그 후 극동지방의 강제수용소로 죄수를 싣고 가는 임시객차도 보았다. 또 그 후 볼가 강 유역의 독일인과 타타르인, 폴란드인, 에스토니아인을 실은 열차도 있었다. 그리고 또다시 강제수용소로 호송되는 죄수를 실은 임시객차……. 그들은 언제나 이동했다. 가끔은 인파로 빽빽이 가득 차서, 가끔은 그렇지 않게. 귀족들은 다소 다른 방식으로 레닌그라드를 떠났다.[2]

이것은 부농 근절 이후 두 번째로 이루어진 대이동이었다. 1935년 나와 아흐마토바는 사라토프에 정착하기 위해 떠나는 허약한 여인과 세 명의 꼬마 소년을 배웅하기 위해 파벨레츠키 역에 갔었다. 물론 그들에게 지정된 행선지는 도시가 아니었다. 이렇게 의지할 데 없는 사람들이

---

2) 귀족들을 집단적으로 레닌그라드에서 추방한 것은 1935년 초의 일이다. 1935년 1월 18일 중앙위원회가 당조직 전체로 보냈던 비밀 문서 「키로프 동지에 대한 흉악한 살해와 관련된 과업」이 그 근거가 되었다. 전국적으로 동시에, 그러나 특히 레닌그라드에 '키로프 관련 죄수들'을 만들어낸 대량 체포의 첫 번째 파도가 밀어닥쳤다—편집자.

과연 지방에서도 살아남을 수 있을까! 기차역에서 우리를 맞은 것은 일상적인 정경이었다. 움직일 수 없을 정도의 인파로 가득 차 있었다. 그러나 사람들은 푸대자루가 아니라 상당히 멀쩡한 여행가방과 상자에 앉아 있었다. 옛날 외국에서 부쳤던 짐표들로 가방은 여전히 화려했다. 플랫폼까지 빠져나가는 동안 낯익은 노파들이 우리를 계속해서 멈춰 세웠다. 데카브리스트[3]들의 손녀들, 예전의 귀부인들, 그저 여인들. "내가 이렇게 많은 귀족을 알고 있는지 몰랐어요." 아흐마토바는 이렇게 말했다. "왜 모두들 소리를 질러대는 거죠? 왜 레닌그라드가 그들 때문에 난장판이 되어야 하는 거죠?" 만델슈탐의 동생 예브게니 에밀례예비치의 아내이자 당에 속하지 않은 볼셰비키인 타냐 그리고리예브나는 입술을 꼭 다물면서 이렇게 말했다.

모든 민족의 역사마다 사람들이 '육체적으로도 정신적으로도 방황하는'[4] 시기가 있다는 것을 읽은 적이 있다. 이것은 민족의 청춘기이며, 민족사의 창조적 기간으로 수 세기에 영향을 미치며 민족의 문화를 움직인다. 그리고 우리 역시 '모두 마치 방랑자들 같았다.' 아니 '마치'가 아니라 실제로 그랬다. 우리의 방랑은 사상가들이 우리에게 약속했던 결실들을 가져다줄 것인가? 우리는 이 결실에 대한 믿음을 유지하기가 매우 힘들었다. 그럼에도 결실이 없을 거라고 나는 단정지을 수 없다. 민중 전체가, 위로부터 아래에 이르기까지 무언가 교훈을 얻었다. 비록 그 과정에서 자기 문화를 파괴하고 솔직히 황폐화시켰지만. 그러나 우리가 교훈을 얻었다는 것은 매우 중요하다.

체르딘에서 카잔까지 가는 동안 우리는 기선을 한 번 갈아타야 했다. 페름에서 갈아타는 일은 쉽지 않았다. 거의 24시간 동안 기선을 기다려야 했다. 만델슈탐이 여권을 가지고 있지 않았기 때문에 호텔에서도 우

---

3) 1825년 12월 황제의 폐위를 기도한 봉기에 참여한 귀족들.
4) П. И. 차다예프(1794~1856)의 말. 매우 낙후되어 있는 러시아 문화는 유럽 전통에 통합되어야 한다는 주장을 담은 그의 저서 『철학 서한』은 당대 러시아 지식층에 커다란 충격을 주었다.

리를 받아주지 않았다.[5] 만델슈탐은 체포 당시 여권을 빼앗겼다. 여권은 도시인의 특권이었으며,[6] 우리나라의 시골 사람들은 여권을 가지고 있지 않았다. 그래서 농민들은 호텔에 묵을 수 없었으며, 이는 재앙을 겪은 도시인들도 마찬가지였다. 더구나 호텔에는 보통 시민을 위한 방도 결코 없었다.

자발적인 이주자들의 인파로 항구 근처는 앉아 있을 자리도 없었다. 우리는 하루 종일 도시를 배회하느라 완전히 녹초가 되었다. 우리는 병약한 도시의 공원 벤치에 쭈그려 앉아서, 비교적 풍요롭다고 알려진 도시 아이들의 창백한 얼굴을 보며 놀랐다. 모스크바 갓난아이들의 누렇게 뜬 피부를 보며 때때로 놀라던 일이 떠올랐다. 이것은 정기적으로 발생하는 집단 기아를 알리는 신호다. 기아는 1930년 마지막으로 발생했는데, 당시는 우리가 아르메니아를 여행한 뒤 모스크바로 돌아왔던 때로 가격이 급등한 직후였으며, 배급표[7]와 배급소가 생기기 얼마 전이었다. 모스크바가 부농 근절의 대가를 치른 셈이었다. 우리가 모스크바를 떠날 즈음 기아는 이미 끝났지만, 페름은 여전히 놀라운 광경을 보여주

---

5) 소련에서는 외국여행용 여권 외에도 독특한 의미가 있는 국내 여권제도가 존재했다. 16세 이상의 모든 소련 국민은 성명, 생년월일, 출생지, 민족, 직업 등을 기재한 국내 여권을 소지해야 했다. 사진을 첨부해야 했는데, 이 사진은 25세와 45세에 한 번씩 반드시 갱신해야 했다. 이 제도가 도입된 것은 1932년 말로, 당시는 제1차 5개년 계획이 진행 중이던 역사상 유래가 없는 공업화, 도시화 시기였다. 공업화가 파생한 도시 노동력 수요증가로 농민들이 도시로 대거 유입되었고, 당시 발생한 기근은 농민의 도시 유입을 가속화했다. 이러한 위기 상황에 대응하기 위해 도입한 것이 바로 국내 여권제도였고, 농민들에게는 여권을 발급해주지 않음으로써 그들의 국내 이동을 제한했다.

6) 1932년 12월 27일자 '통일된 여권 시스템에 관한' 법령에 따르면 여권 시스템은 "도시와, 노동 현장, 신도시의 인구를 파악하고, 이러한 거주지에 숨어든 부농과 범죄자, 그 외 반사회적 인물들을 적발할 목적으로 도입되었다." 농촌 사람들에게 여권은 발급되지 않았다—편집자.

7) 노동자와 사무직 종사자들에게 해당되었던 배급 체계는 1928년 11월 빵 배급에서 시작되었으며 1929년 말에는 모든 식료품, 이후에는 공산품으로까지 확대되었다. 그러나 농촌은 자급자족 체계를 고수했다—편집자.

었다. 우리는 식당에서 점심을 먹었지만 그곳에 앉을 수는 없었다. 모든 식탁마다 줄이 늘어서 있었기 때문이다. 도시에는 식료품이 없었지만, 식당에서는 그래도 무언가 음식 비슷한 것을 제공해주었다.

나는 만델슈탐이 지쳐갈수록 불안해져 갔고, 병이 재발되리라고 생각했다. 두 차례 여행은 쇼크성 질환을 악화시켰다. 만델슈탐은 밤이 되자 '사건에 대해 상담하기 위해' 도시의 국가안보국(KGB의 전신) 창구로 달려가려고 애썼다. 우리가 도시를 배회할 때였다. 수위는 우리를 내쫓았다. "저리 가시오…… 하루 종일 이런 자들이 우리에게 기어온단 말이야." 만델슈탐은 문득 정신을 차렸다. "이 저주받을 창구는 마치 자석 같단 말이야." 그는 이렇게 말했고, 우리는 항구로 갔다. 당시는 아흐마토바가 아직 비교적 '초식성'이라고 표현하던 시기였지만, '자석'은 실제로 이미 모든 지성을 끌어당기고 있었다. 취조와 심문, '소송'과 총살의 악몽을 꾸지 않았던 사람들이 있었을까? 아주 젊은 사람들 가운데에는 아마 그런 행운아들이 있었을 것이다.

기선은 밤중에 도착했다. 군인용 매표소에서 표를 받은 우리는 스스로를 유형수가 아니라 무시무시한 기관의 총애를 받는 사람들로 느끼며 웅성대는 군중을 헤치고 지나 거의 첫 번째로 배에 올라탔다. 군중은 질투심과 적의에 찬 시선으로 우리를 바라보았다.

민중은 특권을 좋아하지 않았다. 페름의 항구에 있던 군중은 줄을 서지 않고 표를 살 수 있는 이 유쾌한 가능성을 우리가 어떻게 얻었는지 알지 못했다. 우리 시대에는 특권층에 대한 증오가 특히 심했는데, 빵한 조각조차도 언제나 특권에 의해 존재했기 때문이다. 적어도 처음 40년 중 10년 동안 우리는 배급표를 사용했으며, 빵조차도 균등하게 배급받지 못했다. 아무것도 받지 못한 자들이 있는가 하면, 어떤 자들은 조금 받았고, 또 어떤 자들은 넘칠 정도로 많이 받았다. 1930년 우리가 아르메니아에서 돌아왔을 때 만델슈탐의 동생은 이렇게 설명했다. "지금은 기아의 시기이기는 하지만 이제는 모든 것이 새로워졌어요. 모든 것은 등급에 따라 배분되며, 모든 사람은 자신의 등급에 따라 굶거나 먹지요. 자신의 가치 딱 그만큼만 배급받아요." 그런가 하면 이건 전쟁 후에 있었던 일인데, 젊은 물리학자가 자신의 장모를 경악하게 만든 일이 있었다. 그는 장인의 배급소에서 받은 비프스테이크를 먹으면서 다음과 같이 칭찬했다. "맛있어요. 그리고 다른 사람들은 못 먹는 거라 생각하니 더 기분이 좋군요." 사람들은 자신의 배급량과 권리, 특권의 무임승차권을 자랑스러워했고, 자기보다 낮은 범주의 사람들에게는 급료를 숨겼다.

운명의 아이러니에 따라 우리는 특권적 창구 중에서도 가장 '깨끗한' 창구에서 표를 받게 되었고, 이것은 모든 사람에게서 질투를 불러일으켰다. 당시 우리의 외양은 고위직의 그것과는 거리가 매우 멀었지만, 이는 좌중의 흥분을 배가할 뿐이었다. '고위직', 즉 필요하다면 그 누구의 따귀라도 때릴 수 있는 자는 언제나 우리의 군중을 압도했다. 그것은 어쩔 도리가 없는 일이었다. 기선의 급사들은 여정 내내 우리에게 최고의 서비스를 했다. 배에 제일 먼저 오를 수 있는 자들은 존경할 만한 사람들임을 그들은 잘 알고 있었다. 또한 이렇게 '높은 자'들은 팁도 주지 않는다는 것도…….

우리는 2인실을 차지했고, 갑판을 산책했으며, 샤워도 했다. 그야말로 진짜 여행객 같았다. 바로 이 기선을 타고 가면서 만델슈탐의 병세는 한결 호전되었다. 제정신으로 돌아오는 데 고작 3일간의 고요와 평온밖에 필요없었다는 사실에 나는 놀랐다. 그는 바로 조용해졌고, 잘 잤으며, 푸슈킨을 읽었고, 이야기를 나누는 등 매우 안정된 상태였다. 엠마 게른슈테인이 만델슈탐을 다 탄 뒤에도 잿더미에서 부활하는 불사조라고 부른 것은 괜히 그런 것이 아니었다. 환청, 공포의 발작, 흥분과 현실에 대한 자기중심적 인식은 더 이상 반복되지 않았다.

어쨌든 만델슈탐은 이제 병이 가볍게 재발할 경우 스스로 제어하는 법도 깨우쳤다. 병은 아직 완전히 없어진 것은 아니었고, 기선여행은 단지 결정적 전환점이 되었을 뿐이다. 늦가을까지는 극도의 예민함과 피로가 남아 있었다. 만델슈탐은 심장이 불균형적으로 작았기 때문에 언제나 쉽게 지쳤는데, 그해 여름에는 심장이 매우 약해졌다. 그뿐만 아니라 전례없이 쉽게 상처받았고, 그에게 전혀 어울리지 않는 지적 무기력 증상도 나타났다. 그는 독서를 시작했지만, 능동적인 작업은 피했으며 단테의 작품에는 눈길도 주지 않았다.

보로네슈에서 새로운 불상사가 그를 기다리고 있었기 때문에 삶으로의 온전한 복귀가 지체되었는지도 모르겠다. 내가 병이 났기 때문이다. 항구나 기차역에서 발진티푸스가 전염되었던 것이다. 우리나라에서는 민중적 재앙이 발생할 때면 항상 발진티푸스가 유행했다. 병원에서는 통계를 속이기 위해 병명을 숫자로 바꿔 불렀다. 사람들은 발진티푸스가 아니라 제5번 또는 제6번 병을 앓았다. 정확한 숫자를 지금은 기억할 수 없지만……. 이것도 역시 일종의 국가적 기밀이 되었고 사회주의의 적들은 우리가 어떤 병을 앓고 있는지 짐작할 수 없었다. 발진티푸스를 앓고 난 뒤 나는 모스크바에 다녀왔고, 거기서 또 이질을 옮겨왔다. 이 병 역시 비밀에 부쳐졌고, 번호로 불렸다. 나는 다시 전염병동에 수용되었고, 옛날 방식대로 치료받았다. 박테리아 용해균은 최고위층 환자들을 위해 아껴두고 있었기 때문에 아직 병동에 입수되지 못했다. 나와 같은 시기 비슈넵스키도 발병했는데, 회복을 상당히 앞당길 수 있는 새로운 약이 존재한다는 것을 바로 이 때문에 알게 되었다. 그러나 약품 역시 우리나라에서는 등급표에 따라 배급되었다.

언제가 나는 은퇴한 고위 관료 앞에서 이에 대해 불평한 일이 있었다. 그런 것들은 모든 사람에게 필요하다고 이야기했다. 그러자 전직 고위 관료는 소리쳤다. "모든 사람에게라니요! 당신은 내가 다른 청소부들과 똑같이 치료받았으면 좋겠소!" 그자는 선량한 사람이었고, 극히 점잖은 사람이었지만, 평등과의 투쟁 때문에 맛이 가지 않은 자가 누가 있겠는가?

비록 나와 만델슈탐은 최하급으로 치료받도록 정해졌지만, 우리는 둘 다 살아남아서 3년간의 보로네슈 생활을 시작할 수 있었다.

25 살인하지 말라

만델슈탐은 국가가 저지르는 모든 종류의 파괴 행위 중에서도 사형 또는 우리가 재치 있게 부르듯 '최고형'을 가장 혐오했다. 그가 헛소리를 하면서 총살을 두려워했던 것은 우연이 아니었다. 유형이나 추방 또는 사람을 수용소의 먼지로 변화시키는 다른 방법들에는 별다른 반대 의사를 표명하지 않던("당신과 나는 이런 것이 두렵지는 않잖아.") 만델슈탐도 사형에 대한 생각만 하면 몸서리를 쳤다. 우리는 총살당한 사람들에 대한 많은 공고를 읽어야 했다. 도시에는 가끔 특별 포고문이 사방에 나붙기도 했다. 블륨킨(Я. Г. Блюмкин)[1](아니면 코나르Ф. М. Конар[2]던가?)의 총살 공고를 우리는 아르메니아에서 보았다. 모든 기둥과 벽마다 이 공고가 붙어 있었다. 만델슈탐과 쿠진은 정신적 충격을 받고 몹시 비탄에 잠겨 거의 병자들처럼 집으로 돌아왔다. 두 사람 모두 이 사실을 감당할 수 없었던 것이다. 사형은 그들에게 모든 폭력을 상징했을 뿐 아니라, 너무나도 구체적이며 눈에 볼 수 있게 그들의 상상을 구현했다. 이성적인 여성의 머리에는 이것이 더 약하게 감지되었고, 그래서 집단 이주나 수용소, 감옥, 강제노동 등과 같은 인간에 대한 우롱이 순간적인 사형보다 내겐 더 혐오스럽게 느껴졌다. 그러나 만델슈탐은 그렇지 않았고, 그래서 국가와의 첫 번째 충돌은 사형에 대한 그의

---

1) 블륨킨(1892~1929): 체키스트. 총살당한다.
2) 코나르: 공산당원. 인민위원회 대리. 1933년 총살당한다.

입장 때문에 일어나게 되었다. 만델슈탐과 블륨킨의 충돌에 관한 이야기는 남의 말을 옮긴 게오르기 이바노프[3]의 부정확하며 약간은 미화된 글로 유명하다. 이에 대한 언급은 에렌부르그의 회고록에도 등장한다. 당시 그는 블륨킨이 만델슈탐을 공격하던 한 장면을 직접 목격하기도 했다. 공공장소에서 만델슈탐을 마주친 블륨킨은 변함없이 권총을 휘둘렀던 것이다. 나 역시 유사한 장면의 목격자가 되었다.

1919년 키예프에서 있었던 일이다. 만델슈탐과 나는 콘티넨탈 호텔의 2층 발코니에 서서, 넓은 니콜라옙스키 거리를 따라 질주하는 기마 행렬을 보고 있었다. 기마행렬은 검은 양피외투를 입은 기수와 기마경비대로 구성되어 있었다. 양피외투를 입은 기수는 다가오다가 우리를 알아보더니 갑자기 몸을 돌려 우리 쪽을 향해 총을 겨었다. 만델슈탐은 껑충 뛰어 물러섰지만, 바로 그 직후 발코니 난간 너머로 몸을 숙이면서 기수에게 반갑게 손을 흔들었다. 기마행렬은 우리와 나란히 위치하게 되었지만, 권총을 가지고 위협하던 손은 이미 외투 아래 감추어져 있었다. 이 모든 것은 1초도 안되는 짧은 순간에 벌어진 일이었다. 언젠가 카프카즈에 있을 때 내 눈앞에서 살인이 일어난 적이 있었다. 전차의 차장이 차도 세우지 않은 채 대로변에 서 있던 구두닦이를 쏘았다. 이것은 피의 복수였다. 블륨킨과의 장면도 바로 이처럼 전개되었지만, 결정적인 총격은 뒤따르지 않았고, 피의 복수는 그 대단원까지 다다르지 못했다. 기마병들은 우리 옆을 지나 체카가 있던 리프키 쪽으로 기수를 돌려 사라졌다.

양피외투를 입고 있던 기수는 블륨킨이었고, 그는 '황제의 사절' 미르바흐(B. Mirbach)[4]를 '사살한' 자였다. 그는 필경 자신의 직장인 체카로 가던 모양이었다. 들은 바에 따르면 그에게는 첩자들과의 투쟁이라

---

3) 이바노프(1894~1958): 혁명 후 파리로 망명한 아크메이즘 시인. 그의 회고록 『페테르부르크 겨울』이 1928년 파리에서 출판되었다.

4) 미르바흐(1891~1918): 모스크바에 파견되었던 독일 대사로서 블륨킨에게 살해당한다. 당시 이 살해 사건은 좌파 사회혁명당 반란의 신호탄이 되었다.

는 매우 중요하며 비밀스러운 임무가 맡겨져 있었다. 양피외투와 기마 행렬은 이 비밀스러운 인간의 개인적 취향인 듯했다. 이해할 수 없는 것은 다만, 그에게 맡겨진 비밀 음모와 이런 효과장치들이 어떻게 부합될 수 있을까 하는 점이다.

나는 만델슈탐을 알기 전에 블륨킨과 만나게 되었다. 페틀류라(Пе-тлюра)[5]에게 쫓기던 사람들이 젊은 예술가들과 언론인들 사이에 숨어 있던 우크라이나의 아주 작은 시골 마을에서 언젠가 나는 블륨킨의 아내와 함께 살았다. 적군이 도착한 후 블륨킨의 아내는 내게 와서 느닷없이 내 이름으로 된 아파트와 재산에 대한 보호 증서를 줬다. "뭐하시는 거예요?" 나는 놀랐다. "인텔리겐치아는 보호해야 합니다." 이에 대한 답변이었다. 수녀 복장으로 갈아입은 노동자 혁명부대 여성들이 1905년 10월 18일 유대인 가정마다 돌아다니며 성상을 나누어주던 것과 마찬가지였다. 그들은 이러한 위장술이 유대인 학살자들을 속일 수 있기를 바랐다. 소녀의 이름 앞으로 된(당시 나는 18세였다) 이 보호 증서를 우리 아버지는 숱한 가택 수색과 징발시에 한 번도 제시하지 않으셨다. 바로 이런 단순한 방법으로 인텔리겐치아를 구하려 했던 이 여인과 그녀의 친구들에게서 나는 미르바흐의 살해소식을 들었고 가끔 나타났다 사라지는 비밀스러운 블륨킨 본인도 몇 차례 만날 수 있었다.

발코니의 장면과 피의 복수 간의 유사점은 우연이 아니었다. 블륨킨은 만델슈탐에게 복수하겠노라 맹세했고, 총을 가지고 만델슈탐에게 달려든 것도 이미 한두 번이 아니었지만, 한 번도 쏘지는 못했다. 만델슈탐은 이 모든 것이 괜한 협박이며 멜로드라마적 효과에 대한 블륨킨의 강한 애착을 보여줄 뿐이라고 생각했다. "나를 쏘는 것이 그에게 무슨 가치가 있는데? 쏘고 싶었다면 진작에 그렇게 했을 거야." 그러나 블륨킨이 권총을 뽑을 때마다 만델슈탐은 매번 자신도 모르게 움찔했다.

---

5) 페틀류라(1879~1926): 우크라이나의 정치 활동가. 혁명 후 내전 시기 폴란드 편에 가담해 싸우면서 키예프 지역을 몇 차례 점령하기도 했다. 1920년 국외로 망명한다.

1926년 만델슈탐이 크림에서 블륩킨과 같은 기차간에 우연히 타게 되면서 카프카즈의 게임은 끝이 났다. '적'을 발견한 블륩킨은 보란 듯이 권총 케이스를 풀더니, 권총을 여행가방에 숨기고서 악수를 청했다. 여행길 내내 그들은 평화롭게 이야기를 나누었다고 한다. 그리고 약간의 시간이 흐른 뒤 우리는 블륩킨의 총살 소식을 접한 것이다. 그와의 반목은 사실 총살에 관한 문제에서 시작되었다. 게오르기 이바노프는 단순한 독자들을 위해 이 이야기를 덧칠해서 아무런 의미도 가지지 않게 만들었는데, 존경할 만한 사람들까지도 논리적 결함에 주의를 기울이지 않은 채 그의 글을 계속해서 인용한다. 서로 단절되었기 때문에 가능한 일이다.

갈등이 있기 얼마 전 블륩킨은 이제 막 조직된 새로운 기관에서 함께 일하자고 만델슈탐에게 제안했다. 매우 장래성 있는 기관이라는 것이었다. 블륩킨의 의견에 따르면 이 기관은 시대를 결정짓고 권력의 중심이 될 것이 틀림없었다. 비록 당시는 이 새로운 기관의 특수성이 무엇인지 아무도 알지 못했지만 만델슈탐에게는 그 기관의 세력이 강력해질 거란 말만으로도 충분히 피할 만한 이유가 되었다. 만델슈탐은 아이처럼 언제나 권력과의 모든 접촉에서 도망쳤다. 예를 들어 1918년 그는 정부 관리들을 실은 기차를 타고 모스크바에 도착했고,[6] 며칠 동안 크레믈린의 고르부노프(Н. П. Горбунов)[7] 관사에서 지내야 했다. 어느 날 아침인가 만델슈탐이 식사하러 공동식당에 갔더니 급사가(전에는 궁정하인이다가 이제 혁명정부에 봉사하는 자로 아직도 공손한 예절을 잃어버리지 않은) 그에게 지금 트로츠키(Л. Д. Троцкий)[8]가 '커피 드시러 납

---

6) 1918년 3월 혁명 정부는 페트로그라드(현 상트 페테르부르크를 지칭)에서 모스크바로 일괄적으로 이전했다.
7) 고르부노프(1892~1938): 인민위원회의 비서. 레닌의 개인비서. 수감 중 사망.
8) 트로츠키(1879~1940): 러시아 혁명 지도자. 본명은 브론슈테인. 우크라이나에서 유대인 부농의 아들로 태어나 오데사의 니콜라예프 실업학교에 재학 중 혁명사상에 심취했다. 1898년 1월 서클 동료와 함께 체포되어 시베리아로 유배당했다. 마르크스주의를 본격적으로 공부한 것은 체포 후의 일이며, 유배지에

시실'거라고 말해주었다. 만델슈탐은 굶주린 도시에서 식사할 수 있었던 유일한 기회를 포기한 채 외투를 손에 들고 도망쳤다. 도망치고 싶은 이 충동을 그는 논리적으로 설명하지 못했다. "글쎄, 트로츠키가…….그와 아침을 먹지 않으려고……."

치체린(Г. В. Чичерин)[9]과 만났을 때도 유사한 상황이 벌어졌다. 외부인민위원부에서 업무 능력을 시험해보고자 만델슈탐을 불러들였을 때의 일이다. 치체린이 만델슈탐에게 다가오더니, 정부 문서 전보문을 프랑스어로 한번 작성해보라고 제안한 뒤 자리를 비웠다. 만델슈탐은 이 기회를 놓치지 않고, 전보문은 작성해보려고 시도도 하지 않은 채 도망쳤다. "왜 도망쳤어요?" 내가 물었다. 만델슈탐은 손을 내저을 뿐이었다.

만일 그를 면접했던 사람이 말단 관리였다면 만델슈탐은 외부인민위원부에 남아 일을 계속했을지도 모른다. 그러나 권력에 둘러싸인 사람들은 멀리하는 게 상책이다. 어쩌면 권력에 대한 이 본능적이며 무의식적인 기피가 성숙한 사람들조차 아무것도 판단할 수 없었던 그 당시 만델슈탐 앞에 열려 있던 많은 거짓된 파멸의 길에서 그를 구했는지도 모른다. 만일 만델슈탐이 외부인민위원부나 블륨킨이 집요하게 제안했던 '새로운 기관'에서 일했더라면 그의 운명은 어찌 되었을까?

만델슈탐은 블륨킨과 언쟁하면서 이 '새로운 기관'의 기능에 대해 처

서 놀라울 만큼의 사고력과 문장력을 길렀고 1902년 유럽으로 탈출하자마자 사회민주당 기관지 『이스크라』의 기고자가 되었다. 1905년 러시아에서 혁명이 일어나자 트로츠키즘으로 불리는 영구혁명론을 구축하고, 국내에 돌아와 페테르부르크 소비에트의 중심적 지도자가 되었다. 1917년 10월혁명의 작전을 레닌과 함께 계획하고 실행했다. 트로츠키는 지성과 강한 결단력, 연극적인 호소력을 겸비한 보기 드문 개성의 소유자였으나 관료적 일상에 대한 적응력은 부족했다. 레닌 사후 1929년 스탈린에게 국외추방 처분을 받았고, 스탈린의 앞잡이에게 자기 집 서재에서 살해당한다.

9) 치체린(1872~1936): 외교관. 1925년부터 1930년까지 당 중앙위원이었다—편집자.

음으로 알게 되었다. 사건이 벌어졌던 장소는 모스크바에 있는 '시인들의 카페'로 이것은 게오르기 이바노프가 정확히 회고한 유일한 점이다. 그러나 서구에서 출판된 회고록에서 쓰고 있듯 블륨킨은 통상적인 희생양을 찾아내려는 무시무시한 체카 요원으로서가 아니라 환영받는 손님으로서 그곳을 방문했다. 그는 권력과 가까운 사람이었고, 문학 서클에서 이 점은 매우 존중되었다. 만델슈탐과 블륨킨의 언쟁은, 미르바흐가 살해되기 며칠 전에 일어났다. 당시에는 '체카 요원'이라는 단어가 아직 아무것도 연상시키지 않을 때였다. 체카는 이제 막 조직된 상태였으며, 체카가 조직되기 전까지 테러와 총살은 다른 조직들(군법회의 같은)에 의해 수행되고 있었다. 블륨킨과 대화를 나누던 만델슈탐은 며칠 전까지만 해도 블륨킨이 직접 자신에게 일하기를 권했던 '새로운 기관'의 기능이 무엇인지 아마도 그때 처음으로 깨닫게 된 듯하다.

만델슈탐의 말에 따르면 블륨킨은 죽음과 삶이 그의 손에 달렸으며, 그는 '새로운 기관'이 체포한 '인텔리겐치아'를 총살하려 하고 있다고 자랑스럽게 떠벌였다. '나약한 인텔리겐치아'에 대한 조롱, 총살에 대한 뻔뻔스러운 태도 등은 당시 유행이었지만, 블륨킨은 유행을 좇았을 뿐 아니라 그 원조이자 선동가 가운데 한 사람이었다. 이야기는 만델슈탐이 알지 못하는 헝가리인가 폴란드 백작인 어떤 예술학자에 관한 것이었다. 키예프에서 만델슈탐은 내게 이 이야기를 해주면서 자신이 옹호했던 자의 국적도 성도 기억하지 못했다. 만델슈탐은 바로 이처럼 1928년 총살당할 위기에서 자신이 구해준 다섯 명의 노인 이름 역시 기억할 경황이 없었다. 지금은 체카의 공개된 자료에 따라 이 백작이 누구인지 쉽게 유추할 수 있게 되었다. 제르진스키(Ф. Е. Дзержинский)[10]는 미르바흐의 살해에 관한 보고서에서 자신이 이미 블륨킨에 대해 무언가 들은 바 있다고 술회했다.

---

10) 제르진스키(1877~1926): 정치가. 체카의 초대 의장. 10월혁명 조직자의 한 사람이며 1917년 12월 체카 창설과 함께 의장이 되었고, 1922년 체카가 국가 보안부로 개편된 후 생을 마칠 때까지 의장을 지냈다.

자신이 한 인텔리겐치아 예술학자의 목숨을 쥐고 있다는 블륨킨의 호언은 또 다른 나약한 인텔리겐치아인 만델슈탐을 광분하게 만들었다. 만델슈탐도 폭력을 허용하지 않겠다고 말했다. 블륨킨은 만델슈탐이 자기 일에 간섭하는 것을 참을 수 없다며, 만일 만델슈탐이 주제넘게 감히 나서려 한다면 사살하겠다고 공포했다. 이 첫 번째 다툼에서 블륨킨은 이미 만델슈탐을 권총으로 위협했던 것 같다. 들은 바에 따르면 블륨킨은 놀라울 정도로 아무렇지도 않게 마치 집안일이라도 되는 듯이 그런 행동을 했다.

게오르기 이바노프의 회고록에 따르면, 만델슈탐은 기회를 포착하여 블륨킨에게서 영장을 빼앗아 찢어버렸다고 한다. 그런데 무슨 영장을 말하는 것일까? 예술학자가 이미 루반카에 갇혀 있다는 것은 체포영장이 이미 오래전 사용되었으며, 블륨킨의 손에 남아 있지 않음을 의미한다. 그리고 이런 행동은 아무런 의미도 가지지 않는다. 모든 서류는 쉽게 다시 만들 수 있기 때문이다. 만델슈탐의 기질을 알고 있는 나로서는 만델슈탐이 무언가 빼앗아 찢어버렸다는 가정은 납득할 수 있지만, 그는 결코 여기서 멈추지 않았을 것이다. 그답지 않기 때문이다. 이는 곧 블륨킨의 위협에 놀란 만델슈탐이 자기만족을 위해 약간의 스캔들을 일으킨 후 물러났음을 의미하기 때문이다. 그렇다면 이 이야기는 도덕의 타락을 보여주는 예로서밖에 회상할 가치가 없다. 그러나 사건은 여기서 끝나지 않았다.

만델슈탐은 카페에서 나온 뒤 곧바로 라리사 레이스네르에게 향했고, 그녀의 남편 라스콜리니코프가 제르진스키에게 전화를 걸어 라리사와 만델슈탐을 접견해달라고 설득하도록 만들었다. 공개된 보고서에는 만델슈탐과 제르진스키가 만나던 자리에 라스콜리니코프도 직접 배석했다고 진술되어 있지만 이것은 사실이 아니다. 만델슈탐과 함께 간 것은 라스콜리니코프가 아니라 그의 아내 라리사 레이스네르였다. 내 생각에는 라스콜리니코프를 이런 일 때문에 체카에, 그것도 만델슈탐과 함께 (라스콜리니코프는 만델슈탐을 좋아하지 않았다) 가도록 강제할 수 있는 힘은 세상에 존재하지 않을 것이다. 문학에 대한 애착과 관련된 라리사의 모든 행동은 언제나 라스콜리니코프를 화나게 했다.

보고서에 씌인 다른 나머지 내용들은 정확하다. 제르진스키는 만델슈탐의 말을 끝까지 경청하더니 사건을 검토했고, 만델슈탐의 보증 아래 예술학자를 풀어주도록 명령했다. 이 명령이 수행되었는지 나는 알지 못한다. 만델슈탐은 수행되었다고 생각했다. 그러나 몇 년 후 비슷한 상황에 처하게 된 만델슈탐은 자신이 보는 자리에서 제르진스키가 취했던 조치 이후 석방된 사람이 아무도 없었다는 것을 알게 되었다. 그러나 1918년 만델슈탐은 고관의 약속이 실행되었는지 아닌지 확인할 생각을 전혀 하지 못했다. 게다가 그는 백작이 석방되어 고향으로 돌아갔다는 이야기를 누군가에게 들었다. 그리고 블룸킨의 그 후 행동도 이를 증명했다.

제르진스키는 블룸킨에 대해 흥미를 보였고, 그에 관해 라리사에게 이것저것 묻기 시작했다. 그녀는 블룸킨에 대해 아무것도 몰랐지만, 만델슈탐은 그녀가 수다스러우며 눈치 없었다고 나중에 내게 불평했다. 그녀는 그 방면에서 유명했다. 아무튼 라리사의 수다스러움은 블룸킨에게 아무런 해도 입히지 않았고 아무런 관심도 끌지 못했다. 수감자들을 대하는 이 인간의 테러적 습성에 대한 만델슈탐의 하소연도 황야에서의 외침이 되어버렸다.

만일 당시 블룸킨이 주목받았더라면 독일 사절 미르바르의 그 유명한 살해사건은 일어나지 않았을 것이다. 그러나 블룸킨은 아무런 방해도 받지 않은 채 자신의 계획을 실행했다. 제르진스키는 미르바흐 살해 사건이 일어나고 나서야 만델슈탐의 방문을 상기하게 되었고, 자신의 정보력을 보여주기 위해 이 사건을 보고서에 인용했을 뿐이다. 그는 만델슈탐과 함께 자신을 찾아왔던 자가 누구였는지조차 잊어버렸다. 미르바흐 살인 사건 이후 블룸킨은 잠시 체카의 업무에서 물러나 있다가 곧 다시 복직하여 죽기 전까지 일했다.

왜 블룸킨은 '자신의 일'에 끼어들어 자신의 의지를 꺾었던 만델슈탐에게 위협만 하고 복수를 하지 않았을까? 만델슈탐의 의견에 따르면 블륨킨은 무시무시한 작자이긴 했지만 단순한 사람은 아니었다. 만델슈탐은 블륨킨이 자기를 죽일 생각이 전혀 없었다고 거듭 강조했다. 블륨킨은 몇 차례 위협하기는 했지만 언제나 주변 사람들이 자신의 총을 뺏도록 내버려두었고, 키예프에서는 스스로 권총을 숨기기까지 했다. 블륨킨은 권총을 빼어들고 미친 사람처럼 광포하게 굴고 소리 지르면서 자신의 성질을 드러내고 사람들의 이목을 끄는 데 관심 있을 뿐이었다. 혁명 전에 생겨났던 난폭한 스타일을 억제하지 못하는 그는 천성적인 테러리스트였다.

살인 행위를 혐오스럽게 떠벌리고, 희생이 예정된 '인텔리겐치아'를 비방하는 그의 행동은, 서툴기는 하지만 적극적으로 인텔리겐치아를 보호했던 아내의 행동과 어떻게 합치될 수 있을까? 물론 우크라이나 시골 출신인 블륨킨의 아내는 그 부류에서 흔히 있듯 그의 '우연한 아내' 중 하나일 뿐, 결코 그와 뜻을 같이하는 사상적 동지는 아니었을 수도 있다. 그러나 블륨킨과 같은 사람은 보이는 것이 본질과 같다고 결코 확신할 수 없다.

그래서 만일 그의 활동에 제2의 숨겨진 층위가 있다고 가정한다면, 그는 '나약한 인텔리겐치아'를 총살한 것에 대해 추악하게 떠벌림으로써 좌익사회혁명당원[11]의 대표자로서 자신이 일하는 '새로운 기관'에 대한 불신을 조장하려고 노력했다고도 볼 수 있다. 이런 경우 만델슈탐의 반응은 바로 그가 바라던 바였고, 그래서 피의 복수는 일어나지 않았던 것이다. 그러나 이에 관해서는 이 기이한 시대와 이 불가사의한 인물을 연구하게 될 역사가들만이 밝혀낼 수 있을 것이다.

내 생각에는 제2의 층위는 없었던 것 같다. 당시 역사를 이끌어가던 철부지들은 어린아이 같은 잔혹성과 비일관성이라는 특징을 지녔을

---

11) 1917년 볼셰비키의 10월 혁명을 지지하고 새로운 정부의 내각에 참여했으나 1918년부터 주요 정책에 대해 볼셰비키들과 견해 차이를 보이기 시작한다. 결국 그해 여름 당은 불법화되고, 당지도자들도 체포된다.

뿐이다. 왜 젊은이들이 다른 계층들보다 더 쉽게 살인자들로 변했을까? 왜 젊음은 그토록 경솔하게 인간의 생명을 다뤘을까? 이것은 피가 철철 흐르고, 살인이 일상적 현상이 된 운명적인 시대들에 특히 두드러진다.

우리는 마치 개처럼 사람들을 공격하도록 내몰렸다. 그러자 개떼들은 무의미한 쉿소리를 내며 사냥꾼의 손을 핥았다. 식인의 심리가 마치 전염병처럼 창궐하게 되었다. 나 역시 이 병의 가벼운 발작을 경험했지만 훌륭한 의사의 치료를 받을 수 있었다. 다른 지방에서 온 손님이 키예프의 엑스테르(A. A. Экстер)[12] 아틀리에에 방문해서 모이카 운하[13]에 군인장교들이 빠져죽는 장면을 그린 마야콥스키의 시를 낭송했다. 씩씩한 시 구절은 효력이 있었고, 나는 웃음을 터뜨렸다. 에렌부르그는 이런 나를 몹시 꾸짖었다. 그는 나에게 욕설을 퍼부었다. 나는 지금까지 그의 질책을, 그리고 당시 철없는 어린 여자애였던 내가 그의 말을 순순히 귀 기울여 듣고 평생 그 교훈을 잊지 않았던 것을 높이 산다. 이 일은 만델슈탐과 만나기 전에 일어났고, 그래서 만델슈탐은 내 식인성 발작을 고쳐줄 필요도, 자신이 왜 백작을 위해 개입했는지 설명할 필요도 없었다.

우리나라에서는 바로 이 이유를 거의 아무도 이해하지 못했고, 지금까지도 많은 사람이 내게 묻는다. 만델슈탐이 왜 그랬는지, 즉 왼쪽이고 오른쪽이고 할 것 없이 마구 총살하던 시절에 알지도 못하는 자를 왜 옹호하고 나섰는지. 만일 친척이나 아는 사람, 운전기사, 여비서 같은 '자기' 사람을 위해 나선 것이었다면 사람들은 이해했을지도 모른다. 스탈린 시대조차도 이런 종류의 개입은 중단되지 않았다.

---

12) 엑스테르(1884~1949): 화가이자 디자이너. 러시아 아방가르드 서클의 일원이었으며 입체파 스타일의 화풍을 보여주었다. 혁명 이후 모스크바에 있는 카메르느이 극장에서 일하다가 1920년대에 해외로 망명한다. 이 책의 저자 나데쥬다 만델슈탐은 남편과 만나기 전 바로 이 화가의 아틀리에에서 그림을 공부했다.
13) 페테르부르크의 지명.

그러나 개인적인 이해관계가 없는 곳에 주제넘게 나서서는 안 된다. 독재체제 아래 살고 있는 사람들은 스스로 의지할 수 없다는 인식에 빨리 적응했고, 그 안에서 자신의 수동성에 대한 정당화와 위안을 찾아냈다. "내 목소리가 총살을 멈추게 할 수 있을까? 이건 나한테 달린 일이 아니다. 누가 내 말에 대체 귀 기울인단 말인가?" 우리 중 낫다는 자들도 이렇게 말했고, 자신의 힘을 재어보려는 습관은 맨손으로 골리앗에게 기어오르려는 다윗과 마찬가지로 의혹만을 불러일으키리라는 결론으로 이끌었다. 가장 위험했던 시기 '인민의 적'에 대한 일련의 총살에 찬성하는 작가 편지 아래 서명할 것을 거절했던 파스테르나크도 이런 상황에 처하게 되었다.[14] 바로 이 때문에 골리앗은 그렇게도 쉽게 마지막 남은 다윗들을 파멸시킬 수 있었다.

우리는 모두 타협했다. 우리가 아닌 우리 이웃을 죽이기를 바라면서 침묵했다. 우리 중 누가 죽이는 역할을 맡았으며, 누가 단지 침묵으로 구원받는지조차 우리는 알 수 없었다.

---

14) 투하쳅스키(М. Тухачевский), 야키르(И. Якир) 및 다른 군사령관들의 처형을 찬성하는 성명서를 가리킨다. 1942년 파스테르나크는 편지에서 다음과 같이 썼다. "5년 전 나는 추악한 편지에 서명하라는 스탑스키의 요청을 거절하면서 목숨을 걸 준비가 되어 있었소. 스탑스키 스스로 내게 그런 협박을 했으며, 결국 그는 내 서명을 위조했다네" -편집자.

26 러시아 혁명의 여성상

"러시아 혁명의 여성상을 창조해야 해요." 라리사 레이스네르가 아프
가니스탄에서 돌아온 후[1] 우리가 처음이자 마지막으로 그녀의 집을 방
문했을 당시 그녀는 이런 말을 했다. "프랑스 혁명도 자신의 유형을 창
조했잖아요. 우리도 그래야 해요." 이 말은 라리사가 러시아 혁명 여성
들에 대한 소설을 쓰려고 준비하고 있음을 암시하는 것은 전혀 아니었
다. 그녀는 원형을 창조하고 싶었고, 자신을 이 역할에 내정했다. 이를
위해 그녀는 전선을 가로질러 아프가니스탄과 독일로 갔다. 1917년부
터 그녀는 자신의 인생 노선을 발견했다. 가정의 전통은 이를 도왔다.
레이스네르 교수는 톰스크에 있었을 때부터 볼셰비키들과 친분을 나누
었으며, 라리사는 승리한 자들의 무리 속에 있게 되었다.

우리가 만났을 때 라리사는 만델슈탐에게 단편소설 여러 편을 보여주
었다. 이 작품들에는 블륨킨이 권총을 잡아들었던 것과 같은 경박함과
외적 효과에 대한 애착이 일관되게 흐르고 있었다. 라리사는 '여성상'을
만들어내는 데 블륨킨과 유사한 재료를 사용했다. 자신의 의지할 데 없
음을 한탄하며, 베개에 머리를 묻고 한숨 쉬는 자들은 그녀와 갈 길이
달랐다. 그녀 부류에는 힘에 대한 숭배가 팽배해 있었다. 예로부터 힘을
사용할 권리는 민중의 이익에 의해 동기화되었다. 민중을 안심시켜야

---

1) 1921년 봄부터 1923년 3월까지 Л. 레이스네르는 남편인 Ф. 라스콜리니코프가
   지휘하는 아프가니스탄의 소련 전권 대표부의 일원으로 있었다—편집자.

하고, 민중을 먹여 살려야 하고, 민중을 모든 재앙에서 보호해야 하는
등…… 이 같은 논거를 라리사는 무시했고, 심지어 '민중'이라는 단어
조차 그녀의 사전에서는 배제되었다. 이런 점에서 오래된 인텔리겐치아
의 편견 역시 그녀에게는 낯선 것이었다. 그녀의 분노와 폭로의 파토스
는 모두 인텔리겐치아를 향해 겨누어져 있었다. 인텔리겐치아가 한때
민중을 위해 희생의 길을 걸었지만, 바로 그 민중이 인텔리겐치아를 파
멸시키리라는 베르댜예프(Н. А. Бердяев)[2]의 생각은 공연한 것이었
다. 라리사처럼 힘에 대한 숭배와 공존할 수 없는 자기 내부의 모든 것
을 태워버리면서 인텔리겐치아는 자신을 파멸시켰다.

만델슈탐과 만나자마자 라리사는 자기 원칙을 위배하면서까지 그와
함께 제르진스키에게 찾아갔던 일을 기억해냈다. "왜 당신은 그 백작을
구하려고 했죠? 그들은 다 스파이인데……." 그녀는 다소 교태 섞인 어
조로 내게 만델슈탐에 대한 불만을 이야기했다. 그가 그렇게 그녀에게
덤벼드는 바람에 그녀는 정신 차릴 새도 없이 '그 일에 연루'되었노라
고. 그런데 정말 그녀는 왜 자신의 모든 입장에 반하여, 알지도 못하는
'인텔리겐치아'를 돕기 위해 나서는 데 동의했을까? 라리사가 자신의
영향력을 보여주고, 자신이 권력에 가깝다는 것을 과시하려 했던 것 같

---

2) 베르댜예프(1874~1948): 철학자. 키예프의 귀족 태생. 키예프 대학 법학부 중
   퇴. 학생시절부터 러시아 사회민주노동당에서 활동하다가 체포, 유형을 겪었
   다. 1900년경부터 저작활동에 들어가 칸트의 비판철학으로 마르크스주의를 수
   정하려고 했다. 시대의 다양한 사조를 몸소 겪어나가면서 관념론에서 차차 전
   통적인 러시아의 종교철학으로 돌아섰다. 최초의 저서 『창조의 의미』(1916)는
   그때까지의 초월적 지향과 내재적 지향을 통합한 독자적인 입장에서 창조 문제
   를 제기하여 인간은 창조할 때만 자유로울 수 있으며, 자유는 신이 인간에게 부
   여한 소명이라고 했다. 인간의 주체성을 강조하는 이 철학을 러시아 정교회는
   이단으로 간주했다. 베르댜예프는 역사철학 분야에서도 신이 없는 현대에 대해
   철저하게 고찰했으며 또한 공산주의는 인간의 자유와 서로 맞지 않는다고 논했
   다. 1922년 소비에트 정부는 반동적인 사상가라 하여 그를 국외로 추방했다.
   그는 파리에서 종교철학아카데미를 주재하여 서구 사상계에서 중요한 위치를
   차지했다. 사후 발간된 자서전 『자기 인식』(1949)이 대표작이다.

다고 만델슈탐은 생각했다. 그러나 내 생각으로는 그녀가 호감을 가지고 있던 '시인' 만델슈탐의 변덕을 들어주었을 뿐인 듯하다. 라리사는 시에 대한 애정을 극복할 수 없었다. 비록 이를 극복하는 것이 그녀의 계획에 포함되어 있었지만. 과연 이 극복이 그녀가 상상 속에서 창조한 '러시아 혁명의 여성상'에 합치했을까? 혁명 초기, 승리자들 중에는 시 애호가들이 많았다. 그들은 어떻게 이 사랑을 원시적 도덕(내가 죽이면 좋은 것이고, 나를 죽이면 나쁜 것이라는)과 함께 지니고 있을 수 있을까?

라리사는 시를 사랑했을 뿐 아니라 내심 그 의미를 신봉하고 있었다. 그래서 그녀는 시인 구밀료프를 총살한 사실을 혁명의 유일한 오점으로 생각했다. 그 일이 일어났을 때 그녀는 아프가니스탄에 있었고, 그래서 그녀는 당시 자기가 모스크바에만 있었어도 제때에 조언을 해서 사형 집행을 멈출 수 있었을 것이라 생각했다. 우리와 만났을 때 그녀는 계속해서 이 주제에 관해 언급했고, 그래서 우리는 형 집행을 취소하는 명령이 담긴 레닌의 전보에 관한 전설이 만들어진 현장에 있을 수 있었다.

그날 저녁 라리사는 다음과 같이 우리에게 이 전설을 들려주었다. 페트로그라드[3]에서 행해질 사형 집행에 관해 알게 된 라리사의 어머니는 크레믈린으로 향했고, 레닌이 전보를 보내도록 설득했다는 것이다. 지금 떠도는 전설에는 통보자의 역할이 고리키에게 맡겨졌고, 그가 레닌과 접촉했다고 이야기된다. 그러나 두 이야기 모두 사실에 부합하지 않는다. 라리사가 아프가니스탄에 있었을 때 우리는 몇 차례 그녀의 부모를 방문했고, 그녀의 어머니는 딸이 구밀료프의 체포에 아무런 의미도 두지 않았으며, 레닌에게 호소할 시도도 하지 않았다며 우리 앞에서 탄식했다. 고리키로 말할 것 같으면, 그에게는 실제로 사람들이 청원했다.

---

3) 현 상트 페테르부르크를 지칭. 1919년 소련이 독일과 전쟁할 당시 적국의 언어로 지어진 도시 이름인 페테르부르크 대신 러시아식 이름을 붙였던 것.

오추프(Н. А. Оцуп)[4]도 그에게 갔다. 고리키는 구밀료프를 몹시도 싫어했지만, 힘을 써보겠노라고 말했다. 그러나 그는 자신의 약속을 지키지 못했다. 왜냐하면 사형선고가 느닷없이 빨리 내려졌고, 그 자리에서 집행되었기 때문이다. 고리키는 아직 무언가 손을 쓰려고 움직이지조차 못한 때였다. 전보에 대한 감동적인 이야기가 우리에게까지 들려왔을 때 만델슈탐은 라리사 방에서 이 전설이 탄생하던 순간을 여러 차례 회상했다. 라리사가 아프가니스탄에 있을 때 이런 소문은 떠돈 적이 없었으며, 레닌은 자신이 한 번도 들어본 적이 없는 시인에 대해 아무런 관심도 없었다는 것을 모두 알고 있었다.

그러나 그토록 많은 피가 뿌려졌던 우리나라에서 왜 바로 이 전설이 이렇게 계속 인용되었을까? 이 전보가 심지어 레닌 전집 제 몇 권에 실려 있다거나, 문서보관소에 고스란히 보존되어 있다고 맹세하는 사람들을 나는 끊임없이 만날 수 있었다. 호주머니에 사탕 상자를 넣어 가지고 다니던 바로 그 통이 좁은 바지를 입은 작가도 이 전설에 관해 이야기하면서, 자신이 직접 이 전보를 읽었던 전집을 내게 가져오겠다고까지 약속했다. 그러나 약속을 지키지는 않았다. 라리사가 지어낸 전설은 아직 더 오랫동안 우리나라에서 회자될 것이다.

그러나 러시아 혁명 여성상의 경우 전보에 관한 전설처럼 운이 좋지 못했다. 아마도 이것은 그녀가 투사보다는 승리자 진영에 속했기 때문으로 설명할 수 있다. 만델슈탐에 따르면 라리사와 라스콜리니코프는 기아에 허덕이던 모스크바에서 정말 호화판으로 살았다. 저택과 하인들, 호화롭게 차려진 식탁……. 이것이 소박한 습관을 오랫동안 유지했던 구세대 볼셰비키들과 그들을 구분짓는 차이였다. 라리사는 자신과 남편의 생활 방식을 정당화했다. 우리는 새로운 국가를 세우고 있고, 필요한 사람이며, 우리의 활동은 창조적인 것이며, 권력 가까이 있는 사람들이 특권을 거절하는 것은 위선일 뿐이다. 라리사는 자신의 시대를 앞질렀

---

4) 오추프(1894~1958): 아크메이스트. 1923년 파리로 망명.

고, 아직 이름도 갖지 않았던 평등과 맞서는 법을 가장 먼저 습득했다.

만델슈탐의 언급 외에도 나는 라리사에 대한 다음과 같은 이야기를 기억한다. 혁명 초 어떤 군인 장교(아마도 해군장성 또는 당시 그들을 부르는 명칭처럼 군사 특기자였던 듯하다)들을 체포해야만 했다. 라스콜리니코프 부부는 그 일을 돕겠다고 자진해서 나섰다. 그들은 군인장교들을 자기 집으로 초대했다. 그들은 어딘가 전선 또는 다른 도시에서 온 자들이었다. 아름다운 안주인은 손님들을 접대했고, 체카 요원들은 단 한 발의 총성도 없이 아침 식탁 앞에 앉아 있던 그들을 체포했다. 이 작전은 정말 위험했지만, 사람들을 덫으로 유인했던 라리사의 능란함 덕택에 매끄럽게 처리되었다.

라리사는 그런 여자였다. 그러나 구밀료프가 체포되었을 당시 그녀가 모스크바에 있었더라면 그를 감옥에서 빼내주었을 것이며, 만델슈탐이 파멸할 당시 그녀가 살아서 권력에 가까이 있었더라면 그를 구하기 위해 모든 것을 했으리라고 나는 왜 그런지 확신한다. 그러나 아무것도 확신해서는 안 된다. 삶은 사람을 변화시키기 때문에.

만델슈탐은 라리사와 좋은 친구였다. 그녀는 만델슈탐을 아프가니스탄으로 데려가고 싶어 했지만, 라스콜리니코프가 반대했다. 우리가 그녀의 집을 방문했을 당시는 라리사가 이미 라스콜리니코프를 버렸던 때로, 이로써 우리 관계도 단절되었다. 만델슈탐은 이 혁명 여성을 공공연하게 멀리하기 시작했다. 그녀의 죽음을 알게 된 만델슈탐은 한숨을 내쉬었다. 그러나 1937년 라리사가 운이 좋았다는 것을 깨닫게 되었다. 그녀는 제때 죽은 것이다. 1937년 그녀와 같은 동아리의 사람들이 집단으로 파멸당했다.

라스콜리니코프는 모든 면에서 이질적인 사람이었다. 그가 만델슈탐에게 전보를 계속 보내던 적이 있었다. 당시 그는 해고된 보론스키(А. К. Воронский)[5]의 뒤를 이어 잡지 『붉은 처녀지』(Красная новь)[6]의

---

5) 보론스키(1884~1943): 볼셰비키. 소비에트 월간 문예지 『붉은 처녀지』의 편

편집장을 맡고 있었다. 기이하기는 하지만, 보론스키가 글을 실어주었던 작가들, 소위 '동반작가'[7]들은 잡지의 창간자가 돌연 해임당한 뒤 나타난 새 편집장이 맡은 잡지에 대한 기고를 보이콧했다. 라스콜리니코프는 만델슈탐에게까지 호소할 정도로 원고가 없었다. 이 전보들과 관련하여 만델슈탐은 다음과 같이 말했다. "나는 누가 편집장이든 상관없어. 보론스키도, 라스콜리니코프도 내 글을 실어주지는 않을 테니까……." 동반작가들은 곧 자기들의 첫 번째 보호자를 잊었고, 더 이상 편집장 교체에 저항하지 않았다. 그리고 만델슈탐은 아직 문을 닫지 않은 출판사 '브레먀'(Время)에 게오르기 블록(Г. П. Блок)[8]이 일하고 있지 않았더라면, 자전적 산문 「시간의 소음」(Шум времени, 1923)을 출판하지 못했을 것이다.

라리사가 교수의 딸로서 졸렬한 잡지 나부랑이를 출판하면서,[9] 유치한 시들의 초고를 가지고 시인들을 방문하던 시절, 그리고 '러시아 혁명 여성'이 되려고 애쓰던 시절 그녀가 알았던 사람들은 모두 제 명을 다하지 못하고 죽었다. 라리사는 독일풍의 미인이었다. 그녀가 죽은 크레믈린의 병원에서는 그녀의 어머니가 그녀 곁을 지키고 있었다. 딸이 죽자 그녀는 바로 자살했다.

우리는 병으로 죽는 자연사에 익숙하지 못했다. 그래서 나는 믿기지 않았다. 정말 단순히 티푸스가 아름다운 여인의 이 생명 전체를 거두어

집장. 동반작가들을 지지한 비평가. 1927년 당에서 제명되고, 1937년 대숙청 기간에 실종되었다. 1943년 강제수용소에서 사망한 것으로 추정된다.

6) 1921년부터 1942까지 발간되었던 월간 문예지.

7) 1920년대 작가 집단. 프롤레타리아 작가는 아니지만 10월 혁명에 동조했던 작가들을 지칭. 대표적 인물들로는 레오노프, 페딘, 필냑, 바벨 등이 있다. 1932년 문학 단체 해산 결의, 1934년 작가동맹 성립 후에는 이 호칭도 쓰이지 않게 되었다.

8) 블록(1888~1962): 작가. 1920년대 출판사 브레먀의 편집장.

9) 잡지 『루진』(Рудин)을 가리킨다. 1915~16년 레이스네르 집안이 격주로 발간한 잡지로, 총 여덟 권이 나왔다. 전쟁과 정부를 비판하는 선동을 담았다—편집자.

갈 수 있단 말인가? 모순되고 제멋대로였던 이 여인은 요절함으로써 자신의 모든 죄에 대한 대가를 지불했다. 어쩌면 군인장교에 관한 이야기도 라리사가 '러시아 혁명 여성'을 창조하기 위해 꾸며낸 것일지 모른다는 생각이 이따금 든다.

새로운 세계를 건설한 사람들은 '살인하지 말라' 같은 모든 법칙이 새빨간 위선이며 거짓임을 맹렬히 증명했다. 그런데 라리사는 기아가 가장 절정에 달했을 때 아흐마토바의 집을 방문했다가 그녀의 궁핍함을 보고 경악하더니 며칠 뒤 배급명령서로 빼낸 옷 꾸러미와 식료품 자루를 질질 끌고서 다시 나타났다. 배급명령서를 구하기가 죄수를 감옥에서 빼내는 것만큼 힘든 일이었다는 것을 잊어서는 안 된다.

27 끈

기적은 두 개의 계단으로 이루어져 있다. 첫 번째 계단은 도달할 수 있는 한계 밖에 있는 수신인에게 편지나 청원서를 전달할 수 있는 것이다. 그렇지 않으면 편지는 보통의 관청 방식으로 인계되고, 그렇게 되면 아무런 기적도 기대할 수 없었다. 편지는 수백 통에 이르지만, 기적은 손가락에 꼽을 수 있을 정도다. 평등은 여기 존재하지 않는다. 첫 번째 계단 없이는 불가능하다.

만일 내가 복사본을 니콜라이 부하린에게 보내지 않았더라면, 권력을 가진 자에게 보낸 전보들은, 시트 담당 여자가 경고했던 것처럼 무의미하게 사라져버렸을지도 모른다. 시트 담당 여자는 바로 이 세부사항을 고려하지 않았지만, 본질적으로 그녀는 절대적으로 옳았다. 니콜라이 부하린은 만델슈탐과 마찬가지로 충동적인 사람이었다. 만델슈탐은 다음과 같이 자문하지 않았다. "사실, 이 백작의 일이 나와 무슨 상관이 있지?" 그리고 자신의 힘을 헤아려보지도 않았다. "그런데 생각해보자. 내가 성공할 수 있을까?" 부하린 역시 이런 생각에 잠기는 대신 곧바로 책상 앞에 앉아 스탈린에게 편지를 썼다.[1] 부하린의 행동은 우리에게 일반적으로 통용되던 행동 규범에서 완전히 일탈하는 것이었다. 이런 충동적인 행위를 할 수 있는 사람들은 당시 우리나라에는 이미 남아 있지

---

1) 부하린이 스탈린에게 보낸 이 편지의 다음 구절은 유명해졌다. "시인들은 언제나 옳습니다. 역사는 그들 편입니다" —편집자.

않았다. 그들은 재교육되거나 숙청당했다.

1930년 라코바(Н. А. Лакоба)[2]의 실수로 가게 된 수후미에 있는 고관용 휴양소에서 나는 예조프의 부인과 이야기를 나누게 되었다. 그녀는 내게 물었다. "우리에게는 필냐크(Б. А. Пильняк)[3]가 찾아오지요. 당신네는 누구를 찾아가죠?" 나는 격분하여 이 이야기를 만델슈탐에게 그대로 옮겼다. 그러나 그는 나를 달랬다. "모두들 '찾아다니'잖소. 아마도 그렇지 않고는 못 배기기 때문이지. 그래서 우리도 부하린을 찾아다니는 거고."

만델슈탐이 체포된 자기 동생을 위해 선처를 호소하고 다니던 1922년부터 우리는 부하린을 찾아다녔다. 만델슈탐 생애의 모든 빛줄기는 부하린 덕분이었다. 1928년 만델슈탐의 시집은 부하린이 적극적으로 돕지 않았더라면 결코 출판되지 못했을 것이다. 그는 이 일을 위해 키로프(С. М. Киров)[4]까지 자기편으로 끌어들였다. 아르메니아 여행, 아파트, 배급, 다음 출판들에 대한 계약(실현되지는 않았지만, 계약금을 받았다는 것만으로도 매우 의미 있는 일이었다. 왜냐하면 당시는 만델슈탐에게 아무런 일자리도 주지 않으면서 몰아붙였던 때였기 때문에)——이 모든 것은 부하린의 손을 거친 일이었다. 부하린의 마지막 선물은 체르딘에서 보로네슈로 유형지를 바꾼 일이다.

1930년대가 되자 니콜라이 부하린은 자신에게 이제 '끈'이 없다고 불

---

2) 라코바(1893~1936): 아브하지야 중앙위원회 의장. 암살당한다.

3) 필냑(1894~1938): 본명 보가우. 작가. 동반작가 중에서도 가장 특이하고 뛰어난 존재. 혁명기에 각지를 돌아다니면서 관찰한 러시아 지방생활이 그의 상징주의적이며 자연주의적인 작풍의 바탕이 되었다. 그는 벨르이의 작품을 이어받았고, 바벨 및 파스테르나크와 예술적·인간적으로 가깝게 지냈다. 장편 『벌거벗은 해』(Голые годы, 1921)로 일약 명성을 얻었으나 1937년 일본의 스파이라는 죄목으로 체포되어 총살당한다. 1950년대 말 명예회복.

4) 키로프(1886~1934): 혁명가·정치가. 1926년 지노비예프파의 거점이던 레닌그라드 당 조직에 제1서기로 들어가 조직을 스탈린파 아래로 규합. 이후 계속 레닌그라드에 머물면서 1930년에 정치국원, 1934년 11월에는 서기국원 겸 조직국원이 되었는데, 그 직후 암살당한다.

평하게 되었다. 그는 영향력을 잃었고, 사실상 완전히 고립되었다. 그러나 부하린은 만델슈탐의 도와달라는 부탁을 한 번도 거절한 적이 없으며, 단지 누구에게 호소할지 그리고 누구를 통해 부탁해야 하는지 고민했다. 명예의 정점에 있던 1920년대 말, 이제 막 40세가 된 부하린은 세계공산주의 운동의 가장 중심에 있었고,[5] 검은 자동차를 타고, 서너 대의 검은 자동차의 호위를 받으며 회색의 집(모든 인종과 민족의 대표자들이 오가는)으로 급히 달렸다. 그리고 그가 무슨 말을 하면 그것을 통해 이미 미래를 짐작할 수 있었다. 만델슈탐은 길거리에서 우연히 다섯 명의 노인이 총살될 예정이라는 이야기를 듣고, 집행 철회를 요구하며 매우 광분하면서 모스크바를 뛰어다녔다.[6] 모두 단지 어깨를 으쓱할 뿐이었고, 그래서 만델슈탐은 부하린에게 온 힘을 다해 달려들었다. 그만이 '그런데 당신과 그게 무슨 상관이오?'라는 질문을 던지지 않을 유일한 사람이었기 때문에. 사형집행을 반대하는 마지막 논거로서 만델슈탐은 이제 막 출판된 자신의 『시집』(*Стихотворение*, 1928)을, 이 책에 있는 시의 모든 행은 당신들이 하려고 하는 모든 것에 반대하여 말한다는 서명을 담아 부하린에게 보냈다. 나는 글자 그대로가 아니라 전체적인 의미만을 기억하기 때문에 이 서명 구절에 인용부호를 달지 않겠다.

사형집행은 철회되었고, 니콜라이 부하린은 얄타에 있는 만델슈탐에게 그 사실을 전보로 알렸다. 자신의 모든 논거를 다 소진한 만델슈탐은 당시 나에게 와 있었다. 처음에 부하린은 만델슈탐의 공격을 피하려고 시도하면서 이렇게 말한 적이 있다. "이 문제에 대한 우리 볼셰비키의 입장은 간단하오. 우리는 우리 모두에게도 이런 일이 일어날 수 있다는 것을 알고 있소. 그럴 리 없다고 장담할 수 없소……." 그리고 그 예로, 얼마 전 부패 혐의로 '총살형'에 처해진 공산청년동맹단원 그룹에 관해

---

5) 1926년 12월부터 1929년 4월까지 부하린은 코민테른 집행위원회의 서기장으로 있었다.
6) 1928년 5월의 일이다. 바로 그달에 그의 시집이 출판된다.

이야기했다. 만델슈탐은 부하린이 숙청될 당시 이 이야기를 상기했다.

부하린은 어느 쪽에서 자신을 공격하리라고 생각했을까? 쓰러뜨렸던 적들의 부활을 두려워했을까, 아니면 자기편의 위협을 감지했던 걸까? 우리는 단지 짐작만 할 뿐이었다. 만일 그때 단도직입적으로 물어보았더라도 그는 농담으로 대꾸했을 것이다.

1928년, 20세기의 거대한 변화가 시작되었던 집무실에서, 파멸당할 운명의 두 사람, 즉 부하린과 만델슈탐은 사형에 관한 자신의 생각을 이야기했다. 두 사람 모두 죽었지만, 죽음에 이르는 방식은 달랐다. '제4계급에 대한 맹세'[7]는 소비에트 현실('사형을 제외한 모든 것')과의 화해를 강제한다고 만델슈탐은 아직 믿고 있었다. 민중에 의한 통치 사상의 가장 강력한 밑바탕이 될 게르첸의 'prioratus Dignitatis'[8] 가설 위에 세워진 새 체제를 만델슈탐은 수용할 준비가 되어 있었다.

"기계적 다수는 무의미하다!" 만델슈탐은 민주적 통치 형태에 대한 거부를 정당화하려고 애쓰며 말했다. 그러나 민중을 교육한다는 계획 역시 게르첸의 것이었다. 비록 그는 '법과 기관들의 수단에 의해' 자신의 공식을 완화시켰지만, 그러나 바로 여기에 우리 시대와 우리 모두의 근원적 실수가 있었던 것이 아닐까? 민중이 교육되어야 한다면 왜 굳이 민중이어야 할까? 스스로 교육자 역할을 떠맡기 위해서는 얼마나 악마적인 자만심이 필요한가? 러시아에서만 유독 민중 교육의 개념은 민중을 정치적으로 훈육해야 한다는 구호로 슬쩍 대체되었다. 그리고 스스로 훈육 대상이 되어버린 만델슈탐은 그 본질과 방법에 대항해 궐기한 최초의 사람들 가운데 하나였다.

니콜라이 부하린은 전혀 다른 길을 갔다. 그는 자신이 그토록 적극적으로 그 건설에 참여했던 신세계가 처음 생각했던 것과 끔찍할 정도로

---

7) 젊은 시절 게르첸이 모스크바의 참새 언덕에서 다짐했던 맹세. 여기서 제4계급이란 민중을 의미.

8) 역사상 양적인 계산보다 질적인 계산이 우선한다는 성 아우구스티누스의 말을 빌려온 것.

다르다는 것을 명확히 보게 되었다. 삶은 도식에 정해진 대로 흘러가지 않았지만, 도식에 대한 불가침이 선포되었고, 미리 내려진 지시와 실행 결과를 비교하는 것은 금지되었다. 이론 결정론은 현실에 대한 모든 종류의 연구를 금기시해버린 전대미문의 실용적 활동가들을 탄생시켰다. 이는 충분히 예상할 수 있는 일이었다. 만일 역사가 여전히 우리를 예정된 목적지로 데려간다면, 무엇 때문에 기초를 흔들고, 쓸데없는 의혹을 불러일으킬 필요가 있을까? 신관들이 연대보증으로 연결되어 있을 때, 변절자는 아무런 사면도 기대할 수 없다. 니콜라이 부하린은 그 어떤 것에서도 뒷걸음치지 않았지만, 의혹이 자신을 나락으로 이끌리라는 것을 예감했다. '대지와 공장'(Земля и фабрика)출판사에서는 '건강한 소비에트의 냄새'가 느껴지지 않는다고, 만델슈탐은 언젠가 부하린에게 불평한 적이 있었다.[9] "그렇다면 다른 기관들에서는 어떤 냄새가 느껴진단 말씀이오?" 부하린이 물었다. "좋은 하수구에서처럼! 역겨울 뿐이오……." 또 언젠가는 만델슈탐이 그에게 다음과 같이 말했다. "우리나라에서는 사람들을 얼마나 중독시키고 있는지 알고 계신가요." "그건 우리도 몰랐는데요!" 니콜라이 부하린은 탄식했고, 곁에 있던 비서 그리고 친구 체틀린(Е. В. Цетлин)[10]과 함께 깔깔 웃어댔다.

현실을 깨닫지 말라는 것이 시대의 기본 규칙이었다. 활동가들은 상아로 만든 탑에 올라가서 단지 바람직한 것들의 카테고리만을 조작하면 됐다. 우리가 아닌 활동가들이 상아탑에 있었던 것이다! 그곳에서 인간 무리의 꿈틀거림을 자애롭게 내려다볼 뿐이다. 미래의 벽돌로 현재를 건설할 수 없다는 것을 알게 된 사람들은 일찍이 불가피한 종말과 화해했고, 총살을 피할 수 있으리라 장담하지 않았다. 그렇다면 그에게 남아있는 일은 무엇인가? 우리는 모두 그러한 종말을 맞을 각오가 되어 있었다. 1937년에서 1938년으로 넘어가는 겨울, 만델슈탐은 아흐마토바

---

9) '대지와 공장'출판사는 번역서 출판과 관련된 문제로 1929년부터 만델슈탐과 법적 갈등을 빚게 되는 출판사다.
10) 체틀린(1898~1937): 부하린의 비서국장. 이후 총살된다.

와 헤어지면서 이렇게 말했다. "나는 죽을 준비가 되어 있소."[11] 나는 수십 명에게서 그런 이야기를 들었다. "나는 모든 것에 대한 준비가 되어 있소." 에렌부르그는 나와 헤어지면서 현관 앞에서 이렇게 말했다. 당시는 의사들을 숙청하고 세계주의와 투쟁하던 시대였으며,[12] 그의 순서가 다가오고 있었다. 한 시대가 가면 또 다른 시대가 도래했고, 우리는 언제나 모든 것에 대한 준비가 되어 있었다.

부하린 덕택에 만델슈탐은 우리 눈앞에서 발생했던 '새로운 것'의 첫 번째 출현을 목격할 수 있었으며, 어디에서 위협이 올지 다른 많은 사람보다 먼저 알게 되었다. 1922년 만델슈탐은 체포된 자신의 동생인 예브게니를 위해 선처를 호소하러 다니고 있었다. 당시 만델슈탐은 처음으로 부하린을 찾아갔다.[13] 우리는 메트로폴 호텔에 있던 그를 방문했다. 부하린은 즉시 제르진스키에게 전화를 걸어 만델슈탐을 만나달라고 부탁했다. 만남은 다음 날 아침 이루어졌다. 만델슈탐은 블륨킨이 그리도 장대한 미래를 예언했던 기관에 두 번째로 방문하게 되었고, 혁명적 테러시대와 새로운 유형으로 탄생한 국가의 시대를 비교할 수 있었다. 제

---

11) 아흐마토바의 회고에 따르면 만델슈탐은 첫 번째 체포가 있기 전인 1934년 2월에 이미 그녀에게 이 말을 했다고 한다. 만델슈탐의 이 말은 이후 아흐마토바의 작품 「주인공 없는 서사시」에 인용된다—편집자.

12) 1952년 크레믈린에서 근무하던 많은 의사가(그들 중 대부분이 유대인이었다) 소련 지도자들에 대한 독살 혐의로 기소되었다. 그들은 스탈린 사망 직후 모두 풀려난다. '세계주의자'라는 용어는 스탈린 체제 말기 반유대인 캠페인에서 '유대인'에 대한 완곡어법으로 자주 사용되었다—편집자.

13) 1923년 초의 일이다. 만델슈탐은 아버지에게 보내는 편지에서 부하린을 처음 찾아갔던 일에 관해 적었다. "부하린은 매우 주의 깊게 들었고, 오늘 예브게니에 관해 지노비예프와 전화통화를 했어요. 그리고 가능한 모든 것을 할 것이라고 내게 약속하면서 그와 계속 접촉하라고 했어요. 게다가 이런 말도 했지요. '나는 보증을 할 수 없소…… 최근 중앙위원회에서 위원들에게 그것을 금지했지요. 우회로만이 남았습니다.' 그러고 나서 이런 말도 했지요. '당신이 (즉 나요) 그의 보증인이 되겠소? 당신도 유명인이잖소.' 내일 전 부하린에게 다시 찾아가서 지노비예프가 그의 부탁에 대해 어떤 반응을 보였으며 '앞으로의 전망'이 어떤지 알아볼게요"—편집자.

르진스키는 아직 구습을 버리지 않고 있었다. 그는 만델슈탐을 허물없이 만나주었고, 만델슈탐이 동생의 보증인이 되면 동생을 보석으로 풀어주겠다고 제안했다. 사실 이런 제안은 부하린이 제르진스키에게 암시한 것이었다. 제르진스키는 수화기를 들더니 그 자리에서 바로 예심판사에게 지시를 내렸다. 다음 날 아침 만델슈탐은 예심판사를 찾아갔고, 강한 인상을 받은 채 그곳에서 나왔다. 예심판사는 제복을 입고, 무장을 했으며, 호위병들의 호위를 받고 있었다. "지시를 받았지만, 당신을 보증인으로 하여 당신 동생을 풀어주지 않기로 결정했소." 그는 이렇게 말했다. 거절하는 이유는 다음과 같았다. "당신 동생이 새로운 범죄를 저지른다면 우리는 당신을 체포해야 하는데, 그러기가 곤란할 것 같기 때문이오." 이 말은 동생이 이미 범죄를 저질렀다는 것을 기정사실화한 것이었다. 만델슈탐은 집에 돌아온 뒤 이렇게 말했다. "그들은 새로운 죄를 또 어떻게 만들어낼까?" 우리는 남의 말은 믿지 않았으며, 그래서 예브게니에게 무언가 덮어씌우려 한다는 것에 경악했다. 전화상 지시를 내리던 제르진스키의 어조 자체가 예심판사에게 아무런 구속력을 행사하지 않았을지도 모른다는 생각이 우리 머리에 떠올랐다.

거절 방식은 또한 매우 친절하게 들렸다. 우리는 당신을 체포하지는 않겠소라는 이야기였다. 그러나 전반적인 어조 그리고 무장한 호위병들을 거느린 호화로움, 비밀스러움, 협박('새로운 범죄를 저지를 것이다')은 모두 이미 새로운 방식이었다. 구세대에 의해 발현되었던 힘은 그들이 미리 지정했던 경계에서 벗어나지 않았다. 그리하여 혁명 초기의 테러와는 전혀 닮지 않은 우리의 미래가 익어갔다. 심지어 어휘들도 새롭게 국가적인 것들로 바뀌었다. 혁명 초의 테러도 무시무시하기는 했지만 '새로운 유형'의 강력한 국가가 법이나 지령, 지시 등에 따라 자기 국민을 처벌하던 계획적인 집단 숙청과는 절대 비교할 수 없었다.

부하린은 만델슈탐에게 예심판사와 만났던 일을 듣고 크게 화를 냈다. 그의 반응은 우리가 놀랄 정도로 대단한 것이었다. 이틀 뒤 부하린은 우리에게 찾아와 옛날 죄건 새로운 죄건 그 어떤 죄도 없으며 이틀

후 예브게니는 석방될 것이라고 알려주었다. 이틀의 시간은 행해지지 않은 죄에 관한 사건을 종결하고 문서화하는 데 필요한 시간이었다.

부하린의 반응을 어떻게 설명할 수 있을까? 그는 사실 테러 옹호자였는데, 무엇 때문에 광분했던 걸까? 대학생들을 위협하기 위해 어린 소년을 잡아들였고, 심지어 총살조차도 그에게는 위협이 되지 않았다. 극히 일상적인 일일 뿐……. 그렇다면 부하린에게 무슨 일이 일어났던 것일까? 우리 모두에게 다가오며 위협하던 '새로운 것'을 그가 감지했던 걸까? 요술쟁이 제자가 한 명령에 따라 물을 끌어올렸던 괴테(J. W. Goethe)[14]의 빗자루를 그는 기억하지 못했던 걸까?[15] 요술쟁이의 가없은 제자가 빗자루를 멈추지 못했던 것처럼 그와 그의 전우가 일깨운 권력이 이미 제어 불가능하다는 것을 그는 간파하지 못했던 걸까? 아니다, 아마도 부하린은 추악한 예심판사가 자신의 일도 아닌 곳에 코를 들이밀고서, 위계상으로 더 높은 사람의 지시를 따르지 않았다는 사실에 그저 격앙했을 뿐이리라. 아직 기계는 정상화되지 않았고, 그래서 기계가 헛돌았다고 그는 생각했을 것이다. 사실 그는 언제나 성급하고 격렬하게 반응하는 다혈질이었고, 단지 시대에 따라 자신의 분노를 다른 방식으로 표출했을 뿐이다. 1928년 직전까지 그는 소리치곤 했다. "멍청이들!" 그러고는 수화기를 집어들었다. 반면 1930년대부터 그는 인상을 쓰며 이렇게 이야기했다. "누구한테 말해야 할지 생각을 좀 해봅시다." 아르메니아 여행과 연금을 그는 몰로토프(В. М. Молотов)[16]를 통해 얻어냈다.[17] 이 연금은 해당 작가가 소비에트 문학에는 '활용될 수 없

---

14) 괴테(1749~1832): 독일의 시인·극작가·정치가·과학자. 독일 고전주의의 대표자로 세계적인 작가이자 자연연구가다. 바이마르 공국의 재상으로도 활약했다. 대표작으로는 『빌헬름 마이스터의 편력시대』, 『파우스트』 등이 있다.

15) 괴테의 발라드 「요술쟁이의 제자」에서 요술쟁이의 제자가 물을 끌어오는 마법을 부리지만, 요술쟁이 선생의 도움 없이는 그것을 멈추지 못하던 일화를 가리킨다.

16) 몰로토프(1890~1986): 정치국 소속. 스탈린 테러정치의 적극적 주도자.

17) 1932년 3월 만델슈탐에게는 200루블의 평생개인연금이 지정된다. 남아 있는

을 경우 러시아 문학에 미친 공로'를 인정하여 주는 것이었다. 이런 명목은 현실과 어느 정도 부합했고, 그래서 우리는 부하린이 이 공식을 만들었을 거라고 추측했다. 반면 아흐마토바의 경우 비록 그녀의 나이 서른다섯이었지만 고령에 따른 연금 이외에 더 나은 명목을 찾을 수 없었다. 35세의 '할머니'는 70루블을 받았다. 국가는 그녀에게 성냥과 담뱃값을 대주었다.

1930년대 초 부하린은 '끈'을 찾기 위해 고리키에게 호소하려고 애썼다. 부하린은 작품을 출판할 수도, 일자리를 얻을 수도 없는 만델슈탐의 상황을 고리키에게 이야기하려 했다. 만델슈탐은 고리키에게 이야기해 보았자 소용없다고 만류했지만, 부하린은 듣지 않았다. 우리는 바지와 관련된 옛날이야기까지 부하린에게 말해주었다. 만델슈탐은 크림반도에서 그루지야를 거쳐 레닌그라드로 돌아오는 길에 두 차례나 체포되었고, 그래서 레닌그라드에 도착했을 때는 따뜻한 옷가지도 없이 간신히 목숨만 붙어 있던 상태였다.[18] 당시 옷은 판매되지 않았고, 배급명령서에 의해서만 지급받을 수 있었다. 고리키는 작가들에 대한 옷 배급명령서를 인준해주고 있었다. 만델슈탐에게 바지와 스웨터를 지급해달라는 요청을 하자, 고리키는 바지는 삭제하면서 이렇게 말했다고 한다. "바지는 없어도 될 거요." 그때까지 고리키는 그 누구도 바지 없이 내버려두지 않았고, 후에 동반작가들이 된 많은 작가는 고리키의 아버지 같은 자상함에 관해 회고했다.

바지는 사소한 것이지만, 이 사소한 것은 문학에서 자기와 이질적인 경향에 대한 고리키의 적대감을 보여주었다. 학문적 지식의 확고한 총

문서에 따르면 이 연금의 근거는 1928년 5월 30일~1930년 8월 3일까지의 연금에 관한 인민위원회의 결의였다—편집자.

18) 1920년 8월 페오도시아에서는 백위군 방첩특무기관에 잡혔고 같은 해 9월 바툼에서는 멘셰비키 군 기관에 체포되었다. 내전이 한참이던 남부 지방을 1년 반 동안 편력한 뒤 1920년 10월 만델슈탐은 드디어 페트로그라드로 돌아온다. 당시 고리키는 그곳에서 자신이 조직한 학자들의 생활개선 위원회의 수장으로 있었다—편집자.

합을 가졌을 경우에만 '나약한 인텔리겐치아'는 보호받을 수 있었다. 자수성가한 다른 많은 사람과 마찬가지로 고리키 역시 지식을 높이 샀고, 많을수록 좋다며, 그것을 양적으로 가치 매겼다. 부하린은 만델슈탐의 말을 믿지 않았고, 탐색을 해보기로 결정했다. 그러나 그는 곧 우리에게 이렇게 말했다. "고리키에게 호소할 필요는 없을 것 같소……." 내가 계속 그 이유를 말해달라고 물고 늘어졌지만, 끝내 입을 열지 않았다.

1934년 있었던 압수수색 때 우리가 가지고 있던 부하린의 메모들은 모두 압수당했다. 약간 수사적이며, 라틴 숫자들로 장식된 이 메모들은 다음과 같이 내용을 남기고 있었다. "지금 만날 수 없는 것을 용서해주시오. 비서가 지정한 시간에 어쩔 수 없이 만나야만 하오……. 관료주의로 여기지 말아주시오. 다른 방도가 없으니……. 내일 아침 9시는 어떠시오? 출입증을 만들어드리겠소. 만일 불편하다면, 스스로 어떤 시간이건 정해보셔도 좋소……."

다시 한 번 부하린의 비서 코로트코바와 시간 약속을 한 뒤 부하린에게 찾아가서 우리가 미처 서로 다하지 못했던 이야기를 할 수 있다면……. 아마도, 부하린은 그러면 다시 시외통화로 키로프에게 전화해서, 당신의 레닌그라드는 어찌 되어가고 있기에 만델슈탐의 작품을 출판하지 않는 거냐고 물을 텐데. 출판 계획은 이미 오래전에 잡혔는데 왜 해마다 출판을 연기하는지. 그러나 부하린이 사망한 지 벌써 25년이 흘렀다.

운명은 신비로운 외적 힘이 아니라 인간의 내적 기질과 시대의 주된 경향에서 수학적으로 산출 가능한 무엇이다. 비록 우리 시대에는 적잖은 수난자적 전기들이 터무니없는 표준적 재단에 따라 잘라내졌지만, 그러나 독특한 기질을 가졌던 이 두 인물은 시대에 대한 태도를 스스로 결정했다.

28 보로네슈

여권은 체포 당시 압수되었다. 우리가 보로네슈에 도착했을 때 만델슈탐이 가진 유일한 신분증명서는 체르딘의 국가보안부에서 발급한 호송서류였다. 이 서류에 의거해 군인용 창구에서는 표를 내어준 것이었고, 만델슈탐은 이 서류를 국가보안부의 특수 창구에 제출한 뒤, 새로운 증명서를 받았다. 이 증명서에 따라 몇 주간의 일시적 통행권이 발급되었다. 그를 지역의 중심에 내버려둘지, 아니면 지방으로 보낼 수 있는지 확인될 때까지 만델슈탐은 이 증명서를 가지고 여기저기 돌아다녔다.

게다가 우리의 후견인들은 만델슈탐이 어떤 유형에 속하는지 알지 못했다. 유형은 여러 등급이 있었다. 내가 아는 것은 두 가지 기본적인 종류로, 한곳에 정착해야 하는 것과 그렇지 않아도 되는 것이다. 정착해야 하는 경우에는 정기적으로 일정한 창구로 가서 확인을 받아야 했다. 체르딘에서 만델슈탐은 사흘마다 한 번씩 거주등록을 위해 출두해야만 했다. 정착하지 않아도 되는 경우는 여행이 허가되느냐 그렇지 않느냐에 따라 다시 두 종류로 나뉜다. 가을 무렵 만델슈탐은 기관으로 불려갔고, 보로네슈 지역의 여권을 받았다. 여권은 높은 특권을 의미하며, 모든 사람에게 다 부여되는 것은 아니라는 것을 우리는 알게 되었다.

여권 취득은 유형수들에게 대단한 사건으로, 그것은 마치 시민권을 다시 얻는 것 같은 환상을 준다. 보로네슈에서 살던 첫해는 '임시 여권'이라 불리는 신분증을 받기 위해 경찰서에 끊임없이 다녔던 해로 기념

되었다. 7개월에서 8개월 정도는 계속 유효기간 한 달짜리 신분증을 받으러 다녀야 했다. 만델슈탐이 부랑자가 아니며, 일정한 주택에 살고 있다는 주택관리소의 증명, 국가보안부의 증명, 직장의 증명이 필요했다. 국가보안부와의 관계는 매우 명확했다. 그런데 직장의 증명이 걸림돌이었다. 어디서 이 증명을 받을 수 있단 말인가? 처음에는 작가동맹의 지부에 간청해서 얻어내야 했다. 이 과정이 순조롭게 진행된 적은 한 번도 없었다. 작가동맹의 간부들은 그 어떤 증명서라도 기꺼이 만들어줄 의향은 있었지만, 감히 그러지는 못했다. 그리고 그들 중 어떤 자들은 증명서에 작가동맹 도장을 찍는 자기의 권리에 대해 정말 공포를 느끼고 있었다. 갑자기 나쁜 작가에게 도장을 찍어주면 어쩌지! 만델슈탐이 실제로 문학에 종사한다는 증명을 발급할 수 있는 인가를 받기 위해 지부장들도 어딘가에 문의했다.

모든 것이 소곤거림, 음울한 시선, 분주함과 함께 시작되었다. 인가를 받으면 보로네슈 작가들은 미소지었다. 모든 것이 순조롭게 끝난 것이 그들 또한 유쾌했던 것이다. 당시는 아직 순진한 채식주의 시절이었다.

증명서를 얻기 위해서는 매번 최소 두 차례씩(처음에는 신청하러, 두 번째는 받으러) 기관을 찾아가야 했다. 증명서 발급은 자주 연기되었다. "아직 준비가 되지 않았습니다……" 증명서는 경찰서에 있는 여권 발급부서장에게 제출해야 했다. 그곳은 언제나 줄이 길게 늘어서 있었다. 2, 3일 후면 만델슈탐은 또다시 임시 여권을 받기 위해 이 줄을 서야 했다. 그리고 다음 날이면 그는 새로운 신분증에 서명을 받기 위해 경찰서의 서명 담당 여직원 앞에 줄을 서야 했다. 이 서명 담당 여직원은 친절한 사람이었다. 그녀는 전입자들과 전출자들을 기입한 두꺼운 주택장부를 겨드랑이에 끼고 괴롭게 줄을 늘어서 있는 주택관리소 직원들의 불평에도 아랑곳없이 만델슈탐을 보호해주기로 무슨 이유에서인지 마음먹었다. 그녀는 만델슈탐을 창구로 부르더니 만델슈탐의 여권을 가져갔고, 그래서 만델슈탐은 다음 날 또 줄도 서지 않은 채 직인이 찍힌 이 귀중한 신분증을 넘겨받을 수 있었다.

1935년 여름 만델슈탐은 석 달짜리 여권을 발급받는 특혜를 입게 된다. 이것은 삶을 매우 편하게 해주었다. 더욱이 당시는 레닌그라드에서 대대적인 숙청이 있고 난 직후라서 줄은 더 길어졌다. 보로네슈에 오게된 행운아들은 막대한 수고를 요하는 여권발급의 전 과정을 거쳐야만 했다. 여권의 대대적으로 교환하는 시기에 만델슈탐은 돌연 명실상부한 3년짜리 여권을 받게 된다.

이 마법의 여권이 얼마나 많은 위안의 원천이 되는지 여권이 없는 민중은 전혀 짐작할 수 없을 것이다. 만델슈탐의 여권이 아직 진귀한 새 것, 관대한 운명의 선물이던 시절 야혼토프(В. Н. Яхонтов)[1]가 보로네슈로 순회공연을 왔다.[2] 그는 모스크바에서 만델슈탐과 함께 작가 전용의 고급 배급소가 발급한 배급책들의 낭독을 연습했던 바로 그 자였다. 이제 그들은 여권을 읽었고, 여권은 배급책보다 더 음울하게 울려 퍼졌다. 그들은 듀엣 또는 솔로로 배급책을 읽어나갔다. 우유, 우유, 우유, 치즈, 고기……. 여권을 읽어나가는 야혼토프의 억양은 다의미적이고 위협적이었다. "……을 근거로 …… 발급된 …… 누가 발급한 …… 특이사항들, 서명, 서명……."

이 배급책과 국영출판사에서 출판하는 문학 잡지 사이에는 무언가 유사점이 있었다. 잡지 『신세계』나 『붉은 처녀지』를 읽으면서 만델슈탐은 말했다. "오늘은 글라드코프와 젠케비치 또는 파제예프가 배급되는군."[3] 이 이중적 의미는 시에서도 사용되었다. 그리고 여권 역시 시에 등장했다. "신경질적인 출생연도를 주먹에 꼭 움켜쥐고서 나는 피를 쏟은 입으

---

1) 야혼토프(1899~1945): 유명한 소비에트 배우. 모스크바 예술극장에서 활동했으며 문학 작품들의 낭송과 일인극으로 유명하다. 1927년부터 만델슈탐의 친구이자 숭배자였다.

2) 1935년 3월 24일자 보로네슈 신문 『코뮌』은 야혼토프의 도착에 관해 보도했다—편집자.

3) 국가가 경제 분야와 마찬가지로 문학도 전면 장악한 뒤 특정 작가들의 작품(배급품처럼 최소한의 질과 양만이 보장되는)만을 강제로 배포하는 상황을 빗대어 말하고 있다.

로 속삭인다. 나는 1891년 미덥지 못한 해의 1월 2일과 3일 사이의 밤에 태어났고, 19세기와 20세기는 나를 불길로 감싸고 있다."[4]

무대 위에서 행해진 두 번째 공연 역시 '뒤에서 흥보는' 유였다. "시인들이 여행한다"는 제목의 공연에서 야혼토프는 푸슈킨의 「아르즈룸으로의 여행」(Путешествие в Арзрум)과 마야콥스키 작품의 일부를 낭독했다. 공연은 소련 시인들만이 외국여행을 할 수 있다는 메시지를 명확히 담고 있었다. 관객들의 반응은 매우 냉랭했다. 사람들이 외국으로 여행할 수 있다는 것을 당시에는 그 누구도 생각조차 해보지 않았다. "배가 불렀던 모양이지." 이해되지 않는 공연을 보고 나오던 관객들은 지루한 듯 말했다.

그래서 야혼토프는 스스로의 원기를 북돋기 위해 눈속임이나 오락을 도입했다. 그는 무대 위에서 마야콥스키의 시 「소비에트 여권」(Советский паспорт)의 일부를 읽으면서 자기 여권을 주머니에서 꺼내 만델슈탐을 똑바로 쳐다보며 흔들어댔다. 그러자 만델슈탐은 사랑스럽고 새로운 여권을 빼앗았고, 그들은 서로 이해한다는 듯한 눈빛을 교환했다. 당국은 이런 장난을 허용하지 않을 수도 있었지만, 이와 유사한 것에 관한 지령은 미리 규정되어 있지 않았고, 융통성이 없었던 당국은 아무런 제재도 취할 수 없었다.

여권은 여러 가지 추측을 낳기도 했다. 대대적인 여권 교환은 은밀히 진행되는 숙청을 뜻하기도 했기 때문에 나는 여권을 교환하기 위해 모스크바로 갈 엄두를 내지 못했다. 바로 이 때문에 나는 대도시에 거주할 수 있는 시민권을 박탈당했고, 28년이 흐른 뒤에야 그것을 되찾을 수 있었다. 그러나 설령 내가 그 당시에 모스크바로 갔더라도 모스크바 여권을 얻을 수 있는 가능성은 거의 없었다. 여권에 필요한 직장증명을 대체 내가 어디서 구할 수 있었을 것이며, 내가 살고 있는 주거지의 주인이 어디에 있는지 어떻게 설명했을 것인가? 그리고 이 주인과 나는 어떤

---

4) 「무명용사에 관한 시」 중.

관계에 있으며, 누가 누구를 보증할 수 있을 것인가?

나와 만델슈탐은 새로운 보로네슈 여권을 받았고, 우리는 우리 여권이 동일한 일련번호로 시작된다는 사실, 즉 숫자 앞의 문자가 같다는 것을 알아차렸다. 이 문자는 여권 소지자가 속한 범주(자유인, 유형수, 전과자 등)를 표시하는 경찰의 암호 같았다. "마침내 당신도 이제 걸려들게 되었군." 숫자와 일련번호를 살펴보며 만델슈탐이 말했다. 낙천적인 성격의 친구들은 내가 걸려든 게 아니라 경찰이 만델슈탐이 유형수라는 사실을 잊어버리고 우리에게 자유인의 일련번호를 준 거라며 우리를 위로했다. 모든 국민이 범주로 나뉘어 번호가 매겨진 것이라고 우리는 굳게 믿고 있었고, 이 숫자와 문자의 의미에 대해서 그 누구도 의심하지 않았다. 그러나 이 일련번호가 발급순서 외에는 아무것도 의미하지 않는다는 사실, 그리고 겁먹은 우리 국민이 국가보안부나 경찰보다도 더 앞선 상상력을 가졌다는 사실이 만델슈탐이 죽고 몇 년이 지난 뒤에야 밝혀졌다.

내가 모스크바 여권을 상실한 것을 우리는 별로 아쉬워하지 않았다. 만델슈탐은 이렇게 말했다. "내가 돌아가게 된다면, 당신에게도 여권이 다시 발급될 거야. 그러나 내가 돌아가지 못하는 한, 당신도 나와 마찬가지로 모스크바에 돌려보내지지 않을 거야." 실제로 1938년 나는 수도에서 쫓겨났고, 그 후 다음 달 학문적인 파견이라는 명목으로 거주허가를 받는 데 성공했다. 마침내 수르코프는 내게 돌아오라고 제안했다. "그만큼 추방되어 있었으면 되었소." 나는 다니던 직장을 그만두고, 작가동맹이 내게 배당해준 방을 받기 위해 모스크바로 갔다. 반년 정도 나는 모스크바에서 머무를 수 있었지만, 그 후 수르코프는 스스로 내게 약속했던 방도, 거주허가도 없을 거라고 선언했다. "그들은 당신이 자발적으로 떠난 거라고 이야기하오." 그리고 수르코프는 내 문제에 대해 '동료들과 이야기해볼' 시간이 없었다고 말했다.

1964년 나는 갑자기 거주 허가를 받게 되었다. 물론, 적지 않은 사람들이 편지를 쓰고, 청원하고, 힘을 썼던 것이 사실이다. 그리고 어쩌면 이것은 지금 어떤 정신 나간 잡지가 만델슈탐의 시 몇 편을 출판하려고 준비하는 것과 관련이 있을지도 모른다. 어쨌든 이것은 만델슈탐이 모스크바에 돌아왔음을 의미하니까. 32년 동안 그의 시는 단 한 줄도 인쇄되지 않았다.[5] 그가 죽은 지 25년, 처음 체포된 지 30년 만의 일이다.

보로네슈에서 만델슈탐이 진짜 여권을 받은 뒤 생활은 매우 편해졌다. 여권과 관련된 지루한 일들은 많은 시간을 빼앗을 뿐 아니라, 끊임없는 불안과 추측을 동반했기 때문이다. 발급받을 수 있을 것인가 아닌가……. 국가보안부의 대기실이나 경찰서에서도 하나같이 동일한 대화들이 오고 갈 뿐이었다. 거주 허가를 받지 못한 사람들은 창구 담당자에게 하소연했고, 나머지 사람들은 거주를 허가해달라고 애걸했다. 창구 담당자는 이야기하려 들지 않았고, 청원서를 받기 위해 팔을 뻗거나 거부를 통보할 뿐이었다.

거부당한 자들은 지방으로 떠났는데, 그곳은 돈벌이도 불가능하고, 생활 조건도 훨씬 더 견디기 힘들었다. 다른 사람들과 함께 증명서를 발급받기 위해 관청사무실이나 경찰서를 종종걸음하면서 우리는 이번에는 거부되어서 어딘지 모를 곳으로 떠나게 되지나 않을까 불안에 떨었다. "신경질적인 출생연도를 주먹에 꼭 움켜쥐고서……." 만델슈탐은 이 시를 미호엘스(С. М. Михоэлс)[6]에게 읽어주면서 여권을 꺼내 주먹으로 움켜쥐었다.

---

5) 1932년 11월 23일 『문학신문』에 만델슈탐의 시 세 편이 게재된 것이 마지막이었다―편집자.
6) 미호엘스(1890~1948): 일류 유대인 배우이자 연출가. 모스크바 국립 유대인 극장을 세운 사람.

29 의사와 병

우리는 보로네슈에 도착했고, 어쩐 일인지 호텔은 우리에게 방을 내주었다. 최종 목적지에서는 여권이 없는 자들도 호텔에 묵을 수 있도록 허용하는 듯했다.[1] 우리는 2인용 객실을 구할 수는 없었지만, 남자용 객실과 여자용 객실에 있는 침대를 각각 배정받았다. 우리는 서로 다른 층에 묵게 되었고, 나는 만델슈탐의 상태가 어떤지 걱정되었기 때문에 계속해서 계단을 뛰어다녔다.

그러나 날이 갈수록 계단을 오르기가 힘들어졌다. 며칠 뒤 체온이 갑자기 높아졌고, 그래서 나는 발진티푸스에 전염되었다는 것을 깨달았다. 발진티푸스의 초기 증상은 독감을 비롯한 다른 병들과는 다르다. 이것은 내가 병원이나 격리 병동에 여러 주 동안 누워 있어야 된다는 것을 의미했다. 만델슈탐이 창문에서 뛰어내리던 장면이 자꾸 떠올랐다. 그래서 나는 열이 난다는 것을 만델슈탐에게 숨겼지만, 이미 열은 상당히 높아져 있었고 계속해서 조금씩 더 높아지고 있었다. 나는 만델슈탐에게 정신과 의사를 찾아가 보라고 사정사정했다. "당신이 그렇게 원한다면야."

만델슈탐은 이렇게 말했고, 우리는 정신과 의사를 찾아갔다. 만델슈탐은 직접 자기 증상의 모든 경과를 상세히 설명했고, 나는 더 이상 부

---

1) 소련에서 여권이 없는 자들은 주거지 이탈의 자유가 없었기 때문에 호텔 투숙도 불가능했다.

연할 필요를 느끼지 못했다. 당시 만델슈탐은 이미 완전히 객관적이며 정확해져 있었다. 피곤할 때나, 특히 잠들기 직전 환각이 자주 나타난다고 만델슈탐은 의사에게 하소연했다.

지금 만델슈탐은 '목소리'의 정체를 이해하며 의지력으로 그것을 멈추는 법도 터득했지만, 호텔 생활에는 소음이라든지 낮에는 절대 휴식을 취할 수 없는 점 등 환각과의 투쟁을 방해하는 여러 흥분 요소가 존재한다고 말했다. 그중에서도 가장 불쾌한 것은 문 잠그는 소리였다. 비록 바깥이 아니라 안에서 문을 잠근다는 것을 만델슈탐도 잘 알고 있었지만…….

감옥은 우리의 의식에 뿌리깊게 자리 잡았다. 슈클롭스키의 아내 바실리사는 문을 잠그는 것을 병적으로 두려워했다. 이는 아마도 그녀가 젊은 시절의 대부분을 감옥에서 보냈고, 갇힌다는 것이 무엇인지 몸소 체험했기 때문이리라. 그뿐만 아니라 감방생활을 경험하지 못한 사람들 역시 감옥과 관련된 연상에서 자유롭지 못했다. 1년 반 정도 후 야혼토프도 같은 호텔에 묵게 되었는데, 그는 자물쇠 잠그는 소리에 화들짝 놀랐다. "그 소리가 아니야." 만델슈탐은 그를 진정시켰다. 그들은 서로 너무도 잘 이해했다. 바로 이 때문에 만델슈탐은 시를 통해 숨쉬고 문을 열 권리를 그리도 열렬히 주장했던 것이다.

정신과 의사는 만델슈탐과 조심스럽게 이야기했다. 우리는 사람들을 대할 때마다 그가 밀고자가 아닌지 의심했고, 실제로 환자들 중에 그런 경우가 허다했다. 정신적 충격을 겪은 사람들은 저항력을 쉽게 잃었기 때문이다. 만델슈탐의 이야기를 끝까지 들은 정신과 의사는 감옥에 있었던 신경쇠약환자들에게는 이런 '강박관념'이 매우 흔하게 관찰된다고 말했다.

나는 내 병에 관해 의사에게 이야기했고, 그제서야 만델슈탐은 뭐가 문제인지 깨닫고 매우 당황해했다. 내가 아픈 동안 만델슈탐을 입원시켜야 하는 게 아닌지 나는 물었다. 그러나 의사는 만델슈탐이 완전히 평온하게 자유상태로 있을 수 있다고 단호하게 밝혔다. 정신이상의 징후는 더 이상 보이지 않는다는 것이었다. 만델슈탐이 밝힌 것과 유사한 증상은 보로네슈 유형수들에게 흔하다고 의사는 말했다. 그러한 증상은 몇 주나 며칠 동안 감금된 후 나타난다고도 했다. 증상은 언제나 저절로 사라지며, 아무런 자취도 남기지 않는다는 것이다.

그러자 이번에는 내가 아니라 만델슈탐이 물었다. 전에는 감옥에 몇 년 씩 갇혀 있어도 건강하게 출감했는데 왜 지금은 내부 감옥에 며칠 갇힌 정도로 사람들이 이런 정신질환에 걸리는지. 의사는 양팔을 벌리며 으쓱해보일 뿐이었다.

그런데 정말 전에는 건강하게 출감했을까? 감옥은 모두 쇼크 상태는 아니더라도 정신질환을 유발하는 곳은 아닐까? 아니면 이것은 단지 우리 감옥만의 특징일까? 어쩌면 우리의 정신은 체포되기 이전에 이미 예감과 공포, 감옥에 관한 여러 생각으로 불안해져 있는 것이 아닐까? 우리나라에서는 이 문제에 관해 아무도 관심을 가지지 않으며, 외국에서는 우리가 자신들의 작은 비밀을 외부 세계에 숨기기 때문에 이 문제에 관해 몰랐다.

나는 얼마 전 누군가 자신의 수용소 생활에 대한 회고록을 출판했다는 이야기를 들었다. 저자는 수감자들 가운데 정신병을 앓는 자들이 많다는 사실에 매우 놀랐다고 한다. 저자 본인은 외국인이었다. 그는 소련에 살면서 특수한 환경에 놓여 있었고, 우리의 진짜 생활은 알지 못한 채 가장 피상적인 개념만을 가졌음이 분명하다.

우리나라에서는 신경쇠약과 같은 일부 병들은 치료하지 않으며, 병에 걸린 자들은 병 때문에 업무 규율을 위반하거나 다른 과실을 일으키고 그로써 수용소에 가게 된다는 결론을 그는 내렸다고 하니 말이다. 우리나라에서는 사실 정신적으로 불안정한 사람들의 비율이 매우 높다. 지금은 망나니짓이나 가벼운 강도 행위로 처벌받은 범법자들 가운데 많은 수가 심각한 신경쇠약이나 정신병에 걸린 자들이라고 나는 생각한다. 그들은 자물쇠를 부수고 상점에서 보드카 몇 병을 훔친 죄로 감옥에서 몇 년 동안 형기를 마친 뒤, 자유의 몸이 되면 그 즉시 감옥이나 수용소에 다시 들어가게 된다. 그리고 이번에는 재범이라는 이유로 10년 이상 형기를 살게 된다. 스탈린 시대에는 그들에 대해 훨씬 더 적은 관심이 기울여졌다. 당시 수용소에서 그들이 차지하던 비율은 지금보다 훨씬 적었기 때문이다. 그러나 그 대신 자신들과 가까운 사람들을 대대적으로 내쫓았다. 인텔리겐치아들과 대체로 신경질적이며 감수성이 예민한 사람들이 왜 그토록 강하게 체포에 반응하고, 금방 사라져 자취를 남기지 않는 정신적 쇼크에 자주 빠지게 되는가 하는 문제는 해결되지 않은 상태로 남아 있다.

이 외국인 회고록 작가가 보았던 사람들은 어디서 발병했을까? 감옥인가, 아니면 바깥세상에서였을까? 그들은 누구였을까? 술값을 위해 도둑질하는 어린애들이었을까, 아니면 단순히 바로 이 정신적 쇼크를 앓는 사람들이었나? 이 모든 질문은 외국인뿐 아니라 우리에게도 해결되지 않은 채 남아 있다. 우리가 목청을 다해 우리의 과거와 현재, 미래에 관해 이야기하기 전까지는 이 문제는 해명되지 않을 것이다.

만델슈탐은 내가 병원에서 퇴원한 이후 다시 한 번 정신과 의사를 찾아갔다. 이번에 찾아간 의사는 정신병동을 둘러보기 위해 모스크바에서 온 전문가였다. 만델슈탐은 자기 병의 내력을 이야기하고, 그것이 무언가 신체적인 결함 때문은 아닌지 물어보기 위해 자발적으로 그를 찾아간 것이었다. 전에도 강박관념 같은 것이 있었다고 만델슈탐은 말했다. 예를 들어 작가 조직과 갈등을 빚던 시기에 그는 다른 것에 관해서는 생각할 수 없었다고 했다. 게다가 이건 진짜 사실인데, 그는 모든 쇼크에 너무나도 민감했다. 이 점은 만델슈탐의 두 형제도 마찬가지였다. 전혀 다른 기질의 사람들이었지만, 쇼크에 민감했고, 고통스럽게 체험했던 사건들은 모두 강박관념이 되었다.

모스크바에서 온 정신과 의사는 만델슈탐에게 회진을 같이 돌자는 뜻밖의 제안을 했다. 회진이 끝난 뒤 의사는 만델슈탐에게 자신과 유사한 증상을 가진 환자를 보았는지 물었다. 자신이 어떤 증상이라고 생각하시오? 치매? 정신분열? 조울증? 히스테리?…… 의사와 만델슈탐은 친구가 되어 헤어졌다.

　다음 날 나는 만델슈탐 모르게 다시 한 번 정신과 의사를 찾아갔다. 전날 만델슈탐이 보았던 끔찍한 광경이 새로운 충격으로 작용하지나 않을까 두려웠기 때문이었다. 의사는 나를 안심시켰다. 그는 만델슈탐에게 일부러 환자들을 보여준 것이며, 이런 경험은 만델슈탐이 쇼크성 질환에 관한 아픈 기억에서 벗어날 수 있도록 도울 것이라고 말했다. 신경적 흥분이나 쇼크에 대한 무저항 같은 만델슈탐의 증상에서 그 어떤 특별한 병적인 징후도 찾아낼 수 없다고 정신과 의사는 말했다. 쇼크는 매우 심각하지만, 살면서 가능한 한 적게 나타나기를 바랄 뿐이라고 했다. 의사는 말했다. "그는 매우 쉽게 흥분하고 지나치게 예민한 사람입니다." 그건 사실이었다.

　만델슈탐이 자기 병에 대해 아무렇지도 않게 농담하고, 실제와 환각을 곧 가려내게 되어 나는 놀랐다. 보로네슈에 도착한 지 두 달 반 정도가 되었을 때, 형편없는 식사에 화가 난 그가 내게 말했다. "여보, 난 이런 쓰레기를 먹을 수 없어. 이제 난 미친놈이 아니란 말이야." 시에서(「스탄스」) 그는 자신의 병을 "7베르스타의 뒤범벅"으로, 자살시도는 "도약"("도약 그리고 나는 정신이 들었다")으로 표현했다.

　다만 때때로 현실과 화해하고, 그걸 정당화하고자 하는 희망이 생겨난 점이 병의 잔재라면 잔재였다. 그럴 때면 만델슈탐은 감정이 격해지고 신경질적인 상태가 되었으며, 마치 최면에라도 걸린 것처럼 보였다. 그럴 때면 그는 이야기했다. 모든 사람과 함께하고 싶다고. 그리고 혁명 바깥에 남아 근시안적 생각으로, 우리 눈앞에서 일어나는 위대한 것을 놓치기는 싫다고. 많은 우리 동시대인들이 이런 감정을 경험했으며, 그들 중에는 파스테르나크처럼 매우 존경할 만한 사람도 있었다. 인텔리겐치아를 제어하는 데 결정적 역할을 한 것은 위협이나 매수가 아닌(물론 두 가지 모두 충분했지만), 그 어떤 이유로도 거부하기 어려운 '혁명'이라는 단어였다고 오빠는 말한 적이 있다. 이 단어는 도시인들뿐 아니라 수백만의 민중도 길들였다. 이 단어는 대체 무엇 때문에 통치자들이 감옥이나 사형을 필요로 하는지 이해가 되지 않을 정도로 막강한 힘을 지녔다.

지금 우리가 애국심이라고 부르는 그 발작은 다행히도 만델슈탐에게 자주 일어나지는 않았다. 정신을 차린 뒤면 만델슈탐은 그런 상태를 광기로 치부했다. 흥미롭게도 예술에 종사하는 사람들의 경우 현실에 대한 전적인 거부는 침묵을 낳고, 전적인 수용은 파괴적으로 작용하여 작품을 무가치하게 만들었다. 의심만이 생산적인 작품 활동으로 이끌었지만, 유감스럽게도 이런 의심은 권력의 탄압을 받았다.

삶에 대한 가장 평범한 사랑도 현실과의 타협을 초래했다. 만델슈탐은 순교에 대한 그 어떤 애착도 없었지만, 삶에 대한 권리에 너무도 커다란 대가를 지불해야 했다. 만델슈탐이 첫 번째 불입금을 지불하기로 결단을 내렸을 때는 그리고 이미 늦었다.[2]

나는 발진티푸스 격리 병동에 입원했다. 주임의사는 내 침대 앞에 멈추더니, 내가 매우 중환자이며 '기관의 소유로 분류된 자'라고 어떤 감독관에게 말했다. 나는 열에 들뜬 상태에서 꾼 꿈이라고 생각했지만, 그 후 농학자 페댜의 동생으로 밝혀져 친해지게 된 주임의사는 자기가 실제로 그런 말을 했다고 확인해주었다. 그 후 내가 소련을 여기저기 떠돌던 시절 공식 기관원이나 비밀 기관원들이, 즉 기관의 직원이나 밀고자들이 나를 '모스크바 소유로 분류된 자'라고 여러 차례 내게 각인시켜주었다.

이것이 무엇을 의미하는지 나는 모른다. 이것을 이해하기 위해서는 내가 '그 소유로 분류된' 기관들의 시스템을 알아야 한다. 내 생각에는 그 누구의 소유로도 분류되지 않는 편이 훨씬 더 유쾌하겠지만, 어떻게 하면 그럴 수 있을지 알 수 없다. 모든 사람이 그 누구의 '소유로 분류된' 것인지, 아니면 단지 선택받은 자들만이 그런 건지 알 수 없었다.

---

2) 만델슈탐이 1937년 1월 스탈린에 바치는 송가를 창작했던 것을 가리킨다―편집자.

내가 있던 병실의 담당의는 착한 여자였는데, 수용소에 갇힌 자기 남편의 형기가 거의 끝나간다고 내게 말했다. 농학자였던 그는 우물에 독을 푼 죄로 다른 여러 시골 인텔리겐치아들과 함께 '떠나게 되었다.' 이것은 꾸며낸 일도, 한가로운 상상의 산물도 아닌 사실이었다. 건강을 회복한 나는 모스크바를 왕래하기 시작했고, 그 여의사는 수용소에 보내달라며 내게 소포들을 부탁했다. 당시 식료품 소포는 모스크바에서만 취급했다. 지금은 반대로 지방 도시들에서만 취급하지만. 아흐마토바가 아들 레프를 위해 준비한 무거운 소포들을 가지고 엠마 그리고리예브나 게른슈테인은 여러 해 동안 많은 소도시를 돌아다녔다.

'우물에 독을 풀었던 자'가 형기를 마치고 돌아왔을 때, 우리는 환영 파티에 초대되었다. 우리는 그를 위해 포도주를 마셨고, 그는 가벼운 바리톤의 음성으로 로망스를 부르며 매우 기뻐했다. 1937년 그는 '재범'이 되었다.

뉴라라는 이름의 간호보조원이 나를 많이 챙겨주었다. 그녀의 남편은 제분소에서 일했다. 어느 날 그는 굶주린 가족을 위해 밀가루 한 줌을 가져왔고, 법에 따라 5년의 형량을 선고받았다. 간호보조원들은 발진티푸스나 이질 환자들이 남긴 음식을 게걸스럽게 먹었다. 그들은 자신들의 불행과 궁핍에 관해 이야기했다.

나는 삭발한 모습으로 퇴원했고, 만델슈탐은 그런 내게 죄수라는 별명을 붙였다.

30 모욕당한 집주인

발진티푸스 병동에서 퇴원하자 만델슈탐은 호텔이 아닌 '자기' 방으로 나를 데려갔다. 그는 우리가 임시로 머물 곳을 마련하는 데 성공했던 것이다. 도시에서 가장 훌륭한 요리사의 허물어져 가는 단독주택의 유리를 단 테라스였다. 집주인이 가장 비공개적인 유형의 식당에서 요리사로 근무했던 공로를 인정받아 집은 사유재산으로 남아 있었다. 바로 이 때문에 만델슈탐은 마침내 그 신비한 '비공개적 유형'이 과연 무엇인지 알아낼 수 있게 되었다고 내게 말했다. 1933년 여름 크림반도에 갔을 때, 세바스토폴과 페오도시아에서 우리는 단 한곳의 식당에도 발을 들여놓을 수 없었다. '비공개적 유형'의 식당이라는 설명이었다. 구(舊)크림에는 심지어 이발소조차도 '비공개적 유형'이 있었다.

그러나 우리는 전직 요리사인 집주인에게 이 '비공개적 유형'이 과연 무엇인지 알아낼 수 없었다. 주인은 우리에게 그런 걸 알려줄 경황이 없었다. 식욕을 완전히 상실한 채 병들고 지쳐 있던 노인은 자기 집의 방들 중 한 칸에 기거했다. 다른 방들에는 이미 오래전 방세를 낸 세입자들이 살고 있었다. 집의 소유자이자 전직 요리사는 자비로 집수리를 해야 했고, 그래서 어떻게든 돈을 마련하기 위해 여름 동안 테라스를 세놓았다. 집이 아예 헐리거나 주택임차인조합에 의해 공유화되기만을 그는 바랐다. 그러나 이성적인 조합들은 모두 이런 폐가를 이용하는 것을 사양했다. 은퇴한 요리사는 괴로워하며 파산해갔고, 그러면서도 무너져가는 이 집의 주택임차인조합원이 되는 꿈을 버리지 못했다.

1934년의 보로네슈는 음울하며 굶주린 도시였다. 거지 행색이 되어 빌어먹는 영락한 부농들, 집단농장에서 도망친 농민들이 거리마다 넘쳐났다. 그들은 빵을 파는 자유판매상점[1]들 앞에 나타나서 손을 벌렸다. 그들은 고향 마을에서 자루에 담아온 마른 나무껍질들은 이미 다 먹어치운 모양이었다. 요리사의 집에는 굶주림으로 황폐해진 노인 미트로판이 살고 있었다. 노인은 야경꾼의 일자리라도 구하려 했지만, 아무 곳에서도 그를 써주지 않았다. 그는 이런 이유를 자신의 이름 탓으로 돌렸다. "일단 내 이름이 미트로판이라는 것을 알고 나면 사람들은 나를 전직 성당지기쯤으로 생각하고 쫓아내기 바쁘지." 도시 중앙에는 반쯤 허물어진 성(聖) 미트로판 성당이 있었고, 노인의 말은 옳은 듯했다.

우리가 이미 겨울을 나기 위한 방을 구해 떠났을 때 미트로판 노인은 목을 매달아 자살했다. 우리가 떠나자 그의 마지막 돈벌이 수단도 끊겼기 때문이었다. 그는 우리가 방을 구하는 것을 도와주었다. 그는 독특한 알선업에 종사하는 노파들을 우리에게 데려왔고, 이 노파들은 방을 구하는 사람들과 방을 가진 사람들을 연결해주었다. 사유재산으로 남아있는 기울어져 가는 집들이나, 자신이 임차받은 주거면적을 내놓은 사람들을 찾아야 했다. 이것은 비합법적인 사업이며, 주거면적을 이용한 투기였다. 집주인들과 세입자들은 미리부터 서로 미워했다. 세입자들은 어서 빨리 주인과 사이가 나빠져서, 주택임차인조합에 비해 스무 배나 비싼 방세를 내지 않게 되기를 바라고 있었다. 그런가 하면 집주인들은 방세를 받아 지붕을 수리하거나 기둥을 교체한 뒤, 자기가 자신의 상속권을 그 얼마나 헐값에 넘겼는지에 관해 문득 생각이 미쳤고, 세입자들이 영원히 '자기 등을 쳐먹을지도 모른다'며, 즉 주거면적을 손에 넣을지도 모른다며 경악했다. 이렇게 되면 방을 세주는 일도 보통 끝이 났다. 세입자는 여권에 거주증명 기입을 마친 뒤 예정된 몇 달을 거주하고

---

1) 배급권을 받지 않고 표준 가격 이상의 가격으로 물건을 파는 상점.

나서 주택관리조합과 합당했다. 이때 보통 '기름칠'이 없어서는 일이 되지 않았다. 그러고 나서 세입자는 자신의 '먹이', 즉 주거권리를 얻었다. 이건 주택임차인조합의 관리 아래 있는 주택에서 일어나는 일들이었고, 사유주택에서 임차인은 그저 안 나가겠다고 버티면 그만이었다. 재판으로 쫓아낼 수도 없었고, 방세도 더 이상 내지 않았다.

바로 이런 방식으로 대부분의 사람들은 주거면적을 얻어 정착하게 되었다. 이는 소위 주거의 자연적 재분배였다. 이런 과정은 여분의 압수와 배급명령서 교부보다 훨씬 더 강도 높게 진행되었으며, 집주인과 세입자들이 상대방에게서 벗어나고자 벌이는 드라마나 스캔들, 수많은 밀고가 생겨났다. 지금은 관계가 정리되었고, 이런 갈등도 끝났다. 왜냐하면 여권의 거주증명 기입 과정 없이 방들이 임대되기 때문이다. 거주증명도 받지 못한 입장에 있게 된 세입자들은 그 무엇에 대한 소유권도 주장할 수 없게 되었고, 분쟁의 유일한 실마리는 거주증명을 받지 못한 세입자들을 이웃이 밀고하는 것이었다. 그러나 당국은 이것을 눈감아주기 시작했다. 시대가 바뀐 것이다.

보로네슈에서 집주인들은 유형수들에게 흔쾌히 방을 빌려주었다. 유형수들에게는 더 벽촌으로 보내질지도 모른다는 위협이 항상 존재했고, 분쟁이 생길 경우 집주인은 이 약점을 이용할 수 있었다. 바로 이 때문에 우리는 방을 빌려주겠다는 제안을 많이 받았고, 그래서 만델슈탐은 며칠씩이나 변두리를 돌며 방을 보러 다녀야 했다. 그러나 대부분 1년치 방세를 선불하라고 요구했기 때문에 우리는 오랫동안 집을 구하지 못했다. 내가 모스크바에 가서 번역거리를 구해 돌아왔을 때, 여름을 나기 위한 장소였던 테라스에는 이미 물이 얼어붙기 시작했다. 나는 이 번역거리를 놀랄 만큼 손쉽게 얻을 수 있었다. 루폴(I. K. Luppol)[2]은 '기적'에 관해 들었고, 만델슈탐에게 일거리를 주어도 전혀 위험하지 않을

---

2) 루폴(1896~1943): 마르크시즘 문학사가이자 비평가, 편집인. 국영문학출판사 사장을 역임했으며, 1935~40년 고리키 세계문학연구소 소장, 1939년에는 학술원 회원으로 선출된다. 1940년 체포되어 강제수용소에서 사망했다.

것이라고 확신했다. 그래서 그는 기꺼이 그렇게 했다.

선금으로 받은 번역료를 우리는 도시의 변두리에 위치한 작은 집의 주인에게 주었고, 주인은 반년치 방세를 선불로 받는 것에 만족했다. 증명서나 여권을 교환하거나 일자리를 알아보기 위해서 등 시내를 다녀와야 할 일은 많았고, 시내로 나가는 일은 실로 고생길 그 자체였다. 전차 정거장에서의 끝없는 기다림, 차 안에 포도송이처럼 매달려 있는 인파들, 밀고 밀리는 혼잡 등. 제2차 세계대전 이전까지 도시의 교통상황은 어디서나, 심지어 모스크바에서도 터무니없이 나빴다. 그해 겨울 우리는 초원의 맹렬한 바람을 온전히 알 수 있게 되었다. 재앙을 겪은 사람들은 특히나 추위에 민감했다. 우리는 계속된 흉년과 굶주림의 기간에 이에 관해 확신하게 되었다. 흉년과 굶주림은 몇 년 간격을 두고 정기적으로 반복되었다.

알고 보니 우리가 살게 된 집주인인 농학자는 흥미로운 사교관계를 기대하고 우리를 받아들였던 것이다. "크레스토바(О. К. Крестова)[3]나 자돈스키(Н. А. Задонский)[4] 같은 보로네슈 지역의 유명 작가들이 당신들을 찾아오리라고, 그러면 함께 룸바 춤을 출 수 있을 거라고 생각했어요." 러시아식 장화를 신은 집주인이 푸념했다. 매우 실망한 집주인은 '나름의 조치를 취했다.' 칼레츠키(П. И. Калецкий)[5]나 루다코프 같은, 역시 유형수이며 여권을 가지지 않은 친구들이 우리를 방문할 때면, 집주인은 불시에 우리를 찾아와 여권 제시를 요구했다. "당신들이 여기서 모임을 하면, 나는 집주인으로서 이 모임에 대한 책임을 져야 한단 말이오." 우리는 집주인을 방 밖으로 내쫓았고, 그럴 때면 그는 슬프게 한숨지으며 나를 붙잡고 하소연했다. "누구든 좀더 제대로 된 사람들이 당신들을 방문할 순 없겠소?" 그는 우리가 미리 지불한 방세를 돌려

3) 크레스토바: 보로네슈의 여류작가, 저널리스트.

4) 자돈스키(1900~74): 보로네슈의 작가.

5) 칼레츠키(1906~42): 문학연구가이자 구비문학연구가. 1934~35년 보로네슈에서 유형수로 있었으며 그때 만델슈탐을 알게 된다.

줄 수 없었고, 그래서 우리는 남은 기간에 그곳에 살아야 했다. 만델슈탐은 다음과 같이 말하며 그저 웃어넘길 따름이었다. "유형수들은 원래 자기 집주인에게 핍박받는다. 이건 전통이다. 예전에 그들은 경찰서로 갔지만, 지금은 국가보안부로 가는 것만이 바뀌었을 뿐이다." 우리 집주인은 단지 위협하기만 할 뿐, '밀고하러' 다니는 것처럼 보이지는 않았다. 이것만도 고마운 일이었다.

그다음에 구하게 된 방(1935년 4월부터 1936년 2월까지 살았던)은 시내에 있었다. 예전에는 가구 딸린 하숙집이던 이곳에는 온갖 종류의 부랑자들이 모여살고 있었다. 밀주업자들을 색출하기 위해 경찰들이 몇 차례 야간 잠복근무를 하기도 했다. 매춘부였던 옆집 젊은 여자는 거리에서 자기에게 인사를 했다는 이유로 만델슈탐을 숭배했다. 그래서 언제나 우리 집에 양동이를 들고 와서는 바닥을 닦아주었고, 돈은 절대 받지 않았다. "친구로서 해드리는 거예요." 어린 손자 셋을 키우는 유대인 노파는 신세를 한탄하러 이따금 우리 방에 들렀다. 우리 집 주인은 그녀를 내쫓고자 결심했고, 그 노파가 매춘부라는 밀고장을 써서 어딘가에 제출했다. 그러나 노파는 나이(그렇게 나이 든 여자를 누가 필요로 하겠는가)와, 손자 셋이 겨우 누워 잘 만한 방의 면적으로 누명을 벗었다.

밀고자들이 핍진성 같은 것에는 전혀 신경 쓰지 않고 되는 대로 밀고했다는 것은 우리에게 행운인지도 모른다. 적어도 이웃이 나누는 대화에 관해 당국에 알리라고 권고하는 글들이 신문·잡지에 실리기 전인 1937년 이전까지는 핍진성이 요구되었기 때문이다. 밀고는 밀고자의 상상의 나래가 어디까지 펼쳐지는지를 드러냄으로써 무엇보다도 그 밀고자의 수준을 반영했다.

두 번째 보로네슈 셋방의 집주인은 가장 낮은 수준에 속했다. 우리는 어느 날 국가보안부 지부의 대기실로 소환당했다. 그곳에서는 밀고장 하나를 우리 앞에 제시하면서 해명을 요구했다. 밀고장에는 어느 날 밤 누군가 미심쩍은 유형의 사람이 우리를 방문했으며, 그 뒤 방에서 총소리가 났다고 씌어 있었다. 첫 번째 부분은 그래도 넘어갈 수 있는 대목이었지만, 두 번째 대목은 모든 사람을 파멸시킬 수도 있는 성질의 것이었다. 그날 밤 우리 집을 찾아왔던 야혼토프(그의 공연 포스터는 도시 전체에 붙어 있었다)가 우리 집에 아침까지 앉아있었다고 보증해주었다. 이로써 사건은 종결되었다.

밀고로 소환했다는 사실 자체가 당국이 그 밀고를 사용하지 않으려 한다는 것을 의미했다. 예조프가 이미 해임되고 테러도 슬슬 잦아들기 시작하던 1937년 이후에 나에게도 다음과 같은 일이 일어났다. 나는 모스크바의 경찰서 산하 국가보안부 분과로 소환된 뒤 해명을 요구당했다. 만델슈탐이 죽은 뒤 예전에 살던 아파트에서 일시적인 거주허가를 얻어내 모스크바에 살던 때였다. 이번에는 밀고가 제법 수준 있는 것이었다. 반혁명적 대화가 오가는 모임이 내 방에서 벌어진다는 내용이었다. 당시 나를 방문한 유일한 사람은 파스테르나크였다. 그는 만델슈탐이 사망했다는 소식을 듣고 내게 달려온 것이었다. 그를 제외하고는 그 누구도 감히 나를 방문할 결단을 내리지 못했다. 나는 이렇게 설명했다. 밀고는 헛수고로 끝났고, 나는 단지 일시적인 거주허가가 끝나면 모스크바를 떠나라는 제안을 받았을 뿐이다. 이번에는 내가 아파트의 주인이었고, 스탑스키(В. А. Ставский)[6]의 보증 아래 작가동맹이 우리 아파트에 살도록 배정한 일시적인 세입자가 나를 쫓아냈다. 이 자는 스스로 작가라고 했지만, 가끔은 계급상으로는 장군과 동급이라는 말도 했다. 그의 성은 코스트이료프(Н К. Костырев)[7]였다.

제20차 전당대회 이후 당국은 내게 모스크바에 거처를 마련해주려고 하면서, 나를 작가동맹으로 소환하여 어떤 식으로 아파트를 빼앗기게 되었는지 물었다. 나는 코스트이료프에 관해 이야기했다. 작가동맹의

---

6) 스탑스키(1900~43): 산문 작가. 고리키가 사망한 1936년 소비에트 작가동맹의 서기가 된다. 다른 동료 작가들을 고발하는 데 앞장 섰던 인물. 전선에서 사망했다.
7) 코스트이료프(1893~1941): 내전 참가자. 극동지방에서 빨치산 연합의 사령관이었다. 작가이자 에세이스트.

직원 일린(В. Н. Ильин)은 작가 명부에서 오랫동안 그 이름을 찾아보았지만, 결국 찾아내지 못했다. 그러나 코스트이료프가 작가든, 장군이든 누구였던 간에 그것은 중요하지 않다. 그는 아파트를 손에 넣기 위해 관례대로 행동했다. 당시는 사회의 다양한 계층이 '밀고'에 종사했다. 생각건대 코스트이료프는 기관에서 문학으로 전업을 계획했지만 성공하지 못한 것 같다. 그가 우리 집에 살게 되었던 때는 이중적 직업과 이중적 임무의 과도기였던 듯하다.

밤마다 총성을 환청으로 들었던 보로네슈의 이 집주인은 자신의 밀고 행위를 부끄럽게 생각하지 않았다. 그는 스스로를 사회에 유용한 성원, 질서의 수호자로 생각하는 것이 분명했다. 그의 직업이 무엇이었는지는 이해하기 쉽지 않았다. 그는 자칭 '요원'이었으며 '집단화 업무와 관련하여' 끊임없이 지방을 오갔다. 어찌 되었든 그는 가장 말단직이었지만, 이런 사람들도 매우 신중히 선발되었다.

'요원'의 아내는 거의 소녀라 할 수 있을 만큼 어렸는데, 집주인은 재산을 몰수당한 부농의 고통스러운 운명에서 그녀를 벗어나게 해주기 위해 '그녀를 인수했다.' 그녀는 집주인이 '집단화 업무와 관련하여' 장기간 집을 비운 시기 그의 승낙없이 자기 방을 세주었다. 그녀는 부엌방에 기거하면서 방세로 받은 돈을 부모님에게 보냈다. 남편은 세입자만 떠안은 채 아무런 이익도 취하지 못했다. 아내는 이 기사(騎士) 같은 남편에게 '구원된' 처지였지만 그를 자신의 손아귀에 넣고 있었다. 그들의 대화로 미루어 짐작건대, 그녀는 남편의 무언가 결정적인 약점을 알고 있는 듯했다. 남편이 있건 없건 그녀는 남편을 전통적인 명칭인 '폭군'이라고 불렀고, 그녀가 심한 욕설을 퍼부을 때도 남편은 겁먹은 채 꼬리를 말 뿐이었다. 그러나 그는 세입자들과는 여전히 화해할 줄 몰랐으며, 가능한 한 불쾌하게 하려고 애썼다.

어느 날 그는 살아 있는 쥐의 꼬리를 붙잡고 우리 방에 들어왔다. 집은 그야말로 온갖 더러운 동물과 벌레 천지였다. 정중하게 군대식으로 몸을 뻣뻣이 세운 그는 문지방을 넘으면서 우리에게 인사한 뒤 말했다.

"좀 구워도 될까요?" 그러고는 나사 모양의 열선이 드러난 전기 곤로로 곧장 갔다. 그는 이 전기 곤로를 인텔리겐치아의 변덕이며 부르주아 습성 중 하나라며 경멸했고, 명예를 아는 소비에트 국민이라면 이와 투쟁해야 한다고 생각했다. 우리 방에 끊임없이 드나들었던 루다코프나 칼레츠키가 쥐의 편을 들고 나섰고, 유별난 겁쟁이였던 집주인은 저항에 부딪히자 치욕스럽게 물러났다. 옆방에서는 신경질적인 인텔리겐치아에 대한 그의 농담이 들려왔다. "그들을 정말 겁주려면 아직 멀었어. 다음번에는 고양이를 볶는 모습을 보여줘야지……." 그가 술을 마시지 않으며, 이 모든 쇼를 지극히 멀쩡한 정신 상태에서 보여주었다는 것은 주목할 만하다. 쥐 사건은 그의 기묘한 착상 가운데 하나였다.

만델슈탐이 탐보프의 요양소[8]로 떠나자 집주인은 우리 방에 있던 물건들을 모두 밖으로 내던졌고, 매춘부가 그걸 주워다가 보관해주었다. 요양소에서 돌아온 만델슈탐은 어디로 갈지 몰라 옆 건물에 있던 신문사 편집국에 계속 앉아 있었다. 그곳에 있던 직원들이 우리 집주인이 근무하는 그 유명한 기관에 전화했다. 저녁 무렵 집주인이 돌연 편집국에 나타나더니 만델슈탐에게 이렇게 말했다. "돌아가십시다. 문제를 일으키지 말라는 명령을 받았소." 군대식 기강을 가진 기관의 직원과 함께 사는 것이 얼마나 좋은 일인지를 우리는 그래서 깨닫게 되었다. 그때부터 요원은 온순해졌다. 우리가 새로운 방을 찾아 떠나갈 때 그는 우리 짐을 직접 짐차에 실어주며 기뻐서 거의 성호를 그을 뻔했다. 탐탁지 않던 세입자가 이렇게 빨리 떠나주리라고는 생각도 못했던 것이다.

들리는 바에 따르면 다음번 세입자는 1937년까지 있다가 나갔지만, 집주인은 수용소 안의 '내부직'으로 옮기는 바람에 그 주거 면적을 오랫동안 활용할 수 없었다고 한다.

보로네슈에 있는 3년 동안 우리는 테라스를 포함하여 다섯 곳의 방을 옮겨다녔다. 기관원의 집에서 나온 뒤 우리는 미망인 소유의 '엔지니어

---

8) 1935년 12월 21일부터 1936년 1월 5일까지 체류—편집자.

와 기술자를 위한 아파트'의 호화로운 새 집으로 이사했다. 그녀는 동시에 두 개의 방을 세주었는데, 그 하나에는 우리가, 다른 하나에는 젊은 신문기자 두나옙스키가 살게 되었다. 이 선량한 자가 우리의 기적과도 같은 이사를 주선해주었지만, 미망인인 여주인은 또 실패작이었다. 기자는 그녀와 결혼하려는 생각이 없었지만, 여주인은 '자신의 팔자를 고치기' 위한 목적으로 우리에게 세를 놓은 것이었다. 그녀는 다시 행운을 찾으려 노력했고, 그래서 우리는 잠재적인 신랑감에게 방을 양보하기 위해 또다시 이사해야 했다.

마지막으로 얻은 방은 극장 여재단사가 소유한, 땅 밑으로 약간 꺼져 들어간 아주 작은 집이었는데,[9] 모든 고난에 대한 보상, 돌이킬 수 없이 지나가버린 과거 시절로부터의 꿈, 천국과도 같은 곳이었다. 만델슈탐은 비록 집주인과의 모든 분쟁에 태연했지만, 이 여재단사의 집에서 비로소 활기를 찾을 수 있었다.

여재단사는 상냥하고 선량하며 지극히 평범한 여인이었다. 그녀는 '할머니'라 불리는 어머니 그리고 여느 사내애들 같은 아들 바딕과 함께 살고 있었다. 구두 수선공인 남편은 몇 해 전 죽었고, 그에게 구두 수선을 맡기던 배우들은 그의 아내를 위해 극장에 일자리를 마련하여 가족을 부양할 수 있도록 했다. 그리고 아들을 위해서는 연금을 받을 수 있도록 주선해주었다. 구두 수선공은 공산주의자였다. 감자로 연명하며 살았고, 할머니는 헛간에 암탉 열 마리를 기르고 있었다. 200루블의 방세는 그들의 소득에서 매우 중요한 역할을 했다. 보통 배우들이 그녀 집의 세입자로 있었고, 그녀는 친절하다고 그들 사이에서 소문이 나 있었다. 그래서 바로 그 배우들이 우리에게 이 집을 소개해주었고, 우리는 그녀 집에서 편안히 숨쉴 수 있었다.

언젠가 선량한 사람들이 많았던 적이 있었다. 그래서 심지어 사악한 자들도 선량한 척 위장해야 했던 때가 있었다. 이로부터 위선과 거짓 등

---

9) 1936년 가을에 이주한 곳—편집자.

19세기 말 비평적 리얼리즘이 폭로했던 과거의 거대한 결점이 발생했다. 이 폭로는 뜻밖의 결과를 낳았다. 선량한 사람들이 없어져버린 것이다. 선량함은 천성적으로 타고나는 성질일 뿐만 아니라 배양할 필요도 있었다. 그래서 필요할 경우 그렇게 했다. 우리에게 선량함은 구시대적인, 이미 사라져버린 자질이었다. 그래서 선량한 사람들은 어딘가 원시 동물같이 보였다. 시대가 우리에게 가르쳐준 것——부농의 재산 몰수, 계급투쟁, 폭로, 모든 행동의 이면에 대한 수색 등——은 모두 선량함과는 거리가 먼 자질을 배양했다.

선량함은 친절함과 마찬가지로 시대의 소리가 들리지 않는 벽촌에서 찾아야 했다. 수동적인 사람들만이 조상에게서 물려받은 이 자질을 간직했다. 뒤집어진 휴머니즘이 모든 곳에서 모든 사람에 의해 이야기되었다.

여재단사의 집에서 우리는 조용히 평온하고 인간답게 살았고, 우리가 주거면적을 가지고 있지 않다는 사실도 완전히 잊어버렸다. 나는 마차나 자동차, 전차를 타고 소련의 거대한 도시들을 지나갈 때면 아른거리는 집들의 창문을 놀라움을 가지고 헤아리곤 했다. 나는 왜 이 창문들 중 단 하나도 '내' 것으로 부를 수 없는 걸까?

그런가 하면 괴이한 꿈을 꾸기도 했다. 복도들 그리고 마치 지붕이 덮인 듯한 거대한 거리들, 양쪽으로는 문들이 있고……. 이제 문들이 열리면 나는 내 방을 고를 것이다. 가끔은 열린 문 사이로 이미 고인이 된 내 친척들이 살고 있는 모습이 보이기도 했다. 그러면 나는 화가 났다. 당신들은 여기 다 같이 살고 있으면서 왜 나만 떠돌아다니게 한 거예요? 프로이트라도 감히 이 꿈들을 콤플렉스의 표출, 내부에 억압되어 있던 성적인 본능의 표현으로 설명하지는 못할 것이다.

소비에트 국민은 자기 집을 지을 필요가 없다고 누군가 이야기한 적이 있다. 왜냐하면 무상 주택을 달라고 국가에 요구할 권리가 있기 때문이다. 그러나 누구에게 요구한단 말인가? 꿈속에서조차 나는 이것을 어떻게 부탁해야 하는지 알지 못했고, 마침내 주거와 주거등록 명령서가 발굽되는 행복한 순간이 오기도 전에 잠에서 깼다. 보로네슈에서 나는 그래도 어렵사리 얻은 유일무이한 아파트가 있다는 환상을 가지고 살았다. 그러나 지금 나는 이미 환상을 가지지 않으며, 법률에 의거할 때 나는 그 어떤 것에 대한 권리도 가지고 있지 못하다는 것을 알게 되었다. 나 같은 사람이 얼마나 될까? 부디 나만 예외라고는 생각지 말아달라. 우리의 이름은 수없이 많다.

미래 세대들은 우리의 삶에서 '주거면적'이 뜻하는 바를 이해하지 못할 것이다. 주거면적 때문에 그리고 그것을 위해서 적지 않은 범죄들이 자행되었다. 사람들은 자신의 주거면적에 매어 있었다. 그들은 주거면적을 방치한다는 생각은 꿈에도 하지 못했다. 12.5제곱미터의 아무리 보아도 싫증나지 않는, 사랑스럽고 소중한 주택임차인조합의 방을 누가 버릴 수 있겠는가? 그렇게 정신 나간 사람은 없었으며, 주거면적은 마치 한 가문의 성채나 저택, 영지처럼 상속되었다. 서로 증오하는 남편과 부인, 사위와 장모, 어른이 된 아들과 딸, 부엌방에 살았던 예전의 식모——이들 모두 자신의 '주거면적'과 영원히 연결되어 있어서 그것과 헤어지지 못했다. 이혼이나 결혼 문제에서 가장 중요한 것은 주거면적이었다.

부인에게 주거면적을 남겨두고 집을 나가버린 기사들에 관해서나, 좋은 아파트를 가진 신붓감들, 그런 신붓감을 찾는 신랑감들에 관해 듣기도 했다. 영리한 여자들은 솜재킷을 사서 대학생 기숙사의 청소부로 위장 취업하여 비록 하잘것없었지만 어쨌든 일정한 주거면적을 배당받기도 했다. 그리고 그곳에서 그들은 기숙사 사감의 저주나 거리로 쫓아내겠다는 협박을 견디며 수년간을 버텼다. 이런 기숙사에서는 선생들도 사감들의 비난을 받으면서 살았다. 나도 밤늦도록 쾌활한 여대생들의 노래와 춤추는 소리를 들으면서 이 기숙사들 중 한 방에 기거할 수 있었을지도 모른다. 여대생들에게는 흔히 침대가 부족했고, 그래서 한 침대에 둘이서 껴안고 자야만 하기도 했다.

거주허가 등록도 주거면적과 연관되었다. 자기 도시에서 거주허가를 상실하면 영원히 돌아가지 못한다. 대부분의 사람들에게는 자기 소유의 아파트가 그야말로 덫이 되었다. 먹구름이 이미 머리 위로 짙어졌고, 친구와 동료들도 하나 둘씩 이 먹구름에 둘러싸이게 된다. 우리는 이것을 '폭탄이 가깝게 떨어진다'고 표현했다. 사유재산가들은 계속 자리에 앉아 그것이 다가오기를 기다렸다. 이 운명이 어쩌면 자신들을 비껴갈지도 모른다는 희망으로 자신을 위로하면서. 이렇게 그들은 자신들의 오두막, 이른바 아파트를 지켰고, 그 아파트가 새 건물에 있는 독립식 아파트[10]일 경우 단 하나의 탈출구가 있을 뿐이었다. 새 건물에는 뒷문이란 없었다. 레닌그라드에서 귀족들을 추방하던 시기에 지방으로 급히 도망쳐서 깨끗한 여권을 보존할 수 있었고, 바로 이로써 많은 불행을 피할 수 있었던 단 한 명의 분별 있는 여인을 나는 알고 있다.

그런데 나는 집이 없었기 때문에 체포되지 않을 수 있었다. 언젠가 한 번은 나도 주거면적을 얻는 데 성공했다. 1933년 부하린의 압력 아래 5층에 증축된 비둘기장 비슷한 아파트가 우리에게 배정되었다. 반년 후 만델슈탐은 체포되었지만, 아파트는 우리 소유로 남아 있었다. 작가들의 성화 때문에 우리 아파트 관리자는 유형수의 주거면적에서 노파, 즉 내 어머니를 내쫓고 진정한 소비에트 작가를 위해 우리 아파트를 사용하도록 허가해달라고 요청하러 국가보안부까지 찾아갔다. 그러나 기적은 계속되었고, 국가보안부에서는 주거면적을 갈망하는 작가들에게 왕 자체보다도 더 강력한 왕당파가 되어서는 안 된다는 말을 전해달라며 거절했다. 우리 소유로 남아 있는 아파트는 우리에게 희망을 불어넣었고, 그래서 만델슈탐은 모스크바로 돌아가려고 했다. 그러나 우리가 정작 아파트에 살려고 하자 당국은 그것을 몰수해버렸다. 나는 유형수도 아니었지만, 내 소유권까지도 함께 박탈되었다.

그러나 만일 내가 작가이자 장군이던 이웃과 함께 모스크바의 이 아

---

10) 독립된 부엌, 화장실, 욕실 등을 갖춘 아파트. 이에 반해 공동식 아파트는 한 층에 있는 세대들이 부엌과 화장실, 욕실 등을 공동으로 사용했다.

파트에 머물러 있었다면, 내 유골은 아마도 오래전 수용소의 공동묘지에서 썩고 있었을 것이다. 만델슈탐이 두 번째로 체포된 뒤 내가 일정한 거처와 거주등록없이 배회할 때, 칼리닌에 있는 우리가 마지막으로 거주했던 아파트로 나를 찾는 사람들이 왔다. 그러나 나는 이미 그곳에 없었다. 사유건물에 있던 그 아파트는 너무도 비싸서, 나는 혼자서 계속 그곳에 살 수 없었다. 나를 위한 덫은 존재하지 않았고, 그래서 떠돌이인 나는 잊혔으며, 이로써 나는 살아남아 만델슈탐의 시를 보존할 수 있었다.

그런데 만일 보로네슈의 그 선량한 여재봉사의 집에 우리 다음에 들어온 세입자가 방세 내는 것을 중지하고, 자기가 점유한 방에 대한 독립적인 주거허가를 받아냈다면 어떻게 되었을까? 여재봉사 역시 다른 모든 사람처럼 기관에 밀고하러 가는 방법을 취했을까? "내 세입자의 집에서 불법적인 모임이 벌어지며, 반혁명적 대화가 오갑니다. 나는 집주인으로서 의무라고 생각하여……" 운운하면서 말이다. 아니면 그녀는 어머니와 아들을 위한 작은 여윳돈을 그냥 순순히 포기했을까? 그러나 내가 그녀에 관해 들은 것이라고는 현관이 없는 그 집이 전쟁 중 파괴되었으며, 그 자리에는 무언가 전혀 다른 것이 세워졌다는 이야기뿐이다.

31 돈

보로네슈 유형 초기는 물질적으로 그 어느 때보다 살기 편했던 때였
다. 만델슈탐의 기적적 감형에 놀란 국영문학출판사는 번역거리를 주었
다. 나는 추악한 소설 한 편을 황급히 번역했고, 그 뒤 바로 두 번째 계
약을 체결했다. 그러나 1934년에서 1935년으로 넘어가는 겨울, 일거리
를 주던 사람들은 아마도 질책을 당했던 듯하다. '번역 방법론 조사'의
명목으로 나는 모스크바로 소환되었다. 당시 편집장은 스타르체프였다.
그는 '방법'을 칭찬했지만, 편집부장은 갑자기 소설에 생략할 부분이 있
는지 봐야겠다며 나에게서 원본을 빼앗아갔다. 나는 더 이상 그 책을 볼
수 없었고, 소설은 곧 다른 사람의 번역으로 출판되었다(책 제목은 『소
박한 사람들의 둥지』였다). 이전에 체결했던 계약에 따라 모파상 작품
몇 페이지에 대한 번역료를 받을 수 있었지만, 이로써 모스크바에서 오
던 돈줄은 끊겨버렸다.

만델슈탐은 일거리를 얻기 위해 끝없이 청원서를 썼고, 작가동맹 지부
를 찾아다녔다. 그에게 일자리를 주는 문제는, 당시 표현대로 하면 '원
칙적으로 제기되어 있었다.' 이는 당국의 지침을 기다려야 함을 의미했
다. 만델슈탐을 관리하는 관청에 이에 관한 의견을 문의해야 했다. 이렇
듯 번잡한 절차를 기다리지 않고는 만델슈탐이나 나는 절대 아무런 일거
리도 얻을 수 없었다. 심지어 1955년 체복사라흐에서도 수르코프가 어
딘가를 다녀와서 허가를 받고, 내가 보는 앞에서 교육부장관에게 전화를
걸어 이 사실을 알린 뒤에야 비로소 나는 일자리를 얻을 수 있었다.

그러니 1934년에는 상부의 명령 없이는 그 어느 기관에서도 유형수에게 일자리를 주려 하지 않았다. 기관의 책임자들은 그로써 자기 기관에 열등한 시민이 있는 것에 대한 책임을 면할 수 있는 보험을 들려 했다. 그러나 '초긴장'의 시대가 도래하자, 예전에 상부에서 내렸던 명령이나 인가는 도움이 되지 않았다. 더욱이 이 인가라는 것은 결코 문서 형태로 내려오는 법이 없었다. 누군가 고개를 끄덕이거나, 누군가 전화기를 통해 우물거렸다. "음…… 그래서……" 또는 최선의 경우 누군가 이렇게 말했다. "직접 결정하시오. 우리는 반대하지 않겠소……." 이런 우물거림이나 고개를 끄덕임은 아무런 증거도 남기지 않았고, 책임자들은 '이질 분자로 기관을 오염시킨 것'에 대해 자주 혹독한 대가를 치렀다. 우리는 이 메커니즘을 마치 자기 손가락처럼 낄 수 있을 만큼 오랫동안 '이질 분자'여야 했다. 이 메커니즘은 시간이 흐름에 따라 진화했고, 인간에 대한 국가의 힘은 점점 더 명확한 형태를 취했다. 그런데 제20차 전당대회 후 8년 동안 상황은 급변했고, 새로운 시대가 도래했다. 그러나 나는 스탈린 시대에 관해 말하고 있으며, 만델슈탐이 거쳐야 했던 단계들은 문학의 예속 과정을 보여준다. 다른 영역에서도 같은 일이 일어났다. 물론 양상은 약간 달랐지만, 본질은 같았다.

우리가 그루지야에서 돌아왔던 1922년 모든 잡지는 만델슈탐의 이름을 기고자 명단에 포함시켰지만, 시를 출판하기는 점점 더 힘들어졌다. 보론스키는 이를 잘 보여주었다. 그는 만델슈탐의 모든 작품을 거부했다. "내가 그에게 어떻게 할 수 있겠어요? 그는 말합니다. 당면적이지 않다고……." 편집국장의 비서인 세르게이 안토노비치 클르이치코프(C. A. Клычков)[1]는 이렇게 푸념했다. 결국 1923년 만델슈탐은 모든 잡지의 기고자 명단에서 삭제되었다. 이것은 우연이 아니었다. 우연이라면 모든 잡지에서 한꺼번에 만델슈탐의 이름이 동시에 삭제될 수 없었다.

---

1) 클르이치코프(1889~1937): 농민 시인이자 산문가. 1920~30년대 만델슈탐의 친구. 총살당한다.

아마도 모종의 이념적 협의회가 진행되었고, 그래서 문학에서도 자기편과 남의 편의 구분이 시작된 것이 분명했다. 1923년에서 1924년으로 넘어가는 겨울 당시 잡지 『탐조등』(*Прожектор*)의 편집국장이던 부하린은 만델슈탐에게 다음과 같이 말했다. "당신의 시들은 실어드릴 수 없소이다. 번역물을 가져오시오." 십중팔구 최초의 제한 조치는 잡지에만 국한되었던 듯하다. 1922년에 준비했던 만델슈탐의 시집(『두 번째 책』 *Вторая книга*)은 1923년에 무사히 출판되었기 때문이다. 그러나 2년 뒤 '토지와 공장'출판사를 운영하던 나르부트도 부하린과 같은 말을 했다. "자네 책은 인쇄할 수 없다네. 번역물이라면 얼마든지 책으로 내주지." 이때가 되자 모두 만델슈탐이 시 쓰기를 그만두었으며, 번역가로 전업했다고 썼다. 잡지에 뒤이어 신문 『전야』(*Накануне*)에서도 같은 말을 반복했고, 만델슈탐은 이에 크게 상심했다. 이렇게 되면 시를 출판하기가 더 힘들어지기 때문이었다. "그들은 나에게 번역만 허락하고 있어." 만델슈탐은 푸념했다. 그러나 이 번역일마저 간단치 않게 되고 말았다. 물론 자연적인 경쟁도 존재했지만, 그 외에도 만델슈탐은 '보장받은' 축에 결코 속할 수 없었다. 1920년대 후반부터 번역일은 점점 더 얻기가 힘들어졌고, 돈벌이에 대한 만델슈탐의 권리 자체가 의문시되었다.

동시집들도 아무런 결과를 얻지 못했다. 마르샤크(С. Я. Маршак)[2]는 「전차」(*Трамвай*)와 「공」(*Шары*)을 아주 망쳐놓았다.[3] 궁핍한 개인 출판사가 유일한 숨구멍이었지만, 그마저도 곧 사라지게 된다. 만델슈탐은 몇몇 에세이를 지방(키예프)과 극장 관련 잡지들에 실을 수 있었다. 전면적인 금지는 아직 내려지지 않았고, 다만 '당면성'에 대해 고려하라는 '권고'나 제한이 있을 뿐이었다. 그러나 스탈린의 논문 「볼셰비즘 역사의 몇몇 문제들에 관해」(1930)가 잡지 『볼셰비키』에 실리면서 '노선의 순수성을 위한 투쟁'을 여는 새로운 단계가 시작되었다. 그 논

---

2) 마르샤크(1887~1964): 시인. 영국 시 번역가. 아동도서의 작가이자 편집인.
3) 국영출판사의 레닌그라드 지부에서 1925년과 1926년 각각 출판했던 만델슈탐의 동시집. 마르샤크는 당시 아동문학 분과의 편집장이었다.

문에서 스탈린은 부적합한 것들은 절대 출판하지 말라고 명령했다.

나는 당시 '공산주의 교육을 위하여'라는 잡지사에서 일했는데, 편집국에서 오가는 대화를 통해 유격대식 체제는 청산되었으며, 계획적인 진격이 선언되었다는 것을 깨닫게 되었다. 그럼에도 만델슈탐의 시 몇 편이 여전히 출판되기도 했지만, 『별』(Звезда)⁴⁾의 편집자 가운데 한 명이던 볼페(Ц. С. Вольпе)⁵⁾는 만델슈탐의 산문 「아르메니아 여행」(Путешествие в Армению)을 출판했다는 이유로 해임되었다. 그런데 그는 사실 해임을 각오하고 「아르메니아 여행」을 출판해준 것이었다. 고리는 점점 더 죄어왔다. 만델슈탐과 아흐마토바는 스탈린 시대가 무엇을 의미하는지를 감지한 첫 번째 사람들이었지만, 점차 모든 사람이 그것을 깨닫게 되었다. 대부분의 사람들은 문학에 대한 압박을 호의적으로 받아들였다. 그들은 지금도 자신의 지위와 금기의 보존을 위해 싸워서 옛날을 돌려놓고 싶을 것이다.

유형 시기에는 이미 출판에 관해서는 입도 뻥끗할 수 없었고, 번역 역시 몰수되었으며, 출판물에서는 만델슈탐의 이름 자체도 더 이상 거론되지 않았다. 단지 비방을 목적으로 한 글에서 몇 차례 만델슈탐의 이름이 오르내렸을 뿐이다. 지금은 이름에 대한 금지는 해제되었지만, 타성에 의해 불리지 않으며, 코체토프(В. А. Кочетов)⁶⁾의 서클에서는 아직도 격노를 일으킨다. 그들은 만델슈탐과 츠베타예바(М. И. Цветаева)⁷⁾에

---

4) 볼셰비키 계열의 신문.

5) 볼페(1904~41): 문학연구가. 편집인.

6) 코체토프(1912~73): 소비에트 문학에서 극단적인 반자유주의적 세력을 대변했던 소설가. 그의 소설 『예르조프 형제들』과 『당신들은 무엇을 원하는가?』는 자유주의적 인텔리겐치아를 겨냥한 풍자로 유명하다. 월간 잡지 『10월』의 편집장 역임.

7) 츠베타예바(1892~1941): 시인. 1910년 문단에 등단하지만 10월 혁명에 즈음하여 백위군 편에 서서 「백조의 진영」을 발표했다. 1922년 망명했다가 1938년 다시 러시아로 돌아온다. 귀국 후 본격적인 시작활동은 하지 못한 채 자살했다. '해빙' 이후 재평가된 뒤 소련의 여성시인으로서는 아흐마토바와 나란히 가장 재능이 풍부한 시인으로 인정받아, 잇따라 유고시집이 발표되었다. 1916년 만

관해 몇 마디 언급을 했다는 이유로 에렌부르그까지도 낙인찍어버렸다. 1936년에서 1937년으로 넘어가는 겨울 모든 돈벌이가 중단되었다. 죄수의 아내들은 노동에 대한 권리를 계속 행사할 수 있다고 선언된 1939년에서야 나는 첫 번째 일자리를 얻는 데 성공했다. 그러나 '초긴장의 시기'가 닥칠 때마다 예외없이 일자리에서 쫓겨났다. 왜냐하면 모든 일자리는 국가의 손 안에 있었으며, 유일하게 남아 있는 일이라고는 '크레믈린의 성벽 아래서 읍소하는 것'이었다. 개인적인 생존법들로는 다음과 같은 것들이 있었다. (지금은 이미 사라졌지만) 사유주택 주변에서 채소밭을 가꾸거나, 소를 키울 수도 있지만 건초는 관청이 관할했다. 재무감독관에게 걸리지 않는 한은 몰래 재봉사 일을 할 수도 있었고, 타이피스트 일도 마찬가지였지만, 타자기는 전쟁 전까지 매우 비쌌다. 그리고 끝으로 영세민 상태가 있지만, 영세민을 위한 보조금은 국가의 충성스러운 하인들에게만 지급될 뿐, 우리같이 버림받은 자에게 지급되는 일은 없었다. 이 모든 방법들 중 우리는 '읍소'를 선택했다. 즉 '문제의 근본적인 해결책'을 얻으려고 노력했다. 만델슈탐은 보로네슈에서 그 일에 매달렸고, 나는 모스크바로 가서 접견이 허용될 때까지는 마르첸코(А. Марченко), 셰르바코프(А. С. Щербаков) 등 작가동맹의 간부들에게 이야기해보았다. 그들은 침범할 수 없는 태도를 유지했으며, 내 질문 중 단 하나에도 답변하지 않았고, '상부'의 누군가에게 계속 문의했다.

유형 후 처음 맞는 겨울에 만델슈탐은 개인연금을 몰수당했다. 나는 '러시아 문학에서의 공로'는 빼앗아갈 수 없으며, 따라서 연금도 몰수해서는 안 된다고 셰르바코프를 설득하면서 연금을 다시 받아내려고 애썼다. 내 재치 있는 논리도 이 고관에게는 아무런 인상을 주지 못했다. "만델슈탐이 자기 작품 때문에 유형수가 된 것이라면 도대체 어떤 러시아 문학에서의 공로가 인정될 수 있단 말이오?" 그는 이렇게 응수했다. 나를 포함해 우리는 모두 법 규범에 대한 개념을 완전히 잃어버렸고, 공민

델슈탐과 잠시 사귄다.

권을 상실하지 않은 채 일정 기간의 형을 받은 사람에게 노인연금, 노동연금, 개인연금, 학술연금 등을 영원히 박탈할 수 있는지 나 자신도 정말 알 수 없었다.

셰르바코프를 내가 괜히 고관이라고 칭한 것은 아니다. 우리나라에서는 정치활동가의 물리적 유형 자체가 변했다. 1920년대 중반까지는 우리는 어디서나 젊은이들에 둘러싸인 지하활동가들과 마주쳤다. 자신의 정당성을 절대적으로 확신했으며 단호했던 그들은 기꺼이 논쟁에 뛰어들었으며, 선동했고, 자주 난폭해졌다. 그들에게서는 세미나 참가자, 피사레프(Д. И. Писарев)[8]의 분위기가 풍겼다. 그들은 점차 수놓은 우크라이나풍 셔츠를 입은 머리가 둥근 금발머리들로 대체되었다. 새로운 세대들은 허물없이 쾌활했으며, 완전히 꾸민 듯한 태도와 농담들, 고의적인 난폭함 등을 특징으로 했다. 그다음 세대들은 말없는 외교관 타입으로, 말 한마디 한마디를 아꼈고, 쓸데없는 말이나 약속은 하지 않았지만, 무게와 영향력 있는 사람이라는 인상을 풍겼다. 셰르바코프는 이런 유형의 고관이었다. 내가 그를 처음으로 찾아갔을 때 그와 나는 몇 분 동안 서로 침묵했다. 나는 그가 이야기를 시작하기를 원했지만, 그것은 헛된 바람이었다. 왜냐하면 고관은 청원자가 자기 부탁에 대해 설명할 수 있도록 기회를 주려고 했기 때문이다. 모든 시도가 실패하리라는 것을 미리 알았지만, 나는 먼저 출판 문제에 관해 이야기를 꺼냈다. 그는 문학 작품의 출판에서 유일한 기준은 작품의 질이라고 내게 설명했다. 만델슈탐의 시는 이 기준을 통과하지 못한 것이 분명하며, 그래서 출판되지 못한 것이라는 말이었다. 마르첸코 역시 덜 훈련된 억양이기는 했지만 동일한 이야기를 했다. 셰르바코프는 단 한 번 활기를 띠었다. 만델슈탐이 무엇에 관해 쓰느냐고 묻기에 내가 다음과 같이 대답했을 때의 일이다. "카마[9]에 관해⋯⋯." 그는 내 말을 끊었다. "빨치산에 관해

---

8) 피사레프(1840~68): 문화에 대한 극단적인 실용주의적 견해로 유명했던 19세기 급진적 문학비평가.

서요?" 그는 거의 미소까지 보이며 이렇게 물었지만, 카마 강에 관한 시라는 이야기를 듣자마자 그 미소는 사라졌다.[10] "왜 강에 관해서 쓰지요?" 그는 물었다. 매우 이상하게 여겨졌던 것이다. 셰르바코프가 몇 초동안 보인 활기를 통해 우리는 분명 당시 그들은 만델슈탐이 찬양시나 송가를 쓰기를 기대했으며, 만델슈탐이 그걸 쓰지 않는다는 사실에 놀라워한 것일지도 모른다는 생각에 도달했다. 만델슈탐은 1937년이 되어서야 이 일을 감행했다. 그러나 그때는 이미 아무런 관심도 끌지 못했다.

그럼에도 만델슈탐과 나는 벽을 뚫었고, 우리 공동의 노력은 비교적 성공을 거두었다. 만델슈탐은 지방 극장에서 일하게 되었다. 그는 문학부문의 주임으로 임명되었지만, 무엇을 해야 하는지에 관해 전혀 몰랐다. 실제로 그는 그저 배우들과 수다를 떨었으며, 배우들은 만델슈탐을 좋아했다. 그뿐만 아니라 지방 라디오 방송국에서도 일할 수 있게 되었다. 이러한 종류의 일거리는 유형수들에게 허용된다고 여겨졌다. 물론 신문·잡지에 '초긴장'이라는 단어가 등장하지 않는 평온한 시기들에 국한되기는 했지만. 만델슈탐과 나는 둘이서 「괴테의 젊은 시절」, 「아이들을 위한 걸리버」 등 몇 편의 라디오 방송 대본을 썼다. 만델슈탐은 글루크의 오페라 「오르페우스와 에우리디케」를 비롯해 콘서트들에 대한 소개글도 자주 썼다. 만델슈탐은 거리를 지나다가 에우리디케에 관해 자기가 쓴 글이 확성기를 통해 낭송되는 것을 듣고 기뻐하기도 했다. 그는 저음의 오페라 여가수(역시 유형수였던)를 위해서 나폴리의 노래들을 번역하기도 했다.

이 순조롭던 보로네슈 시기에도 생활은 여전히 힘들었다. 극장은 300루블의 급료를 주었고, 이 돈은 방세(한 달에 200~300루블 정도의 방세를 지불해야 했다)와 담뱃값을 겨우 댈 수 있을 정도였다. 라디오 방송국도 200~300루블을 주었고, 나는 이따금 지방 신문사에 투고된 문

---

9) 유럽 러시아 지역에 있는 볼가 강의 지류.

10) 셰르바코프는 유명한 볼셰비키 지하운동가 카모의 이름과 체르딘 지방을 흐르는 강의 명칭을 혼동했던 것이다.

학 작품을 심사하는 일을 맡기도 했다. 이 모든 것은 달걀과 차, 버터 등으로 이루어진 검소한 식사를 준비하는 식비로 충당되었다. 생선 통조림은 '잔치' 음식으로 여겨졌다. 양배추 수프를 끓여먹었고, 가끔은 자제하지 못하고 그루지아산 포도주를 사서 파산하기도 했다. 자기 아내에게서 50루블(이건 침대 하나 빌리는 값밖에 되지 않았다)을 매달 송금 받았던 세르게이 보리소비치 루다코프도 식사에 초대할 수 있었다. 그 해는 우리가 '기관원'의 집에 살고 있었을 때로, 우리 둘만 있는 시간은 적었다. 배우들이 들르거나 음악가들이 순회공연팀과 함께 찾아왔다. 보로네슈는 자체적으로 교향악단을 가지고 있는 흔치 않은 지방 도시 중 하나였고, 모든 순회공연 연주가들은 이 도시를 거쳐갔다.

만델슈탐은 콘서트뿐 아니라 리허설도 보러 다녔다. 그는 지휘자들마다 다른 방식으로 오케스트라와 작업하는 것을 흥미롭게 관찰했다. 당시 그는 지휘자에 관한 산문을 구상 중이었지만 그 구상은 실현되지 못했다. 시간이 충분치 못했다. 레오 긴즈부르그(Л. М. Гинзбург)[11]가 그리고리 긴즈부르그[12]와 함께 콘서트단을 데리고 보로네슈에 왔을 때 그들은 우리 집에서 많은 시간을 보냈고, 그들이 좋아하던 과일 통조림들로 잔칫상은 다채로워졌다. 마리야 벤야미노브나 유디나(М. В. Юдина)[13]는 만델슈탐을 만나기 위해 일부러 보로네슈에서 공연하려고 애썼고, 마침내 와서는 그에게 많은 연주를 들려주었다. 우리가 지방에 다녀오느라 없는 동안에는 오페라가수 미가이(С. И. Мигай)[14]가 우리를 찾았다. 우리는 그를 만나지 못해 매우 애석했다. 이 모든 것은 우리 삶에서 커다란 사건이었다. 사교적인 사람이었던 만델슈탐은 사람들 없이는 살 수 없었다.

우리의 안락한 생활은 자돈스크를 다녀온 1936년 가을로 끝이 났다.

---

11) 긴즈부르그(1901~79): 지휘자.
12) 긴즈부르그(1904~61): 피아니스트.
13) 유디나(1899~1970): 피아니스트.
14) 미가이(1888~1959): 성악가.

라디오위원회는 모든 방송이 중앙화된 뒤 폐쇄되었고, 극장과 신문사 일도 말라버렸다. 모든 것이 한꺼번에 와르르 무너졌다. 그러자 만델슈탐은 모든 개인적 생활 수단들을 하나하나 상기해보더니 '소!'라고 외쳤다. 그래서 우리는 소를 얻게 되기를 꿈꾸었다. 소를 기르기 위해서 건초가 필요하다는 사실은 나중에야 알게 되었다. 소위 안락한 시기에도 생활은 힘들었지만, 그래도 보로네슈의 '한숨 돌림'은 더없이 행복했다. 만델슈탐은 보로네슈라는 도시 자체도 매우 마음에 들어했다. 만델슈탐은 경계나 국경을 상기시키는 것은 무엇이든 좋아했고, 보로네슈가 바로 표트르 대제가 아조프 함대를 창건했던 변경지방이었다는 사실은 그를 기쁘게 했다. 그는 이곳에서 전초기지의 자유로운 영혼을 느꼈고, 우크라이나와 가까운 남부 러시아 방언을 귀 기울여 들었다. 그의 시에 기관차의 경적이 우크라이나식으로 울려 퍼지는 구절이 있는 것은 바로 이 때문이다. 방언들의 경계는 보로네슈보다 약간 남쪽이었고, 아낙네들은 말린 과일들을 손가락으로 찔러보며 묻곤 했다. "이 열매가 뭐래유?" 니콜스코예 마을에서 만델슈탐은 주민들의 기억에 남아 있는 옛날 거리 이름들을 기록하기도 했다. 그 마을의 주민들은 자신들의 조상이 표트르 대제 시대의 도망자들이거나 유형 보내진 죄수였다는 사실에 긍지를 느끼고 있었고, 조상들의 죄를 따서 거리 이름을 붙였다. 살인자들, 공금착복자들, 위조화폐범들의 통로 등. 만델슈탐이 매일 메모를 남겼던 일기장은 그가 두 번째 체포되었을 때 소실되었고,[15] 나는 니콜스코예 주민들이 그리도 쉽게 발음하던 고대 러시아 단어들을 잊어버렸다. 그들은 '도약자'라고 불리는 교파의 사람들이었으며, 하늘을 향한 자신들의 실패한 비행에 관한 종교적 시들을 지었다. 우리가 마을을 방문하기 얼마 전 그곳에는 드라마가 펼쳐졌다. 그들은 비행의 날을 지정했고, 다음 날 아침이면 자신들이 더 이상 지상에 존재하지 않을 것이라

---

15) 만델슈탐은 1938년 5월 1일 두 번째로 체포된 뒤 강제수용소로 이송되던 도중 1938년 12월 27일 임시수용소에서 사망했다.

고 굳게 확신한 뒤 날개를 가지지 않은 이웃에게 자신들의 전 재산을 나누어주었다. 광적인 의식이 실패로 끝난 뒤 정신을 차린 그들은 어제 자신들이 선물한 물건들을 빼앗으러 달려들기 시작했고, 무시무시한 싸움이 시작되었다. 우리가 찾아낸 가장 신선한 시는 '도약자'가 아끼던 벌집을 선물로 주기 전 그것과 작별하는 내용을 담고 있다. 만델슈탐은 이 시를 듣고 바로 외웠고, 여러 차례 낭송했다. "'도약자'는 하늘로 날아오르고 싶지 않았다. 그는 땅을 사랑했다. 벌통과 집, 아내와 자식들이 있는 그곳을……"

겨울의 보로네슈는 온통 빙판이었으며, 아흐마토바가 시에서 표현한 것처럼 미끄러운 크리스털 같았다("나는 크리스털을 따라 조심스럽게 지나간다……"[16]). 그리고 당시는 대도시들에서도 삽과 모래를 들고 눈을 치우는 청소부들을 찾아보기 힘들었다. 만델슈탐은 얼음도 바람도 두려워하지 않았다. 때때로 그는 보로네슈에 매혹당하기도 했지만, 그보다는 더 자주 이 겨울 도시를 저주하면서 도망치려 했다. 사실 그는 단지 잠긴 문들 같은 고정된 상태들 때문에 중압감을 느꼈을 뿐이었다. 만델슈탐은 이렇게 말했다. "나는 천성적으로 기다리는 사람인가 보오. 계속해서 내가 무언가 기다리도록 나는 이 보로네슈에 처박아진 것 같구려……" 실제로 항상 무언가를 기다려야만 하도록 우리의 삶은 꾸려졌다. 편지나 청원서에 대한 답신, 호의적인 허가나 구원 등. 그런데 실제로 나는 만델슈탐처럼 현재를 강렬하게 살고 있는 사람을 한번도 본 일이 없다. 그는 시간 자체를, 이 생애의 모든 순간을 거의 물리적으로 느끼고 있었다. 이런 의미에서 그는 시간과 결코 화해할 수 없으며 모든 우수는 영원성에 대한 우수라고 이야기한 베르댜예프와 대척점에 있었다. 그러나 내가 생각하기에 모든 예술가는 연속되어 흘러가는 매순간에서 영원성을 이미 감지하며, 순간을 정지시켜 잘 감지되도록 할 수도

---

16) 아흐마토바가 만델슈탐에게 헌정한 시 「보로네슈」의 한 구절. 아흐마토바는 유형생활을 하던 만델슈탐을 만나기 위해 1936년 2월 보로네슈를 방문했다.

있다. 예술가의 우수는 영원을 향한 고뇌가 아니라 매순간이 부피가 크며, 풍부하고 가득 차 있어 그 자체로 영원성과 맞먹는다는 감각을 잠시 상실하는 데서 비롯된다. 우수는 미래에 대한 근심을 자연스럽게 동반했고, 그래서 만델슈탐은 '기다리는 자'가 된 것이다. 보로네슈에서 만델슈탐은 시간에 대한 양극적인 태도를 오갔고, 우수의 시기가 찾아올 때면 그는 어디로든 내달리려고 애썼지만 그럴 수 없었다. 그는 그 장소에 단단히 묶여 있었기 때문이다. 어쩌면 그는 그저 새장을 견디지 못하는 새였을 뿐인지도 모르겠다. 따라서 그는 비록 며칠만이라도 모스크바에 가서 편도선 따위를 제거하거나(사실 그는 평생 편도선염을 앓은 적이 없었다), 잠시 치료를 받거나 또는 자신의 '문학적 일'을 조정할 수 있는(당시 그는 자신에게 문학적 일이란 전혀 남아 있지 않으며, 생길 수도 없다는 것을 완전히 잊고 있었다) 허가를 받기 위해서 항상 모종의 증명서들을 수집하러 다녔다. 물론 그는 여행 허가를 받아내지 못했다. 그의 신음을 듣고 아흐마토바와 파스테르나크는 어디든 다른 도시로 옮겨달라는 부탁을 하러 카타니얀(P. П. Катаньян)17)을 찾아가기도 했다. 이 역시 거절당했다. 카타니얀의 집무실은 겉으로는 누구에게나 개방되어 있었지만, 실제로는 거부 답변을 내릴 청원서들을 수집하기 위해 존재했다. 그리하여 만델슈탐은 3년 내내 보로네슈에 갇혀 있었고, 단 한 차례만 허락된 그 지역의 경계 너머로 여행할 수 있었다. 탐보프에 있는 요양소가 바로 그곳이었는데, 만델슈탐은 그곳에 도착하자마자 바로 보로네슈로 다시 도망쳤다. 신문사에서 출장을 가거나 자돈스크에 있는 별장을 가기 위해 보로네슈 지역 안에서는 몇 차례 여행을 다녔다. 아흐마토바가 파스테르나크에게서 500루블을 얻은 뒤 자기 돈 500루블을 거기에 보태 보내주는 바람에 우리는 자돈스크에 갈 수 있었다. 우리는 부자가 된 기분으로 자돈스크에서 6주를 보냈다.

1936년 여름 그곳에서 우리는 라디오를 통해 재난이 다가오고 있으

---

17) 카타니얀(1881~1966): 소연방 검찰총장의 보좌관(1933~37).

며 우리 삶에 새로운 단계가 도래했다는 사실을 알게 되었고, 그것으로 우리의 방황은 끝났다.[18] 1937년이 다가왔다. 이 시기 만델슈탐의 건강은 이미 매우 악화되어 있었다. 의사들은 그의 병에 관해 알고 싶어 하지도 않았고 알 수도 없었다. 발작은 협심증과 유사했다. 그는 숨을 잘 쉬지 못했지만, 계속 일했다. 사실 그는 자신을 연소시켰고, 그것은 잘한 일이었다. 만일 그가 신체적으로 건강했더라면, 얼마나 더 많은 쓸데없는 고난을 견뎌야 했을까.

우리 앞에는 무시무시한 길이 펼쳐졌고, 유일한 탈출구는 죽음이었다는 것을 지금에 와서야 우리는 알게 되었다. 만델슈탐이나 나와 같은 세대 사람들은 어느 기간까지만 버티어서 살아남으면 된다는 희망을 버린 지 이미 오래였다. 나나 아흐마토바가 정말 행복하다고 느꼈던 스탈린 사후의 비교적 평안한 시기에도 만델슈탐은 살아남지 못했을 것이다. 형기를 마치고 수용소에서 돌아온 사람들(그들 중 많은 사람은 제2차 세계대전에 참전했던 사람들이었다)의 대다수가 1940년대 후반, 1950년대 초에 다시 수용소로 향하는 것을 보게 된 나는 이 사실을 뼈저리게 깨닫게 되었다.

"만델슈탐이 금세 죽어버린 건 정말 다행한 일이에요." 임시수용소에서 만델슈탐과 함께 있다가 이후 콜르이마에서 10년의 형기를 보내고 돌아온 카자르놉스키(Ю. А. Казарновский)[19]가 내게 한 말이다. 과연 우리는 보로네슈에서 이런 미래를 꿈이나 꾸었을까? 우리는 사실 최악의 상황은 이미 지나갔다고 생각했다. 더 정확히 말하면 우리는 운명 지워진 다른 사람들과 마찬가지로 미래를 보지 않으려 애썼다. 보로네슈는 기적이었으며, 기적이 우리를 이곳으로 데려왔기 때문에 우리는 매 순간의 감촉이 우리 입술에 남아 있을 수 있도록 일분 일초를 늘여가면서 조금씩 죽음을 준비했다.

---

18) 1936년 8월 15일 '트로츠키와 지노비예프 도당' 사건에 대한 심리 결과가 공표되었고, 이는 스탈린의 피의 대숙청의 시작을 알리는 신호가 된다.
19) 카자르놉스키: 시인. 만델슈탐과 같은 수용소에 있었다.

32 기적의 기원

파스테르나크가 만델슈탐을 걱정하며 자기 집에 찾아왔다는 내용의 추신을 부하린은 스탈린에게 보내는 편지 끝에 달았다. 부하린이 왜 이런 추신을 붙였는지는 분명하다. 이로써 그는 소위 여론에 관해 알렸던 것이다. 우리의 관습에 따라 이 여론은 인격화되어야만 했다. 누군가 한 사람이 염려했다고는 이야기해도 무방하지만, 어떤 그룹 전체나 인텔리겐치아, 이를테면 문학서클 전체의 불만과 분위기에 관해서는 입을 놀려서는 안 된다. 우리나라에서는 그 어떤 그룹도 일정 사건에 대한 자신들의 입장을 표현할 권리를 갖지 못했다. 우리와 같은 처지가 되어보았던 사람들만이 이해할 수 있는 미묘한 단계가 여기에는 존재했다. 부하린은 일을 성사시키기 위해 모든 에티켓을 지킬 줄 알았다. 그리고 바로 이 추신은 스탈린이 왜 다른 누구도 아닌 파스테르나크를 전화통화 상대로 택했는지 설명해준다.

전화통화는 만델슈탐의 사건이 이미 재검토된 때인 6월 말에 이루어졌다. 파스테르나크는 이 전화통화에 관해 여기저기에 이야기했다. 바로 그날 파스테르나크는 모스크바에 있던 에렌부르그의 집도 방문했다. 그러나 정작 이해당사자였던 사람들, 즉 나와 오빠, 아흐마토바에게는 이에 관해 한마디도 하지 않았다. 사실 파스테르나크는 바로 그날 오빠에게 전화를 걸어 모든 것이 좋아질 것이라고 안심시키기는 했지만, 그뿐이었고, 당시 오빠는 이미 만델슈탐의 사건이 재검토되었다는 사실을 알고 있던 상태였다. 오빠는 파스테르나크의 말을 그저 낙관적 예측으로 생각했을 뿐, 그의 말에 아무런 의미도 부여하지 않았다. 나 역시도 몇 달이 지난 후에야 파스테르나크와 스탈린의 전화통화에 관해 들을 수 있었다. 이미 보로네슈에서 티푸스와 이질을 앓고 난 후, 두 번째로 모스크바를 방문하던 길이었다. 나와 우연히 이야기를 나누게 된 신겔리는 파스테르나크와 스탈린의 전화통화에 관한 소문을 우리도 들었는지, 그리고 이 소문이 사실인지 물었다. 파스테르나크가 내게 아무 말도 하지 않았다면, 이 모든 것은 한가한 사람이 지어낸 얘기일 거라고 신겔리는 확신했다.

그러나 나는 파스테르나크에게 직접 확인해보기로 결정했다. 아니 땐 굴뚝에 연기가 날 리 없었다. 신겔리의 이야기는 가장 디테일한 부분까지 사실이었다. 파스테르나크는 스탈린과의 대화 내용을 내게 그대로 전하면서 직접화법을 사용했다. 즉 자기 말이나 스탈린의 말을 모두 그대로 인용했다. 신겔리도 바로 그렇게 나에게 이야기해주었다. 파스테르나크는 모든 사람에게 똑같은 형식으로 이 이야기를 전달했으며, 그 정확한 판본이 모스크바에 퍼진 것이 분명했다. 나도 파스테르나크의 이야기를 있는 그대로 적겠다.

파스테르나크는 전화를 받기 전에 미리 누가 전화했는지 전해들었다. 처음부터 파스테르나크는 공동주택에서 지금 전화를 받고 있으며, 잘 안 들린다고 하소연하기 시작했다. 당시는 아직 이런 하소연이 주거 조건을 즉시 개선해달라는 청원을 의미하지는 않았다. 다만 파스테르나크는 당시 모든 전화통화를 이런 하소연으로 시작했을 뿐이었다. 파스테르나크가 우리에게 전화를 걸어오면 나와 아흐마토바는 조용히 서로 이렇게 물었다. "공동주택에 관한 불평은 끝났나요?" 파스테르나크는 우리에게 하듯 스탈린과 이야기하기 시작했던 것이다.

스탈린은 만델슈탐의 사건이 재검토되고 있으며 다 잘될 거라고 파스테르나크에게 말했다. 그런 뒤 갑자기 왜 만델슈탐의 선처를 작가조직이나 '나'에게 부탁하지 않았느냐고 파스테르나크를 비난하기 시작했다. "내가 만일 시인이었고, 내 친구인 시인이 불행에 처했다면 나는 그를 돕기 위해 벽에라도 기어 올라갔을 거요." 그러자 파스테르나크는 이렇게 대답했다. "작가조직은 1927년부터 그런 일에 관여하지 않으며, 내가 만일 만델슈탐을 걱정하지 않았더라면, 당신은 그에 관해 아무것도 몰랐을 겁니다." 그런 뒤 파스테르나크는 만델슈탐과 자신의 관계(우정의 개념으로는 물론 이해되지 않는)를 정확히 규정하고 싶은 마음에서 '친구'라는 단어에 관해 무언가 부언했다. 이런 주석은 매우 파스테르나크다운 것으로, 문제의 본질과는 전혀 상관없었다. 스탈린은 다음과 같은 질문으로 그의 말을 끊었다. "그렇지만 만델슈탐은 대가(大家)이기는 하지 않소?" 파스테르나크는 대답했다. "지금 그게 중요한 게 아닙니다." "그럼 뭐가 중요하지?" 스탈린이 물었다. 파스테르나크는 스탈린과 직접 만나서 이야기하고 싶다고 말했다. "무엇에 관해서?" 파스테르나크가 대답했다. "삶과 죽음에 관해서 말입니다." 스탈린은 전화를 끊어버렸다. 파스테르나크는 다시 통화하려고 시도했지만, 비서에게 연결되었다. 스탈린은 더 이상 통화하고 싶어 하지 않았다.

파스테르나크는 이 대화에 관해 다른 사람들에게 이야기해도 되는지, 아니면 아무에게도 말해서는 안 되는지 비서에게 물었다. 예상과는 달리 다른 사람들에게 이야기하는 것은 권장되었다. 이 대화를 비밀로 만들 필요는 없었다. 스탈린은 바로 이 통화가 대대적인 반향을 일으키기를 원했음이 분명했다. 사람들의 환호가 없다면 기적이라 할 수 없다.

그 사람을 밀고자라고 생각하지 않기 때문에 스탈린에 관한 만델슈탐의 시를 받아 적었던 유일한 사람의 이름을 내가 말하지 않는 것과 같은 이유에서, 나는 파스테르나크를 잘 모르는 사람들에게는 부정적으로 해석될 수도 있는 대화의 한 대목은 옮기지 않겠다. 사실 이 대목은 아무런 악의도 없으며, 다만 파스테르나크의 자기중심주의와 자기몰두가 느껴질 뿐이다. 파스테르나크를 잘 알고 있는 우리에게 이 대목은 다만 다소 우습게 여겨졌다.

스탈린이 행한 기적의 대가가 무엇인지 지금은 모든 사람에게 명백해졌다. 어쨌든 파스테르나크에게는 그 기적에 관한 소문을 모스크바에 퍼뜨리고, 또 스탈린에게 훈계를 듣는 영광이 하사되었다. 기적의 목적은 달성되었다. 사람들의 관심은 희생자가 아닌 은인에게, 유형자가 아닌 기적을 행하는 자에게 돌려졌다. 당시 자기 친구들과 동료들은 전혀 아무렇지도 않게 죽음으로 몰아넣었던 장본인인 스탈린이 왜 시인에게는 예외를 두었는지, 즉 친구인 시인을 불행에서 구출하기 위해 벽에라도 기어 올라가야 한다고 훈계했는지에 관해 의문을 던지는 사람이 아무도 없었다는 것은 당대에 특징적이던 모순을 보여준다. 이에 관해서는 파스테르나크조차 생각지 못했으며, 내가 그에게 이런 지적을 했을 때 그는 얼굴을 약간 찡그렸다. 나의 동시대인들은 시인들의 우정에 관한 스탈린의 훈계를 아주 진지하게 받아들였고, 이런 열정과 기질을 보이는 지도자에게 열광했다.

그러나 우리 눈앞에는 티플리스에서 만델슈탐과 계약(만델슈탐이 문헌 관련 일에 남아 있을 수 있게 하는)을 체결하던 도중 숙청당했던 로미나드제(В. В. Ломинадзе)[1]가 아른거렸다. 로미나드제뿐 아니라 그 무렵 숙청된 모든 사람이…… 그들의 숫자는 적지 않았다. 그러나 우리나라 사람들은 아직도 1937년을 스탈린이 갑자기 돌변하여 모든 사람을 학살하기 시작한 해라고 계속 집요하게 믿고 있다.

파스테르나크는 스탈린과 한 전화통화에 대해 불만족스럽게 생각했다. 그는 이 통화를 스탈린과 만날 수 있는 기회로 이용하지 못했던 것에 대해 많은 사람에게 불평했다. 그는 나에게도 이에 관해 불평했다. 파스테르나크는 만델슈탐에 관해서는 조금도 걱정하지 않았는데 왜냐하면 모든 게 잘될 거라는 스탈린의 말을 무조건 믿었기 때문이다. 그것보다는 자신의 실패를 더 뼈아프게 생각했다. 파스테르나크는 우리나라 대부분의 사람들처럼 크레믈린의 은둔자 스탈린에게 병적으로 집착했다. 열망했던 만남이 이루어지지 않은 것은 파스테르나크에게 다행이었

---

1) 로미나드제(1897~1935): 1930년 자카프카지예 지역소비에트의 제1서기. 노동자와 농민의 곤궁과 필요에 대해 당이 지주적인 태도를 보인다고 비난했던 그는 1934년 11월 모든 직위에서 해임된 뒤 1935년 1월 권총 자살했다.

다고 나는 생각하지만, 이 모든 사건이 일어날 당시 우리는 아직도 많은 것을 모르고 있었다. 우리에게는 아직도 경험해야 하는 많은 것들이 남아 있었다.

바로 여기에 시대의 놀라운 두 번째 특징이 있다. 어떻게 해서라도 지상 낙원을 건설하겠다고 약속했던 전지전능한 지도자들은 왜 당대 사람들의 눈을 멀게 했던 것일까? 두 시인과 통치자가 얽힌 이 사건에서 도덕적인 권위나 역사 의식, 내적 정당성이 모두 시인들에게 속했다는 것을 지금은 아무도 의심치 않는다. 그러나 파스테르나크는 그 후 오랫동안 시를 쓸 수조차 없었다고 스스로 말할 정도로 낙심해 있었다. 파스테르나크가 자기 손으로 직접 시대의 궤양을 만져보고자 한 것이었다면 좀 이해가 된다. 잘 알려져 있듯, 파스테르나크는 이후 그렇게 했지만, 이를 위해 지배자들과 만날 필요는 없었다. 내 생각에는 당시 파스테르나크가 스탈린에게 시간과 역사, 미래가 구현되어 있다고 믿었고, 그래서 이 살아 숨쉬는 기적의 실체를 다만 가까이에서 보고 싶었던 것 같다.

스탈린과 통화할 때 만델슈탐과의 관련을 부인할 정도로 파스테르나크가 비겁하게 행동했다는 소문이 지금은 널리 퍼져 있다. 파스테르나크는 병들기 얼마 전 거리에서 마주쳤을 때, 내게 그런 이야기를 했다. 나는 스탈린과의 전화통화 내용을 함께 기록해보자고 제안했지만, 그는 원하지 않았다. 어쩌면 그는 그때 과거에 집착할 시간이 없을 정도로 사건들의 소용돌이에 휘말리게 되었는지도 모르겠다.

스탈린이 전화통화를 시작하자마자 만델슈탐의 사건은 재검토될 것이며 자신이 사면해줄 것이라고 밝혔다는 사실을 고려할 때 파스테르나크를 만델슈탐의 운명이 아닌 다른 것에 집착했다고 탓할 수는 없다. 요즘 회자되는 소문에는 스탈린이 파스테르나크에게 만델슈탐의 신원보증을 요구했고, 파스테르나크가 이를 거절한 것으로 되어 있다. 그런 일은 없었으며, 보증을 운운한 적도 없었다.

만델슈탐은 파스테르나크와 스탈린의 전화통화에 관한 이야기를 들고 파스테르나크에 대해 매우 만족스러워했다. 특히 작가조직은 "1927년부터 그런 일에 관여하지 않습니다"라는 언급에 만델슈탐은 웃음을 터뜨렸다. "정확한 정보를 주었군." 만델슈탐은 그저 스탈린이 파스테르나크에게 전화를 걸었던 자체를 못마땅해했다. "도대체 무엇 때문에 파스테르나크를 혼란스럽게 한 거지? 내가 스스로 궁지에서 벗어났어야 했는데, 파스테르나크는 이 문제와 상관없는데 말이야." 그리고 이런 말도 했다. "파스테르나크가 전적으로 옳아. 대가라는 게 중요한 게 아니지. 왜 스탈린은 그런데 '대가'를 두려워한 걸까? 뭔가 미신 같은 걸 가지고 있었나봐. 아마도 우리가 마술을 부릴 수 있다고 생각했는지도……." 마지막으로 이런 말도 했다. "정말 그 시가 인상적이긴 했나봐, 사건을 재검토한다고 스탈린이 그렇게 소문을 내고 다닌 걸 보면."

그런데 만일 파스테르나크가 만델슈탐이 대가라고 말했다면 결과가 어떻게 되었을지 모르겠다. 어쩌면 만델슈탐도 미호엘스처럼 파국을 맞았거나, 아니면 어쨌든 만델슈탐의 시 원고들을 없애기 위한 더 혹독한 조치가 취해졌을지도 모른다. 오로지 레프(Леф)[2]와 상징주의자들의 만델슈탐에 대한 끊임없는 중상("그는 이미 지나간 시절의 시인이며 유미주의자이고, 그의 작품은 이미 지나간 시절의 시들"이라는) 덕택에 원고들은 무사할 수 있었다고 나는 확신한다. 만델슈탐은 이미 말살되었고 짓밟혔으며, 이른바 '어제'의 일이라고 생각했기 때문에 당국은 원고들을 찾아내 흔적을 밟아 뭉갤 생각을 하지 않은 것이다. 그저 손에 있던 것들만 태워버렸고, 그것으로 완전히 만족했다. 만일 그들이 만델슈탐의 시적 유산을 더 높게 평가했다면, 그의 미망인인 나나 그의 시들

---

2) 1922년 말 시인 마야콥스키를 중심으로 모스크바에서 결성된 아방가르드 예술 집단. 정식 명칭은 예술좌익전선(Левый фронт искусства)이다. 아세예프, 카멘스키 등 혁명 전의 미래주의자를 위시하여 브릭, 슈클롭스키 등이 참가했다. 기관지 『레프』(1923~25)를 거점으로 삼아 문학, 시학, 언어학, 미술, 영화 등 여러 장르에 걸쳐 혁명에 봉사하는 새로운 예술이상을 추구했다. 특히 그 중심적 강령이 된 것은 예술과 생활창조를 일체화하여 모든 생산과정에 예술을 응용하려고 한 '생산주의 예술'이란 이념이다. 이후 라프(Рапп)에 흡수된다.

은 남아나지 못했을 것이다. 언젠가 이것은 '유해를 바람에 날려버리는 것'으로 불렸다.

국외에서는 이 전화통화 일화가 완전히 왜곡되어 회자되고 있다. 만델슈탐이 파스테르나크네 집에 손님으로 가서 이방인들 앞에서 시를 낭송했으며, 불쌍한 집주인은 '크레믈린으로 끌려가 고초를 당했다'는 것이다. 외국인들은 당시 우리나라 상황을 전혀 몰랐다. 그러면서 그들은 어떻게 우리가 속박되어 있었다고 믿을 수 있었을까? 우리는 당시 '손님으로 가서' 이런 시를 읽기는커녕 그 누구도 스탈린에 관해 한마디도 할 엄두를 내지 못했다. 선동자만이 손님들 앞에서 스탈린 비방시를 읽을 수 있었지만, 그 선동자조차도 그럴 엄두를 내지 못했을 것이다. 또한 '심문을 위해' 크레믈린으로 사람들을 소환하는 일도 없었다. 크레믈린은 화려한 접견이나 훈장 수여를 위한 장소였다. 심문을 위해서는 루뱐카가 존재했으며, 파스테르나크는 만델슈탐과 관련하여 이곳으로 소환된 적도 없었다. 스탈린과의 통화 때문에 파스테르나크를 동정할 필요도 전혀 없다. 이 일은 그에게 전혀 해를 끼치지 않았다. 그리고 우리는 파스테르나크를 찾아가지 않았으며, 파스테르나크도 우리를 다만 이따금 방문하게 되었다. 그것이 서로에게 편했다.

33 정반대

만델슈탐과 파스테르나크는 몇 가지 측면에서 상반된다. 그러나 그들도 일정한 한 공간 위에서 양극에 위치한다. 따라서 그들은 공통점이 있기도 한다. 그들은 공존한다. 만델슈탐과 파스테르나크는 정반대이기는 하지만, 예를 들어 페딘(К. А. Федин)[1]이나 오샤닌(Л. И. Ошанин),[2] 블라고이(Д. Д. Благой)[3]의 대척자가 될 수 없다.

만델슈탐의 시 가운데 두 편은 파스테르나크에 대한 답변이라고 할 수 있다. 한 편은 파스테르나크 시에 대한, 다른 한 편은 그들이 마치지 못한 대화에 대한 답변이다. 아파트에 관한 만델슈탐의 시 「아파트는 종잇장처럼 조용하다」는 파스테르나크의 우연한 말 한마디로 생겨났다. 파스테르나크는 우리가 새집에 정착한 것을 보려고 푸르마노프 골목에 있는 우리 집에 잠시 들렀던 길이었다. 작별인사를 하며 그는 현관 앞에서 한참 동안을 떠나지 않고 머뭇거리더니 "이제 집도 있으니, 시를 쓸 수 있겠네"라는 말을 남기고 떠났다.

"여보, 파스테르나크가 하는 소리 들었어?" 만델슈탐은 몹시 화를 냈다. 그는 안정되지 못한 생활환경이나 집, 경제적 어려움 등 외부환경이 시 창작에 장애가 된다는 불평을 참지 못했다. 그의 뿌리 깊은 소신에 따르면 그 무엇도 예술가가 해야만 하는 일을 방해할 수 없으며, 반대로

---

1) 페딘(1892~1977): 작가. 작가연맹의 고위직에 있었다.
2) 오샤닌(1912~96): 노래시인.
3) 블라고이(1893~1984): 문학연구가. 푸슈킨 전문가.

윤택한 환경이 작업에 자극이 될 수도 없었다. 그가 윤택함을 피했다는 것은 아니며, 그것을 반대한 적도 없었다. 우리 주위로는 작가의 배급 정비를 위한 필사적인 투쟁이 진행되었으며, 아파트는 이 투쟁에서 주된 테마였다. 조금 더 지나자 공로에 따라 별장도 나누어주기 시작했다. 파스테르나크의 말은 정곡을 찔렀다. 만델슈탐은 아파트를 저주하게 되었고, 그것을 원래 예정된 사람, 즉 정당한 배반자, 표현자, 기타 노력가들에게 돌려주겠다고 제안했다.

아파트에 대한 저주는 집을 갖지 말라는 설교가 아니라 그것이 요구하는 대가 앞에서 느끼는 공포다. 우리나라에서는 아무것도 공짜로 주지 않았다. 그것이 별장이든, 아파트이든, 돈이든…….

파스테르나크의 소설에서도 '아파트', 더 정확히 말해 사유하는 인간이 작업할 수 있는 책상이 등장한다. 파스테르나크는 책상 없이는 시를 쓰는 것이 불가능했다. 파스테르나크는 쓰는 인간이었다. 반면 만델슈탐은 걸어다니면서 창작했으며, 이후 기록하기 위해 잠깐 걸터앉았다. 작업 방식도 그들은 정반대였다. 그리고 만델슈탐은 민중 전체가 전반적인 권리를 상실한 시기에 책상에 대한 작가의 특권을 옹호하려 들지 않았다.

파스테르나크와 연관된 두 번째 시는 「밝은 밤, 귀족의 특별석……」 (Ночь на дворе. Барская ложа, 1931)[4]이다. 이 시는 "각운은 시행의 되풀이가 아니라, 외투 보관표, 기둥 옆 자리 배급표"(рифма не

---

4) 이 시의 전문은 다음과 같다.

밝은 밤, 귀족의 특별석.
내 뒤엔 홍수든 뭐든 상관없다.
그런데 과연 내 뒤엔 무엇이 벌어질까? 시민들의 목쉰 외침
그리고 외투 보관소의 혼잡.

가장 무도회. 늑대 사냥견 같은 시대.
이렇게 반복하게:
모자를 외투 소매에, 모자를 외투 소매에 끼우시오.
그리하면 신이 보호하리니.

вторенье строк, а гардеробный номерок, талон на место у колонн)라는 파스테르나크의 시구에 대한 대답이다. 표가 없더라도 우리를 들여 보내주었던 음악원 대강당의 구조가 이 시에서는 확연히 보인다. 더욱이 이 기둥 옆 좌석은 시인이 가진 명예로운 사회적 지위였다. 만델슈탐은 자신의 시에서 '기둥 옆 좌석'을 거절했다. 만델슈탐은 윤택함이라든지 시대와의 화해에 대한 면에서 파스테르나크보다는 츠베타예바와 훨씬 더 가까웠다. 그러나 츠베타예바에게 이 혐오는 더욱 추상적인 성격을 띤다. 만델슈탐은 일정 시대와 충돌을 일으켰고, 그 시대의 특징과 그에 대한 자신의 셈을 충분히 정확하게 규정했다.

1927년에 이미 나는 파스테르나크에게 말했다. "조심하세요. 그들은 당신을 양자로 삼으려 들 거예요." 그는 내게 여러 차례 이 말을 상기시켰고, 그중 마지막은 30년 뒤, 이미 『의사 지바고』가 세상에 알려진 때였다. 첫 번째 대화에서(당시 우리는 파스테르나크는 물론 만델슈탐에 대해서도 이야기했다) 나는 파스테르나크가 가정적이며, 모스크바적인 현상이고 내부 오르간을 가진 별장 거주자라는 말도 했다. 이 모스크바적인 기질로 파스테르나크는 우리 문학 관료들에게도 이해받았으며, 그들은 화해할 준비가 되어 있었지만, 불화는 여전히 피할 수 없었다. 그들은 파스테르나크가 따라갈 수 없는 그런 영역으로 가고 있었다. 한편 만델슈탐은 유목민이며 방랑자였고, 모스크바 주택의 벽들도 그를 피해 뒷걸음쳐 물러설 정도였다. 만델슈탐의 사정은 다르며, 그들은 그를 일부러 유목민으로 만들었다는 것을 나는 나중에 깨달았다.

파스테르나크로 말할 것 같으면, 나는 결코 카산드라였던 것은 아니며, 그보다 조금 더 일찍 현실에 눈뜰 수 있었을 뿐이다. 시트 담당 여자가 자신의 경험으로 나를 밀쳐냈던 것과 마찬가지로, 나 역시 때가 되면 모든 사람이 눈을 뜰 것이며, 다만 많은 사람은 자신들이 눈뜨게 된 사실을 숨기고 있을 뿐이라는 것을 알아차렸다. 마지막 만났을 무렵 파스테르나크는 불화가 불가피하다고 했던 내 말이 옳았다고 인정했다.

운명은 이 두 사람의 영혼의 구조 속에 미리 예정되어 있었다. 두 사람 모두 문학에 의해 파멸당했으나, 파스테르나크는 어느 시기까지는 문학과의 접점을 찾았던 반면 만델슈탐은 처음부터 떨어져 나가려고 애썼다. 파스테르나크는 안정성(주로 물질적인)을 얻어내면서 그리로 향하는 길들이 문학을 통해 나 있음을 알게 되었다. 그는 문학 서클에서 결코 벗어나지 않았으며, 단 한 번도 거리를 두려 하지 않았다. 의사 지바고 역시 의사가 아니라 시인이며, 파스테르나크가 문학에서 떨어져 나간 것이 아니라 지바고가 그런 것이고, 그것도 불화가 불가피하다는 것을 작가가 알게 된 이후에서였다.

젊은 시절 파스테르나크는 어떠한 형태의 문학이 그에게 지위와 최상의 안정성을 줄지 집요하게 고민했다. 만델슈탐에게 보낸 한 편지에서 그는 전문적인 편집인이 되려 한다고까지 말한 적이 있었다. 이것은 아직 풋내기였던 파스테르나크의 완전한 환상이었음이 분명하다.

그러나 파스테르나크와 만델슈탐의 환상 섞인 계획은 매우 달랐다. 만델슈탐은 평생 문학과 문학적 일들, 즉 번역이나 교정, 작가 회관에서 열리는 회합, 시대가 필요로 하는 발언 등을 피했다. 파스테르나크는 구심력에 위치한 반면, 만델슈탐은 원심력에 있었다. 그리하여 문학도 그들의 태도에 따라 그들을 달리 대했다. 파스테르나크에게는 처음부터 호의적으로 대했고, 만델슈탐은 처음부터 말살하려 들었다. "파스테르나크 또한 이질적이지만, 그래도 그는 어쩐지 우리와 가깝고, 어딘가에서 만날 수 있는 지점이 있소." 언젠가 파데예프는 만델슈탐의 시들을 훑어보며 내게 이렇게 말했다. 당시 파데예프는 『붉은 처녀지』의 편집국장이었으며,[5] 만델슈탐은 이미 금지된 시인이었다. 당시 나는 아픈 만델슈탐을 대신해 시 원고를 가지고 파데예프를 찾아갔다. 지금 『새로운 시』의 첫 번째 노트에 포함된 작품들이었다. 파데예프는 「늑대」나 「늑대 사이클」에 관심을 보이지 않았다. 아래의 8행짜리 시 한 편만이 그의 흥미를 끌었다.

---

5) 당시 『붉은 처녀지』에는 파스테르나크의 시들이 실리고 있었다—편집자.

경찰서용 용지 위에서
밤은 가시 많은 폭탄주를 실컷 마셨다.
별들이 노래한다──획일적인 새들,
자신들의 보고서를 쓰고 또 쓴다.
그들이 눈짓을 하고 싶지 않더라도,
그들은 사유서를 제출할 수 있으며,
반짝임, 글 쓰기, 부패에 대한
허가를 언제나 갱신한다.

만델슈탐은 이 장난기 어린 시를 순전히 불량한 생각에서 몰래 끼워 넣은 것이었다. "보고서에 'п'가 왜 두 개입니까?"[6] 파데예프가 물었고, 그 즉시 이 단어가 '라프'에서 온 것임을 깨달았다.[7] 그리고 고개를 젓더니 그는 다음과 같이 말하며 내게 시 원고를 돌려주었다. "파스테르나크 시는 싣기가 훨씬 더 수월해요. 그의 작품에는 자연이 있으니." 그러나 물론 시 자체나 테마만이 문제가 아니었다. 파스테르나크에게는 세태적이며 전통적인 문학과의 접점들이 여전히 존재했고, 이를 통해 모든 라프와 연계될 수 있었다. 반면 만델슈탐에게는 그런 것들이 없었다. 파스테르나크는 우정을 원했지만, 만델슈탐은 그것을 거절했다. 그들 중 누가 옳은지 질문할 필요는 없다. 그러나 두 사람 모두 생의 마지

---

6) 보고서에 해당하는 러시아 단어가 рапорт임에도 시에는 раппорт로 표기되어 있음을 가리킨다. 이는 프롤레타리아 작가연합(Рапп)을 풍자하려는 의도였다.

7) 라프(Рапп): 1920년대 후반의 문학단체. 정식명칭은 러시아 프롤레타리아 작가연합(Российская ассоциация пролетарских писателей). 1925년 1월 발족, 같은 해 6월 아베르바흐를 서기장으로 이론기관지 『라프』, 격주 비평지 『문학 초소』를 중심으로 활동했다. 처음에는 '고전을 배워라'는 등의 온건노선을 표방했으나, 보론스키 등의 동반자 문학 옹호파와 격렬한 논쟁을 거듭하면서 정치주의적 경향이 강해졌다. 고리키나 숄로호프 등 비프롤레타리아계 작가에게 비난을 퍼붓는 등 그 비평은 '라프의 곤봉'이라 불릴 만큼 공포의 대상이었다. 1932년 4월 당 중앙위원회 결의에 따라 다른 문학단체들과 마찬가지로 해산되었다.

막에 그들의 전 인생 지침에 반대되는 행위를 감행했다는 것은 주목할 만하다. 파스테르나크는 소설 『의사 지바고』를 써서 출판함으로써 공개적인 불화를 선언했고, 만델슈탐은 접근할 준비를 이미 마쳤지만, 그때는 너무 늦었음이 판명되었다. 사실 만델슈탐의 경우 그것은 밧줄이 이미 목에 걸려 있지만, 아직 목은 쓸 수 있던 바로 그 시기에 취해진 구원을 향한 시도였다. 아흐마토바는 다소 다른 상황에 처해 있었다. 아들을 인질로 잡아들인 것이 효력을 발휘했다. 그것이 아니었다면 아흐마토바의 이른바 '긍정적' 시들은 결코 세상에 나오지 못했을 것이다.[8]

파스테르나크는 인텔리겐치아, 더 정확히 규정하면, 혁명이 일어난 뒤 생활의 고상함을 박탈당하고, 평화로운 일상을 파괴당한 부류의 인텔리겐치아에 대해서만은 평생 일관된 태도를 보였다. 파스테르나크는 사실 인텔리겐치아 전체에게 일어났던 내적 과정 전반은 묵과했다. 예를 들어 대학 강사들은 지바고의 우정을 얻을 만한 가치가 없는, 평범한 생각을 하는 흥미 없는 사람들일 뿐이었다. 지바고 가족의 일상이 파괴되었고, 이것을 작가는 반란을 일으켰던 민중의 죄로 돌렸다. 파스테르나크는 민중과 인텔리겐치아 사이에 국가라는 방어벽을 세우고 싶었을 것이다. 키르기즈인의 눈을 가진 귀족적 풍모의 남자, 언제나 배급표와 돈과 친절한 조언들, '후원'과 도움을 가지고 등장하는 선량한 수호신인 지바고의 동생의 정체는 과연 무엇인가? '그의 힘의 수수께끼는 풀리지 않은 채 남아 있다'고 파스테르나크는 작품에서 말한다. 그러나 그가 승리자들이나 국가와 연결되어 있음은 소설 전체에 걸쳐 명확히 나타나며, 그가 형에게 베푼 도움은 고리키의 조언에 따라 구성된 학자들의 생활개선위원회, 끈, 전화를 필요로 하는 '국가적 기적'에 명백히 속한다. 그는 자기 형을 외국으로 보내준다거나, 파리로 추방된 가족을 모스크바로 불러주겠다고 약속할 정도로 지위가 높았다. 1930년대 초 지배자

<hr>

8) 1950년 잡지 『불빛』(*Огонек*)에 3회에 걸쳐 실린 사이클 「평화의 찬가」를 가리킨다.

들 중 누가 그런 권력을 가지고 있었는지 파스테르나크는 잘 알고 있었다. 만일 지바고가 죽지 않았다면 그는 동생을 통해 '기둥 옆 좌석표'를 얻었을 것이다. 국가와 그것이 베푸는 기적에 대한 그런 유의 기대는 만델슈탐에게는 전혀 이질적인 것이었다. 새로운 유형의 국가가 사람들에게 무엇을 가져다줄 수 있는지 그는 일찍이 깨달았다. 그래서 그것의 보호를 기대하지 않았다. 그리고 만델슈탐은 "민중이 재판관처럼 심판한다"고 믿었고, 또 다음과 같은 말도 했다. "황량한 시대, 너는 떠오른다. 오 태양이여, 심판관이여, 민중이여." 나 또한 이 믿음을 공유하며, 민중은 침묵할 때에도 심판을 멈추지 않는다는 것을 알고 있다.

파스테르나크는 긴츠라는 성을 가진 인물을 통해 전선에서 병사들에게 살해당한 군사위원 린데(Ф. Ф. Линде)[9]를 묘사했다. 병사들을 손아귀에 틀어쥐고 지휘할 줄 모르면서 민중을 혼란시켰던 사람들에 대한 징벌로 파스테르나크는 이 죽음을 해석했다. 만델슈탐은 린제를 잘 알고 있었다. 아마도 시나니(Б. Н. Синани)[10] 집에서 알게 된 것이 분명하다. 린제의 죽음에 대한 만델슈탐의 입장은 다음 구절을 보면 충분히 알 수 있다. 비록 이 구절은 케렌스키(А. Ф. Керенский)[11]에 관한 것이기는 하지만. "러시아가 너를 축복하기 위해 가벼운 발걸음으로 하강할 것이다⋯⋯"

햄릿의 비극은 우유부단함이 아니라, 그가 가졌던 아들로서의 의무와 상속권, 달리 말해 바로 그 '기둥 옆 좌석표'를 잃었다는 데 있다고 파스테르나크는 햄릿에 관한 글에서 적었다.[12] 모스크바는 태어날 때부터

---

9) 린제(1881~1917): 수학자, 비당원 혁명가. 제1차 페테르부르크 소비에트의 대의원. 남서 전선에 위치한 특수부대의 케렌스키 정부 전권위원으로서 전쟁을 선동하던 중 1917년 8월 사망했다.
10) 시나니(1851~1920): 정신과 의사. 만델슈탐이 청년시절 가깝게 지내던 가족의 가장.
11) 케렌스키(1881~1970): 정치가. 1917년 2월 혁명 이후 들어선 임시정부의 수상이 되었다. 10월 혁명이 일어나자 각료들을 남겨두고 자신만 여자로 변장하여 미국대사관의 자동차로 도망친다.

파스테르나크에게 속해 있었다. 파스테르나크는 어느 순간 자신이 상속권을 포기했다고 생각했는지도 모른다. 그러나 그런 일은 일어나지 않았고, 모든 것은 그의 곁에 남아 있었다. 마리나 츠베타예바 역시 합법적인 상속녀로서 모스크바로 돌아왔고, 그렇게 받아들여졌다. 그러나 모든 상속권은 그녀에게 금기시되었고, 그리하여 그녀는 시에서 자기 목소리를 획득하자마자 모스크바와 사실상 인연을 끊었다. 아흐마토바, 구밀료프, 만델슈탐 등 아크메이스트들은 전혀 다르게 취급되었다. 그들은 문학의 양 진영(구세대와 신세대 또는 우익과 좌익)에게 막연한 분노를 불러일으키는 무언가를 동반하고 나타났다. 뱌체슬라프 이바노프(В. И. Иванов)[13]와 그의 주위 사람들 전체 그리고 고리키의 서클[14]도 아크메이스트들을 적대적으로 대했다. 처음에는 상징주의자로 문단에 데뷔했던 구밀료프의 문제는 좀 달랐다. 그가 첫 번째 아크메이즘 시집인 『낯선 하늘』을 출판한 후에야 비로소 그에 대한 적대감은 나타났다. 그래서 그와의 투쟁은 다른 시인들보다 훨씬 더 첨예하게 전개되었고, 결국 그가 총살되는 것으로 막을 내렸다.

볼셰비키들은 상징주의자들이 직접 그들 손으로 건네준 사람들만을 아낀다고 만델슈탐은 언제나 말했다. 아크메이스트의 경우 그런 전달은 없었다. 소비에트 시대에 레프 사람들도, 상징주의자들의 잔재들도 한결같이 마지막 아크메이스트인 아흐마토바와 만델슈탐에게 주된 공격

12) 「셰익스피어 번역물들에 관한 주」의 일정 부분을 염두에 둔 듯. 그 글에서 파스테르나크는 햄릿이 왕위에 대한 자기 권리를 한시도 잊지 않은 '피의 왕자'라고 이야기했다—편집자.

13) 이바노프(1866~1949): 시인, 문예이론가. 모스크바 대학 문학부에서 수학하다가 베를린에 유학, 로마사를 전공했다. 니체, 솔로비요프의 영향을 받아 비극의 기원인 디오니소스 숭배, 신화의 핵심적 요소인 '상징'을 발견, 연극을 '신화창조'로 보는 문제제기를 축으로 후기 상징주의의 지도적 이론가가 되었다. '탑'이라 불리웠던 그의 아파트는 '은세기' 대표적 문학살롱이기도 했다. 혁명 후에는 바쿠 대학 교수로서 학술과 문화계몽을 하다가 1924년 로마로 망명.

14) 민주적이며 볼셰비즘 경향의 잡지들의 관련자들과 독자들을 아우르는 넓은 사회층을 암시한다—편집자.

을 가했다. 이따금 투쟁은 우스꽝스러울 정도로 치졸했다 예를 들어 브류소프(В. Я. Брюсов)[15]는 자신의 글에서 만델슈탐이 우두머리로 있는 '신아크메이즘'을 극찬하면서 순전히 이 경향의 얼굴에 먹칠을 하기 위해 개나 소나 그의 문하생으로 거론했다.[16] 만델슈탐과 브류소프의 개인적인 충돌은 더욱더 흥미롭다. 하루는 브류소프가 만델슈탐을 자신의 집무실로 부르더니 라틴어를 남용했던 키예프 시인 마카베이스키(В. Н. Маккавейский)를 인용해가면서 만델슈탐의 시를 오랫동안 칭찬하기도 했다. 또 언젠가는 브류소프가 아크메이스트의 배급권을 할당하는 회의에서 만델슈탐을 동명이인인 법률가와 혼동하는 듯 짐짓 꾸미면서 만델슈탐에게 제2범주의 배급권을 주어야 한다고 고집했던 일도 있었다. 이것은 완전히 1910년대 스타일의 게임들이었으며, 브류소프는 경찰식의 차별대우에 호소하지는 않았다. 이것에 종사했던 이들은 더 젊은 세대인 레프였다. 만델슈탐 자신은 상징주의자들과 레프 사람들, 특히 베르홉스키(Ю. Н. Верховский)[17]와 키르사노프(С. И. Кирсанов)[18]의 인정을 받기를 매우 원했지만 성공하지는 못했다. 그 두 사람 모두 자신의 입지를 굳게 고수했으며, 그들의 친구들은 모두 만델슈탐을 완전한 실패작이라고 놀렸다.

---

15) 브류소프(1873~1924): 러시아 상징주의자의 지도자 중 한 사람으로 시인, 소설가, 이론가. 러시아에서 처음으로 상징주의자로 자칭했다. 이른바 천부적인 시인은 아니었지만 경이로운 학식과 방법론적 탐구를 통해 러시아 시를 혁신하는 데 공헌했다. 그는 볼셰비키 혁명을 적극적으로 받아들였으며 그 문화정책에 협력했는데 이것은 기회주의적 자기보호책이라기보다 오히려 그의 이성숭배의 당연한 귀결이라 할 수 있다.

16) 1923년 만델슈탐의 『두 번째 책』에 대한 서평에서 브류소프는 이 책을 비판하면서, 만델슈탐이 '신아크메이즘' 서클에서는 매우 칭송되는 작가이며, 『돌』 이후 시들이 그들에게는 논박의 여지없는 전범이 되었다고 적었다—편집자.

17) 베르홉스키(1878~1956): 상징주의 시인. 르네상스 시대 시들을 번역하기도 한다.

18) 키르사노프(1906~72): 시인. 레프에 참여.

34 두 가지 목소리

안드레이 벨르이는 에세이를 매우 광범위한 개념으로 이해했다. 혐오
스러운 세태 소설을 비롯한 소설 전반의 낙인이 찍히지 않은 모든 산문
을 이 개념에 포함시켰다. 만델슈탐은 이렇게 말했다. "그런 관점에서
보면「단테에 관한 대화」역시 에세이겠군요." 안드레이 벨르이는 그렇
다고 대답했다.

우리는 1933년 콕테벨에서 벨르이와 만났다. 만델슈탐과 벨르이는
서로 끌렸지만, 벨르이의 아내는 만델슈탐의 논문들과 서로간의 과거
반목을 기억하는 듯 그들이 가까워지는 것에 반대하는 입장을 취했다.
어쩌면 그녀는 만델슈탐의 반(反)인지학적, 반(反)신지학적 경향[1]에 관
해 알고 있었는지도 모른다. 그것은 그가 그녀에게 이질적인 사람을 넘
어 적대적인 사람임을 의미하는 것이었다. 그럼에도 만델슈탐과 벨르이
는 몰래 만났고, 열의를 가지고 이야기를 나누었다. 만델슈탐은 당시 집
필 중이던「단테에 관한 대화」를 벨르이에게 읽어주곤 했다. 대화는 열
기 속에 진행되었으며 벨르이도 당시 아직 완결되지 않았던 고골(Н. В.
Гоголь)[2]에 대한 자신의 저작을 계속해서 인용했다.

---

1) 인지학적 · 신지학적 경향은 19세기 말 20세기 초 인텔리겐치아들 사이에서 널
   리 퍼져 있었지만, 철학에 대한 만델슈탐의 실존주의적 접근법에는 이질적인
   것이었다. 신지학적 경향에 대한 만델슈탐의 비판적 견해는 1922년의 에세이
   「말의 본질에 관하여」와「19세기」에 잘 드러나 있다—편집자.
2) 고골(1809~53): 작가, 극작가. 러시아 리얼리즘의 시조로 일컬어지는데, 그로

바실리사 슈클롭스카야는 자기가 본 사람들 가운데 벨르이만큼 인상적인 사람은 없었다고 언젠가 내게 말한 적이 있다. 그녀의 말을 알 것 같다. 그는 온통 빛에 의해 관통된 듯했다. 이렇게 빛을 내는 사람을 나는 여태껏 본 적이 없다. 이 인상이 그의 눈빛 때문인지, 아니면 끊임없이 소용돌이치는 그의 사유 때문인지 말할 수는 없지만, 그는 그에게 다가갔던 모든 사람을 모종의 지적 전기로 감전시켰다. 그의 존재, 그의 눈빛, 그의 목소리는 사색에 창조력을 부여했고, 맥박을 빠르게 했다. 내게는 영적임, 전하, 물질화된 뇌우, 기적의 인상이 남아 있었다.

그는 이미 종말을 향해 가는 사람이었다. 그리고 복잡한 무늬를 만들기 위해 콕테벨의 조약돌과 가을 낙엽을 줍고, 자신의 복잡한 인지학적 세계에 헌신하지 않은 모든 자들을 경멸했던 작고 똑똑하며 한때는 아름다웠을 아내가 검은 우산을 쓰고 그와 나란히 걷고 있었다.

상징주의자들은 인간 영혼을 사로잡는 위대한 사냥꾼이자 유혹자였다. 벨르이도 다른 상징주의자들과 마찬가지로 자기의 그물을 사방으로 던졌다. 하루는 내가 그의 그물에 걸려들었다. 그는 자신의 논문 「상징주의」에서 설명했던 시 이론을 오랫동안 내게 이야기했다. 만델슈탐은 웃으면서 "우리는 모두 바로 당신의 논문을 읽으며 성장했고, 특히 아내는 당신의 애독자"라고 말했다. 물론 이것은 과장이었지만, 나는 반박하지 않았다. 왜냐하면 늘 숭배자들에 둘러싸여 있는 것에 익숙했던 벨르이가 새로운 애독자를 발견하고 갑자기 기뻐하면서 빛을 발하기 시작했기 때문이다. 아마 그도 당시에는 이미 고립과 고독을 뼈저리게 느꼈으며 스스로 버려지고 읽히지 않는다는 것을 느꼈던 듯하다.

그의 독자들과 친구들의 운명은 매우 모질었다. 그는 유형을 떠나는 자들을 배웅하고, 또 형기를 마치고 돌아오는 사람들을 맞이하는 일을 할 수 있을 뿐이었다. 벨르이 자체는 건드리지 않았지만, 주변의 모든

테스크와 과장 등으로 세부묘사를 넓혀나감으로써 리얼리티를 느끼게 하는 그의 독특한 기법은 20세기 모더니즘 문학에 큰 영향을 주었다. 「대장 부리바」, 「미로고로드」, 「넵스키 거리」, 「외투」, 「코」, 『죽은 혼』 등이 대표작이다.

사람은 깨끗이 청소당했다. 그의 아내가 끌려갔을 때(이 일은 여러 차례 일어났다) 그는 "왜 내가 아니라 아내를 끌고 가느냐"며 몸부림치고 광란하며 울부짖었다. 우리와 만나기 얼마 전에도 그의 아내는 몇 주간 루뱐카에 억류되어 있었다. 그 일은 벨르이의 정신에 상처를 입혔고, 그의 생명을 크게 단축시켰다. 고골에 대한 벨르이의 저작에 부쳐진 카메네프(Л. Б. Каменев)[3]의 머리말[4]은 그의 의식에 부어진 독약의 마지막 방울이었다. 카메네프의 머리말은 당 내부의 태도가 아무리 변화되었다 하더라도 정상적인 사상의 개진은 여전히 허용되지 않는다는 것을 보여주었다.

어찌 되었건 사상에 대한 보호와 교육에 관한 개념은 주된 기초로 여전히 남아 있었다. 그들은 우리에게 이렇게 말했다. 우리가 당신들을 위해 여기 큰길을 놓았는데, 왜 샛길로 다니려고 하시오? 가장 옳은 과업들이 당신들 앞에 놓여 있고, 그 해결책이 미리 제시되어 있는데 웬 괴벽이란 말이오? 우리의 후견인들은 모든 발달 단계에서 단 한 번의 실수도 없었고, 의심할 줄도 몰랐다. 그들은 싹만 보아도 어떤 열매가 나올지 감히 재단했고, 쓸모 없는 싹들과 생각, 맹아들을 말살하기 위한 법령은 여기서 한 발짝 차이였다. 그리고 그들은 그렇게 했다. 게다가 아주 성공적으로……

벨르이는 자기의 사상이 이해받기 쉽지 않으며, 어렵고 난해하다는 생각을 저변에 가지고 있었다. 그래서 그의 이야기 방식은 파스테르나크의 방식과는 정반대였다. 벨르이는 대화 상대를 자기 세력 아래 두고, 천천히 그를 설득하고 매혹시키면서 공략했다. 그는 사람을 당황스럽게

---

3) 카메네프(1883~1936): 레닌의 절친한 동료 중 한 명. 정치국원. 1933~34년까지 '아카데미' 출판사를 이끌었다. 이후 총살당한다.
4) 실제로는 고골에 대한 저작이 아니라 1933년 겨울에 출간된 벨르이의 회상록 『시대 초』(Начало века)에 부친 서문이다. 서문의 한 구절을 인용하면 다음과 같다. "저자는 자신을 위대한 역사적 운동의 지도자 가운데 한 사람이라고 진심으로 믿지만 실제로 그는 그저 역사와 문화, 문학의 가장 뒷구석에서 배회했을 뿐이다" ─편집자.

만드는 애원하는 듯한 어조를 가졌다. 그의 어조에서는 상대방을 믿지 못하고, 자신이 이해받지 못할 수 있다는 두려움 그리고 신뢰와 관심을 획득하려 하는 의지가 느껴졌다.

반면 파스테르나크는 자신의 말과 미소를 선물할 따름이었다. 그는 마치 자기 말이 받아들여질 모든 토대가 미리 마련되어 있다는 듯한 확신을 가지고서 오르간같이 낮고 커다란 소리로 이야기했다. 그는 벨르이처럼 설득하거나 만델슈탐처럼 논쟁하지 않았다. 그는 의심 없이 환호했으며, 모든 사람이 자기 말을 듣고 매료당하도록 이야기했다. 그는 어릴 때부터 자기에게 속해 있던 모스크바가 이미 동일한 청각과 이성을 가진 성숙한 청중을 준비해두었으며 그들은 자기 말에 반드시 매혹당하리라고 확신을 가지면서 마치 솔로 아리아를 부르는 것 같았다. 그는 어느 정도 자신의 청중을 존중하기까지 했으며, 그 무엇으로도 청중을 슬프게 하고 싶어 하지 않았다. 그러나 그는 바로 그 청중을 필요로 했으며, 대화 상대는 피했다. 반면 벨르이는 자신의 생각을 각성할 수 있는 주체, 즉 자기 앞에서 생각하고 탐색하기 시작할 수 있는 사람들을 필요로 했다.

나는 언젠가 만델슈탐에게 물었다. "당신은 두 방식 중 어느 거죠?" 남편은 대답했다. "물론 벨르이와 같은 방식이지." 그러나 이 말은 사실이 아니었다. 만델슈탐은 동등한 대화 상대들만 찾았다. 그는 청중이나 추종자, 숭배자를 모두 싫어했다. 만델슈탐은 동등한 상대와 의사소통하고자 하는 만족할 줄 모르는 갈망을 가지고 있었지만, 해가 거듭될수록 이 갈망을 만족시키기는 점점 더 힘들어졌다. 우리 사회에서는 지적인 추종주의 과정이 진행되고 있었다. 모든 생각과 목소리들도 방어적인 색채를 취했다.

35 죽음의 길

예술가의 죽음은 마치 섬광처럼 그의 전 생애를 비추는 마지막 창조 행위다. 만델슈탐은 스크랴빈의 죽음에 관한 에세이[1]를 썼던 젊은 시절 이미 이를 깨달았다. 시인들이 이러한 통찰력을 가지고 자기 운명을 예언 하고, 어떤 죽음이 그들을 기다리는지 알고 있다는 것은 놀라운 일이 아 니다. 마지막과 죽음은 가장 강력한 구조적 인자이며, 삶의 과정 전체를 자기에게 종속시킨다. 여기에 결정론이란 존재하지 않는다. 다만 자유로 운 의지의 표현으로 볼 수 있다. 만델슈탐은 자신을 숨어 기다리던 바로 그 죽음, 바로 우리 시대에 가장 흔했던 죽음인 '떼죽음'으로 힘차게 자 기 삶을 인도해갔다. 1932년 『문학신문』(Литературная газета) 편집 국에서 열린 만델슈탐의 시 낭송의 밤[2]에서 마르키슈(П. Д. Маркиш)[3]

---

1) 「스크랴빈과 기독교」(Скрябин и христианство, 1915).
2) 젊은 한 관객이 당시 쓴 편지 글을 인용해보자. "놀라운 광경이었다. 흰 턱수염 을 기른 부족장 만델슈탐이 두 시간 반에 걸쳐 제의를 올렸다. 그는 최근 2년 동안 쓴 시 전편을 연대순으로 낭송해 나갔다! 이 무시무시한 주문은 많은 사람 을 경악하게 했다. 파스테르나크까지도 놀라서 다음과 같이 중얼거렸다. '나는 당신의 자유로움이 부럽소. 내게 당신은 새로운 홀레브니코프같이 느껴집니다. 그리고 그만큼 낯설게 느껴집니다. 나는 부자유를 원하오.' В. Б. 슈클롭스키만 이 다음과 같은 발언을 하는 용기를 보였다. '새로운 시인 만델슈탐이 나타났습 니다! 다음과 같은 시구들에 대해 '대놓고' 말하기란 불가능합니다. '나는 모스 크바 재봉사 시대 사람이다. 보라, 재킷이 나한테 얼마나 멋지게 들어맞는지' 라 든지, '나는 무시무시한 시대의 전차에 매달린 포도송이. 내가 왜 사는지 나는 모른다' 등'. 젊은 치들은 만델슈탐과 결별했다. 만델슈탐은 그들을 광고시인들

는 갑자기 모든 것을 깨닫고 이렇게 말했다. "당신은 스스로의 손을 잡아 형장으로 이끄는군요." 이것은 "나는 직접 내 손을 잡고 거리를 돌아다녔다……"[4]라는 만델슈탐의 시 구절을 변형해서 한 말이다.

만델슈탐은 이런 유의 죽음에 관해 시에서 지속적으로 언급했지만, 자살에 관한 마야콥스키의 이야기들처럼 그것을 눈치 채는 사람은 아무도 없었다. 그러나 죽음을 준비하는 사람들도 최후의 순간이 되면 그 피할 수 없는 종말을 늦추려고 애쓴다. 그들은 눈을 가리고서 숨은 척 하고, 그래서 삶을 지속할 수 있는 듯 행동한다. 아파트를 찾고, 튼튼한 구두를 사고, 이미 파진 구덩이를 외면한다. 스탈린에 관한 운명적인 비방시를 쓴 뒤 만델슈탐의 행동도 그러했다.

비방시는 시 「고풍스런 크림」과 「아파트」 사이에, 농업 집단화 운동 말기에 씌어졌다. 이 시를 쓰도록 한 심리적인 자극이 무엇이었을까? 아마도 여러 자극이 있었던 듯하다. 예심판사의 언어로 '행위'라 불렀으며, 심리 초기에는 테러 행위로 간주되었던 이 시의 창작에 여러 자극이 작용했다.

첫 번째 자극은 '침묵할 수 없다'라고 명명할 수 있다. 우리 아버지 세대들은 자주 이런 말을 되풀이했다. 우리는 아버지들처럼 이 말을 반복하지는 않았지만, 여전히 의식 속에 간직했다. 1933년 무렵 우리는 현실을 좀더 명확히 인식하게 되었다. 스탈린 정권은 집단화를 위한 부농 말살 정책과 오로지 국가에 봉사하는 문학의 재조직화 사업을 대대적인 규모로 착수했다.

그해 여름 우리는 크림 지방에 있었다. 당시 만델슈탐이 부농 말살 사

이라 불렀다. 그는 포로가 된 황제 또는 시인의 오만한 태도로 관객들의 질의에 답변했다"-편집자.
3) 마르키슈(1895~1952): 시인. 이디시어(유럽 중동부의 유대어)로 창작. 총살 당한다.
4) 「그곳, 작은 해수욕장과 방적공장이 있는 곳에……」(Там, где купльни, бумагопрядильни, 1932)라는 시의 이본 중 일부-편집자.

업의 생생한 결과, 우크라이나와 쿠반[5]의 무서운 그림자들, 굶주린 농민들을 목격했다는 것을 보여주는 단어가 시에 처음으로 나타났다.[6] 스탈린 비방시의 첫 번째 판본에서 만델슈탐은 스탈린을 살인귀, 농민 도살자로 표현했다. 당시 모두 그렇게 생각하고 소곤댔다. 시는 자기 시대를 앞서가지 않았다. 다만 지배 계층과 그들의 시중을 드는 자들의 인식만을 추월할 뿐이다.

스탈린 비방시 창작의 두 번째 자극이 된 것은 스스로의 파국에 대한 인식이었다. '외투 소매에 모자를 감추듯' 숨는 것은 늦었다. 1930년대 쓴 시들이 이미 여러 사람의 손에서 돌아다니고 있었다.『프라브다』신문에는「아르메니아 여행」을 '노예의 산문'이라고 칭한 익명의 비난 기사가 실렸다. 이것은 이미 경고가 아니라 결론이었다. 이 일이 일어나기 전에 나는 국영문학출판사의 편집국장인 체차놉스키(М. О. Чечано-вский)[7]와 이야기를 나누었다. 그는「아르메니아 여행」의 출판을 즉시 포기하라고 '조언'했다. 그렇지 않으면 후회하게 될 거라고 했다. 협박이나 조언의 형식으로 경고를 받았지만(그론스키И. М. Гронский[8]나 구세프С. И. Гусев[9]에게), 만델슈탐은 그것을 무시했다. 죽음이 다가오고 있었다.

나는 1933년에서 1934년으로 넘어가는 겨울보다 더 끔찍했던 때를 기억하지 못한다. 당시는 내 평생 유일하게 소유한 아파트에서 살던 때였다. 벽 너머로는 키르사노프의 하와이 기타소리가 들렸고, 통풍구를

---

5) 북카프카즈 지역에 있는 지역명.
6) 1933년 5월에 씌어진 만델슈탐의 시「고풍스런 크림」을 가리킨다. 이 시는 1934년 만델슈탐이 체포되었을 때 농촌정책에 대한 비판적 시로 거론되었다. 1932~33년 사이 기아로 사망한 농민들의 수가 500만 명에서 800만 명에 이르는 것으로 추정된다—편집자.
7) 체차놉스키(1899~1980): 예술 문학(Художественная литература) 출판사의 편집장.
8) 그론스키(1894~1984): 잡지『신세계』의 편집장.
9) 구세프(1874~1933): 공산당 간부.

통해서는 작가들의 식사 준비 냄새와 빈대약 냄새가 났다. 돈도 없고 먹을 것도 없었지만, 저녁이면 손님들이 잔뜩 찾아왔고, 그들 중 반은 첩자였다. 죽음은 언제라도 닥칠 수 있었다. 적극적인 사람이던 만델슈탐은 빠른 것을 더 좋아했다. 만델슈탐은 자신을 파멸시켜야 한다고 주장했던 작가 조직의 손에 죽기보다는 처벌기관의 손에 죽기를 원했다.

만델슈탐은 안나 아흐마토바와 마찬가지로 자살 일반을 용인하지 않았다. 그러나 고독, 고립, 우리를 거슬러 작용하는 시간 등 모든 것이 자살하라고 떠밀었다. 고독이란 친구들이 없음을 의미하는 것이 아니었다. 친구들은 많았다. 고독이란 경고를 아랑곳하지 않고 두 눈을 감은 채 모든 사람을 이끌고 끔찍한 동족상잔의 길을 따라 계속 가는 사회에서 살아가는 것을 의미했다. 만델슈탐은 아흐마토바를 괜히 예언자 카산드라라고 부른 것이 아니다. 시인들만이 그러한 지위에 있었던 것은 아니다. 우리보다 더 나이 든 세대들은 무엇이 닥쳐올지 알고 있었지만, 그들의 목소리는 사라지고 없었다. '새로운' 세대들이 승리하기 전까지는 그들도 새로운 세대들의 미학과 이념, 성급함, 권리에 대한 왜곡된 개념에 관해 이야기할 수 있었다.[10] 광야에서 외치는 자의 목소리……. 잘린 혀를 가지고 말하기가 점점 더 어려워진다는 것이 날이 갈수록 명백해졌다.

만델슈탐은 우리 지도자들이 시를 터무니없이, 거의 미신에 가까울 정도로 존경한다는 눈에 띄는 특성을 이용하여 자신의 죽음의 방식을 선택했다. 그는 말했다. "당신은 무엇 때문에 불평하오. 우리나라처럼 시를 이렇게 존중하는 곳이 없어요. 우리나라에서는 시 때문에 사람을 죽이기까지 하지. 다른 곳에서는 생각도 못할 일이야……."

만델슈탐은 진열장에 있는 초상화들을 둘러보면서 사람의 손처럼 무서운 게 없다고 말했다. 비방시에 나오는 기름진 손가락은 분명 베드느이와 관련된 사건에서 영향받은 것이다. 겁을 먹은 베드느이가 파스테

---

10) 1922년 집단 추방 전까지 발언할 수 있었던 러시아 사회사상의 이념적 경향의 대표자, 즉 베르댜예프, 불가코프, 스트루베, 프랑크 등과 같은 역사학자, 문화사회학자, 종교철학자들을 가리킨다—편집자.

르나크에게 만델슈탐 사건에 간섭하지 말라고 충고했던 것도 우연이 아니었다. 만델슈탐은 몰로토프의 가느다란 목에도 주목했다. "고양이 같지?" 만델슈탐은 나에게 초상화를 가리키면서 말했다. '가느다란 목'이라는 단어에 생명력을 불어넣은 공로는 쿠진에게 있다. 그는 그것의 형용사 중성형에 'e'음이 세 번 연달아 사용되는 것에 매료되었다. '가느다란 목의 동물'(тонкошеее животное).

스탈린 비방시가 씌어진 당시 이 시를 들은 사람들은 경악했고, 만델슈탐에게 이 시를 잊으라고 애원했다. 게다가 시가 담고 있는 명백한 진실은 당시 오히려 시의 가치를 감소시켰다. 최근 나는 이 시를 읽은 독자들이 동감하는 반응을 보이는 것을 느낀다. 만델슈탐이 1934년에 벌써 어떻게 모든 것을 깨달을 수 있었는지, 창작 날짜가 잘못된 것은 아닌지 내게 묻는 사람들도 있다. 이 사람들은 공식적인 해석을 채택한 사람들이다. 이 해석이란 예조프 체제 이전까지는 모든 것이 좋았으며, 실제로 예조프 체제도 그리 나쁘지는 않았다는 것이다. 제2차 세계대전이 끝난 뒤, 스탈린은 나이가 들면서 이성을 잃게 되었고, 그래서 재앙을 저지르게 되었다는 것이다.

그러나 이러한 해석은 이미 진부해졌고, 진실은 서서히 퍼져나가기 시작한다. 그러나 우리는 계속 1920년대를 이상화하고 있으며, 1930년대의 일부도 거기에다 포함시키고 있다. 이것은 우리 사이에서 집요하게 계속되고 있다. 수용소에 있던 노인들까지도 요즘 체포로 끝나버린 자신의 행복했던 젊은 시절에 관해 여전히 되풀이한다. 만일 우리 모두가 침묵한 채 사라진다면 우리 후손들은 어떤 생각을 하게 될까?

만델슈탐이 쓴 스탈린 비방시에 대한 동시대인들의 의견은 크게 셋으로 나눌 수 있었다. 쿠진은 만델슈탐이 혁명에 대해 대체로 긍정적으로 생각했기 때문에 이런 시를 쓸 권리가 없다고 생각했다. 그는 만델슈탐이 일관되지 못하다고 비난했다. 혁명을 받아들였으면, 그 지도자를 받아들이고 불평하지 말라. 여기에는 나름의 견고한 논리가 존재했다. 그러나 시와 산문을 좋아했고, 외울 정도였던 쿠진이 어떻게 노년에 이에 관해 잊은 채 자신은 「아르메니아 여행」을 읽지 않았으며 만델슈탐의 분열된 의식과 영원한 몸부림을 알아채지 못했다고 모로조프(A. A. Морозов)[11]에게 말했는지 이해할 수 없다. 확실히 사람들은 위장되거나 약간 은폐된 말들을 쉽게 이해하지 못한다. 그들에게는 모든 것을 직설적으로 제시해줘야 한다. "얼마나 아름다운 시란 말인가. 근데 여기에 어디 정치적인 것이 있지?! 왜 출판을 해주지 않는 거야"라는 말을 계속 되풀이하는 귀먹은 청자들에 지쳐 만델슈탐이 이런 '단도직입적인' 발언을 했다는 생각을 나는 이따금 하게 된다.

에렌부르그는 스탈린에 관한 시를 인정하지 않았다. 에렌부르그는 이 시를 '스티슈키'(стишки)[12]라고 불렀고, 사랑스럽고 예의바른 류바는 이 표현을 듣고 경악했다. 그러나 사실 우리는 모든 시를 스티슈키라고 불렀다. 만델슈탐은 이렇게 말하곤 했다. "스티슈키를 들어보세요. 어때요? 괜찮아요?" 에렌부르그는 이 시가 단층위적이며 직접적이고, 만델슈탐의 작품 세계에서 우연적인 거라고 생각했다. 그 시가 시인에게 끔찍한 죽음을 가져다주었다면, 질이 어쨌든 간에 그 시가 우연적인 거라고 할 수 있을까? 그 시는 행위이자 행동이었다. 내가 볼 때 그 시는 만델슈탐의 전 생애와 창작에서 논리적으로 귀결된 것이다. 물론 이 시에는 분명 나름의 영합주의가 있었다. 단 한 번도 독자를 마중 나가는 걸음을 내딛지 않았으며, 자신의 시가 이해될 수 있을지에 대해 염려하지 않았으며, 모든 청자와 독자를 자기와 대등하게 생각했기 때문에 자기 생각을 쉽게 풀거나 단순화하지 않았던 만델슈탐이 바로 이 시는 다들 이해할 수 있게 직접적이며 평이하게 썼기 때문이다.

그러나 다른 한편으로 만델슈탐은 이 시가 정치적 선동의 단순한 수단이 되지 않도록 마음 썼다. 이에 관해서 그는 나에게 이렇게까지 말했다. "그것은 내 일이 아니야." 달리 말해, 그는 더 넓은 서클의 독자를

---

11) 모로조프(1932~2008): 만델슈탐 연구가, 나데쥬다 만델슈탐의 이 회상록의 주를 단 편집자.
12) 시를 낮춰 부르는 표현. 장난삼아 끄적여 본 습작시.

고려하여 이 시를 썼다. 비록 창작 당시 그에게 독자는 존재하지 않았지만. 내가 생각하기에 그는 우리 눈앞에 벌어지던 일에 관해 명료한 진술을 남기지 않고는 생을 마칠 수 없었던 것 같다.

파스테르나크도 이 시를 적대적으로 대했다. 만델슈탐이 이미 보로네슈에서 유형생활을 할 때, 파스테르나크는 비난을 퍼부으며 나에게 덤벼들었다. 비난들 중 하나는 이랬다. "그가 어떻게 이런 시를 쓸 수 있었단 말이오. 그는 유대인이잖소!" 이러한 사고방식이 지금도 내게는 이해되지 않지만, 당시 나는 그에게 다시 한 번 이 시를 읽어줄 테니 이 시의 어느 부분이 유대인의 정서에 부합하지 않는지 구체적으로 지적해달라고 제안했다. 그는 경악하며 거절했다.

이런 반응은 게르첸과 셰프킨(M. C. Щепкин)[13]의 대화에 관한 일화를 생각나게 했다. 셰프킨은 게르첸에게 활동을 중단하라고 설득하기 위해 런던에 갔다. 러시아에 있는 젊은이들은 게르첸이 발간한 잡지 『종』(Колокол)을 읽는 것만으로도 목숨이 위태로웠기 때문이다. 그러나 다행히도, 만델슈탐의 시를 들었다는 이유로 죽은 사람은 아무도 없었다. 만델슈탐은 결코 정치적 작가가 아니었으며, 그의 사회적 기능도 게르첸의 그것과는 전혀 달랐다. 그러나 실제로 그 경계란 어디인가? 자기 동포들을 어느 정도로 보호하고 아껴야 하는가? 게르첸의 동시대인들에 관해서 생각하면, 나는 셰프킨에게 동의할 수 없다. 사람들을 보호하는 것이 최우선이란 말인가. 그들을 솜으로 포장된 상자에 넣어둘 수는 없다. 그러나 내 동시대인들을 위험에 빠뜨리고 싶지 않다. 평화롭게 살도록, 힘든 시대에 적응하도록 하는 편이 낫다. 모든 것은 지나가 버릴 것이고, 그때 가서 생각해보자. 삶은 제 흐름을 찾을 것이고 모든 것은 제자리로 돌아갈 것이다. 만일 언젠가 스스로 깨어나리라는 확신이 있다면 무엇 때문에 잠들어 있는 사람을 깨울 필요가 있는가. 내 생각이 옳은지는 알 수 없으나 나 역시 다른 사람들과 마찬가지로 무기력

---

13) 셰프킨(1788~1863): 러시아의 유명한 배우.

과 수동성, 순응주의의 본능에 감염되었을지 모른다.

단 하나 분명한 것이 있다. 만델슈탐의 시는 자기 시대를 앞섰다. 시가 출현하던 시기에 토대는 아직 성숙하지 않았으며, 이념은 익숙하지 않았다. 체제의 옹호자들을 아직 모집하는 중이었고, 신봉자들은 영원한 천년왕국인 미래가 자기들 앞에 펼쳐졌다고 진심으로 믿었다. 나머지 사람들은, 어쩌면 수적으로는 신봉자들보다 더 많았을지도 모르지만, 단지 서로 소곤거리며 한숨지을 뿐이었다. 아무도 그들의 목소리를 듣지 않았다. 그것을 필요로 하는 사람은 없었다. 만델슈탐의 시 구절 "우리의 말은 열 발자국 너머에서는 들리지 않는다"는 당시의 상황을 정확히 전달했다. 사실 이 말들은 새로운 것이 아니라 진부하고, 낡은, 이미 되돌릴 수 없는 과거의 것으로 생각되었다. 신봉자들은 자신들이 승리할 뿐 아니라 전 인류에게 행운을 가져다줄 것이며, 자신들의 세계관에는 나름의 완전성과 본질성이 있다고 믿었다. 이미 이전 시대도 이 완전성을, 그리고 하나의 이념에서 인간과 사물 세계를 위한 모든 설명을 도출하고 하나의 단일한 노력으로 모든 것을 조화로 이끌 수 있는 가능성을 갈망했다. 바로 이 때문에 사람들은 그리도 기꺼이 자기 눈을 가렸고, 이론과 실제를 비교하거나 자신들의 행동의 결과를 저울질하는 것을 스스로에게 금기시하면서 우두머리를 뒤따라갔다. 바로 이 때문에 현실감각의 계획적인 상실이 발생했는데, 이 현실감각을 다시 찾음으로써만 애초의 이론적인 실수를 발견할 수 있었다. 이 이론적인 실수가 우리에게 어떤 대가를 요구했는지 우리가 헤아리고, 정말 '지상이 천국 열 개만 한 가치가 있는지' 확인하기까지는 아직도 적지 않은 시간이 흘러야 할 것이다.[14] 그런데 이렇게 천국들을 지불한 뒤 우리는 과연 지상을 획득했던 것일까?

---

14) 만델슈탐의 시 「자유의 몰락」(Сумерки свободы, 1918)에 나오는 구절. "그럼 한번 해보세. 거대하고 둔중하고/삐걱이며 돌아가는 조종키./육지가 떠다닌다. 사내들이여 사내다워지게!/대양을 마치 쟁기처럼 가르며,/우리는 레테 강의 한기 속에서도 기억하게 되리니./지상이 천국 열 개만 한 가치가 있음을."

36 투항

만델슈탐은 오랫동안 침묵했다. 1926년부터 1930년까지 그는 5년 이상 시를 쓰지 않았다(산문은 다른 문제였다). 아흐마토바에게도 같은 일이 벌어졌다. 그녀도 일정 기간 침묵했으며, 파스테르나크의 경우 침묵은 족히 10년 동안 계속되었다. "아마도 공기 중에 무언가가 존재했던 것이 틀림없어요." 아흐마토바는 이렇게 말했고, 실제로 공기 중에 무언가 있었다. 우리가 지금까지도 빠져나오지 못하고 있는 전반적인 마비의 시작이 아니었을까.

일시적인 실어증 상태가 한창 활동 중이던 시인 세 명을 덮친 것을 과연 우연으로 볼 수 있을까? 이 세 명의 출발점이 다르다는 것은 사건의 본질을 변화시키지 못한다. 목소리를 되찾기 위해 이들은 모두 눈앞에 등장한 세계에서 저마다 자기 자리를 규정하고, 그곳에서 인간이 어떤 자리를 차지하는지를 스스로의 운명을 통해 보여주어야만 했다.

세 명 가운데 만델슈탐이 제일 먼저 침묵했다. 자기 규정의 과정이 그에게서 가장 첨예하게 일어났기 때문에 그랬을 것이다. 시대와의 관계는 만델슈탐의 삶과 시의 주된 원동력이었으며, 만델슈탐은 기질상("그의 기질은 백합같이 희지는 않았다"нрава он не был лилейного) 모순을 완화하기보다는 심화시켰고, 모든 문제를 노골적으로 제기했다. 시는 1920년대 중반 중단되었다. 대체 당시 공기 중에 무엇이 있었기에 만델슈탐이 숨을 헐떡이고 침묵하게 되었을까?[1]

외적인 특징으로 판단하면 우리는 한 시대가 아닌 여러 시대를 걸쳐 살았다. 역사학자의 관점에서 볼 때 이 40년은 몇 단계로 나뉜다. 비록 나는 한 시대가 다른 시대의 논리적 귀결이라고 믿지만. 지도층은 계속해서 변했고, 심지어 활동가의 외모조차 변했다. 그리하여 '거므스름한' 시대들이 사라지고, '희끄므레한' 시대들이 도래했으며, 이 '희끄므레한' 시대 역시 오래가지 않았음을 깨닫게 되었다. 이러한 변화와 함께 삶과 통치의 스타일 전체가 변했다. 그러나 이 모든 시기에 공통적인 무언가 존재한다. 역사의 원동력은 '하부 구조', 즉 경제적 인자라고 주장하는 사람들은 역사가 이념의 발전이자 구현임을 자신의 실제 경험을 통해 증명했다. 이 이념은 지지자들을 모집하고, 전파하고, 지식층을 공략하고, 국가와 사회 생활의 형식을 만들어내고, 승승장구하면서 여러 세대의 의식을 형성했으나 이후 점차 낡고 그러다가 결국 완전히 의의를 상실했다.

뱌체슬라프 이바노프는 "이념이 세계를 지배하기를 멈추었다"는 것을 확신하게 되었기 때문에 모스크바를 떠나 바쿠에 은둔하고 있다고 내가 있는 자리에서 말했다. 1921년 우리가 티플리스로 가는 길에 바쿠에 있는 그를 방문했을 때의 일이다. 우리가 이야기를 나누던 당시 이념이 우리나라뿐 아니라 외국에서도 거대한 공간과 많은 사람을 이미 사로잡고 있었다는 것을 1910년대의 선지자이자 정신적 지도자였던 뱌체슬라프 이바노프는 모르고 있었다. 그 이념의 핵심은 확고한 과학적 진

---

1) 이 무렵 만델슈탐에게는 심장병과 심각한 호흡곤란이 나타나기 시작했다. 오빠는 만델슈탐의 호흡곤란은 신체적인 병일 뿐 아니라 '계급적'인 병이라고 했다. 1920년대 중반 발생한 첫 번째 발작의 정황은 이 말을 뒷받침한다. 마르샤크가 우리 집에 손님으로 와서는 시란 무엇인지에 대해 만델슈탐에게 오랫동안 감동적으로 설명했다. 그것은 공식적이며 감상주의적인 노선이었다. 마르샤크는 언제나처럼 다양한 어조로 흥분되어 이야기했다. 그는 영혼의 일류 낚시꾼(수뇌부나 약한 영혼들을 대상으로 하는)이었다. 만델슈탐은 논쟁하지 않았다. 그와 마르샤크는 공통분모가 없었기 때문이다. 그러나 만델슈탐은 오래 견뎌내지 못했다. 마르샤크의 매끄러운 논의를 중단시키는 경적소리가 갑자기 그에게 들려왔고, 첫 번째 협심증 발작이 일어났다―지은이.

리가 존재하며 이 진리를 장악한 인간은 미래를 내다보며 자기 재량대로 역사의 흐름을 변화시킬 수 있다는 것이었다. 이로부터 진리를 장악한 자들의 권위가 발생한다. 이 종교는(신봉자들은 겸손하게 과학이라고 부르지만) 권위를 부여받은 사람을 신의 수준으로 끌어올린다. 이 종교는 고유한 믿음의 상징과 도덕을 만들어냈고, 우리는 그것들이 현실에 적용되는 것을 보았다. 과거에 기독교가 어떻게 지배이념이 되었는지를 상기시키며, 이에 유추하여 새로운 종교의 천년왕국을 예언했던 사람들이 1920년대에는 적지 않았다. 가장 양심적인 사람들만이 교회가 저지른 역사적인 죄들을 열거하면서 유추를 더 멀리까지 이끌어나갔다. 기독교 본질의 종교재판은 변하지 않았다. 그러나 천국의 보상 대신 지상 천국을 약속한 새로운 이념의 우월성은 모든 사람에게 명백했다. 가장 본질적인 것은 의심을 전적으로 배제하고 과학이 쟁취한 진리에 대해 절대적으로 믿는 것이었다.

"만일 이것이 그렇지 않다면, 만일 미래에는 이에 대해 다르게 보게 된다면 어쩌죠?" 나는 아베르바흐에게 물었다. 문학에 대한 그의 견해를 듣던 중이었다. "만델슈탐이 아르메니아에서 돌아온 뒤 좋지 않은 시들을 출판했다는 이야기를 들었소." 그는 이렇게 말했다. 나는 그의 기준이 궁금했다. 그는 만델슈탐의 작품에는 계급적 접근이 부재한다고 설명했다. 그리고 잠시 뒤 이야기를 계속했다. 부르주아 예술과 프롤레타리아 예술 이외에 그 어떤 다른 문화나 예술도 존재하지 않는다. 문화도 마찬가지다. 영원한 것이란 없으며, 가치는 단지 계급적일 뿐이다. 그럼에도 아베르바흐는 스스로가 계급적 가치를 영원하다고 생각하는 데 대해 조금도 당황해하는 기색이 없었다. 프롤레타리아 계급의 승리는 새로운 시대를 열었고, 이 시대는 영원히 계속될 것인 만큼, 아베르바흐가 계급을 위해 확립한 가치는 영원한 것이었다. 내가 그의 가치 평가에 대해 의구심을 보이자 그는 정말로 황당해했다. 그가 가진 방법론만이 과학적이며, 따라서 그의 판단은 반박의 여지가 없는 것이라고 생각했기 때문이다. 그가 유죄라면 그것은 영원히 유죄인 것이었다. 나는 아베르바흐와의 만남에 대해 만델슈탐에게 이야기했다. 자신의 진리를 진실로 믿었으며, 자기 논리의 독창적이며 우아한 구조에 도취되었던 아베르바흐의 간결한 위엄에 만델슈탐은 감탄했다. 1930년대의 일이었고, 당시 만델슈탐은 이미 아베르바흐의 지적 유희에 감탄할 여유가 있었다. 그 무렵 만델슈탐은 내적 자유를 되찾았고, 목소리를 발견했다. 의구심이나 콤플렉스는 1920년대와 함께 사라졌고, 그래서 만델슈탐은 '삼 같은 말'을 제3자의 입장에서 경청하면서 그것을 마음에 담아두지 않을 수 있게 되었다. 아베르바흐는 혁명 초 10년 동안 활동했던 전형적인 사람들 가운데 한 명이었다. 모든 분야에 걸쳐 존재했던 새로운 종교의 신봉자들은 다들 아베르바흐처럼 생각했고, 토의했고, 이야기했다. 그들의 말에서는 열정이 느껴졌다. 그들은 훈계하고 강렬한 인상을 주기를 좋아했다. 그들은 우상들, 즉 낡은 가치 개념을 전복하는 임무를 맡았고, 시간은 그들 편에 있었다. 따라서 그들이 얼마나 유치한 방식으로 작업하는지 아무도 알아채지 못했다.

"무엇을 위해 투쟁하시오?"라는 외침은 1920년대 초반 울려 퍼졌다가 바로 잦아들었다. 민중은 아직 침묵하지는 않았지만 일상으로 돌아가 안락해질 준비를 하면서 잠자코 있었다. 인텔리겐치아는 여가 시간에 가치의 재평가에 전념했다. 이 시기는 집단적인 투항의 시기였다. 본질에서 그들은 혁명 이전 시기의 전복자들이나 그들의 계승자들(아베르바흐 같은 유형의)이 놓았던 길을 따라가긴 했지만, 선구자들의 투박한 직선적임이나 극단성을 피하고자 노력했다. 전쟁에 참가했던 30대들이 투항자들의 선두에 서서 자기들보다 젊은 사람들을 이끌었다. 당시는 전반적으로 30~40대 사람들이 활동했다. 생명을 부지할 수 있었던 더 나이 든 사람들은 말없이 한쪽으로 물러났다.

'새로운 것'이 '낡은 것'을 대체하며, '낡은 것'에 매달리는 자들은 콩깍지 속에 머물게 된다는 전제가 모든 투항의 기초에 놓여 있었다. 이런 관점은 진보 이론과 새로운 종교의 역사적 결정주의에 의해 마련되었다. 투항자들은 과거의 모든 개념들을 폐기했다. 하다못해 그것들이 오래되었으며 따라서 유효 기간이 지났다는 이유에서라도. 새로운 개종자들의 상당수들에게는 지금 필요하고, 편의상 계급적이라 불리는 것들 외에는 더 이상 다른 가치나 진리 법칙이 존재하지 않았다. 기독교적 도덕은 부르주아 도덕과 쉽게 동일시되었고, "살인하지 말라"는 오래된 계율 역시 마찬가지였다. 모든 것이 허구로 여겨졌다. 자유라고? 당신은 그걸 어디서 보았소? 자유는 결코 존재하지 않으며 과거에도 그랬소. 예술, 더욱이 문학은 자기 계급의 주문을 수행했을 따름이었으며, 이로부터 다음과 같은 결론이 도출되었다. 작가는 사태를 완전히 인식하고 이해한 뒤 새로운 주문자를 맞이해야 한다. 명예, 양심 등과 같은 많은 단어가 더 이상 사용되지 않게 되었다. 이미 권위 해제의 처방이 내려진 이상 이러한 개념의 권위를 해제하는 것은 그리 어렵지 않았다.

당시에는 모든 개념을 그 사회적이며 인간적이고 지상적인 특성은 조금도 고려하지 않은 채 순수한 형태, 즉 완전히 추상적인 형태로 사용했다. 이렇게 추상적으로 사용된 개념은 쉽게 전복당했다. 이를테면 이 세상 어느 곳에도 출판의 절대적인 자유는 없음을 증명하고, 따라서 가련한 자유주의자들을 만족시키는 대용품 대신, 자유에 대한 모든 헛수고를 남자답게 솔직히 자발적으로 거절하는 편이 낫다는 것을 증명하기는 그 무엇보다 간단했다. 성숙하지 못한 이성은 제한된 개념이나 부정적 정의에까지 도달하지 못했기 때문에 이런 도식은 설득력 있었다.

전반적인 흐름에서 떨어져 고립된 채 남겨진다는 공포 그리고 삶의 모든 측면에 적용할 수 있는 이른바 완벽하며 본질적인 세계관에 대한 필요성, 승리의 견고성과 승리자들의 영원성에 대한 믿음 등이 모든 사람을 심리적 투항으로 내몰았다. 그러나 가장 중요한 것은, 투항자들 스스로도 확신이 전혀 없었다는 것이다. 슈클롭스키는 자신의 불운한 책 『동물원』(300)에서 이런 기이한 공허를 누구보다도 잘 표현했다. 그는 이 책에서 자기를 보호해달라고 승리자들에게 눈물어린 호소를 했다. 바로 그 승리자들이 그를 공격했던 것인지, 아니면 전쟁과 참호가 이런 슬픈 반응을 불러일으켰는지는 확실치 않지만, 자립할 수 없으며 보호자가 필요하다는 것은 강하게 느껴진다. 이런 느낌을 다른 사람들과 함께 공유한 자만이 동시대인으로 인정받을 수 있었다.

"문학에 관한 문제는 그들이 우리에게 물어봐야 해. 우리가 그들에게 물어볼 것이 아니라." 만델슈탐은 『파도』(*Прибой*)의 편집국에서 작가들의 집단 청원서에 서명하기를 거부하면서 이렇게 말했다. 거부 이유는 그것이 문학에 관한 중앙위원회의 결정에 입각했다는 것이다. 한 비평가를 라프의 공격에서 보호하는 것에 관해 이야기가 진행되고 있었다. 라프는 그 비평가가 랴슈코(Н. Н. Ляшко)[2]의 소설을 끝까지 읽지도 않고 거기에 대한 서평을 썼던 것을 비난했다. 작가들은 이 비방을 중단하라고 중앙위원회가 지시해줄 것을 청원하는 글을 올렸다. 그들은 이 글에서 문학적 투쟁에 종지부를 찍고 단합된 힘으로 당의 주문을 훌륭히 완수하라고 권고하는 결의를 인용했다.

편집국에는 언제나처럼 많은 사람이 모여 있었다. 그들은 만델슈탐을 에워쌌다. 거부의 동기는 의혹을 불러일으켰다. 참석자들은 만델슈탐의 말을 과거의 상자에서 끄집어낸 고물, 비현대성과 낙오의 징표로 여겼다. 그들은 만델슈탐의 태도를 정말 이해할 수 없는 듯했다. 서명을 받고 있던 카베린(В. А. Каверин)[3]의 놀란 얼굴을 지금도 나는 기억한다. 그에게 만델슈탐은 단지 자기 시대와 그 주된 경향을 이해하지 못하는 구식의 괴짜로 비쳐졌을 것이다. 만델슈탐과 아흐마토바는 서른이 조금 넘었을 때부터 노인 취급을 받았다. 그러나 오랜 시간이 지난 뒤 결국 이 두 사람 모두 사람들의 의식에서 점차로 젊어진 반면 '새로운 것'의 옹호자들의 입지는 절망적으로 낡게 되었다.

안데르센 동화에 등장하는 소년은 임금님이 벌거벗었다고 빠르지도 늦지도 않은 제때에 말했다. 그 소년보다 먼저 그 말을 했던 사람들도

---

2) 랴슈코(1884~1953): 저명한 프롤레타리아 작가.
3) 카베린(1902~89): 작가.

물론 있었지만 당시에는 아무도 그 말을 들으려 하지 않았다. 만델슈탐도 너무 일찍 많은 것을 이야기했으며, 그때는 모든 정상적인 의견이 절망적으로 고리타분하며 멸망할 운명의 것으로 보였다. 전반적인 합창은 다른 모든 소리를 삼켜버렸고, 그 합창은 정말 위력적으로 울려 퍼졌다. 지금 많은 사람은 1920년대를 오늘날과 결합하고 당시 생긴 자발적인 단결을 부활시키고 싶어 한다. 운 좋게도 살아남은 1920년대 사람들은 이제 새로운 세대들 사이를 걸어다니면서 당시는 과학과 문학, 무대예술 등이 전례없는 번성기를 누렸다는 생각을 그들에게 불어넣으려고 전력을 다해 노력한다. 만일 모든 것이 당시 정한 방향대로 흘러갔다면 우리는 이미 인생의 가장 정점에 올라 있을 거라는 식이다. 레프의 잔재들, 타이로프(A. Я. Таиров)[4]와 메이에르홀드(В. Э. Мейерхольд),[5] 바흐탄고프(Е. Б. Вахтангов)[6]의 동료들, 리플리(Лифли)[7]와 주보프 연구소[8]의 학생들과 선생들, 붉은 교수단 연구소[9]가 배출한 교수들, 마

---

4) 타이로프(1885~1950): 연출가, 카메르느이 극장의 창설자.

5) 메이에르홀드(1874~1940): 배우이자 연출가. 1898년 모스크바 예술단에 들어가 스타니슬랍스키의 수제자가 되었다. 10월 혁명이 일어난 이듬해인 1918년 공산당에 입당하여 '연극의 10월'을 기치로 내걸고 혁명에 부응하는 민중연극에 눈을 돌려 서커스와 흥행장 수법을 도입해 많은 극을 올렸다. 그러나 시대의 흐름이 사회주의 리얼리즘으로 바뀌면서 그의 연극적 탐구는 외면당하고 비난받기 시작했다. 1938년 그가 이끄는 극단은 해체되고, 1939년 체포, 이듬해 총살당한다.

6) 바흐탄고프(1883~1922): 연출가, 배우. 스타니슬랍스키가 시스템 연구를 위해 창립한 제1연구 극장의 배우, 연출가로 활동하는 동시에 학생연구극장의 지도자가 되었다. 학생연구극장은 1926년 바흐탄코프 극장이 되었다. 심리주의적이고 섬세한 묘사에서 대담한 구성주의적 무대 표현까지, 시대의 요청에 맞는 연극을 모색했으며 후세의 연극에 미친 영향은 크다.

7) 레닌그라드 철학, 문학, 언어학, 역사학 연구소의 약칭.

8) 레닌그라드에 있었던 예술사 연구소. V. P. 주보프가 혁명 이전 설립하여 1930년까지 운영했던 연구소로 특히 이 연구소의 언어분과는 '형식주의' 언어학자들의 본부였다—편집자.

9) 공산당 교수단 준비 단계로서 역사, 경제, 철학에 걸친 3개년 프로그램 아래 1921년 설립된 단체—편집자.

르크시스트들, 도처에서 쫓겨난 형식주의자들, 그외에도 1920년대에 30대였던 모든 사람은 지금도 그때로 돌아가서 이제는 '그 어떤 왜곡도 허용하지 않으면서' 그들이 열었던 그 길로 가자고 호소한다. 달리 말해, 그들은 그 후 일어났던 것들에 대해서는 전혀 책임감을 느끼지 않았다. 그런데 왜 그것이 그들 책임인가? 왜냐하면 바로 1920년대 사람들이 모든 가치를 허물었으며, 지금도 없어서는 안 될 다음과 같은 공식들을 발견했기 때문이다. 젊은 국가, 미증유의 경험, 나무를 베면 부스러기가 튄다(큰 일에 작은 허물을 돌보지 않는다는 속담) 등. 더 이상 강압이 존재하지 않는 새로운 세계를 건설할 것이며, 유례없이 '새로운 것'을 위한 희생은 모두 선한 것이라면서 모든 처형을 정당화했다. 목적이 어떻게 수단을 정당화하기 시작했으며, 어떻게 점차 사라져버렸는지 아무도 알아차리지 못했다. 양과 산양을, 자기편과 남을, '새로운 것'의 지지자와 아직도 기숙사의 가장 원초적인 규칙을 잊지 못한 자들을 꼼꼼히 구분짓기 시작한 것도 바로 이 1920년대 사람들이었다.

승리자들은 자기들이 쉽게 거둔 승리에 놀랄 수도 있었지만, 그들은 자기들의 정당성(그들은 사람들에게 행복을 가져다주었으므로)을 믿었기 때문에 승리를 당연한 것으로 생각했다. 투항자들에 대한 요구만이 점점 커져갔다. '동반자'라는 단어가 급속히 사라진 것은 이를 증명한다. 이 단어는 '당에 속하지 않은 볼셰비키'라는 명칭으로 대체되었고, 이후 민중을 열렬히 사랑하고 당과 정부에 헌신적으로 봉사하는 조국의 충직한 아들들이 모든 것을 대체했다. 그리고 그것이 공고화되는 과정이 일어났다.

사람들의 기억은 사건 자체가 아니라 그것에 대한 어렴풋한 스케치와 전설을 간직하도록 만들어졌다. 사실을 가려내기 위해서는 전설들을 엄정하게 바로잡아야만 하며, 무엇보다도 이를 위해서는 그 전설이 어떤 서클에서 탄생했는지 밝혀야 한다. 1920년대에 대한 목가적인 탄식은 우연히 목숨을 보존할 수 있었던 30대와 그들의 동생들이 만들어낸 전설의 결과다. 그러나 실제로 1920년대는 우리 미래를 위한 모든 준비

(궤변적 변증법과 가치의 권위전복, 획일적 사고와 종속에 대한 의지)가 이루어졌던 시기다. 권위를 뒤집는 데 가장 앞장섰던 사람들은 '순교'했지만, 이에 앞서 그들은 미래를 위한 토대를 다질 수 있었다. 1920년대 우리 처벌 기관들은 아직 힘을 모으는 단계에 있었지만, 이미 활동 중이었다. 1920년대 사람들은 자신의 신념을 끈기 있게 설파했다. 그들은 설득하고 나중에는 협박하면서 이미 개별적인 목소리는 들리지 않게 된 다음 시대로 대중 전체를 이끌어 갔다.

여론은 심리적 과정에 담겨 있는 동요를 보여주는 지표다. 우리나라에는 여론을 살피는 연구소가 없고 있을 수도 없지만, 처벌 기관들이 그 기능을 부분적으로 수행했다. 1920년대 처벌 기관들은 사회적 서클들을(그 서클들에서 무엇을 생각하는가?) 약간 탐색하기도 했으며, 이러한 역할을 위해 정보원이라는 특수요원이 존재했다. 이후 여론은 국가적인 의견과 일치한다고 결론되었고, 정보원의 역할도 불일치 사실들을 조사하는 것으로 정리되었다. 그리고 그러한 불일치 사실들로부터 행정적인 결론이 내려졌다. 1937년 이후 대대적인 '예방' 조치로 인해 조사도 완전히 의미를 잃었고, 여론은 완전히 국유화되었다.

1920년대에 우리는 아직 불장난을 하면서 아무것도 깨닫지 못했다. 만델슈탐은 이렇게 말하기도 했다. "당신은 뭘 더 바라지? 해치지도 죽이지도 않잖아." 그리하여 미래를 예고하는 첫 번째 제비가 나타났다. 장밋빛 뺨의 프세볼로드 로제스트벤스키(B. A. Рождественский)[10]는 우리가 차르스코예 셀로에 살고 있을 때 찾아와서, 예심판사가 만델슈탐에게 매우 관심있어 하더라고 경고했다. 로제스트벤스키는 당시 길지 않은 구금 상태에서 막 풀려난 뒤였다. 그는 만델슈탐에 관해 어떤 질문을 받았는지 말하는 것을 단호히 거절했다. "나는 약속했어요. 그리고 나는 어릴 때부터 한번 한 약속은 반드시 지켜야 한다고 교육받았지요." 만델슈탐은 이 영리한 아이를 쫓아보냈고, 그 후 우리는 만델슈탐

---

10) 로제스트벤스키(1895~1977): 레닌그라드 시인.

을 위협하고, 모든 것을 보는 눈이 있다는 것을 상기시키기 위해 로제스트벤스키를 보낸 것이라고 결론지었다. 유사한 일들이 여러 차례 일어났다. 「단테에 관한 대화」에서 만델슈탐은 감옥과 외부 세계가 상호침투하며 융합하는 현상, 피통치자들이 무시무시한 감옥에 관한 이야기들로 서로 겁주는 것이 통치자들에게 유용하다는 언급을 한다. 로제스트벤스키는 자신의 임무를 훌륭히 완수했지만, 어째서인지 자기 회고록에는 이 내용을 적지 않았다. 대신 그는 만델슈탐이 하지도 않은 말들을 적었다.[11] 소비에트 비평이 유미주의자라고 치부한 시인이 진술했을 법한 생각과 설교들, 시에 관한 논의다. 이후에도 다른 여러 회고록들은 만델슈탐이 어리석은 이야기들을 했다고 적었다. 그러나 만델슈탐이 직접 쓴 에세이들은 바로 이 회고록의 이야기들이 정말 만델슈탐이 한 것인지 아닌지 판단할 수 있는 가장 훌륭한 기준이 된다. 만델슈탐이 쓴 많은 에세이는 실제 논쟁과 대화에서 작가가 냈던 생생한 목소리를 그대로 반영한다.

만델슈탐은 그의 동시대인들에게는 힘에 겨운 상대였고, 동시대인들은 회고록에서 만델슈탐의 생각을 본의든, 아니든 왜곡했다. 모든 매듭이 묶이고, 새로운 종교를 설파하고, 가치를 파괴하고, 미래를 위한 길을 닦으며 서로에게 영향을 미치던 1920년대를 살았던 사람들은 특히 만델슈탐을 이해하기 힘들었다.

---

11) 1962년 발간된 V. 로제스트벤스키의 회고록 「삶의 페이지들」(Страницы жизни)의 129~131쪽을 참조하라―편집자.

37 가치의 재평가

만델슈탐은 새로운 천년제국을 믿지 않았고, 맨손으로 혁명을 향해 가지 않았다. 그의 짐은 무거웠다. 그의 이해할 수 없는 친구들이 말했듯, 한편에는 기독교-유대 문화가, 다른 한편에는 대문자로 씌어진 혁명, 즉 혁명의 구원적이며 쇄신하는 힘에 대한 믿음, 사회적 정당성, 제4계급, 게르첸이 있었다. 만델슈탐은 나와 함께 살면서는 더 이상 게르첸의 저작을 읽지 않았지만 그의 사상이 만델슈탐의 삶에 커다란 영향을 미쳤음은 의심의 여지가 없다. 게르첸 저작들을 열심히 읽은 흔적은 만델슈탐의 글에서 많이 발견된다. 「시간의 소음」에서, 새의 언어[1] 앞에서 느끼는 공포에서, 빨개진 발을 들어올리며 가시가 박혔다고(이 가시는 '인어' 목에 걸린 꼬치고기 뼈가 된다[2]) 무관심한 관중에게 하소연하는 새끼 사자[3]에서도, 바르비에[4] 시 번역에서도, 그리고 예술의 역할에 대한 이해에서도 발견된다. "시는 권력이에요." 보로네슈에서 만델슈탐은 아흐마토바에게 이런 말을 했고, 아흐마토바는 기다란 목을 기울였다. 유형당한 자들, 병든 자들, 궁핍한 자들, 쫓기는 자들은 자기 권

---

1) 게르첸은 '독일 이상주의 수도원' 학생들이 사용하는 언어를 '새의 언어'라고 칭했다―편집자.
2) 만델슈탐의 시 「1924년 1월 1일」에 나오는 표현.
3) 게르첸은 '귀족 계급의 우유'를 먹고 자란 '거대한 혁명의 새끼 사자'라는 표현을 썼다―편집자.
4) 바르비에(1805~82): 프랑스 시인. 1830년 7월 혁명에 영감을 받아 시대 악을 고발하는 연작시들을 남겼다.

력을 포기하고 싶어 하지 않았다. 만델슈탐은 권력을 가진 자처럼 행동했고, 이것은 그를 파멸시킨 자들을 자극할 뿐이었다. 권력이란 대포이며, 처벌 기관이며, 배급표를 나누어줄 수 있는 능력이며, 화가에게 자기 초상화를 주문할 수 있는 능력이라고 그들은 생각했기 때문이다. 그러나 만델슈탐은 시 때문에 사람을 죽이는 일이 벌어진다면 이는 곧 시를 존경하고 존중하고 있음을 의미하는 것이며, 그것을 두려워하고, 그것이 곧 권력임을 의미하는 것이라고 굳게 믿었다.

만델슈탐이 졌던 짐은 최악의 것이었다. 그는 운명지워졌으며, 이 세계에서 자기 자리를 찾을 수 없을 거라 예언할 수 있었다. 현재 일어나는 일을 게르첸의 이름으로 정당화하려는 것은 실현 불가능한 과제였다. 정당화 대신 비난들만이 떠올랐다. 게르첸은 한쪽으로 물러나서 오만하게 고립될 수 있는 권리를 남겨두었지만 만델슈탐은 그 권리를 행사하지 않았다. 만델슈탐은 길이 사람에게서 나 있는 것이 아니라 사람들에게로 나 있는 것이라 생각했다. 만델슈탐은 자신을 대중 앞에 서 있는 사람이 아니라 대중 가운데 한 사람이라고 느꼈다. 모든 고립은 그에게 금기시되었으며, 아마도 바로 여기에 그의 기독교-유대 문화가 녹아 있는지도 모르겠다. 혁명을 인정했던 나의 많은 동시대인은 힘겨운 심리적 갈등을 겪었다. 그들의 삶은 비난받아야 할 현실과, 정당화를 요구하는 원칙 사이에 놓여 있었다. 그들은 현실을 정당화하기 위해 눈을 감기도 했고, 또다시 눈을 뜨고 현실을 인식하기도 했다. 그들 중 대부분은 평생 혁명을 기다려왔지만, 정작 그것이 실현되자 놀라서 외면해버렸다. 물론 다른 부류도 있었다. 이 부류들은 자신들이 당황한다는 자체를 두려워했다. 아직 놓치고 못 보는 게 있는지도, 나무들 때문에 숲을 보지 못하는 건지도 몰라. 만델슈탐도 여기에 속했다.

만델슈탐과 별로 교류가 없던 자들은 만델슈탐에게 있던 혁명성을 감지하지 못한 채 그의 삶을 단순화하고, 그의 사유의 주된 노선 중 하나였던 것의 내용을 삭제했다. 그러나 만델슈탐에게 혁명성이 없었다면 만델슈탐은 사건들의 경과를 그렇게 깊이 탐구하고 거기에 가치 기준을 적용할 필요도 없었을 것이다. 전적인 거부는 살아나가고 장애를 피해나갈 수 있는 힘을 주었다. 그러나 만델슈탐은 그렇게 하지 않았다. 그는 당대 사람들의 삶을 살았고, 그 삶을 논리적 결말까지 끌고 나갔다.

만델슈탐의 1920년대 시들을 보면 그가 혁명의 승리와 함께 새로운 시대가 도래하리라고 의심치 않았음을 알 수 있다. "우리 시대의 쇠약한 역법은 종말을 향해 다가간다"(хрупкое леточисление нашей эры подходит к концу).[5] 낡은 것으로부터는 단지 소리만이 남았다. 비록 "소리의 원인은 사라졌지만"(звук еще звонит, хотя причина звука изчезла). 그리고 마침내 자기 발자국을 바라보는, 척추가 부러진 야수 같은 세기[6]가 등장한다. 이 모든 시에는 새로운 삶에서의 자기 입지에 대한 평가가 드러나거나 숨겨져 있다. 「석판 위의 송시」(Грифельная ода, 1923)의 양면주의자도 이와 연결된다("나는 두 영혼을 가진 양면주의자"Двурушник я, с двойной душой).[7] 예를 들어 "미리 잘라놓은 빵들의 말라빠진 조각……"(усыхающий довесок прежде вынутых хлебов)과 같이 이런 고백은 마치 무의식 중에 무심코 나온 듯, 말줄임표로 가득 차서 가장 예기치 못한 맥락에 박혀진 채 시들에

---

5) 「편자를 찾은 사람」(Нашедший подкову, 1923) 중.

6) 1922년 시 「세기」(Век).

7) 1930년대 시들 중에는 완전히 직설적인 발언도 있고, 의미를 고의적으로 암호화한 것도 있다. 보로네슈에서 살던 당시 하루는 반(半)군인 유형(즉 우리가 지금은 '제복 입은 예술학자'라고 부르는)의 '시 애호가'가 우리 집을 찾아와서는, "파도가 파도에 의해 달린다. 파도의 척추를 꺾으면서"에 숨겨져 있는 의미가 무언지 오랫동안 궁금해하더니 이렇게 물었다. "5개년 계획에 관한 거 아닙니까?" 방 안을 서성이던 만델슈탐은 놀라서 되물었다. "그래요?" 나는 이후 만델슈탐에게 물었다. "그들이 모든 시에서 숨겨진 의미를 찾으려 들면 어쩌지요?" "놀라울 따름이지." 만델슈탐이 대답했다. 두 번째 층위를 나도 단번에 알아차리지는 못했지만, 만델슈탐은 내가 '내부'에 도달할 수 있으리라는 걸 알고 시에 주석을 달지 않았다. 진정한 놀라움은 목숨을 구할 수는 없더라도 어찌되었건 운명을 편하게 할 수는 있었다. 백치 같음, 사물에 대한 몰이해는 우리나라에서 높이 평가되었으며, 체포된 자에게도 관리에게도 매우 권장되었다―지은이.

산재했다. 만델슈탐은 결코 독자를 위해 이해받기 쉬운 시를 쓰지 않았으며, 청중과 시시덕거리지도 않았다. 그를 이해하기 위해서는 그를 알아야만 한다.

이 시기 시들에는 앞으로 닥칠 침묵에 대한 예언이 있다. "인간의 입술은 그가 마지막으로 발설한 단어의 형태를 보존하고 있다"(человеческие губы хранит форму последнего сказанного слова). 사실 만델슈탐의 이 시 구절은 "자기 작품을 재탕하고 있다"고 비난받는 구실을 제공했다. 그러나 이 비난을 한 당사자들인 브릭(О. М. Брик)[8]과 타라센코프는 이 시의 내용은 깊이 생각하지 않은 채 경솔하게 말한 것이다. 그들의 모든 투쟁 수단은 훌륭했다. 브릭의 동료들과 문학가들이 모이던 브릭의 집(그들은 그곳에서 여론을 조사하고 첫 번째 문건들을 작성했다)에서 만델슈탐과 아흐마토바는 이미 1922년 '국내 망명자'라는 별명을 얻었다. 이것은 그들의 운명에 큰 역할을 했고, 브릭은 아마도 거의 최초로 문학 투쟁에 비문학적 수단을 사용한 인물이었을 것이다.

그리고 어찌 되었든 나는 타라센코프 유형의 다른 파괴자들과 브릭의 차이를 지적하고 싶다. 만델슈탐은 타라센코프를 '타락천사'라고 불렀다. 매우 좋은 젊은이이자, 시의 열렬한 독자였던 타라센코프는 시를 말살하는 사회적 요청에 곧바로 응했고, 자신이 그토록 정열적으로 출판을 막았던 모든 시의 초고를 세심하게 수집했다. 그는 이런 점에서 예를들어, 시를 부르주아적이라는 이유로 증오했던 렐레비치(Г. К. Лелевич)[9]와 구분된다. 브릭의 입장은 완전히 달랐다. 영리했던 그는 이미 처음부터 어떤 문학적 경향에 국가의 특허권이 발급될지에 관해 생각했고, 바로 이 특허권을 위해 끝없이 많은 경쟁자와 투쟁했다. 맹렬한 투쟁이 전개되었으며, 한때는 브릭이 승리할 것처럼 여겨졌다. 그의 주위로 많은 옹호자가 운집했으며, 그는 젊은이들을 쉬지 않고 매혹시

---

8) 브릭(1888~1945): 시 이론가. 시 언어연구회(Опояз)의 창립멤버 중 한 명. 잡지 『레프』의 편집자.
9) 렐레비치(1901~37): 잡지 『초소에서』(На посту)의 편집자이자 문학비평가.

켰다. 당에서도 그는 특히 탐미파인 척하는 체키스트들 중 힘 있는 보호자들을 가지고 있었다. 브릭은 정열적으로 장애물들을 피해나갔지만, 이후 라프와 함께 등장한 아베르바흐가 승리했다. 그는 중산층 인텔리겐치아들이 유년기부터 열독했던 피사례프주의로 성공했다. 라프의 몰락과 함께 모든 문학 투쟁도 종결되었다. 문학적 보호자를 서로 쟁탈하려 했던 수많은 그룹은 이제 정치적 수단에만 매달렸다. 브릭은 아흐마토바와 만델슈탐을 쓸어내면서 정치적 밀고를 염두에 두지 않았다. 그는 다만 젊은 독자들과 '새로운 것'의 열렬한 지지자들을 두 시인들에게서 빼앗는 데만 관심이 있었으며, 그는 실제로 오랫동안 자신의 목적을 달성했다. 만델슈탐과 아흐마토바는 고립되었다. 이제 예순이 넘은 레프의 마지막 모히칸들은 여전히 1920년대를 찬양하고, 자신들의 영향력에서 벗어난 새로운 독자들을 놀랍게 본다.

아마도 1920년대는 만델슈탐의 인생에서 가장 힘들었던 시기였을 것이다. 그전이나 후(비록 삶은 점점 더 끔찍해졌지만)에도 만델슈탐은 세계에서의 자기 위치에 관해 그토록 고뇌하며 말한 적이 없었다. 청년의 우수와 괴로움으로 가득한 초기 시에서도 그는 미래의 승리에 대한 예감이나 스스로의 힘에 대한 인식을 한 번도 잃어버린 적이 없었다. 그러나 1920년대 시에서 만델슈탐은 병과 결핍, 열등함에 관해 반복적으로 이야기했다. 이 시기는 만델슈탐이 자신을 파르녹[10]과 혼동하고, 파르녹을 자신의 분신으로 거의 변형시킴으로써 끝이 난다.

그가 자신의 결핍과 병이 어디 있다고 보았는지는 시에 잘 드러나 있다. 그리하여 혁명에 대한 첫 번째 의심이 발견된다. "누구를 더 죽이고, 누구를 더 찬양하고, 어떤 거짓말을 지어내려 하는가?"[11] '두 세기의 척추'를 이으려[12] 하면서도 감히 가치의 재평가에 착수하지 못하는 자,

---

10) 만델슈탐의 소설 「이집트 우표」(1927)의 등장인물.
11) 「1924년 1월 1일」 중.
12) "자기 피로 두 세기의 척추를 붙일 것이다"라는 1922년 시 「세기」의 구절을 가리킨다.

이것이 바로 두 마음을 가진 자였다.

만델슈탐은 가치의 재평가를 부정하지는 않았지만, 매우 조심스럽게 접근했다. 만델슈탐은 우선 '강대한 세계'와 자신의 관계를 규정하고자 했다. 이에 관해서 그는 「시간의 소음」, 「이집트 우표」(Египетская марка, 1927) 그리고 시 「강대한 세계와 나는 단지 유아적으로 연결되어 있었다」(С миром державным я был лишь ребячески связан, 1931)에서 썼다. 이 시는 비록 1930년대에 씌어지기는 했지만, 생각이나 느낌은 20년대에 속한 것이었다. '강대한 세계'와 자신의 관계를 만델슈탐은 '유아적'이라고 표현했지만, 당시 미녀들('다정한 유럽 여인들'европянок нежных)이 소년에게 안겨주었던 모욕을 비롯한 많은 것을 거기에 포함시키고 있다. 『러시아 예술』(Русское искусство)과 『러시아』(Россия) 그리고 『키예프 석간신문』(1926년에 수도의 신문들과 잡지는 이미 만델슈탐의 작품을 실어주지 않았고, 지방에서만 가끔 '틈새가 보일 뿐'이었다)에 발표되었던 서너 편의 문학적 에세이에서 가치의 재평가는 가장 힘겹게 이루어졌다. 이 글들에는 어떻게 해서든 말을 하고자 하는 욕망이 느껴지며, 무언가를 인정하고, 찬성하고, 또 무언가를 거부함으로써 삶에 진입하고자 하는 수줍은 시도가 행해진다.

만델슈탐은 '동반작가들'이라 불리던 동시대 산문작가들 중 누군가를 정당화하려고까지 시도했다. 비록 그와 자신이 걷는 길이 다르다는 것을 이해하지 못한 것은 아니었지만. 『러시아 예술』에 실린 두 편의 글에는 아흐마토바에 대한 공격도 발견된다. 이 역시 시대에 바치는 세금이었다. 이 글들을 발표하기 1년 전 만델슈탐은 아흐마토바의 기원을 러시아 산문에서 찾아내는 논문을 하리코프 신문에 발표했고, 그보다 더 앞서 쓴 『뮤즈의 문집』에 대한 미발표 서평에서는 아흐마토바에 대해 "초라하게 입었지만, 모습은 위엄 있는 아내"가 러시아의 긍지가 될 것이라고 썼다. 1937년 보로네슈 작가들 앞에서 만델슈탐은 아크메이즘에 대한 비판을 하도록 강요받았다.[13] 만델슈탐은 아흐마토바와 구밀료프에 대해 다음과 같이 이야기했다. "나는 산 자와도 죽은 자와도 인연을 끊지 않소." 출판의 집에서 있었던 자신의 시 낭송의 밤에서도 레닌그라드 작가들 앞에서 이와 유사한 답변을 했다.[14] 달리 말해 그는 항상 바로 이 시인들, 특히 아흐마토바와 자신의 관계를 의식했다. 그런데 1922년의 거부 시도는 아크메이즘에 대한 야유와 비현대성, 부르주아 근성 등에 관한 외침을 견디다 못해 나온 것이었다.

만델슈탐은 '길 가운데 혼자' 있음을 느꼈고 그것을 견뎌내지 못했다. 모든 사람과 자신의 시대를 거슬러서 간다는 것은 그렇게 간단치 않았다. 갈림길 앞에 선 사람들은 보통 대다수가 선택한 길을 따라가고 싶은 유혹을 느끼기 마련이다. '여론'의 힘은 막강하며, 그것을 거스르기는 생각보다 훨씬 더 힘들었다. 그리고 시간은 모든 사람에게 자신의 흔적을 남긴다. 시간은 만델슈탐이 자신의 유일한 동맹자인 아흐마토바와 결별하게 만들었다. 모든 사람을 거슬러서 둘이 서 있는 것이 혼자 서 있는 것보다 전혀 쉽지 않았고, 그래서 만델슈탐은 그녀에게로 가는 길을 차단하려고 시도했다. 그러나 그는 금방 제정신을 차리게 된다. 산문집 출판을 준비하던 1927년 이미 만델슈탐은 『러시아 예술』에 발표했던 에세이 중 한 편은 폐기했고, 다른 한 편에 있던 아흐마토바에 대한 공격 부분도 뺐다. 『러시아』와 키예프 신문에 발표했던 에세이들도 전집 서문에서 '우연적'인 것이라 칭하며 인정하지 않았다. 만델슈탐은 이 에세이들을 쓴 시기를 자기 생애 최악의 시기라고 생각했다. 그러나 1922년부터 1926년까지의 '타락' 기간에도 본래 그가 가졌던 많은 건강한 사고(이는 주로 전반적인 경직과 맞서 투쟁하려는 시도와 관련되

---

13) 1935년 2월 열린 보로네슈 작가연맹 대회의에서의 일이다. 만델슈탐이 자기 과거를 비판할 것을 기대하고 발언을 요구했으나, 만델슈탐은 그 자리에서 자신은 '예전 그대로'라고 선언한다-편집자.

14) 1933년 3월 2일의 일이다. "당신이 아크메이스트였던 만델슈탐 맞습니까?"라는 질문에 만델슈탐은 이렇게 대답한다. "나는 내 벗들의 벗, 내 전우들의 전우, 아흐마토바의 동시대인이었으며, 지금도 그러하고 앞으로도 그럴 것이오"-편집자.

며 에세이 전체에 걸쳐 발견된다)가 건재해 있었다는 것을 그는 알지 못했다.

가치의 재평가 시기에 무엇보다도 주목할 만한 일은 아마도 스크랴빈의 죽음에 관한 에세이에 대해 보인 만델슈탐의 태도일 것이다. 이 글에서 그는 기독교 예술, 즉 자신의 본래 신조에 대한 견해를 피력했다. 예술가의 죽음은 종말이 아니라 마지막 창작 행위라고 말한 것이 바로 이 글이었다. 만델슈탐은 스스로 '떼죽음'을 선택했던 만큼, 이 말은 빈 말이 아니었다.

이 에세이는 그 어디서도 출판되지 않았다. 만델슈탐은 이 글을 페테르부르크의 어떤 모임(아마도 종교-철학적인)에서 낭독했다. 모임은 누군가의 집에서 이루어졌다. 하루는 그곳에 유명한 모험가인 기병소위 사빈(Н. Г. Савин)이 나타나서 층계참에 작은 탁자를 놓고 입장료를 거둔 뒤, 토론에 참가하여 러시아 악마는 영리함과 실리, 재치로 다른 악마들과 구분된다는 이야기를 늘어놓은 적도 있었다고 한다. 만델슈탐은 이따금 이 모임에 참석했는데, 아마도 이 모임의 조직자 중 한 명인 카블루코프(С. П. Каблуков)[15]와의 친분 때문이었던 듯하다. 이 노인은 당시 막 등단한 시인 만델슈탐에게 몹시 관심을 가지고 있었다. 얼마 전 나는 카블루코프가 한때 소장했던 시집 『돌』(1913)을 구입할 수 있었다. 거기에는 카블루코프가 손으로 옮겨 적은 만델슈탐의 시들과 판본들 그리고 만델슈탐의 서명이 있었다. 바로 이 카블루코프가 스크랴빈에 관한 만델슈탐의 에세이 원고를 가지고 갔다. 1921년 우리가 카프카즈에 있을 때 카블루코프는 사망했고,[16] 그가 소장하던 원고들은 국가 보안부가 압수해갔다. 만델슈탐은 스크랴빈에 관한 에세이가 사라진 것을 매우 애석해했다. "내가 쓴 것 중 가장 중요한 것을 잃어버렸어. 운이

15) 카블루코프(1881~1919): 수학자, 교육학자, 종교음악 전문가. 1909년부터 1913년까지 페테르부르크의 종교 철학 모임의 비서. 1910년부터 만델슈탐과 교제.
16) 카블루코프는 만델슈탐이 크림에 있던 1919년 12월 사망했다—편집자.

없군……" 1920년대 나는 만델슈탐 아버지의 트렁크에서 이 에세이 초고 중 일부를 발견했다. 만델슈탐은 매우 기뻐했지만, 이 에세이에 대한 그의 태도는 이중적이었다. 보관해달라고 부탁했지만, '재평가' 시기가 되자 자기 발언을 재검토하고자 하는 유혹에 빠졌다. 「이집트 우표」의 초고에는 마담 페레플레트닉의 살롱에서 자기 글을 읽으려고 준비하는 파르녹에 대한 조소가 담겨 있다. 이것은 스크랴빈에 관한 글을 명백히 암시한 것이다. 최종본에는 음악과 역사의 화려한 방들에서 파르녹을 끌어내겠다는 약속만이 남겨져 있다. 그곳에서 잡계급인이 할 수 있는 일이란 없으며 '자신의 신분에 맞지 않는 귀족 외투를 입고' 돌아다녀서는 안 되기 때문이다. 잡계급인과 화려한 페테르부르크의 테마는 계속 되풀이된다. 만델슈탐은 청년 시절 여러 차례 다양한 페테르부르크 공작새와 충돌했으며, 자기가 거기에 속하지 않는다는 사실을 뼈저리게 느끼고 있었다. 특히 만델슈탐은 『아폴론』(АПОЛЛОН) 잡지사에 자기 어머니가 방문했던 일에 관한 마콥스키(С. К. Маковский)[17]의 이야기를 읽을 수 있었다. 마콥스키는 만델슈탐의 어머니를 바보 같은 유대인 장사치로 그렸다. 비천한 가정 출신의 천재 소년이라는 저널리즘적인 대비를 위해 이런 이미지가 그에게 필요했던 것이 분명하다. 그러나 음악교사였던 만델슈탐의 어머니는 고전음악에 대한 애정을 아들에게 가르쳤고, 아이들을 교육할 줄 알았으며, 마콥스키가 묘사했던 조악한 말들을 입에 담을 수 없었던 지극히 교양 있는 여성이었다.

바로 이것은 만델슈탐이 자신의 '잡계급성'을 강조하도록 만든 전형적인 지주 귀족의 멸시적 태도 중 하나였다. 만델슈탐은 '강대한 세계'에 대한 자기 태도를 규정했고 「이집트 우표」에서는 자신과 파르녹의 계보를 잡계급인에서 찾았다. 이와 유사한 대목은 「단테에 관한 대화」에도 있다. 세련된 베르길리우스가 꼴사납고 허둥대던 단테가 난처해지

---

17) 마콥스키(1877~1962): 시인이자 예술평론가. 1909년에서 1917년까지 잡지 『아폴론』의 발행인이자 편집인.

지 않도록 끊임없이 옷매무시를 고쳐주던 장면.

그러나 이제 이미 옛날 세계와의 셈이 문제가 아니었다. 우리 눈앞에는 새로운 강대한 세계가 탄생해 있었고, 그에 비교할 때 옛 세계는 가련한 딜레탕트 정도로 여겨졌다. 초기의 재평가는 만델슈탐이 옛 세계에서의 자기 위치도 규정하도록 도왔다. 그는 다시 이번에는 시에서, 잡계급인의 빈자리를 채우겠다는 의지를 표현했다. "나에게 지금 그들을 배반하라고 잡계급인들은 말라서 금이 간 장화를 신어 떨어지게 했는가?"[18] 한 줌의 유대-기독교 문화 외에 무엇이 소비에트 잡계급인들에게 남아 있는가? 만델슈탐은 스크랴빈에 관한 에세이 일부와 함께 그것을 보존했다. 그래서 만델슈탐은 다른 잡계급인인 파르녹의 형 알렉산드르 게르초비치에게서 음악에 대한 권리를 박탈했다.

알렉산드르 게르초비치, 모든 것은
이미 오래전 쓸모 없게 되었소,
그만두시오, 알렉산드르 게르초비치,
거기에 뭐가 있소! 소용없소.[19]

시대와 타협하려는 시도는 무익하다는 것이 드러났다. 시대는 투항자들에게 엄청나게 큰 대가를 요구했다. 게다가 만델슈탐은 '새로이' 떠오르는 세계나, 우리가 돌연 처하게 된 독특한 유형의 강대한 세계가 아닌 혁명과 대화했다. 만델슈탐의 해명을 들어줄 자는 우리의 현실에 없었다. 새로운 종교와 국가를 신봉하며, 혁명 용어를 사용하는 자들은 의혹 속에 허우적거리는 새로운 잡계급인에게 관심을 두지 않았다.

신봉자들과 '동반작가'들에게 이미 모든 것은 명백했다. "누가 고기만두를 얻느냐, 그것만이 문제지"라고 V. I.는 말했다. "진리는 그리스

---

18) 「모스크바에서의 한밤중」(Полночь в Москве, 1932)에 나오는 구절.
19) 1931년의 시 「알렉산드르 게르초비치가 살았네」(Жил Александр Герцович)
    의 마지막 연이다.

어로 '꿈'이라는 어원을 가진답니다." 카타예프가 이렇게 말하며 껄껄 웃었다. "어디서 살고 있는지 깨달아야만 해요." 또는 "뭘 더 바라시오!" 같은 말들이 사방에서 들려왔지만 만델슈탐은 바르비에의 시 「개떼」를 번역하기로 선택했고, 바로 이 시를 통해 신봉자들이 이미 등진 것에 대한 충성을 선언하려 했다.

손톱으로 고기를 빼앗고
이빨 사이로는 털이 바스락 소리를 낸다.
모든 개는 고기 조각을 필요로 한다.
개집의 권리, 개의 명예의 법칙:
질투심 강한 거만한 암캐가 털을 늘어뜨리고
수캐 남편을 기다리는 집으로 반드시 가지고 가라.
가정을 가진 자가 의당 그래야 하듯 입에 물고 있는
연기 나는 뼈다귀를 암캐에게 보여주며 이렇게 소리치기 위해:
"이것이 권력이야!" —— 동물의 시체를 던지면서 ——
"바로 이것이 위대한 시대가 준 우리 몫이야."

만델슈탐은 바르비에의 시를 1923년에 번역했고, 1933년에 등장한 아파트에 관한 시(「아파트는 종잇장처럼 조용하다」)에서 다시 '가정을 가진 자'의 테마가 등장한다. "소금처럼 증류된 명예로운 배신자, 아내와 아이들을 둔 자라면 누구든 이런 좀벌레를 죽일 것이다." 바르비에의 시는 여름에 번역되었고, 같은 해 겨울 잡계급인에 대한 맹세가 출현했다. 작가들의 복지후생과 관련된 물품들의 배급 문제를 결정하던 자들이 이 맹세에 관해 그렇게 냉정한 반응을 보인 것이 우연이 아니라는 생각이 든다.

이러한 허우적거림 와중에 만델슈탐은 정당성의 감각을 잃었기 때문에 시를 쓸 수 없었던 것이 아니었을까? 만델슈탐은 산문을 쓰면서 삶에서 자기 위치를 규정하고, 입장을 확립하고, 자신이 서 있는 토대를 발견했다. "나는 여기 서 있으며, 달리는 할 수 없다……."[20] 자신이 정당하며 자기가 선택한 입장이 옳다는 확신이 생기자 시를 다시 쓸 수 있게 되었다. "내적 자유의 물결이 그에게서 흘러 넘쳤다." 초기 에세이 중 하나인 「대담자에 관해」(O собеседнике, 1913)에서 이미 만델슈탐은 '시적 정당성에 대한 소중한 인식'에 대해 썼다. 바로 이 인식은 만델슈탐에게 창작의 전제 조건이었다. 그렇지 않았다면 만델슈탐은 창작 활동 초부터 그리도 대담하게 그것을 운운하지 못했을 것이다. 이 글을 쓸 당시 그의 나이 스물둘이었다. 만델슈탐은 현실을 받아들이면서 자기 의심을 비난하지 않을 수 없었다. 그는 '새로운 것'들의 옹호자들이 부르는 전체적인 합창을 들으며 자신의 외로운 입장에 대해 놀라워하지 않을 수 없었다. 현실을 절대적으로 지지하는 상징주의자, 레프, 라프 그리고 다른 모든 그룹의 비난을 받으면서 그는 자신을 "미리 잘라놓은 빵의 말라빠진 조각"[21]처럼 느끼지 않을 수 없었다. 정당성에 대한 인식은 유약한 감정과는 공존할 수 없었다. 만델슈탐의 이름을 걸고 맹세하며 전력을 다해 그를 옹호하는 독자들이 언제나 있었던 것은 사실이지만 만델슈탐은 어째서인지 본의 아니게 그들을 멀리했다. 내 생각에 만델슈탐은 그들 역시 '말라빠진 빵 조각'이라고 생각했고, 어딘가에 정말 새로운 인간들이 있을 것이라고 믿었던 것 같다. 보기에도 씩씩하고 목소리도 우렁찬 이 '새로운 인간들'이 인간을 인간답게 만드는 것, 즉 가치개념을 상실하면서 자연스럽게 무감각화라는 통례적인 변형을 겪으리라는 것을 1920년대 만델슈탐은 아직 알지 못했다.

「네 번째 산문」을 통해 만델슈탐은 자유로워졌다. 이 산문의 이름은 집에서 부르던 것으로, 순서상 네 번째 산문이었기 때문에 붙여진 이름이었지만,[22] 그가 속해 있다고 생각한 계급(잡계급인들은 제4계급으로

---

20) 루터에 관한 1915년 시의 에피그라프. 루터가 한 말을 그대로 옮긴 것이다—편집자.

21) 1922년 시 「빵의 누룩이 어떻게 부풀어 오르는가」(Как растет хлебов опара) 중.

칭해졌다)이나 로마(우리의 로마 역시 제4로마였다)[23]와의 연상과도 무관하지 않았다. 바로 이 산문이 시로 가는 길을 깨끗이 닦았고, 현실에서 만델슈탐의 자리를 정했으며, 정당성의 감각을 되돌려주었다. 만델슈탐은 「네 번째 산문」에서 우리 땅을 피범벅이라고 칭했고, 관료 문학을 저주했으며, 문학적 외투를 벗어 던지고 잡계급인(가장 오래된 공산청년동맹원 아카키 아카키예비치)[24]에게 다시 손을 내밀었다. 그 언젠가 위험한 시기에 우리는 사회주의에 대해 언급했던 첫 번째 장을 없애버렸다.

「네 번째 산문」의 토대는 전기적인 것이었다. 울렌슈피겔 사건[25]과 그것의 파장은(이 사건은 훨씬 더 빨리 해결될 수 있었지만, 만델슈탐이 무분별하게 그것을 확대시켰다) 만델슈탐이 현실에 눈뜨도록 만들었다. 부하린이 정확히 지적했듯 소비에트 기관들의 분위기는 구정물 웅덩이를 상기시켰다. '울렌슈피겔 사건' 시기 우리는 '새로운 것'에 봉사하는 문학과 관리, 기관에 관한 영화를 보고 있다는 생각이 들었다. 우리를 표절자로 비난하고 나섰던 자슬랍스키와 그의 신문사 사무실에 관해 그리고 작가 조직들과 절연한 뒤 만델슈탐이 1년 정도 일했던 신문사 『공산청년동맹 자유주의자』에 관해서까지 검찰에 출두해 진술해

---

22) 앞서 씌어진 세 편의 산문은 다음과 같다. 「시간의 소음」(1923), 「페오도시아」(1923~24), 「이집트 우표」(1927).
23) 17세기 수도사 필로테우스는 '제3로마설'을 주장했는데, 그는 모스크바가 제3로마가 될 것이며 '네 번째는 없을 것이다'라고 말했다.
24) 고골의 소설 「외투」(1842)의 주인공으로 등장하는 하급관리.
25) 1927년 '대지와 공장' 출판사는 앞서 고른펠드와 카랴킨이 번역한 『울렌슈피겔』 번역을 교정하고 재편집하는 일을 만델슈탐에게 맡긴다. 그런데 출판사 측은 이전 번역자들이나 만델슈탐과 사전에 아무런 합의도 하지 않고 1928년 새로 출판된 책 표지에 만델슈탐 번역이라고 써놓았다. 자신의 실수가 아니었음에도 만델슈탐은 번역자 고른펠드를 찾아가 사과의 뜻을 전하며 인세 보상을 약속하지만, 고른펠드는 만델슈탐을 표절자라고 공개적으로 비난하고, 이 문제는 문학계에서 스캔들로 비화된다. 결국 형사재판으로까지 문제는 확대되고, 이로 인해 1928년에서 1930년에 이르는 기간에 만델슈탐은 여러 차례 검찰에 출두해야 했다.

야 했다.

그러나 이 사건에 소비했던 2년 가까운 기간은 백배로 보상되었다. '세기의 병든 아들'은 그가 건강하다는 것을 갑자기 깨달았다. 시가 다시 씌어지면서 '말라붙은 빵 조각' 테마는 완전히 자취를 감추었다. 이제 왜 자기가 혼자인지 알고 있으며, 자신의 고립을 소중히 생각하는 이 탈자의 목소리가 나타났다. 만델슈탐은 어른이 되었고, '목격자'가 되었다. 나약함은 마치 꿈처럼 사라졌다. 만델슈탐이 탄압당하던 첫 번째 시기인 1934년 5월 이전까지는 정치외적·문학외적 방법이 적용되었다. 이것은 '상부'의 지지를 받은 작가들의 독자 활동이었다. 만델슈탐은 이렇게 말했다. "그들은 시인인 나에게는 아무 짓도 할 수 없어서 번역 일을 가지고 시비를 거는 거야." 아마도 바로 이 '깎아내림 놀이'는 만델슈탐이 바로 서도록 도왔던 것 같다. 이상하게도, 현실에 대한 이해는 만델슈탐의 경우 개인적 경험을 통해 찾아왔다. 거칠게 말하면, 소련 사람들은 자신의 무지를 소중히 아꼈고, 개인적 경험을 통해서만 그 무지는 깨졌다. 농업 집단화를 위한 부농척결, 예조프 테러체제, 전후 조치 등 집단적 캠페인들은 눈뜬 자들의 서클이 넓어지도록 촉진했다. 만델슈탐은 일찍 눈뜬 자들 중 하나였지만, 그렇다고 최초의 사람은 아니었다.

만델슈탐은 자기가 믿는 가치들이 시대에 거슬러, '세계의 털 반대방향'으로 있음을 언제나 알고 있었다. 그러나 「네 번째 산문」 이후 그것은 만델슈탐에게 이미 위협이 되지 못했다. 「단테에 관한 대화」와 「칸초네」(Канцона, 1931)에서 만델슈탐이 특수한 형태의 시력(단테의 『신곡』에 나오는 죽은 자들이나 육식성 조류의 시력)에 관해 언급한 것은 우연이 아니었다.[26] 이들은 가까운 대상은 분간하지 못하지만, 거대한 반경은 볼 수 있다. 마치 현재는 보지 못하지만, 미래는 볼 수 있는 것처럼.

---

26) 「칸초네」에는 "교수 같은, 독수리 같은 눈동자"(зрачок профессорский орлиный)라는 구절이 있다.

산문은 언제나 그러하듯 시를 보완하고, 해명한다.

시는 우리가 아르메니아를 여행하고 돌아오던 길, 티플리스에서 머물던 시기에 다시 출현했다. 필름은 계속 돌아가고 있었다. 우리의 눈앞에서 로미나드제가 죽었다. 그는 자신의 생애 마지막에 만델슈탐에게 진정한 호의를 보여주었다. 그는 만델슈탐이 티플리스에 정착하도록 도와주라는 명령이 담긴 구세프의 전보를 받고 적극적으로 돕고 싶어 했지만, 바로 모스크바에 소환되어 다시는 돌아오지 못했다. 신문들마다 로미나드제와 스이르초프(С. И. Сырцов)[27]가 속한 단체에 대한 저주들로 도배되었다. 이러한 운명이었던 것이다. 만델슈탐이 이야기할 수 있었던 모든 사람은 한결같이 죽음을 당했다. 이는 곧 새로운 강대한 세계에는 새로운 형태의 잡계급인들의 자리가 없음을 의미했다. 만델슈탐은 로미나드제를 만나기 위해 그의 사무실에 서너 차례 방문했는데, 로미나드제의 비극이 돌발하자마자, 우리가 어디를 가든지 미행이 따라붙었다. 지역 기관들은 숙청당한 고위 관리의 이해할 수 없는 방문객을 만일의 경우를 대비하여 감시하기로 결정한 듯했다. 그리하여 우리는 곧 티플리스에서 아무것도 할 수 없음을 깨닫고 서둘러 모스크바로 도망쳤다. 우리를 로미나드제에게 보낸 장본인인 구세프에게 미행과 밀정들에 관해 이야기했을 때 그는 무표정한 얼굴로 우리 말을 들었다. 그렇게 무표정한 얼굴은 소비에트 관리만이 지어 보일 수 있었다. 인민의 적 로미나드제를 당신들이 어떻게 만나게 되었는지, 그루지야 요원들이 무슨 근거로 미행을 했는지 내가 어떻게 알겠소, 라는 의미였다. 당시 이미 누군가를 남의 일에 말려들게 하는 것은 아무 소용없었고, 그렇기 때문에 구세프는 그런 무표정한 가면을 썼던 것이다.

부하린의 부탁으로 우리에게 수후미와 아르메니아 여행을 주선하고, 그 후의 원조에 대한 감독 임무를 구세프에게 위임했던 몰로토프 역시 그렇게 행동했을 것이다. 우리가 어디를 가든지 구세프는 중앙위원회의

---

27) 스이르초프(1893~1937): 혁명가. 정치적 계략에 걸려들어 총살당한다.

지부 서기들에게 협조와 원조를 부탁했다. 그러다가 그는 곧 처형당할 운명에 처한 사람에게까지 부탁하게 된 것이다.[28] 이것은 만델슈탐 역시 파멸시킬 수 있었지만, 별다른 파장 없이 지나갔다. 사건은 제기되지 않았지만, 제기될 수도 있었다. 즉 우리는 운이 좋았던 것이다. 그러나 당시 우리는 그것을 깨닫지 못했고, 다만 구세프의 무표정한 가면을 비웃었다. 만델슈탐에 대한 구세프의 배려는 로미나드제 사건으로 중단되었으나, 소득은 있었다. 아르메니아에서 시가 만델슈탐에게 다시 찾아왔으며, 인생의 새로운 시기가 열렸으므로.

---

28) 로미나드제는 처형당하지 않았으며, 단순히 그루지야에서 추방당했다. 1977
년—지은이.

38 작업

　1930년이 돼서야 나는 처음으로 시의 탄생 과정을 이해하게 되었다. 그 이전까지 나는 시를 다만 기적의 산물로 생각하고 있었다. 1919년에서 1926년까지 나는 만델슈탐이 시 창작을 하는지 하지 않는지 짐작조차 하지 못했다. 다만 그가 왜 그리도 긴장되어 있으며, 몰두하는지 그리고 사람들의 무리를 피해 거리나 뜰로 도망치는지 계속 의아해했을 뿐이었다. 그 후 무엇이 문제인지 알아차리기는 했지만 창작 과정의 깊은 내막까지는 이해하지 못했다. 침묵의 시기가 끝났을 때, 즉 1930년부터 나는 뜻하지 않게 그의 작업의 증인이 되었다.

　보로네슈에서는 내게 모든 것이 특히 명백하게 보였다. 개집이나 굴아니면 침낭이라 할 수 있을 만큼 좁은 셋방에서, 외부 목격자들 없이 서로 눈을 맞댄 절망적으로 단순화된 생활은 내가 이 '달콤한 소리의 작업'의 모든 디테일을 관찰하도록 만들었다. 만델슈탐은 시를 창작하면서 한번도 사람들을 피한 적이 없었다. 만일 작업이 이미 진행 중이라면, 그 무엇도 더 이상 방해가 될 수 없다고 만델슈탐은 말했다. 바실리사 슈클롭스카야는 1921년 모이카[1]에 있는 예술의 집에 만델슈탐과 나란히 살던 시절 그가 난롯불을 잠시 쬐기 위해 그녀 집에 자주 들렀다고 이야기했다. 사람들로 가득 찬 방에서 이야기 소리를 듣지 않기 위해 이따금 그는 소파에 누워 쿠션으로 귀를 가리기도 했다. 시를 창작하면서,

---

1) 페테르부르크의 거리명.

혼자 쓸쓸해 하다가 바실리사 슈클롭스카야 집에 숨어드는 것이 바로 그였다. 천사 메리에 관한 시[2]는 동물학 박물관에서 씌어졌다. 만델슈탐은 쿠진과 함께 한잔하기 위해 그루지야산 포도주와 안주를 서류가방에 몰래 숨겨 그곳에 들어갔다. 우리는 테이블에 둘러 앉았지만, 만델슈탐은 음주 예절을 어겨가며 박물관장 쿠진의 커다란 집무실을 뛰어다녔다. 시는 언제나처럼 머릿속에 이미 창작되어 있었다. 이 박물관에서 나는 만델슈탐이 부르는 대로 시를 받아 적었다. 만델슈탐은 결혼한 후 끔찍하게 게을러져서, 자기 시를 직접 기록하지 않으려고 계속 버티며 나에게 받아 적는 일을 시켰다.

보로네슈에서 그의 작업의 공개성은 극에 다다랐다. 우리가 세 들어 살던 방들 중 그 어떤 곳에도 만델슈탐이 혼자 있고 싶을 때 잠시 나가 있을 만한 복도나 부엌은 없었다. 모스크바에서 살 때에는 그래도 내가 그를 혼자 남겨두고 잠시 나가 있을 곳은 있었다. 그러나 보로네슈에서는 나갈 곳이 없었다. 거리로 나가서 추위에 떠는 수밖에는 없었지만, 마치 일부러 그러는 듯 추위는 매서웠다. 시가 어느 정도 성숙해졌다고 느끼면 우리에 갇힌 가엾은 야수 같은 만델슈탐이 안쓰러워서 나는 내가 할 수 있는 최선의 선택, 즉 이불 속에서 웅크리고 자는 척을 했다. 만델슈탐은 그걸 알아차리고는 나보러 가끔 '좀 자거나' 또는 그에게 등이라도 돌리고 누워 있으라고 설득했다.

보로네슈에서의 마지막 해, '현관 계단이 없던' 집에서 고립은 극에 달했다. 우리의 삶은 우리 움막과 그 움막에서 두 발자국 떨어진 전화국(여기서 오빠에게 전화를 하곤 했다) 사이에서 흘러갔다. 비슈넵스키와 슈클롭스키가 그해 겨울 매달 100루블씩 오빠에게 주었고, 오빠는 그걸 우리에게 부쳤다. 그들은 직접 송금하기를 두려워했다. 우리 삶에서는 모든 것이 두려웠다. 이 돈은 방세를 지불하는 데 들어갔다.

---

2) 1931년 시 「내 마지막 솔직함으로 당신께 말하니」(Я скажу с последней прямотой)를 가리킨다.

방세가 한 달에 정확히 200루블이었다. 돈벌이는 끊겼다. 모스크바에서도 보로네슈에서도 우리 두 사람에게 그 어떤 일자리도 허락하지 않았다.

매우 조심스럽고 민감한 시기였다. 거리에서 마주치는 지인들은 외면하거나, 우리를 알아보지 못한 듯 쳐다보았다. 이 역시 조심스러움의 일상적인 발현이었다. 극장의 배우들만이 예외였다. 그들은 대로변에서도 미소를 지으며 우리에게 다가왔다. 아마도 이것은 우리나라에서 극장이 다른 기관들에 비해 덜 핍박당했기 때문으로 설명할 수 있을 것이다. 나타샤 슈템펠과 폐쟈만 우리 집을 방문했다. 그들은 직업을 가지고 있었고 그래서 짬을 내는 것이 쉽지만은 않았다. "이런 만남이 어떤 결과로 이끌지 아니?……" 나타샤는 그녀의 어머니가 이렇게 경고했다고 이야기했다. 그래서 그녀는 우리를 방문하는 사실을 어머니에게 숨겼다. 그랬더니 어머니는 다음과 같이 말했다고 한다. "왜 숨기니? 네가 어딜 다니는지 알고 있어. 그냥 나는 경고해야 했을 뿐이지 결정은 네가 하는 거야. 그들을 우리 집에도 초대하렴." 그때부터 우리는 나타샤의 집에 자주 놀러 갔고, 어머니도 집에 있는 모든 것을 식탁에 내놓으려고 애썼다. 귀족단장이던 남편과 오래전 이혼한 그녀는 두 아이를 먹여 살리기 위해 처음에는 도시에 있는 고등학교에서, 나중에는 초등학교에서 교사를 했다. 조심스럽고 현명하며 쾌활하고 소탈한 마리야 이바노브나는 보로네슈에서 우리를 자기 집에 초대한 유일한 사람이었다. 다른 나머지 집 문들은 굳게 닫혀 이중 자물쇠로 잠겨 있었다. 우리는 사회적 공동체에 속할 수 없는 최하층민이었다.

모든 것은 종말이 다가왔음을 예고했고, 만델슈탐은 마지막 날들을 활용하려고 애썼다. 서둘러야만 한다는 한 가지 생각이 그를 사로잡고 있었다. 그렇지 않으면 그의 말은 중도에서 차단되고, 무언가를 다 말할 수 없을 것이다. 이따금 나는 만델슈탐에게 쉬라고, 좀 나가서 산책이라도 하거나 눈 좀 붙이라고 애원했지만, 그는 손을 내저을 뿐이었다. 안돼, 시간이 없어. 서둘러야 해……

시들이 끊임없이 무리를 지어 씌어졌다. 여러 편의 시 작업이 동시에 이루어졌다. 만델슈탐은 자주 내게 기록을 부탁했다. 그의 머릿속에서 끝까지 완성된 두세 편의 시를 동시에 받아 적는 일은 처음이었다. 나는 그를 중단시킬 수 없었다. "이해해줘, 그렇지 않으면 난 다 해내지 못해."

물론 이것은 다가오는 죽음에 대한 진지한 예감이었지만, 나는 이 죽음을 만델슈탐처럼 그렇게 명확히 느끼지 못했다. 그는 내게 아무것도 직접적으로 이야기하지 않았다. 그러나 그해 겨울 내가 두어 차례 돈을 구하러 모스크바에 갔을 때 보낸 편지에서 그는 무엇이 우리를 기다리는지에 관한 문제를 거론하려 한 적이 몇 차례 있었다. 그러나 곧바로 스스로의 말을 가로막고 마치 언제나 있어왔던 일상적인 어려움에 관해 말하는 것처럼 꾸몄다. 아마도 그는 스스로도 죽음에 대한 예감을 떨쳐버리려 했거나 아니면 나를 아낀 나머지 함께 사는 마지막 나날을 암울하게 하지 않으려 노력했던 것 같다.

그리고 그해 내내 그는 서둘렀다. 매우 서둘렀다. 호흡곤란은 이 서두름 때문에 점점 더 심해졌다. 자꾸 끊어지는 호흡, 비정상적 맥박, 새파랗게 질린 입술. 발작은 주로 거리에서 일어났다. 보로네슈에서 살던 마지막 해 만델슈탐은 혼자서 바깥 출입을 할 수 없는 지경에 이르렀다. 집에서도 내가 있어야만 그는 안정을 찾았다. 그래서 우리는 서로 마주 보고 앉아서, 나는 그의 움직이는 입술을 잠자코 쳐다보았고, 그는 잃어버린 시간을 벌충하고 자신의 마지막 말을 하려고 서둘렀다.

시들을 기록하고 나면 만델슈탐은 시행 수를 세어 보면서 그가 원고료로 최고 얼마까지 받을 수 있을까 이야기하곤 했다. 최하치에는 그는 동의하지 않았다. 단지 간혹 시가 매우 마음에 들지 않을 때에만 그것을 '이류'로 분류하라고 제안했다. 즉 다양한 가격대별로 종류를 구분했던 솔로구프(Ф. К. Сологуб)[3]처럼 더 싼값을 매기도록. 하룻동안의 수입

---

3) 솔로구프(1863~1927): 본명은 테테르니코프. 상징주의의 대표적 시인이자 소설가 가운데 한 명.

을 결산한 뒤 우리는 배우나 식자공, 가끔은 교수들(그 가운데 한 명은 나타샤의 친구였고, 다른 한 명은 문학연구가였다)에게 차나 금지된 빵 조각, 달걀 프라이를 얻어먹기 위해 갔다. 우리는 우리의 고객과 보통 인적 없는 길에서 만나기로 약속했다. 그곳에서 우리는 비밀을 완벽하게 지키며 서두르지 않고 서로서로 스쳐 지나가면서 동냥물이 담긴 봉투를 받았다. 그 전날 그 누구와도 약속을 잡지 못했을 경우 우리는 식자공들과 만나기 위해 인쇄소로 갔다. 만델슈탐은 특히 시가 밤에 완성되어 깨어 있는 사람들이라고는 그들밖에 없었을 때 자신이 방금 전 창작을 마친 신선한 시들을 들려주기 위해 그들에게 달려갔다. 식자공들은 그를 기쁘게 맞이했지만, 이따금 젊은 사람들은 『문학신문』식의 평가들로 만델슈탐을 당황시켰다. 그럴 때면 나이 든 사람들이 그들을 제지했다. 노인들은 말없이 시를 끝까지 들은 뒤 누군가 상점에 다녀오는 몇 분간 다양한 화제로 만델슈탐을 잡아놓고 그의 손에 음식 봉투를 쥐어주곤 했다. 그들은 얼마 되지 않는 급료를 받았고, 아마 스스로도 가까스로 연명했겠지만, '이런 시기에 동료를 불행 속에 버려두어서는 안 된다'고 생각하는 듯했다.

도중에 우리는 우체국에 들러 모스크바 잡지사 편집국들에 시를 보내기도 했다. 답변은 단 한 차례 왔을 뿐이었다. 「무명용사에 관한 시」에 대한 답변이었다. 『기치』(Знамя) 편집실에서 말하기를 전쟁은 정당한 것도, 그렇지 않은 것도 존재하며, 따라서 반전주의가 언제나 옳은 것은 아니라는 것이었다. 그러나 당시 우리는 이런 관제식 답변마저도 반갑게 받아들였다. 어쨌든 누군가 우리에게 응답했으니까!

사람 사이를 배회하며 '그들의 포도주와 하늘로 몸을 녹이는' 그림자에 관한 시는 모스크바가 아닌 레닌그라드 잡지사로 보냈다. 요즘 떠돌아다니는 사본 중에서 나는 편집국으로 보냈던 이 소포들에서 그 기원을 찾을 수 있는 잃어버린 시들이나 판본들을 간혹 발견하기도 한다. 잡지사 직원들이 금지된 시가 적힌 종이들을 빼돌려 독자들에게 유포시키곤 했다.

만델슈탐과 함께 임시 수용소에 갇혔던 기자 카자르놉스키는 잡지 편집국에 시를 유포한 혐의로 만델슈탐이 비난당했다고 이야기했다. 이때 시는 무언가 무시무시한 단어로 불렸다. 무슨 혐의로 그를 비난하든 상관없지 않은가? 만델슈탐 탄핵에 관한 사건은 두 쪽짜리 문서로 되어 있었다. 두 번째 체포와 관련된 기소 내용이 '재심'되어 만델슈탐이 복권되었을 때 나는 검사국에서 이 서류를 보았다. 거기에 무어라고 씌어 있는지 읽어보고 싶었고, 더욱이 모든 것을 있는 그대로 아무런 주석 없이 출판하고 싶었다.

39 걷기와 속삭임

1932년의 일이다. 나는 니키타 거리에 있는 『공산주의 계몽을 위해』(*За коммунистическое просвещение*)라는 잡지사 편집국에 갔다가 골목길을 따라서 집으로 돌아오고 있었다. 우리는 당시 트베리 거리[1]에 살고 있었다. 나는 갑자기 만델슈탐과 마주쳤다. 그는 오래된 낡은 집의 현관 계단에 앉아서 턱이 거의 어깨에 닿을 정도로 고개를 옆으로 돌리고 있었다. 오른손으로는 막대기를 돌리고, 왼손으로는 돌계단을 짚고 있었다. 그는 즉시 나를 발견하고 벌떡 일어나서는 함께 집으로 돌아왔다.

만델슈탐은 시를 지으면서 언제나 움직였다. 그는 방 안을 돌아다녔지만, 애석하게도 우리는 언제나 돌아다닐 공간이 없는 작은 오두막에 살았다. 만델슈탐은 계속해서 뜰이며 정원, 거리로 뛰쳐나갔고, 거리를 배회했다. 그를 현관 계단에서 발견한 날 그는 돌아다니다 지쳐 그냥 쉬려고 앉아 있던 것이었다. 당시 그는 「러시아 시에 관한 시」(Стихи о русской поэзии, 1932)의 2부를 작업하고 있었다.

시와 움직임, 시와 걷기는 만델슈탐에게는 서로 연결되어 있었다. 「단테에 관한 대화」에서 만델슈탐은 단테가 『신곡』을 쓸 당시 몇 개의 구두창을 닳게 했는지 물었다. 시와 걷기에 대한 개념은 타국에서 온 시인의 구두 밑창들의 닳아 없어진 위대함을 기억하는 티플리스에 관한 시에서

---

1) 모스크바에 있는 거리명.

반복된다. 이것은 곤궁함(언제나 닳아 없어지는 구두밑창들)뿐 아니라 시의 테마를 이야기하고 있다.

내가 알고 있는 한 만델슈탐은 평생 단 두 번 꼼짝도 하지 않은 채 시를 지었다. 1923년 크리스마스를 보냈던 키예프의 내 부모님 집에서 그는 며칠 동안 움직이지 않고 철난로 옆에 앉아서 이따금 나나 내 여동생 아냐를 불러 「1924년 1월 1일」의 시행들을 기록해달라고 했다. 그리고 보로네슈에서 그는 낮에는 쉬기 위해 누워 있었다. 당시 그는 창작 작업 때문에 몹시 지쳐 있었다. 그러나 머릿속에서는 시가 웅성거리고 있었고, 거기서 헤어날 수 없었다. 그리하여 「두 번째 보로네슈 노트」의 마지막에 있는 알토 여가수에 관한 시가 탄생했다.[2] 이 시가 탄생하기 얼마 전 만델슈탐은 라디오에서 마리안 안데르손[3]의 노래를 들었으며, 바로 전날은 레닌그라드에서 유형 온 다른 여가수를 방문했다. 당시 그녀는 만델슈탐과 함께 라디오 방송국에서 일했고, 만델슈탐은 여가수가 라디오에서 부를 나폴리 민요들을 번역했다. 우리는 수용소에서 5년간 복역하고 석방된 지 얼마 안 된 그녀의 남편이 다시 체포되었다는 소식을 듣고 그녀에게 달려갔다. 아직 반복적인 체포 현상을 접하지 못했던 우리는 그것이 무엇을 의미하는지 몰랐다. 여가수는 침대에 누워 있었다. 쇼크를 받은 사람들은 언제나 누워 있었다. 우리 어머니는 혁명 이전의 기근 시기에 의사 자격으로 농촌을 구호하기 위해 볼가 강 유역 지방에 파견되었는데, 모든 농가마다, 심지어 아직 먹을 것이 있고, 심각한 기근의 징후가 아직 보이지 않는 곳에서조차 사람들이 움직이지 않고 누워 있었다고 회고했다. 치타(동시베리아의 도시) 사범대학의 강사였던 엠마는 학생들을 데리고 집단농장에 다녀왔다. 집단농장원들이 웬일인지 모두 누워 있었다고 그녀는 돌아와서 내게 놀란 어조로 말했다. 학생들도 기숙사 자기 방에 누워 있었고, 일터에서 돌아온 관리들도 누

---

2) 「나는 사자 굴, 성곽 안에 갇혔다」(Я в львиный ров, в, крепость погружен, 1937).

3) 안데르손(1902~93): 미국인 성악가.

워 있었다. 우리는 모두 누워 있었고, 나도 평생을 누워 있었다.

여가수는 열에 들떠 미래에 대한 계획을 세웠다. 이 열병은 죽음이나 체포, 기관의 호출 등 파국적인 운명의 순간 우리를 덮친다. 바로 이 열에 들뜬 헛소리 상태가 우리에게 가까운 사람의 죽음이나 체포같이 인간이 이해할 수 없는 상황을 견뎌내도록 돕는 것이 아닐까? 여가수는 우리에게 이렇게 말했다. 남편을 수용소에 보냈을 리가 없어요. 바로 얼마 전 그곳에서 풀려났던 사람인데. 즉 그는 다른 어떤 곳으로 보내질 것이고, 어디로 보내지든 상관없어요. 나는 그를 따라가서 그곳에서 노래할 거예요. 어디서 노래하든 무슨 차이가 있겠어요, 거기가 레닌그라드든 보로네슈든, 어디서든, 그 어느 시베리아 벽지에서도 노래할 수 있어요. 나는 노래할 것이고, 그럼 밀가루를 얻을 수 있겠지요. 그럼 그걸로 빵을 굽고 나와 그이는 그걸 먹을 거예요.

이미 일정 자격을 갖춘 자들을 반복적으로 체포하는 것에 관한 모종의 지침이 나왔기 때문에 그녀의 남편은 돌아오지 않았다. 일단 한번 수용소에 갔던 자들을 영원히 그곳에 묶어두는 것에 관한 지침이 그때 내려졌는지 1950년대 내려졌는지는 잘 모르겠다. 여가수도 사라졌다. 어딘가에 노래를 하러 보내진 것인지, 아니면 숲을 벌채하러 보내진 것인지 우리는 알 길이 없었다.

알토 여가수에 관한 시에는 이 레닌그라드 여가수와 마리안 안데르손의 이미지가 중첩되어 있다고 만델슈탐은 말했다. 이 시를 쓰던 날 나는 그가 작업하는지도 알아차리지 못했다. 그는 마치 쥐죽은 듯 조용히 누워 있었기 때문이다. 움직임은 내가 만델슈탐의 작업을 알아차릴 수 있는 첫 번째 징후였다. 두 번째 징후는 움직이는 입술, 그것은 빼앗을 수 없으며, 땅속에서도 움직일 것이라고 시에서는 이야기되었다.[4] 그리고

---

4) 「바다와 활주, 비상을 내게서 빼앗고」(Лишив меня морей, разбега и разлета, 1935. 5)의 마지막 행 "움직이는 입술을 빼앗지 못할 거요"와 「그래, 나는 땅속에 누워서도 입술을 움직이고……」(Да, я лежу в земле, губами шевеля, 1935. 5)를 참조하라.

39. 걷기와 속삭임 **301**

정말 그의 말대로 되었다.

입술은 시인의 창작 도구다. 그는 목소리로 작업하기 때문이다. 움직이는 입술은 시인과 플루트 연주자의 작업을 연결한다. 만약 만델슈탐이 입술이 어떻게 움직이는지 경험하지 못했다면, 플루트 연주자에 관한 다음과 같은 시를 쓸 수 없었을 것이다.

> 입술의 움직임을 회상하는
> 야심만만한 커다란 속삭임으로,
> 그는 절약하기 위해 서두른다.
> 소리는 정돈되어 있고 인색하다……

그리고 플루트에 관한 구절은 아래와 같다.

> 그리고 플루트를 못 본 척 내버려둘 수 없다.
> 이를 악문 뒤 그것을 조용하게 할 수도 없다.
> 혀를 움직여서 플루트가 말하게 할 수도 없다.
> 입술로 그것을 부드럽게 할 수도 없다……

플루트가 말하게 할 수 없다는 것에 관한 이야기는 시인에게 익숙한 것 같다. 귀에는 이미 소리가 들리고, 입술은 단지 움직였을 뿐 고통스럽게 첫 번째 말을 찾는 바로 그 순간에 대해 여기서는 이야기한다.

플루트 연주자도 우리가 아는 사람이었다. 그의 이름은 슈바프(Шваб)로 독일인이었으며, 그는 음악원 시절의 옛 친구가 독일에서 보내온 플루트를 끔찍이도 소중히 했다. 우리는 여러 차례 그를 방문했고, 그럴 때면 그는 상자에서 자신의 포로(플루트)를 꺼내 바하, 슈베르트 등의 곡을 불어 만델슈탐을 기쁘게 했다. 객연 연주자들은 모두 그를 좋아했다. "슈바프는 정말 뮤지션이야." 두 명의 긴즈부르크 모두 이렇게 말했다. 어느 날 우리는 직장 일을 마치고(당시는 아직 '위협적인 사건'

이 시작되기 전이었고 만델슈탐은 극장에서 일하고 있었다) 교향악 콘서트를 듣기 위해 극장으로 달려갔다. 위쪽에 있던 우리 좌석에서는 오케스트라 전체가 손바닥처럼 잘 보였는데, 나는 슈바프 자리에 다른 플루트 연주자가 앉아 있는 것을 알아챘다. 나는 만델슈탐에게 몸을 돌렸다. "저기 좀 봐요!" 옆자리에 앉은 사람들이 조용히 하라고 주의를 주었지만 우리는 계속 속삭였다. "정말 그를 잡아간 걸까?" 만델슈탐은 이렇게 말한 뒤 중간 휴식 시간에 무대 뒤로 뛰어갔다. 예상은 맞았다. 우리의 이런 예상은 왜 그런지 항상 빗나가지 않았다. 우리는 미신을 믿게 되었고, 그것을 입 밖에 내기를 두려워했다. 뭐야! 말이 씨가 된다니까!…… 이후 우리가 알아낸 바에 따르면, 슈바프에게는 스파이 혐의가 씌워졌고, 보로네슈 근처에 있는 수용소에 5년간 갇히게 되었다. 그곳에서 그는 삶을 마쳤다. 그는 노인이었고, 그것도 플루트를 부는 노인이었던 것이다! 만델슈탐은 슈바프가 수용소에 플루트를 가지고 갔을지 아니면 수용소의 동료 좀도둑들에게 빼앗길까봐 두려워 가지고 가지 않았을지 계속 궁금해했다. 만약 가지고 갔다면 저녁마다 다른 죄수들에게 연주를 들려주었을까…… 그리하여 플루트 소리, 늙은 플루트 연주자의 불행한 운명과 '위협적인 사건의 시작'에 대한 첫 번째 놀라움으로 「그리스 플루트의 박하와 요타5)」(Флейты греческой тете и йота, 1937. 4)라는 시가 탄생했다.

만델슈탐은 이 시에서 '회상하는' 입술의 움직임에 관해 말하고 있다. 플루트 연주자의 입술만이 그것이 말해야만 하는 것을 미리 알고 있을까? 시를 쓰는 과정에도 아직 발설된 적이 없는 것을 기억해내는 것과 유사한 무언가가 있다.

"나는 내가 하고 싶던 말을 잊어버렸다. 눈먼 제비는 그림자들의 궁전으로 돌아올 것이다"(Я слово позабыл, что я хотел сказать)6)에

---

5) 그리스어의 여덟 번째, 아홉 번째 알파벳 명칭.
6) 1920년 시 「제비」(Ласточка)의 한 구절.

서 '잃어버린 말' 찾기는 아직 실현되지 않은 것을 기억해내려는 시도가 아니라면 무엇인가. 여기에는 우리가 잊은 것을 기억해내려 할 때 기울이는 집중과 긴장이 있으며, 잊은 것도 갑자기 의식 속에 떠오른다. 첫 번째 단계에서 입술은 소리 없이 움직이고 그 후 속삭임이 나타나며, "갑자기 화살 시위 같은 팽팽함이 내 중얼거림 속에서 소리를 낸다." 내적 음악이 의미적 단위를 통해 나타났다. 빛의 흔적을 담은 사진의 원판처럼 기억이 떠올랐다.

우리 시대에 유행했으며 주문자에게도 편리했던 이원론, 즉 형식과 내용에 관한 대화들을 만델슈탐이 공연히 싫어했던 것이 아니다. 공식적인 내용을 위해서는 언제나 아름다운 형식이 요구되었다. 바로 이러한 형식과 내용의 분리 때문에 만델슈탐은 곧바로 아르메니아 작가들을 멀리했다. 첫 번째 만남에서 만델슈탐은 '형식은 민족적이며 내용은 사회주의적인'[7] 문화, 문학 등의 슬로건을 누구 말인지도 모른 채 공격했다. 그리하여 우리는 아르메니아에서도 고립되었다.

형식과 내용은 절대 분리할 수 없다는 인식은 아마도 만델슈탐의 시 창작 과정 자체에서 기원한 듯하다. 시는 단일한 충동 덕택에 탄생하며, 귀에 들리는 멜로디는 이미 우리가 내용이라 불리는 것을 담고 있다. 「단테에 관한 대화」에서 만델슈탐은 형식을 스펀지에 비유한다. 형식을 짜면 '내용'이 나온다는 것이다. 만일 스펀지가 말라서 아무 내용도 담고 있지 않다면 그것에서는 아무것도 얻을 게 없다. 정반대도 가능하다. 미리 주어진 내용을 위해서는 상응하는 형식이 만들어진다. 그러나 만델슈탐은 이런 방식을 사용하는 사람들을 '이미 준비된 의미의 번역자'라고 칭하며 「단테에 관한 대화」에서 저주한다.

에렌부르그는 만델슈탐이 자기 시들에 여러 '음성적 수정'을 가함으로써 시를 망치고 있다고 내가 있는 자리에서 슬루츠키(Б. А. Слуцкий)[8]

---

7) 1930년 6월 스탈린이 제16차 당 대회에서 밝힌 프롤레타리아 독재 문화에 대한 정의.

에게 설명했다. 나는 한번도 그렇게 생각한 적이 없었다. 시들의 여러 판본과 '수정'은 질적으로 다른 것이다. '우리는 의미를 만드는 자들'이라고 말했던 만델슈탐은 단어가 언제나 정보를 담고 있다는 것을, 즉 단어는 의미 담지체라는 것을 알고 있었다. 내 생각에는, 수정은 이미 준비된 생각을 더 잘 표현할 수 있도록 번역자들이 행하는 작업이며, 음성적 수정은 장식적 효과를 위한 것이다. 반면 판본은 필요 없는 것이 제거된 것이거나, 새로운 단위로 이끄는 '독립적인' 것이다. 시인은 내가 이미 존재하는 전체라고 명명하는 것을 은폐하는 거짓된 것과 잉여의 것을 던져버리면서 그의 의식 깊은 곳에 숨겨진 화음의 통일된 덩어리를 향해 나간다.

시 쓰기는 고도의 내적 긴장과 집중을 요하는 고되며 힘든 작업이다. 작업이 진행될 때에는 막강한 권위를 가지고 울려 퍼지는 내적 음성을 그 무엇도 방해할 수 없다. 바로 이 때문에 나는 자기가 자기 노래의 목구멍을 짓밟아버렸다고 이야기하던 마야콥스키를 신뢰하지 않는다. 어떻게 그가 그렇게 할 수 있었을까? 내 기이한 경험, 즉 시 창작 작업의 목격자로서의 경험은 시란 진압할 수 없으며, 그것의 목구멍도 짓밟을 수 없고, 그것에 재갈을 물릴 수도 없다는 것을 알게 해주었다. 시는 인간의 가장 숭고한 발현이며 세계 조화의 담지물이어서 그외 다른 것은 될 수 없다.

이 발현은 사회적인 성격을 띠며 인간의 일들에 관해 이야기한다. 왜냐하면 조화의 담지체는 인간이며 인간은 인간 사이에서 살기 때문이다. 그는 '그들을 위해서'가 아니라 그들과 함께 말하며 그들과 자신을 구분 짓지 않는다. 바로 여기에 그의 진실이 있다.

조화로운 자기 발현의 첫 번째 충동은(인간과 함께 그리고 인간 사이에서) 언제나 그 단호함으로 나를 놀라게 했다. 가장할 수도, 촉진할 수도 없었다. 물론 시인이라 불리는 자에게는 불행한 일이다. 그래서 나는

---

8) 슬루츠키(1919~86): 시인.

셉첸코(Т. Г. Шепченко)[9]의 불평을 이해할 수 있었다(만델슈탐이 그 불평의 가치를 인정해 내게 보여주었다). 그는 오로지 불행만 가져다주는 시가 자기에게 기쁨을 주는 회화 작업을 집요하게 방해한다고 투덜거렸다. 재료가 고갈될 때, 즉 시인과 세계, 시인과 타인의 관계가 약화될 때, 시인이 그들의 말을 듣고 그들과 함께 살기를 중단할 때 이러한 충동은 활동을 중단한다. 그렇다면 이 인간들과의 관계에서 시인은 옳음의 감정을 퍼올리는 것이 아닐까?

시인이 죽어갈 때 충동은 활동을 멈춘다. 비록 입술은 계속 움직이지만. 왜냐하면 입술은 시에 남아 있기 때문이다. 그런데 시인들이 자기 시를 잘 낭송하지 못하며 오히려 망칠 뿐이라고 이야기하는 자는 도대체 어떤 멍청이들인가? 이런 멍청이들은 시를 이해하기나 하는 자들인가? 시는 시인의 목소리를 통해서만 참된 삶을 살며, 시인의 목소리는 시에 영원히 살아 있다.

나는 아흐마토바와도 함께 살았지만, 아흐마토바의 시 작업은 만델슈탐처럼 그렇게 공개적이지는 않았다. 그래서 나는 그녀가 작업 중이라는 것을 알아차리지 못할 때도 많았다. 아흐마토바는 자기를 표현할 때 만델슈탐보다 언제나 훨씬 더 폐쇄적이었으며 절제되어 있었다. 아흐마토바의 거의 금욕주의에 가까운 매우 독특한 여성적 용기는 언제나 나를 놀라게 했다. 아흐마토바는 만델슈탐이 그랬던 것같이 공공연히 자기 입술을 움직이는 것조차 불허했다. 내가 보기에는 오히려 아흐마토바는 시를 창작할 때 입술을 오므리는 것 같았다. 아흐마토바의 입술을 보고 있으면 그녀의 목소리를 들을 수 있고, 그녀의 시들은 그녀의 목소리로 되어 있으며, 그것과 구분 지을 수 없는 통일체를 형성해서, 그녀의 목소리를 들었던 동시대인들은 그것을 들을 수 없는 미래 세대보다 더 부자라고 만델슈탐은 내가 아직 아흐마토바를 알지 못하던 때부터 자주 반복하여 말했다. 젊은 시절이나 그 후에나 한결같은 억양, 만델슈

---

9) 셉첸코(1814~61): 우크라이나의 국민적 시인, 화가.

탐을 놀라게 했던 깊이를 가진 아흐마토바의 목소리는 바로 얼마 전 녹음된 니카의 테이프에 훌륭히 보존되어 있다. 만일 이 녹음 테이프가 보존된다면 내 말은 객관적으로 확인될 것이다.

만델슈탐은 아흐마토바의 몇몇 제스처들을 눈여겨보았고, 그녀와 만난 뒤에는 언제나 내게 묻곤 했다. 그녀가 갑자기 목을 길게 늘이고, 목을 흔들며, 마치 '아니요'라고 말할 것처럼 입술을 긴장하는 것을 보았는지. 그는 이 제스처를 흉내 내며, 내가 왜 자기처럼 그렇게 정확히 기억해내지 못하는지 놀라워했다. '늑대'의 판본들에서 나는 '아니요'라고 말하는 입을 발견했지만, 이 입은 이미 여자의 입이 아니며, 아흐마토바의 제스처를 흉내 내는 자의 입이다. 가장 불운한 사람들의 평생 계속된 우정은 어쩌면 그들이 거쳐 간 험난한 길과 험난한 작업 전체에 대한 보상이었는지도 모른다. 아흐마토바의 노년에는 한 줄기 빛이 나타났고, 아흐마토바는 그것을 이용할 줄 알았다. 그러나 그녀의 시는 출판되지 않았으며, 과거는 삭제될 수 없었다. 그리고 만일 현재에 살 수 있는 능력(적어도 만델슈탐과 아흐마토바에게는 특징적인)이 없었더라면 지금처럼 그녀가 인생을 즐길 수는 없었을 것이다.

40 책과 노트

"책이 나오겠군." 아르메니아에 관한 시를 들으면서 차렌츠(E. A. Чаренц)[1]는 이렇게 말했다. 티플리스에서 했던 말로, 그는 에리반[2]에서는 감히 우리를 방문하지 못했다. 만델슈탐은 차렌츠의 말을 듣고 기뻐했다. "누가 알겠어. 어쩌면 정말로 책이 나올지." 몇 년이 흐른 뒤 만델슈탐의 부탁으로 나는 보로네슈에서 썼던 시 원고를 가지고 파스테르나크를 찾아갔고, 파스테르나크는 돌연 '책이 발생하는 기적'에 관해 이야기하기 시작했다. 그의 말에 따르면 그는 평생 단 한 번 이런 기적을 경험했는데 그때가 바로 『나의 누이 나의 삶』(*Сестра моя жизнь*)을 쓰던 때였다고 한다. 나는 이 대화에 관해 만델슈탐에게 이야기했다. "그러니까 이 책이란 단지 시를 의미하는 게 아니지요?" 나는 물었고 만델슈탐은 웃음을 터뜨렸다.

독립적 단위들의 발생 과정은 시 한 편에서 시행들의 질서와 마찬가지로 엄격히 법칙적이지만, 이 법칙성이 외적으로 명확하게 드러나는 것은 아니다. 서사시처럼 외적으로 단일한 형태는 모든 사람에게 명확하지만, 서로 연관된 서정시 여러 편의 내적 연속성은 그렇게 눈에 잘 들어오지 않는다. 게다가 시인의 입체기하학적 본능(「단테에 관한 대화」)에 관한 말들은 '책'이라 불리는 서정시들의 집합에도 관련된다.

---

1) 차렌츠(1897~1937): 아르메니아의 대시인. 총살당한다.
2) 아르메니아의 수도.

책의 생성과정이 모든 시인에게 한결같지 않음은 분명하다. 어떤 시인들에게는 상호연관된 시들이 시간상 연속적으로 나타나는가 하면, 다른 시인들의 경우는 동일 시이기는 하지만 다양한 시간에 쓰어진 시들을 소단위로 묶는다. 안넨스키(И. Ф. Анненский)3)나 파스테르나크가 두 번째 경우에 속한다면 만델슈탐은 첫 번째 유형에 속한다. 시들은 그 충동이 고갈될 때까지 그룹이나 흐름으로 나타난다. 만델슈탐 시집의 기본적인 구성 원칙은 시간적 순서였다.『트리스티아』시집은 만델슈탐이 없을 때 만들어졌고, 그래서 이 원칙이 지켜지지 않았다.

시간적 순서를 다시 추적하기는 어렵다. 이것은 많은 시의 창작연월일이 소실된 지금의 문제만은 아니다. 모든 창작연월일이 분명했던 만델슈탐이 살아 있을 때에도 어려움은 존재했다. 창작연월일 자체가 부정확성을 내포한다는 데에 문제가 있었다. 왜냐하면 창작연월일은 창작의 시작이나 끝이 아니라 기록 순간을 의미했기 때문이다. 내가 생각하기에는 작업의 시작은 차가운 작시법적 과정에서만 규정 가능하다. 벌의 웅웅대는 소리에 귀 기울이기 시작할 때 자기의 중얼거림에서 무엇이 나올지, 자기가 무엇을 쓰게 될지 만델슈탐이 과연 알 수 있었을까? 두 번째 어려움은 시마다 시작 또는 끝 중 어떤 순간이 결정적인지 어떻게 정할 수 있을까의 문제다. 이것은 특히 한 편이 아니라 여러 편의 시가 흔히 한꺼번에 작업되기 때문에 더 중요하다.

만델슈탐이 살아 있을 때, 많은 경우 전체적 순서는 아직 완전히 정확해지지 않았다. 만델슈탐은『두 번째 보로네슈 노트』중간 부분의 시들과「늑대 사이클」을 어떻게 배열할지 고민했다. 결국 그는 결정하지 못했다. 그 대신 출판을 준비하는 기초 작업인 '노트'들을 나누는 것은 그의 생전에 이루어졌다. 나는 이 '노트'라는 명칭이 어떻게 생겨났느냐는 질문을 자주 받았다. 이 명칭의 기원은 매우 단순하다. 1930년부터

---

3) 안넨스키(1855~1909): 시인, 비평가. 서양고전학, 슬라브 문헌학을 전공했으며 에우리피데스의 비극을 완역하고 직접 비극을 쓰기도 했다. 아크메이스트들은 그를 스승으로 받아들였다.

1937년까지의 시들은 보로네슈에서 기록되었다. 1934년 만델슈탐이 체포될 당시 수색과정에서 1930년부터 1934년까지의 원고들이 몰수되었고, 반환되지 않았다. 시를 기록하기 위해 우리는 일반 학생 노트를 어렵사리 구할 수 있었다. 당시 더 나은 종이는 절대 구할 수 없었다. 『첫 번째 보로네슈 노트』가 이 작업의 시작이었다. 그 뒤 기억을 더듬어 1930~34년 시들, 즉 '새로운 시들'을 기록했다. 『새로운 시들』을 구성하는 두 노트의 시작과 끝을 만델슈탐이 직접 정했다. '노트'는 책을 구성하는 하위 단위가 분명하다.

시가 조금씩 쌓여가던 1936년 가을, 쓰던 노트의 뒷장이 아직 많이 남았는데도 만델슈탐은 새 노트를 준비했다. 이것이 『두 번째 보로네슈 노트』였다. 『두 번째 노트』와 『세 번째 노트』 사이에는 거의 시간적 간격이 없었지만, 『세 번째 노트』는 무언가 새로운 것이 시작되고 있음을 보여준다. 『세 번째 노트』의 시들은 이미 다 소진된 충동의 연속이 아니었다. 시 분석의 정확한 방법이 존재한다면 각각의 노트마다 일정한 재료가 소진되며 단일한 충동이 끝난다는 것을 증명할 수도 있을 것이다. 그러나 이것은 단순한 눈으로도 볼 수 있다.

우리는 '책'이라는 단어는 인쇄와 관련시켜 생각했다. 책은 일정한 크기 그리고 인쇄에 적당한 시행 수를 전제한다. 반면 '노트'에는 아무런 법칙도 존재하지 않으며 산술적인 운율학도 적용되지 않는다. '노트'의 시작과 끝은 내적으로 서로 연관된 시들을 발생시키는 시적 충동의 단위로만 조정된다. '노트'는 일정한 크기와 구성(가끔은 인위적이기까지 한)을 요구하는 출판사의 편의에 구속되지 않는 '책'이다. 그러나 '노트'라는 말 자체는 전적으로 우연적인 것으로, 종이가 부족했던 우리 상황을 암시한다. 이 명칭에는 한편으로는 유쾌하지 않은 구체성이, 다른 한편으로는 슈만의 '악보 초고'에 대한 집요한 연상이 있다. 그 뒤에는 단지 가정적이며 원고적인 전통이 있으며, 이 전통은 우리의 구텐베르그 이전 시대[4]에 커다란 의미를 획득했다.

만델슈탐은 젊은 시절 '책'이라는 단어를 '단계'의 의미로 사용했다.

310

1919년 그는 단 한 권의 책만 저술하겠다고 생각했다. 그러나 그는 『돌』 그리고 이후 『트리스티아』로 불리게 될 작품들 사이에 경계가 존재한다는 사실을 나중에 깨닫게 되었다. 그런데 이 '트리스티아'라는 명칭은 만델슈탐이 없는 자리에서 쿠즈민이 붙인 것이다. 그리고 이 시집 자체의 구성은 우연적이다. 러시아에 있던 만델슈탐에게 알리지 않고 외국에 있던 발행인이 어렵게 구한 무질서한 원고더미가 포함되었다. 『두 번째 책』은 검열 때문에 왜곡된 부분들이 있지만, '두 번째'라는 명칭을 붙임으로써 만델슈탐은 책 한 권만 쓰겠다는 자기 생각이 실수였다는 것을 인정했다. 혁명 이전의 『돌』이 끝나고 전쟁의 책, 혁명의 예감과 실현의 책이 시작될 것임을 그는 단번에 깨닫지는 못했다.[5] 『새로운 시들』은 변절에 대한 인식을 담은 책이며, 『보로네슈 노트』는 유형과 죽음의 책이다. 보로네슈에서 내가 옮겨 적은 모든 시 밑에 만델슈탐은 날짜와 알파벳 B를 적었다. "왜 그러는 거예요?" 나는 물었다. "음…… 그냥." 만델슈탐은 대답했다. 그는 마치 이 모든 원고에 도장을 찍는 것 같았지만, 이 원고 중 아주 소수만이 보존되었다. 1937년이 다가왔기 때문이다.

---

4) 소비에트 시대 모든 출판사는 국유화되었고, 사상적으로 검증된 문학 이외에는 출판이 불가능했기 때문에, 많은 문학 작품이 출판되지 않은 채 원고 형태나 필사 형태로 대중 사이에 유통되었다. 따라서 저자는 이 시대를 인쇄술 발명 이전의 시대, 즉 구텐베르크 이전 시대라고 부르는 것이다.

5) 이 장에서 나데쥬다 만델슈탐은 오십 만델슈탐의 시집들과 그의 창작 시기 구분에 대해 언급했다. 세 차례 출판된 시집(『돌』, 『트리스티아』, 『두 번째 책』)은 자연스럽게 시기 구분으로 이끌지만, 1930년대 작품들은 시집의 형태로 출판되지 못했고, 그래서 작가와 작가의 아내가 임의적으로 '노트' 형태로 묶게 된다. '노트'라는 명칭은 그들이 실제 시를 써서 보관했던 대학 노트에서 비롯되었고, 1930년대 시들은 5권의 노트로 나뉘었다. 처음 두 권의 노트는 창작 당시 작가가 살았던 곳의 이름을 따서 『모스크바 노트』로 불리거나, 5년간의 침묵 이후 새롭게 나타났다는 의미에서 『새로운 시』로 불린다. 그리고 나머지 3권의 노트는 보로네슈 유형 기간에 창작되었기 때문에 『보로네슈 노트』로 명명되었다.

41 사이클

단계는 세계관적인 개념이다. 그것은 인간 자체가 성장한다는 것을 보여주며, 인간이 성장한다는 것은 세계와 시에 대한 태도도 변화한다는 것을 뜻한다. 『트리스티아』는 혁명에 대한 기대와 초기 인식에서 출현했고 『새로운 시들』은 『네 번째 산문』의 침묵이 깨지면서 나타났다. 매 단계를 다시 여러 책으로 나누어 볼 수 있다. 내 생각으로는, 『새로운 시들』과 『보로네슈 노트』는 체포와 유형에 의해 분리되었을 뿐 한 단계에 속하는 것 같다. 『새로운 시들』은 2개의 '노트', 『보로네슈 노트』는 세 개의 노트로 되어 있다. 달리 말해 만델슈탐에게 책은 전기적 시기이며, '노트'는 재료와 충동의 단위로 결정되는 시적 단위다.

사이클은 이보다 더 작은 단위다. 『새로운 시들』의 『첫 번째 노트』는 예를 들어 「늑대」 사이클 또는 강제 노동 사이클 그리고 아르메니아 사이클로 나뉜다. 그러나 「아르메니아」 자체는 본질적으로 사이클이 아니라 시 집합이다. 이러한 시 집합은 만델슈탐의 작품에서 두 차례 발견되며, 「아르메니아」와 「8행시」가 그것이다. 이 시 집합에서 유독 만델슈탐은 시간적 순서와 서정적 일기의 특성을 무시한다. 서정적 일기의 특성은 보로네슈 노트들에 매우 특징적이었지만, 엄격히 시를 선별하고 성숙되지 않은 시들은 대량 파기했던 초기 시기에는 은닉되어 있었다.

『두 번째 보로네슈 노트』에서 한 사이클은 「경적」(Гудок)으로, 다른 사이클은 「세계의 누룩」(Дрожжи мира)으로 시작된다. 두 사이클 모두 처음 시 한 편이 나머지 시들을 파생시켰다. 이 시는 맨 처음 씌어진 것은 아니지만, 다른 시들에 비해 더 오랜 시간에 걸쳐 창작되었다. 사슬의 고리처럼 한 시가 다른 시의 뒤를 잇는 사이클이 있는가 하면, 시들이 실타래처럼 얽혀 있고 모태 역할을 하는 한편의 시에서 모든 시가 나오는 사이클도 있다.

「늑대」의 보존된 판본들은 「늑대」가 강제 노동 사이클 전체의 모태라는 것을 보여준다. 공통된 기원을 가지는 시들이 마구 흩어져 있어서 언뜻 보기에 전혀 아무런 연관이 없어보이는 일도 이따금 있다. 서로 화답하는 공통된 단어나 시행이 창작 과정 중 사라졌기 때문이다. 실타래처럼 뒤얽힌 사이클에 대한 작업은 대체로 분화적인 성격을 띤다. 마치 하나의 조직이 다른 조직에서 분리되고, 모든 조직이 자신에게 속한 모든 자질을 반사하는 것과 마찬가지이다.

「늑대」 사이클에서 "그리고 대등한 사람만이 나를 죽일 것이다"(И меня только равный убить)라는 행이 가장 마지막으로 씌어졌으며 이 행에 사이클 전체의 의미적 열쇠가 놓여 있다. 이 사이클은 러시아 강제 노동가를 기원으로 한다. 민중가 가운데서 만델슈탐은 유독 이 강제 노동가만을 좋아했다. 「수병」("그리하여 여기 수병이 거친 노래를 부른다")과 「늑대」의 여러 다른 판본들(「그리고 누군가 강력한 자가 노래한다」, 「저기 불탄 자리에서 시간이 노래한다」, 「그러나 그 목소리를 듣고 나는 도끼들을 향해 갈 것이고, 스스로 그것을 위해 다 말할 것이다」)에서 이 강제 노동가를 인용했다. 노래를 인용하는 것은 만델슈탐의 작품에서 드문 일이었다. 마지막 시기 이러한 인용은 「늑대」나 「수병」의 초고를 제외하고는 「아브하지야 노래」에서만 발견된다(「나는 노래한다. 목구멍이 축축하고, 영혼이 건조할 때」Пою, когда гортань сыра, душа-суха, 1937년 시).

「늑대」나 「수병」에서는 시와 노래의 동일시는 발견되지 않는다. 만델슈탐은 이러한 동일시를 참지 못했다. 만델슈탐은 잡지 『별』을 펼쳐볼 때마다 왜 소비에트 시인들, 특히 레닌그라드 시인들은 언제나 그들이 젊으며 노래를 부른다고 말하는지 의아해했다. 소비에트 시인의 이러한 특징이 잡지 한 호당 몇 번이나 발견되는지 언젠가는 세어보기까지 했다. 수치는 상당했다.

「늑대」의 초고들을 통해 이 사이클에 속한 시들이 어떻게 나타났는지 추적해볼 수 있다. 「거짓에 의해 내 입은 비뚤어졌다」와 「끌고 가지 마오. 그리고 나를 어서 빨리 여섯 손가락의 거짓이 있는 농가로 가게 해주오」의 여러 판본은 이후 개별 시들로 분리되었다. 「거짓」, 「나는 연기 나는 나뭇조각을 가지고 여섯 손가락의 거짓이 있는 농가로 들어간다」 그리고 「그 목소리를 듣고 나는 도끼를 가지러 갈 것이다」 판본은 「내 말을 영원히 보존하라. 불행과 연기의 여운으로서」의 시에서 도끼와 연결된다. 모든 것을 거슬러 보존해야만 하는 '말'에 관한 생각은 표트르 시대 처형의 도끼와 연결된다. 「늑대」에는 "모스크바 나무 벽돌 길의 서양 벚꽃"이 아른거리며, 「무서운 시기 전차의 벚나무」도 이와 나란히 기록되어 있다.

「알렉산드르 게르초비치가 살았다」와 「나는 장교의 견장을 위해 그리고 나를 비난했던 모든 것을 위해 마신다」(Я пью за военные астры, за все, чем корили меня, 1931년 시)는 마치 사이클의 변경 역할을 하는 듯하다. 연결의 외적 징후는 '외투'(шуба)라는 단어다. 「나는 장교의 견장을 위해……」에서는 사람들이 그를 비난하는 원인을 제공한 지주 귀족의 외투이며, 「알렉산드르 게르초비치……」에서는 "저기 옷걸이 위에 까마귀 외투처럼 걸려 있다"라는 구절이다. 이 두 구절 모두 "시베리아 초원의 후텁지근한 외투"와 연결된다. 외투는 만델슈탐에게 반복되는 이미지들 가운데 하나다. 그것은 『돌』에서 이미 나타났다. 무거운 외투를 걸친 문지기들, 털외투를 입은 여인 그리고 황금양털을 뒤집어쓴 천사. 하리코프[1]에 있는 라콥스카야(А. Раковкая-Петреску)의 출판사에서 분실했던 만델슈탐의 첫 번째 산문의 제목도 「외투」였다. 그리고 마침내 「시간의 소음」에 "지위에 어울리지 않는 거만한 외투

---

1) 우크라이나에 있는 도시.

를 입고"나 「네 번째 산문」의 "문학적 외투"(만델슈탐은 이것을 벗어서 두 발로 짓이긴다)가 등장한다. 외투는 일상생활의 부동성이자 러시아의 혹한이며, 잡계급인이 감히 주장하지 못하는 사회적 지위를 상징한다.

「나는 장교의 견장을 위해……」에서 외투는 재미있는 사건과 관련되어 있다. 1920년대 말 한 귀부인(이후 죽음을 당한)은 만델슈탐이 언제나 전혀 낯선 사람으로 여겨진다고 엠마 게른슈테인에게 하소연했다. 그녀는 네프 시기 초 만델슈탐이 세련된 외투를 입고 모스크바를 산책하던 모습을 잊을 수 없다는 것이었다. 우리는 경악할 따름이었다. 이 외투를 우리는 하리코프의 시장에서 어떤 가난한 사제에게 샀다. 불그스름하며, 털이 빠진 너구리 모피로 마치 사제복처럼 몸을 감싸는 형태였다. 늙은 사제는 빵을 사기 위해 자기가 입고 있던 외투를 팔았고, 만델슈탐은 북쪽 지방에서 얼어 죽지 않도록, 카프카즈에서 모스크바로 향하는 길에 이 사치품을 샀다. 이 첫 번째 '문학적'이며 '지위에 맞지 않는 거만한 외투'를 트베리 거리에 있는 기숙사에서 밤을 보냈던 프리슈빈(М. М. Пришвин)[2]에게 담요 대용으로 빌려주었다. 그는 갑자기 폭발한 작은 석유난로의 불을 끄는 데 이 외투를 사용했다. 그리하여 불그스레한 너구리 모피에 남아 있던 털들은 다 타버렸고, 그래서 만델슈탐은 이 외투를 벗어 짓밟을 기회를 잃고 말았다. 무엇 때문에 남의 외투를 빼앗아 걸친단 말인가? 외투를 입는 것은 그의 지위에 어울리지 않았다.

털외투와 관련되어서는 일이 항상 꼬였다. 언젠가 한번 우리는 돈을 구해서 평범한 소비에트식 털외투를 사러 백화점에 갔다. 그러나 그곳에는 개털로 만든 외투만 판매하고 있었다. 만델슈탐은 고결한 개 종족에게 배신 행위를 할 수 없었고, 그래서 그냥 추위에 떠는 쪽을 선택했다. 난방이 되지 않는 기차를 타고 끊임없이 100베르스타 지역을 오가

---

2) 프리슈빈(1873~1954): 작가.

야만 했던 생애 마지막 시기까지 그는 모직 재킷 차림으로 다녔다. 슈클롭스키는 참지 못하고 이렇게 말했다. "당신은 마치 완충 지대에 도착한 것 같은 모습을 하고 있군요. 털외투를 구해봅시다." 슈클롭스키의 아내 바실리사는 안드로니코프(И. Л. Андроников)[3]의 집에 슈클롭스키의 헌 외투가 굴러다닌다는 것을 기억해냈다. 안드로니코프는 사회로 나갔고, 그래서 무언가 더 호사스러운 외투가 필요했다. 안드로니코프가 외투를 가져왔고, 성대한 의식과 함께 만델슈탐은 그 외투를 입게 된다. 그 외투는 칼리닌에서 겨울을 나는 동안 훌륭히 제 역할을 다했다. 만델슈탐은 봄에 체포되었고, 그 털외투를 가지고 가지 못했다. 짐이 많았기 때문이다. 털외투는 모스크바에 남겨졌고, 자신의 방랑하던 인생의 마지막 해, 모스크바에서 105베르스타 떨어진 곳에서 만델슈탐은 역시 누군가에게서 얻은 노란색 가죽 재킷을 입고 떨어야 했다.

「늑대」 사이클에는 시베리아 숲, 판자침상, 통나무 구조물 등 유형에 대한 예감이 보인다. 이 사이클의 재료는 목재였다. 통나무 조각(단두대), 나무통, 소나무, 소나무 관, 나뭇조각, 도끼, 나무토막 쓰러뜨리기 놀이, 벚나무 씨 등. 특히 '거친'과 같이 사이클에 나타나는 형용사들 역시 같은 유형에 속한다.

이 사이클은 「늑대」 이전 시기의 수갑을 연상시키는 문고리, 페테르부르크의 화재와 혹한, 날카로운 칼과 둥근 흑빵 그리고 "페테르부르크에서 사는 것은 마치 관에서 자는 것 같다"(В Петербурге жить- словно спать в гробе)는 자각, "아무도 우리를 찾을 수 없는 기차역" (чтобы нам уехать на вокзал, где нас никто не отыскал)으로 빨리 도망쳐야 할 필요성에서 시작되었다.[4] 이 사이클의 의미는 탈락,

---

3) 안드로니코프(1908~90): 문학사가, 비평가.
4) 두 구절 모두 1931년 레닌그라드에서 쓴 시에서 인용한 것이다. 아르메니아 여행에서 돌아온 만델슈탐은 이전까지의 모스크바의 삶을 접고 고향인 레닌그라드에 정착하려 했지만 작가 조직은 협조를 거부했고, 결국 만델슈탐은 어쩔 수 없이 모스크바로 돌아가게 된다.

인정받지 못한 형제였다. 내가 이후 보두엥의 저작에서 읽은 바에 따르면, '형제'는 원래 친족관계를 가리키는 명칭이 아니라 '부족으로 받아들여진'이라는 의미였다고 한다. 만델슈탐은 소비에트 문학의 부족에 받아들여지지 않았고, 그가 입은 사제의 외투마저도 그가 가진 부르주아 이데올로기를 증명했다. 그리고 이 사이클은 또한 '아니다'라고 말하는 자에 관한 것, '자동기록의 민중'과 함께 가는 자들에 관한 것이었다. 문을 두드리는 화물자동차와 '궁전들과 바다'로 행하는 민중에게서는 1917년의 영향이 느껴진다.

이 모든 테마는 나무로 된 늑대의 통나무집에서 시작해 노트 전체로 전파되었다. 고향을 찾아가 정착하려는 시도는 성공하지 못했다. 모스크바에 억지로 되돌아온 만델슈탐("나는 되돌아왔다. 아니다, 억지로 되돌아왔다, 불교적 모스크바로")은 모스크바에서 자신의 위치를 정의했다. 정의는 충분히 정확했다.

1930년대 시들에서는 두 가지 발작이 눈에 띈다. 첫째는 새로운 땅, 흑토를 본 놀라움이고, 다른 하나는 그 놀라움에서 벗어나 정신을 차린 만델슈탐이 어떻게 그가 그곳까지 가게 되었는지 기억하기 시작한 것이다. 이것이 체르딘 시기에 관한 시들을 낳았다.

이 노트를 구성하는 시들은 모두 선행시에서 가지를 뻗은 것이다. 「귀마개」[5]("봉우리들이 어떻게 부풀어 오르는지 묻지 마라")에서 '봉우리들'(почки)이라는 시어는 「흑토」(Чернозем, 1935)에서 처음 '작은 덩어리'(комочки)에 대한 각운으로 나타났지만, 어느 시점에서 '작은 덩어리'는 '봉우리'와 결합하기 위해 시행 끝으로 이동했고, 그다음에는 자기 자리로 떠났다. 그런가 하면 "보로네슈, 프로보로니슈"(Воронеж, проворонишь)라는 표현은 проворот(놓치다)와 같은 어근을 가진다. 음운적이며 의미적인 작업은 서로 뒤얽혀서 둘을 가려내기는 불가능하다. 「흑토」에서 '땅과 의지'에 대한 언급이나 「스탄스」에서 암시된 단어

---

5) 1935년의 시 「귀마개, 내 귀마개!」(Наушники, наушники мои!)의 약칭.

감옥(тюрьма)에 대한 각운들인 혼란(кутерьма)과 어둠(тьма)이 우연히 나타났을까? 처형에 대한 연상이 예를 들어 '아이들의 이빨'같이 가장 난데없는 장소에 몰래 숨어드는 것일까? ("아직 우리는 최고로 삶에 충만하다.")

이러한 연상은 우리 일상에 꾸준히 들어왔고, 감옥은 만델슈탐의 시와 산문에서 여러 차례 상기되었다. '그를 데려갔다', '그가 앉아 있다', '그를 놓아주었다', '그를 앉혔다' 등의 표현은 러시아어에서 새로운 의미를 획득했고, 이것은 감옥이 우리 삶에 얼마나 강력히 스며들었는지를 보여준다. 이것은 통치자들이 사람들을 위협하는 데 꼭 필요한 감옥과 외부 세계의 상호침투이기도 하다.

1937년 일상생활의 한 장면을 회상하는 것으로 나는 이러한 감옥 이야기를 마치고 싶다. 모스크바 중심부에는 작가와 체키스트들이 한 층에 살고 있는 건물이 있었다. 체키스트들이 어디서 몰려들게 되었는지는 신이 알겠지만, 아마도 이 건물을 작가들과 공유하는 모종의 관청이 그들을 차출하여 체포된 사람들의 빈집에 이주시키는 것 같았다. 그래서 체키스트들은 그곳에 살았고, 이웃들은 여러 가지 이유로 그들과 충돌해야만 했다.

예를 들어 한번은 술 취한 체키스트가 아내에게 내쫓겨 층계참에서 난동을 부리고 있었다. 그는 자기 동료를 심문할 당시 폭행하던 일을 술 취한 상태에서 늘어놓으며 때늦은 후회의 눈물을 흘렸다. 나는 집 안에 있던 그의 아내를 불러내서 남편의 이런 주정이 그를 곤경에 빠뜨릴 수 있다고 설명하며 그를 집으로 들어가게 하라고 설득했다.

또 언젠가 한번은 이 건물의 안뜰에 유랑가수들이 찾아온 일이 있었다. 그들은 고전적인 강제노동의 노래들을 불렀다. 발코니마다 사람들이 몰려나왔다. 사람들이 가수들의 노래를 따라 불렀고, 가수들에게 돈을 던져주었다. 이 장면은 이데올로기적으로 확고한 주민 한 명이 가수들을 쫓으러 아래로 내려가기 전까지 약 반 시간 정도 계속되었다. 그러나 누군가 위에서 그들에게 도망치라고 경고해준 덕택에 그들은 무사히

도주했다. 나와 만델슈탐도 발코니에서 내려다보면서 지폐인가 동전인가를 던져주었다. 지폐는 돌멩이처럼 무거운 것과 함께 신문지 조각에 싼 뒤 던졌다.

우리는 러시아의 구비문학에 경의를 표했다. 기생충의 죄목으로 유형당한 어린 오샤(지금 이오시프 브로드스키И. А. Бродский[6]를 이렇게 들 부른다)는 파스테르나크의 작품에 구비문학적인 것이 전혀 없다고 얼마 전 아흐마토바에게 이야기했다고 한다. 그럴 수 있을까? 내 생각에는 시 작품을 연구하는 데 중요한 문제들 가운데 하나는 바로 이 구비문학과의 관련인 것 같다. 강제노동 구비문학은 만델슈탐의 작품에서 쉽게 눈에 들어온다. 당시 삶은 강제노동 구비문학을 연상하도록 했고, 그래서 작품에 두드러지게 반영되었다. 이것이 유럽적이고 러시아적인 구비문학의 유산과 만델슈탐을 연결하는 유일한 지점은 아니다. 구비문학에서 벗어날 수 없으며, 문제는 그것을 어떻게 개인적인 현대시로 소화하느냐는 데 있다.

---

6) 브로드스키(1940~97): 시인. 레닌그라드 출생. 독학으로 외국어를 폭넓게 공부했으며 18세부터 시를 쓰기 시작했다. 대부분의 작품은 지하출판 형태로 유포되었지만, 1963년 '사회적 기생충'의 혐의로 체포되어 정신병원에 수감되었다. 불합리한 재판, 유형 등의 시련을 거쳐 1972년 미국으로 망명했다. 존 댄과 엘리엇, 러시아 아방가르드의 전통을 이어받아 형이상학적이고 고전적이면서도 실험정신이 풍부한 시풍으로 알려져 있다. 1987년 러시아인으로서는 다섯 번째로 노벨문학상을 수상했다.

42 쌍둥이 시

「어두운 물 속의 이 구역」(Эта область в темноводье, 1936)이라 는 시는 여러 날에 걸쳐 천천히 힘겹게 창작되었다. 만델슈탐은 거의 잡 힐 듯하며, 매우 중요한 '무언가'가 아무리 해도 잡히지 않는다고 하소 연했다. 이것이 마지막 연이 되었고, 이렇게 마지막 연이 최후에 씌어지 는 것은 흔한 현상이 아니었다.

만델슈탐은 나에게 등을 돌린 채 책상 옆에 서서 무언가를 기록했다. "이리 와서 내가 한 것 좀 봐!" 나는 마침내 이 시의 창작이 끝났고 우 리가 산책할 수 있으리라는 사실에 기뻤다. 보로네슈 전화국의 램프가 반짝이는 베니어합판 그림처럼 나는 이 시가 지겨웠다. 그러나 나를 기 다리는 것은 실망이었다. 내 앞에 내밀어진 종이에는 "멀리 도로표지 들을 따라가는 짐마차들의 행렬"(вехи дальнего обоза)이라는 구절 만 씌어 있었다. "기다려, 이게 아직 다는 아니야." 만델슈탐은 이렇게 말하며 써 내려갔다. "뒤늦은 선물 같은 겨울을 나는 느끼고 있다"(Как подарок запоздальный Ощутима мной зима). 나의 인내심은 한계 에 도달했다. "당신 돌았군요! 이러다가 우리는 결코 밖에 못 나가겠어 요. 시장에 같이 가요. 아니면 나 혼자라도 가겠어요."

우리는 시장에 같이 나갔다. 시장은 우리 집에서 두 발자국 거리에 있 었다. 그곳에서 사람들은 무언가를 사거나 팔았다. 아마도 바로 그날 우 리는 외국인 상점용 옷감으로 만든 회색 재킷을 팔았던 것 같다. "이런 옷을 입으면 감옥에 들어앉기 십상이지." 그걸 사들인 상인은 이렇게 말했다. 영리하고 교활한 도시 사내였다. "맞아요, 벌써 그 옷은 감옥에 들어갔다 나왔지요. 그러니 이제는 걱정 없어요." 만델슈탐은 대답했다. 사내는 가볍게 웃더니 우리에게 값을 치렀다. 우리는 즉시 잔치를 벌였다. 즉 약간의 고기 또는 햄을 샀다. 만약 그것이 당시 존재했더라면 말이다. 각 시기마다 우리가 어떤 음식으로 연명했는지 기억해내기는 어렵지만, 각 시기마다 '당번 음식'이 존재했고, 모두들 그것을 먹었다. 지금 모스크바에서는 삶은 햄이 바로 그것이다. 당시 우리는 손님으로 가면 푸르스름한 닭고기를 대접받았고, 통조림은 사치로 여겼다. 냉동 꿩과 비둘기의 시기도 있었지만 오래가지 못했다. 대구는 제법 오랜 기간 버텼다. 사실 이런 '당번 음식' 중 그 어느 것도 지방에서는 거의 구경할수 없었다. 그곳에서는 일상적인 빵도 감지덕지였다.

밤의 찻주전자 구절이 있는 연은 아마도 바로 그날 씌어졌던 듯하다. 그리고 「어두운 물」에서 부화된 짧은 시 두 편은 쉽게 완성되었다. 「멀리 도로 경계를 따라가는 짐마차들의 행렬」(1936)이라는 시에는 탐보프 요양원의 창에서 본 풍경이 담겨 있다. 바로 여기서 '단독 주택'이라는 단어가 나왔다. 우리는 단독 주택이 아니라 닥치는 대로 아무 곳이나, 수용소에서 주로 살았다. 「어두운 물」의 마지막 연이 어떻게 「뒤늦은 선물 같은 겨울을 나는 느끼고 있다」(1936)라는 시를 발견하도록 도왔는지 나는 분명히 알고 있다. 전자는 "겨울 없는 초원은 벌거벗었다" (Степь беззимная гола)라는 행을 파생시켰다.

이 시와 함께 갑자기 계절의 특성이 나타났다. 모든 것이 늦게 온 겨울을 기다리면서 정지해 있었다. 자연은 겨울을 기다렸고, 사람들은 다가오는 1937년이 그들에게 무엇을 가져다줄지 1936년 12월에 이미 알고 있었다. 이것을 깨닫는 데는 역사적 감각도 필요치 않았다. 이미 여름부터 라디오 방송을 통해 앞으로 있을 재판들에 대해 우리에게 경고했기 때문이다. 이 시에서 만델슈탐은 보로네슈 땅에 관해 말했다.

나는 어디에 있는가? 나에게 무슨 불길한 일이 일어나고 있는가?

겨울 없는 초원은 벌거벗었다.

이것은 콜초프의 계모다.

여기에는 당시 그의 정서가 종합되어 있다. 불행한 감정은 새장에 갇힌 시인의 절대 설명할 수 없는 쾌활함, 삶의 영원하고 강렬한 기쁨을 없앨 수 없었다. 그리고 그 후는 다시 그의 삶의 정확한 디테일이 발견된다. 작업에 지친 그는 언제나 살얼음이 덮여 있는 텅 빈 도시를 밤중에 배회하러 나갔다. 문지기들이 사라진 이후 우리의 지방 도시들은 '영원한 빙판' 지역이 되었다. 미끄러운 빙판 길을 걷지 못하던 아흐마토바가 쓴 보로네슈 시에도 이에 관한 구절이 있다. "크리스털 위로 나는 조심스레 지나간다……" 찻주전자는 전기식이었다. 당시로서는 유례없는 사치였지만, 우리는 스스로에게 감히 그것을 허락했다. 만델슈탐이 밤에 시를 쓸 때면 언제나 차를 많이 마셨기 때문이다. 그가 유일하게 거절 못하는 물건이 두 가지 있었는데, 하나는 차, 다른 하나는 담배였다. 다른 나머지 것들은 있어도 그만 없어도 그만이었다.

보로네슈에서는 두 차례 '세 쌍둥이 시', 즉 같은 기원을 가지는 세 편의 시가 출현했다. 첫 번째 시리즈는 「어두운 물」, 「뒤늦은 선물처럼」(우리는 이 시를 '까마귀'라고 불렀다), 「먼 대열의 표지들」이고, 두 번째 시리즈는 「열 자리 수의 숲들」(Десятизначные леса), 「죽어 있는 평원을 우리는 어찌해야 하나」(Что делать нам с убитостью равнин, 1937), 카마 강에 대한 회상인 「오, 이 더디고 숨이 찬 광활함이여!」(О, этот медленный, одушливый простор!, 1937)다. 첫 번째 시리즈에는 실타래처럼 얽혀 있는 사이클처럼 모든 것이 서로 얽혀 있다. 두 번째 시리즈에서는 세 편의 시가 모두 공통의 뿌리에서 독립적으로 발전했다. "평원의 죽어 있음, 기적의 계속되는 굶주림을 어찌해야 하나"와 "평원의 숨 쉬는 기적"——이 두 행이 처음 두 편의 시를 묶어준다. 세 번째 시는 호흡과 호흡 곤란의 테마로 앞 두 편의 시와 연결된다. 세 번째 시의 '숨이 찬 광활함'은 '숨 쉬는 기적'과 상응한다. 유다의 이름이 거론된 시에서 리듬은 그 자체가 호흡 곤란을 유발한다. 만델슈탐을 괴롭혔던 호흡 곤란은 그해 겨울 씌어진 많은 시의 리듬에 반영되었다.

첫 번째 세 쌍둥이 시리즈에는 또 하나의 형식적인 유사점이 있다. 그것은 '소프호즈니호', '그로즈니호'의 각운과 'z' 음을 무절제하게 사용했다는 점이다.

만델슈탐의 시에서 최초로 시인의 머리에 떠오르는 시행이 정작 시의 첫 행으로 사용되는 경우는 매우 드물다. 최초로 머리에 떠오르는 시행이 무엇인지 밝혀내면 거의 시 창작의 전체 과정을 추적할 수 있다. 그러나 물론 이런 최초의 시행이 최종본에는 누락되는 경우도 종종 있다. 처음으로 머리에 떠올랐던 시행이 최종본에서 배제되는 것은 이상한 일이 아니다. 이와 관련하여 만델슈탐은 구밀료프의 말을 인용하기를 좋아했다. "이 시행들은 좋지만 자네가 시를 완성했을 때는 아마 한 줄도 남아 있지 않을 걸세." 이런 경우에는 물론 텍스트의 역사는 재건할 수 없다. 작업의 대부분이 머리와 입 안에서 이루어지며, 종이에는 기록되지 않기 때문이다.

첫 번째 나타난 시행과 마찬가지로 마지막으로 찾아낸 단어들 역시 시 구성의 열쇠다. '노동의 양심적인 타르', '열 자리 수의 숲들', '게으른 영웅용사' 같은 구절이 마지막으로 찾아낸 단어들의 예다.

'세 쌍둥이 시'는 만델슈탐에게 매우 드문 현상이었다. 이에 비해 '두 쌍둥이 시'는 훨씬 자주 발견된다. 출판된 시들 중에서는 「나는 모른다, 언제부터 이 노래가 시작되었는지」(Я не знаю, с каких пор эта песенка начилась, 1922)와 「나는 기대어진 사다리를 따라」(Я по лесенке приставной, 1922)라는 시 그리고 「1924년 1월 1일」과 「아니요, 나는 그 누구의 동시대인이었던 적도 없소」(Нет, никогда, ничей я не был современник, 1924)는 '두 쌍둥이 시'의 전형적인 예다. 보로네슈 시기에도 이런 두 쌍둥이 시는 적지 않았다. 카마 강에 관한 두 편의 시 「카마 강에서는 눈이 얼마나 침침한지, 도시들이 참나무 무릎 위에 서 있을 때」(Как на Каме-реке глазу темно, когда на дубовых коленях стоят города, 1935)와 「침엽수림의 동쪽으로 추방되며 나는 바라보았다」(Я смотрел, отдаляясь, на хвойный восток)는 통상적인 '두 쌍둥이 시'다. 「세계의 누룩」과 「개구장이」(Бесенок, 1937)라는 시에는 이 두 편의 시가 아직 얽혀 있던 최초의 판본이 보존되어 있다. 「나는 하늘에서 길을 잃었다, 어떻게 해야 하나」(Заблудился я в небе- что делать, 1937)라는 두 편의 시 역시 시작은 동일하지만 다르게 전개되는 '두 쌍둥이 시'이다. 이런 '쌍 구조'는 만델슈탐에게 매우 특징적으로 보이며 열거한 예들 외에도 매우 많다.

만델슈탐은 「나는 하늘에서 길을 잃었다……」의 두 판본을 모두 살려서 나란히 출판하고 싶어 했다. 작곡가들은 사실 언제나 그렇게 하고 있으며, 화가들도 그렇다. 만일 내가 만델슈탐 작품이 자유롭게 출판되는 날까지 살아 있게 된다면, 나도 반드시 만델슈탐의 유지를 받들 것이다. 그러나 지금은 '시인의 도서관'에서 만델슈탐의 책이 출판되더라도 그런 뜻을 수행할 권리는 내게 주어지지 않을 것이다. 우리는 권리를 박탈당한 사람들이기 때문이다. 누구든 현명한 편집인은 이 두 판본 중 더 성공적인 것을 선택해야 한다고 내게 매우 명확히 설명할 것이다. 시인 스스로나 그 친구들, 친척들은 이런 일에서 심판관이 될 수 없다. 시인의 유산은 15년간 인세의 반을 받을 수 있는 자들이 아니라 무엇이 좋고 나쁜지 확실히 알고 있는 심판관들, 학식 있는 식자들에게 속한 것이다.

지금 소비에트의 편집인들은 올바른 이념 외에도 명확함과 정확함, 매끄러운 기교 그리고 직유와 은유를 비롯한 여러 수사법이 펼쳐져 있는 화려한 구성을 무엇보다도 중요시한다. 만델슈탐은 이러한 문화의 번성기까지 살지는 못했지만 당시에 벌써 우리의 식자들이 얼마나 시를 사랑하지 않는지를 보고 여러 차례 놀랐다. 아흐마토바는 한 불쌍한 소년(발랴 베레스토프Валя Берестов)을 '미래의 푸슈킨'으로 포고했다는 소식을 듣고 말했다. "이건 순전히 그들이 시를 얼마나 좋아하지 않는지를 보여주는 거예요." 소년은 매끄러운 시를 썼고, 그들은 거기서 개벽 이래 익숙하게 알고 있던 모든 것을 발견했다. 그들은 무엇보다도 기존 제품들을 번역하는 것을 좋아했다. 어디에나 그런 식자들과 심판관들이 있게 마련이지만 스탈린 시대에 특히 그들은 전성기를 맞았고, 지금은 회화나 건축, 영화, 문학 영역에서 권력층에 자리 잡고 있다. 어찌 되었건 그들은 문예부흥을 일으키라는 명령을 받았고, 그 결과 '문예부흥' 카페 비슷한 것을 얻었지만, 그들과 상대하는 것은 간단치 않다.

젊은 시절 만델슈탐은 여러 편의 시에 나타난 공통적인 기원의 흔적을 없애거나 유사한 시들 중 하나를 없앴다. 그는 「아니요. 나는 그 누구의 동시대인이었던 적도 없소」와 「나는 모른다, 언제부터 이 노래가 시작되었는지」의 독립성을 인정하지 못한 채 이 시들을 오랫동안 기록하지 않았다. 그러나 성숙된 시기 그의 태도는 완전히 달라졌다. 그는 쌍둥이 시들의 원칙 자체를 합법화하고, 그 시들을 더 이상 같은 시의 두 판본으로 여기지 않기로 결심한 듯했다. "동일한 기원이라고? 그게 어때서? 별개의 시들인데." 또는 "보여주는 게 더 나아, 숨길 게 뭐가 있다고?" 이렇게 그는 말하곤 했다.

젊은 시절 만델슈탐이 폐쇄적이었으며, 독자에게 단지 개별적인 것들만 보여주었다면, 성숙한 시기 그는 흐름 자체를 열어 보이며 개별적인 시들보다는 시적 충동 자체를 중시했다. 바로 여기에 그가 획득한 내적 자유가 드러나 있다. 그러나 이런 점은 그의 옛날 숭배자들에게는 걸림돌이 되었다. 그들은 만델슈탐의 후기 시가 완결되거나 완성되지 않았다고 생각했다. "만델슈탐은 아직 책을 낼 준비를 하지 않았군요. 정리를 좀 해야겠네요." 베른슈테인 가문의 두 형제[1]는 이렇게 말했다. "반복되는 것이 상당히 많군요. 이 시들은 그냥 한 편의 시의 다양한 판본들이네요." 이것은 오를로프(В. Н. Орлов)[2]의 말이다. 슬루츠키도 만

---

1) I. I. 베른슈테인(1900~78): 문인. S. I. 베른슈테인(1892~1971): 언어학자. '살아 있는 목소리' 녹음 테이프 보관실의 설립자.
2) 오를로프(1908~85): 문학연구가. '시인의 도서관' 시리즈의 편집장.

델슈탐의 출판된 시들은 이해할 수 있지만, 그렇지 않은 시들은 너무 어렵다며 불평했다. 시에 전혀 다르게 접근하는 새로운 독자가 생긴 것은 잘된 일이었다.

시인에게 명확히 구분되는 창작 시기가 있을 때, 그 시인의 일정 시기 작품에 익숙해진 독자들이 다른 시기는 받아들이지 않는 경우도 있다. 만델슈탐의 많은 고정 독자들은 만델슈탐 작품에 새로운 시적 행보가 나타날 때마다 극단적인 적의를 드러냈다. 이전의 특징을 찾아볼 수 없었기 때문이다. 엠마 게른슈테인은 만델슈탐이 「늑대」 사이클 이후 절대 아무것도 써서는 안 된다고 오랫동안 고집스럽게 주장했다. 쿠진 역시 새로운 시들을 마치 개인적인 모독이라도 되는 양 받아들였다. 그러나 이 두 사람은 결국 후기 시들에 익숙해졌고, 호의적인 태도로 바뀌었다.

그러나 셴겔리는 만델슈탐의 전기 시에 대한 신의를 끝까지 지키면서 후기 시와 화해하려 들지 않았다. 후기 시들의 시적이지 않은 어휘들이 특히 그를 외면하도록 했다. 그런데 지금은 오히려 출판된 책(전기 시들)은 아직 들여다보지 않은 채 떠도는 필사본을 통해 만델슈탐의 후기 시만 접한 독자들이 많이 나타났다. 그들이 전기 시를 마음에 들어 할지 모르겠다. 선택에 대한 독자의 권리는 시인의 권리와 마찬가지로 존중되어야 한다. 그러나 많은 편집인은 자기들이 마치 취향이 다양한 변덕스러운 독자들을 대신해 판단할 권리를 가지기라도 한 듯이 행동한다.

쌍둥이 시가 만델슈탐만의 독특한 특징이 아닌 것은 확실하다. 아흐마토바에게도 정확히 동일한 쌍들이 발견된다. 「단테」(Данте, "그는 죽은 뒤에도 자신의 애틋한 피렌체로 돌아가지 않았다"Он и после смерти не вернулся В нежную свою Флоренцию)와 「왜 우리는 물에 독을 타고 내 빵을 쓰레기와 섞었는지」(Зачем мы отравили воду и с грязью мой смешали хлеб)는 의심할 여지없는 쌍둥이 시다. 많은 경우 이런 쌍들은 서로 설명하는 주석 역할을 한다. 아래 시행은 두 시의 공통된 동기다.

아니다, 형리나 단두대 없이
시인은 이 땅 위에 존재할 수 없으며,
우리는 죄수가 입는 셔츠를 입고,
촛불 뒤를 따라 걸으며 울부짖어야 한다.

시들을 책으로 묶으면서 만델슈탐은 모든 쌍둥이 시를 그대로 남겨
두었지만, 막판에는 많이 주저했다. 그래서 그는 「나는 콜초프의 주위에
서 마치 매처럼 고리를 꿰고 있다」(Я около Кольцова, Как сокол,
заколцован, 1937)라는 시를 버리고 싶어 했다. 이 시와 「고개 숙인 가
지들 사이에서 요술쟁이가 밤색 또는 연한 밤색 털의 속삭임을 지껄인
다」(Когда в ветвях понурых Заводит чародей гнедых или
каурых Шушуканье мастей, 1937)라는 시는 외적인 유사점은 전혀
없었지만, 그럼에도 첫 번째 시가 너무 직설적이라면서 만델슈탐은 보
존하기를 원치 않았다.

시인의 자기 평가, 창작 중인 작품에 대한 태도는 언제나 편파적이며,
여러 복잡한 원인에 의해 제한을 받는다. 일정 시를 그가 거부하는 것은
어쩌면 단순히 그 시가 이제 막 희미하게 나타나기는 했지만, 제대로 움
트지 못하는 새로운 시를 가로막기 때문일 수도 있다. 이따금 처음 나
타난 시가 무언가 새로운 싹의 봉오리를 담고 있고, 이 봉오리가 열매
를 맺어 다른 시를 파생시켰을 때 시인은 첫 번째 시가 단지 작업 과정
의 서곡이며 준비 과정이었을 뿐이라고 생각할 수 있다. 이런 생각은
두 개의 싹이 나타나서 전혀 독립적인 방향으로 신속히 갈라질 때 특히
강했다.

「미소의 탄생」(Рождение улыбки, 1936)과 「나의 꾀꼬리, 나는 고
개를 뒤로 젖힌다」(Мой щегол, я голову закину, 1936)의 경우가
그러했다. 완성된 텍스트에는 공통점이 없지만, 사실 「나의 꾀꼬
리……」는 「미소의 탄생」에서 부화했다. 우연하게도 이 두 시의 연관성
이 드러나 있는 초고가 보존되었다. 이 초고에는 ‘아이의 입’(детский

рот)과 '왕겨'(мякина), '꾀꼬리'가 모두 들어 있는 행이 있다. 바로 이 '왕겨'가 '꾀꼬리'라는 시어를 가져다주었고, 그 시어 자체는 표면이 거칠다는 하나의 특성을 보존했다. 그런데 만델슈탐은 처음에 「나의 꾀꼬리……」 시를 사생아로 여겼다.

아리오스토(L. Ariosto)[3]에 관한 두 편의 시는 완전히 다르게 출현했다. 첫 번째 시는 우리가 크림반도에 있는 그린(А. С. Грин)[4]의 미망인 집에 손님으로 갔던 1933년 여름에 씌어졌다. 초고와 원고들은 1934년 5월에 있었던 수색 때 압수되었다. 만델슈탐은 보로네슈에서 다시 텍스트를 기억해내려 애썼지만, 기억은 변형되었고 그래서 두 번째 「아리오스토」가 씌어졌다. 그 후 나는 모스크바에 다니러 갔다가 원고를 맡겨둔 곳 중 한곳에서 1933년의 「아리오스토」를 찾아냈다. 그래서 하나의 테마, 하나의 재료로 씌어진 두 편의 시가 얻어졌다.

이 장(章)을 나는 만델슈탐 시의 미래 주해자에게 바친다.

---

3) 아리오스토(1474~1533): 르네상스 시기를 대표하는 이탈리아의 시인. 「광란의 오를란도」가 대표작이다.
4) 그린(1880~1932): 작가. 스탈린 시대에는 현실에서 벗어난 환상작가로 비판을 받았으며, 지금까지도 정통적인 문학사에서 크게 다루는 일은 드물지만, 그의 환상 모험소설은 큰 인기를 누리고 있다.

43 보로네슈에서의 마지막 겨울

1936년 여름 우리는 별장에 갈 수 있게 되었다. 아흐마토바에게 돈이 생겼기 때문이다. 이미 말했듯, 아흐마토바는 파스테르나크에게서도 돈을 좀 얻었고, 여기다가 내 오빠도 돈을 보냈다. 그래서 우리는 몇 주간 별장에서 지낼 수 있는 돈을 마련할 수 있었다. 만델슈탐의 심장 발작이 점점 더 심해졌기 때문에 이 문제는 매우 중요했다.

우리는 돈 강 유역에 있는 도시 자돈스크를 택했다. 이 도시는 수도원과 티혼 장로로 한때 유명했던 곳이었다. 우리는 기뻐하며 아무 근심 없이 자돈스크에서 6주를 지냈다. 그러나 그곳에서 우리는 라디오를 통해 테러가 시작되는 것을 알 수 있었다. 아나운서에 따르면, 키로프의 암살범들을 찾아냈고, 소송이 준비 중이라는 것이었다. 방송을 들은 뒤 우리는 아무 말 없이 수도원의 거리로 나섰다. 할 말이 없었다. 모든 것이 명확했기 때문이다. 바로 그날 만델슈탐은 나를 지팡이로 찌르면서 말발굽 자국을 보여주었다. 그 자국에는 물이 고여 있었다. 바로 전날 비가 내렸다. "마치 기억 같군." 만델슈탐이 말했다. 독재자의 목소리가 만델슈탐에게 스스로의 목숨을 구하기 위한 조치를 취하라고 자극했을 때 이 자국은 '말발굽 아래의 골무'가 되었다.

휴양을 마친 우리는 보로네슈로 돌아왔고, 모든 문이 우리에게 닫혔다는 것을 알게 되었다. 그 누구도 우리와 이야기하지 않았으며, 그 누구도 우리를 집 안으로 들이지 않았다. 사람들이 있는 곳에서는 그 누구도 우리를 아는 척하지 않았다. 그러나 몰래 도우려고 노력하는 사람들은 아직 있었다. 그리하여 극장 관리자는 우리가 무대의상 담당자의 집에 방을 얻도록 주선해주었다. 집은 강 상류 산 위에 있었다. 땅속에 움푹 꺼진 오두막이었다. 집을 둘러싼 평지에서는 맞은 편 강가와 숲이 보였다. 사내아이들은 썰매를 타고 바로 그 강까지 재빨리 내려왔다. 이런 정경이 언제나 눈앞에 펼쳐졌으며, 만델슈탐은 이 정경을 언제나 넋을 놓고 보면서 시에서 언급하기도 했다.

사내애들은 묻곤 했다. "아저씨는 신부님이에요, 장군이에요?" 그럴 때면 만델슈탐은 한결같이 대답했다. "둘 다 조금씩이지." 그애들이 만델슈탐을 장군이라고 생각한 이유는 곧 밝혀졌다. 만델슈탐이 매우 꼿꼿한 자세를 취하고 '거드름을 피웠기' 때문, 즉 고개를 뒤로 젖혔기 때문이었다. 집 주인의 아들 바직을 통해 만델슈탐은 새들을 사고파는 흥정에 끼기도 했다. "사내애들은 유난히 새를 좋아해. 여자아이들이 비둘기를 쫓아다니며 놀거나 새들을 사고파는 걸 한 번이라도 본 적 있어?" 새들이 시에 등장하게 된다.

이 비참한 겨울이 우리의 마지막 짧은 휴식이라는 것을 우리는 알고 있었고, 그래서 우리는 그것이 제공할 수 있었던 모든 것을 취했다. 만델슈탐이 좋아했던 클르이치코프(C. A. Клычков)[1]의 다음과 같은 시구처럼.

앞에는 불안뿐,
그리고 뒤에도 불안이.
나랑 잠시 앉아 있게, 제발 잠시 앉아 있게.

바로 이것이 가장 밝은 시들, 삶을 긍정하는 시들이 이 시기에 나타난 이유다.

---

1) 클르이치코프(1889~1937): 농민 시인이자 산문 작가. 1920~30년대 만델슈탐의 친구였으며 이후 총살당한다.

지적인 작업을 위해서는 사람도 악기처럼 조율해야만 한다. 사람들마다 조율방식은 다르다. 어떤 사람들은 중간중간 잠깐씩 조율하면서 쉼없이 연주하는가 하면, 한동안 연주를 멈추고 자기 건반을 새롭게 조율해야만 하는 사람들도 있다. 창작단계가 명확히 구분되는 시인들은 후자에 속하며, 표준음 역할을 하는 열쇠 시들은 새로운 시기의 맨 앞에 나타난다. 『두 번째 노트』의 처음에 「경적」[2]이 씌어졌다. "왜 경적이지요?" 나는 물었다. "글쎄, 그게 내가 아닐까?" 만델슈탐의 대답이었다.

　추방된 채 텅 빈 어둠과 완전한 고독 속에 살고 있는 시인이 어떻게 스스로를 '소비에트 도시들을 따라 울려 퍼지는 경적'이라고 느낄 수 있었을까? 바로 이것이 만델슈탐이 말했던 스스로의 정당성에 대한 감각에서 나온 것이다. 시인의 사회적인 가치, 시인이 제 목소리를 낼 수 있는 권리에 대한 투쟁이 아마도 만델슈탐의 삶과 시를 규정 짓는 근본적인 지향일 것이다. 「단테에 관한 대화」에서도 이에 관해 언급했다. 그래서 나는 만델슈탐이 개인적인 결산을 한다고 비난했다. 그는 단지 이렇게 대답했다. "그래야만 해……."

　그리고 『두 번째 보로네슈 노트』는 첫 시 「경적」부터 시인의 자기 긍정이 나타난다. 유례없는 억압의 시기에 이성적으로 이런 테마에 도달

---

2) 1936년 씌어진 시 「집들로부터, 숲으로부터」(Из-за домов, из-за лесов)의
　약칭. 시의 전문에 대한 번역은 아래와 같다.

　　집들로부터, 숲으로부터,
　　화물 열차보다 더 길게,
　　공장과 정원의 사드코여
　　야간 작업의 권력을 위해 경적을 울려라.

　　노인장이여 경적을 울려라. 달콤하게 숨을 들이쉬어라.
　　노브고로드의 손님 사드코처럼
　　파란 바다 아래 깊게
　　시대들의 깊이 아래로 길게 울려라,
　　소련 도시들의 경적을.

하기는 불가능했다. 테마는 스스로 나타났다. 처음에 이 테마는 「경적」의 경우처럼 리얼리티 뒤에 숨거나 「종족을 끝낼 수 있는 힘은 나도 너도 아닌 그들에게 있다」(Не у меня, не у тебя—у них Вся сила окончаний родовых, 1936)에서처럼 다 말해지지 않은 채 은밀히 울렸다. "'그들'이라는 게 누구예요? 민중인가?" 내가 물었다. "아니지, 그건 정말 너무 단순한데." 만델슈탐이 대답했다. 즉 '그들'은 시인 바깥에 존재하는 무엇, 사람들과 '그들의 살아 있는 심장을' 위해 시인이 내적 청각으로 낚으려고 애쓰는 화음, 음성이었다.

꾀꼬리에 관한 시에서도 시인의 테마는 어렴풋이 보이지만, 이 테마는 시인의 비유인 꾀꼬리에게 살기를 명령하는 판본에서만 드러난다. 한 에세이에서 만델슈탐은 편집국들을 돌아다니면서 그 누구에게도 전혀 필요 없는 문학 상품을 사방에 들이대는 젊은 시인에 관해 이야기했다. 이 젊은이는 꾀꼬리와 마찬가지로 멋쟁이로 불렸다. 만델슈탐은 자신이 사용했던 예전의 연상, 생각, 이른바 이미지를 한번도 잊어버린 적이 없다. 꾀꼬리와 멋쟁이에 관해 이야기하면서 만델슈탐은 자신의 문학 상품 역시 더 이상 아무에게도 필요치 않다는 것을 기억해내지 않을 수 없었고, 아마도 바로 이 때문에 그는 그리도 완고하게 스스로에게 살기를 명령했는지도 모른다.

꾀꼬리는 새장에 갇혔고, 숲으로 풀려나지 못했다. "나를 절대 한곳에 두지 못할걸. 나는 크림에서 밀항한 적도 있어." 그는 「둥근 만의 갈라진 곳들 그리고 연골 그리고 푸르름」(Разрывы круглых бухт, и хрящ, и синева, 1937)에 관해 이야기하는 것이었다. 이 시는 매우 느릿한 템포로 씌어졌다. "그리고 돛은 느려서 구름에 의해 연장된다"(И парус медленный, что облаком продолжен). 우리는 언제나 박해당했고, 시간은 전례없는 속도로 질주했다. 그리고 만델슈탐은 현재라는 시간이 남부 지방에서만 예전처럼 느껴진다는 것을 깨달았다.

"당신은 티플리스에도 갔었지요?" 나는 티플리스에 관한 시를 기억하며 말했다. "어쩔 수 없는 여행이었지. 어두운 힘이 나를 거기로 이끌었어." 스탈린에 대한 찬양시를 쓰려는 시도는 티플리스에 대한 시로 만델슈탐을 이끌었다.

「비교하지 말라, 살아 있는 것들은 비교할 수 없느니」(Не сравнивай, живущий несравним, 1937)라는 은총을 잃은 시를 사면하면서 만델슈탐은 선언했다. "왜 내가 이탈리아에 가면 안 되는지를 이제 알게 되었어." '분명한 향수'가 그를 놓아주지 않았던 것이다.

> 분명한 향수가 아직 젊은 보로네슈의
> 언덕들에서 나를 놓아주지 않는다.
> 토스카나의 전인류적인 밝아지는 그곳으로.

이탈리아는 예전처럼 이탈리아 시인들이나 건축물들을 통해 우리 집에 살고 있었다. 이탈리아 건축물 사진집을 펼치며 만델슈탐은 피렌체를 산책하자고 나를 불렀고, 이 산책은 집 앞 광장을 산책하는 것만큼이나 그를 기쁘게 했다. 계절이 바뀌었다. 만델슈탐은 말했다. "이것 역시 여행이며, 이 여행은 뺏어갈 수 없지." 무한히 삶을 사랑하던 만델슈탐은 나를 포함한 다른 사람들이라면 단지 낙담할 만한 것들, 예를 들어 가을의 구질구질한 날씨나 추위에서도 힘을 얻었다. 예전에는 남부 지방, 여행, 기차, 기선 등 모든 것이 자기에게 속했다고 그는 느꼈고, 그래서 보로네슈 땅에 자신이 추방되어 갇혀 있는 상황을 '빼앗겼다'는 단 한마디로 표현했다.

별에 대한 시[3]를 쓰면서 만델슈탐은 속상해했다. 그에게는 징크스가 있었는데, 창작 에너지가 고갈되거나 '재봉사가 천을 전부 써버렸을 때' 시에 별이 등장한다는 것이었다. 구밀료프에 따르면 시인마다 별에

---

3) 「무명용사에 관한 시」 중 다음 일곱 행을 지칭한다. "이 세계들은 위협한다/가볍게 흔들리는 포도송이처럼/그리고 도난당한 도시들처럼 매달려 있다/황금빛 실언과 고발들/독 있는 차가운 딸기처럼./신축성 있는 별자리들의 천막, 별자리들의 황금빛 기름기들"─편집자.

대한 일정한 태도가 있는데, 만델슈탐에게 별은 지상에서 멀어짐, 방향 감각의 상실을 의미했다.

그해 겨울 씌어진 「키예프 여인」(Киевлянка)[4]은 만델슈탐을 더욱더 비탄에 빠뜨렸다. 이 시는 남편을 찾아 헤매게 될 여인에 관한 두 번째 시였다. 첫 번째 시는 "놀란 눈의 혼돈, 그 눈으로 나를 보라"라는 구절이 있는 「천상의 껍질 안에 있는 그대의 눈동자」(Твой зрачок в небесной корке, 1937)였다. "이건 뭔가 감이 좋지 않군." 만델슈탐은 여러 차례 말했다. 이별에 대한 공포가 그를 언제나 따라다녔다. 그리고 그는 시에 나타난 것을 자주 두려워했는데, 그중에서도 특히 "맨발로 유리를, 피가 흥건한 모래 위를 따라" 걷는 여인에 관한 부분을 두려워했다. 그는 내게 몇 행만 들려주었고(나는 다리미와 밧줄에 관한 부분만을 기억한다),[5] 더 이상 그 시에 관해서는 상기하지 않았다. "묻지 마, 안 그러면 정말 말이 씨가 될지도 몰라." 이렇게 그는 애원했다.

우리는 징크스가 있었는데, 시에 씌어졌던 물건들은 반드시 없어진다는 것이었다. 만델슈탐은 「장로」에서 언급했던 손잡이가 하얀 지팡이를 정말 어이없이 잃어버렸다.

때로는 가볍게 웃으며, 때로는 수줍게 거드름을 피우며
손잡이가 하얀 지팡이를 짚고 나는 나간다[6]

시에서 내가 그에게 덮어주기로 되어 있던 숄("내가 죽거든 마치 군기처럼 그 숄로 나를 덮어주오")[7]은 이후 찢어져서 넝마 조각만 남게

---

4) 체포되기 전인 1934년 2월 모스크바에서 쓴 시 「너의 좁은 어깨가 채찍 아래서 붉어지고」(Твоим узким плечам под бичами краснеть)를 지칭한다—편집자.
5) 같은 시의 두 번째 연 "너의 어린아이 같은 팔이 다리미를 들고,/다리미를 들고 줄을 묶고"를 가리킨다.
6) 1931년 시 「나는 장로가 되기에는 아직 멀었다」(Еще далеко мне до патриарха) 중 일부.

되었다. 내가 그렇게도 애써 얻어냈던 모스크바의 아파트 역시 만델슈탐이 시에서 언급하는 바람에 잃어버렸고, 꾀꼬리는 고양이에게 먹혀버렸고, 그 고양이마저 나중에 사라져버렸다. 그나마 다행스러운 것은 내가 눈이 멀지 않았다는 것이다. 나는 그걸 항상 두려워했는데, 스탈린 시대 한 지혜로운 화가가 나를 위로해주었다. "우리는 눈이 멀기 전에 죽게 될 거예요."

---

7) 「모스크바에서의 한밤중. 불교적 여름이 화려하다」(Полночь в Москве. Роскошно будийское лето, 1931)에 나오는 구절.

44 찬양시

시인은 시를 통해 현실을 이해한다. 시에는 미래에 대한 전망이 담겨 있기 때문이다. 동물을 잡아먹는 육식 새들의 눈은 가까운 사물을 잘 식별하지 못하지만 거대한 사냥 구역을 둘러볼 수는 있다. 지옥에 사는 사람들은 현재는 볼 수 없지만 미래는 볼 수 있다. 미래에 대한 명백한 예언을 담은 만델슈탐의 시 한 편을 아흐마토바에게 보여주자 그녀는 아무렇지도 않다는 듯 이렇게 말했다. "이 시뿐이겠어요? 다 그런걸요, 뭐." 아흐마토바는 만델슈탐의 시들을 잘 알고 있었기 때문에 놀라지 않았던 것이다.

『두 번째 보로네슈 노트』에는 억지로 쓴 「찬양시」(Ода, 1937)에서 발생한 사이클이 있다. 「찬양시」 자체는 만델슈탐의 목숨을 살리는 목적을 달성하지 못했다. 이 「찬양시」에서 많은 시가 파생되었고, 「찬양시」와는 전혀 다른, 완전히 상반된 의미를 담고 있었다. 스프링의 반작용 법칙이 적용되었는지 모른다.

꾀꼬리 사이클은 삶에 대한 강한 열망, 삶의 긍정 위에서 발전되었지만, 재앙에 대한 예감 역시 아주 처음부터 자라고 있었다. 그것은 다가오는 죽음의 예감이었다. '연보라색 썰매에 나는 곧 타게 될 것이다.' 만델슈탐은 '썰매에 앉아' 회상해냈다. 우리를 숨어서 기다리는 이별과 공포에 대한 예감이었다. 우리는 '무시무시한 일의 시작'만을 겪었을 뿐, 미래는 '어두운 물'에 관한 시에 나타난 먹구름처럼 '조심스럽고', '무시무시하고' 되돌릴 수 없이 다가왔다. 결국 만델슈탐은 평원에 관한 시를 썼다. 그 평원을 따라 한 사람이 천천히 다가왔다. '그자에 관해 우리는 꿈속에서 소리친다. 미래 민중의 유다라고.' 그리고 만델슈탐은 자기 앞에 딜레마가 놓여 있음을 명확히 인식하게 되었다. 수동적으로 죽음을 기다릴 것인가 아니면 목숨을 구하려고 시도해 볼 것인가. 1937년 1월 12일은 변혁의 순간이었다.[1] 꾀꼬리 사이클이 끝나고 「찬양시」 주위에서 자라게 된 새로운 사이클이 시작되었다.

「찬양시」의 대상, 즉 스탈린은 우리의 상상력을 몹시 자극했고, 가장 예상치 못한 장소에서도 그에 관한 숨겨진 이야기를 발견할 수 있을 정도였다. 연상 과정은 언제나 만델슈탐을 배반했다. 그에게는 견고하며 지속적인 연상이 있었다. 예를 들어 '산속에' 살고 있는 돌로 된 '우상' 이미지가 그러한데, 여기에는 외적 유사성이 작용했을 것이다. 크레믈린-크레멘(규석)-카멘(돌). 한때는 사람이었던 우상은 야혼토프와 함께 왔던 아내 릴랴가 제공한 모티프다. 귀여운 유형의 스탈린 숭배자였던 그녀는 스탈린이 얼마나 대단한 청년이었으며, 용감하고 활발한 사람이었는지 우리에게 설명했다. '지방이 많은 손가락들'을 연상케 하는 '지방'이라는 위험한 단어가 등장한 것도 바로 이 시다. 아시리아에 살면서 아시리아인에 관해 생각하지 않을 수 없고, 그래서 만델슈탐은 '찬양시'를 준비하기 시작했다.

여재단사 집에 세 들어 살던 방에는 창가에 정사각형 탁자가 있었는데, 우리는 이 탁자를 다용도로 사용했다. 그런데 만델슈탐은 바로 이 탁자를 차지하고 그 위에 연필이며 종이를 잔뜩 벌려놓았다. 그는 전에는 이런 행동을 한 번도 한 적이 없었다. 종이와 연필은 작업이 끝날 때만 필요했다. 그러나 찬양시를 위해 만델슈탐은 자기 습관을 바꾸기로 결심했고, 그래서 우리는 이제 탁자 가장자리나 창턱에서 식사해야 했다. 매일 아침 그는 손에 연필을 쥐고 탁자 앞에 앉았다. 그야말로 작가

---

1) 「세계의 누룩」의 창작연월일을 가리킨다. 한편 스탈린 「찬양시」의 창작연월일은 1937년 1~2월로 표기되어 있다.

다운 모습이었다. 페딘처럼……. 나는 만델슈탐이 '하루에 한 줄이라도 써야지'라고 말하기를 기다렸지만, 다행히도 이런 일은 일어나지 않았다. 만델슈탐은 작가 자세로 반 시간 정도 앉아 있다가 갑자기 일어나 스스로를 저주하기 시작했다. "아세예프(H. H. Aceeв)²⁾ 같은 자가 바로 대가라 할 수 있지, 아세예프라면 이렇게 골몰하지 않고 단번에 시를 쓸 수 있었을 텐데." 그러고 나서 또 돌연 안정을 찾은 만델슈탐은 침대에 눕더니 차를 달라고 했고, 다시 일어나 창문 밖에 있는 이웃집 개에게 설탕을 먹이는 것이었다(그런데 창을 열기 위해서는 종이가 가지런히 배열된 탁자 위로 올라가야 했다). 그러고는 다시 방 안을 서성이다가 무언가 명확해지면 중얼거리기 시작했다. 이는 곧 만델슈탐이 자기 시를 억압할 수 없음을 의미했다. 미끄러져 나온 시는 뿔난 도깨비를 무찔렀다. 자기 자신을 억압하려는 시도는 성공하지 못했다. 인위적으로 쥐어짜낸 시는 그것에 정반대되는 방향의 사이클 전체의 모태가 되었다. 이 사이클은 「세계의 누룩」으로 시작되어 『두 번째 노트』의 마지막까지 이어진다.

「찬양시」와 이 사이클에 속한 시들의 외적인 유사점은 여기저기 반복되는 시어들과 유사한 음운으로 구성된 각운을 들 수 있다. 「찬양시」에서 핵심 단어는 '축'(ось)이다. 1937년 2월 8일 씌어진 시에서 '축'(ось)은 '땅벌'(ос)과 각운을 이루어 나타나며, 사이클의 다른 시들에서도 с의 자음반복이 두드러지게 나타난다. 그러나 이런 형식적인 특징보다 중요한 것은 「찬양시」와 이 사이클의 다른 '자유로운 시'들 사이의 의미적 상반성이다.

「찬양시」에서 화가는 눈물을 흘리며 지도자의 초상화를 그리지만, 1937년 2월 8일 시에서 만델슈탐은 돌연 자기가 그림을 그리지 못한다고 고백한다. "그리고 나는 그림을 그리지 못하고, 노래하지 못한다." 만델슈탐 스스로도 이러한 갑작스런 고백에 당황했다. "여보, 내 단점이

---

2) 아세예프(1889~1963): 시인. 레프에서 마야콥스키와 함께 활동한 동지.

뭔지 알아? 그림을 못 그리는 거더라고."

「찬양시」에 등장하던 프로메테우스와 아이스킬로스는 다른 시들에서는 비극과 수난의 테마를 도입하며, 시인의 창작도구인 입술은 비극의 중심으로 곧바로 진격한다. 수난의 테마는 「렘브란트」[3]에서도 반복된다. 이 시에서 만델슈탐은 모든 웅장함이 배제된 자신의 골고다에 관해 직접적으로 이야기한다. 렘브란트가 그린 작은 작품 골고다와 그리스 시대의 도자기 몇 점은 당시 우리가 줄기차게 다니던 보로네슈 박물관의 소장품들이었다.

「찬양시」에서 찬양하는 인물의 출생지로 거론된 카프카즈는, 다른 시에서는 지도자가 아닌, 밑창이 닳아빠진 구두를 신고 다니는 시인을 기억하고, 카프카즈의 가장 높은 산 엘브루스는 민중이 빵과 시를 얼마나 원하는지 보여주는 척도 기능을 한다. 그리고 찬양시에 대한 스스로의 첫 번째 반응은 푸념이었다.

> 난 지루하다. 내 직접적인
> 작품이 비스듬히 지껄여 대고
> 다른 작품이 그 작품을 가로질러 가면서
> 비웃고, 축을 흔들었다.[4]

다른 작품이란 「세계의 누룩」을 말했다. 달콤한 소리의 작품은 아무 죄도 없었다. 이 사이클에서 만델슈탐은 '의식이 꾀를 내지 않을' 때 노래한다고 자신의 사심 없는 노래를 찬미했다.

사심 없는 노래는 시 그 자체에 대한 찬미다.

---

3) 1937년 2월 4일 시 「명암의 순교자 렘브란트처럼」(Как святотени мученик Рембрант)의 약칭.
4) 「털이 젖은 작은 악마가 기어 들어갔다」(Влез бесенок в мокрой шерстке, 1937년 1월 12~18일) 시의 마지막 연.

벗들에게는 위안이 되고, 적들에게는 타르다.[5]

우리 아파트에 침입한 적은, 이른바 작가이자 장군이었던 자로, 그는 자기 타자기(당시로서는 보기 드문 사치였다)로 직접 만델슈탐의 시를 타이핑해주었다. 선의에서 우러나온 행동이라고 했지만, 그의 선의를 거절하는 것은 불가능했다. 그랬다면 그는 아마 내 베개 밑에서라도 원고를 찾아냈을 것이다. 그는 우리를 위협할 목적으로 사심 없는 노래에 관한 시행 밑에 빨간 줄을 긋기도 했다. 문서보관국이 개방되면 이 시에 관한 밀고를 찾아내는 것도 해볼 만하다.

이 사이클에 속한 시에서 만델슈탐은 인간을 찬양하고(「비교하지 말라. 살아 있는 자는 비교할 수 없나니」 중), 삶에 대한 사랑에 마지막 경의를 표했다. 그리고 예전에는 낫보다도 더 예리했지만, '수많은 별들의 고독함'을 눈여겨보지 못했던 눈이 침침해져 가는 것을 한탄했다. 바로 여기서 그는 삶을 결산한다.

> 그리고 나는 우주의 환희를 반주했다.
> 마치 오르간 연주가 작은 소리로
> 여성의 목소리를 반주하듯.[6]

만델슈탐은 자신에 관해 말하면서 "가차 없는 과거시제"(「단테에 관한 대화」에 나오는 표현)를 사용했다. 몇 개월이 더 흘렀고, 그러고 나서 만델슈탐은 아흐마토바에게 이렇게 말했다. "나는 죽을 준비가 되었소." 이 말은 아흐마토바의 서사시에 삽입되었고, 이 서사시의 헌사는 만델슈탐의 사망일인 1938년 12월 27일에 씌어진 것으로 되어 있다.[7]

그러나 뭐니뭐니해도 이 사이클의 정점은 죽을 운명이지만 아직도 살

---

5) 「나는 노래한다. 목구멍이 축축하고, 영혼이 건조할 때」 중.
6) 「나는 사자 굴, 성곽 안에 갇혔다」 중.
7) 아흐마토바의 「주인공 없는 서사시」를 가리킨다.

기 위해 투쟁하는 사람의 자신만만한 말이다.

스스로든, 그 그림자든
개 짖는 소리에 놀라고, 바람에 쓰러지는 자는 불행하다.
그리고 스스로도 반만 살아 있는 상태면서
그림자에게 자비를 구하는 자는 가엾다.[8]

모든 사람이 자비를 구하는 사람을 그림자로 명명하며, 실제로 그 사람은 그림자였음이 밝혀졌다. 덥수룩하고, 숨을 헐떡거리며, 모든 것에 놀라지만 아무것도 두려워하지는 않는 사람, 즉 만델슈탐은 짓밟히고 파멸당했지만 죽기 전, 세계사에 유례없는 절대 권력을 가진 독재자에게 다시 한 번 도전장을 던졌다.

목소리를 가진 자들은 가장 지독한 고문을 당했다. 혀를 뽑히고, 남아 있는 혀뿌리로는 군주를 찬양하라는 명령을 받았다. 삶의 본능은 극복하기 어려웠고, 이 본능은 육체적 생명은 연장했을지 몰라도, 사람들을 자멸로 내몰았다. 목숨을 건진 자들도 죽은 자들과 마찬가지로 시체나 다름없었다. 그들의 이름을 나열하는 것은 의미 없는 일이며, 당시 활동했던 세대들 중 증인이나 목격자도 남아 있지 않다. 설령 남아 있다손치더라도 뒤죽박죽 혼돈에 빠졌던 그들은 여전히 정신을 차리지 못했으며 이미 혀가 잘려버렸기 때문에 우리에게 아무 말도 해줄 수 없다. 그러나 그들 중에는 다른 조건에서라면 자기 길과 자기 말을 찾았을 사람들도 많다.

어쨌든 「찬양시」는 씌어졌고, 그러나 자신의 목적은 이루지 못했다. 즉 만델슈탐을 구원하지는 못했다. 만델슈탐은 마지막 순간에 요구되는 모든 것을 행했다. 찬양시를 썼다. 어쩌면 바로 이 때문에 나는 살아남

---

8) 1937년 1월 시 「너는 아직 죽지 않았고, 너는 아직 혼자가 아니다」(Еще не умер ты, еще ты не один) 중에서.

을 수 있었는지 모른다. 만일 남편이 '주문'을 수행하면, 이 주문품을 찾아가지 않더라도 대개 미망인은 고려하게 마련이었다. 만델슈탐은 이 사실을 알고 있었다. 그래서 나는 시들을 보존할 수 있었다. 내가 살아남지 못했더라면 아마도 시들은 1937년 떠돌아다니던 기괴한 사본 형태로밖에 보존되지 못했을 것이다.

'이 잔을 비켜가게 하소서'라는 기도를 온전히 이해하기 위해서는 천천히 그러나 계속해서 다가오는 죽음이 얼마나 견디기 힘든지를 알아야만 한다. '총알'을 기다리는 것이 단칼에 쓰러져 죽는 것보다 훨씬 더 어렵다. 우리는 마지막 보로네슈 기간, 그리고 그 후 모스크바 근교에서 떠돌아다니던 1년 동안 내내 이 종말을 기다렸다.

이 「찬양시」를 쓰기 위해서는 마치 악기처럼 자신을 조율하고, 대중적인 최면에 의식적으로 빠지고, 당시 모든 인간의 소리를 집어삼켰던 주술의 단어들로 자기에게 마법을 걸어야만 했다. 만델슈탐은 그러지 않고는 아무것도 창작할 수 없었다. 그는 이 방면에 준비된 능력을 가지고 있지 않다. 그렇게 만델슈탐은 자기 자신에 대해 기이한 실험을 하면서 1937년 초를 보냈다. 「찬양시」를 쓰기 위해 스스로 흥분시키고 조율하면서 그는 자신의 정신을 파괴했다. 그는 후에 아흐마토바에게 이렇게 말했다. "이제 알겠어요. 그건 일종의 병이었어요."

"'그'에 관해 생각하면 왜 내 눈앞에는 온통 머리들이, 머리들로 된 언덕이 보이는 거지? 그는 이 머리들을 가지고 무엇을 하는 걸까?"[9] 만델슈탐은 내게 이렇게 말하곤 했다.

만델슈탐은 보로네슈를 떠나며 나타샤에게 이 「찬양시」를 없애달라고 부탁했다. 여러 사람이 내게 이 시가 존재하지 않았던 것처럼 이 시

---

9) 「찬양」 중 다음 일부를 참고하라. "사람들의 머리들로 된 언덕들이 멀어진다./나는 그곳에서 작아진다. 사람들도 더 이상 나를 알아보지 못한다./그러나 정다운 책들과 아이들의 놀이 속에서/나는 부활하여 말하리라. 태양이 비친다고." 나데쥬다 만델슈탐에 따르면 만델슈탐은 「찬양시」 중에서 바로 이 네 행만을 보존하기를 원했다고 한다—편집자.

를 감춰버리라고 조언했다. 그러나 나는 그러지 않았다. 왜냐하면 그건 진실이 아니기 때문이다. 이중성은 우리 시대의 절대적 사실이며 그 누구도 이것을 피해 가지 못했다. 단지 어떤 사람들은 이런 찬양시를 자기 집이나 별장에서 쓰고, 이에 대한 포상을 받은 반면, 만델슈탐은 자기 목에 밧줄이 옭아매진 상태에서 찬양시를 썼다는 것이 차이다. 아흐마토바는 자기 아들의 목에 밧줄이 묶였을 때였고. 누가 이들을 비난할 것인가?

45 황금률

1937년 1월 초, 만델슈탐이 「웃어라, 성난 새끼 양아」(Улыбнишь, ягненок гневный)라는 시를 쓰자마자 한 어린 청년이 우리를 찾아왔다. 완전히 코흘리개였던 그는 자리를 잡고 앉더니 "작가는 독자와 협력해야 한다"고 이야기했다. 익숙한 레퍼토리였다. 이 어린 청년은 새로운 시를 베껴 쓰고 싶어 했다. 이것이 바로 그가 파견된 목적이었지만, 그는 아직 제대로 교육받지 못했다. 그는 당황했고, 거짓말하며 허튼소리만 늘어놓았다. 그는 자기가 필요한 게 무엇인지조차 설명하지 못했다.

우리나라 사람들은 모두 참을성이 있으며, 황금률을 가지고 있다. 누가 자신을 성가시게 조르거든, 어떠한 경우라도 고집 피우지 말 것. 투표하고, 모든 격문 아래 서명하고, 국채를 사고,[1] 밀고자의 모든 질문에 답할 것. 그가 자신의 상관에게 보고할 수 있도록. 그렇지 않으면 그는 어떻게 해서든 원하는 것을 얻어낼 때까지 흔히 말하듯 '지칠 때까지 끌고 다닐' 것이다. 이 상황에서 중요한 것은 가능한 한 빨리 이 성가신 밀고자에게서 벗어나는 것이다.

만델슈탐 역시 이 규칙을 따랐지만, 이번 경우에는 왜 그런지 흥분했다. 찾아오는 사람이 하나도 없이 고립된 채 있다가 이런 풋내기 청년 방문객을 맞이하는 것은 아마도 정말 견디기 힘들었을 것이다. 만델슈

---

1) 스탈린 시대 때 모든 소비에트 국민은 공장이나 직장 모임을 통해 월급의 일부를 할애해 국가가 발행하는 채권을 사야 했다. 이것은 일종의 정기적 세금징수 같은 역할을 했다.

탐은 발끈해서 이 부르지 않은 손님을 내쫓았다. 그러고 나서는 스스로를 비웃었다. 나한테 좀 숙련된 스파이를 보내줘야 하는 거 아닌가 하는 황당한 생각이 들었다오! 그러나 이 청년 대신 다른 밀고자(더 나이는 들었지만, 역시 미숙한)가 나타났을 때, 만델슈탐은 더 이상 웃지 않았으며 그냥 바로 '기절해버렸다'.

요원의 정체를 폭로하는 것은 금지되어 있었다. 그의 배후에 있는 기관이 자기 기관원의 명예를 더럽히는 것을 용납하지 않았고, 잊지 않고 그 폭로자를 습격했다. 감옥이나 강제수용소에 갇혀 있던 사람들 중 대다수들까지도 자신의 '대부'[2]에 관해 침묵하고 싶어 한다. 일단 엮이면 헤어나기가 힘들기 때문이다. 그러므로 당시에는 모두 침묵을 지켰다. 드문 예외조차도 규칙을 강조할 뿐이었다.

예를 들어 마리예타 샤기냔이 이러한 예외로 간주되었다. 첩자들이 그녀 주위에 얼씬도 못한다는 것을 모두 알고 있었다. 만일 첩자가 감히 다가갈 경우 그녀는 모든 사람이 보는 앞에서 그의 정체를 폭로하기 위해 소리를 질렀다. 1934년 그녀는 바로 내 눈앞에서 그런 행동을 했고, 나는 그녀의 교활함을 짐작할 수 있었다.

나는 그녀와 함께 국영문학출판사에서 나오는 길이었고 그녀는 보로네슈에서 있었던 우리 생활에 관해 이것저것 내게 물어보던 중이었다. 당시는 아무도 우리를 피하거나 두려워하지 않았는데, 왜냐하면 스탈린과 파스테르나크의 전화통화에 관한 소문이 이미 널리 퍼졌기 때문이다. 시인 B가 우리를 뒤따라 달려왔다. 그는 만델슈탐의 소식을 알고 싶었던 것이다. 그러나 그는 마리예타에게 호되게 당하고 말았다. "나는 중앙위원회에 줄이 닿아요." 그녀는 소리쳤다. "첩자가 내 뒤를 미행하는 걸 두고 보지는 않을 거예요!" 나는 마리예타의 말을 가로막고 B는 내가 알고 있는 좋은 사람이라고 설명하려고 애썼다. 그러나 그녀는 아무 말도 들으려 하지 않았다.

---

2) 죄수의 감시 임무를 맡은 비밀경찰 요원.

그래서 나는 마리예타가 이런 스캔들의 대상을 일부러 고르는지도 모른다고 의심하게 되었다. 진짜 밀고자들에게는 감히 그러지 못하니까 그 대신 아주 멀쩡한 사람들에게 덤벼들어 진짜 밀고들의 접근을 막는 것이다. 그러나 다시 강조하건대 이런 마리예타조차도 예외에 속했고, 첩자들은 최소한의 저항도 마주치지 않은 채 점점 더 망나니처럼 뻔뻔해졌다.

쫓겨난 코흘리개 대신 오게 된 보로네슈의 밀고자는 아침이건 저녁이건 낮이건, 아무때나 생각날 때마다 노크도 없이 우리 집에 왔다. 주인집 아들 바직이 언제나 들락거렸기 때문에 집 문은 보통 열려 있었다. 새로운 밀고자는 너무도 급작스럽게 우리 방 문턱 앞에 나타났기 때문에 우리는 탁자 위의 원고들을 치울 틈도 없었다. 그러면 그는 외투도 벗지 않은 채 탁자 앞에 앉아 원고들을 한 장 한 장 넘기기 시작했다. 그러면서 그는 언제나 주석을 달았다. "여기에는 왜 이리 시행들이 많아요? 아무것도 알아볼 수 없잖아. 글씨체가 이게 뭐요! 당신 부인(즉 '나'를 일컬었다)의 글씨체는 좋은데……."

그럴 때면 만델슈탐은 그에게서 원고를 빼앗고 화를 내며 그것을 조각조각 찢었다. 나중에는 기억을 더듬어 시를 다시 기록해야 했고, 이런 작업은 우리의 화를 더 돋우었다. "왜 근무시간에 오시는 겁니까?" 만델슈탐이 그에게 물었다. 밀고자는 자신을 용접공인지 조립공인지 하는 노동자라고 밝혔다. 그는 외출허가를 받았다거나 아니면 오늘은 야간 교대조라고 대답했다. 공장은 당신이 원하는 때면 아무 때나 퇴근시키나보죠? 우리는 이렇게 묻곤 했다. 그는 이런 질문들에 마음 쓰지 않고, 그냥 순간 머리에 떠오르는 대로 개연성 같은 것은 전혀 염두에 두지 않은 채 아무렇게나 대답했다.

그를 몰아낼 때마다 만델슈탐은 언제나 내게 말했다. "이제는 끝이야. 더 이상 찾아오지 않겠지." 만델슈탐은 그가 이미 정체가 탄로 난 이상 우리 집에 다시 올 수 없을 것이라고, 그의 양심이 허락하지 않을 것이라고 생각했다. 그러나 헛된 바람이었다. 2~3일 정도 지나면 모든 것이 처음부터 다시 반복되었다. 어떤 바보가 자신의 정체가 탄로 난 사실을 상사에게 실토하겠는가. 정체가 폭로된 스파이는 이미 헐값이었다.

"개 짖는 소리에 놀라고 바람에 쓰러지는 자는 불행하다"[3]는 시를 쓰던 때 만델슈탐은 국가보안부에 전화해서 책임자와 만나게 해달라고 했다. 그의 요청은 받아들여졌고, 이것은 극히 예외적인 일이었다. 보통의 경우라면, 진정서를 써서 국가보안부 입구 초소에 있는 상자에 넣으라고 말하면 그만이었다. 우리나라에서는 상부에 대한 연락이 모두 이렇게 진정서를 상자에 넣는 방식으로 행해졌다. 이미 면담 날짜가 정해지고 나서야 나는 만델슈탐의 요청에 관해 알게 되었다.

우리는 함께 '큰 집'(국가보안부 건물을 이렇게 불렀다)으로 갔다. 1936년 여름 협심증 발작이 일어난 이후 만델슈탐은 혼자 외출하는 것을 꺼려했다. 만일 전화국이 집에서 코 닿을 거리에 있지 않았더라면 아마 만델슈탐은 전화할 때에도 나를 데려갔을 것이다. 하긴 나타샤에 따르면 만델슈탐은 그녀와 함께 산책하던 어느 날 전화를 걸어야 한다며 그녀를 끌고 가서는 면담일이 정해졌는지 문의했다고 한다. 그러면서 만델슈탐은 나타샤에게 이 사실을 나에게 비밀로 해달라고 부탁했다고 한다. 그래보았자 아무 소용없을 것이며 괜히 관심을 끌 필요가 없다고 말하면서 반대하리라는 것을 알았던 것이다.

국가보안부 입구 초소에 있던 경비는 몇 가지 질문을 던진 뒤 우리 둘을 건물 안으로 들여보내 주었다. 만델슈탐이 병자이며 혼자서는 외출하지 못한다는 것을 보로네슈에서는 모두 알고 있었기 때문이다. 책임자의 대리인이 우리를 맞았다. 전형적인 붉은 군대 유형의 사람이었다. 처벌 기관의 고위 관리들 가운데는 이런 유형의 사람들이 많이 있다. 만델슈탐의 주장에 따르면 그들의 넓고 개방적인 얼굴을 보아서는 '내부'에 무슨 일이 일어나는지 전혀 눈치 챌 수 없기 때문에 외부에 보이기 위해 특별히 그들을 고용하고 있다는 것이다.

---

3) 「너는 아직 죽지 않았고, 너는 아직 혼자가 아니다」 시의 한 구절.

우리와 만났던 관리는 곧 영화계로 이직했고, 슈클롭스키는 그가 괜찮은 사람이라고 보증했다. 그와 똑같은 길을 걸었던 푸르마노프의 동생도 영화인들의 호감을 얻었었다. 영화계에는 그런 경력을 가진 사람들이 얼마든지 있다. 물론 다른 분야에도 그런 사람들은 많으며, 연구소나 대학은 특히 그렇다. 그곳에서 그들은 문학, 철학, 경제학과 등에서 학문을 연구한다. 어느 곳에서나 그들을 매우 기꺼이 맞이한다. '인재 등용'이라고 하면서. 어쩌면 '기관'은 의도적으로 대량의 젊은이들을 배출하는 것인지도 모른다. 그곳에서 견습을 거치며 교육을 받는 것이다. 그리고 나서 그들은 넓은 세상으로 내보내지지만, 자신의 모교는 절대 잊지 않는다.

그들 가운데는 술을 마시면 흥미진진한 여러 이야기를 할 줄 아는 호탕한 자들도 있었다. 어떻게 살았고 일했으며 어떻게 바깥세상으로 나오게 되었는지에 대해. 추바시 사범대에서 나는 그런 종류의 선량한 젊은이를 알게 되었다. 그는 추바시 집단 농장의 물질적 토대에 관한 논문을 쓰고 있었고 이 문제는 악마도 모를 것이라고 푸념했다. 그는 고등학교를 졸업한 뒤 '낭만'을 찾아서 '기관'에 들어갔으며 혹한이나 폭서에도 몇 시간씩 어떤 노인 집 앞에 서서 그를 방문하는 모든 사람을 체크해야 했던 이야기를 내게 들려주었다. 그런데 일부러 그랬는지, 아무도 방문하는 자가 없었고, 그 노인, '늙어빠진 노인네'도 집 밖으로는 코빼기도 안 내밀면서 이따금 커튼을 걷고 내다볼 뿐이었다. 그래서 이 청년은 혹시 이 노인이 오히려 자기가 술집에 가지 않고 정해진 시간에 망을 보며 서 있는지 감시하는 임무를 맡은 것은 아닌지 의심하기까지 했다. "그렇지 않다면 왜 그 노인이 나를 내다봤겠어요? 뭐가 궁금하다고?"

그에 비하면 아흐마토바를 감시하던 요원은 덜 심심했을 것이다. 누가 되었든지 간에 그녀에게는 방문객이 있었고 혼자 있는 일이 거의 없었기 때문이다. 어쨌든 내가 추바시 사범대에서 알게 된 이 젊은이가 감시하던 '늙어빠진 노인네'는 전직 멘셰비키였다고 한다.

기관 출신의 사람들에 대한 직장 동료들의 태도는 나쁘지 않았다. 이야기하기로, 그들은 첩자로 다시 활동하는 일은 절대 없었다. 그것은 당연했다. 전직 기관원들보다는 알 만한 지식인 집안이나 귀족 집안 출신의 젊은이나 숙녀가 사람들의 신용을 얻어 솔직한 이야기를 이끌어내기가 더 쉬웠다. 게다가 이런 전직 기관원들은 직장의 인원 감축도 두려워하지 않았고, 따라서 경쟁자들을 제거하기 위한 직장 내 분쟁에도 참여하는 일이 적었다.

보로네슈의 책임자 대리인은 모스크바의 예심판사 집무실에서 보았던 문들과 장식장들이 있는 커다란 사무실에서 우리를 면담했다. 그는 만델슈탐에게 무슨 용무로 면담을 요청했는지 물었고, 매우 호기심 어린 시선으로 우리를 계속 보았다. 바로 이 호기심 때문에 아마도 그는 관례를 깨고 우리를 만나주었던 게 아닌가 싶다. 그는 그의 새장에 어떤 새가 갇혀 있는지 보고 싶었던 것이다. 책임자들도 인간적인 약점은 있게 마련이니까.

그러나 만델슈탐은 소비에트의 장군에게 특별한 인상을 남기지는 못했던 것 같다. 만델슈탐은 이 기관 사람들이 생각하는 작가 상과 달랐다. 쇠약하고, 두 볼은 움푹 패었으며 입술은 창백했던 만델슈탐은 어깨가 떡 벌어지고, 약간 살이 찌기 시작했으나 아직은 단정한 체구로 말쑥히 면도한 장밋빛 뺨의 책임자 대리인과 나란히 있으니 마치 '반송장'(그가 자기 시에서 자신을 일컬었던 것처럼) 같았다.

만델슈탐은 두 가지 문제 때문에 왔노라고 말했다. 첫 번째 문제는 생계를 위한 돈을 어떻게 벌 수 있느냐는 것이었다. 그 어떤 기관이나 시설에서도 유형자를 채용하지 않았다. 만약 채용할 경우 채용한 자는 '조심성 부족'의 죄목으로 유형자와 함께 직장에서 내쫓기기 때문이었다. 직업소개소 같은 것도 없었다. 노동의 권리를 어떻게 행사할 수 있단 말인가?

지금은 만델슈탐에게 모든 문이 닫히게 되었지만, 아직 사람들이 우리를 피하지 않았을 때에도 그는 이 문제에 관해 소비에트와 당조직들에 여러 차례 호소했다. 1936년 여름에도 주 위원회까지 가서 취직 알선에 관해 문의했지만 대답은 다음과 같았다. "당신은 처음부터 시작해야 합니다. 수위나 외투보관소 직원 같은 일을 해서 능력을 먼저 증명하시오." 그러나 이것은 위선이었다. 역시 조심성을 이유로 그를 수위로 채용하는 곳은 없었고, 그뿐만 아니라 만일 지식인이 그런 직업을 가진다면 이는 곧 정치적 시위로 해석되었다.

작가동맹을 위시한 모든 조직이 만델슈탐은 자기네와 아무 상관이 없다고, 따라서 그의 직업을 찾아줄 의무는 없다고 주장했다. 만델슈탐은 '당신네 기관(즉 국가보안국)만큼은 나와 관계가 있는 것'이 분명하다고 관리에게 말했다. 그리고 물었다. 강제수용소에 있는 사람들도 일자리는 가지고 있으므로 그 원칙이 유형자들에게도 적용되지 않겠느냐고.

우리 기관은 유형자들의 직업 알선에 관여하지 않는다고 관리는 대답했다. 이것은 '너무도 큰 업무 부담'이 될 것이며, 유형자들은 자기가 하고 싶은 일을 자유롭게 할 수 있기 때문에 그럴 필요가 없다는 것이다. 알다시피 우리나라에는 실업이 존재하지 않는다고 그는 덧붙였다.

"그런데 당신은 지금 무슨 일을 하고 있소?" 그는 물었다.

만델슈탐은 돈벌이가 되는 일은 하고 있지 않으며, 스페인어와 스페인 문학을 연구하고 있다고 답했다. 그중에서도 여러 해 동안 지하실에서 심문을 당하면서 매일 소네트를 창작했던 유대인 시인을 연구하고 있다고 말했다. 그 시인은 풀려난 뒤 자기 소네트를 기록했지만, 곧 다시 잡혀가서 쇠사슬에 묶여 갇히게 된다. 그 후에도 그가 계속 시를 창작했는지는 알려지지 않았다. 만델슈탐은 국가보안부에 스페인어 공부 모임을 만들어 자신이 지도하면 안 되는지 물었다.

확신할 수는 없지만 아마도 당시 레닌그라드의 스페인 연구가들이 체포된 소문이 이미 우리에게 알려졌던 듯하고, 만델슈탐은 바로 이 때문에 하고 있는 많은 일 중에서 유독 스페인 연구를 책임자 대리인에게 보고했던 듯하다. 만델슈탐의 스페인어 프로젝트를 듣고 책임자 대리인은 매우 놀랐다. 그는 '우리 젊은이들'은 스페인어에 관심 없을 거라고 대답했다. 그는 심문받았던 유대계 스페인 시인에 관한 이야기에는 관심조차 기울이지 않았고, 그저 자기 앞에 앉아 있는 괴짜 때문에 놀라워하는 듯했다.

"왜 친척들과 친구들은 당신을 돕지 않습니까?" 갑자기 그가 물었다. 친척은 없고, 친구들은 만나면 외면하고, 편지를 해도 답장이 없다고 만델슈탐은 대답했다. "당신 스스로가 그 이유를 아실 겁니다……."

"우리는 그 누구에게도 유형자와 만나지 말라고 금지한 적이 없습니다." 책임자는 사람좋게 웃더니 두 번째 문제를 말해보라고 했다.

두 번째 문제는 시와 관련된 것이었다. 새로운 시가 씌어질 때마다 책임자에게 우편으로 보내겠다고 만델슈탐은 제안했다. "새로운 시를 구하느라 당신 부하 직원들이 애쓰지 않아도 되도록 말입니다." 만델슈탐은 이렇게 설명했다. 책임자가 사용했던 '애들'이란 단어를 자기도 쓰고 싶었다고 만델슈탐은 나중에 말했다. "뭣 때문에 당신네 애들이 돌아다녀야 한단 말입니까?" 그러나 이 지극히 가부장적인 용어를 쓰는 것을 만델슈탐은 다행히도 자제했다.

책임자는 점점 더 호의적이 되어갔다. 그의 기관은 시에는 전혀 관심이 없다고 보증했다. "단지 반혁명 문제만 감시하지요! 쓰고 싶은 대로 쓰시오!" 그런데 이때 갑자기 그는 덧붙였다. "그런데 왜 당신은 이 모든 것이 비롯된 시를 썼던 거요? 집단화 때문에 놀랐던 거요?" 당원들 간에는 당시 집단화에 관해 마치 과거사처럼 이야기하는 것이 관례화되어 있었다. 그 일은 불가피했으며, 유용했지만, 너무 전격적으로 수행되었고, 그 과정에서 몇몇 국민의 불안한 신경을 자극할 정도로 '물론 무리도 있었음을 인정한다'는 식이었다. 만델슈탐은 모호하며 애매하게 대답을 얼버무렸다.

대화하던 도중 책임자는 전화를 받았고, 우리는 그의 통화내용을 기억했다. "그래, 그래, 그것은 비방이 맞아. 보내봐, 우리가 처리하도록 하지." 우리는 누군가의 운명이 정해졌으며, 밀고를 통해 체포영장이 발급되게 되었음을 알아차릴 수 있었다. 누군가 무언가를 이야기한 것이다. 세상에서 사라지는 것은 이것으로 충분했다. 일상적인 이야기가 우리를 옭아매 죄인으로 만들 수도 있었다. 친구들과 이야기를 나눈 뒤 헤어지면서 우리는 자주 이렇게 자리를 정리하곤 했다. "오늘 우리는 10년치 이야기를 다 쏟아냈네요."

우리는 책임자와 매우 화기애애한 분위기에서 헤어졌다. "이런 광대짓이 무엇 때문에 필요했던 거죠?" 나는 남편에게 물었고, 그는 대답했다. "그들도 알아야 하잖아." 나는 통상적인 여자의 논리로 소리 질렀다. "그들도 다 알고 있다고요!" 그러나 나는 만델슈탐의 기분을 망치지 못했다. 대화의 세부 사항들을 회상하면서 만델슈탐은 며칠 동안 명랑하게 다녔다. 그리고 어쨌든 소득이 있었다. 밀고자들이 사라졌고, 보로네슈에 있던 유형 기간에 다시는 나타나지 않았다. 사실 그들이 무슨 필요가 있단 말인가? 어쨌든 간에 만델슈탐의 시는 조심성 많은 코스트이료프와 잡지편집국들을 통해 모스크바의 기관으로 보내질 것이기 때문이다.

한 가지 의아스러운 것은 왜 책임자는 만델슈탐을 비방의 혐의로 체포하는 대신 우리를 감시하던 요원들을 철수시켰을까 하는 것이다. 어쩌면 '고립시키되 보존하라'는 명령이 아직 작용했거나, 만델슈탐은 모스크바 소관이었으므로 보로네슈는 단순히 과도한 업무 열정으로 자기 기관원들을 보냈던 것인지도 모른다. 그것도 아니면 책임자가 단지 자신에게 약간의 리버럴리즘을 허용한 것인지도 모른다. 이런 경우도 없지는 않았기 때문이다. 책임자들도 사람이며, 그들 중 몇몇은 죽이는 일에 싫증이 날 수도 있다. 이상한 것은 이 모든 일을 사람이, 그것도 가장 평범한 사람들이 저질렀다는 것이다. '당신네들처럼 해골에 두 눈이 박힌 사람들, 당신과 같은 심판자들'이 말이다. 이것을 어떻게 설명할 수 있을까? 어떻게 이해할 수 있을까? 그리고 무엇 때문에 그랬을까?

46 희망

1937년 5월 중순, 3년의 유형 기간이 끝났지만, 기간은 그리 중요한 것이 아니었다. 기간을 마치면 풀려나는 것은 권리가 아니라 운이었다. 기간은 단축될 수도 있고, 연장될 수도 있었다. 다 운이었다. 예를 들어 체르딘에서 마주쳤던 사람들처럼 경험이 많은 유형자들은 형기 중에 몇 년이 더 연장되면 오히려 더 기뻐했다. 만일 형기가 끝난 뒤 기간이 연장될 경우 다시 적법한 절차를 따라야 했고, 이는 곧 기소과정을 거친 뒤, 더 인적이 드문 새로운 유형지나 수용소로 간다는 것을 의미했기 때문이다.

유형자들은 가능한 한 한곳에 오래 머무르는 것이 얼마나 중요한지 알고 있었다. 사실 바로 여기에 생존의 법칙이 있었다. 사람들은 유형 생활을 서로 견딜 수 있도록 도와주는 친구들을 확보하고, 변변치는 못하지만 필요한 세간들을 불리고, 뿌리를 내리고, 생존을 위한 투쟁에 최소한의 힘을 소모하게 된다. 사실 이것은 유형자들에게만 국한된 것은 아니다. 당시 이주는 모든 사람에게 힘겨운 충격이었다. 사람들이 괜히 그렇게 자신의 주거공간에 집착했던 게 아니었다. 단지 구제불능의 떠돌이였던 만델슈탐만이 정착이라는 관념 자체를 견디기 힘들어하며 보로네슈를 떠나고 싶어 하고 거주지의 변화를 꿈꿨다. 그러나 변화는 재앙 이외에는 아무것도 가져다주지 못했다.

4월에 나는 모스크바에 갔다. 그곳에서 우리 앞에는 절대 뚫을 수 없는 매끄러운 벽이 있음을 확신하게 되었지만, 그저 만델슈탐을 위로할 목적으로 나는 형기가 끝나가며 우리는 어디로든 이주할 것이라고 보로네슈에 있는 만델슈탐에게 편지를 썼다. 만델슈탐은 이런 위로에 어떤 반응도 나타내지 않았다. 그러나 엄마는 그 말을 그대로 믿었고, 내가 다시 새로운 희망을 찾으러 모스크바에 다녀올 수 있도록 만델슈탐과 함께 있기 위해 보로네슈로 왔다.

무엇 때문에 새로운 시대의 경계, 20세기의 동족상잔이 시작되던 바로 그때 내 이름을 나데쥬다. 즉 희망이라고 지었을까? 나는 친구들이나 지인들에게서 이런 말들밖에 들을 수 없었다. "누구든 너를 도와줄 것이라는 희망을 버려. 우리가 죽어가고 있다는 것에 모두 익숙해져 있으니. 개인적인 도움이나 일자리에 대한 희망도 가지지 마. 아무도 네 편지를 읽지 않을 거야. 희망을 버려. 아무도 네 손을 잡아주지 않을 거야. 희망을 가지지 마. 마주쳐도 아무도 인사하지 않을 거야. 희망을 버려. 바보 같은 생각 마!"

그렇다면 무엇을 희망해야 하는가. 희망 없이 살기란 불가능하며, 나는 한 희망이 사라지면 다른 희망을 찾아가야 했다. 국가보안부의 아량 있는 책임자가 우리에게 조언한 것처럼 보로네슈에서 우리는 단지 개인적인 도움에 의지해서 살 수밖에 없었지만 거기에 대한 희망도 버려야 한다는 것을 깨달았고, 따라서 우리에게는 이주에 대한 희망밖에는 남아 있지 않았다.

1937년 5월 16일 우리는 국가보안부 입구의 경비초소로 갔다. 바로 이 초소에서 만델슈탐은 3년 전 체르딘에서 가져온 첨부서류를 제출하고, 자기 운명에 관해 국가와 대화해야 했다. '눌러 사는 자들'은 거주등록을 하러 이리로 찾아왔다. 어떤 자들은 한 달에 한 번씩, 어떤 자들은 3일마다 한 번씩. 국가가 총을 겨누고 있는 하찮은 사람들은 많았고, 그래서 이 창구 앞에는 언제나 줄이 길게 늘어서 있었다.

그러나 당시 우리는 이 군중이 안정과 안녕의 징표라는 것을 생각조차 하지 못했다. 아흐마토바가 표현했듯 '비교적 채식주의적'인 시대가 계속되었기 때문이다. 모든 것은 비교를 통해 이해되었다. 머지 않아 우리는 야고다 시절의 죄수들은 강제수용소에서 마치 휴양객들처럼 생활했다는 것을 신문을 보고 알게 되었다. 모든 신문은 일제히 죄수들과 유형수들을 방임한 죄로 야고다를 비난했다. 우리는 서로 이야기했다. "알고 보았더니 우리는 휴머니스트의 손아귀에 있었던 거였네요. 누가 생각이나 했겠어요!"

1937년 5월 중순이 되자 이 줄은 아주 짧아졌다. 음울하고 남루한 지식인들이 열에서 열다섯 정도 서 있었다. "보로네슈를 모두 떠났나봐." 만델슈탐은 내게 속삭였다. 우리는 고립된 처지였지만 사태를 곧바로 파악할 수 있었다. 유형수의 대다수는 이미 다시 체포되었고, 새로운 유형수는 보내지지 않았던 것이다. 채식주의 시대는 끝났고, 이제 '감형'이니 '유형'이니 하는 것은 없었다. 체포되면 두 가지 길이 있을 뿐이었다. 강제수용소 아니면 죽음. 소수의 특권층은 감옥에 구금되기도 했다. 부인이나 아이들에게 부과되던 거주제한도 거의 사라졌으며, 이제 특별 강제수용소에 구금되었다.[1] 죄수의 아이들을 위해서 특수 기관도 설립되었다. 그들은 아버지를 위한 미래의 복수자로 간주되었다.

1956년 수르코프는 내게 말했다. "아마도 구밀료프의 아들은 무언가 음모를 꾸미고 있을 거요. 아버지가 총살되었으니! 그는 아마도 그 복수를 하고 싶었을 게지." 흥미로운 것은 수르코프가 다른 사람도 아닌 내게 이런 얘기를 했다는 것이다. 카프카즈의 정신에 젖어 있던 그는 피의 복수는 여자가 아닌 남자들만의 전유물이라고 생각했던 것이다.

1937년 이전까지는 이런 잠재적인 복수자들도 유형자와 함께 사는 것이 허락되었으며 지방의 국가보안부 입구 경비초소 창구 앞에서 줄을 서 있었다. 보로네슈에 도착하자마자 우리는 그곳에서 외톨이며 반쯤 제정신이 아닌 젊은이 스토레토프를 마주쳤다. 그는 거리를 배회하며

---

1) '조국을 배신한 자들'의 가족에 대한 연대책임 원칙에 관한 법령 자체는 1934년 6월 8일에 도입되었다. '가족의 배신 사실을 몰랐던 사람들'에게는 5년 동안의 시베리아 유형이, '가족의 배신 사실을 알고 있었던 사람들'에게는 5년에서 10년 동안의 구금이 결의되었다―편집자.

자기 아버지는 '민중의 적'이었다고 비난하고 다녔다. 1937년 같았으면 총살당한 자의 아들은 보로네슈로 보내지는 대신 바로 가시철조망 너머에 갇혔을 것이다. 나나 만델슈탐을 포함해 아무도 믿지 않았던 아버지에 대한 비난 같은 것이 도움이 되었을 리 없다.

그러나 죽은 부모들을 진심으로 저주하는 아들들도 있었다. 만델슈탐이 죽은 뒤 나는 한때 트베리 근교에 살았는데 그곳에는 우연히도 강제수용소가 아닌 유형지로 보내진 부인들이 몇 명 살고 있었다. 그곳에는 스탈린의 친척인지 인척인지 되는 14세가량의 소년도 강제이주당해 있었고, 역시 강제이주당한 처지로 멀지 않은 곳에 살던 친척 아주머니와 전직 가정교사가 그 아이를 돌봐주고 있었다. 부모들은 마치 물에 빠지기라도 한 것처럼 자취를 감추고 없었다. 배신자, 노동계급에 대한 변절자, 인민의 적 등 소년은 하루 종일 엄마와 아빠 욕을 하며 다녔다. 소년은 치밀한 교육에 의해 주입된 표현을 사용했다. "스탈린이 내 아버지며, 다른 사람은 내게 필요 없어요." 그리고 자신의 부모들을 제때에 밀고할 수 있었던 소비에트 교과서 주인공 파블릭 모로조프를 상기하곤 했다. 그 아이는 자기가 부모의 범법 행위를 고발하지 않아서 교과서에 실리지 못했다며 괴로워했다.

친척 아주머니와 가정교사는 잠자코 있을 수밖에 없었다. 자신들이 한마디라도 했다가는 이 아이가 무슨 일을 저지를지 알고 있었기 때문이다. 그 아이는 1937년에도 비록 이주당하기는 했지만 자유롭게 살 수 있었다. 그러나 이런 예외는 규칙을 강조할 뿐 보로네슈에는 더 이상 유형수가 보내지지 않았다.

아무런 희망이나 믿음도 없이 우리는 이렇게 빈약한 줄에 30분가량 서 있었다. "어떤 놀라운 소식이 우리를 기다릴까?" 창구에 다가가면서 만델슈탐이 속삭였다. 거기서 그는 자기 성을 댄 후, 유형 기간이 끝났는데 무슨 지령 같은 것이 없었는지 물었다. 창구에서 그에게 서류를 내밀었다. 거기에 무어라고 쓰여 있는지 만델슈탐은 처음에는 이해하지 못했다. 잠시 후 그는 한숨을 쉬고, 창구에 있던 당직에게 다시 돌아가 물었다. "즉 내가 어디든 원하는 대로 갈 수 있다는 뜻인가요?" 당직은 고래고래 고함쳤다. 그들은 언제나 이런 식이었다. 이것이 그들이 방문자들과 대화하는 방식이었다. 그래서 우리는 만델슈탐이 자유를 되찾았음을 알게 되었다. 우리 뒤에 음울하게 줄을 서 있던 행렬에 작은 동요가 일었다. 사람들은 움직이며 속삭이기 시작했다. 아마도 우리가 그들 안에 있던 꺼져가는 희망을 되살린 것 같았다. 한 사람을 풀어주었다면, 다른 사람도 풀어줄지 모른다…….

보로네슈 생활을 정리하는 데 며칠이 소요되었다. 궁핍했지만 그래도 우리에게는 약간의 세간살이들이 있었다. 양동이, 물탱크, 프라이팬, 다리미(만델슈탐은 내가 남자 셔츠를 얼마나 잘 다리는지 립시츠Б. К. Лившиц[2]에게 썼다), 곤로, 램프, 요, 매트리스, 유리병, 접시, 냄비 두세 개. 우리는 이 모든 것을 시장에서 매우 비싸게 샀다. 살 때마다 얼마나 별렀는지 모른다(구입하는 것마다 사건이었다). 그러나 우리가 이 짐들을 다 가지고 이사할 생각을 했다면 돈이 더 들었을 것이다. 짐마차 꾼들이 우리를 파산시켰을 것이다. 비록 '파산시키다'라는 말이 우리 처지에 적합지 않긴 하지만. 우리는 짐의 일부를 팔았고, 대부분은 나눠주었다. 예를 들어 물 양동이를 모스크바에 가져가 보았자 무슨 소용이 있겠는가. 모스크바에는 수도 시설이 있는데.

우리는 모스크바로 돌아갈 수 있으리라고 믿어 의심치 않았다. 이렇게 어려운 시기 만델슈탐의 유형 기간이 연장되지 않았다는 것은 즉 그를 되돌려 보내기로 결정했음을 의미했다. 그리고 이 대목에서 우리는 어째선지 우리 아파트가 유형 기간 동안 그대로 남아 있었다는 사실을 상기했다.

방 한 칸뿐이 없어 고생하던 작가들이 우리 집을 압수하라고 당국에 얼마나 진정서를 냈으며, 우리 집이 비어 있다는 것을 확인하기 위해 우

---

2) 립시츠(1887~1938): 시인. 혁명 전까지 미래파 시 운동에 참여. 프랑스 시 번역가. 후에 총살당한다—편집자.

리 엄마를 찾아왔던가. 엄마는 그들을 집 안에 들여놓지 않았으며, 문턱에서 그들을 질책했다. 옛날 지식인 예절에 따르면 작가는 유형당한 동료를 어떻게 대해야 하는지 이야기하면서. 사회 조직의 대표자들의 기본적인 예절을 계속 믿으면서 우리는 우리 아파트의 방 한 칸을 내어주었던 코스트이료프에 관해서는 걱정하지 못했다. 스탑스키가 그를 보증했으니까! 즉 코스트이료프는 주인이 돌아오면 바로 방을 비우리라고 생각했다. 그리고 우리는 또한 파스테르나크에게 했던 스탈린의 말을 기억했다. "만델슈탐은 모든 일이 잘될 거요." 그러나 우리는 왜 그런지 비나베르의 경고를 완전히 잊고 있었고, 우리가 어디에 살고 있는지도 잊고 있었다.

머칠 후 우리는 보로네슈 역 플랫폼 짐 무더기 위에 앉아 있었다. 모스크바에서 가지고 온 돈으로 표 석 장(우리 둘과 엄마의 표)을 살 수 있었다. 우리를 배웅하는 자는 아무도 없었다. 폐쟈는 직장에 있었고, 나타샤 슈템펠은 수업 중이었다. 나타샤는 교사였고, 그래서 언제나 그녀에게 농담시를 지어주었던 만델슈탐은 이런 시구를 생각해냈다. "나타샤가 교사인 걸 하느님이 알았다면 이렇게 말씀하셨을 텐데. 신이시여, 교사를 거두어가세요." 전날 우리는 그녀와 함께 포도주 한 병을 마셨고, 엄마가 걱정할 거라고 나타샤가 하소연하는데도 만델슈탐은 그녀를 놓아주지 않으려 했다. 이 경우에 맞는 구절도 있다. "나타샤가 왔다. 어디 있었니? 어머니가 물었다. 맹세코 아무것도 안 먹고 안 마셨어요. 그러나 밤처럼 검은 엄마는 느낀다. 딸에게서 술냄새와 양파냄새가 난다는 것을."

우리는 명랑한 기분으로, 무지갯빛 희망에 가득 차 보로네슈를 떠났다. 내 이름이기도 한 희망이 얼마나 믿을 수 없으며 헛된 것인지 우리는 완전히 잊고 있었다.

47 추가의 하루[1]

우리는 3년 전 우리가 가지고 있던 열쇠로 아파트 문을 열었고, 아파트에 아무도 없는 것을 보고 놀랐다. 탁자 위에는 짤막한 메모가 남겨져 있었다. 코스트이료프가 아내와 아이를 데리고 교외 별장으로 가 있겠다고 적혀 있었다. 아파트에는 코스트이료프의 물건이라고는 걸레 한 장 없었다. 마치 만델슈탐이 없는 동안 여기에 아무도 살고 있지 않았으며, 시를 베껴 쓰기 위해 뒤적이지도, 나와 엄마, 오빠 또는 용기를 내어 나를 찾아온 몇 안 되는 친구들과의 대화를 엿듣지도 않았던 것 같았다.

왜 코스트이료프는 자기가 사라져줘야 한다고 생각했을까? 예의상 그런 것은 분명 아닐 것이다. 우리는 그가 사라졌다는 사실을 좋은 징조로 생각했다. 그리고 실제로 그는 만델슈탐이 돌아오는 즉시 아파트를 내주겠다고 약속했다. 일단 그가 아파트를 이렇게 비웠다는 것은 즉 만델슈탐이 진정한 의미에서 귀환했음을 의미했다.

코스트이료프의 부재, 낯익은 벽과 물건(침대, 커튼, 냄비, 몇 개 안 되는 책이 꽂혀 있는 책장)의 실제성은 체르딘과 보로네슈에서 살던 과거 전체를 돌연 뒤덮어버렸다. 이것이 바로 진짜 집이라는 환상을 우리는 갖게 되었다. 그전까지 우리가 경험했던 이해할 수 없으며 불필요했던 모종의 방황 이후 다시 정착하게 된 집. 일순간에 과거와 현

---

[1] 만델슈탐의 산문 「아르메니아 여행」의 마지막 장에 나오는 표현.

재가 다시 이어 붙여지는 과정이 일어났다. 과거와 현재 사이에 있던, 자유롭게 선택한 것이 아니라 밖에서 비집고 들어왔던 삶의 한 조각이 갑자기 떨어져 나가 퇴색해버렸다. 만델슈탐은 현재를 사는 능력 덕택에 뒤도 돌아보지 않고 한 시기에서 다른 시기로 이행할 수 있었다. 이는 시기별로 명확하게 분리되는 그의 시들만 보아도 알 수 있다. 따라서 만델슈탐이 아파트에 도착했을 때, 3년이라는 유형 생활 전체는 돌연 현실성을 잃었고, 원상복구의 과정은 아무런 예비 없이 단번에 즉시 일어났다.

이따금 삶의 조각들은 이어 붙여지기도 하고, 이따금은 그렇지 않기도 하다. 우리가 체르딘으로 보내졌을 때 삶의 조각은 연속성을 상실했다고 나는 이미 이야기했다. 그런데 여기 모스크바에 돌아오자 우리는 마치 이곳을 떠난 적이 없었던 것 같은 기분이 들 정도였다. 이런 느낌을 많은 사람이 경험했다. 강제수용소에서 풀려나 돌아올 곳이 있었던 사람들이 그러했다. 그러나 오랜 기간 '부재'했던 대부분의 사람들은 돌아오더라도 단지 집터만을 발견할 뿐이었다. 아내 역시 잡혀갔고, 부모님은 돌아가셨으며, 자식들도 죽었거나 완전히 남이 되어 자라 있었다. 이런 사람들은 처음부터 다시 새롭게 인생을 시작해야 했으며, 그들에게 인생은 몇 개의 동떨어진 조각들로 이루어진다. 그런가 하면 여러 해 동안 강요된 낯선 일이나 강제 노역을 한 뒤 찾은 정상적인 직업도 집이나 가족만큼 단절된 인생을 잇는 역할을 한다. 나는 강제수용소 생활은 면했지만, 그럼에도 토막 난 인생의 조각들을 잇는 경험을 해야만 했다. 사람들은 이런 순간이면 자기 자신이 되고, 상황이 그래서 어쩔 수 없이 써야만 했던 가면을 벗어 던진다. 우리 중 많은 사람은 자기 본질을 숨기고, 자기가 처하게 된 사회의 다른 사람들처럼 위장해야 하는 상황에서 살아야 했다. 이런 상황에서는 자기 과거와의 그 어떤 연관성도 드러내면 안 되었다. 토지를 박탈당한 부농은 제때 노동자가 되고, 토지에 대해서는 깨끗이 잊어버릴 경우에만 목숨을 부지할 수 있었다. 만델슈탐의 사망통지서를 받은 후부터 간직했던 시 원고뭉치를 비밀 장소에서 꺼내 탁자(솔직히 말하면 여행가방, 왜냐하면 우리 집에는 탁자가 없었다) 위에 올려놓는 순간까지 20년가량의 세월이 흘렀다. 이 시간 동안 나는 다른 사람으로 살았고, 이른바 철가면을 쓰고 있었다. 본질적으로 나는, 내가 사는 것이 아니라 그저 다시 내 자신이 되고, 그동안 무엇을 기다렸으며 무엇을 간직했는지 말할 순간을 기다리고 있을 뿐이라는 것을 그 누구에게도 고백할 수 없었다.

내 삶의 조각난 부분들은 1956년에 접합되었다. 즉 1937년 5월에는 아무것도 이을 수 없었다. 역사는 조각 난 부분들을 잇는 것이 아니라 오히려 그 조각난 부분들의 단절을 심화하는 쪽으로 이끌었고, 모스크바에 도착했던 날 우리는 솔직히 신기루, 즉 감각의 속임수에 사로잡혔을 뿐이었다. 그러나 바로 이 신기루 덕택에 만델슈탐은 '추가의 하루'를 얻을 수 있었다.

사람들은 모두 기꺼이 환상에 몸을 맡기며, 믿을 수 있고, 현실감을 불러일으켜 주는 무언가를 적극적으로 찾아 헤맨다. 사방을 둘러싼 거짓에 의해 사람은 자발적으로 거짓 활동을 하게 되고, 사람들과 거짓 관계를 맺거나 거짓 사랑을 한다. 무언가 매달릴 대상을 찾기 위해. "모든 것은 그래야만 하는 대로 진행되고 있으며, 삶도 계속되는 것 같아. 그런데 왜 그렇게 생각되는지 알아? 전차가 다니기 때문이지." 첫 번째 체포가 있기 훨씬 전, 언젠가 저녁 우리가 전차 정거장에 서 있을 때 만델슈탐이 내게 했던 말이다.

코스트이료프의 자취라고는 남아 있지 않은 아파트, 그리고 책장은, 사람들로 발 디딜 틈 없었던 전차보다도 훨씬 더 멋진 환상으로의 초대였다. 우리는 또한 스탈린이라든지 스탑스키의 말을 떠올리며 서로 격려했다. 마치 이런 약속이 무엇보다도 가장 무서운 환상이라는 것을 알지 못하는 것처럼. 우리는 힘을 북돋워주는 이런 환상을 깨뜨리지 않기 위해 애썼다. 이성적으로 상황을 논의하여 끔찍한 결론에 도달해 의기소침하는 대신, 우리는 짐을 아무렇게나 풀어놓고 곧장 '프랑스인들'에게, 즉 크로포트킨 거리에 있는 작은 박물관으로 갔다.[2]

보로네슈에서 만델슈탐은 자주 말했다. "내가 돌아가게 된다면 나는 곧장 '프랑스인들'을 찾아가겠어." 마리야 벤야미노브나 유디나는 만델슈탐이 프랑스 회화를 그리워하는 것을 알아챘다. 그녀가 보로네슈에 왔을 때 만델슈탐은 심지어 그녀가 연주하는 동안에도 그 프랑스 회화에 관한 이야기를 했다. 그녀는 만델슈탐을 위로하기 위해 그 박물관이 간행한 화첩을 그에게 보냈다. 화첩의 그림은 모두 사본이었으며, 게다가 인쇄 상태도 안 좋았기 때문에 만델슈탐을 만족시키지 못했다. 옷도 갈아입지 않고, 차만 한 잔 겨우 마신 채 만델슈탐은 박물관으로 달려갔다. 만델슈탐은 트이슐레르(А. Г. Тышлер)[3)에게도 들르려고 했다. "아직 무사할 때 사람들을 만나두어야지." 일찍이 '액자그림협회'[4)의 첫 번째 전시회에서 「날씨 관리자」(Директор погоды)라는 드라마의 삽화들을 본 뒤 만델슈탐은 트이슐레르의 재능을 알아보았다. 이후 알타에서 나를 만난 뒤 만델슈탐은 이렇게 말했다. "당신은 모를 거야. 당신 미술선생이던 트이슐레르가 얼마나 대단한 사람인지." 만델슈탐이 트이슐레르를 마지막으로 찾아가 그의 그림을 본 것은 1938년 봄, 즉 두 번째로 체포되기 직전이었다.

---

2) 새로운 서구 예술 작품들을 소장하고 있던 박물관으로 1948년 폐관되었다―편집자.

3) А. Г. 트이슐레르(1898~1980): 화가.

4) 유리 안넨코프와 다비드 스테른베르그가 1921년 결성한 화가 단체.

48 베사라비아의 마차

아흐마토바가 우리 집에 온 첫 번째 손님이었다. 그녀는 우리가 도착한 바로 그날 아침에 왔다. 우리의 도착 날짜에 맞추어 모스크바로 온 것이다. 나는 머리가 매우 아파 부엌에 놓인 매트리스에 누워 있었고, 만델슈탐은 이 작은 방(우리가 '사원'이라고 불렀던)에서 앞뒤로 뛰어다니며 아흐마토바에게 시를 읽어주고 있었다. 그는 보로네슈의 두 번째 노트와 세 번째 노트에 있는 시들을 모두 낭송했다.

자신이 쓴 모든 시를 한 줄도 빠짐없이 상대방에게 읽어주는 것은 젊었을 때부터의 그들의 관례였다. 바로 이날 아흐마토바 역시 보로네슈에 관한 자기 시를 읽었다. 만델슈탐에게 바친 이 시의 마지막 구절은 다음과 같다. "총애를 잃은 시인의 방에는 공포와 뮤즈가 번갈아 가며 보초를 서고 있었다."

실제로 아흐마토바가 보로네슈에 있는 우리 집에 손님으로 왔을 때 우리는 모두 분별없고 어리석은 공포의 발작을 체험하게 되었다. 쥐를 굽던 기관원의 집에 세 들어 살 때였다. 저녁때였고, 지방에서 흔히 그렇듯 전기가 나가서 우리는 작은 석유램프를 켜놓고 앉아 있었다. 갑자기 문이 열렸고, 타슈켄트의 생물학자 레오노프가 누군가를 데리고 아무런 예고도 없이 방 안에 불쑥 들어왔다. 그러나 놀랄 이유는 전혀 없었다. 레오노프의 아버지가 보로네슈에 살고 있으며, 그는 아버지를 찾아 자주 보로네슈에 온다는 것을 우리는 알고 있었다.

은자 또는 러시아 회교 승려, 아니면 철학자 타입의, 언제나 얼근하게 취한 모습으로 다녔던 레오노프는 전적으로 우리 사람이었다. 쿠진이 그를 우리 집에 데려온 이후 그는 가끔 우리를 방문했으며, 그 후 자기가 일하던 타슈켄트 대학으로 사라졌다. 그곳에서 그는 언젠가 폴리바노프와 함께 일하며 문학과 시 전반에 대한 취향을 가지게 되었다.

도대체 왜 놀랐을까? 아흐마토바와 만나면서 우리는 언제나 스스로를 음모도당처럼 느꼈고, 그래서 조그만 일에도 놀랐던 것이다. 더욱이 모든 소비에트 국민은 갑작스런 방문자나 집 앞에 멈춰 서는 자동차 소리, 밤중에 올라오는 승강기 소리에 놀랐다. 아흐마토바가 보로네슈에 왔을 때 공포는 우리 방문 앞에 보초를 설 정도는 아니었고, 단지 이따금 목구멍을 조를 정도였다. 그런데 우리는 보로네슈 유형을 마치고 모스크바로 돌아온 뒤에는 환상에 사로잡힌 채 아무것도 두려워하지 않았다. 우리는 무엇으로도 설명할 수 없는 평안한 상태에 있었고, 왜 그런지 우리 삶이 견고하다고 믿었다. 이상하게 들릴지 몰라도 사실이었다.

모스크바에서 있었던 이 시기에 나는 영화의 강렬한 장면들 같은 매우 이상한 단편적인 기억을 보존하고 있다. 첫 번째 장면에는 아흐마토바가 등장하는데, 하르드지예프(Н. И. Харджиев)[1]를 지루하게 기다리는 장면이다. 그는 포도주를 사 오기로 약속했는데 아무도 시계를 가지고 있지 않았고, 전차나 버스가 제멋대로 다니던 시기에 모스크바 사람들만이 그럴 수 있을 만큼 용서할 수 없을 정도로 지각했다.

아흐마토바는 하르드지예프를 기다리다가 그냥 돌아갔다. 당시 그녀는 프레치스텐카에 있는 톨스토야의 집에 머물고 있었다. 마침내 하르드지예프가 나타났다. "아흐마토바를 다시 불러야 해." 만델슈탐은 이렇게 말한 뒤 톨스토야에게 전화했다. 붐비는 저녁 시간이었고, 아흐마토바는 전차를 탈 수 없어서 톨스토야의 집까지 내내 걸어가야 했다. 그래서 가까스로 집 현관에 도착하자마자 전화를 받았다. "돌아와요." 만

---

1) 하르드지예프(1903~93): 문학연구가, 예술연구가, 미래주의 연구가. 1972년 출판된 만델슈탐 시집의 편집인.

델슈탐은 말했고 아흐마토바는 그 즉시 다시 집을 나섰다. 구밀료프와 게오르기 이바노프, 만델슈탐이 근심 없는 젊은 시절 창작했던 장난기 어린 시집 「고대 바보 선집」에 나오는 포에부스 아폴로처럼. "포에부스는 자신의 황금전차를 타고 하늘을 난다. 내일 똑같은 길로 그는 다시 돌아올 것이다."

우리는 큰 방(코스트이료프 방이라 우리가 부르는)에 앉아 있다가, 아흐마토바가 도착하고 나서는 통로 역할을 하는, 옷장으로 칸막이 되어 있는 우리의 매우 작고 좁은 방으로 돌아왔다. 칸막이 뒤로는 작은 탁자와 매트리스만 놓여 있었다. 단칸방에 사는 사람들은 침대 없이 사는 법을 즉시 터득한다. 매트리스는 보통 벽 옆에 놓여 있었지만, 우리는 빈대 때문에 놀라서 매트리스 머리맡을 벽 쪽으로 향한 채 방 한가운데에 놓았다. 매트리스는 거의 방 전체를 차지했고, 언제나 활짝 열어놓은 창문으로 가는 좁은 통로만이 남아 있었다. 나는 부엌에서 바빴고, 그들 셋은 매트리스에 앉아 있었다. "베사라비아 마차 같다." 내가 방에 들어가자 만델슈탐이 말했다. "영락한 여지주와 그녀가 이끄는 식솔들 그리고 나는 유대인이고."

만델슈탐과 아흐마토바의 관계를 보면 누구라도 그들의 우정이 장난기 많던 젊은 시절에 맺어졌음을 느낄 수 있다. 그들은 만나면 젊어졌고, 앞 다투어 서로 웃게 만들었다. 그들은 자신들끼리만 통하는 말들과 용어들이 있었다. 예를 들어 만나자마자 그들을 사로잡는 개구쟁이 같은 발작적인 웃음은 '커다란 웃음보'라고 불렸다. 이 표현은 알트만이 아흐마토바의 초상화를 그리던 시기로 거슬러 올라가는데, 만델슈탐은 당시 이 작업을 구경하러 다녔다. 작업 중 만델슈탐과 아흐마토바는 이야기를 나누었고, 알트만의 이웃에 살고 있던 화가인 이탈리아인은 그들이 낄낄대는 소리를 듣고 이렇게 말했다. "여기 커다란 웃음보가 터졌나보군."

베사라비아 마차 장면은 아흐마토바와 함께한 마지막 장면이었다. 그녀는 푸닌과 할 이야기가 있어서 레닌그라드로 떠났던 것 같다. 그들은 오래전부터 사이가 좋지 않았고, 안나가 이 이야기를 처음 내게 꺼냈던 때를 나는 기억조차 하지 못한다. 모스크바에서 아흐마토바는 가르신과 이 문제를 상의했고 푸닌과 헤어지기로 결심했다. 그녀가 떠난 뒤 야혼토프와 릴랴가 베사라비아 마차에 합류했다. 릴랴는 외모로 봐서 베사라비아 귀부인으로 전혀 손색없었지만, 그녀는 이 이야기를 재미있어 하지 않았고, 대신 만델슈탐을 감상적인 스탈린주의로 재교육하는 데 열심이었다.

그녀의 의견에 따르면 스탈린에 헌신하지 않는 작가는 죽은 자나 마찬가지였다. 그에게는 문학의 모든 가능성이 닫힌다. 도대체 누가 그런 작가의 작품을 읽는단 말인가? 그리고 그 작가는 영원히 잊힌다는 거였다. 스탈린이 인류의 구원자라고 릴랴는 믿어 의심치 않았다. 그뿐만 아니라 릴랴는 만델슈탐이 올바른 길로 들어서도록 도와야 하며, 이를 위해서 어서 그의 모든 시를 출판해야 한다고 스탈린에게 편지를 쓰려고까지 했다. 이런 정서를 이후 '가폰주의'[2]라고 부르게 된다.

릴랴는 야혼토프를 위해 글을 써야 했기 때문에 당 문학을 매우 많이 읽고 있었다. 그녀는 지도자가 일으킨 기적에 관한 새로운 이야기를 날마다 가지고 나타났다. 야혼토프는 자기 아내의 이런 기분을 공유하지 않았다. 그는 그것보다는 농담하거나 우스운 장면을 연기했다. 그중 인상적인 장면은 자기 아버지 연기였다. 그의 아버지는 상관 앞에서 벌벌 떠는 몸집이 크고 뚱뚱하며 땀을 많이 흘리는 관리였다. 릴랴는 이런 각

---

2) 게오르기 아폴로노비치 가폰(1870~1906): 성직자. 피의 일요일 사건의 지도자. 신학교 재학 중 톨스토이주의에 감화를 받고, 1898년 페테르부르크 신학대학 입학 후 노동자 거리 전도 등에 참가했다. 곧 경찰이 통제하는 합법적 노동운동을 제창한 모스크바 보안부장관 주바노프와 교제하면서 1903년 노동자 모임을 조직화하고 이 모임을 기반으로 1904년 당국의 허가를 받아 '페테르부르크 시 러시아의 공장노동자 모임'(즉 가폰조합)을 설립했다. 1905년 1월 황제청원행진(피의 일요일 사건)을 지도하다가 행진 도중 총에 맞았으나 살아남아 망명했다. 가폰주의는 황제와 같은 절대군주가 사회 모순을 해결해주리라는 순진한 믿음을 가리킨다.

주를 달았다. "차르 시대에는 모든 관리가 그렇게 벌벌 떨었죠." 이따금 야혼토프는 지팡이를 꼭두각시처럼 움직이면서 레르몬토프의 시 「예언자」를 암송했다. 지팡이는 상상 속의 군중 사이를 헤치고 지나가서 릴랴를 향해 소심하게 다가와서는 절했다. 만델슈탐을 가리키면서 야혼토프는 말했다. "그는 헐벗고 가난할지니." 그러면 만델슈탐은 당시 역시 가난했던 야혼토프를 가리켰다. 그러나 그 무렵 우리는 야혼토프가 준 돈으로 힘들지 않게 살아갈 수 있었다.

우리가 떠날 때 릴랴는 책장에서 마르크스 저작들을 꺼내 만델슈탐에게 주려고 했지만, 야혼토프가 다음과 같이 한마디 했다. "뭐 하려고, 전혀 부질없는 짓이야." 대신 그는 만델슈탐에게 성경책을 선물했다. 야혼토프 역시 시대에 의해 쉽게 교육되지 않는 사람이었다. 이 성경책은 아직도 내게 있다.

아흐마토바는 구약성서를 잘 알고 있었고 좋아했으며, 내가 소개해준 전문가인 아무신(И. Д. Амусин)[3]과 함께 각 구절에 대해 해석하기를 좋아했다. 반면 만델슈탐은 구약성서에 나오는 신과 그 전체주의적인 무시무시한 힘을 다소 두려워했다. 기독교는 삼위일체에 대한 교리에 의해 유대신의 독재를 극복했다고 그는 말했다. 이후 나는 베르댜예프의 책에서 이 사상을 찾았다. 당연히 우리는 독재를 두려워했다.

---

3) 아무신(1910~84): 헤브라이 학자.

49 환상

푸르마노프 골목에 있는, 우리가 소유했던 유일한 아파트에 막 정착했을 무렵인 1933년 가을, 우리는 환상이 무엇인지 알게 되었다.

어느 날 여행용 가방을 멘 한 남자가 우리 아파트 문을 두드리더니 만델슈탐의 동생 알렉산드르를 찾았다. 당시 우리 집에 머물고 계셨던 만델슈탐의 아버지가 이 방문객을 금방 알아보았다. 그는 봉건적 분위기를 풍기는 성을 가지고 있었지만, 그것보다는 부블릭이라는 별명으로 불리기를 좋아했다. 나는 그를 알렉산드르에게 보내려 했지만(모스크바에 와서 호텔 대신 우리 집에서 잠자리를 찾는 숙박객들에게 나는 이미 넌덜머리가 나 있었다) 시아버지가 그의 편에 섰다. 부블릭은 알렉산드르와 중학교 동창이었고, 그래서 시아버지는 그를 말쑥한 장밋빛 뺨의 중학생으로 기억했다. "몰라보게 변했구먼." 거의 울먹이며 시아버지는 말했다. 이것은 익숙한 테마였다. 남편은 이것이 무엇을 의미하는지 알고 있었고, 그래서 나를 한쪽으로 떠밀고는 부블릭을 들어오라고 청했다.

그는 우리를 안심시키기 위해 자신은 형사범으로 감옥에 갇혔다 나오는 길이며, 따라서 두려워할 필요가 없다고 즉시 설명했다. 무시무시한 제58조항의 냄새는 풍기지 않았다. 당시 만델슈탐은 서구에서 경찰들이 비열하게 고무 곤봉을 쓴다는 사실에 흥분했는데, 부블릭은 이 이야기를 듣고 웃을 뿐이었다. "우리 경찰들이 형사범들을 어떻게 대하는지 당신이 안다면!" 그러나 '우리' 경찰이 형사범들뿐 아니라 다른 피의자들에게도 어떻게 대하는지에 대한 소문은 1920년대 초 이미 우리 귀에 들어왔다.

부블릭은 못 말리게 명랑한 사람이었다. 그는 어떤 동료들을 만나러 뛰어 나다녔고, 그들과 함께 극동지방으로 떠나려고 했다. 그곳에는 '우리 형제가 가득하며', 이는 곧 어떻게 해서든 그의 자리를 주선해줄 것임을 의미했다. 그는 우리 집에서 목욕을 하지는 않았다. 우리 집에는 아직 가스 설비가 들어오지 않았고, 우리는 부엌에 있는 주전자에 물을 데워 씻어야 했다. 그는 토요일마다 대중탕에 갔고, 돌아오면 당밀과자에 차를 마셨다. 그는 내가 끓인 차도 좋아했지만, 자신이 직접 끓여 마시는 걸 더 좋아했다. 그는 집안일을 좋아했고, 못을 박거나 선반을 단단히 고정하거나 왁스로 마룻바닥에 광내는 것을 기꺼이 도와주었다. 그는 집안일을 하지 않은 지가 오래되었고, 그래서 우리의 간단한 일상에서 만델슈탐과 함께 남자가 하는 일을 거드는 것을 좋아했다. 그리고 만델슈탐은 그를 믿고 자주 국영출판사로 심부름 보냈고, 부블릭은 상당한 거금을 가지고 집에 오곤 했다.

만델슈탐이 산문 「아르메니아 여행」을 비롯해 여러 에세이와 시를 제외하려 들지 않았기 때문에 결국 출판은 되지 못한 만델슈탐의 전집 고료를 우리는 60퍼센트나 받았다. 그러나 만델슈탐의 반대가 아니었더라도 출판은 이루어지지 않았을 것이다. 부하린은 더 이상 영향력을 가지지 못했으므로 어느 단계에서든 출판은 무산되었을 것이다. 그러나 전술적으로 타협해서 무엇이 되었든 간에 출판하려고 애써야 했는지도 모른다.

책을 출판하지 않았기 때문에 공식적인 인사들이 만델슈탐이 이미 1920년대에 시 쓰는 것을 그만두고 술집을 전전한다는 소문을 퍼뜨리는 빌미를 제공하게 되었다. 이런 술책에 많은 사람이 속았고, 서구에 있던 사람들은 특히 더했다. 서구에서는 책이 출판되지 않는다는 것은 작가가 낙오했음을 의미하기 때문이다. 우리나라에서는 꼭 그렇지만도 않다는 것을 어떻게 그들에게 설명할 수 있단 말인가!

그러나 시는 매우 특이하게도, 어째서인지 산 채로 매장할 수 없었다. 우리처럼 강력한 선전기구의 노력에도 불구하고 시는 부활한다. 1960년대 아흐마토바는 내게 이렇게 말했다. "나는 이제 안심이 되어요. 시가 얼마나 생명력이 강한지 알게 되었으니까요."

부블릭은 서류 가방에 돈을 넣어왔고, 나보고 확인하라고 요구했다. 그는 창구 앞에 줄을 선 수고의 대가로 샌드위치 값 정도만 챙겼다. "부블릭은 정말 누구와도 바꿀 수 없게 되었어." 만델슈탐은 이렇게 말했다. 부블릭이 알고 보니 일류 라틴학자였다는 것이 드러나자 만델슈탐은 더욱더 그를 소중히했다.

우리 집에 오는 손님들마다 만델슈탐과 나누는 이야기의 주제가 달랐다. 쿠진이나 생물학자들은 유전학과 베르그송의 생의 약동, 아리스토텔레스의 사상에 관해 이야기했다. 만델슈탐은 이들과 대화하기보다는 이야기를 경청하는 편이었다. 만델슈탐은 쿠진과는 자주 음악회에 갔다. 그들 두 사람은 대단한 음악 애호가였으며, 아주 복잡한 교향악을 만델슈탐은 휘파람으로, 쿠진은 노래로 부를 수 있었다. 마르굴리스 역시 인간 교향악이었다. 마르굴리스의 아내 이쟈 한친은 음악원 선생님이었다. 그녀는 만델슈탐이 자기 연주를 듣던 일들을 자주 회상하곤 한다. 그러나 이쟈는 레닌그라드에 살았고, 마르굴리스는 일자리를 찾아 모스크바를 떠돌았다. 만델슈탐은 마르굴리스를 인쇄기 대용이라고 말하곤 했다. 시를 매우 좋아했던 마르굴리스는 새로운 시를 들려달라고 항상 졸랐고, 이 시들을 필사본 형태로 퍼뜨렸다. 필사본 문학의 시대가 시작되었으며, 이제 수색할 때 시인의 책들뿐 아니라 필사본들도 압수되었다.

1930년대 나와 함께 출판사에 근무했던 체차놉스키도 우리 집에 자주 들렀다. 만델슈탐은 마르크시스트와 논쟁하기 위해 그를 특별히 초대했다. 그는 "발전은 진보입니다. 우리는 만델슈탐이 우리에게서 진보를 빼앗아가는 것을 허용하지 않습니다"라고 말했다. 바로 이 체차놉스키가 「아르메니아 여행」을 출판하는 것을 포기하라고 만델슈탐에게 충고하는 임무를 맡았다.

체차놉스키가 만델슈탐의 감시자였는지는 모르겠다. 아마도 그렇지 않은 듯하지만, 그것은 중요치 않다. 만델슈탐은 스탈린 비방시를 그에게 읽어주지 않았지만, 체포될 만한 다른 동기들을 매일 저녁 제공했다. 즉 만델슈탐은 그에게도 "10년치 이야기를 했다."

닐렌데르(B. O. Нилендер)라는 방문자도 있었다. 그는 고대 그리스와 유대문화전문가였다. 전직 해군장교였던 그는 도서관에서 근무했으며, 보통 한밤중에 방문했는데 그때마다 홍차 봉투를 가지고 왔다. 그는 소포클레스를 번역했으며, 언제나 '황금 분할'에 관해 이야기했다. 당시 우리는 『언어와 사고』(Язык и мышление)의 저자이자 매우 지적인 심리학자인 브이고트스키(Л. С. Выготский)[1]와도 만났다. 당시 모든 학자에게 공통적이던 이성주의가 어느 정도 그를 억제하고 있었다. 거리에서 우리는 헤겔을 번역하던 스톨프네르(Б. Г. Столпнер)[2]를 만나 이야기를 나누기도 했다. 그는 만델슈탐에게 사유는 언어로 하는 것이 아니라고 설득하곤 했다.

이 모든 많지 않은 대화 상대들 가운데 부블릭 역시 한 위치를 점하고 있었다. 만델슈탐은 그와도 나름의 대화를 나누었고, 이럴 때마다 책장에서 책을 꺼내 들곤 했다. 부블릭은 학창 시절에 쌓은 해박한 고전 지식으로 만델슈탐과 함께 오비디우스(Н. П. Овидиус)[3]의 유형 시절 서한들을 심취해 읽었다. 한 사람은 자신의 미래를 예감하며, 다른 사람은 소비에트의 박해를 이미 경험한 사람으로서.

---

1) 브이고트스키(1896~1934): 심리학자. 모스크바 대학 등에서 법학, 철학, 역사학을 공부하고, 이어서 심리학 연구에 몰두하여 10월 혁명 후 소련 마르크스주의 심리학을 확립하는 데 공헌했다. 그의 업적은 심리학 이론, 정신병리학, 결함학, 언어학, 예술심리학, 교육심리학, 기호론 등 많은 분야에 걸쳐 있다.
2) 스톨프네르(1871~1961): 철학자. 헤겔 저서 번역.
3) 오비디우스(기원전 43~기원후 18): 고대 로마의 시인. 그의 대표작 『변신이야기』는 서사시 형식으로서 신화를 집대성했다. 그의 작품은 세련된 감각과 풍부한 수사로 르네상스 시대에 널리 읽혔고, 후대에도 많은 영향을 미쳤다.

부블릭은 우리 집에서 몇 주간 지내면서 이 뜻하지 않은 기분전환에 매우 만족해했다. 그는 푸르스름한 강제수용소의 녹을 벗고 산뜻해졌으며, 옛날 좋았던 시절 지방 중학교의 라틴어 교사처럼 되었다. 그러나 동료들이 그의 출발을 재촉했고, 경찰에 대한 두려움이 그를 모스크바 밖으로 멀리 내쫓았다. 우리는 시아버지를 레닌그라드까지 모셔다 달라고 그에게 부탁했다. 그는 노인의 변변찮은 짐들을 우스꽝스런 구식 트렁크에 꼼꼼히 챙겨넣었다. 뜨거운 물을 담을 낡은 찻주전자와 기차 안에서 덮을 낡은 담요까지 달라고 해서 넣었다. 그는 직접 이 찻주전자를 트렁크 손잡이에 세심하게도 묶어놓았다. "그렇지 않으면 잃어버려요"라면서.

우리는 부블릭과 시아버지를 기차역까지 배웅했다. 그런데 다음 날 화가 난 시아버지가 보낸 전보가 도착했다. 부블릭이 시아버지를 플랫폼에 버려둔 채 트렁크와 함께 사라졌다는 것이다. 노인은 매우 화가 나서, 형사수사국에서 부블릭을 즉시 잡아들여 트렁크를 압수해서 소유자에게 되돌려주어야 하며, 죄인을 재판에 회부해야 한다고 주장했다. 이를 위해서는 만델슈탐이 멋진 진정서를 써서 형사수사국에 제출한 뒤 책임자를 면담하러 가서 자기가 작가 계급에 속한다는 사실로 그에게 압력을 가해야만 했다. 그렇지 않으면 트렁크를 찾아낼 수 없을 거라고 시아버지는 걱정했다.

만델슈탐은 물론 형사수사국에 찾아가지 않았다. 다만 부블릭이 국영출판사에서 준 돈은 건드리지 않으면서 왜 이 노인네의 볼품없는 가방을 탐냈을까 의아스러워했을 뿐이다. 우리는 부블릭을 높이 샀고, 국영출판사에서 받은 돈 중 남은 돈으로 시아버지에게 새 스웨터를 선물했다. 그러나 노인네는 한참을 더 화를 내면서 우리가 '이 불량배'를 집에 들여놔 자기를 배신하게 만들었다고 푸념하셨다.

부블릭은 시아버지의 신분증과 편지, 회고록을 잘 정돈해 포장한 뒤 우편으로 부쳤지만, 이 소포도 시아버지의 노여움을 풀지는 못했다. 시아버지는 시간이 날 때마다 자신의 방랑에 관한 회고록을 알아보기 힘든 필체의 독일어로 썼고, 이후 만델슈탐더러 읽고 출판하라고 요구하셨다.

바로 이 부블릭이 환상이 무엇인지 우리에게 설명해주었다. 만델슈탐과 그의 아버지가 이 떠돌이를 우리 집으로 들여놓았던 바로 그날 저녁 나는 아파서 누워 있었고, 이 난데없이 나타난 손님에 대한 불만의 표시로 사보타지를 하고 있었다. 잘 알려져 있다시피 여자들은 모든 불행을 기피하며, 자신의 화려한 아파트의 전제군주 역할, 오랫동안 갖지 못했던 가정의 수호자 역할을 재빨리 맡는다. 부블릭은 이것을 알아차리고 스스로 잠자리를 마련하기로 결심했다. 그는 부엌바닥에 신문지 몇 장을 깐 뒤 만델슈탐을 불렀다. "당신은 환상이 어떤 것인지 아세요? 바로 이거예요!" 부블릭은 커다란 제스처로 바닥에 깔린 신문지를 가리켰다. 만델슈탐은 이것을 참을 수 없었고, 집에 있던 유일한 요를 내가 누워 있는 자리에서 빼냈다. 나는 베개와 시트 그리고 후에 시아버지의 트렁크와 함께 사라져버린 낡은 담요를 모두 주어버렸다.

책장이 있는 우리 아파트와 우리 일상 모두가 평화로운 삶에 대한 환상일 뿐이었다. 우리는 베개에 얼굴을 파묻고 우리가 평화로이 자고 있다고 믿으려 애썼다.

50 책 한 권만 읽는 사람

젊은 시절 만델슈탐은 말하기 전에 항상 먼저 생각했다. 그러나 이후 경솔해졌다. 1919년 새파란 청년이던 그가 한번은 내게 이렇게 말했다. 책을 많이 가질 필요가 절대 없다고. 가장 이상적인 독자는 한평생 책 한 권만 읽는 사람이라고. "책 한 권이라니오, 성경 말예요?" 나는 물었고, "뭐 성경이든 뭐든"이라고 만델슈탐은 대답했다. 평생 코란만 읽고 살았던 턱수염 난 멋진 동양 노인들을 떠올렸고, 내 명랑한 반려자 만델슈탐이 이런 유형이 된다고는 상상할 수 없었다.

만델슈탐은 이상적인 독자는 되지 않았다. 20세기에는 한평생 한 가지만 사랑하는 사람은 존재하지 않았다. 그러나 가볍게 던진 이 말은 우연히 한 말이 아니었다. 발설한 모든 명제가 사물에 대한 자신의 전반적인 이해와 연결되는 사람이 있다. 이런 사람들은 통일된 세계관을 가진 자들이다. 이해의 폭과 깊이에 차이가 있을 뿐 시인들도 분명 이런 범주에 속한다. 바로 이런 특성이 시인들에게 자신을 드러내도록 만들고, 바로 이런 특성이 시인의 진정성의 잣대가 되는 것이 아닐까?

어떤 시인들의 시는 나쁘지는 않지만 무언가 이상하다는 것이 단번에 감지되지만 문제가 무엇인지 설명할 수 없는 경우들이 있다. 한편 시인이 동시대인들에게 인정받지 못하는 이유는 간단하다. 시인이 기쁘게 한 사람이나 화나게 한 사람들이 시인을 처음부터 알아보기 시작한다. 시인은 많은 사람을 자극하고 화나게 한다. 이것은 불가피하다. 자신의 작품을 읽지 않는 독자들의 광란을 그리도 오랫동안 교묘하게 피했고,

모든 대화 상대를 그렇게 교묘하고도 의식적으로 매료시켰던 파스테르나크조차도 생애 마지막 무렵에는 시인에게 공통적인 운명을 피하지 못했다. 아마도 시인들은 자신의 올곧음과 바름으로 이런 스캔들을 불러일으키는지도 모른다. '우리 말의 올곧음'은 아이들의 장난감 권총일 뿐 아니라 이 올곧음은 통일적인 세계관의 결과다.[1]

모든 시인은 '의미의 교란자'다. 즉 그는 당대 사람들 사이에서 이미 통용되는 공식 명제들을 사용하지 않고, 자신의 세계 이해에서 생각을 끄집어낸다. 고상하며 일반적으로 통용되는 공식을 사용하는 사람들은 가공되지 않았으며 아직 모서리가 다듬어지지 않은 생각이 그들 앞에 제시되었을 때 모욕스러워하지 않을 수 없다. 바로 이런 의미에서 만델슈탐이 시가 살아 있는 구어체보다 훨씬 더 가공되지 않았다고 이야기했던 것이 아닐까?

이런 가공되지 않은 것을 피하는 사람들은 "시인이 우리보다 나을 게 뭐란 말인가?" 또는 "시인은 매우 성을 잘 내고, 의심 많고, 거만하다. 항상 논쟁하고, 모든 사람을 가르치려 든다"고 이야기한다. 아흐마토바, 만델슈탐, 파스테르나크 그리고 국가 시인이 되기 이전의 마야콥스키도 이런 식으로 오랫동안 계속 비난당했다. 아무리 노력해도 벗어날 수 없었다.

그러나 가치에 대한 재평가가 공식적으로 수행되면 기존 공식의 사용자들은 그들이 일주일 전에 했던 말들을 잊어버렸다. 왜냐하면 그들은 그전 공식을 이미 새것으로 교체했기 때문이다. 그러나 잊어버려서는 안 될 것은 시인이 언제나 친구들에 둘러싸여 있다는 사실이다. 왜 그런지 친구들이 언제나 부정적인 독자들을 이긴다.

'평생 한 권의 책만 읽는 독자'에 관해 이야기하면서 만델슈탐이 공격하고 싶어 했던 것은 그가 그리도 혐오했던 능력인 아무렇지도 않게 공

---

1) 벨르이의 죽음에 부친 만델슈탐의 시에 나오는 다음와 같은 시구를 참조하라. "우리 사유의 올곧음은 아이들을 위한 장난감 권총이나,/종이 묶음의 단위일 뿐 아니라 사람들을 구원하는 소식이다"―편집자.

존 불가능한 사실을 집어삼키는 능력, 선택을 잘 하지 못하는 감정, '모든 것을 참아내는' 감정이었다.

이것의 다른 이름은 '잡식성'이다. 이 잡식성에 대한 만델슈탐의 태도를 나는 1919년 키예프에서 처음 알게 되었다. 그는 브류소프가 자기 시에서 역사적 시기를 화려한 가로등에 비유한 것 때문에 격분했다.[2] 만델슈탐에 따르면 이런 비유를 사용했다는 것은 브류소프에게는 모든 것이 상관없으며, 그에게 역사는 단지 감상의 대상일 뿐이라는 것을 의미했다. 정확한 단어는 기억하지 못하지만 대략 이런 뜻의 말을 했다.

만델슈탐 자신은 무엇이 '예'이며 무엇이 '아니요'인지 알고 있거나, 적어도 알려고 노력했다. 그의 모든 판단은 어느 것이든 간에 양극 중 하나에 속했고, 그는 선과 악에 대한 고대 가르침을 존재의 두 가지 기초로 믿는 나름의 이원론자였다. 그러나 시인이란 원래 선과 악에 대해 무관심할 수 없으며, 모든 살아 있는 것은 이성적이라고 절대 말하지 않는다.

선택에 대한 예민한 감정과 이성의 선택 능력은 만델슈탐이 읽는 책에도 반영되어 있었다. 「아르메니아 여행」을 쓰기 위한 「메모장」에는 '황폐화시키는 문화'의 심층에서 나온 '독서의 악마'에 관한 부분이 있다. 사람들은 독서를 하면서 환상의 세계에 빠지고 자신이 읽은 것을 외우려고 애쓴다. 바꿔 말해서 인쇄된 말의 힘에 전적으로 몸을 맡긴다. 만델슈탐은 외우는 대신 기억하면서 읽을 것을 제안한다. 즉 모든 단어를 자기 경험에 비추어 생각하거나 사람의 개성을 이루는 기본 사상과 그 단어를 상응하며 독서하는 것이다. 누구나 알기 쉬운 전형에 대한 선전은 예로부터 바로 이 수동적인 '암송적' 독서 위에 세워져 있으며 이미 준비된, 반질반질하게 광택 낸 진리가 대중에게 제공된다. 이런 독서는 생각을 각성시키지 못하며, 그 자체가 일종의 최면 역할을 한다. 비

---

2) 시집 『화관』(*Венок*)의 시 「가로등들」(Фонарики)을 지칭한다—편집자.

록 현대에는 사람에게 자유의지를 빼앗는 더 강력한 수단들이 있기는
하지만.

만델슈탐은 독서를 '행위'라고 불렀고, 이 행위를 무엇보다도 선택과
관련지었다. 그는 어떤 책들은 대충 넘겨가며 훑어보는가 하면, 또 어떤
책들은 흥미와 호기심을 가지고 읽었다. 예를 들어 헤밍웨이와 조이스
가 그러했다. 그러나 이와 나란히 진정으로 중요한 역할을 하는 독서가
있었다. 만델슈탐은 이런 책들과는 그의 삶의 일정 시기 또는 인생 전체
를 규정하는 접촉에 들어가는 듯했다. 삶의 시기를 규정하는 새로운 책
의 도래는 친구가 되기로 예정되어 있는 사람과의 만남과 유사했다.

"나는 총성과도 같은 우정에 잠을 깼다"는 말은 쿠진과의 만남뿐만
아니라 독일 시인들과의 만남까지도 가리켰다. "벗들이여, 내게 말해주
오. 어떤 전당에서 우리가 함께 호두를 깠는지, 어떤 자유를 우리가 누
렸는지, 나에게 그대들이 어떤 이정표를 세웠는지." 만델슈탐은 예전에
도 괴테, 횔덜린(F. Hölderlin), 뫼리케(E. Mörike) 같은 낭만주의자들
을 알고 있었지만, 당시에는 그저 단순한 독서였을 뿐 '만남'은 아직 이
루어지지 않았다.[3]

만남은 아르메니아에서 있었으며 이것은 우연이 아니었다. 오랫동안
기다려왔던 아르메니아 여행(「네 번째 산문」에는 실패했던 첫 번째 여
행 시도 이야기가 있다)은 '자연 철학' 또는 '문화 철학'에 대한 예전부
터의 관심을 더 심화했다. 이것은 작은 나라, 수세기 동안 회교도의 습
격에 맞서 온 동양에 있는 기독교의 전초기지에 대한 생생한 호기심이
었다. 어쩌면 우리나라 기독교 의식이 위기를 맞고 있는 시대였기 때문
에 아르메니아의 이 굳건함이 만델슈탐을 매료시켰는지도 모른다. 비할
바 없이 한결 편하게 살 수 있었던 그루지야가 아니었기 때문이다.

아르메니아에 있는 우리의 작은 호텔 방은 순식간에 아르메니아 문화

---

3) 횔덜린(1770~1843): 독일의 시인. 고대 그리스에 대한 동경을 노래한 섬세하
   고 격조 높은 작품을 남겼다. 뫼리케(1804~95): 독일의 시인, 소설가. 내향성
   을 띤 작품을 썼다.

에 관한 책들로 가득 찼다. 스트르지곱스키, 아르메니아 연대기, 모이세이 호렌스키, 그 밖에 이 나라의 문화와 생활에 관한 많은 책, 그중에서도 만델슈탐은 알렉산드르 황제 시기 관리였던 쇼펜의 저서를 특히 좋아했다. 만델슈탐은 이 나라에 대한 쇼펜의 생생한 관심을, 투덜대고 화가 나 있는 다른 수많은 '파견 관리'들의 무관심과 비교했다(우리는 호텔에서도 이런 자들과 부딪쳤다).

괴테, 헤르더를 비롯한 다른 독일 시인들에 대한 관심도 아르메니아에 대한 매료를 통해 생겨났다. 모스크바에서 일어났더라면 그냥 아무 일 없이 서로 지나쳐버렸을지도 모를, 당시 철학과 문학에 대한 관심으로 가득 찼던 젊은 생물학자 쿠진과의 만남도 아르메니아에서는 '총성과도 같이' 만델슈탐을 각성시켰다.

그들은 작은 유리잔에 페르시아 차를 팔던 회교 사원의 안마당에서 이야기를 나누다가 호텔까지 와서 이야기를 계속하고는 했다. 사물들, 그리고 어떻게 새로운 형태가 발생하는가라는 영원한 문제에 대한 새로운 생물학적 접근 방식이 만델슈탐의 관심을 끌었던 것 같다. 쿠진과 알게 되기 훨씬 전 만델슈탐은 이미 시는 생물학적 접근법으로 연구될 때만이 과학이 될 수 있다고 쓴 적이 있다. 이 발언에는 1910년대 유행했던 사회과학과 생물학의 이중적 관계에 대한 언어학 이론이 반영되어 있었는지도 모른다. 어쨌든 이런 시에 대한 생물학적 접근법에 대한 믿음은 제대로 생기기도 전에 사라졌지만, 기술적인 생물학적 서적과 삶 그 자체의 문제에 대한 순수한 호기심은 남아 있었다.

쿠진은 괴테를 좋아했고, 이 역시 때마침 좋은 계제였다. 그 후 모스크바에서 만델슈탐은 단테를 '만났고', 쿠진이나 다른 생물학자들과의 우정은 이제 포도주를 같이 마시는 일상적인 교우관계로 바뀌었다. 만델슈탐은 단테가 가장 중요하다고 단번에 말했기 때문이다. 그 후부터 만델슈탐은 단테와는 절대 헤어지지 않았으며, 감옥에 두 차례 갇힐 때도 단테의 책을 가지고 갔다. 언제 체포될지 모른다며(내가 아는 모든 사람은 다 이런 체포 가능성을 생각했다) 만델슈탐은 『신곡』의 소형 장정본을 구해서 주머니에 항상 지니고 다녔다. 사람들은 집뿐 아니라 거리나 직장에서 체포되었고, 이따금은 특별히 어딘가로 불려 가서 영원히 사라지기도 했다. 내가 알던 한 친구는 강제수용소 생활에 꼭 필요한 것들을 담아놓은 가방을 직장에 매일 들고 갈 수 없다며 한탄했다. 그러나 그는 결국 한밤중 집에서 체포되었고, 그 순간 너무 당황한 나머지 미리 꾸려놓았던 그 가방을 가져가는 것을 잊어버렸다. 만델슈탐은 주머니에 넣고 다니던 단테의 작은 책을 모스크바에 남겨두었고, 그래서 그가 두 번째로 체포되던 사마티하에는 제법 무거운 다른 책을 가지고 갔다. 만델슈탐이 사망한 장소인 블라디보스토크 부근의 프토라야 레치카에 있던 임시수용소까지 이 책을 가지고 갔는지는 모르겠다. 내 생각에는 거의 못 그랬을 확률이 높지만. 예조프 시기 강제수용소의 분위기에서는 이미 그 누구도 책 같은 것에 관심을 둘 여유가 없었다.

우연히도 만델슈탐과 아흐마토바는 약속했던 것도 아닌데 동시에 단테를 읽기 시작했다. 아흐마토바가 『신곡』의 한 구절을 암송하자 만델슈탐은 거의 눈물을 흘릴 정도로 흥분했다. 그가 그리도 좋아했던 그녀의 목소리로 이 구절을 들을 수 있다는 사실에 감격했던 것이다.

아흐마토바와 만델슈탐은 시인들의 시를 읽으면서 시공간적인 간격을 뛰어넘는 놀라운 능력을 가지고 있었다. 시대착오의 한 유형인 이런 독서 방식으로 그들은 작가와 사적인 관계를 맺을 수 있었다. 만델슈탐은 단테에게도 이런 능력이 있었을 것이라고 추정했다. 단테 역시 『신곡』을 통해 자기가 좋아하는 고대 시인들을 지옥에서 만났다.

에세이 「말의 본질에 관하여」에서 만델슈탐은 시간에 분리되어 있는 동종의 현상들 사이의 연관성을 탐색하는 베르그송에 관해 언급하는데, 바로 이러한 방식으로 만델슈탐은 시·공간상 떨어져 있는 친구나 동맹자를 찾았다. 아마도 키츠(John Keats)[4] 역시 이걸 알고 있었던 듯하다. 그 역시 술집에서 산 자건 죽은 자건 자신의 모든 친구를 만나

---

4) 키츠(1795~1821): 낭만파 시 운동을 전개한 대표적 영국 시인.

려 했다.

아흐마토바는 이미 죽은 자들과 대화하기 위해 그들을 부활시키면서 그들의 삶과 일상, 사람들과의 관계에 관심을 두었다. 그리하여 그녀는 처음에는 내게 셸리를 소개했고, 그를 통해 마치 연습하려는 것 같았다. 이후 푸슈킨과의 대화 시기가 도래했다. 그녀는 예심판사 또는 질투심 강한 여인의 날카로운 관찰력으로 푸슈킨 주변 사람들이 어떻게 행동했으며, 생각하고, 이야기했는지 모든 발자국마다 탐색했고, 심리적 동기를 연구했으며, 푸슈킨이 한 번이라도 미소를 던진 여인들은 모두 장갑처럼 뒤집어 보았다. 아흐마토바는 이런 사적이며 편애적인 관심을 살아 있는 그 누구에게도 보인 적이 없었다. 안나 아흐마토바는 작가의 아내, 그중에서도 특히 시인들의 아내를 좋아하지 않았다. 왜 나만 예외를 두었는지 나는 아직까지도 이해할 수 없지만, 어쨌든 사실은 사실이었다.

만델슈탐은 아흐마토바와는 정반대로, 과거 시인들의 사생활에는 거의 관여하지 않았다. 반면 살아 있는 친구들과의 관계에서는 그는 무관심한 듯한 겉보기와는 달리 놀라울 정도로 관찰력이 있었다. 우리 주변 사람들에 관해 만델슈탐은 나보다 훨씬 더 많이 알고 있었다. 나는 자주 그의 말을 믿지 않았지만, 그럴 때마다 항상 그가 옳았던 것으로 밝혀졌다. 그러나 그는 푸슈킨의 아내나 도스토옙스키의 연인과 아내에게는 전혀 관심을 가지지 않았고, 이런 문제에 만델슈탐이 무관심하다는 것을 알고 있던 아흐마토바도 그와는 이런 이야기를 나누지 않았다. 살아 있는 사람들에 관해서도 그는 침묵을 지켰다. 원하는 대로 하라고들 하세요, 라면서. 만델슈탐과 아흐마토바의 대화는 언제나 그들이 좋아하는 시인들의 작품들에 관한 것이었다. "이 기적 같은 구절에 주목하셨나요? 거기 그 부분을 기억하세요? 그런데 어째서……" 그들은 곧잘 함께 작품을 소리 내서 읽었고, 좋아하는 부분들을 가리켰으며, 자신의 멋진 발견을 서로에게 선사했다. 마지막 시기는 단테를 비롯한 이탈리아 시인들 그리고 언제나 그렇듯 러시아 시로 채색되었다.

청년 시절 만델슈탐에게 어떤 책이 가장 큰 영향을 미쳤는지 말하기 어렵다. 1919년 그는 플로렌스키(П. А. Флоренский)[5]의 책 『탑과 진리에 대한 단언』(*Столп и утверждение истины*, 1914)을 가지고 키예프로 왔다. 아마도 회의(懷疑)에 대한 부분이 그에게 감동을 주었던 것 같다. 만델슈탐은 원전을 밝히지는 않았지만 회의에 대한 이야기를 여러 번 했다.

학생 때 그는 의심의 여지없이 게르첸을 읽었고, 청년 시기 언젠가는 블라디미르 솔로비요프를 탐독했다. 시인이 아닌 철학자로서 솔로비요프는 사람들이 생각하는 것보다 훨씬 더 많이 만델슈탐에게 영향을 준 것이 분명하다. 만델슈탐의 에세이들에 솔로비요프의 이름이 거론되지 않은 이유는 단순하다. 에세이의 대부분이 소비에트 시기에 출판을 위해 씌어졌고, 출판사에서 일하는 편집자들은 솔로비요프에 관해 한마디의 언급도(만약 그것이 비방이나 욕설이 아니라면) 허용하지 않았을 것이다.

그러나 블라디미르 솔로비요프의 영향의 흔적은 만델슈탐의 작품 도처에 남아 있다. 솔로비요프식의 기독교 종교적 세계관이라든지 논쟁의 방법론이나 방식, 대화, 많은 반복적 개념이나 심지어 개별적인 말들에까지도. 예를 들어 「벨르이에게 바쳐진 시」(Стихи памяти Белого, 1934) 중 "사람들과 사건, 인상의 무리"(толпы людей событий, впечатлений)라는 구절은 솔로비요프의 철학 저작 어딘가에 있는 '사상의 무리'에 대한 직접적인 인용이다.

만델슈탐은 솔로비요프를 매우 존경했다. 솔로비요프가 사망한 트루베츠키 영지에 위치한 체쿠부 휴양소에 우리가 머물고 있을 때 만델슈탐은 솔로비요프가 작업하고 사망했던 바로 그 청색 서재에서 소비에트 학자들이 어쩌면 그리도 태연하게 자기 일에 전념하고 논문을 쓰고 신문을 읽고 라디오를 들을 수 있는지 놀라워했다.

---

5) 플로렌스키(1882~1937): 성직자, 철학자. 이후 총살당한다.

나는 당시 솔로비요프에 관해 아무것도 아는 것이 없었다. 만델슈탐은 혐오스러워하며 내게 말했다. "그들과 같은 야만인이군." 만델슈탐에게 이 교수들은 러시아 문화의 신성한 장소에 침입한 야만인들이었다. 그는 이런 장소에서는 사람들과 거의 대화하지 않으면서 고립된 채 있었다.

언젠가 한번은 교수이거나 문학 연구가들이던 여자들이 만델슈탐을 귀찮게 따라다니면서 "당신은 우리 시인이에요"라고 단언하며 시를 읽어달라고 청한 일이 있었다. 만델슈탐은 자신의 시와 그들의 학문이 공존불가능하다고 대답했다. 그는 편집실이나 연설(물론 언제나 비공개였지만), 사적인 대화 등 어디서나 이렇듯 당돌한 언행을 했다. 이런 언행은 만델슈탐의 견딜 수 없는 성격에 관한 일련의 이야기를 낳았다. 그러나 사실 만델슈탐의 성격은 단지 참을성이 없다는 것이었다. 만델슈탐은 특히 학자들에 대해 참을 수 없어했다. "그들은 모두 매수되었어."

1920년대 말과 1930년대에 권력은 이미 유용한 사람들의 생활수준을 향상시키기 시작했다. 평등은 허용되지 않았다. 계층화는 매우 뚜렷해졌고, 그래서 모두 애써 얻어낸 자신의 안락함을 보존하려 했다. 그것을 잃으면 혁명 초의 혹독한 가난이 뒤에 도사리고 있었기 때문에 특히나 더 꼭 붙잡으려 했다. 아무도 이런 경험을 다시 하고 싶어 하지 않았고, 그래서 특권층, 즉 '추가의 보수'와 별장, 자동차를 가진 매우 얇은 층이 눈에 띄지 않게 형성되었다. 이런 안락함이 얼마나 덧없는지에 대해 그들은 한참 후, 즉 대량 테러 시기에야 깨닫게 되었다. 모든 것을 한순간에 아무 이유 없이 앗아갈 수 있다는 것이 밝혀졌다. 그러나 약간의 여유로움이 허락된 사람들은 아직까지는 그들에게 요구된 모든 것을 수행하려고 노력했다.

만델슈탐은 보로네슈에 있을 때 언젠가 내게 신문을 보여주었다. 『짧은 과정』(Краткий курс)[6]의 출간에 대한 학술원회원 바흐(A. H.

---

6) 소련 공산당의 역사를 다룬 스탈린의 저작으로 스탈린이 죽기 전까지 모든 정

Бах)[7]의 성명서가 실려 있었다. "여보, 그가 쓴 말 좀 봐. 『짧은 과정』은 내 삶의 전환점이다'라네." "아마 그가 쓴 게 아니라 단지 밑에 서명만 했을 거예요." 내가 말했다. 이런 글들은 보통 이미 씌어진 상태로 사람들에게 전달되어 단지 그들이 그 글 밑에 서명해줄 것만을 요구한다. "그렇다면 더 실망인걸." 만델슈탐이 대답했다.

학술원 회원 바흐는 어떻게 해야 했을까? 성명서를 수정하여, 좀더 고상하게 바꿈으로써 자신의 이름을 이렇게 명백히 진부한 글 아래 써넣는 일을 피해야 했을까? 글쎄 모르겠다. 아니면 그의 서명을 받으러 나타난 기자를 쫓아버려려 했을까? 그들이 어떤 위협을 받는지를 알면서 그들에게 이런 행동을 과연 요구할 수 있을까? 그럴 수 없다고 생각한다. 그렇다면 과연 어떻게 해야 하는가! 나는 모르겠다. 테러의 특징은 모든 사람의 손발을 묶어서 손가락을 움직일 수 없게 만든다는 것이었다.

그러나 지금은 다른 질문이 생긴다. 우리나라에서 지식인이 자기 독립성을 고수할 수 있었던 순간이 있었을까? 확실히 그런 순간은 있었다. 그러나 이미 혁명 전부터 계층이 나뉘어 있었으며 동요하던 지식인들은 자신의 독립성에 관해서 생각하지 않았다. 가치를 재평가하고 투항하는 과정이 이미 진행되었기 때문에. 어쩌면 지금은 가치를 새롭게 수집하는 단계인지도 모른다. 이 가치는 맹목적이며 천천히 가까스로 쌓이는 중이다. 우리 앞에 놓인 미래의 시련 과정에서 우리가 이 가치를 고수하고 보존할 수 있을지 나는 정말 모르겠다.

치적 독트린의 기초가 되었다. 그러나 『짧은 과정』이 출판된 것은 이미 만델슈탐이 두 번째로 체포된 이후로 나데쥬다 만델슈탐은 시간을 혼동했다—편집자.

7) 바흐(1857~1946): 생명화학 학자. 학술원 회원.

51 콜랴 티호노프

시인 콜랴 티호노프(Н. С. Тихонов)[1]는 언제나 커다란 목소리로 자기 확신에 차서 설득력 있게 이야기했다. 그는 사람들의 환심을 살 줄 알았고, 영혼의 사냥꾼이자 유혹자 가운데 하나였다. 그의 문학계 입문을 모두 기쁘게 맞았다. 젊고 생기 있고 단도직입적인 콜랴. 그는 새로운 인간이었으며, 전형적인 군인이자 멋진 이야기꾼이었다. 많은 사람은 이후 그에게 일어난 일을 이해하지 못하기는 하지만, 지금도 예전의 콜랴 티호노프에 현혹되어 있다. 콜랴 추콥스키(Н. К. Чуковский)가 티호노프를 우리 집에 데려왔고, 만델슈탐은 이 두 젊은이를 좋아했다. "봐봐, 코르네이 추콥스키(К. И. Чуковский)[2] 아들이 얼마나 착한지." 티호노프에 관해서는 이렇게 말했다. "괜찮네, 괜찮아. 비록 그는 지금이라도 기차에 타서 '여러분, 신분증을 제시하시오'라고 말할 것 같지만." 이때 만델슈탐은 신분증이라는 단어를 마치 시민전쟁 중 밀가루를 도시에 팔기 위해 가져가는 투기꾼이 없는지 기차를 검사하던 식량징발대의 책임자들처럼 두 번째 음절에 강세를 주어 발음했다.

그리고 만델슈탐 역시 콜랴 티호노프의 매력에 빠져들었다. 그러나 이는 오래 가지 못했다. 티호노프는 다른 사람들보다 먼저 우리에게 자

---

1) 티호노프(1896~1979): 시인. 혁명적 낭만주의 경향의 발라드 장르 창작을 시작하면서 등단. 문학계 관료. 레닌그라드 잡지 『별』의 편집장.

2) Н. 추콥스키(1904~65): 1920년대 등단했던 시인. 이후 산문작가로 변신. К. 추콥스키(1882~1969): 비평가이자 문학연구가. 유명한 동화작가.

신의 본색을 드러냈기 때문이다. "만델슈탐은 레닌그라드에 살게 되지 않을 거요. 우리는 그에게 방 한 칸도 내줄 수 없소"라고 말할 때 그의 확고한 어조를 나는 특히 잘 기억한다. 이 사건은 우리가 아르메니아에서 레닌그라드로 돌아왔을 때 일어났다. 우리는 살 곳이 없었고, 만델슈탐은 문학인의 집에 있는 빈 방을 쓸 수 있게 해달라고 작가 조직에 요청했다. 티호노프는 거절했고, 그 표현에 놀라 나는 그에게 물었다. 만델슈탐이 개인 주택에 세 들어서 레닌그라드에 살더라도 작가 조직의 허가를 얻어야 하느냐고. 티호노프는 완강하게 반복했다. "만델슈탐은 레닌그라드에 살게 되지 않을 거요." 나는 티호노프가 그 말을 스스로 한 것이지, 아니면 누군가의 명령을 전달한 것인지 알아내려고 했으나 실패했다. 만일 명령 전달이었다면 무엇 때문에 이런 진심에서 우러나온 어조가 필요했을까?

아무튼 티호노프의 말은 그 어떤 좋은 것도 예고하지 않았으므로 우리는 모스크바로 떠났다. 티호노프의 어조의 의미는 이러했다. 우리는 모두 우리에게 기대된 바대로 행동한다. 그런데 아무도 생각지도 않은 이 만델슈탐이 뭔데 나타나서 우리에게 방과 일자리를 요구하는가. 그는 너무도 많은 것을 요구하고, 우리는 그를 대신해 나중에 책임져야 할 것이다. 티호노프는 나름대로 옳았다. 그와 같이 헌신적으로 충실한 사람에게 만델슈탐은 변칙이었으며 구시대의 해로운 산물, 고위 권력에 의해 자리가 할당되는 문학계에서 잉여인간이었다.

이 무렵 이미 우리는 티호노프라는 인간에 대해 알고 있었다. 레닌그라드에서의 거주 권리와 방에 대한 대화가 있기 얼마 전 우리는 잡지 『별』의 편집국에서 나오는 그와 마주쳤다. 그의 주머니는 서평을 쓰기 위해 받아온 원고들로 가득 차 있었다. 티호노프는 자기 주머니를 두드리며 말했다. "전쟁터 같지요." 우리는 그가 내전을 회상하기 좋아한다는 것은 알고 있었지만 그의 툭 튀어나온 주머니와 전쟁터가 무슨 관련이 있는지는 알지 못했다. 그러나 곧 밝혀졌다. '문학적 전쟁'이었다. 티호노프는 전쟁터의 먼지를 이 변변치 못한 문학 작업에 옮겨왔다. 편집실 파일을 언제나 가득 메우고 있는 글쓰기광들의 소설 수십 편을 도살하고, 겸사겸사 이데올로기적으로 이질적인 것들도 적발해내는 것이다. 바로 이것이 전쟁이 아니고 무어란 말인가? 그런데 이때 병사는 아무 위험 부담도 없었다. 이런 전쟁에서 부상당할 염려는 없었고, 그 어떤 약탈행위 없이 자기 아파트를 소비에트의 검소한 안락함으로 채울 수 있었다. 나쁠 게 없지 않은가?

"전쟁터 같지요"라는 말은 티호노프가 좋아하는 표현이었다. 그러나 우리는 이따금 그의 입에서 다른 유형의 승리의 외침을 들을 수 있었다. 무슨 이유에서인지 언젠가 나는 모스크바에 있는 그의 집에 들러야만 했다. 그는 문학인의 집에 묵고 있었고, 우리 역시 그곳에 살고 있었다. 1932년 4월 23일, 라프가 해체되던 날이었다. 우리는 신문을 보고서야 이 사건에 관해 알게 되었다. 이것은 모두에게 의외의 사건이었다. 나는 티호노프와 파블렌코가 포도주 잔을 앞에 두고 식탁에 앉아 있는 장면을 목격했다. 그들은 잔을 부딪치며 승리를 축하했다. "라프와 그 모든 잔재여, 사라져라." 재치 있는 티호노프가 외쳤고, 훨씬 더 영리하고 무시무시한 사람인 파블렌코는 침묵을 지킬 뿐이었다.

"당신 아베르바흐랑 친하지 않았었나요?" 나는 놀라서 이렇게 말했다. 티호노프가 아니라 파블렌코가 내게 대답했다. "문학적 전투는 새로운 국면에 돌입했소."

만델슈탐은 보로네슈에서 티호노프에게 고양이와 카셰이(Кащей)[3]에 대한 시[4]를 보냈다. 만델슈탐은 유형당한 가난한 친구에게서 시를 받은 티호노프가 돈을 보내줄 거라고 기대했다. 티호노프는 만델슈탐을 위해 할 수 있는 모든 일을 하겠노라는 내용의 전보를 보냈다. 그리고 그것으로 우리 관계는 끝났다. 아마도 그는 아무것도 할 수 없었던 것 같다.

---

3) 동슬라브 신화에 등장하는 주인공. 사악한 마법사로 변신 능력이 있으며 불사신.
4) 1936년 12월 시 「그 때문에 모든 것이 실패다」(Оттого все неудачи)를 가리킨다.

나는 1960년대 초 수르코프에게 티호노프의 이 전보에 대해 이야기
했다. 당시 '시인의 도서관'[5]은 출판 준비 중이던 만델슈탐의 시집 서문
을 부탁할 사람을 필사적으로 찾고 있었다. 모두 이 어리석은 서문을 쓰
는 일을 거절했다. 그 누구도 만델슈탐의 부활에 대한 책임을 편집국과
함께 떠맡고 싶어 하지 않았다. 티호노프가 서문을 쓰는 것에 동의했다
면, 책은 아마도 오래전에 나왔을 것이다. 솔제니친(А. И. Солжени-
цын)[6]의 소설 『이반 데니소비치의 하루』가 나오기 직전으로 분위기가
매우 좋은 때였다. 티호노프는 서문을 쓰기에 가장 이상적인 후보자였
다. 그가 서문을 쓰는 데 동의했다는 사실 자체가 책이 출판되기 전까지
가해질 공격에서 책을 보호하기 때문이었다. 수르코프는 만델슈탐을 위
해 '모든 것을 하겠다'고 전에 약속하지 않았느냐며 티호노프를 설득했
지만, 티호노프는 단번에 거절했다. "그는 완전히 중국 인형이 되어버렸
어요." 나는 수르코프에게 이렇게 말했고, 수르코프는 내 말을 반박하지
않았다.

과장되게 움직이던 청년 콜랴 티호노프를 거부하는 것은 어려운 일이
었다. "티호노프와 루곱스코이(В. А. Луговской)[7]는 그 누구를 위해

---

5) 막심 고리키가 발간하기 시작한 유명한 시집 시리즈.

6) 솔제니친(1918~2008): 작가. 로스토프 대학에서 물리수학 전공. 모스크바 역
사, 철학, 문학 대학의 통신학생이 되어 문학 전공. 1941년 제2차 세계대전에
포병대위로 참전. 1945년 2월 전선에서 친구에게 보낸 편지에 암암리에 스탈린
을 비난했다는 이유로 정치적인 고발을 당해 8년형을 선고받는다. 4년 동안을
수인수학자로서 특수연구소에서 보내고, 나머지 3년은 북카자흐스탄에 있는
탄광지대에서 일했다. 1953년 석방된 뒤 중학교 물리수학교사로 지내면서 문필
활동 시작. 스탈린 시대 수용소의 하루를 적나라하게 그린 중편소설 『이반 데니
소비치의 하루』를 1962년 발표. 그 후에도 다수의 작품을 발표하여 작가로서
탄탄한 지위를 확립했으며 1970년에는 노벨문학상 수상자로 지명되지만, 해외
로 나감으로써 소련 시민권을 박탈당할까 두려워 수상식에는 참석하지 않는다.
1973년 『수용소 군도』를 발표하고 소련당국의 격렬한 비난을 받아 결국 1974
년 체포되어 시민권을 박탈당한 뒤 서독으로 추방당했다. 그 후 미국에 은둔하
며 작품 활동을 하다가 페레스트로이카 이후 러시아로 돌아왔다.

7) 루곱스코이(1901~57): 시인.

결코 아무것도 한 적이 없지만, 그래도 그들은 다른 사람들보다는 나아요." 아흐마토바는 내게 이렇게 말했다. 1937년 그녀는 티호노프와 만났고, 그들은 반시간 가량 강변을 함께 거닐었다고 한다. 그는 내내 아흐마토바에게 저주스러운 시기에 대해 불평했다고 한다. "그는 우리랑 똑같은 말을 했어요." 아흐마토바는 이렇게 말했다. 바로 이 때문에 그녀는 그에게 지금도 나쁘지 않은 태도를 취하는지도 모르겠다.

그런 아흐마토바도 티호노프가 말한 방식에는 놀랐다. 집으로 돌아온 그녀는 그가 테러에 대한 자신의 태도를 밝힌 말 한마디도 기억해낼 수 없었다. 그는 아흐마토바 같은 사람에게 이야기할 때조차도 '자기에게 불리한 자료를 주지 않을' 정도로 모든 것을 매우 교묘하게 위장할 줄 알았다. 그는 무언가에 대해 불평했지만, 불필요한 말은 한마디도 발설하지 않았다. 고도의 군기가 아니고 무엇이랴!

바로 이 때문에 나는 그와 루고프스코이를 같은 범주로 취급해서는 안 된다고 생각한다. 루고프스코이는 비할 수 없이 더 단순하며 순수한, 완전히 다른 종류의 인간이다. 그는 전쟁터를 마치 불처럼 무서워했고, 문학적 전투를 수행하지 않았으며, 취하면 아무 말이나 실컷 지껄였다. 반면 티호노프는 언제나 스스로에 그리고 스스로가 하는 일에 충실했다. 그의 장례식에는 마지막 모히칸들이 모여서 잡지 『별』 역시 전쟁터라는 것을 이해하던 문학적 투사에게 군인의 예를 표할 것이다. 티호노프의 아내는 종이를 이겨서 인형을 만들었다. 그리고 티호노프 역시 언제인가 이 종이 인형으로 변했다.

종이로 만든 상자에는 정말 가치 있는 물건은 결코 담겨 있지 않다. 그래서 티호노프는 가치의 재평가 같은 일은 하지 않아도 되었는지 모른다. 그는 1920년대 초 '새로운' 시대 편에 선 대표자 가운데 한 사람이었다.

52 서가

1938년 5월 노동절 연휴 나는 무롬 근처에 있는 사마티하 휴양소에서 만델슈탐이 체포되었다는 소식을 가지고 모스크바로 왔다. "운명이 결정될 때까지 이곳에 머물러 있어야 해." 이렇게 말하고 나는 책장에서 몇 권의 책을 꺼내 헌책방으로 갔다. 이 책을 판 돈으로 나는 만델슈탐에게 처음이자 마지막 소포를 보냈지만, 이 소포는 '수신인 사망'이라는 사유로 반송되었다. 우리에게 평화로운 삶의 환상을 주었던 이 책장의 장서 중 일부라도 간직했으면 하고 나는 항상 희망했다. 이 책들이야말로 만델슈탐의 1930년대 관심사를 반영하기 때문이다. 그래서 나는 책들을 팔자마자 그 대략적인 목록을 하르드지예프에게 주었다. 물론 목록은 정확하지 않았다. 당시 나와 같은 상황에 처했던 여자들은 그 무엇에도 집중할 수 없었다. 나머지 책들, 즉 헌책방에서 구입을 거절했던 책들은 오빠가 가지고 있는데, 나는 아직까지도 이 책들을 가져다둘 곳이 없다.

내가 잡지사 편집실에 근무하면서 우리는 책을 사 모으기 시작했다. 이곳에서는 매달 '책 무료 배급권'을 지급하는 방식으로 기자들에게 문화를 습득하게 했다. "기본서들을 사시오." 내게 첫 번째 배급권을 지급하면서 체차놉스키는 충고했다. 그는 특히 레닌의 여섯 권짜리 선집이나 이제 막 나오기 시작한 스탈린 선집을 추천했다. 내가 아는 모든 사람의 서가에는 이미 마르크시즘 고전 선집들이 꽂혀 있었고, 이 선집들은 지식인 가정의 필수품이 되었다. 우리를 교육하는 자들은 이를 매우 고집했다. 모든 지식인은 이 책들을 전부 꼼꼼히 읽어야 하며, 그렇게 하면 반박할 수 없는 논리에 설득된 그들은 당장 이상주의적 편견을 버리게 될 거라고 스탈린은 정말 믿었다. 마르크시즘 서적에 대한 수요는 당시 정점에 달해 있었다. 1934년 우리 집 가택수색 때 양철깡통에 든 사탕을 권하던 장밋빛 뺨의 체키스트는 우리 서가에 마르크시즘 서적이 없다는 사실에 경악했다. "당신네는 마르크시즘 고전들을 어디다 보관해두시오?" 그는 내게 물었다. 만델슈탐이 그 말을 듣더니 내게 속삭였다. "저자는 마르크스 저작을 가지고 있지 않은 사람을 처음 체포하는 모양이군."

우리 집에는 그 어떤 '기본적인' 고전들도 없었고, 선집류도 전혀 없었다. 비록 항상 우리는 이런 유의 것들을 구비하라는 권고를 받았지만. 결국 베네딕트 립시츠는 우리에게 영향력을 미치는 데 성공했고, 만델슈탐은 여러 권짜리 라루스 선집을 샀다. 립시츠는 말했다. "번역가라면 이 책이 없어서는 안 되지." 이런 말을 들은 1920년대 중반 우리가 생계를 꾸릴 수단은 번역밖에 없었다. 그리하여 라루스의 두꺼운 선집은 노끈에 묶인 채 우리 집 서가에 꽂혀 있다가 그 후 다시 헌책방으로 보내졌다. 만델슈탐은 번역가가 되지 않았다. 기본적인 선집류는 한번도 만델슈탐을 유혹하지 않았다. 게다가 만델슈탐은 수집가적 성향을 전혀 가지고 있지 않았다. 그는 희귀본에 대한 욕심도 없었고, 무엇이든 한 문제에 푹 빠지는 일도 없었다. 그냥 그에게는 개인적인 관계를 맺고 진정한 대화를 나눌 수 있는 책들만 있으면 됐다. 다른 것들도 아끼기는 했지만, 없어도 그만이었다. 그래서 그는 막 출간된 파스테르나크의 시집 『나의 누이 나의 삶』을 카타예프가 가져가도록 내버려두었다. "나는 필요한 부분은 외우고 있으니, 그가 나보다 더 필요할 거야." 만델슈탐은 이렇게 설명했다. 그는 언제나 이렇게 말했다. "책은 그걸 필요로 하는 사람이 가지고 있어야 해."

내가 찾아낸 책들이 만델슈탐을 기쁘게 하는 일은 거의 없었다. 한번은 내가 헌책방의 잡동사니 가운데서 뱌체슬라프 이바노프의 『불타는 심장』(*Cor ardens*)[1]을 찾아냈다. 나는 우선 내가 젊은 시절 가지고 있던 모든 책을 다시 사놓고 싶었던 것이다. 만델슈탐은 무관심한 반응을 보였다. "무엇 때문에 항상 똑같은 거야?" 이것은 이미 지난 과거에 속했고, 만델슈탐은 거기로 돌아가고 싶어 하지 않았다. 그러나 뷔르거(G. Bürger)[2]의 책을 사오자 만델슈탐은 기뻐했다. "내가 필요로 하는 것을 당신은 언제나 알고 있단 말이야." 그러나 이 말은 사실과 달랐다. 뷔르거의 책을 제외하고는 그는 내가 권한 모든 책을 거절했다.

1930년대 생긴 우리 서가에는 20세기 시는 전혀 없었다. 단지 안넨스키와 아크메이스트들(구밀료프와 아흐마토바) 그리고 우연히 생긴 두세 권의 책들이 있었을 뿐이었다. 만델슈탐은 20세기 시를 1922년에 모두 훑어보았다. 개인 출판사를 운영하기로 결심한 두 젊은이가 상징주의부터 '현재'까지의 러시아 시 선집 편집을 만델슈탐에게 청탁했다. 선집은 코넵스키(И. Коневский)와 도브롤류보프(А. М. Добролюбов)로 시작하여 보리스 라핀(Б. М. Лапин)으로 끝이 났다.[3] 일반적으로 그러하듯 만델슈탐 역시 시인들의 작품 중 성공작을 골랐다. 도브롤류보프의 「말하는 독수리들」, 발몬트(К. Д. Бальмонт)의 「이름 없는 아랍인의 노래」, 코마롭스키(В. А. Комаровский)의 「광장들에는 단지 한 단어——타티카가 있다」, 보로다옙스키(В. В. Бородаевский)의 「제비」, 로지나 로진스키(А. К. Лозина-Лозинский)의 「장기 두는 사람들」이 그러하다.[4] 만델슈탐은 보리스

---

1) 1911~12년에 출판된 이바노프의 시집—편집자.
2) 고트프리드 뷔르거(1747~94): 독일 낭만파 이전 시기의 시인. 근세 발라드 문학 장르의 창시자.
3) 코넵스키(1877~1901): 묵시록적 테마의 시를 주로 쓴 러시아 상징주의 초기 시인. 도브롤류보프(1876~1944?): 기피우스(В. В. Гиппиус)와 함께 등장한 상징주의 초기 시인들 중 한 명. 이후 종교 전도사가 된다. 라핀(1905~41, 전투 중 사망): 시인. 예술 다큐멘터리 산문 작가.
4) 발몬트(1867~1942): 상징주의 시인. 러시아 모더니즘의 개척자. 코마롭스키(1881~1914): 아크메이스트들에게 존경받던 시인. 보로다옙스키(1879~1923): 뱌체슬라프 이바노프 서클에 가까웠던 시인. 로지나 로진스키(1886~

라핀의 시 두세 편을 기꺼이 선택했다. 현명해 보이는 이마에 관한 무언가와 '체카 창문의 별들'에 관한 시, 「쑥부쟁이의 손가락을 물어뜯는 듯 트릴 트랄을 꽃에 입 맞추었다」라는 시였다. 브류소프가 골칫거리였다. 적당한 시를 고를 수도, 그렇다고 그냥 넘어갈 수도 없었다. 당시 브류소프는 지금보다 훨씬 더 높게 평가받고 있었다. 우리에게는 현상을 올바르게 판단할 수 있는 로모노소프(М. В. Ломоносов)[5]식의 '혜안'이 부족했다. 매우 가까운 거리에서는 언제나 규모가 왜곡되게 마련이다. 널리 소개해야만 하는 브류소프를 읽으면서 만델슈탐은 냉정을 잃었다. "'너는 불꽃처럼 뜨거워야 하며 너는 검처럼 날카로워야 한다'[6]니 이것이 무슨 뜻이야?" 만델슈탐은 짜증스럽게 이렇게 물었다. 지하의 불꽃이 단테의 뺨에 화상을 입혔다는 시구에 이르자 만델슈탐은 편집인들에게 달려가 작업을 포기하겠노라고 선언했다. 편집인들은 마치 일부러 그런 것처럼 브류소프 시 한 더미를 주머니에 넣고 다니고 있었다. 그러나 이들은 매우 훌륭한 청년들이었다. 약간의 논쟁 뒤에 그들은 누그러졌고, 자신들의 영혼을 달래기 위한 용도로 가지고 다니던 브류소프의 선집을 다시 주머니에 감추었다.

만델슈탐은 나중에 그들에 관해 자주 떠올렸다. 다른 모든 소비에트 편집인과 비교할 때 그들은 그야말로 천사였다. 젊은 편집인의 이름은 이미 잊혔으며, 따라서 나는 그들이 누구였는지 일일이 언급하지 않으려다. 당시 이미 국가가 비호하던 시인들, 즉 프롤레타리아 시인들의 작

1916): 아크메이스트 서클에 가까웠던 시인.

5) 로모노소프(1711~65): 학자이자 시인. 계몽기에 흔히 볼 수 있는 학문과 예술 분야에서 뛰어난 인물로서 자연과학 분야에서는 프랑스의 라부아지에보다 먼저 질량보존의 법칙을 확립했다. 번개나 오로라 등의 현상을 해명했으며 토양, 광물, 야금 등의 분야에서도 선구적인 연구와 실험을 했다. 한편 인문과학의 분야에서는 역사학과 러시아 문법, 시작법 등에 커다란 업적을 남겼다. 로모노소프는 「수사학」이라는 글에서 '먼 개념의 연합'이라는 표현을 사용하여 시공간상 펼쳐진 말을 지향하는 언어적 이미지의 구조적 특성을 강조했다.

6) 브류소프의 강령적 시 「시인에게」(Поэту)의 처음 부분에 나오는 구절—편집자.

품을 만델슈탐이 시집에 포함시키지 않았기 때문에 시집 발간은 금지되었다. 게다가 검열관은 계급적으로 낯선 부르주아 시들 전체를 제외하라고 고집했다. 이 모든 작업 가운데 몇몇 인쇄지만이 남아 있을 뿐이다. 이 작업은 모든 주문된 작업들 중 가장 유쾌했고, 유일하게 의미 있는 작업이었다. 시인들이라면 누구나 젊은 시절에 자기 나라 시인들의 시를 선정한 자기만의 선집을 만들어보아야 한다는 것이 내 생각이다.

"이게 무슨 뜻이지?" 짜증스럽게 만드는 시들을 대할 때마다 만델슈탐은 이렇게 내뱉었다. 「질주는 우리의 신, 가슴은 우리의 북」이라는 마야콥스키의 시를 두고도 그는 내게 이런 질문을 했다. 이 시가 무슨 의미인지를 곰곰이 생각해보기 전까지 나는 이 시를 좋아했다. 만델슈탐은 마야콥스키에 대해 대체로 좋은 태도를 취했으며 한때 그들이 페테르부르크에서 친하게 어울리던 때를 이야기하곤 했다. 그러나 그들은 서로 다른 방향으로 이끌려갔다. 서로 다른 경향의 시인들이 우정을 나누기는 불가능했다. 만델슈탐과 마야콥스키, 립시츠, 추콥스키가 함께 찍은 사진은 바로 이 당시의 것이다. 이 사진은 당시 문학계에 어떤 저능아들이 모여들고 있는지 보여주기 위해 한 신문에 실린 것이었다.[7]

제1차 세계대전 무렵 또는 혁명 초 나타난 시에 대한 태도의 변화, 시 독자의 출현은 모두 상징주의자들의 공로다. 1900년대 태어난 나 역시 이미 그들에게 교육된 세대에 속한다. 그들이 영향력을 가졌던 바로 그 서클(그 서클은 계속 확장되었다)에서 톨스토이(Л. Н. Толстой) 그리고 특히 도스토옙스키(Ф. М. Достоевский)가 새롭게 조명되었고, 푸슈킨 연구가 시작되었으며, 튯체프(Ф. И. Тютчев), 바라트인스키(Е. А. Баратынский), 페트(А. А. Фет)를 비롯한 많은 시인이 부활했다.[8]

---

7) 1913년 12월 13일 『주식 소식』(*Биржевые ведомости*)에 실린 사진을 가리킨다. 모욕적인 사진 설명글에 대해서 시인들은 편집인들을 고소했다—편집자.
8) 톨스토이(1828~1910): 러시아 소설가. 『안나 카레니나』, 『전쟁과 평화』, 『부활』 등이 대표작이다. 도스토옙스키(1821~81): 러시아 소설가. 『죄와 벌』, 『백

사회적 테마를 강조하던 리얼리즘은 독자를 잃어버렸지만, 문학계나 작가 서클에서 아직 명맥을 유지하고 있었다. 바로 이 리얼리즘은 상징주의자들이 만든 모든 것, 그들이 이룬 문화적 달성을 공격했다. 오랜 기간 마치 '은세기' 문화가 이미 완전히 짓밟아진 것처럼 여겨졌으나, 이제 다시 모종의 섬광이 나타나고 있다. 어떻게 될 것인가? 우리는 어디로 가는가?

1930년대에 만델슈탐은 더 이상 러시아 20세기 시로 돌아가지 않았고, 서가에는 19세기 시들만 모였다. 만델슈탐은 시 선집의 초판을 좋아했고, 이것은 만델슈탐에게 수집가의 피가 흐르지 않았다고 한 내 말과 조금도 모순되지 않는다. 초판에는 언제나 저자의 손, 시에 대한 저자의 평가와 선별, 배치가 드러나 있다. 우리 집에는 데르쟈빈(Г. Р. Державин)과 야즈이코프(Н. М. Языков), 주콥스키, 바라트인스키, 페트, 폴론스키 등의 초판이 있었다.[9] 그리고 이런 시인들에게서도 만델슈탐은 성공적인 작품들을 찾았다. 메이(Л. А. Мей)[10]의 「폼페이 여인」("그대 폼페이 여인이여 대기중을 달리네"), 슬루쳅스키의 「야로슬라브나」와 「제네바에서의 형 집행」(이 시의 노파에 대한 구절은 안넨스키를 연상케 한다), 폴레쟈예프(А. И. Полежаев)[11]의 「집시 여인」이 그러했다. 역시 초판으로 읽은 페트의 작품 중에 만델슈탐이 무슨 시를 좋아했는지는 기억나지 않는다. 만델슈탐은 50부밖에 인쇄되지 않은 그의 시집 중 한 권을 우연히 손에 넣을 수 있었다. 만델슈탐은 「뱀」을 비롯한 페트의 많은 시를 좋아했다. 이런 만델슈탐의 선택에는 아마도

치」, 『카라마조프 가의 형제들』 등이 대표작이다. 튯체프(1803~73), 바라트인스키(1800~44), 페트(1820~92): 러시아 낭만주의 시인들.

9) 데르쟈빈(1743~1816): 시인. 하급관리 지위에 있을 때 여제 예카테리나 2세를 찬미한 송시가 인정받아 일약 발탁되어, 그다음에는 현지사, 여제 비서관, 원로원 의원, 사법장관 등을 역임했다. 고전주의의 장중함과 바로크의 화려함을 결합한 독특한 스타일의 시를 썼다. 야즈이코프(1803~46): 낭만주의 시인.

10) 메이(1822~62): 서정시인.

11) 폴레쟈예프(1804~38): 시인.

첫 번째 문학적 스승이던 블라디미르 바실리예비치 기피우스[12](「시간의 소음」에는 그에 대한 부분이 있다)의 영향이 무의식적으로 작용했을 것이다. 아흐마토바는 페트의 시 중 다음 구절을 좋아했다. "내가 미치기를 원했던 자가 이 장미덩굴을 엮었네." 만델슈탐과 아흐마토바는 자기가 좋아하는 시들을 교환하고 서로 선물했다. 그런데 마콥스키의 경우는 브류소프와 똑같은 일이 벌어졌다. 고를 만한 시가 없었던 것이다. 러시아 시인들의 시집이 꽂혀 있는 서가의 부분은 계속 늘어났지만, 시 선집을 편집해달라는 주문은 이제 더 이상 없었으며, 있을 수도 없었다.

양적으로 두 번째로 많은 분야는 이탈리아 서적이었다. 아리오스토, 타소(T. Tasso),[13] 페트라르카도 단테와 함께 등장했다. 이들의 작품은 원서뿐 아니라 산문으로 된 독어본도 있었다. 아직 이탈리아어를 잘하지 못했던 시기 만델슈탐은 이따금 번역본을 찾았다. 번역본들 중 1920년대 출판된 『연옥』의 러시아어 산문 번역 단 한 권만을 만델슈탐은 가치 있다고 평가했는데, 그게 누구의 번역이었는지는(고르보프였던가?) 기억하지 못한다. 시 번역을 만델슈탐은 견디지 못했다. 그네디치(Н. И. Гнедич)[14]의 경우처럼 번역이 문학적 가치를 가지는 경우는 매우 드물었다. 이탈리아 책들은 모두 1904년 옥스포드 판과 같이 많지 않은 사실적 주석만 있는 매우 소박한 판본이었다. 물론 우리는 더 최신판들을 사고 싶었지만, 최신판들은 지금도 구하기 어렵다. 이탈리아 산문 중에서는 바자리(G. Vazari)와 보카치오(G. Boccaccio), 비코(G. Vico)를 기억한다.[15] 그러나 이들 이외에도 분명 더 있었다. 오비디우스와 호라티

---

12) 기피우스(1876~1941): 초기 상징주의 시인. 교육자. 만델슈탐이 테니셰프 학원에서 공부할 때 문학교사로 있었다.

13) 타소(1544~95): 이탈리아 시인. 르네상스 문학 최후의 시인으로 그의 대표작 「해방된 예루살렘」은 르네상스 정신을 완전히 종합한 것으로 유럽 문단에 큰 영향을 주었다.

14) 그네디치(1784~1833): 시인이자 번역가. 실러, 볼테르, 셰익스피어, 호메로스의 작품 등을 번역했다.

우스(F. Q. Horatius), 티불루스(A. Tibullus), 카툴루스(G. V. Catullus) 등 로마 시인들의 서적은 상당히 많았다.[16] 거의 이 모든 작품은 독일어 번역이 붙은 책들로 샀는데, 독일인 번역가들이 프랑스 번역가들보다 더 정확했기 때문이다.

아르메니아에서 만델슈탐은 다시 독일 작가들에게 관심을 가지게 되었고, 그래서 1930년대 그는 괴테, 뷔르거, 레나우, 아이헨도르프, 클라이스트, 헤르더 등 낭만주의자들의 책을 열심히 사 모았다. 만델슈탐은 클롭슈토크[17]의 책도 샀는데, 만델슈탐의 표현에 따르면 그의 시는 오르간 같은 소리를 냈기 때문이었다. 그외에도 횔덜린과 뫼리케가 있었다. 게다가 중세 독일어 작가 작품도 샀다. 프랑스 작가들의 작품은 훨씬 적었다. 셰니에, 바르비에, 비용은 원래부터 가지고 있었다. 만델슈탐은 베를레느와 보들레르, 랭보를 새로 샀다.

번역을 통해 배우라는 안녠스키의 조언에 따라 젊은 시절 만델슈탐은 말라르메를 번역하려 했던 적도 있었다. 그러나 아무 성과도 얻지 못했다. 말라르메는 그저 익살꾼이라고 만델슈탐은 내게 단언했다. 게다가 구밀료프와 게오르기 이바노프도 만델슈탐의 말라르메 번역 구절을 놓고 놀려댔다. 서로 놀릴 수 있던 때가 좋은 때였다. 고대 프랑스 서사시 번역 의뢰가 들어온 1922년 만델슈탐은 청년 시절 가지고 있던 고대 프

---

15) 바자리(1511~74): 이탈리아 화가이자 건축가. 『가장 유명한 화가, 조각가, 건축가의 생애』의 저자. 보카치오(1313~75): 이탈리아 소설가. 단편소설집 『데카메론』의 저자로 근대소설의 선구자. 비코(1668~1744): 이탈리아 철학자. 역사철학의 창시자.

16) 호라티우스(기원전 65~기원전 8): 고대 로마의 시인으로 작품으로는 『서정시집』 4권과 『서간시』 2권이 남아 있다. 티불루스(기원전 55년경~기원전 19): 고대 로마의 서정시인으로 문인 보호자 메살라의 문학 서클에 소속되어 호라티우스와 친교가 있었다. 카툴루스(기원전 84~기원전 54): 고대 로마 공화정 말기의 서정시인. 사랑과 실연의 감정을 노래한 시로 이후 연애시 시인들의 선구가 되었다.

17) 클롭슈토크(1724~1803): 독일 시인 근대 독일 국민문학의 선구자로서 괴테와 횔덜린, 릴케에 영향을 미쳤다.

랑스 서적을 레닌그라드에서 가져왔다. 얼마 전 사샤 모로조프는 「알렉시스 애도문」과 「알리스칸스」 번역본을 문서보관소에서 발견했다. 이것은 단순한 번역이 아니었다. 이 두 작품에는 만델슈탐의 운명이 기이하게도 암시되어 있었고, 만델슈탐도 이것을 느끼고 있었다. 「알렉시스 애도문」은 가난에 대한 서약이었으며, 「알리스칸스」에는 목숨을 구하기 위해 숨지 않겠다는 맹세가 담겨 있다.

만델슈탐은 자신의 원고에 대해 언제나 매우 무관심한 태도를 취했으며, 아무것도 보존하지 않았다. "필요한 사람이 보관하겠지." 그리고 문서보관소와 편집국을 믿었다. 이 번역본들 역시 만델슈탐은 유일한 원고를 잡지 『러시아』 편집국에 넘겼고, 내가 사본을 만들도록 허락지 않았다. 여기에는 일상적인 무관심 외에도 다른 무언가 있었다. 그는 여자의 고달픈 운명이 예언되어 있는 2행시처럼[18] 이 번역도 두려워했다. 이런 작품들을 만델슈탐은 피했고, 절대 회상하지 않았으며, 집에 두지도 않았다. 마치 어린아이가 눈을 감고서 다른 사람들도 자기를 못 본다고 생각하는 것이나, 새가 날개 아래로 머리를 숨기는 것 같았다. 그런데 여기 예언이랄 게 뭐가 있나? 이 세상에서 우리 운명이 달리 또 어떻게 이루어질 수 있었단 말인가? 그나마 내가 살아남아 만델슈탐의 시를 보존할 수 있었던 것이 다행이다. 이제 더 이상 시가 사라지는 일은 없으니. 그리고 아흐마토바도 견뎌냈다. 이게 바로 기적이 아닌가?

러시아 서적 중에 만델슈탐은 차다예프와 슬라브주의자들 같은 러시아 철학자들의 책을 욕심냈다. 독일 철학은 그와 별로 맞지 않았다. 언젠가 한번은 칸트의 책을 사서 냄새를 맡더니 이렇게 말했다. "여보, 이 책은 우리에게 맞지 않아." 그러더니 유혹당하지 않기 위해 다른 책들 뒤로 던져버렸다. 러시아 철학자들은 전혀 달랐다. 만델슈탐은 그들과 함께 살았다. 망명한 베르댜예프가 얼마나 성숙했는지에 관한 소문을 우리는 제법 일찍 접하게 되었다. 만델슈탐은 항상 그에 관해 물으면서

---

18) 앞서 언급했던 「너의 좁은 어깨가 채찍 아래서 붉어지고」를 가리킨다.

그의 저작을 구하려고 애썼지만, 이는 날이 갈수록 더 어렵고 위험해져 갔다. 우리는 그렇게 현재와 절연당한 채 건빵 배급만으로 살았다. 과거만이 남아 있었고, 그래서 우리는 최선을 다해 그것을 이용했다.

1930년에서 그가 체포되던 1934년까지 이 짧은 기간에 만델슈탐은 고대 러시아 문학에 진지하게 매달렸다. 만델슈탐은 연대기와 「이고리 원정기」(그는 이 작품을 매우 좋아했으며, 외우고 있었다) 그리고 몇몇 산문 작품들과 러시아 슬라브 노래들의 여러 판본을 수집했다. 만델슈탐은 고대 러시아 문학을 언제나 욕심내어 손에 넣었으며, 아바쿰 그리고 차르의 처남에게 시집간 불행한 공작녀도 알고 있었다.[19] 「외국인들 이야기」 같은 초기 작품들을 포함한 클류쳅스키의 작품들도, 당시 제법 널리 출간되던 고기록 문서자료, 예를 들어 푸가초프 반란 자료나 데카브리스트들과 인민의 의지파 조직원들의 심문 자료들도 서가에 등장했다. 아흐마토바 역시 이런 자료들에 관심을 가졌다. 예조프 테러 시기 그녀는 『유형과 강제노동』[20]만 읽었다.

테니셰프 학원(Тенишев училище)[21]은 만델슈탐이 고대 러시아어 문학에 대한 훌륭한 지식을 습득하도록 했고, 그것은 그의 피 속에 남아 있었다. 사범대학에 근무하면서 나는 중등학교의 파괴가 얼마나 치명적인 결과를 낳았는지 자주 생각하게 되었다. 나나 만델슈탐은 소비에트 학교를 다니지 않았으며 그럴 기회도 없었지만, 만약 다녔더라면 우리가 러시아 중등교육을 통해 습득했던 단순한 개념과 비강제적 지식을 평생에 걸쳐서도 축적할 수 없었을 것이다.

아르메니아 연대기는 만델슈탐의 새로운 관심분야였다. 그는 헌책방

---

19) 표트르 2세의 처남 돌고루코프(И. А. Долгоруков)에게 시집간 나탈리아 보리소브타 셰레메테바(Н. Б. Шереметева)의 「수기」를 가리킨다. 표트르 2세가 사망한 뒤 그녀의 가족 전체가 극심한 탄압을 당하게 된다―편집자.

20) 차르 시대 정치범들에 관한 잡지로 1935년 폐간되었다―편집자.

21) 1900년 B. A. 테니셰프 공작이 설립한 페테르부르크의 중등 교육기관으로 재정부 관할에 속한 상업 학교였다. 만델슈탐은 1900년부터 1907년까지 이곳에서 수학했다―편집자.

에서 모이세이 호렌스키의 연대기를 비롯한 약간의 서적들을 구하는 데 성공했다. 반면 생물학 책에 있어서는 운이 좋았다. 린네와 뷔퐁, 팔라스, 라마르크, 다윈의 책(『비글리 여행』) 그리고 드리쉬 같은 생물학에 기초한 철학자들의 책을 구할 수 있었다.

만델슈탐은 생물학과 문화철학에 관심이 있었지만 헤겔을 좋아하지 않았다. 마르크스는 중학교 시절 탐독했으며, 이것으로 끝이었다. 1934년 만델슈탐이 체포되기 직전 레쥬네프는 『자연의 변증법』을 선물로 가져왔지만, 만델슈탐은 거절했다. 레쥬네프는 아연해했다. 그는 언젠가 잡지 『러시아』를 출판했고, 만델슈탐도 그와 함께 일했다. 바로 그가 만델슈탐에게 「시간의 소음」을 청탁했고 이후 게재를 거절했던 자다. 그가 생각했던 것과 전혀 다른 회고록, 전혀 다른 유년 시절이었기 때문이었다. 결국 그는 직접 회고록을 쓰게 되었는데, 소도시에 사는 유대인 소년이 마르크시즘을 발견하는 내용이었다.

레쥬네프는 운이 좋았다. 비록 다른 작품들보다 못하지는 않았음에도 그 누구도 인쇄하려 들지 않았던 그의 책을 스탈린이 읽고 출판을 승인했던 것이다.[22] 스탈린은 레쥬네프에게 전화를 걸기까지 했으나, 레쥬네프는 집에 없었다. 레쥬네프는 다시 전화가 오기를 기다리며 꼬박 일주일 동안 전화기 옆에 앉아 있었다. 그는 기적이 반복되기를 기대했지만, 알다시피 기적은 반복되지 않는다. 일주일 뒤 전화는 다시 오지 않을 것이며, 이미 명령이 하달되었음이 그에게 통보되었다. 책은 출판되게 되었으며, 레쥬네프는 스탈린을 보증인으로 입당하게 되었고, 『프라브다』 신문의 문학분과 편집장으로 임명되었다. 레쥬네프는 누구라도 장화 발로 밀어젖힐 수 있는 완전히 보잘것없는 위치(시민권 상실자, 과거 개인출판사 운영자)에서 솟아올랐고, 기쁨의 감동으로 거의 넋이 나갈 지경이었다. 게다가 이 기적은 매우 견고했다. 그는 죽는 날까지 이

---

22) 『현대인의 수기』(*Записки современника*)를 가리킨다. 이 책은 결국 1934년 출판된다—편집자.

위치에 남아 있었기 때문이다.

　자기 운명에 관해 알게 된 레쥬네프는 마침내 전화기 곁을 떠나기로 결심했다. 그는 우선 이발소로 달려갔다. 일주일간 집에 있는 동안 그는 제법 멋진 턱수염을 기를 수 있었다. 그러고 나서 그는 선물과 이야기 (자기 인생의 전환점이 된 사건 그리고 마르크시즘에 입문하게 된 경위)를 가지고 우리 집에 왔다.『러시아』를 간행하던 시절 그는 이에 관해서는 꿈도 꾸지 못했다. 레쥬네프는 엥겔스의 새로 발견된 저작들, 그중에서도 특히『자연의 변증법』을 읽고 성숙하게 된 것으로 밝혀졌다. 그는 만델슈탐 역시 성숙하기를 바라는 마음에서 이 책을 사러 서점에 가기까지 했다. 그는 극도로 사심 없고 호의적인 사람이었다. 나는 당시 약간 그를 질투하기조차 했다. 진심어린 신앙고백 덕분에 모든 불쾌한 일에서 해방되었으며 게다가 고정적인 수입까지 생기다니 그로서는 놀랍도록 유쾌한 일이었다.

　만델슈탐은 휘파람을 불며 방 안을 돌아다니면서 레쥬네프를 쳐다보았다. 선물에 대해서는 그냥 귀찮다는 듯이 손을 내저을 뿐이었다. 그래도 레쥬네프가 선물을 계속 권하자 만델슈탐은 마지막 수단을 취했다. "필요없소. 아내가 읽더니 내게는 필요없다고 말하더군." 만델슈탐은 나를 가리키며 이렇게 말했다. 레쥬네프는 경악했다. 이렇게 근본적인 이데올로기 문제에 관한 서적을 고르는 일을 아내에게 일임하다니! "괜찮소. 아내가 더 나아요. 아내는 늘 내가 뭘 읽어야 하는지 알고 있다오." 레쥬네프는 화가 나서 나가버렸다.

　이후 제2차 세계대전 시기 피란지 타슈켄트에서 그는 나와 마주쳤지만 인사도 하지 않았다. 분명 그는 나를 만델슈탐의 못된 수호천사로 생각했을 것이다. 그가 나의 존재에 대해 정부에 상기시키지 않은 점은 높이 사야 한다.『프라브다』지에서 그가 어떻게 처신했는지 나는 알지 못한다. 아마도 다른 사람들처럼 행동했을 것이다. 그러나 내게 그는 언제나 반듯하고 정직한 사람으로 느껴졌다.『자연의 변증법』을 읽었을 때 두 눈이 뜨였다는 그의 말 또한 나는 믿는다. 이 책은 그의 수준에 때마침 딱 맞았던 것이다.

만델슈탐은 내 등 뒤에 숨어서 레쥬네프의 선물을 거절했고, 마르크시즘 서적은 우리 서가에 꽂히지 않았다. 레쥬네프 훨씬 전에 생물학자들도 이 책을 만델슈탐에게 보여주면서, 이 책이 그들 삶을 복잡하게 만들었다고 불평했다. 레쥬네프가 일주일 내내 면도도 안 하고 기다린 것은 놀랍지 않다. 소비에트 국민이라면 누구나 그렇게 행동했을 것이다. 직장에서 무단결근으로 쫓겨나는 것을 감수하고라도.

그밖에 우리 집 서가에는 건축물 사진첩들이 꽂혀 있었고, 그중에는 프랑스 고딕 건축에 관한 로댕의 책도 있었다.[23) 그리고 1937년 이탈리아에서 누군가 박물관 간행물을 우리에게 몇 권 보내왔다. 만델슈탐은 이를 매우 기뻐했지만 코스트이료프가 이런 기분을 망쳤다. 그는 제국주의 나라와의 교신을 조심해야 한다고 충고했다. 왜냐하면 그곳에 있는 사람은 모두 스파이이기 때문에. "그들이 당신에게 이런 책들을 보낼 때에는 뭔가 속셈이 있는 거예요!"

서가의 아래쪽에는 푸슈킨, 레르몬토프, 고골, 『일리아스』 등 만델슈탐이 어린 시절 읽던 책들이 꽂혀 있었다. 이런 책들은 「시간의 소음」에 기술되어 있으며, 만델슈탐의 아버지 집에 우연히 보존되어 있었다. 그들 중 대다수를 나는 독일인을 피해 칼리닌으로 피란 갔을 때 잃어버렸다. 20세기 우리는 히틀러와 스탈린 사이에 낀 채 얼마나 몸부림쳤던가!

예를 들어 빈켈만의 아름다운 장미 정원을 비롯해 책들은 훨씬 더 많았지만, 나는 다 기억해낼 수 없다. 헌책방 주인들은 어떤 책으로 우리를 유혹해야 하는지 알고 있었다. 그들은 블록의 「죽음의 무도」를 가지고 만델슈탐을 유혹했지만, 비싸서 살 수 없었다. "괜찮아요. 이 책은 레오노프한테 가게 될 거예요. 그는 50루블 이상 하는 책이면 다 사가니까"라고 나이 든 서점 주인은 말했다. 나는 레오노프를 본 적도 없고, 이런 중상이 사실인지 확인할 수도 없다.

---

23) 1914년 파리에서 출판된 『프랑스의 성당들』을 가리킨다─편집자.

53 우리 문학

목발을 짚고 다니는 단발머리 노파가 1940년대 타슈켄트 대학의 마르크시즘 레닌이즘 연구실을 관리했다. 사람들의 이야기에 따르면 그녀는 머리가 돈 사람이 몰던 자전거에 치였고, 탈저병 때문에 다리를 절단해야 했다고 한다. 그러나 모두 이 노파에게 싫증났기 때문에 이 모든 것은 고의로 자행되었다고 우소바는 단언했다. 이 노파는 내게 커다란 도움을 주었고, 그래서 나는 험담꾼 우소바의 말을 믿지 않는다.

1905년부터 당원이었으며 얼마 전까지만 해도 고위 관료였던 그녀는 사고 이후 부득이하게 대학에 근무하게 되었다. 아무도 그녀를 진지하게 대하지 않았지만, 그럼에도 조금 두려워했다. 새로운 국가와 실제 환경에 적응하기는 했지만 그녀는 과거의 서약을 신성하게 보존했으며, 꼬투리만 잡으면 소동을 일으킬 준비가 되어 있었다. 예조프 테러 기간에 그녀가 어떻게 무사할 수 있었는지 이해할 수 없다. 아마도 1년 이상 병원에 누워 있었기 때문에 그녀의 존재를 잊어버렸던 것이 분명하다. 그러나 만일 우연히 생각났다면, 조금도 주저 않고 체포영장을 들고 병실에 들이닥쳤을 것이다.

그런 경우는 많았다. 부트이르스크 감옥 앞에서 줄 서 있던 시절 나랑 성이 같던 여자가 내게 말해주었다. 칠순 노인인 그녀의 남편(아마도 법조인이 아니었나 싶다)은 심장에 염증이 나서 병실에 입원해 있던 채로 체포되었다고. 다리를 절던 이 노파는 너무도 시대착오적이었기 때문에 테러가 몰아치던 시기 아무도 그녀를 생각해내지 못했을지 모른다.

나는 철학박사 시험을 준비하던 중이었고, 책상 위에 책을 잔뜩 쌓아 놓고 마르크시즘 연구실에 앉아 있었다. 교과과정에서 요구하는 저작들이었고, 나는 재빨리 훑어보던 중이었다. 연구실에 들어온 이 노파는 자기 두 눈을 믿을 수 없었다. 자기 인생에 그리도 커다란 역할을 한 바로 그 저작들을 누군가 원저로 읽는 것이었다. 그녀는 아마도 지하 운동을 하던 젊은 시절 그리고 처음으로『자본론』을 펼쳤을 때의 전율이 떠올랐을 것이다.

"아, 모든 대학원생이 자네처럼 읽었더라면!" 그녀는 내게 말했다. "그들은 사전 이외에는 아무것도 보려 들지 않아." 나는 과분한 칭찬에 당황했다. 철학사전의 도움으로 시험 준비를 하는 방식은 나에게도 익숙한 것이었기 때문이다. "아니야, 아니야. 자네는 그런 자들을 모를 거야. 노트 필기와 사전 말고는 참고하지 않지." 그녀는 내가 보던 모든 책의 대출을 허락했고, 시험관들을 찾아다니면서 내 편이 되도록 그들을 선동했다. "당신은 젊은이들을 몰라요. 단어 하나라도 바꾸면 안 돼요. 그런데 우리 나이먹은 사람들은 그렇지 않잖아요. 조금이라도 우물대면 그대로 끝장이지요. 그러나 내가 젊은 감독관들에게 이야기해두었어요. 당신이 무엇을 읽었는지 그리고 다른 대학원생들은 어땠는지."

다른 대학원생들에 대한 폭로는 주요했다. 위험한 노파와 맞서는 것을 두려워 한 시험 감독관들은 감히 나를 낙방시킬 엄두를 내지 못했다. 젊은 감독관들의 질문들에 탁구공을 받아치듯 대답하는 기술도 없었고 당 대회 순서를 외우지도 못했던 나를 낙방시키는 것은 식은 죽 먹기였는데도 말이다. 나를 신뢰하지 못하겠으며 내 지식을 좀더 확실히 확인해야 한다는 이야기들이 복도에서 이미 오가고 있었다. 사실 이것은 어겨서는 안 되는 위로부터의 명령은 아니지만, 젊은 선생들의 일종의 텃세였다. 그들은 그저 낯선 외부 인물인 나를 좋은 월급을 받는 박사학위 소지자라는 특권 계급에 끼워주고 싶지 않았던 것이다. 그들의 본능은 옳았다. 그들은 멀리서도 이방인을 알아보았다.

한마디로 노파는 나를 구했고, 그녀는 무엇을 해야 할지 알고 있었다.

의지할 데라고는 없는 내가, 음모를 꾸미며 질투에 가득 찬 젊은 세대 사이에서 버둥거리기는 힘들었다. 게다가 그녀는 아마도 나와 자기 사이에 모종의 공통점이 있다는 것을 느꼈는지도 모른다. 당시 그 누구도 나나 그녀가 좋아하는 서적을 읽지 않았기 때문이다. 둘 다 사람들에게 읽히지 않는 자신들의 문학이 언젠가는 부활하리라고 기대하고 있었다. 그녀나 나나 자신들의 가치가 견고함을 믿었다. 비록 내 문학은 아직도 지하에 속하며, 그녀의 젊은 시절 지하 문학은 국가적인 것이 되었지만, 둘 모두 독자를 잃어버렸다.

20년가량이 지났다. 노파는 아마도 오래전 죽었겠지만, 그녀의 동지들인 1920년대 사람들은 남아 있다. 그들은 젊은이들이 정신을 차려서 다시 모든 문제에 대한 해답을 자신들의 젊은 시절 변증법 기초 서적에서 찾게 될 날이 오리라고 끈질기게 기대하고 있다. 이 기초 서적을 사람들이 내동댕이친 것은 단지 그것이 「네 번째 챕터」[1]로 슬쩍 교체되었기 때문이었다고 그들은 믿고 있다.

또 더 젊은 사람들, 지금 60세도 채 안 된 자들 중에는 바로 이 「네 번째 챕터」와 그에 수반되었던 것들의 부활을 꿈꾸기도 한다. 그들은 상당히 외롭지만, 테제와 안티테제, 진테제에 관한 교의는 그들을 위로해준다. 그들은 진테제에 이르면 다시 완전히 발전될 것이라고 기대하는 것이다.

마지막으로는, 지금은 은퇴해 있는 자기 아버지들의 영광스러운 시절을 기억하는 젊은이들도 있다. "목적이 수단을 정당화하지는 않는다"라고 내가 가르치던 그룹의 대학생 중 하나가 이렇게 말했다. "나는 정당화한다고 보는데요." 좋은 아파트에 살며, 지방 도시가 존경하는 거주자에게 제공할 수 있는 모든 특권(진료소, 요양원, 비밀 폐쇄 배급소 등)을 누리던 예쁜 여자 애는 준엄하게 말했다. 이 여자 아이의 아버지는 제20차 전당대회 이후 은퇴했고, 내가 일하던 이 지방 도시를 거주지로

---

1) 스탈린의 저서 『짧은 과정』 중 변증법적 유물론에 관한 장—편집자.

선택했다. 그룹에 있는 학생 중 유일하게 이 아이만 자신이 원하는 것을 알고 있었고, 솔제니친을 읽었으며 그의 작품은 출판되어서는 안 된다고 단호하게 말했다. 도서관에서 일하던 노파가 대학원생들이 『자본론』을 읽지 않음에 비탄했다면, 이 여자 애는 「네 번째 챕터」와 질서에만 관심 있어 했다. 두 사람 모두 과거로 회귀하기를 바랐다.

반면 나는 지금 만델슈탐의 「네 번째 산문」과 시를 읽는 사람들의 수가 불어나는 것을 기대와 전율을 가지고 지켜보고 있다. 신성불가침의 이념은 보통 젊은 시절 형성되며, 사람들은 그것을 다시 바꾸려 하지 않는다. 나와 나의 반대자들은 자기 자리에 서 있기를 계속한다. 우리는 테제와 안티테제다. 나는 진테제를 기다리지 않지만, 미래가 누구에게 속할지는 알고 싶다.

54 이탈리아

아크메이즘이 무엇인가라는 질문에 만델슈탐은 대답했다. "세계문화에 대한 향수입니다." 1930년대의 일로, 그때가 레닌그라드 출판회관에서였는지 보로네슈 작가동맹에서였는지는 정확히 기억나지 않는다. 보로네슈 작가동맹은 만델슈탐이 바로 산 자든 죽은 자든 외면하지 않겠다는 내용의 글을 발표했던 곳이기도 하다. 발표 직후 그는 곧 다음과 같은 시를 썼다. "분명한 향수가 나를 놓아주지 않는다. 아직 젊은 보로네슈 언덕에서 전인류적인 토스카나의 언덕으로."[1] 토스카나를 만델슈탐은 전인류적이라고 불렀다.

어쩌면 이 시에서 만델슈탐은 이탈리아와 지중해에 대한 자신의 태도를 그 어디서보다 명확하게 규정했는지도 모른다. 글렙 스트루베가 만델슈탐이 이탈리아에 가본 적이 있는가라는 질문을 제기하며 그의 시에 나타난 모든 '이탈리아 모티프'를 나열한 소논문을 본 적이 있다. 만델슈탐은 하이델베르그와 소르본에서 수학하던 시절 두 차례 이탈리아를 여행했다. 그러나 이 청년 시절 외로운 여행은 짧고(다 합쳐야 몇 주일 정도였다) 피상적이었으며 만족감을 주지 못했다. 만델슈탐은 이렇게 말했다. "안 갔다 온 거나 마찬가지지." 그러나 중요한 것은 이것이 아니다. 이탈리아의 '전인류적인 땅', 더 정확히 말해 지중해가 만델슈탐에게 어떤 역할을 했느냐가 중요하다.

---

1) 1937년 시 「비교하지 말라. 살아 있는 것들은 비교할 수 없나니」의 마지막 구절.

그는 차다예프에 관해 청년 시절에 쓴 논문에서 다음과 같이 말했다. "역사는 시작할 수 없다. 그것을 시작하기란 생각조차 할 수 없다. 상속성, 통일성이 부족하다. 통일성은 창조하거나, 고안하거나 학습할 수 없다. 통일성이 없는 곳에서는 최선의 경우 '진보'만이 있으며, 역사가 아닌 시계바늘의 기계적 움직임, 신성한 연결이 아닌 사건들의 변화만이 있을 뿐이다." 위의 발언은 차다예프의 것이지만, 만델슈탐의 생각과도 가깝다.

만델슈탐에게 지중해는 역사가 시작된 성스러운 땅이었고, 이 역사를 유럽의 기독교 문화가 계승한 것이었다. 모든 마르크시스트들에게 경고하기 위해 만델슈탐이 「아르메니아 여행」에서 했던 다음과 같은 독설의 의미를 나는 완벽히 이해하지는 못한다. "식물은 사건이며 활이지, 턱수염 난 지루한 발전은 아니다." '발전'은 분명 콩트, 스튜어트 밀 등 우리 부모 세대가 읽고 존경했으며, 마르크시즘 토대를 만들었던 실증주의자들과 단단히 연결된 개념이었다.

여하튼 만델슈탐은 현상을 두 가지 종류로 분류했다. 하나는 긍정적인 것, 다른 하나는 부정적인 것으로. 뇌우, 사건, 결정체화 등이 긍정적인 현상에 속하는 것으로, 만델슈탐은 이런 개념을 역사나 예술, 인간 성격의 형성에 적용했다. 반면 시계 바늘의 움직임, 발전, 진보 등 모든 형태의 기계적 운동은 부정적 현상에 속했다. 영화 장면들의 전환 역시 이 부정적 현상에 속했다.

만델슈탐은 「단테에 관한 대화」에서 이런 영화필름 장면들의 전환을 '테이프 기생충들의 변신'에 비유했다. 이런 비유는 당시 유행하던 에이젠슈테인의 논리적 번뜩임, 그 기계적 아름다움에 대한 독설이었다. 만델슈탐에게 이런 움직임은 부동성, 블라디미르 솔로비요프가 이해한 바의 불교, '야만인들의 달구지' 움직임과 같은 것이었다. 바로 이 때문에 만델슈탐은 그가 살았던 당시의 모스크바를 '불교적'이라고 불렀던 것이다.

나는 돌아왔네, 아니

강제로 돌려보내졌네 불교적 모스크바로.[2]

　새로운 삶이나 미래의 천년왕국에 대한 이야기가 나올 때마다 만델슈탐은 광분해서 논쟁을 일으켰다. 그는 이런 이론에서 '역사의 정지에 관한 오래된 공통슬라브적 꿈'을 감지했다. 만델슈탐이 역사과정의 합목적성에 관해 어느 정도 믿음을 가지고 있었는지는 알지 못하지만(20세기 중반에 이런 믿음을 가지기는 너무도 어려웠다) 어쨌든 그는 역사의 목적이 인류 보편의 행복에 있다고 보지는 않았다. 그는 인류 보편의 행복에 대해서도 개인의 행복에 대해서와 마찬가지 입장을 취했다. "당신은 왜 당신이 행복해야 한다고 생각해?" 인류 보편의 행복에 대한 이론을 그는 19세기 유산 중 가장 부르주아적인 것으로 여겼다.

　두 번째로 끊임없는 논쟁의 주제가 되었던 문제는 계승성으로, 그는 역사, 문화, 예술 등 어디서나 계승성을 찾았다. 여기서도 시계에 대한 비유의 도움을 받았다. 시계는 태엽을 감으면 움직임이 무에서 시작되지만, '사건'은 계승성 없이는 생각할 수 없다.

　만델슈탐은 어린애처럼 우스꽝스럽고 직선적인 구체성을 가지고 있었다. '불길한' 끝없음에 대한 시계바늘의 비유는 곧 시계에 대한 혐오로 이어졌다. "무엇 때문에 시계가 필요해? 시계가 없어도 몇 시인지 알 수 있는데." 실제로 그는 놀랄 만치 정확하게 시간을 알아맞혔고 몇 분 이상 틀리는 적이 절대 없었다. 아마도 이것은 도시인의 특징이며, 그는 도시인이 틀림없었다. 그가 유일하게 집에 들여놓은 시계는 추가 달린 벽시계로 그나마 내가 매우 고집해 얻어낸 결과였다. 추와 시계 문자판의 그림은 기계적인 숫자에 대한 그의 증오를 완화시켰다. 추가 달린 벽시계는 그에게 부엌을 연상시켰다. 부엌은 언제나 그가 집 안에서 가장

---

2) 「없어진 시들 중 일부」(Отрывки уничтоженных стихов, 1931)에 나오는 구절.

좋아하는 장소였지만, 부엌이 있는 집에 살았던 적은 한 번도 없었다. 만델슈탐은 또 약국의 모래시계를 좋아했고, 그걸 사서 목욕탕에 놓고 싶어 했다. 그러나 목욕탕이 딸린 아파트는 우리가 모래시계를 사다놓기도 전에 벌써 빼앗기고 말았다. 동시에도 시계바늘 이미지가 등장했지만, 이때는 접시를 따라 달리는 콧수염과 비유되었다.

반면 기계들에 대해 만델슈탐은 아무런 혐오감도 가지지 않았다. 만델슈탐은 기계에 흥미를 가지고 있었으며, 기계의 명석한 움직임을 좋아했고, 엔지니어들과 이야기 나누기를 좋아했으며, 엔지니어들 중에는 자기 시를 읽는 독자가 없다고 애석해했다. 실제로 당시 기술 분야에 종사하는 젊은이들은 문학적 흥미가 생기면 바로 레프로 갔다. 파스테르나크를 읽는 젊은이들도 있었지만, 그들 역시 레프를 통해 파스테르나크를 알게 된 것이었다.

지금은 상황이 바뀌었고, 게다가 기술 분야에 종사하는 인텔리겐치아는 더 이상 시대의 대표자나 가장 현대적인 사람들로 인식되지 않는다. 그들 중 조금이라도 더 영리한 사람들은 기술 관료가 되는 것을 주저할 정도다. 산업의 위대성, 역사에서의 그 결정적인 역할, '역사적인 불가결성' 그리고 상부구조는 하부구조에 전적으로 구속된다는 사상은 이미 거의 자취를 감추었다. 사회적 결정주의 시대는 끝난 듯하지만, 그것이 파생한 양립할 수 없는 문화와 문명에 대한 신화는 아직 남아 있다. 우리가 1백 년 전보다 더 현대적인 도구를 가지고 있다는 바로 그 사실에 우리 문화의 병폐가 있는 것이 아닐까?

이미 블록은 문화 대신에 등장한 문명의 죽음에 관해 이야기하며, 우리 시대와 로마의 멸망을 비교했다. 블록에 따르면 통일성을 상실한 개인주의적 문명은 붕괴되었고, 이때 휴머니즘과 그 윤리적 가치도 함께 무너졌다. 그 대신 야만주의적이며 문명에 전혀 닿지 않았으며 '음악의 정신'을 보존하던 대중이 새로운 문화를 가지고 나타날 것이다. 흥미롭게도 블록은 이 대중을 게르만인과 슬라브인이라고 생각했다. 어쩌면 그는 이미 1918년에 파시즘을 예견한 것이다. 블록의 개념은 슈펭글러와 가깝다. 블록은 자신의 기독교적 생활관습과 '음악의 정신'에도 불구하고 본질적으로는 실증주의자로 남아 있었다. 그에게 개성은 기독교 문화가 아니라 휴머니즘의 특질이었다. 윤리적 가치나 박애주의도 이와 마찬가지였다.

만델슈탐은 슈펭글러의 이론에 한순간도 현혹되지 않았다. 『서구의 몰락』을 읽으면서 그는 슈펭글러의 유추는 기독교 문화에 적용 불가능하다고 지나치듯 내게 말했다. 만델슈탐은 한 번도 종말에 대한 예감을 가지지 않았는데, 이 종말에 대한 예감이야말로 블록의 페시미즘의 주된 근원 중 하나였다. 만델슈탐은 문화를 역사적 과정의 토대에 자리 잡은 이념으로 이해했다. 만델슈탐에게 역사는 수련과정이었으며, 선과 악의 실제적인 검증이었다. 문화가 은총과 마찬가지로 계승되며, 문화 없이 역사는 존재할 수 없다는 만델슈탐의 신념은 그에게 지중해를 자신의 신성한 땅으로 여기도록 이끌었다. 바로 이 때문에 만델슈탐의 시에는 끊임없이 로마와 이탈리아가 등장한다.

로마는 인간이 우주에 자리 잡은 장소이며, 그곳에서는 한 걸음 한 걸음이 마치 행위처럼 울려 퍼진다. 만델슈탐은 크림반도와 자카프카지예(아제르바이잔, 그루지야, 아르메니아 공화국을 포함한 지역)도 지중해의 영역에 포함시켰다. 아리오스토에 관한 시에서 만델슈탐은 자신의 꿈을 다음과 같이 말했다. "하나의 넓은 형제적 푸른빛에 우리는 너의 푸른빛과 우리의 흑해를 결합할 것이다!"

'최초의 인간들이 배우던 땅'은 만델슈탐의 참된 순례 장소였다. 여행을 몹시도 좋아하던 그였지만 중앙아시아나 극동으로의 여행은 단번에 거절했다. 크림반도나 카프카즈만이 그를 유독 끌어당겼다. 크림과 자카프카지예, 특히 아르메니아와 그리스, 로마의 연결성이 그에게는 세계, 더 정확히 말해 유럽 문화와의 공통성의 증표였다. 여행 작가들의 대다수가(변방으로의 여행이 우리나라에서는 크게 유행이었다) 보통 이슬람 세계를 선택했다. 만델슈탐은 우리나라 사람들이 이슬람 동양국가에 끌리는 것이 우연이 아니라고 보았다. 결정론, 신성한 군대에 개인을 융해하는 것, 사람을 압도하는 건축물에 있는 장식적인 글씨 등. 이 모든 것은 자유의지나 인간의 내재적 가치에 대한 기독교적 교의에 비해 우리 시대 사람들에게 더 잘 어울렸다.

이슬람 세계에 대해 이질적이던 만델슈탐은 ("수치와 고통을 느끼며 턱수염난 동양의 도시들을 외면했다")[3] 헬레니즘과 기독교의 계승성만을 탐색했다. 만델슈탐이 페오도시아를 좋아했던 이유는 그 특이한 자연풍경 때문만이 아니라 페오도시아라는 이름 자체와 제노바 성곽의 흔적 그리고 지중해 배들이 떠 있는 항구 때문이기도 했다. 언젠가 만델슈탐은 스스로를 러시아의 마지막 기독교 헬레니즘 시인이라 생각한다고 하르드지예프에게 말했다. 이 '마지막'이라는 표현은 문화의 종말에 대한 두려움이 느껴지는 만델슈탐의 유일한 발언이다. 만델슈탐은 블라디보스토크의 추방당한 땅이 아니라 크림 지방에 묻히기를 바랐을 것이다.

시가 왜 자카프카지예에서 만델슈탐에게 다시 돌아왔는지는 쉽게 이해할 수 있다. 만델슈탐은 가슴속에 '콜히다[4]의 떨림'이 느껴질 때, 즉 역사와 문화의 세계와의 연결이 느껴질 때 자신은 창작한다고 고백한 적이 있다. 바로 이런 조건에서만 '사심 없는 노래'가 나타나는 것이다. 만델슈탐은 오랫동안 아르메니아로 가려고 애썼다. 동양에 있는 기독교 전초 기지였던 그루지아보다도 더 선호했다. 그러나 그는 러시아 시에서 그루지야가 가지는 중요성에 관해서는 여러 차례 말했다.

우리 인생에서 좋았던 다른 모든 것과 마찬가지로 아르메니아 여행 또한 부하린이 주선하여 주었다. 그는 1920년대 말부터 우리를 아르메니아로 보내려고 노력했다. 당시 아르메니아의 교육 담당 인민위원은 므라비얀이었다. 그는 '무시무시한 강의와 세미나'를 해달라며 만델슈탐을 에리반 대학에 초빙했다. 이 첫 번째 여행 계획은 므라비얀의 갑작

---

3) 1930년대에 쓴 연작시 『아르메니아』에서 발췌한 구절.
4) 카프카즈에 대한 고대 그리스적 명칭.

스러운 죽음으로 무산되었다. 만델슈탐 역시 강의라는 말에 죽을 만치 당황했다. 그는 자기가 누군가를 가르친다는 것을 상상할 수 없었으며, 자신은 그 어떤 체계적 지식도 가지고 있지 않다고 고백했다.

1930년 「네 번째 산문」에도 등장하는 부하린의 다람쥐 같은 여비서 코로트코바가 던진 "어디로 가고 싶으냐"는 물음에 만델슈탐은 "아르메니아"라고 대답했고, 비서는 한숨을 쉬며 그를 심각하게 쳐다보더니 이렇게 말했다. "또 아르메니아라고요? 그렇다면 이건 정말 진지한 바람이군요." 만델슈탐은 「네 번째 산문」에서 이 여비서에 관해 괜히 언급한 것이 아니었다. 그녀를 보고 있으면 진심어린 친절함과 선량함이 느껴졌다. 당시 우리 기관 직원들 사이에서는 흔히 볼 수 없는 자질이었다. 아흐마토바가 겁을 내어 없애버린 드라마 작품[5]에 나오는 '비인간적 아름다움'을 가진 여비서와는 정반대였다. 아흐마토바 작품에 나오는 그 여비서는 우리가 언제 어디서나 듣던 다음과 같은 말을 계속 반복한다. "당신들은 많고 나는 하나예요." 낮디낮은 관리에게도 굴절되어 나타나 있는 이 말에는 시대의 스타일이 담겨 있었다.

미국에서 출간된 만델슈탐 전집의 편집자 필리포프(Б. А. Филиппов)는 만델슈탐이 5개년 계획을 피해 아르메니아로 갔다고 편집인 특유의 예리함을 가지고 결론지었다. 이 5개년 계획은 싸구려 정치적인 투기였다. 건설계획은 중앙지역에서보다 변방에서 훨씬 더 강력하게 추진되었고 그에 맞서 만델슈탐이 할 수 있는 것은 아무것도 없었다.

계획경제체제에 분노할 필요가 있었을까? 과연 그것이 중요했을까? 크림과 그루지야, 아르메니아는 지중해와 흑해의 연관을 통해 세계문화의 일부가 되었다. 모든 현상의 기준은 이탈리아였다. 만델슈탐이 자신의 시학을 설명하기 위해 단테를 선택한 것은 우연이 아니었다. 만델슈탐에게 단테는 모든 유럽시가 출발한 기원이었으며 시적 정당성의 척도

---

5) 제2차 세계대전의 피난지였던 타슈겐트에서 쓴 산문 드라마 「에누마 엘리시」(Энума элиш)를 가리킨다. 아흐마토바는 이 작품을 1944년 스스로 파기한다―편집자.

였다. 「단테에 관한 대화」를 창작할 당시 쓴 메모장에는 러시아 시인들이 받은 '이탈리아 예방접종'에 관한 몇몇 언급이 있다. 이 부분은 텍스트 자체에는 포함되지 않았는데, 이것은 아마도 만델슈탐이 너무 노골적인 것을 피하고, 자기 생각을 드러내는 것을 좋아하지 않았기 때문일 것이다. 크레믈린의 성당에서도 그는 이탈리아적 본질을 보았다. "지붕 다섯 달린 모스크바 성당은 그 이탈리아적이며 러시아적 영혼을 가지고서……"라든가 "부드러운 성모승천 성당은 모스크바에 있는 플로렌스다"라는 구절을 보라.[6]

만델슈탐은 루블료프의 「삼위일체」를 보면서 그가 분명 이탈리아 거장들을 알았을 것이며 바로 이 점이 그 시대 다른 성상화가들과 그를 구분시켜주는 것이라고 말했다. 괴테의 청년 시절에 관한 라디오 방송용 짧은 대본에서 만델슈탐은 괴테뿐 아니라 모든 시인의 생애에 특징적일 만한 일화들을 소개했으며, 이탈리아 여행으로 끝을 맺었다. 유럽 문화의 신성한 장소에 대한 이러한 순례를 만델슈탐은 모든 예술가의 삶에 필수적이며 결정적인 단계라고 여겼다.

젊은 시절 자신의 이탈리아 여행에 만족하지 못했던 만델슈탐이 왜 1920년대 외국 여행을 마다했을까? 당시 절대적 권력을 가지고 있던 부하린이 보증했고, 보론스키에게도 보증을 받았기 때문에 국외여권을 발급받는 것은 문제없었다. 이 보증서들은 1934년 가택수색 때까지 내 트렁크에 쓸데없이 담겨 있다가 다른 시 원고들과 함께 비밀요원들 서류 가방에 담겨 루뱐카로 간 뒤, 사건 파일에 첨부되었다.

젊은 시절 나는 만델슈탐의 행동과 작품 사이의 관련성을 온전히 이해하지 못했다. 그가 살아 있었고, 일상적 다툼이나 비아냥, 말싸름에 많은 시간과 생각을 허비하던 때에 비해 지금은 많은 것이 내게 더 명확해졌다. 만델슈탐이 유럽 여행을 거부한 이유를 나는 차다예프에

---

6) 모두 1916년 시 「처녀들의 합창의 불협화음에서」(В разногласице девичес-кого хора)에 나오는 구절이다.

관한 글에서 발견했다. 그 글에서 만델슈탐은 차다예프가 서구, '역사적 세계'에 체류했지만, 결국 돌아왔다고 썼다. 그는 돌아오는 길을 발견했고, 만델슈탐은 바로 여기에 차다예프의 업적이 있다고 보았다. 집에 시계를 두지 않은 것 같은 단순하며 직선적인 성격으로 만델슈탐은 차다예프의 귀환을 떠올리며 자신 역시 유럽을 다시 한 번 방문할 수 있는 유혹을 물리쳤던 것이다. 만델슈탐은 언제나 생각을 행동으로 옮겼지만, 내 비웃음을 두려워한 나머지 내게 내막을 밝히지 않기도 했다.

그러나 나는 이미 그가 살아 있을 때부터 그의 시와 산문이 그의 행위를 규정한다는 것을, 더 정확히 말해 그가 말한 것 중 많은 것이 그에게 일종의 서약 역할을 한다는 것을 알고 있었다. 알렉시스에 관한 시에서 가난에 대한 서약이 그러했으며, '알리스칸스'에 관한 글에서 그것이 위험하고 싫더라도 투쟁을 계속하리라는 약속이 그러했다. 차다예프에 관한 글의 유럽에 대한 거부도 같은 맥락이었다. 이 마지막 글은 청년 시절 초기에 씌어졌으나 세계관은 이미 형성되었고, 서약은 죽는 날까지 효력을 유지했다.

55 사회적 건축

1930년대 초 언젠가 만델슈탐은 내게 말했다. "만약 황금 시대가 있었다면 그건 19세기였어. 우리가 다만 몰랐던 거야."

우리는 정말 많은 것을 몰랐고, 이해하지 못했으며 이것을 알게 되기까지 비싼 대가를 치러야 했다. 왜 사회적 삶의 완전한 형태를 찾기 위해 사람들은 언제나 그리도 가혹한 대가를 치러야 할까? 얼마 전 나는 이런 말을 들었다. "사람들에게 행복을 가져다주고 싶어 했던 사람들이 모두 그들에게 크나큰 불행을 안겼다는 것은 이미 알려진 일이오." 이 말을 했던 자는 이제 변화를 원하지 않으며 다만 자기나 다른 사람들에게 새로운 불행을 초래하지 않기를 바라던 청년이었다.

어느 정도 생활이 여유로운 그룹들 사이에는 이런 사람들이 이제는 대다수를 이룬다. 국가적으로 필요한 작업을 하는 젊은 전문가들, 정밀과학의 대표자들이 그러하다. 그들은 보통 방이 둘 또는 셋 되는 물려받은 아파트에 살거나, 아니면 자신이 다니는 연구소에서 그런 아파트를 받을 예정이었다. 그들은 자기 아버지들의 활동에 겁을 집어먹었지만, 변화는 더욱 두려워했다. 그들의 이상은 그들의 작업이 왜 필요하며 무슨 결과를 가져올지에 대해서는 생각하지 않은 채 평생 컴퓨터 앞에 앉아 일하고, 여가시간은 문학이나 여자, 음악 또는 남부 여행에 할애하는 것이다.

새 아파트를 받은 나이 먹은 풍자가 슈클롭스키가 역시 같은 아파트에 입주한 다른 행운아에게 이렇게 이야기한 것도 농담이 아니다. "이제 혁명이 일어나지 않게 해달라고 빌어야겠네." 그는 정곡을 찌른 것이다. 개인적 행복의 한계에 도달했으며 그것을 누리는 일만 남은 것이다. 단지 평온하기만을, 약간만 평온하기만을. 그런데 우리는 바로 이 평온한 상태가 언제나 모자랐다. 변화를 바라지 않는 젊은 전문가들의 경구는 옳았다. 정말 완벽함의 추구는 어떤 결과를 초래할지 몰랐다.

얼마 전 운명이 다른 사람, 중년의 나이에 많은 시련을 겪었으며 '새로운' 것을 위해 적극적으로 투쟁했던 자, 그래서 벌어진 것에 대한 책임감을 가지고 있던 자가 다음과 같이 시인했다. "평생 단 한 번 우리는 인민을 행복하게 해주고 싶어 했습니다. 그러나 우리는 그런 자신을 결코 용서할 수 없을 것입니다." 그러나 내가 보기에 그는 자신을 완전히 용서하고, 그의 공에 따르는 모든 것을 취하려 애쓰는 것 같았다. 그리고 그 아래 대중, 문명과는 동떨어져 다만 기계화되어 있는 촌부들 역시 평화롭게 살기 위해 월급을 어디서 더 받아낼 것인가의 문제로 머리를 쥐어짰다. 어떤 자들은 집이나 옷, 구두에 그 돈을 쓴다. 그런가 하면 다른 자들은 술에 더 관심이 있다. 보드카로 얼이 빠질 수 있을 만큼의 돈을 그들은 어디서 벌어들이는 것일까?

프스코프에서 바로 내 옆 방에 페인트공이 살고 있었다. 과거 빨치산이었던 그는 중년이었으며, 여전히 순수한 스탈린 신봉자였다. 급료를 받는 날이면 그는 자신을 속인 조장에게 심한 욕설을 퍼부었고, 저녁 무렵에는 공동식 아파트 복도에서 소란을 피웠다. "보세요. 그리고리 세묘노비치가 어떻게 사는지. 그에게는 모든 게 있다오! 이 모든 것을 스탈린께서 주셨다오." 그의 아내는 그를 방으로 끌고 갔다. 네 명이 함께 살던 그 방에서도 자랑은 계속되었다. "아파트도 주셨고, 훈장도 주셨고, 생명도 주셨고, 명예도 주셨지. 누가 주셨는지는 다 알 것이오. 값도 내리고."

이 가족은 가족 행사를 점잖게 치렀다. 아내의 자매들과 그 남편들이 모여서 집단화에 대해 회상했다. 그들은 고향 마을에서 도망쳐 처음에는 하인으로 일하다가, 이후에는 국가적인 직무에 봉직할 수 있었다. 그중에서도 가장 기민했던 페인트공의 아내는 핀란드와의 전쟁 시기 전방에 있는 국가보안국 식당에 근무했는데, '핀란드인은 못됐다'고 회상했다. 그들은 스탈린을 위해 건배하며, 이전 스탈린의 시대에는 그들이 모든 것을 가졌는데 지금은 부족한 것 투성이라고 입을 모았다. 중년의 여자들과 불구가 된 남편들 그리고 전쟁 이후 태어난 어린아이들로 구성된 가족이었다. 페인트공의 아내는 겨울 내내 내 살림을 돌봐주었다. 그녀는 내게 방을 빌려주었던 자기 이웃을 거주등록이 안 된 자라며 봄이되자 습관적으로 밀고했다. 그 후 그녀는 몹시 울더니 나에게 용서를 빌었고 죄를 씻기 위해 교회에 다녔다.

이것이 바로 지금 점차 사라져가는 강력한 과거였다. 이 사람들이 변화를 원한다면, 그것은 단지 지금 그들에게 무지갯빛으로 회상되는 그들의 젊은 시절과 그들에게 가장 단순한 표어('행복한 삶에 대해 감사드립니다')를 가르친 지도자의 시절로 돌아가는 것이었다. 그들에게 '음악의 정신'은 물론 있었다. 텔레비전이 없는 집이 없었기 때문이다. 물론 우리를 행복하게 했으니, 그 누구도 이 일에 관해 뉘우치는 자가 없다.

내가 지금 기억하기로는 20세기 초 이미 이러한 전체적인 행복과 복지를 보장하는 완벽하고 이상적인 사회를 건설할 때라는 신념이 생겨났다. 이러한 이념은 19세기의 휴머니즘과 민주적인 경향에 의해 탄생했으나 바로 이런 경향이 사회적 정당성의 제국을 실현하는 데 장애가 되어버렸다.

19세기는 고상한 말들과 타협적인 행위들, 우회항행 그리고 전반적인 불안정성의 세기였음이 폭로되었다. 이와 대조적으로 20세기는 권위에 대한 복종에 기초한 규율과 강철 같은 사회질서, 직선성으로 자신의 이념을 실현할 수 있었다. 모든 것은 과거와 정반대로 건설되었다. 세계관과 모든 활동의 기초에 놓였을 유기적인 체제와 하나의 이념에 대한 갈망은 지난 세기 말과 현세기 초에 사람들을 괴롭혔다. 휴머니즘의 사랑받던 아이인 자유사상은 권위를 동요시켰고, 그래서 새로운 이상향을 위한 제물이 되었다. 사회변혁의 이성적인 프로그램은 맹목적인 믿음과 권위에 대한 복종을 요구했다. 그리하여 권위가 복구되었고 독재 이념이 탄생했다.

열광은 빈말이 아니다. 그것은 실제로 존재한다. 독재자는 맹목적으로 믿고 수행하는 요원들을 가질 때만이 강력하다. 그들을 돈으로 살 수는 없다. 그렇다면 그건 너무나 간단할 테니까. 그러나 그들이 이미 있는 상태에서는 사 보낼 수 있다. 특히 그 어디로도 도망칠 수 없는 상태라면. 그러나 모든 이념은 시작과 정점, 그 쇠퇴기를 갖게 마련이다. 쇠퇴기가 되면 타성이 남는다. 변화를 두려워하는 젊은이들, 평온을 갈망하는 정신적으로 황폐화된 사람들, 자기 손으로 저지른 일들에 놀란 늙은이들 그리고 젊은 시절 주입되었던 말들을 기계적으로 반복하는 하급 요원들.

만델슈탐은 휴머니즘과 그 가치를 한 번도 거절한 적은 없지만, 19세기를 황금 시대라고 이야기하기까지는 기나긴 여정을 거쳐야만 했다. 그는 모든 동시대인과 마찬가지로 19세기의 유산을 재검토했고, 자신의 결론을 내렸다. 내가 생각하기로는 만델슈탐의 이념 형성에는 예술가로서의 개인적인 경험, 즉 신비주의자의 경험과 마찬가지로 강력하게 세계관을 결정하는 예술가의 경험이 크게 작용한 듯하다. 바로 이 때문에 그 역시 사회적 삶에서 전체에 종속되는 부분의 일치와 조화를 찾았다.

그가 문화를 역사적 과정에 구조와 체제를 부여하는 개념으로 이해한 것은 까닭이 있었다. 그는 인격의 건축술과 사회·법률적이며 경제적인 형식의 건축술에 관해 이야기했다. 19세기는 가난하고 초라한 사회구조로 만델슈탐에게 혐오감을 주었고, 그는 에세이 어딘가에서 이에 관해 쓴 적이 있다. 게르첸이 이미 비웃었던 서구의 민주주의에서도 만델슈탐은 그가 원하던 장엄함이나 조화를 찾을 수 없었다. 차다예프에 관한 논문이나 「시간의 소음」에서 표현했던 '야곱의 사다리' 같은 사회의 분명한 구조를 그는 원했다. 가톨릭 교회의 구조와 학생 시절 한때 끌렸던 마르크시즘에서 그는 '야곱의 사다리'를 느낄 수 있었다.

이에 관해서는 「시간의 소음」 그리고 테니셰프 학원 졸업 후 유학 갔던 파리에서 V. V. 기피우스에게 보낸 편지에서 적고 있다. 만델슈탐은 가톨릭과 마르크시즘에서 모든 건축물을 하나의 전체로 연결하는 조직적 이념을 느낄 수 있었다. 자기 생각에 가장 좋은 사회 체제는 신권정치 비슷한 거라고 그는 지난 세기 언젠가 키예프에서 내게 말했다. 바로 이 때문에 독재권력으로 탈바꿈한 권위의 이념이 그를 위협하지 않았던 것이다. 당시 그를 당혹스럽게 한 것은 다만 당 조직이었다. "당은 뒤집힌 교회지." 당은 교회와 마찬가지로 권위에 대한 복종 위에 건설되지만, 다만 신이 없다는 차이가 있다. 예수이트 교단에 대한 비유는 당시 아직 떠오르지 않았다.

국가의 새로운 형식은 내전 이후 처음으로 감지되기 시작했다. '살상무기 산업'은 언제나 가장 선진적이라는 엥겔스의 지적은 옳았다. 화약의 역사 그리고 오늘날 원자폭탄은 이를 증명한다. 역시 마찬가지로 '사회건설설'의 미명 아래 사람을 살상하는 일에 종사하는 기관은 가장 선진적이다. 즉 국가의 이념을 가장 잘 표현한다.

만델슈탐이 새로운 국가와 처음으로 만나게 된 것은 체포된 형 때문에 1922년 동분서주하며 제르진스키와 예심판사를 방문하면서다. 이 만남은 만델슈탐에게 '사회건축'과 인간 개성의 비교적 가치에 관해 깊이 생각하도록 했다. '건축'은 당시 단지 초안이 잡힌 상태였지만 이집트 피라미드보다 더 나은, 이때까지 볼 수 없었을 정도로 웅장할 것이라고 이미 약속되었다. 그리고 그 계획의 유일성은 거부할 수 없었다. 만델슈탐의 청년 시절 꿈은 마치 실현되기 시작하는 듯 여겨졌으나 만델슈탐은 다른 모든 예술가와 마찬가지로 현실 감각을 잃어버리지 않았다. 바로 이 때문에 국가 형식의 위대함은 만델슈탐을 눈멀게 하지 않았고 오히려 당혹하게 했다.

시 「세기」는 바로 이때 씌어진 것으로, 이 시에서 그는 과거로 돌아가서 '두 세기의 척추'를 어떻게 연결할지 묻는다. 에세이 「휴머니즘과 현대성」(Гуманизм и современность) 또한 이 시기에 속한다. 이 에세이에서 사회구조의 척도는 인간이지만, 인간을 위해 사회가 건설되지 않는 시대도 존재한다고 적었다. "그들은 이렇게 말한다. 인간을 생각할 겨를이 없다고. 인간은 그저 벽돌이나 시멘트처럼 활용해야 하며, 그들을 가지고 건설해야 한다고. 그들을 위해서가 아니라." 만델슈탐은 아시리아와 고대 이집트를 인간에게 적대적인 사회의 예로 들었다. "앗시리아의 노예들은 거대한 황제의 발밑에서 병아리들처럼 꿈틀거린다. 인간에게 적대적인 국가의 힘을 형상화하는 병사들은 서로서로 묶여 있는 난쟁이들을 기다란 창으로 죽인다. 이집트인들과 이집트 건축가들은 인간을 건축 재료로 대한다. 원하는 양만큼 공급받아야 하며, 획득해야 하는 재료로." 현대는 만델슈탐에게 이집트나 앗시리아를 연상시켰지만 그는 미래 국가의 장대한 형식은 휴머니즘에 의해 완화되리라고 아직까지 기대했다.

만델슈탐의 사진 두 장이 남아 있다. 한 사진은 아직 젊었을 때로 스웨터를 입고 있으며 근심하는 얼굴로 심각한 표정을 하고 있다. 이 사진은 그가 우리 국가의 앗시리아적 본질을 처음 발견한 1922년에 찍은 것이다. 두 번째 사진은 턱수염 난 노인의 모습이다. 이 두 사진 사이에는 단지 10년이라는 시간밖에 흐르지 않았지만, 1932년 만델슈탐은 아름다운 '사회 건설', '권위' 그리고 19세기 유산의 극복에 대한 그의 청년 시절 꿈이 어떻게 변질되었는지 이미 알고 있었다. 이때 그는 이미 앗시리아 황제에 대해 말할 수 있었다. "그는 내 공기를 가져갔다. 앗시리아인이 내 심장을 쥐고 있다." 그리고 그는 「우리는 국가를 느끼지 못하며 살고 있다」(Мы живем, под собою не чуя страну, 1933)는 시도 썼다. 만델슈탐은 19세기를 '황금' 시대로 부르면서 회귀했던 최초의 사람들 가운데 한 명이다. 비록 우리 시대의 이념이 19세기에 성장한 씨앗 중 하나에서 발전한 것임을 알고 있었지만.

만델슈탐은 죽기 직전 다시 한 번 이 악명 높은 '사회 건설'에 관해 상기하며 자신을 비웃었다. "이집트인들의 국가적 수치는 우수한 개고기로 장식되었고, 죽은 자들에게 일체를 분배했다. 그래서 피라미드는 사소한 것들로 솟아 있다. …… 뻔뻔한 학생이자 도둑질하는 천사인 비범한 프랑수아 비용은 고딕과 화해하고, 장난치며 살았고, 거미의 권리에 침을 뱉었다."

어쩌면 우리는 정말 앗시리아인들이며, 그래서 노예와 포로, 인질, 반항하는 자들을 집단적으로 살육하는 것을 그렇게 무심하게 보고만 있었던 것이 아닐까? 계속적인 살육에 관해 들으며 우리는 서로 이렇게 말했다. "이건 매우 집단적인 현상이니 내가 어떻게 할 수 있겠어!" 우리는 집단적인 캠페인과 조치, 계획, 결정, 명령을 존중했다. 아시리아 황제들 역시 선한 자도 악한 자도 있었지만, 황제가 포로들을 몰살하라는 신호를 보내거나, 자신의 궁전을 지을 것을 건축가에게 허락할 때 누가 황제의 팔을 멈출 것인가?

이 박해당하던 포로들이 바로 지금 서로 위협하는 우리가 아닐까? 강력한 질서가 있는 곳이면 어디나 이 '집단'이 나타나지만, 일상적인 삶에서 그들은 자기 개인에게 충실한 삶을 산다. 병원, 공장, 극장 등 폐쇄된 기관에서 사람들은 전혀 기계화되지 않았으며 집단화되지 않은 저마다의 극히 인간적인 삶을 산다는 사실을 나는 언제나 볼 수 있었다.

56 네 트레바

"알고 보니 우리는 상부구조에서 살고 있었어." 1922년 그루지야에서 돌아온 직후 만델슈탐은 내게 이렇게 말했다. 그 말을 하기 바로 얼마 전 그는 문화가 국가에서 독립해야 한다고 썼지만, 내전은 끝났고, 새로운 국가의 젊은 건설자들은 아직 이론적이기는 하지만 삶의 모든 현상에 자리를 할당하기 시작했다. 문화는 토대 위에 있는 상부구조가 되었고, 그 결과는 지체없이 말해졌다.

괴짜이지만 알고 보면 더없이 온순한 성격의 소유자이자 집시같이 강렬한 푸른 눈동자를 가진 클르이치코프는 당혹해하며 보론스키에 관해 만델슈탐에게 말했다. "완강히 버티며 꿈쩍도 않더군. 그가 말하기를 자기들에겐 이것이 필요없다는 거야." 보론스키는 다른 모든 사람과 마찬가지로 만델슈탐의 작품을 출판하는 것을 거부했다. 상부구조는 기초를 강화해야 하며, 만델슈탐의 시는 이를 위해 적당치 않다는 이유였다.

"이것은 우리에게 필요하지 않다"는 공식은 우크라이나어로는 더 우습게 들린다. 1923년에 만델슈탐이 시 낭송의 밤 개최 허가를 받기 위해 키예프의 예술분과에 갔다. 우크라이나식 수놓은 셔츠를 입은 관리가 거절했다. 왜? "네 트레바." 그는 아무렇지도 않게 이렇게 대답했다. 이 말은 우리 사이에서 관용구가 되었고, 수놓은 셔츠는 러시아식 루바쉬카를 대체하여 1920년대부터 유행했으며 중앙위원회의 관리나 인민위원들의 제복과 같은 역할을 했다.

1930년에 국가의 시각에서 벗어나는 것은 아무것도 출판하지 말라는 스탈린의 교서가 『볼셰비키』에 실리면서 '상부구조'는 완전히 질서가 잡히게 된다. 이로써 검열은 사실상 모든 의미를 상실하게 된다. 그토록 저주받았던 검열은 실제로는 출판의 상대적인 자유를 의미했다는 것이 밝혀졌다. 검열은 반국가적인 문서의 인쇄를 금지하는 것이다. 검열이 아무리 어처구니없더라도 문학을 파괴할 수는 없었다. 그러나 스탈린 시대의 편집 기관은 훨씬 더 합목적적으로 기능했다. '국가의 직접적 요구에 부합하지 않는 모든 것'을 거부했다.

스탈린의 교서가 실린 바로 그 시기 내가 근무했던 잡지사 편집국은 모든 원고를 황급히 재검토하기 시작했고, 우리는 산더미 같은 원고들을 잘게 부수고 찢어버렸다. 나는 스탈린 교서가 담긴 『볼셰비키』 신문을 가져다 만델슈탐에게 보여주었다. 그것을 읽은 만델슈탐은 이렇게 말했다. "다시 '녜 트례바'로군. 그런데 이번에는 결정적이야." 만델슈탐이 옳았다. 이 편지는 상부구조 건설의 전환점이 되었다. 스탈린 전통의 옹호자들은 지금도 이 교서를 잊지 않고 있으며, 만델슈탐과 자볼로츠키, 아흐마토바, 파스테르나크, 츠베타예바로부터 소비에트 출판계를 지켜내고 있다. '녜 트례바' 논거는 오늘날까지도 우리 귀에서 계속 윙윙대고 있다.

한편 세르게이 클르이치코프는 오랜 세월 동안 우리 이웃이었다. 작가의 집에서도 푸르마노프 골목에 있던 아파트에서도. 그리고 우리는 언제나 그와 사이좋게 지냈다. 「러시아 시에 관한 시」 3부는 그에게 바친 것이다. 클르이치코프는 "거기서 병신들이 아무 소득도 없이 카드놀이를 하고 있네"라는 행을 읽더니 이렇게 말했다. "만델슈탐, 이건 나와 당신 이야기로군요." 실제로는 두 사람 모두 카드놀이를 하지 않았지만, 그들은 다른 종류의 도박을 했으며, 도박의 판돈은 그 어떤 카드놀이보다도 큰 것이었다.

클르이치코프는 매우 일찍 편집 일에서 해직되었다. 왜냐하면 그는 거친 성격상, 관리가 되거나 상부구조의 순수성에 관해 걱정할 수 없었다. 그는 어떤 끝없는 서사시를 번역하며 생계를 꾸렸고, 저녁이면 다리가 부러져 끈으로 대신 이은 안경을 쓰고 백과사전을 읽었다. 마치 지적인 제화공이 성경을 읽듯. 그는 나에게 여자가 들을 수 있는 최고의 찬사를 했다. "당신은 매우 현명한 여인이자 매우 바보 같은 소녀예요." 루폴에 관해 만델슈탐이 쓴 짧은 풍자시를 내가 당사자에게 직접 읽어 주었다는 이야기를 듣고 한 말이었다.

만델슈탐은 클르이치코프의 이탈자에 관한 사이클을 높이 평가했고, 클르이치코프식의 북부 방언을 흉내 내며 사이클의 구절을 자주 낭송했다. 이 사이클은 클르이치코프가 체포될 당시 압수되었으며, 사라져버렸다. 루뱐카로 압수되어간 모든 것이 그러했듯이, 클르이치코프도 사라졌다. 그는 10년간 편지를 주고받을 권리를 박탈당한 채 구금되었다고 아내에게 통보되었다. 당시 우리는 이것이 곧 총살을 의미한다는 것을 바로 알아차리지 못했다. 듣기로는 그는 예심판사 앞에서 매우 대담하고 용기 있는 자세를 취했다고 한다. 내 생각에도 클르이치코프의 눈동자는 예심판사를 광분하게 만들었을 듯하다. 당시 예심판사들은 피의자가 곧 죄인이라고 굳게 믿었기 때문에 재판은 크게 필요없다고 생각했다. 그래서 심문 도중에 바로 총살하는 경우도 있었고, 클르이치코프도 바로 그렇게 죽었다고들 이야기했다.

클르이치코프가 죽은 뒤 모스크바 사람들은 더 폐쇄적으로 되고, 더 하찮아졌다. 클르이치코프는 파벨 바실리예프[1]와 친했으며, 그를 자기의 나쁜 수호천사라고 불렀다. 왜냐하면 파벨은 클르이치코프를 술집과 여자들에게 끌고 다녔기 때문이다. 언젠가 한번은 『붉은 처녀지』의 편집국 여직원들이 부주의해서 클르이치코프의 시를 만델슈탐의 이름으로 출판해 내보낸 적이 있었다. 둘은 함께 편집국에 가서 여직원들을 비난하며 클르이치코프의 이름으로 원고료를 받아왔다. 둘은 매우 현명한 남자들이었지만 매우 어리석은 소년들이었다. 언젠가 그 시의 저자에

---

1) 바실리예프(1909~37): 시베리아 출신 시인. 구비문학적이며 역사적인 서사시들의 작가. 총살당한다.

관한 문제가 제기되리라는 생각은 그들 머리에 떠오르지 않았다. 여직 원들은 정정 기사를 내보내고 싶어 하지 않았다. 그들은 부주의하다고 상부로부터 비난받고 혹시라도 파면되지 않을까 두려워했다. 그래서 만 델슈탐과 클르이치코프는 정정기사를 내보내달라고 고집하지 않았고 그 결과 지금 미국에서 나온 만델슈탐의 전집 마지막에는 클르이치코프 의 이 시가 실려 있다. 이 실수에 대해 편집인들에게 알려주고 싶지만 어떻게 연락할 수 있을지…….

클르이치코프와 바실리예프의 운명이 결정되던 당시 나와 만델슈탐 은 사벨로보 역에서 기차를 기다리며 우연히 신문을 펼쳐 읽게 되었다. 거리에는 사형제도가 폐지되었으며, 형기가 최대 20년까지로 늘어났다 는 보도가 실려 있었다.[2] 사형제도를 끔찍이도 싫어했던 만델슈탐은 처 음에는 기뻐했지만, 곧 이것이 무엇을 의미하는지에 생각이 미치게 되 었다. "사형을 폐지해야 했다면 그것은 분명 지금까지는 사람을 죽여왔 다는 것을 의미할 거야!" 그는 이렇게 말했다. '트례바'와 '녜 트례바'의 원칙에 따라 사람들을 선별하여 없애버렸음을 1937년 우리는 분명히 알게 되었다.

---

2) 1937년 10월 2일 채택된 법령을 가리킨다. 이전에는 '소련 형사법 기본 원칙 들'에 따라 형량이 10년을 넘지 못했지만, 이제 스파이나 적대 행위로 구속될 경우 형기가 최대 25년까지 늘어났다. 새 법령에 따라, 재판부는 이런 범법행위 를 처벌할 때 최고형(사형)뿐 아니라 더 늘어난 기간의 자유 박탈이라는 구형 도 선택할 수 있게 되었다. 한편, 클르이치코프는 1937년 10월 8일 총살 판결 을 받았으며, 바실리예프는 1937년 7월 16일 총살당했다—편집자.

57 지상 그리고 지상의 것들

여러 해 동안 수용소를 전전하다 돌아온 한 여인이 이야기했다. 불행을 함께한 수용소 동료들과 외우던 시에서 다행히도 위안을 찾았다고. 특히 만델슈탐이 청년 시절에 쓴 시 구절 "그러나 나는 이 가난한 지상을 사랑하네, 다른 것은 본 적 없으므로"[1]에서.

우리 삶은 지상에서 떨어져 초월적인 진리를 탐색하도록 흘러가지 않았다. 자살에 관해 내가 이야기할 때마다 만델슈탐은 이렇게 말했다. "서두를 필요없어. 어쨌든 죽게 마련이고 우리나라에서는 그걸 도와주는 사람들도 있잖아." 죽음은 삶에 비해 더 실제적이고 간단해서 우리는 모두 삶을 한순간이라도 연장하려고 부득이하게 애써야만 했다. 내일이면 갑자기 삶이 더 나아질지도 모르는 것 아닌가! 전쟁터와 수용소에서 그리고 테러기간에 사람들은 죽음에 관해 오히려 평상시보다도 덜 생각했다.

죽음의 공포와 절대적으로 해결하지 못할 문제들이 지상 위에 가득차 있었기 때문에 존재의 근원적 문제들은 뒤로 물러났다. 공포가 생생하게 느껴지는 사회에서 살면서 자연의 힘이나 자연의 영원한 법칙을 두려워할 필요가 있을까? 이상하게 들릴지 몰라도 이것은 끔찍할 뿐 아니라 우리 삶을 풍요롭게 하기도 했다. 행복이 무엇인지 누가 아는가? 삶의 충만함이 아마도 허명 높은 행복보다는 더 구체적인 개념일 것이

---

1) 1908년 시 「동화책들만 읽고」(Только детские книги читать)에 나오는 구절.

다. 이런 의미에서 우리가 삶에 매달렸던 사실 자체에 어쩌면 보통 사람들이 추구하는 것보다 더 심오한 무언가가 있을지도 모른다. 이것을 생명력이라고 불러야 할지 어떨지 모르지만…….

그러나 나는 언제나 비슈넵스키의 미망인 소냐와 나누었던 대화를 회상하곤 한다. 나와 그녀는 우리에게 일어났던 모든 것에 대해 결산 비슷한 것을 했다. 소냐가 이야기했다. "그래요. 우리는 인생을 살았지요. 나는 행복한 인생을 살고, 당신은 불행한 인생을 살고." 가엾고 어리석은 소냐! 어리석다기보다는 그냥 백치라고밖에 할 수 없었다. 그녀의 남편은 권력의 망상을 쥐고 있었다. 그는 어느 정도의 돈을 관리했기 때문에 작가들은 그에게 인사하러 다녔고, 그러면 그는 자기 지지자들에게 정부의 새로운 명령을 하달했다. 그는 중앙위원회에 드나들었고 스탈린을 몇 차례 접견할 수 있었다. 그는 파데예프만큼이나 술을 많이 마셨고, 국가의 공기를 탐욕스럽게 콧구멍으로 들이쉬었으며 자신에 대한 반항을 조금도 허락하지 않으려 했다. 조이스의 작품을 출판할 것을 요구하기도 했고, 처음에는 타슈켄트로 유형 보내진 어떤 해군 장교에게 그리고 이후 보로네슈에 있는 우리에게도 돈을 보냈다. 그에게는 자동차와 아파트, 별장이 있었다. 그러나 그가 죽자 별장은 비열하게도 도로 압수해 갔다.

소냐는 자기에게 이런 호화로움을 부여한 것에 대해 죽을 때까지 충실했고, 상속인에게는 원고료의 절반만을 주기 시작한 흐루시초프에 대해 분노했다. 소냐에 대한 여러 일화가 많이 회자되지만 그녀는 좋은 여자였고, 사회주의의 적이 크레믈린의 병원에서 자기 남편을 죽였다고 목청껏 소리칠 때 그 누구도 화내지 않았다. 그러나 비슈넵스키가 그때 죽은 것은 그녀에게 다행이었다. 자기 유산을 그녀의 다른 경쟁자에게 넘길 틈이 없었기 때문이다. 많은 사람이 소냐를 질투했고 그녀의 손아귀에서 조금이라도 빼앗아가려고 애썼다. 이것은 정말 행운이자 성공이었고 그런 의미에서 그녀는 옳았다.

나도 '행복'까지는 아니더라도 물질적 넉넉함을 원했다("오, 그녀에게는 얼마나 더 사랑스러운가, 노 젓는 삐걱 소리보다는 가슴처럼 넓은 갑판과 양떼들이"[2]). 단순한 절망, 불가피한 죽음, 모든 지상적인 것의 무상함에 대해 이따금 생각하며 지내는 평화로운 삶 말이다. 우리에게는 이것이 허락되지 않았다. 혁명과 함께 공포심을 잃었다고 예심판사에게 말했을 때 만델슈탐은 바로 이것을 염두에 두었던 것인지도 모른다.

만델슈탐에게 아크메이즘은 '세계문화에 대한 향수'였을 뿐 아니라 지상적이고 사회적인 원칙에 대한 긍정이었다. 통일성 있는 세계관을 가진 사람들이 다 그러하듯 만델슈탐의 모든 판단은 사물에 대한 보편적인 이해와 연결되어 있었다. 물론 이것은 고안되거나 연마된 시각 체계는 아니었다. 만델슈탐이 자기 에세이 중 한 편에서 명명했듯 '예술가의 세계 감각'이라는 말이 적합할 것이다. 훌륭한 화가였던 트이술레르가 내게 말했다. "한 사람이 앉아서 칼로 나뭇조각을 자르면 거기서 신이 나옵니다." 그리고 파스테르나크에 대해서는 이렇게 말했다. "무엇 때문에 그는 개종을 해야만 했지요? 예술을 가지고 있는 그가 다른 매개물이 왜 필요했지요?"

신비스런 경험이 종교적 세계관을 규정하듯 예술가의 창작 경험은 그에게 사물과 영혼의 세계를 열어준다. 사회에서의 시와 시인의 역할, 통일된 문화에서의 지적·윤리적 원칙의 합일에 대한 만델슈탐의 시각이 평생 동안 본질적으로 변하지 않았으며 『아폴론』에 실렸던 초기 에세이들의 생각을 저버리지 않도록 한 사실은 바로 이 예술가의 세계 감각이 설명해주는 것이 아닐까?

기본적으로 만델슈탐은 평생 단일한 시각과 세계관을 유지했다. 시들이 시기별로 명확히 나뉘는데도 전체적으로 통일성을 유지하며 심지어 극히 초기에 쓴 산문과도 종종 교호한다. 바로 이 때문에 만델슈탐의 산문은 시에 대한 주석의 기능도 한다.

---

2) 만델슈탐의 1922년 시 「분홍빛 거품을 가진 피로감이 부드러운 입술에 있고」(С розовой пеной усталости у мягких губ) 중—편집자.

만델슈탐에게 지상과 지상적인 것에 대한 충실은 최후까지 유지되었으며 그는 '하늘이 아니라 바로 이 땅에서만' 보상을 기다렸다. 비록 그때까지 살아 있지 못할까봐 두려워하기는 했지만. "그때까지 살았으면 좋겠어." 그는 내게 말했다. 이미 죽음을 준비하던 마지막 시기에 쓴 시에서 만델슈탐은 다음과 같이 상기했다.

> 연옥의 일시적인 하늘 아래서 우리는
> 행복한 천국이란 지금 살고 있는
> 집이란 사실을 자주 잊곤 한다.[3]

우리 시대의 뛰어난 사상가 중 한 명인 베르댜예프의 『자기 인식』을 읽으면서 나는 삶과 지상적인 것에 대한 그의 태도가 만델슈탐과 얼마나 다른지 주목하지 않을 수 없었다. 아마도 이것은 만델슈탐이 예술가인 반면 베르댜예프는 추상적인 사상가라는 사실에 기인했는지도 모르겠다. 더욱이 베르댜예프는 내적으로 상징주의자들과 연결되어 있었다. 비록 이미 상징주의자들과의 변별성이 보이며, 어느 정도의 환멸도 감지되지만, 그럼에도 그는 완전히 벗어나지 못했다. 반면 상징주의에 대한 반란은 만델슈탐의 삶과 예술의 본질 전체를 규정하는 것이었다.

베르댜예프는 삶을 '근심으로 이루어진 일상'으로 보았고, '삶의 시와 아름다움을 지향했지만 삶에는 산문과 추악함이 우세하다'고 생각했다. 그의 미에 대한 개념은 상징주의에서 벗어난 모든 시인과 예술가의 개념과는 상반되는 것이었다. 그들에게는 멸시할 만한 일상이란 없었다. 바로 이 일상에서 그들은 아름다움을 보았는데, 이 아름다움이라는 단어 자체도 우리 세대는 거의 사용하지 않았다.

뱌체슬라프 이바노프, 브류소프 같은 상징주의자들은 삶에 대해 상당

---

3) 만델슈탐이 1937년 3월 쓴 시 「나는 이 말을 초고를 쓰듯, 속삭임으로 말하니」 (Я скажу это начерно, шопотом) 중 마지막 연.

히 신관적인 태도를 취했으며 그래서 그들은 일상과 미를 합치시킬 수 없었다. 뒤이은 세대들은 지상으로 복귀함으로써 세계를 매우 확장시켰고, 그들은 이미 더 이상 추악한 산문과 고상한 시라는 이분법을 사용하지 않았다. 아흐마토바는 '시가 부끄러움을 알지 못하면서 어떤 먼지에서 자라는지' 알고 있었고, 파스테르나크 또한 『의사 지바고』에서 일상적인 것을 열광적으로 옹호했다.

만델슈탐에게도 이 모든 딜레마는 무한히 낯설었다. 그는 베르댜예프나 다른 상징주의자들처럼 지상적이며 일상적이고 시공간적인 것에서 순수히 영혼적인 영원으로의 출구를 찾지 않고 처음부터 삼차원적 지상에 대한 애착에 근거를 부여하고 일종의 시학을 정립하려고 노력했다. 만델슈탐은 지상이 '무거운 짐이나 불행한 우연이 절대 아니며, 신이 주신 궁전'이라고 시에 썼다. 베르댜예프같이 지상에서 벗어나 최상의 세계로 나아가기 위해 노력하며 지상에서의 삶은 단지 신에게 버림받은 상태로 간주했던 상징주의자에 대한 논쟁적인 공격이 그 후 이어졌다.

선언문 「아크메이즘의 아침」(Утро Акмеизма, 1913)에서 만델슈탐은 이렇게 썼다. "집주인 덕에 살며 그의 호의를 이용하면서도 마음속으로는 주인을 경멸하고 그를 속여 넘길 생각만 하는 불행한 손님에 대해 여러분은 뭐라고 말씀하시겠습니까?" 여기서 '속여 넘기다'라는 것은 즉 시간과 삼차원의 공간에서 탈출하려 함을 의미한다. 만델슈탐 또는 그가 자칭하듯 아크메이스트에게 삼차원 공간은 꼭 필요했다. 왜냐하면 그는 주인에 대한 의무를 느끼고 있었기 때문이다. 그는 여기서 건축해야 하며, 건축은 삼차원에서만 가능하기 때문이다. 바로 이로부터 물질 세계에 대한 만델슈탐의 태도가 비롯된다. 이 세계는 예술가에게 또는 만델슈탐의 표현대로 하면 건축가에게 적대적이지 않다. 왜냐하면 사물들은 건설에 쓰이기 위해 주어졌기 때문이다. 건축 재료는 돌이다. 돌은 '마치 다른 존재 형태를 갈망하는 듯했으며', '십자형 아치'가 되어 자신과 유사한 것들과 기쁜 상호작용에 참여하기를 청했다.

만델슈탐은 '창작'이라는 단어를 사용하지 않았다. 그에게 그런 개념은 없었다. 그는 청년 시절부터 스스로 '건축가'라고 생각했다. "호의적이지 않은 무거움에서 나는 언젠가 아름다운 것을 만들어내리라." 재료에서 멀어지는 것이 아니라 그 무게와 건축에 참여해야 하는 천명을 느끼는 것이다.

베르댜예프는 이 지상에서 인간의 최고 사명, 즉 창조에 관해 여러 차례 이야기했으나 창조가 과연 무엇을 의미하는지는 밝히지 않았다. 아마도 그는 예술가의 경험, 즉 사물과 단어의 무게에 대한 감각을 가지지 못했기 때문이리라. 베르댜예프의 경험은 신비주의에 가까웠으며 이런 경험은 그를 물질세계의 끝으로 데려갔다. 예술가의 경험도 신비주의에 가깝기는 하지만 창작 행위를 통해 창조자를 드러내며, 인간을 통해 신을 드러낸다. 이러한 인식 방식은 솔로비요프나 베르댜예프의 신인설에 의해 정당화되었다고 생각한다. 바로 이 때문에 만델슈탐이 이야기한 정당성에 대한 감각이 모든 진정한 예술가에게 특징적인 것이 아닐까?

베르댜예프는 '군중'에 대한 경멸감을 극복하려 무단히 노력했지만 그러지 못했다. 이 역시 그를 상징주의와 가깝게 만드는 대목이다. 또한 상징주의에 지대한 영향을 미친 니체에게도 영향을 받았다. "우리는 소시민의 시대에 살며, 이 시대는 강한 개성을 가진 인간의 출현을 반기지 않는다"고 베르댜예프는 불평했다. 베르댜예프는 '그늘에 숨기를 좋아했다.' 그는 '스스로의 지적 우월성이나 중요성을 드러내기 싫다'고 썼다.

이 대목을 읽으면서 나는 푸슈킨의 말이 생각났다. "세상의 보잘것없는 아이들 가운데 어쩌면 그가 가장 보잘것없을지도 모른다." 이 구절은 베레사예프(B. B. Вересаев)[4] 무리에 의해 완전히 왜곡되어 이해되었지만[5] 사실 푸슈킨의 이 말에는 사람들과의 합일에 대한 가장 단순한

---

4) 베레사예프(1876~1945): 작가이자 문학사가.
4) 베레사예프(1876~1945): 작가이자 문학사가.
5) 나데쥬다 만델슈탐이 여기서 염두에 둔 것은 현실에 대한 시인의 이중적 태도

느낌이 표현되어 있다. 다른 사람과 똑같고, 조금도 더 낫지 않으며, 다른 사람처럼 체격이 좋지 않은…… 사람들과의 합일에 대한 느낌, 그들과 자신이 똑같다는 느낌, 어쩌면 심지어 그들이 더 나을지도 모른다는 사실에 대한 질투, 이것들이야말로 시인의 고유한 자질이라고 생각한다.

청년 시절 만델슈탐이 쓴 에세이 「대담자에 관해」에는 문학과 시의 차이에 관한 대목이 있다. "문필가는 언제나 구체적인 청중, 시대의 살아 있는 대표자를 상대로 이야기한다. 문학의 내용은 동등하지 않은 수준에 대한 물리적 법칙에 기초하여 동시대인에게 흘러간다. 따라서 문필가는 대중보다 '더 높고' '우월해야' 한다. 가르침은 문학의 원동력이다. 반면 시는 다르다. 시인은 섭리에 의한 대담자와만 연결된다. 자기 시대 자기 대중보다 더 나을 필요는 없다." 그리고 만델슈탐은 자기가 다른 사람들과 같다고 진정으로 느꼈다. 아니 어쩌면 다른 사람들보다 못하다고 느꼈는지도 모른다. "나는 턱수염 난 사내들과 함께 걷는다. 행인으로서."[6]

상징주의자들의 입장은 교사적인 것이었으며 그들의 문화적 사명이 여기에 있었다. 이로써 그들은 군중 위에 섰으며 강한 개성을 동경했다. 블록조차도 자신의 예외성에 대한 인식을 가지고 있었으며 이런 인식은 시인에게 당연한 거리, 군중, 사람과의 연결성에 대한 감각과 섞였다. 예술가가 아닌 철학자 베르댜예프에게는 우월성에 대한 인식이 당연한 것이었지만, 귀족주의와 강한 개성에 대한 동경은 시대의 산물이기도 했다.

만델슈탐은 '소시민'에 대한 공격도 스스로에게 용납하지 않았다.[7] 소시민을 그는 오히려 존경했으며, 바로 그 때문에 그들을 비난한 게르

(삶과 시에서의)다. 이에 관해서는 베레사예프의 저서 『두 가지 층위에서』 (1929년 모스크바에서 출판된)를 참조하라―편집자.

6) 1913년 시 「조용한 교외에서 눈을」(В спокойных пригородах снег)에 나오는 구절―편집자.

7) 오스메르키나(Е. К. Осмеркина)의 회상에 따르면 1937년 만델슈탐을 방문했을 때 그는 조셴코 소설의 등장인물들이 이제 더 이상 우스꽝스럽지 않다고 했다고 한다. "그들은 모두 순교자들이거나 영웅들이지요"―편집자.

첸을 남작이라고 불렀다.[8] 그러나 소시민과 소시민성에 대한 소비에트의 공격은 특히나 그를 놀라게 했다. 그는 언젠가 이렇게 말했다. "도대체 소시민에게 무엇을 원하는 거지? 소시민이야말로 가장 확고한 계층이며 모든 것을 지탱하는 층인데." 사실 만델슈탐이 유일하게 싫어하던 부류의 사람들이 있다면 그것은 살롱을 이끄는 문학적 귀부인들이었다. 그리고 소비에트 시대에도 그들의 계승자는 있었다. 만델슈탐은 그들의 거만함을 참지 못했고, 그것은 그들도 마찬가지였다.

「아르메니아 여행」에는 소시민성에 대한 공격으로 보일 수 있는 부분이 있다. 모스크바 남부 지역에 있던 이웃에 관한 부분이 바로 그것이다. 그러나 여기서 언급한 사람들은 확고한 생활양식과 풍습을 가진 소시민이 아니라 자진해서 기꺼이 새로운 노예상태로 진입한, 기쁨을 모르는 침체된 암울한 군중이었다. 이 대목에서 만델슈탐은 "제1차 세계대전 이후 자유를 증오하고 독재와 억압을 사랑하는 세대가 나타나기 시작했다"고 언급한 베르댜예프와 생각을 같이한다. 그러나 베르댜예프는 이것이 '민주주의적 시대'의 결과라고 생각했고, 이 점에서 그는 틀렸다. 최근 수십 년간 우리 역사 전체는 극히 반민주적이었으며 이 과정은 우리나라에서 특히 선명하게 나타났다.

20세기 전반에 나타난 '독재자에 대한 병적인 갈망'은 바로 민주주의에 대한 거부였다. 망명자였던 베르댜예프는 우리나라에서 평범한 사람들이 어떻게 짓밟히며 이른바 '사람에 대한 비밀경찰식 경멸'이 어떻게 발전했는지 알 수 없었다. 독재자는 한 명이 아니었다. 권력을 조금이라도 자기 손에 쥔 사람은 누구라도 독재자가 될 수 있었다. 예를 들면 모든 예심판사나 주택관리위원처럼. 우리는 권력에 대한 유혹이 무엇인지 알지 못했다. 누가 나폴레옹이 되고 싶어 하겠는가? 그러나 사람들은 그들이 가진 작은 권력에 필사적으로 매달려 거기서 누릴 수 있는 모든 것을 쥐어짜려고 애쓴다. 이런 작은 독재자들이 우리나라에서는 넘쳐났

---

8) 「네 번째 산문」에서 게르첸을 남작으로 지칭했다―편집자.

고, 아직도 득실거리지만, 그들은 곧 사라지게 될 것이다. 왜냐하면 사람들은 이미 이 게임을 즐겼고, 이제 그 시대는 갔기 때문이다.

상징주의자들과 마찬가지로 베르댜예프는 '집단 윤리'나 '세습적 원칙'은 인정하지 않았다. 자유와 대립되기 때문이었다. 베르댜예프의 자유 개념은 혁명 전 인텔리겐치아를 뒤흔든 방종과 가까웠다. 문화는 사회 상류층에 의해 탄생될 뿐 아니라 세대에서 세대로 전해지며, 이 계승성이야말로 삶을 유지한다. '세습적 원칙'은 자주 견딜 수 없이 느껴지며 침체된 형태를 띠지만, 전체적으로 그것은 인류를 존재하게 한 이상 그렇게 끔찍하지만은 않은 것이다. 인류를 위협하는 것은 세습적 윤리가 아니라 오히려 그 유동적 층을 지나치게 고안해내는 것이다.

만델슈탐이 시인을 '의미를 동요시키는 자'라고 명명했는데, 이것은 원칙이나 계승성에 대한 반란이 아니라 침체된 이미지, 침체된 나머지 의미를 왜곡하는 동결된 문구들에 대한 거부였다. 이것은 동결에 반대하며 삶과 생생한 관찰, 사건들의 기록에 대한 호소였다. 바로 이런 의미에서 만델슈탐은 '문화 에티켓'에 관해 이야기했던 것이 아닐까? 예술에서 이것은 이미 있었고 끝난 것을 반복하는 것이며, 사람들은 그것을 기쁘게 받아들인다. 왜냐하면 그들은 '의미를 동요시키는 자'에게서 더 멀리 떨어져 있기를 선호하기 때문에.

베르댜예프는 자유에 가장 집착했으며 그것을 위한 투쟁에 평생을 바쳤지만, 만델슈탐에게 자유 문제는 존재하지 않았다. 모든 예술가와 마찬가지로 만델슈탐은 내적 자유를 가지지 않은 사람들이 존재한다는 것을 상상할 수 없었을 것이다. 자유는 인간에게서 떼어낼 수 없는 것이라고 그는 생각했을 것이다. 베르댜예프는 사회적인 영역에서 사회보다 개인이 위에 존재하는 상태에 도달하기 위해 노력했다. 반면 만델슈탐에게 중요한 것은 사회 속에서의 개인의 문제였고, 이런 의미에서 그는 사회에서의 시와 시인의 자유를 위해 투쟁했다. 이는 곧 만델슈탐은 사회를 주어진 사실, 가장 높은 조직적 형태로 인정했음을 의미한다.

여자들에 대해서도 만델슈탐과 베르댜예프는 각각 아크메이스트와 상징주의자의 태도를 취했다. 상징주의자들에게 여인은 '아름다운 부인'이자 신관, 아흐마토바와 내 표현에 따르면 '교주를 숭배하는 여인'들이었다. 내가 젊었던 시절 이런 여인들은 많았고, 그들은 자신의 위대한 '사명'을 자각했기 때문에 몹시도 작위적으로 행동했다. 그들은 유례없이 실없는 소리를 해댔다. 베르댜예프의 『자서전』에 붙인 라프(E. Ю. Рапп)[9]의 주석이 그 좋은 예다. 거기 보면 어떤 이유에서인지 뱀들에게 발톱이 생겼으며, 여인들은 뱀 얼굴을 하고 있고 남자들은 망토와 칼을 차고 있는 듯한 환상을 가지게 된다. 이 모든 여인은 예사롭지 않았으며, 그들에 대한 태도도 그래서 예사롭지 않았다. 반면 우리는 훨씬 단순했다.

베르댜예프는 인생의 기쁨 따위는 알지 못했다. 만델슈탐은 행복을 찾지 않았음에도 자기 인생에서 모든 가치 있는 것을 즐거움과 유희로 불렀다. "우리의 2천 년 역사 전체는 그리스도의 신비로운 충동 덕택에 유희와 정신적 즐거움, 그리스도에 대한 자유로운 모방을 위해 세상을 자유롭게 하는 것이다." 또 이런 구절도 있다. "말은 순순한 즐거움, 고뇌를 치유하는 것이다."[10]

만델슈탐이 '말'을 어떻게 이해했는지에 관해서도 이야기하고 싶지만 그것은 내 능력을 벗어난 일이다. 단지 할 수 있는 이야기는, 그는 '말의 내적 형태'가 무엇인지, 기호로서의 말과 상징의 차이가 무엇인지 알았다는 것이다. 그는 구밀료프의 말에 대한 유명한 시에 냉담했는데 이유를 설명해주지는 않았다. 그리고 만델슈탐은 수에 관해서도 구밀료프와 다르게 이해했다. 말이 나와서 말인데 만델슈탐은 시를 쓸 때는 시행이나 연의 수를, 산문을 쓸 때는 장의 수를 항상 고려했다. "그게 중요해요?" 나는 놀라서 물었다. 그러면 그는 화를 냈다. 그는 내가 이해하지 못하는 것을 니힐리즘이나 무례함이라고 여겼다. 사람들에게 3이나 7

---

9) 라프: 베르댜예프의 처제로, 그의 저서 『자기 인식』의 주석을 달았다.

10) 스크랴빈에 대한 에세이와 1915년 시 「요즈음 성 아토스 섬에서는」(И поныне на Афоне)에 나오는 구절을 인용했다—편집자.

같은 신성한 숫자가 괜히 있는 줄 아느냐면서……. 숫자 역시 문화이며, 유산으로 받은 선물처럼 전해 내려오는 것이라면서.

보로네슈에서 만델슈탐은 9, 7, 10, 11행의 시를 쓰기 시작했다. 7행이나 9행은 또한 더 긴 시의 소단위로 자주 등장했다. 무언가 새로운 형식이 도래했다는 것을 만델슈탐은 느낄 수 있었다. "14행이 무엇을 의미하는지 알지? 그렇다면 이 7행이나 9행도 무엇인가를 분명 의미할 거야. 계속 튀어나온단 말야." 그러나 이것은 숫자에 대한 신비주의가 아니라 조화를 확인하는 방법이라고 할 수 있었다.

이제까지 내가 이야기한 만델슈탐과 베르댜예프의 상반성은 베르댜예프가 상징주의자들과 함께 나누었던 특징에 국한되어 적용된다. 그러나 베르댜예프는 상징주의자들과 완전히 융합하지는 않았으며 시대의 잔재를 떠올리게 하는 순전히 취향적인 발언이 철학적 사유와 함께 나타난다. 모든 사람은 자기 시대의 지배를 받는다. 비록 베르댜예프가 만델슈탐과 마찬가지로 그 누구의 동시대인도 아니라고 선언했을지언정 그는 그들과 같은 시간을 살았다. 그러나 그는 바로 상징주의자들에게는 윤리적인 문제도 사회적인 문제도 존재하지 않는다는 상징주의자들에 관한 가장 핵심적인 말을 했다. 그들은 이런 문제를 외면했고, 만델슈탐은 바로 이 때문에 브류소프의 '잡식성' 가치의 우연성과 모호성에 대항해 반란을 일으킨 것이다. 베르댜예프는 미적 취향의 측면만 제외하고는 모든 면에서 상징주의자들을 극복했으나, 그럼에도 여전히 이 위대한 영혼의 사냥꾼들에 현혹된 채 남았다.

만델슈탐이 베르댜예프의 책을 구하려고 노력했지만 구하지 못했던 것 때문에 화가 난다. 만델슈탐은 자기 동시대인인 베르댜예프의 책을 읽을 수 없었고 그래서 나는 만델슈탐이 그의 사상을 어떻게 받아들였을까에 대해 알 수 없다. 불행하게도 고립된 상태에서 우리는 모든 사상과 단절된 채 있어야 했다. 이것은 사람에게 가해질 수 있는 아주 큰 불행 중 하나다.

58 문서보관소와 목소리

"예술가에게 세계 감지는 석공의 손에 들린 망치와 마찬가지로 무기이자 도구다. 그리고 유일하게 실제적인 것은 작품 자체다"(「아크메이즘의 아침」). 만델슈탐의 시와 소설은 약간 소실되기는 했지만 대부분 보존되었다. 이 장은 내가 간직한 가엾은 작은 조각들 그리고 나를 쓸어 없애려고 했던 파괴적인 힘과 나의 투쟁에 관한 이야기다.

사람들은 젊은 시절에는 자기가 쓴 것들을 소중히 간직하지 않는다. 청년이 자기가 끄적인 종이들이 언젠가 필요하게 되리라는 것을 생각이나 할 수 있겠는가? 그리고 젊은 시절의 시들이 소실되는 것은 어떤 면에서는 좋은 일이다. 이는 나름대로 선별이며, 모든 예술가는 이런 선별 작업을 해야 한다. 만델슈탐은 손에 드는 바구니를 가지고 키예프에 왔다. 그 바구니는 그의 어머니가 바느질 도구를 담아두던 것이었고, 만델슈탐은 그것을 어머니가 남긴 유일한 물건으로 가지고 왔던 것이다. 바구니는 커다란 자물쇠가 채워져 있었고, 만델슈탐은 그 안에 어머니의 편지와 원고 뭉치가 들었다고 내게 이야기했다. 그 자신도 자기가 그 안에 무얼 담아두었는지 모르고 있었다. 그러다가 만델슈탐은 동생 알렉산드르와 함께 크림으로 갔고, 동생은 그곳에서 군인들과 카드놀이를 하면서 만델슈탐의 셔츠들까지 하나씩 하나씩 판돈으로 걸어 잃어버렸다. 군인들은 만델슈탐이 없을 때 이 바구니의 자물쇠를 부수었고, 거기 들어 있는 종이들로 담배를 말아 피워버렸다. 만델슈탐은 어머니의 편지들을 소중히 생각했기 때문에 동생에게 화를 냈다. 자기 원고 뭉치에는 관심도 기울이지 않았다. 모두 외우고 있었기 때문이다.

우리가 처음 같이 살던 무렵 만델슈탐은 원고 같은 것을 가지고 있지 않았다. 그는 『두 번째 책』도 기억에 의해 펴냈다. 시를 기억해내서 나한테 불러주거나 스스로 기록했고, 훑어보고는 일부는 그대로 두고 일부는 없앴다. 그전에 그는 '페트로폴리스' 출판사에 원고 뭉치를 보냈고, 이 출판사는 베를린으로 이전한 뒤 『트리스티아』를 발행했다.[1] 사람은 죽게 마련이며, 그와 함께 기억도 사라진다는 생각을 우리는 당시에 하지 못했다. 그뿐만 아니라 만델슈탐은 시를 출판사에 넘기면서 그로써 시가 영원히 보존될 것이라 믿었다. 그는 우리 출판사들의 적당주의와 느슨한 규율을 상상하지 못했다.

내 어머니는 내게 유럽 호텔들의 스티커가 붙어 있는 트렁크와 매우 예쁜 여행가방들을 선물로 주었다. 우리는 여행가방들로는 단단한 가죽 구두를 만들어 신었다. 당시 이것은 사치였으며 우리는 밝은 노란색 가죽 구두로 멋을 내었다. 한편 크지 않은 우아한 트렁크는 아무짝에도 쓸모없었다. 거기에 넣을 만한 물건 자체가 없었다. 그래서 나는 그 안에 여러 원고를 던져두기 시작했다. 이것이 작가의 문서보관소가 되리라는 생각을 하지도 못했다.

만델슈탐의 아버지가 병이 났고 우리는 그래서 레닌그라드로 와야 했다. 퇴원한 시아버지는 자신의 엉망인 집으로 돌아갈 수 없었다. 우리는 그를 만델슈탐의 남동생 예브게니 집으로 모시고 갔다. 시아버지의 짐을 정리하면서 나는 스티커들이 붙어 있는 내 트렁크와 똑같은 트렁크를 발견했다. 알고 봤더니 이것은 만델슈탐이 뮌헨에서 우아한 여행자로 단장할 생각으로 산 트렁크였다. 제1차 세계대전 이전에는 이런 트

---

1) 블로흐(Я. Н. Блох)가 세운 페테르부르크출판사. 1922년부터는 베를린에서 책을 펴내기 시작한다. 만델슈탐은 『트리스티아』에 대한 출판 계약을 1920년 11월 5일 체결했지만, 책이 발간된 것은 1922년 11월의 일이다. 당시 이미 인쇄가 시작된 책에 대해 국영출판사의 정치국장 메시체랴코프(Н. Л. Мещеряков)가 출판금지령을 내렸다—편집자.

렁크가 유행했다. 시아버지는 이 트렁크에 장부라든지 이미 쓸모없어진 혁명 전 돈 뭉치를 아무렇게나 모아두었다.

나는 이 트렁크의 밑바닥에서 원고 더미를 발견했다. 만델슈탐의 초기 시들과 스크랴빈에 관한 에세이의 일부였다. 우리는 이 원고들을 트렁크와 함께 모스크바로 가져갔고 이것으로 원고 보관이 시작되었다. 필요 없는 종이들, 시 초고라든지 편지, 에세이들을 이 트렁크에 던져넣었다. 만델슈탐은 반대하지 않았고 원고들은 점점 더 불어났다. 일상적인 단순 작업들, 예를 들면 시나 산문 번역, 잡지 기고문, 출판사가 의뢰한 책이나 글에 대한 서평들은 레닌그라드 국립출판사에서 모두 소실되었다. 만델슈탐은 그곳에서 보존되리라고 믿었다. 두세 편은 우연히 트렁크에 보관되어 있었지만, 그것은 부주의의 결과였다. 만델슈탐의 산문 선집을 출판할 때 신문이나 잡지 기고문들도 필요해졌다. 그래서 나는 오빠와 함께 도서관에 가서 신문이나 잡지에 실렸던 만델슈탐의 글들을 베껴 써야 했다. 검열이 왜곡한 부분도 분명 있었을 것이다. 그리고 어째서인지 「시간의 소음」도 이 트렁크에 담기지 못했다. 아마도 트렁크가 생기기 전에 쓰어졌기 때문일 것이다.

원고에 대한 태도의 변화는 「네 번째 산문」 이후 나타났다. 더 정확히 말하면 「네 번째 산문」은 원고를 어떻게든 보존해야 한다는 것을 생각하도록 한 첫 번째 경고였다. 두 번째 경고는 1934년의 체포였다.

우리는 아르메니아로 떠나려고 준비하고 있었고, 나는 「네 번째 산문」의 유일한 원고를 가지고 가고 싶지 않았다. 당시는 비록 살벌한 시기는 아니었지만, 그렇다고 「네 번째 산문」이 칭찬받을 만한 산문은 아니었다. 이 산문을 맡기기 위해 믿을 만한 사람을 찾아야 했다.[2] 이것은 원고를 집 밖에 보관하려는 우리의 첫 번째 시도였다. 아니 완전히 첫 번째 시도는 아니었다. 크림에서 1919년 만델슈탐은 두 편의 시를 썼지

---

2) 나데쥬다의 말에 따르면 고리키의 딸 나자옙스카야(Л. Назаевская)가 바로 그런 사람이었다—편집자.

만, 그 시를 보관하고 싶어 하지 않았고, 그래서 그 시들을 친구 레냐 란드스베르그에게 주었지만 소실되고 말았다.[3] 나는 모스크바에서 이 자를 한 차례 만났고, 시는 보존되어 있다고 말했다. 1922년의 일이다. 그러나 그 후 레냐도 시도 모두 사라져버렸다. 나는 이 시들 중 단지 한두 행만을 기억한다. 그러나 아마도 이 시들은 절대 나타나지 않을 것이다. 바로 이 사건은 원고가 놓인 모든 장소를 살펴보고, 원고들을 여러 사본으로 만들어서 보관하도록 일깨워주었다. 우리는 「네 번째 산문」을 집에 보관한 적이 없으며, 여러 군데에 보관해두었다. 나는 이 산문을 여러 차례 베껴 썼고, 그래서 외울 정도가 되었다.

우리는 아르메니아에서 돌아왔고 시가 많이 씌어졌으며 만델슈탐은 자신의 처지를 곧바로 절감하게 되었다. 만델슈탐이 레닌그라드의 넵스키 대로에 있는 『이즈베스티야』 사무실에서 이 신문의 대표자와 나눈 대화가 생각난다. 호의적으로 보이던 이 사람은 만델슈탐의 시 「레닌그라드」(Ленинград, 1930)를 읽더니 만델슈탐에게 이렇게 말했다고 한다. "이런 시가 씌어진 뒤에는 무슨 일이 일어나는지 아시오? 세 명이 찾아올 것이오. 제복을 입고……." 우리는 물론 이것을 알고 있었지만, 참을성 있는 소비에트 정부는 아직 서두르지 않았다. 시는 상당히 좁은 서클에서이기는 했지만 믿을 수 없을 만큼 급속히 퍼져나갔다. 만델슈탐은 이것 역시 보존 방법이라고 생각했다. "사람들이 보존할 거야." 나는 이것을 탐탁지 않게 생각했고, 시간은 내 생각이 옳았다는 것을 증명했다. 그리고 그 후 나는 사본을 만들어 숨기기 시작했다. 나는 주로 이 사본들을 집의 틈새마다 쑤셔넣었지만, 언제나 그 일부는 다른 사람에게 맡겼다. 1934년 가택수색 당시 우리는 요원들이 어디를 수색하는지 보았고, 그 후 우리는 시를 베개 속에 넣고 꿰매거나 냄비나 신발 안에

<hr>

3) 란드스베르그(1899?~1957): 변호사. 페오도시아 출신으로 만델슈탐의 친구. 이 시들은 이후 발견된다. 「밤이 닻을 내린 곳」(Где ночь бросает якоря, 1917?)과 「쓸모없는 수도에서 모든 것은 우리에게 낯설다」(Все чуждо нам в столице непотребной, 1918)가 바로 그것이다—편집자.

숨겨두었다. 거기는 들여다보지 않기 때문이다. 보로네슈에 당도했을 때 나는 베개에서 아리오스토에 관한 시를 꺼냈다.

보로네슈는 삶의 새로운 단계였으며 원고보관에 대해서도 새로운 태도를 취하게 되었다. 목가적인 베개의 시대는 끝났다. 키예프에서 있었던 데니킨 대학살[4] 당시 유대인들의 베개에서 깃털들이 날아다니던 기억도 났다. 만델슈탐의 기억력은 나이가 들수록 나빠져 갔고, 기억이란 것은 사람과 함께 죽는다는 것을 우리는 이미 알게 되었으며, 우리의 목숨의 가치는 날마다 떨어져가고 있었다. 그러나 원고를 보존할 준비가 되어 있는 사람들을 물색해야 했으며, 그런 사람들의 숫자는 점점 줄어갔다. 나는 직업을 가지게 되었다. 보로네슈에 있는 3년간 나는 시를 옮겨 적어 그것들을 사람들에게 나누어주기 시작했지만, 오빠 외에 안전한 보관장소는 없었다(오빠도 이 원고들을 집에 보관하는 것은 아니었다). 바로 이런 시기에 루다코프가 등장했다.

세르게이 보리소비치 루다코프는 제정시대 장군의 아들로 레닌그라드에서 다른 귀족들과 함께 보로네슈로 추방되었다. 혁명 초 그의 아버지와 형들은 총살당했다. 누이들이 그를 키웠고, 그는 평범한 소비에트 공산청년단원이었으며, 학교에서도 모범생이었고, 대학을 졸업한 뒤 그럴 듯한 일자리를 찾고 있었다. 그러다가 돌연 추방을 당하게 된 것이다.

부모를 잃은 많은 아이처럼 그 역시 시대에 적응하려고 무척 노력했고, 심지어 독특한 문학 이론도 가지고 있었다. 출판해주는 것만 써야 한다는 것이 그것이다. 그는 직접 세련된 시를 쓰기도 했으며(츠베타예바의 영향을 약간 받았다), 만델슈탐과 가깝게 있기 위해 보로네슈를 추방지로 선택했다. 그는 내가 보로네슈에 없었던 시기 만델슈탐을 찾아왔다. 당시 나는 만델슈탐이 할 만한 번역일을 찾아보기 위해 모스크바에 자주 갔고, 루다코프는 내가 없는 한 달 동안 만델슈탐과 함께 있었다. 기차역으로 나를 마중 나온 만델슈탐은 루다코프라는 새로운 친구

---

4) 1919년부터 1920년 사이에 있었던 A. И. 데니킨의 반소비에트운동.

가 생겼으며, 시에 관한 책을 준비하는 아주 좋은 청년이라고 내게 말했다. 병을 앓고 난 후 만델슈탐은 자기 힘을 믿지 않았으며 다시 쓰게 된 시들을 호의적으로 들어줄 만한 사람을 필요로 했다.

루다코프는 보로네슈에서 정착할 노력을 하지 않았다. 그는 자기 아내가 고위 관리들 중 한 명(이후 1937년 숙청당해서 죽게 될)을 통해 자기를 빼내어주리라는 희망을 잃지 않고 있었다. 그는 트로샤라 불리는 착한 노동자 청년의 방 한 편에 있는 침대를 세내어 살았고, 우리 집에서 식사를 해결했다. 당시에는 만델슈탐이 번역일이나 극장일, 라디오 방송국 일 등을 했기 때문에 비교적 여유로웠고, 그래서 이 가엾은 청년을 먹여 살리기는 힘들지 않았다. 내가 없던 시기 루다코프는 「흑토」의 모든 판본을 세심하게 모아놓고 있었다. 나는 돌아온 후 만델슈탐과 함께 가택수색 시기 압수된 시들을 복구하기 시작했고 루다코프는 이 모든 시를 자기 노트에 기록했다. 다음 날 아침 그는 제도지 조각에 장식적이며 우스꽝스러운 서예가식 필체로 쓴 시들을 가지고 나타났다.

그는 내 필체와 미적 감각의 결여를 비웃었다. 예를 들어 루다코프는 잉크로 쓰는 것을 불명예스럽게 생각했으며 먹물로만 썼다. 그는 먹을 가지고 실루엣을 그리기도 했는데, 길거리에서 이걸 그리며 먹고사는 술꾼들만큼은 그릴 줄 알았다. 그는 으스대며 자기 명작들을 우리에게 보여주곤 했다. 그리고 그는 자기가 멋지게 만든 만델슈탐 시들의 원고를 내게 보여주며 말하곤 했다. "당신의 악필 사본이 아니라 바로 내 이 사본이 문서보관소에 보관될 거예요." 그럴 때면 우리는 그저 웃었다. 청년의 기분을 상하게 하고 싶지는 않았다.

우리와 친하게 지내는 것이 위험할 수도 있다고 우리는 루다코프에게 자주 경고했지만, 그럴 때면 그는 고결한 말들로 대답해서 우리는 그저 경악할 따름이었다.[5] 어쩌면 바로 이런 대답들이 그의 몇몇 결점을 가

---

5) 엠마 게른슈테인의 회상록 「만델슈탐에 관한 새로운 것」(Новое о Мандельш-
  таме)에 따르면 국가보안부는 루다코프가 만델슈탐과 함께 문학 작업을 하는

려주었는지도 모르겠다. 예를 들어 그는 거만했고, 우리 집의 또 다른 고정 손님이던 칼레츠키에게 비열하게 행동했다. 그 역시 레닌그라드 사람이었으며 우리가 모두 알고 지내던 에이헨바움(Б. М. Эйхенбаум), 트이냐노프(Ю. Н. Тынянов) 등의 제자였다.[6] 수줍고 내성적인 젊은이 칼레츠키는 당시 다른 사람들은 감히 발설하지 못하는 말들을 가끔 했다.

언젠가 한번은 만델슈탐에게 이런 이야기를 했다. "우리가 알고 있는 모든 국가 기관은 아무짝에도 쓸모없어요. 아주 작은 시련도 견디지 못할 겁니다. 죽어 있는, 부패한 소비에트 관료주의의 산물이지요. 그런데 군대도 마찬가지라면 어쩌지요? 갑자기 전쟁이라도 나면……." 루다코프는 학교에서 배운 것을 떠올리며 이렇게 선언했다. "나는 당을 믿어요." 칼레츠키는 당황해서 얼굴이 붉어졌다. "나는 민중을 믿습니다." 그는 조용히 말했다. 키가 크고 잘생긴 루다코프와 나란히 서 있는 칼레츠키는 정말 초라해 보였지만, 내적인 힘은 그가 훨씬 강했다. 루다코프는 그를 야유하면서 '양자(量子)'라고 불렀다. "양자는 에너지의 최소 단위잖아."

루다코프의 두 번째 나쁜 점은 끊임없는 불평이었다. 그의 의견에 따르면 러시아에서는 환경이 '언제나 재능 있는 사람들을 갉아먹었고' 그래서 그는 자신의 사명을 완수하거나 시에 관한 책을 쓸 수 없으며, 따라서 사람들의 눈을 뜨게 할 수도 없다고 했다. 만델슈탐은 이런 말들을 참지 못했다. "왜 자네는 지금 쓰지 않는 건가? 사람이 뭔가 할 말이 있다면 언제든 하게 마련이야." 언제나 이 대목에서 설전이 벌어졌다. 루다코프는 방이며 돈, 기분 등 언제나 환경을 탓했다. 그리고 화를 내며 문을 쾅 닫고 나가버렸다. 그러나 한두 시간이 지나면 아무 일도 없었다는 듯 다시 나타났다.

것을 알고 있었으며, 그것은 옳지 못한 선택이라고 그에게 직접 경고했다고 한다―편집자.

6) 에이헨바움(1886~1959): 문학연구가, 형식주의 이론가. 트이냐노프(1894~1943): 문학연구가, 형식주의 이론가, 역사소설가.

루다코프는 다분히 선생 기질이 있었다. 모든 사람에게 모든 것을 가르치려 들었다. 나에게는 원고를 옮겨 쓰는 법을, 만델슈탐에게는 시 쓰는 법을, 칼레츠키에게는 생각하는 법을. 만델슈탐이 새로운 시를 쓸 때마다 그는 자신의 존재하지도 않는 책의 이론을 들이대며 평가했다. "왜 사전에 내게 물어보지 않으셨어요?" 그는 만델슈탐을 자주 방해했고 그때마다 나는 그를 내쫓고 싶었다. 그러나 만델슈탐이 허락하지 않았다. "그럼 그는 뭘 먹고살지?" 만델슈탐은 이렇게 내게 물었고, 그러면 모든 것은 계속되었다.

어쨌거나 루다코프도 칼레츠키도 우리에게는 커다란 위안이었다. 그들이 없었더라면 우리는 훨씬 더 일찍 고립감을 느끼기 시작했을 것이다. 그들은 1930년 초 레닌그라드로 돌아갔고, 우리만 남게 되었다. 그무렵 나타샤가 우리에게 나타났다. 보로네슈에서 우리가 요원의 집에 살 때 루다코프는 성홍열에 걸렸고 병원에서 '아가씨들'을 알게 되었다. 그런데 그는 이 아가씨들을 우리에게 필사적으로 숨겼다. 이 '아가씨들' 중 하나가 나타샤였는데, 그는 레닌그라드로 떠나면서 나타샤에게 우리를 찾아가지 말라는 다짐까지 받았을 정도였다. 그러나 다행히 나타샤는 그 약속을 지키지 않았다. 한마디로 말해 루다코프는 괴짜였으며, 우리 시대에 괴짜들과 가깝게 지내는 것은 결말이 좋지 않았다. 나는 만델슈탐의 친필 원고 중 가장 소중한 것들을 그에게 맡겼고, 아흐마토바도 구밀료프의 원고들을 썰매에 실어 그에게 맡겼다.

루다코프는 제2차 세계대전 시기 독일과의 전쟁이 시작되자마자 부상당한 뒤 모스크바에서 군사 사령관이 되었다. 친척 중 한 명이 그를 찾아와서 자신은 톨스토이주의자이며 따라서 전투를 할 수 없다고 말했다. 루다코프는 자신의 지위를 이용해 그의 병역을 면제해주었고, 그것이 적발되어 루다코프는 징벌대대에 보내져서 곧 전사한다. 원고들은 루다코프의 아내 손에 남겨졌고, 그녀는 그것을 돌려주지 않았다. 1953년 음악회에서 아흐마토바를 만난 그녀는 원고가 전부 무사하다고 말했지만 반년 후 엠마 게른슈테인에게는 자기가 체포되었을 때 원고를 모두 압수당했다고 이야기했다고 한다. 그 후 이야기는 또 달라졌다. 그녀가 체포되자 '어머니가 전부 태워버렸다'는 것이었다. 실제로 어떻게 된 것인지는 알 길이 없다. 단지 우리가 알고 있는 것은 그녀가 구밀료프의 몇몇 원고들을 직접은 아니고 제3자를 통해 팔았다는 것뿐이다.

아흐마토바는 펄펄 뛰며 광분했지만 아무것도 할 수 없었다. 한번은 우리가 루다코프의 논문을 미끼로 이 미망인을 아흐마토바의 집으로 끈질기게 초대한 적이 있었다. 우리가 가진 루다코프의 논문을 출판하면 안 되겠느냐고 제안했지만 그녀에게서 아무것도 알아낼 수 없었다.

하르드지예프는 운이 좋았다. 그는 그 미망인에게서 루다코프의 편지들을 얻어냈고, 그가 필요한 모든 것을 베껴 쓸 수 있는 허락을 받았다. 하르드지예프는 대단한 유혹자였고, 잘생겼으며 원하기만 하면 매력적인 사람이었다. 그러나 루다코프가 일기처럼 매일같이 쓰면서 후손을 위해 세심히 번호까지 붙여놓은 편지들에는 우리에게 도움이 될 만한 것은 전혀 없었다.

불행한 청년은 심각한 정신병자였던 것이 분명했다. 편지들은 터무니없는 말들로 가득했다. 만델슈탐의 방에서 모든 시가 만났다(세계 시인지 러시아 시인지는 기억이 나지 않는다). 이것은 그와 만델슈탐 그리고 역시 위대한 시인인 바기노프(К. К. Вагинов)[7]를 가리키는 것이었다. 그는 만델슈탐에게 시를 어떻게 써야 할지 가르쳤고, 모든 것을 설명해주었는데, 끔찍하게도 칭송은 모두 그가 아닌 만델슈탐이 받았다고 적었다. 만델슈탐 자신은 데르쟈빈처럼 행동했다고 했다. 마치 황제처럼 소리치다가 또 자신을 벌레라고 푸념하면서. 한 편지에서 루다코프는 자기가 만델슈탐의 계승자라고 선언하기도 했다. 만델슈탐이 그에게 이렇게 말했다는 것이다. "자네는 내 계승자이니 자네가 필요하다고 생각하는 대로 내 시를 마음대로 하게나." 나는 기억나는 대로 이 구절을 인

---

7) 바기노프(1899~1934): 만델슈탐이 높이 평가하던 시인. 페테르부르크 죽음의 테마들을 다룬 그로테스크한 장편소설들의 작가.

용하지만 하르드지예프가 가진 편지의 필사본에서 정확한 표현을 확인할 수 있을 것이다.

이 부분을 읽으면서 우리는 그가 만델슈탐의 원고를 횡령한 것이 우연이 아님을 깨닫게 되었다. 루다코프의 생각이 그랬고, 미망인은 단지 그의 뜻에 따른 것이었다. 우리가 순전히 장삿속(친필원고를 팔아 돈을 벌겠다는)이라고 생각했던 것이 사실은 루다코프의 망상의 결과였다는 것이 밝혀졌다. 내가 일찍 죽었다면 무슨 일이 일어났을지 말하기 어렵다. 어쩌면 루다코프는 만델슈탐의 시를 자기 시라고 공개했을지도 모른다. 그러나 이미 만델슈탐의 많은 시가 사본들로 돌아다니고 있었기 때문에 그것은 쉽지 않았을 것이다. 셰바 바그리츠키의 이런 시도는 완전히 실패했고, 그의 어머니가 만델슈탐의 시 「꾀꼬리」를 셰바의 시로 발표했을 때 스캔들로 끝나버렸다.

만약 내가 루다코프의 말을 따랐다면 일은 더 나빠졌을 것이다. 그는 자기와 친했던 엠마 게른슈테인을 통해 만델슈탐의 원고들을 빠짐없이 그에게 달라고 요구했다. 모든 원고가 한자리에 있어야 한다는 것을 그는 이유로 들었다. 그러나 나와 하르드지예프는 원고를 한곳에 집중하지 않는 편이 낫다는 결단을 내렸다. 한 장소가 함락되더라도 다른 장소에서 원고를 보존할 수 있을 테니. 결국 루다코프에게 맡긴 보로네슈 시 원고 전체와 『트리스티아』의 만델슈탐 자필 원고들이 사라져버렸다. 만델슈탐은 「단테에 관한 대화」에서 이미 그의 원고에 어떤 운명이 기다리고 있는지 예감했던 듯하다. "그리하여 원고가 보존되느냐 마느냐의 문제는 반대되는 힘의 작용에 달렸다. 원고를 보존하기 위해서는 역풍을 고려해야만 한다."

루다코프와의 사건에서 나는 그의 목적이 어쨌든 이 어리석은 청년을 탓하지는 않는다. 이런 '행복한 삶'을 우리에게 안겨준 자들의 탓이기 때문이다. 만약 우리가 쫓겨다니는 짐승이 아니라 인간처럼 살았다면 루다코프는 우리 집에 드나들던 손님 중 하나로 남았을 것이며, 만델슈탐의 원고들을 약탈해 자기를 그의 계승자라고 선포할 생각이 그의 머리에 떠오르지 않았을 것이다. 마찬가지로 미망인 또한 아흐마토바에게 보낸 구밀료프의 편지를 팔아넘기지 않았을 것이고.

루다코프는 만델슈탐의 원고를 보존하는 데 가장 중요한 단계 가운데 하나였지만, 그외에도 많은 성공과 불행이 있었다. 작은 에피소드도 있다. 제2차 세계대전 당시 독일군이 들이닥쳐 보로네슈가 불바다가 되자 나타샤는 차를 넣는 양철통에 만델슈탐의 편지들을 넣어 내게 가져왔다. 니나는 시어머니가 두 번째로 체포될 무렵 만델슈탐의 시 사본들을 없애버렸고, 반면 그녀의 친구 에딕은 내가 그에게 맡겼던 원고들을 보존했다고 으스댔다(사실 으스댈 이유는 없었다. 그는 앞서 내가 말한 스탈린 사후 자살했던 타슈켄트의 고위 경찰관료인 장인의 집에 살고 있었기 때문이다). 나는 시 사본들을 나누어준 뒤 그중 어느 사본이 과연 보존될까 점쳤다. 오빠가 내 유일한 조수였다. 우리는 주된 보관 장소를 계속 옮기기 위해 돌아다녔다. 무식한 밀고자가 내가 없는 사이에 뒤지더라도 알아보지 못하도록 언어학 논문 자료들 사이에 만델슈탐의 산문 원고더미를 끼워넣은 여행 가방을 끌고 다녔다. 가끔 내가 가진 원고들이 없어지는 경우가 있었으며, 지금도 계속 없어지고는 있지만, 아마도 그것은 다른 이유에서일 것이다. 모든 원고를 다 기억하기는 불가능하지만,「자서전 자료」서류철 전체가 얼마 전 사라진 것을 알게 되었다. 다행히 사본은 있었지만, 원본이 어디로 사라졌는지는 알 길이 없다. 일전에 나는 카블루코프가 소유했던『돌』판본을 200루블에 산 적이 있었다. 그 책에는 카블루코프가 써 놓은 시의 판본들과 만델슈탐의 친필 시 네 편이 들어 있었는데, 지금 두 편은 사라지고 없다. 또 파스테르나크가 내게 보낸 편지도 사라졌다. 그 편지에서 파스테르나크는 현대 문학 가운데(편지는 전쟁 직후 씌어졌다) 시모노프(К. М. Симонов)와 트바르돕스키(А. Т. Твардовский)만이 그의 관심을 끈다고(그 이유는 명성의 메커니즘을 알고 싶기 때문이라고) 적었다.[8] 이 편지나 만델슈탐

---

8) 시모노프(1915~79): 작가이자 공산당 활동가. 트바르돕스키(1910~71): 시

의 친필 시 두 편은 애호가가 가져갔으리라 나는 생각한다. 그렇다면 아주 없어진 것은 아니리라. 어쨌든 이런 분실 사건들이 있은 후 나는 그 무엇도 더 이상 집에 두지 않았고, 다시 이런 생각으로 고단해야 했다. '어디가 무사하고 어디가 위험할까.'

어찌 되었건 나는 별로 잃어버리지 않은 채 결승점에 도달한 듯하지만, 아직 결승선이 보이는 것은 아니다. 나이가 들면서 나는 보존의 한 방법은 이제 더 이상 택하지 않는다. 56세까지 나는 시와 산문을 모두 외우고 있었다. 잊지 않기 위해서는 매일 아무 부분이나 반복해 외워야 했고, 스스로의 생존 능력을 믿는 동안 나는 그렇게 했다. 그러나 이제는 너무 늦었다.

여러 해 동안 이렇게 나처럼 죽은 자기 남편의 말들을 되새겨 외우며 보낸 여인들은 많다. 내가 지금 이야기하려는 여인은 아직 살아 있기 때문에 이름을 말하지 않겠다.[9] 상당히 높은 지위에 있었던 그녀의 남편을 비판하는 기사가 매일 신문마다 나기 시작했다. 그는 체포되기를 기다리면서 스파이로 둘러싸인 집 밖으로 감히 나서지 못하고 집에 앉아 있었다. 밤마다 그는 중앙위원회 앞으로 서한을 썼고, 아내는 그것을 밤새 외웠다. 그는 총살당했고, 아내는 20여 년간 수용소와 감옥을 전전했다. 형기를 마친 그녀는 남편의 서한을 기록해 중앙위원회로 보냈다. 그곳에서 사라지지 않았기를 바란다.

목소리에 관해서도 이야기하겠다. 세르게이 이그나치예비치 베른슈테인의 녹음 테이프 보관실은 그가 형식주의라는 낙인이 찍혀 주보프 연구소에서 방출된 뒤 사라졌다.[10] 구밀료프와 만델슈탐의 테이프가 그

인. 잡지 『신세계』의 편집장.

9) 부하린의 아내 라리나(А. М. Ларина)에 관한 이야기다. 그녀는 부하린의 유언을 담은 서한 「미래 세대의 당 지도자들에게」(Будущему поколению руководителей партии)를 암기했다─편집자.

10) 베른슈테인의 녹음 테이프 보관실은 1920년 설립되었으며, 1925년 만델슈탐의 목소리를 두 차례에 걸쳐 녹음한다. 현재 남아 있는 소장품들 중 만델슈탐

곳에 있었다. 당시는 죽은 자들의 유해가 바람에 날리던 시절이었다. 얼마 되지 않는 사진들은 원고와 마찬가지 방법으로 보존했지만, 음성 녹음 테이프는 내 소관이 아니었다. 나는 만델슈탐의 시 낭독, 그 음성을 잘 기억했지만 그것을 흉내 낼 수는 없으며 단지 내 귀에서 울릴 뿐이다. 만일 사람들이 그의 시 낭송을 듣는다면 그가 명명한 '이해하는 낭송', 즉 지휘자가 음표를 사용하듯 텍스트를 사용하는 낭송법이 무얼 뜻하는지 명확히 알 수 있을 텐데. 음성적 기록은 휴지부라든지 음성의 고저에 대한 가장 거친 도식만을 전달할 수 있을 뿐, 모음이나 배음의 길이라든지 음색은 전달하지 못한다. 그러나 사반세기 전에 들은 음성의 모든 움직임을 누가 온전히 기억해낼 수 있으랴!

그러나 음성은 시의 구조 자체에 보존되어 있으며, 침묵의 시대가 끝나가고 있는 지금 수천 명의 소년들이 만델슈탐의 억양을 자기도 모르는 사이에 반복한다. 바람에 완전히 흩어버릴 수 있는 것은 없다.

다행히 만델슈탐의 시는 아직 배우나 직업적 낭송가, 학교 선생님들의 관심을 끌지 않고 있다. 언젠가 한번은 라디오 방송국 '자유'의 여자 아나운서의 뻔뻔스러운 목소리를 듣게 되었다. 그녀는 만델슈탐의 시 「나는 장교의 견장을 위해 마신다」를 낭송했다. 이 사랑스럽고 장난기 어린 시는 니쿨린(Л. В. Никулин)[11] 같은 자들이 만델슈탐을 정치적으로 모함하는 데 언제나 사용되었으며,[12] 이제 외국에 있는 여자 아나운서가 비열하게 '의미심장'한 어조로 그것을 낭독하는 것이었다. 그녀는 우리 아나운서들에게 그런 억양을 배웠으리라. 나는 혐오와 슬픔에 싸여 라디오를 꺼버렸다.

의 시 네 편의 녹음이 복원되어 있다—편집자.

11) 니쿨린(1891~1967): 저널리스트, 작가, 문학 관료.

12) 만델슈탐의 이 시는 출판된 적은 한 번도 없지만, 비평가들이 이따금 정치적 모함의 용도로 사용했다. 예를 들어 니쿨린 같은 자는 만델슈탐이 '롤스 로이스 자동차 좌석의 장미를 위해, 파리의 유화 그림을 위해' 술을 마신다고 비난하며 마야콥스키와 만델슈탐을 대비했다—편집자.

59 옛것과 새로운 것

우리가 보로네슈에서 모스크바로 돌아온 직후, 발렌틴 카타예프(В. Р. Катаев)[1]는 미국에서 들여온 자기 새 자동차에 우리를 태우고 모스크바를 돌아다녔다. 그는 사랑스러운 눈으로 만델슈탐을 바라보며 말했다. "당신이 필요한 게 뭔지 다 알아요. 고정된 주거지지요." 저녁때 우리는 대리석으로 된 현관이 있는 새로 지은 작가의 집에 앉아 있었다.[2] 이 현관은 아직 혁명과 내전의 비극을 기억하는 작가들에게 강한 인상을 주었다. 카타예프의 새 집에서는 모든 것이 새것이었다. 새 아내, 새 아이, 새 돈, 새 가구…… "나는 현대풍을 좋아해요." 눈을 가늘게 뜨며 카타예프가 말했다. 한 층 아래 살고 있던 페딘은 붉은 나무를 좋아해서 가구 전체를 붉은 나무로 맞췄다. 작가들은 생전 처음 만져보는 큰 돈 때문에 분별력을 잃었다. 작가의 집에 정착한 카타예프는 자기보다 세 층이나 위에 있는 슈클롭스키의 아파트에 올라가 그의 집을 둘러보았다. 작가의 집에서 층은 작가의 지위를 의미했다. 예를 들어 비슈넵스키는 외국에 간 에렌부르그에게 할당된 아파트를 자기에게 달라고 주장했

---

1) 카타예프(1897~1986): 작가. 오데사 출생. 초기의 대표작은 1920년대의 풍속을 그린 풍자소설 「공금횡령자」(1926)다. 1930년대에 들어서면서 사회주의 건설을 찬양한 「시간이여, 전진하라!」(1932)를 쓰기도 했으나, 다시 작풍을 바꾸어 「외로운 돛은 희게 보인다」(1936)로 시작되는 청소년 취향의 4부작 『흑해의 물결』(1936~61) 집필에 몰두했다.
2) 라브루신스키 골목 17번지에 지은 작가 전용 주택 건물. 1937년부터 입주가 시작되었다—편집자.

는데, 그 이유는 작가동맹에서 자기 지위로 볼 때 꼭대기층에 산다는 것이 편치 않았던 것이다. 물론 공식적인 설명은 자기가 고소공포증이 있다는 것이었지만. 어쨌든 슈클롭스키의 아파트를 둘러보던 카타예프가 놀라서 물었다. "양복은 어디다 두시나요?" 그러나 슈클롭스키는 여전히 옛 아내, 옛 아이들과 살고 있었고, 바지도 한 벌, 아니면 두 벌뿐이었다. 그러나 그는 이미 난생처음 양복을 주문하기는 한 상태였다. 이미 후줄근한 모습으로 다니는 것이 허용되지 않았고 출판사나 영화위원회에 나가기 위해서는 완전히 신사적인 복장을 갖추어야만 했다. 1920년대 공산청년동맹단원들의 톨스토이식 긴 셔츠나 점퍼는 완전히 유행이 지나갔다. 모든 사람은 전처럼 차려입어야 했다. 전쟁 말기에는 좋은 복장을 한 교사들에게 포상을 약속하기도 했다.

카타예프는 우리에게 새로운 스페인 포도주와 새로운 오렌지를 대접했다. 오렌지는 혁명 이후 처음으로 판매되던 것이었다. 심지어 이렇게 오렌지까지도 '전과 같았다!' 다만 차이점은 우리 부모 세대 때는 냉장고가 없었고 아침마다 강바닥의 얼음을 깨서 배달하는 사람들이 있었지만, 카타예프는 미국에서 냉장고를 가져와서 포도주에도 얼음 조각을 띄웠고, 이는 곧 기술과 안락함을 의미했다. 니쿨린이 젊은 아내와 도착했다. 그녀는 바로 얼마 전 쌍둥이를 낳았고, 카타예프는 니쿨린 같은 파렴치한도 아이를 갖는다는 사실에 경악했다. 나는 니쿨린이 오래전에 말한 경구가 떠올랐고, 그것이 더 이상 우습지 않았다. "우리는 도스토옙스키가 아니에요. 우리에게는 돈이 전부지요." 니쿨린은 스페인 포도주를 마시면서 스페인 사투리에 관해 이야기했다. 그는 스페인 혁명을 보기 위해 막 그곳에 다녀오던 길이었다.

우리가 모스크바를 떠날 때 작가는 아직 특권 계층이 아니었지만, 이제 그들은 뿌리를 내렸고 자신들의 특권을 어떻게 유지할지에 대해 곰곰이 생각했다. 카타예프는 자기 계획을 우리에게 밝혔다. "이제 월터 스콧(Walter Scott)³⁾처럼 작품을 써야 해요." 이것은 가장 쉬운 방법은 아니었다. 이를 위해서는 근면함과 재능이 필요했다. 입구가 대리석으

로 된 새로운 집의 거주자들은 과정의 양 방향을 보았기 때문에 1937년
의 의미를 우리보다 더 잘 이해했다. 일부는 악마에게 짓밟히고 다른 일
부는 찬미가를 부르는 최후의 심판과도 같은 상황이 벌어졌다. 천국의
기쁨을 맛본 자들은 지옥에 던져지고 싶어 하지 않았다. 하기는 누가 그
것을 원하겠는가? 그래서 그들은 1937년에 적응할 것을 가족 모임 또
는 친구들의 모임에서 결의했다. "발렌틴은 진정한 스탈린주의자예요."
카타예프의 새 아내는 이렇게 말했다. 그녀는 버림받아 사는 것이 무엇
인지 부모의 집에서 이미 경험해보았다. 역시 예전의 경험을 통해 현명
해진 카타예프 자신도 이미 오래전부터 다음과 같은 말을 반복했다. "문
제를 일으키고 싶지 않아요. 수뇌부를 화나게 해서는 안 돼요."

카타예프는 비탄에 빠져 우리에게 말했다. "누가 지금 만델슈탐을 기
억하나요. 내 동생 예브게니 페트로프와 나만이 젊은이들과 대화하면서
만델슈탐의 이름을 거론하지요. 그게 전부예요." 만델슈탐은 이런 이야
기에는 기분 상해하지 않았다. 사실이었기 때문이다. 그러나 카타예프
형제가 타인들과 대화하면서 감히 만델슈탐의 이름을 언급했다는 것은
사실이 아니었다. 새로운 모스크바는 새 건물들로 덮였고 세상에 나왔
다. 모스크바 사람들은 처음으로 은행에 계좌를 열고 가구를 사고 소설
을 썼다. 모든 사람은 고속 승진을 기대했다. 매일 누군가 삶에서 이탈
했으며 그 자리에 다른 사람이 앉혀졌기 때문이다. 물론 모든 사람은 죽
음의 후보자이기도 했지만, 낮에는 이에 관해 생각하지 않았다. 이런 공
포는 밤에 느끼는 것만으로도 충분했다. 이탈한 사람들에 관해서는 즉
시 잊었으며 안락하게 생활하는 자들의 집 문은 모두 이탈자들의 미망
인 앞에서 꽝 하고 닫혔다. 그 미망인들은 주거지의 소유권을 유지하기
도 쉽지는 않았다. 게다가 그들의 숫자는 점점 더 줄어들었다. 1937년
에는 이미 가족 전체가 숙청되었다.

만델슈탐은 카타예프를 좋아했다. "그에게는 참된 부랑자적 풍류가

---

3) W. 스콧(1771~1832): 영국의 역사소설가, 시인, 역사가.

있어." 만델슈탐이 말했다. 우리는 1922년 하리코프에서 그를 처음 알게 되었다. 당시 그는 영리하며 눈동자가 생기 있는 부랑자였고, 매우 심각한 곤경에 처했다가 거기서 빠져나오는 데 이미 성공했다. 그는 모스크바를 정복하기 위해 하리코프를 떠났다. 그는 산더미 같은 농담을 가지고 모스크바에 있는 우리 집에 찾아오곤 했다. 오데사에 있는 오래된 보헤미아 지역인 므일니코프 골목에서 들은 이야기들이었다. 이후 소설 『열두 개의 의자』(Двенадцать стулья) 저자인 자기 동생에게 선사한 것이리라. 동생은 형사가 되기 위해 오데사에서 왔다가 형의 충고에 따라 작가가 되었다.

내가 젊은 시절 알던 모든 산문작가를 1920년대 말 모종의 추잡한 잡담식의 낡은 것들이 훑고 지나가기 시작했다. 트이냐노프와 조센코만이 예외였다. 카타예프는 그의 재능과 냉소주의 덕에 특히 더 눈에 띄게 변신했다. 1920년대 말 우리는 카타예프와 함께 택시를 타고 가고 있었다. 우리는 레닌그라드와 크림에 오랫동안 있었기 때문에 카타예프와는 매우 오랜만에 만나는 것이었다. 이 만남은 매우 정겨웠으며, 카타예프는 우리를 어디론가 배웅한다고 자진해서 나섰다. 택시에 타서도 그는 계속 이야기를 늘어놓았다. 나는 그런 식의 이야기를 생전 처음 들었다. 그는 시를 적게 쓰고, 책을 적은 부수만 찍는다고 만델슈탐을 질책했다. "만일 당신이 죽으면 전집이 어디 있겠습니까? 만들면 몇 쪽이나 되겠느냐고요? 제본할 것도 없을 겁니다. 안 됩니다. 작가라면 금박을 입힌 13권 정도의 전집은 가져야지요." 카타예프의 '새것'은 옛것으로의 회귀를 의미했다. 그가 쓴 모든 것은 혁명 전 잡지 『니바』(Нива)[4]의 부록 같았다. 아내는 '쇼핑하러 다니고', 카타예프 본인은 한 가정을 부양하

---

4) 1870~1918년 페테르부르크에서 간행된 대중 주간지. '밭'이라는 뜻. 저명한 독일계 출판인이 '삽화를 곁들인 문학, 정치, 현대생활 잡지'라는 슬로건을 내걸고 창간. 매우 폭넓은 소재를 다루었다. 창간되자마자 러시아에서 가장 인기 있는 잡지가 되었다. 1891년부터 정기구독자에게 문예부록과 문학전집을 무료로 배부해서 국내외 문학을 대중에게 보급했다.

는 사람이자 폭군으로서, 하녀가 음식을 태우기라도 하면 발을 쾅쾅 구르며 화를 냈다. 그는 어린 시절 죽을 정도의 공포와 굶주림을 견디고 간신히 살아남았기 때문에 안정과 견고함, 돈, 여자, 상관의 믿음을 원했다. 나는 무엇이 농담이고 무엇이 그의 뻔뻔한 얼굴을 보여주는 것인지 오랫동안 알아차리지 못했다. "그들은 다들 그렇잖아. 그래도 이 자는 현명하기라도 하지." 만델슈탐은 이렇게 말했다.

제2차 세계대전 시기 타슈켄트로 피란 가 있을 때 나는 행복한 카타예프를 만났다. 아랄스크 근처에서 그는 낙타를 보고 만델슈탐 생각이 났다고 했다. "마치 만델슈탐처럼 낙타도 고개를 높이 젖히고 있었지요." 바로 이 풍경으로 카타예프는 젊어졌고 시를 쓰기 시작했다. 바로 여기에 카타예프와 다른 작가들의 차이가 있었다. 다른 작가들은 이런 어처구니없는 연상을 하지 않기 때문이다. 예를 들어 페딘이 낙타를 보고 시를 썼겠는가? 안락한 생활을 하도록 선택된 사람들 가운데 아마도 카타예프 한 사람만이 시에 대한 애정과 문학성을 잃지 않았을 것이다. 바로 이 때문에 만델슈탐은 1937년 6월 그와 함께 모스크바를 돌아다니고 스페인 포도주를 마셨던 것이다. 우리를 현관까지 배웅하면서 카타예프는 말했다. "만델슈탐, 당신에게도 마침내 정착할 기회를 줄 거예요. 이제 그럴 때가 되었어요."

복권의 시기 카타예프는 만델슈탐의 시를 잡지 『청년』에 실으려고 노력했지만, 감히 상관을 화나게 할 수 없었다. 그러나 다른 사람들은 노력할 생각도 하지 않았다.

만일 '월터 스콧'처럼 써야 하지 않았다면 카타예프는 어떻게 되었을까? 그는 매우 재능 있는 사람이었으며 현재 베스트셀러 작가들 가운데 가장 기지가 있고 재치 있는 사람이다.

그리고 1937년 여름 우리는 정말 '정착'하는 듯했다. 미래에 대한 계획을 세웠다. 엘리베이터가 없는 건물의 5층에 사는 것은 불편하니까 집을 옮기는 것이 어떨까 등. 그러나 집을 옮기는 것을 서두를 필요는 없었다. 스탑스키가 먼저 코스트이료프를 우리 집에서 나가도록 하겠다는 약속을 지켜야 했다. '번역을 해야 하나'라는 우리에게는 몹시도 현실적으로 느껴졌던 문제로 만델슈탐은 오빠와 몹시 다투기도 했다. 오빠는 얼마간은 번역일이 반드시 필요하다고 했다. "만일 자네가 싫다면 아내보고 하라고 하게." 만델슈탐은 번역일을 참을 수 없으며, '아내가 번역하는 것도' 보기 싫다고 주장했다. 이 문제는 국영문학 출판사 편집장이던 루폴이 해결해주었다. 그는 자기가 편집장 자리에 있는 한 만델슈탐은 한 줄의 번역거리는 물론 그 어떤 일도 얻을 수 없다고 말했다.[5] 곧 루폴은 숙청되어 사망했으며, 그의 자리는 누군가 다른 자가 차지하게 되었지만 변한 것은 하나도 없었다. 사람들은 떠났지만 '원칙적인 방침'의 위력은 그대로였다. 이것은 사람들보다 견고했다. '원칙적인 방침'은 벽이며 그것을 깨뜨리기는 오늘날까지도 불가능하다.

루폴의 답변도 우리를 정신 차리게 하지 못했다. 우리는 모든 것이 잘될 거라고 전처럼 기대했다. 나르부트도 이미 없었고, 마르굴리스도, 클르이치코프도 이미 없었다. 많은 사람이 이미 사라졌다.[6] 만델슈탐은 구밀료프의 시 구절을 중얼거렸다. "고통, 고통, 두려움, 재앙 그리고 구멍."[7] 그러나 다시 삶으로 기뻐하고 모든 것이 잘 될 거라고 나를 위로했다. "무엇 때문에 당신은 푸념하는 거야? 살 수 있는 한 살라고. 그럼 앞이 보이게 될 거야. 설마 이런 식으로 계속되겠어?" 그는 이렇게 말하곤 했다. 벌써 1년째 같은 말이었다. "설마 이런 식으로 계속되겠어?" 이것은 우리 낙관주의의 유일한 원천이었다. 이미 레프 톨스토이도 이에 관해 알고 있었고, 『전쟁과 평화』의 주인공 베주호프가 같은 말을 하자 '그들은' 언제나 이렇게 스스로를 위로한다고 경멸적으로 말했다.[8]

5) 만델슈탐은 1938년 3월 사마티하로 떠나기에 앞서 스탑스키에게 보낸 편지에서 다음과 같이 썼다. "국영출판사에서는 1년 동안 나에게 일거리를 주지 않을 것이며 앞으로도 그럴 것이라고 루폴이 내게 선언했습니다" — 편집자.
6) 나르부트는 1936년 10월에, 마르굴리스는 그해 말에, 클르이치코프는 1937년 7월 31일에 체포되었다 — 편집자.
7) 니콜라이 구밀료프의 서사시 「별의 끔찍함」 중에서 — 편집자.

'추가의 하루'는 많지 않은 사람들에게 일주일 이상 계속되었다. 아흐마토바는 성서를 읽으면서 구밀료프의 시 구절 "고통, 고통, 두려움, 재앙 그리고 구멍"이 예언자 이사야의 말에서 인용한 것임을 알게 되었다. "끔찍함과 구멍과 재앙이 지상의 거주자 너희에게 있으니."

---

8) 톨스토이의 소설 『전쟁과 평화』의 에필로그에서 주인공 피에르 베주호프는 국가의 변혁을 보면서 "모든 것이 너무도 부자연스러우며 따라서 곧 깨어질 것"이라고 말한다. 톨스토이는 "국가가 있어 온 이래 그것이 어떤 국가이든 사람들은 그렇게 말해왔다"고 베주호프 말에 대해 논평했다—편집자.

60 전과자

"소방관들도 죽나요?" 만델슈탐의 조카딸 타티카가 물었다. "부자들도 죽나?" 돈과 안락함이 오래 사는 것을 돕는다는 사실을 파악한 만델슈탐이 타티카의 말투를 흉내 냈다. "모스크바에서도 거주등록을 해야 하나?" 모스크바에 도착한 후 이제 거주등록에 관해 생각할 때라고 내가 만델슈탐에게 상기시키자 그는 이렇게 물었다.

우리가 도착한 다음 날 코스트이료프가 도착했고 그래서 만델슈탐은 더 이상 지체해서는 안 된다고 판단했다. 그는 주택관리소로 내려갔다 즉시 되돌아왔다. "여보, 여권 좀 줘봐!" 그가 말했다. "내 여권은 왜요?" 내가 5월 보로네슈로 떠난 뒤 코스트이료프는 수속을 밟고 우리를 맞을 준비를 했던 것으로 드러났다. 즉 나를 거주자 명단에서 제명시켰다. 이전까지 나는 모스크바 거주자로 분류되었고, 보로네슈에는 다만 '잠시 지내러 다니는' 것이었다. 주택관리소는 내가 보로네슈에서 여권을 교환했다는 사실조차 모르고 있었다. 코스트이료프 자신은 일시적인 거주 대신 지속적인 거주증을 받아내는 데 성공했다. '지속적' 거주증을 받기 위해서 그는 상당 기간을 이곳에서 살아야 했지만, 그는 그 기간을 단축할 수 있었다. 주택관리위원은 말했다. "코스트이료프는 예외로 하라는 명령을 받았소."

우리 아파트는 조합주택이었고, 그래서 우리는 많은 돈을 아파트 값으로 치렀다. 법에 따라 우리는 소유자가 되었고, 우리 허락 없이는 그 누구도 우리 집에 거주등록을 할 수 없었다. 그러나 바로 이 조합 아파트들과 관련해 문제가 꼬이기 시작했다. 즉 체포되었다가 석방된 가족들이 자기들의 조합 아파트에 버티려고 시도했고 새로운 거주자들이 입주하는 데 저항했기 때문이다. 그래서 조합 아파트 소유자들의 모든 권리를 취소하는 새로운 법안이 준비되고 있었다. 법안은 아직 발포되지 않았고, 그저 어딘가 가장 상부에서 이야기되기 시작했을 뿐 1938년 말에야 정작 출현했지만, 우리나라에서는 아직 발포되지 않은 법조차도 소급력을 가지고 있었다. 사실 법이 무슨 필요가 있다는 말인가! 코스트이료프가 받은 거주허가증은 그가 우리 아파트를 빼앗도록 상부에서 도와주고 있다는 것을 보여주었으며, 이것은 좋지 않은 전조였다.

그러나 만델슈탐은 어쩐 일인지 조금도 실망하지 않았다. 그는 소비에트식 운명론자가 되었다. "상부에서 원하면 모든 게 잘 될 거고, 원하지 않으면 아무것도 못하는 거지!" 그의 운명론은 나에게도 영향력을 미치기 시작했다. 모스크바에 오기 얼마 전 만델슈탐은 이런 말도 했다. "그들이 나를 모스크바로 돌아가도록 허가해야 당신도 돌아갈 수 있을 거야. 당신 혼자만 돌아가도록 그들은 허락하지 않을 거야." 만델슈탐이 죽은 지 사반세기가 지난 뒤 나는 어찌 되었건 모스크바에서 거주하도록 허가받았다. 비록 만델슈탐은 아직도 풀어주지 않았다고 할 수 있지만. 그러나 잡지 『모스크바』에 만델슈탐의 시 몇 편이 실림으로써 작은 틈으로 들여다보는 것은 허락되었다고 할 수 있다.[1]

코스트이료프는 디테일이며, 복잡한 메커니즘의 일개 나사에 불과했다. 그는 얼굴 없는 사람이었으며, 버스나 거리에서 알아볼 수 없는 자들 중 하나였지만, 바꾸어 말하면 그는 많은 사람들과 유사하게 생겼다. 그는 어떤 역사적 상황에서도 비밀경찰이 되었겠지만, 우리 시대는 이런 종류의 사람들에게 유리했고, 그래서 그는 작가이자 장군이 동시에 될 수 있었다.

---

1) 1964년 잡지 『모스크바』(No. 8)에 처음으로 만델슈탐의 출판되지 않은 후기 시 몇 편이 실리게 된다.

만델슈탐의 아파트에 입주한 그는 극동지방에 관한 자신의 단편들을 끊임없이 타이핑했다. 그는 바로 그 타자기로 만델슈탐의 시들을 타이핑하기도 했다. 만델슈탐의 크림 시를 타이핑하던 어느 날 그는 내게 말했다. "만델슈탐이 크림을 좋아하는 것은 극동지방에 가보지 못했기 때문이오." 그의 의견에 따르면 작가는 누구나 극동지방에 가보아야 했다. 그런데 당시 이미 죄수들을 실은 열차가 극동의 블라디보스토크까지 열을 지어 가고 있었으며 콜르이마에 강제수용소가 들어서기 시작했고, 우리는 그 사실을 알고 있었다. 코스트이료프 같은 지위에 있는 비밀경찰의 감시를 받는 사람이라면 극동에 갈 가능성이 더 컸지만, 당시 우리의 관심은 콜르이마가 아니라 모스크바에서 거주등록을 하는 것이었다.

구역 경찰은 페트로프카에 위치한 중앙경찰서로 가보라고 알려주면서 우리의 거주허가 요청을 매우 신속하게 거절했다. "거기서도 거부당하면 보로네슈로 갑시다." 만델슈탐이 말했다. 우리는 보로네슈에서 살던 집 주인에게 전화를 걸어 만일의 경우를 위해 방을 비워둘 것을 부탁했다. 페트로프카에서도 우리의 거주허가 요청을 거부했다. 이유는 '전과' 때문이었다.

'전과'라는 이 개념은 지극히 소비에트적인 개념이며 요즈음은 형기가 5년을 넘지 않고 판결에 따라 공민권을 상실하지 않은 경우에는 이런 전과가 적용되지 않는 듯하다. 그러나 당시 '전과'는 평생을 따라다니는 낙인이었으며, 본인뿐 아니라 가족 전체에 해당되었다. 나는 본인 또는 가까운 친척 가운데 전과가 있는 사람이 있느냐를 묻는 신상기록부를 수십 번씩 작성해야 했다. 친척의 '전과'를 숨기기 위해서는 허위 이력서를 만들어야 했다. 사망한 아버지에 관해 말할 것인지 말 것인지는 우연히도 살아남게 된 가정의 아이들이 학교를 졸업할 때면 가족회의의 주된 주제였다. 몇 해 동안 나는 만델슈탐의 전과 낙인 없이 살았지만 문학적 낙인은 이미 어쩔 수 없었다.

우리는 전과가 어떤 의미를 가지는지 페트로프카에서 처음 알게 되었다. "당신들 어디로 가시오?" 만델슈탐의 거주등록 요청을 거부했던 경찰 관리가 물었다. 그는 우리가 어디로 가는지 '파일'에 기입해야 했기 때문이다. "보로네슈로 돌아갑니다." 만델슈탐이 대답했다. "가시오. 그러나 거기서도 당신들에게 거주허가를 주지는 않을 거요." 경찰 관리는 이렇게 말했다. 만델슈탐은 12개 대도시를 제외한 곳으로 추방이라는 판결을 받았지만, 3년 동안 추방 생활을 한 이후 전과자가 된 그는 70여 개 도시에서 살 수 있는 권리를 죽을 때까지 박탈당했다는 사실을 알게 되었다.

"만일 우리가 보로네슈에 계속 있었다면 어땠을까요?" 만델슈탐은 물었고 경찰의 대답은 이러했다. "아직 우리는 업무에 구멍이 있어서……" 만델슈탐에 관해 잊어버릴 수도 있었지만, 그러나 일정 시기가 흐른 이후에는 어찌 되었건 거주가 금지된 도시에서 만델슈탐을 추방했을 거라고. 이제 이 사실에 우리는 더 이상 놀라지 않았다. 우리는 거주허가라는 것이 훌륭한 경주마만이 뛰어넘을 수 있는 높은 장애물이라는 사실에 이미 익숙해 있었다. 직장 때문에 이주하는 사람을 제외하고는 그 누구도 그 어떤 도시에서도 마음대로 거주허가를 받을 수 없으며, 거주허가를 받기 위해서는 여권이 필요하지만 많은 부류의 사람들(전과자, 시골 거주자)은 이 여권 자체가 없었다. 그런 사람들은 이동의 자유가 없었다. 많은 사람은 우리나라에서 여권 소지는 특권이라는 것을 아직도 이해하지 못한다. 그러나 1937년 이것은 새로운 제도였으며 만델슈탐은 심각하게 이렇게 말했다. "이것이 진보로군."

"혼자 가서 한 번 더 서류를 제출해봐." 집에 도착한 뒤 만델슈탐은 내게 이렇게 권했다. "당신은 전과가 없잖아!"

이것은 만델슈탐이 처음이자 마지막으로 자기 운명을 내 운명과 분리하려 한 시도였다. 그래서 나는 행운을 시험해보기로 결심했다. 아파트를 잃고 싶지 않았기 때문에 한 처음이자 마지막 시도였다. 커다란 홀의 책상 앞에는 도시의 고위 경찰관들이 앉아 있었다. 그들 역시 거절했고 나는 이유를 알고자 했다. "전과 때문이오." 경찰 관리의 대답이었다. "나는 전과가 없습니다." 나는 화를 냈다. "어떻게 없단 말이오?" 관리는 놀라더니 서류를 뒤적였다. "여기 보오. 오십 만델슈탐. 전과라고 씌어 있지 않소." "오십, 그건 남자 이름이잖아요. 난 여자예요. 나데쥬다가 내 이름이지요." 나는 완강히 버텼다. 관리는 내 말이 맞다고 인정했다. "맞네." 그러나 그 즉시 벌컥 화를 냈다. "그런데 그가 남자라는 게 여기서 무슨 상관이오? 그가 누구요? 당신 남편이잖소!"

경찰 관리는 벌떡 일어나더니 주먹으로 책상을 꽝 쳤다. "당신 제58조항이 무엇인지 아시오?" 그러고서 그는 무어라고 더 소리쳤지만, 나는 공포에 질려 도망쳤다. 비록 그의 분노가 짐짓 꾸민 것이며, 단지 지령에 따라 그는 내 요청을 거부한 것이고, 내가 떼를 쓰자 어떻게 대답해야 할지 당황해했다는 것을 잘 알고 있었지만.

우리는 모두 언제나 지령을 수행했고, 만일 우리에게 반대하기라도 하면 돌연 어조를 바꾸었다. 의료증명서 발급을 거절하거나 장학금 지급 거절 또는 대학졸업자들을 적당치 않은 자리로 보내는 것 등 비교적 소박한 종류의 명령을 수행하는 자들은 그래도 운이 좋은 편이었다. 다른 사람들은 상관의 지시에 따라 주먹으로 책상을 꽝꽝 치거나 사람들을 추방하거나 체포해야 했다. 이것은 순전히 직업의 문제였다. 만일 성질이 급한 경찰관이 내게 소리 친 거라면 나는 조금도 당황하지 않았겠지만 국가가 이 사람의 입을 빌려 이야기한 것이었다. 그 후로 나는 경찰서에 갈 때마다 전율을 느껴야 했다. 더욱이 우리의 불화는 계속되었고 나는 정당한 시민으로 나를 인정하지 않은 곳에서 영원히 살고 있었다. 나는 만델슈탐에게 집 없음과 뿌리 없음을 유산으로 물려받았다. 바로 이 때문에 내 뿌리를 뽑아야 한다는 것을 위에서 잊었을 것이다.

만델슈탐은 길에서 나를 기다리고 있었다. 우리는 이제 어떻게 해야 하나. 우리는 집으로 돌아갔다. 더 이상 우리 집이 아닌 그곳으로.

61 우연

우리의 운명은 분리되려 하지 않았고, 이것은 오히려 내 운명을 만델
슈탐의 운명과 떼어놓는 결과로 이끌었다. 집 없이 낯선 곳에서 떠돌던
나는 모스크바의 작가의 집에서 사는 것보다 사람들의 주목을 덜 끌 수
있었다. 물론 어디를 가든지 나에 관한 경찰 파일이 따라다녔지만, 나는
'모스크바' 소관으로 분류되었기 때문에 지방의 밀고들은 나를 위험에
빠뜨리지 못했다. 나를 내 집에서 내쫓은 코스트이료프와 나에게 윽박
지른 경찰 덕택에 나는 무사히 살아남을 수 있었다. 만일 내가 푸르마노
프 골목에 남아 있었다면, 작가들은 내 아파트에 대한 욕심이나 순수한
애국심 때문에 분명 나에 관해 당국에 상기시켰을 것이다.

우연이 나를 구한 것이다. 이 우연은 우리 운명을 너무도 자주 좌지
우지했지만, 대다수의 경우 그 우연은 나쁜 결과를 낳았고, 사람들을
죽음으로 몰아넣었다. 돈을 전하거나 사건에 관해 조회하기 위해 검사
국에 몇 시간 동안 줄을 서서 기다리면서 나는 이런 경우를 많이 목격
했다.

한번은 체포 당시 우연히 집에 없었던 이웃 대신 잡혀간 자(그들은 성
이 같았다)의 어머니를 보았다. 그 여인은 어딘가로 겨우 비집고 들어
가, 자기 아들을 체포했던 영장에는 자기 이웃의 이름이 적혀 있었음을
증명하는 데 성공했다. 그녀는 그것을 증명하기까지 여러 산을 넘어야
했다. 그래서 석방 명령을 받아냈지만, 이미 아들은 사망했음이 밝혀졌
다. 그는 괴이한 우연으로 죽었고, 이웃은 우연히도 살아남아 자취를 감

출 수 있었다.

검사국에서의 일이었는데, 우연히 체포되었던 아들이 죽었다는 소식을 접하게 된 이 여인은 통곡하며 울부짖었다. 검사는 칸막이 쳐진 집무실에서 나와서 경관이 내게 했던 것처럼 화난 척하면서 그녀에게 고함쳤다. 그는 교육적 목적으로 소리쳤다. 조용히 하지 않으면 자신의 막중한 업무를 수행할 수 없다는 이유였다. 사람들에게 형기를 알려주는 것이 검사의 의무였다. 어떤 사람에게는 10년형, 다른 사람에게는 서신 왕래 권리가 박탈된 10년형. 사망에 관해 알리는 것은 그의 의무가 아니었고, 아들을 잃은 여인의 경우 왜 자기 아들을 돌려보내지 않는지에 대한 해명을 요구하다가 그 정보를 알게 된 것이었다. 사망 소식은 보통 우연히 알게 되거나 전혀 알 수 없었다. '서신 왕래 권리 박탈'이 무엇을 의미하는지 당시는 아직 모르고들 있었다.

줄을 서 있던 사람들이 고함치는 검사와 통곡하는 여인 주변에 모여들었다. 그들 역시 여인의 통곡을 달가워하지 않았다. "울어보았자 무슨 소용이래요. 그렇다고 살아나는 것도 아니고. 괜히 우리만 더 기다리게 만들 뿐이지요." 아들의 소식을 알아보려고 줄 서 있던 한 인내심 많은 여인은 그렇게 상황을 요약했다. 소동을 일으킨 여인은 끌려갔고, 다시 질서가 회복되었다.

소비에트 사람들에게는 기관 또는 옛날 식으로 말하면 관청에 대한 특별한 존경심이 발달되어 있었다. 만일 아들이 집에서 죽었다면 어머니의 고함이나 통곡을 그 누구도 비난하지 않았을 것이지만, 관청에서 소동을 피우는 것은 사람들의 내적 규율이 용납하지 않았다. 우리는 모두 놀라울 정도의 인내를 가지고 있었다. 우리는 가까운 사람이 체포되거나 한밤중 가택수사를 당한 뒤에도 출근할 수 있었고, 평상시와 같이 직장에서 미소 지을 수 있었다. 미소 짓는 것이 당연시되었다. 자기 보호의 본능, 소비에트 에티켓의 특수규정이 우리 행동을 지휘했다. 아흐마토바는 아들이 두 번째로 체포될 당시 이 규정을 어겼다. 그녀는 아들을 체포하러 온 사람들이 있는 자리에서 엉엉 울었다. 대체로 그녀는 잘 참아와서 "아흐마토바는 이 세월을 매우 놀랍도록 견디어 내고 있소"라는 수르코프의 칭찬을 들을 정도였다. 그러나 그 누구라도 자기 아들을 인질로 잡아갔다면 달리 어떻게 행동할 수 있으랴. 거의 모든 사람이 소비에트 에티켓의 규칙을 위반하지 않은 것도 우연이 아니고 무엇이랴? 그러나 만델슈탐은 이 규칙을 전혀 지키지 않았다. 그는 인내하는 법이 없었다. 농담하거나 고함치거나 닫힌 문을 열고 함부로 들어가거나 격분했고 죽기 직전까지 자기 앞에 일어나는 일들에 관해 멈추지 않고 경악했다.

지금 나의 인내심과 절제는 약화되었고, 그래서 당시를 회상하는 것은 아직 시기상조라고 이야기하는데도 나는 이 회고록을 쓰는지도 모르겠다. 이런 회고록의 유일하게 허용된 형식은 사람은 그 어떤 상황에서도 공산주의의 충성스러운 건설자로 남으며, 가장 근본적인 것(우리의 목적)은 자신의 파괴되고 짓밟힌 삶이라는 부차적인 것에서 분리해서 생각할 수 있다는 사실을 보여주는 것이다. 이런 개념이 과연 현실성이 있느냐에 관해서는 그 누구도 괘념치 않았다. 현실성은 없어도 된다. 반평생을 수용소에서 보낸 사람들이 이런 개념을 제의했고, 그들을 강제노동으로 쫓아 보낸 사람들이 승인하면서 고개를 끄덕였다. 나는 단 한 번 이런 개념의 옹호자와 맞닥뜨린 적이 있었다. 나와 그 사이에는 뚫을 수 없는 사회적 장벽이 있었고, 이 만남은 단지 우연스럽게 일어날 수 있었다.

"솔제니친이라는 자가 누구요? 당신들은 모두 그에 관해 이야기하더군요." 기차 옆 좌석에 타게 된 남자가 내게 물었다. 나는 모스크바에서 프스코프로 가는 길이었고, 나를 배웅하던 무리는 트바르돕스키가 마침내 솔제니친의 『이반 데니소비치의 하루』를 『신세계』에 게재할 수 있는 승인을 받아냈다는 소식을 그 전날 듣고는 들떠 있었다. 나는 솔제니친에 관해 이야기했고 길동무의 판단은 다음과 같았다. "쓸데없는 것을 출판하는구먼. 『천연광』(*Самородок*)[1]이라는 소설을 읽어보셨소? 꼭 필요한 소설은 아니지만, 그래도 교육적 가치는 있지." 내 반박에 그는 이렇게 말했다. "이것은 역사적으로 불가피했다는 것을 이해해야 하오." 나는 다시 반박했다. "무엇이 불가피하다는 건가요. 모두 스탈린의 나쁜 성격에서 비롯된 우연이었다고들 하는데." 그는 이렇게 대답했다. "당신을 보아하니 교육 좀 받은 사람 같은데 마르크스를 잘 안 읽었나보군요. 아니면 잊어버렸거나. 우연도 우리가 인식하지 못할 뿐 역시 필연에서 나오는 거요." 이는 곧 스탈린이 아니더라도 다른 누군가 이 모든 사람을 강제수용소로 몰아넣었을 거라는 것을 의미했다.

내 길동무는 견장 없는 군인 점퍼를 입고 있었고, 평생을 책상 앞에 앉아 보냈으며 불면증으로 고생한 사람들에게 특징적인 노랗게 부은 얼굴을 하고 있었다. 그는 팔걸이 있는 안락의자에 앉는 것에 길들여져 있음이 분명했다. 몸 전체가 대화 상대 쪽으로 기우니까 그는 갑자기 안락의자 팔걸이를 잡으려는 듯한 포즈를 취했기 때문이다.

그는 또 배웅하던 친구들과 내가 나누던 대화에서 파스테르나크의 이름도 들었다. "작가 파스테르나크를 이야기했던 거였소?" 『의사 지바고』에 대한 이야기를 할 때에는 그는 직업적 명료함을 가지고 임했다. 그것은 순전히 부주의에 따른 결과라는 것이었다. "어떻게 그걸 방치할 수 있었을까요. 생각해보세요. 그 결과가 어땠는지. 외국으로 원고를 보냈지 않았소. 실수한 거지." 그러나 그는 파스테르나크 작품을 전혀 읽어본 일이 없으며 '그럴 계획도 없었다.' "누가 그걸 읽는단 말이오? 나도 문학에 관심이 있지만, 그리고 그래야 하지만 그의 이름은 들어보지도 못했소." 나는 그에게 튯체프나 바라트인스키의 이름은 들어보았느냐고 따졌다. 그는 수첩을 꺼내더니 이렇게 말했다. "누구라고요? 읽어보겠소."

그는 처음에는 자기를 의사라고 소개하더니, 지금은 은퇴하고(그러나 은퇴하기에는 이른 나이로 보였다) 비행청소년 관련 일로 경찰을 돕고

---

1) 강제수용소에 수감된 공산주의자에 관한 Г. 셸레스트의 단편소설. 솔제니친의 『이반 데니소비치의 하루』와 거의 같은 시기인 1962년 11월 5일 『이즈베스티야』에 실린다—편집자.

있다고 소개했다. "왜 의학 관련 일을 하시지 않고요?" "그렇게 되었지요." 의학 분야는 이미 먼 과거의 일이었고, 그는 자기 직업상 스탈린 시대의 옹호자와 비판자 양편의 이야기를 모두 들어야 했다고 설명했다. "도대체 어디서 스탈린의 비판자들이 이야기를 할 수 있었지요?" 나는 물었지만, 아무 대답도 듣지 못했다. 은퇴한 뒤 그는 '직무상' 있었던 에스토니아의 탈린을 거주지로 선택했고, 그곳에서 방 세 칸짜리 아파트를 받아서 아내, 막내아들과 함께 살고 있다고 했다. "세 식구를 둔 의사에게 방 세 칸짜리 아파트를 배정한다는 이야기는 들은 적이 없는데." 나는 이렇게 말했고 "그러기도 하지요"라고 그는 간결하게 대답했다.

자기 가족 이야기가 나오자 그는 나를 선생님처럼 대하며 고민을 토로했다. 그의 큰 아이 두 명은 성공했다. 지금 그는 휴가 비슷한 것을 내어 그 아이들을 방문하러 가는 길이었다. 딸은 주 위원회의 비서와 결혼했고, 아들은 자신이 주위원회에 근무했다. 그러나 전쟁 이후 태어난 막내아들은 아무짝에도 쓸모가 없었다. 건달이었으며, 학교를 그만두고 공장에서 일하고 싶어 했다. "일하고 싶어 하다니 건달은 아니네요." 내가 말했다. 그는 아버지와 살고 싶어 하지 않는다고 했다. 친구들이 그를 부추긴 것 같다고 했다. 그뿐만 아니라 막내아들은 엄마에게도 영향을 미치며, 그래서 아내 역시 남편에게 무언가 매우 불만스러워하게 되었다. "이게 다 큰 아이들은 전쟁기간에 가난이 무엇인지 알게 되었던 반면, 막내는 너무 편하게 커서 그런 거지요. 오렌지니 초콜릿이니 원하는 걸 다 먹으면서……. 막내를 낳지 않을 걸 그랬어요." 그는 공산주의가 완성되어 아이들이 가난을 모르게 되면 어떻게 될지 내게 설명하지 못했다. 아이들이 다 말을 듣지 않게 될까? 아마도 막내아들의 친구들은 그의 아버지의 과거 행적에 관해 알고 있었던 것 같다.

내가 지금 '스탈린 제국의 잔존자'와 이야기한다는 것이 거의 명확해졌다. 아들이 자기 아버지에게 반항하는 것은 우연일까? 아버지가 자신이 열심히 일했던 과거, 이 '역사적 당위'를 들추는 것을 원치 않는 것은 우연일까? 솔제니친의 소설 『이반 데니소비치의 하루』는 일종의 시금석이었다. 독자들의 반응에 따라 그의 과거, 그 가족의 과거를 판단할 수 있었다. 과거는 아직 제거되지도 의의가 부여되지도 않았다. 너무도 많은 민중이 직접적이든 간접적이든 과거에 참여했고, 아니면 적어도 자기들이 알고 있는 것에 관해 침묵했다. 지금 은둔 생활을 하며, 길들이기 힘든 청소년들의 교육을 위해 경찰을 돕고 있는 '과거 제국의 잔존자'들이 무엇을 원하는지는 분명하다. 그들은 미지의 젊은 세대들이 자신들과 의견을 같이하는 동지가 되어 자신들이 축복해줄 수 있기를 기대했다.

그저 침묵하거나 눈앞에 일어나던 일들을 못 본 척하던 사람들 역시 과거를 어떻게든 정당화하려고 애썼다. 이들은 보통 나를 주관론자라고 비난했다. 내가 오직 한쪽 면만 거론한다는 것이었다. 예를 들어 산업 건설이나 메이에르홀드가 연출한 연극, 첼류스킨 탐험[2] 등 다른 면들도 많은데. 그러나 내 생각에는 이런 것들이 과거의 의미를 추출해야만 하는 의무에서 우리를 해방하지는 않는다.

우리는 19세기에 휴머니즘의 심각한 위기를 경험했다. 그 과정에서 인간의 필요와 희망, 행복에 대한 지향에 그 기원을 두었던 모든 도덕적 가치가 붕괴했다. 그리고 20세기는 악이 얼마나 거대한 자기 파괴력을 가졌는지를 우리에게 명확히 보여주었다. 악은 부조리와 자살로까지 불가피하게 발전했다. 불행히도 우리는 악이 자멸하는 과정에서 지상의 모든 생명까지 파괴할 수 있다는 사실을 이제야 알게 되었다. 사람들은 이 간단한 진리에 관해 큰 소리로 외쳤지만, 악을 원치 않는 자들만이 그들의 외침에 귀 기울였다. 이제 모든 것은 지나갔고, 끝났고, 더 크고 폭넓은 힘으로 새롭게 시작되고 있다. 다행히 나는 이제 미래가 우리에게 무엇을 가져다줄지 더 이상 볼 수 없다.

---

2) 아시아 대륙 최북단 지점을 발견한 탐험가.

62 기계공

"아직 포기하기는 일러." 만델슈탐은 다음 날 아침 이렇게 말하더니 스탑스키를 만나러 작가동맹으로 갔다. 그러나 스탑스키는 그를 만나주지 않았다. 그는 지금 몹시 바빠서 만델슈탐을 만날 수 없지만 일주일 내에 만나주겠다고 비서를 통해 전했다. 그래서 만델슈탐은 작가동맹에서 나와 문학재단[1]으로 갔고, 그곳 계단에서 협심증 발작을 일으켰다.[2] 구급차가 왔고 만델슈탐을 집으로 싣고 와 절대 안정하고 누워 있으라고 지시했다. 만델슈탐도 바라던 바였다. 만델슈탐은 스탑스키와 면담할 때까지만이라도 이곳에 있을 수 있기를 바랐고, 그를 만나기만 하면 거주허가를 받을 수 있을 거라 생각했다.

그러나 우리와 우리 주인들 사이에서 매개자 역할을 하는 이런 스탑스키류의 사람들은 자기들이 바쁘며 단 몇 분도 할애할 수 없다고 항상 말한다는 것을 만델슈탐은 모르고 있었다. 내가 마지막으로 모스크바에서 추방되던 1959년 수르코프 역시 같은 말을 했다. 내 문제에 관해 동료들과 이야기할 수 있는 시간이 1분도 없다고. 당시 그것은 단지 나를 떠돌이로 만드는 결과를 낳았지만, 스탈린 시대에는 죽느냐 사느냐가 걸린 문제였다.

---

1) 작가동맹과는 별도로 작가들에게 대출, 의료 서비스, 휴가 등 물질적 원조를 하던 기관.
2) 만델슈탐과 관련하여 보관된 문서에 따르면 1937년 5월 25일의 일이었다—편집자.

468

만델슈탐은 상당히 기분 좋게 누워 있었고 문학재단에서 보내준 의사가 매일 왕진왔다. 열흘가량이 지나자 만델슈탐은 문학재단의 고문의사인 라주모바 교수의 진찰을 받으러 보내졌다. 그녀의 진찰실에는 네스테로프(M. B. Нестеров)[3]의 그림들이 걸려 있었다. 만델슈탐이 당분간 누워 있어야 하며 종합검사가 필요하다는 증명서를 그녀가 그리도 쉽게 써주는 것에 우리는 놀랐다. 물론 그녀는 만델슈탐의 법률적 입장을 알 필요가 없었을 것이다. 그러나 우리는 체르딘과 보로네슈에서 고생한 뒤라 라주모바나 문학재단에서 보낸 다른 의사들의 태도에 놀라지 않을 수 없었다. 혁명 전에 있었던 유형자들에 대한 인텔리겐치아의 태도가 재현되는 듯했다.

운명을 속이고 무슨 수를 써서라도 모스크바에 남아 있자는 허황된 생각이 만델슈탐을 사로잡은 것이 바로 이때였다. 모스크바는 어찌 되었건 우리가 그 아래 몸을 가릴 수 있는 처마가 있고 어떻게든 생존할 수 있는 유일한 도시였기 때문이다. 문학재단 스스로 나서서 자신을 도왔다는 사실에 만델슈탐은 고무되었다. 의사들을 보내고 자기 건강에 신경 쓰고……. 이것을 어떻게 설명할 수 있을까? 어쩌면 문학재단의 직원 중 누군가 만델슈탐을 동정해서 생긴 일일 수도 있으며, 어쩌면 그저 만델슈탐의 발작을 보고 놀라서, 자기들이 제때 도움을 주지 않았다는 비난을 받지 않기 위해 그랬는지도 모른다. 둘 다 있을 법한 가정이다. 아무튼 문학재단은 어떻게든 도우려 애썼고, 우리 상황에서 이것은 놀라웠다.

코스트이료프가 왔고, 방마다 문을 열어보며 돌아다니더니 며칠간 모스크바에 머무를 것이라고 우리 엄마한테 말하고는 나갔다. 그는 곧 돌아왔고, 우리 방 쪽으로 나 있는 자기 방 문을 열어놓았다. 레닌그라드에서 크림으로 가는 길에 들른 루다코프가 당시 우리를 방문했고, 그와 우리는 코스트이료프가 엿듣기 위해 문을 열어놓은 것이라고 생각했다.

---

3) 네스테로프(1862~1942): 이후 소비에트 체제에 적응하게 된 종교 화가.

그러나 알고 보니 코스트이료프는 손님을 기다리고 있었다. 그는 이 손님을 자기 방으로 데리고 들어가지 않았고, 우리 방에서 맞았다. 우리는 그 방을 가로지르는 옷장 뒤에 앉아 있었고 그래서 이야기 소리만 들을 수 있었다. 그들은 전기선에 관해 이야기했다. 아마도 전기기술자인 듯한 방문객은 전선을 바꾸라고 권했다. 나는 코스트이료프가 지나치게 주인행세를 한다고 생각했다. 만델슈탐이 귀를 쫑긋 세우고 듣더니 갑자기 이렇게 말했다. "그게 아니겠지." 그를 제지할 틈이 없었다. 옷장 뒤에서 뛰쳐나가 전기기술자에게 곧바로 다가가는 만델슈탐을 보고 나는 다시 그에게 환각이 나타나기 시작했구나 하고 생각했다. 만델슈탐은 전기기술자에게 말했다. "꾸밀 필요가 뭐 있소. 원하는 걸 똑바로 말하시오. 바로 나 아니오?"

"만델슈탐이 뭘 하는 거죠?" 나는 만델슈탐이 환각을 일으켜 헛소리를 한다고 확신하고 이렇게 루다코프에게 속삭였다. 그러나 놀랍게도 전기기술자는 만델슈탐의 말에 놀라지 않았다. 두세 마디 나눈 뒤 그들은 서로 신분증을 교환했다. 방금 전까지만 해도 전기기술자인 척했던 자가 만델슈탐에게 경찰서로 함께 가자고 요구했다. 나는 두려움과 기쁨을 동시에 느꼈다. "벌써 만델슈탐을 체포하는 것일까" 하는 두려움과 만델슈탐이 환각을 일으킨 게 아니라 다행이라는 기쁨.

그래서 만델슈탐은 경찰서로 끌려갔다. 루다코프가 만델슈탐을 따라갔다. 그러나 범죄자를 경찰서로 연행하는 것은 실패했다. 중도에 만델슈탐이 발작을 일으켰기 때문이다. 구급차가 왔고, 아래층에 사는 콜르이초프의 아파트에서 어렵사리 구한 안락의자에 앉힌 채 만델슈탐은 위층으로 실려왔다.[4] 의사가 만델슈탐에게 매달려 있는 동안 전기기술자로 위장했던 형사는 방 안에 앉아 있었다. 만델슈탐은 한동안 누워서 휴식을 취한 후 이 이상한 방문객에게 자신의 의료증명서들을 보여주었

---

4) 의료증명서에 따르면 6월 19일의 일이다. 그리고 6월 말 만델슈탐 부부는 사벨로보로 떠난다―편집자.

다. "저 삼각형 모양의 직인이 찍힌 것을 줘 보시오." 형사는 말했고 라 주모바가 발급한 이 증명서를 받아서 코스트이료프 방으로 전화하러 갔다. 지시를 받은 그는 다시 우리에게 돌아왔다. "당분간 누워 계시오." 그러더니 사라졌다.

만델슈탐은 며칠간 누워 있었다. 전기기술자나 그의 대리인은 매일 아침저녁으로 찾아왔다. 모두 사복 차림이었다. 그들뿐 아니라 의사들도 다녀갔다. 만델슈탐은 낮에 기분이 좋아졌다. "나 때문에 그들이 바쁘구먼!" 그리고 자기가 이 전기기술자의 정체를 제때 알아차리지 못했다면 그날 밤 우리를 체포하러 그들이 왔을 거라고 이야기했다. 그러나 밤이 되자 상태가 나빠졌다. 한번은 잠에서 깬 나는 만델슈탐이 고개를 뒤로 젖히고 팔을 크게 벌린 채 침대를 밟고 벽에 기대 서 있는 것을 발견했다. "여보, 뭐하는 거예요?" 나는 물었다. 그는 활짝 열어놓은 창을 가리키며 말했다. "지금이 바로 그때가 아닐까? 어때, 우리가 같이 있을 때 그냥……." 나는 대답했다. "좀 기다려 봐요." 그는 반대하지 않았다. 내가 잘한 것일까? 그때 내가 동의했다면 그도 나도 이렇게 고생하지 않을 수 있었는데.

다음 날 아침 우리는 전기기술자의 방문을 참아냈다. 그는 '자기 의사'를 보내겠다고 약속했다. 그러나 우리는 형사의 저녁 방문을 기다리지 않고 집 밖으로 나왔다. 야혼토프의 집에 묵으면서 가능한 한 기분 전환을 했다. 낮에 나는 떠나기 위해 짐을 꾸리려고 집에 들렀지만 코스트이료프가 경찰서로 달려갔고, 그래서 이번엔 내가 경찰서에 끌려갔다. "만델슈탐은 어디 있소?" "떠났습니다." "어디로?" "모르겠습니다." 24시간 내에 모스크바를 떠나라는 명령이 내게 내려졌다.

코스트이료프는 수고의 대가로 16제곱미터짜리 만델슈탐의 방을 얻게 되었다. 그리고 아직도 그의 미망인과 딸이 그곳에서 살고 있다. 딸이 자기 아버지에 관해 읽었으면 하는 바람이 있지만 그런 부모를 둔 자식들은 보통 독서를 하지 않는다. 그들 역시 루뱐카의 '문학분과'에 근무하게 되어 '직업상' 읽게 된다면 모를까. 그러나 이런 경우라면 나로서는 내 원고가 그녀의 수중에 들어가지 않기를 바라는 편이 낫다.

우리는 3일간 야혼토프의 집에 머물면서 지도를 펴고 모스크바 근처 지역들을 살펴보았다. 우리는 사벨로보 맞은편에 있는 킴르이를 선택했다. 야혼토프 가족이 살던 마리인나 로샤에서 사벨로보 기차역이 멀지 않다는 점이 우리를 유혹했으며, 또 이곳이 볼가 강 연안에 있다는 것도 매력 가운데 하나였다. 강을 끼지 않은 지방 소도시보다는 강을 끼고 있는 지방 소도시가 나았다. 우리는 푸르마노프 골목에 있는 아파트에는 더 이상 찾아가지 않았다. 내 오빠와 만델슈탐의 동생 알렉산드르가 우리 짐을 역까지 가져다주기로 약속했다. 우리 엄마와는 길에서 만나 작별인사를 했다. 만델슈탐은 엄마를 보더니 일어서서 팔을 벌리고 그녀를 향해 갔다. "안녕하세요. 비합법적 장모님." 만델슈탐이 말했고, 어머니는 그저 한숨을 내쉬었다.

그리하여 7월 초 우리는 모스크바를 떠났다. 사실 경찰은 의외로 휴머니즘과 상냥함을 보여주었다. 모스크바에 불법적으로 체류했던 환자에게 기운을 차릴 때까지 누워 있을 수 있도록 했으며, 그 뒤에는 떠나라고 권했던 것이다. 대개는 이렇게 격식을 차리지 않았으며 그래서 환자들은 금지된 도시에서 감히 어물거릴 엄두를 내지 못했다.

나는 전과자를 따라 지방으로 갔기 때문에 '모스크바와의 끈'을 상실했다. "국가는 수호되어야만 해요." 언젠가 나르부트가 내게 했던 말이다. 그러나 국가는 사람들에게서 스스로를 보호하기 위해 너무나 많은 법률을 만들었다는 것이 문제였다.

한 가지 질문 더. 만델슈탐은 국가를 기만하기 위해 자기 병을 과장했던 것이 아닐까? 분명 그랬다. 왜냐하면 그 후 1년하고도 8개월 동안 감옥과 수용소를 전전하고 나서야 만델슈탐은 저 세상으로 갔기 때문이다. 우리나라에서는 국가에 유용한 자들만이 죽을 병이 아닌 질병에 대해 하소연할 수 있는 권리를 가졌다. 정치범들은 죽을 때도 선 채로 죽어야 했다. 만델슈탐은 아직 서 있을 수 있었던 때 침대에 누웠고, 국가가 치료해주고 지켜주고 보살펴주는, 국가에 필요한 사람이라도 되는 듯이 행동했다.

　결과적으로 그는 자기 병을 과장한 것이었으며 국가를 기만했다. 국가는 이런 규율 없는 국민에게서 스스로를 지켜낼 수 있는 법적·도덕적 권리를 가지고 있었다. 우리 국가는 2억의 국민을 보호하며 자신에게 믿음과 진리로 봉직하지 않는 사람들의 응석은 받아주려 하지 않았다. 국가는 우리가 무얼 필요로 하는지 우리보다 더 잘 아는 자족적인 힘이었다.

63 별장족

"올해엔 너무 일찍 교외로 나온 것 같군." 모스크바 경찰을 피해 킴르이 맞은편에 있는 볼가 강 유역의 작은 도시 사벨로보에 온 뒤 만델슈탐은 이렇게 말했다. 그곳 숲은 나무가 듬성듬성 나 있었고, 역 앞 시장에서는 딸기며 우유, 곡물들을 팔고 있었다. 컵이 공통된 측량 단위였다. 우리는 시장 앞 광장에 있는 찻집에 다녔고, 거기서 신문을 보았다. 이 찻집 이름은 '장애인들의 메아리'였고, 이 이름은 우리를 무척 유쾌하게 만들었기 때문에 평생 잊지 않았다. 찻집의 조명은 그을음 나는 등유 램프였고, 집에서 우리는 촛불을 밝혔다. 만델슈탐은 이런 종류의 조명 아래서는 글을 읽을 수 없을 정도로 눈 상태가 좋지 않았다. 우리는 모두 그을음 나는 램프 아래 너무 오래 앉아 있었고, 그래서 시력이 그다지 좋지 않았다. 이곳에 정착할 생각이 없던 우리는 책을 거의 챙겨오지 않았고, 그래서 그냥 별장족들처럼 지냈다. 이곳은 한숨 돌리고 돌아보기 위해 필요한 일시적 정류장이었다.

사벨로보는 둘 또는 세 개의 거리밖에 없는 작은 마을이었다. 그곳의 집들은 모두 튼튼해 보였다. 나무로 되어 있었으며 옛날식 창틀과 문이 나 있었다. 당시 건설된 인공호수로 물에 잠긴 칼랴진이 멀지 않은 듯했다. 아마도 그곳에서 훌륭한 목재들을 가져올 수 있었던 듯했고, 우리도 우리 오두막을 짓고 싶은 생각이 들었다. 사벨로보 주민들은 공장에서 일했지만, 강 또한 그들을 먹여 살렸다. 그들은 고기를 잡아 암시장에서 팔았고, 강은 또한 겨울에 그들에게 연료를 제공했다. 주민들은 밤마다 강 상류 벌목장에서 떠내려 온 목재들을 갈고리 작살로 낚았다. 볼가 강은 당시 그 유역 사람들을 먹여 살렸지만, 이제는 이미 질서가 잡혀서 더 이상 그 역할은 하지 못한다.

우리는 볼가 강의 맞은편 연안에 위치한 킴르이에 가는 대신 사벨로보에 남기로 했다. 모스크바에 갈 때마다 강을 건너지 않아도 되었기 때문이다. 철도는 우리를 삶과 이어주는 마지막 선이었다. 우리가 알고 있는 모든 것, 즉 수용소와 그 후의 전과자 생활을 모두 경험했던 Γ. 메크가 조언했다. "아무 구멍에나 정착하세요. 다만 철도와는 가깝게 계세요. 기차 경적 소리라도 들을 수 있는 곳으로."

금지된 도시 모스크바는 마치 자석처럼 사람들을 끌어당겼다. 금지된 도시에서 105베르스타 떨어진 곳부터 거주가 허락되었으며, 그래서 이 지역에 있는 모든 철도 정거장 주변은 수용소나 유형 생활을 마친 사람들로 북새통을 이루었다.

만델슈탐의 시에도 등장하는 알렉산드로프는 모스크바 전과자 사이에서 특히 인기가 높았다. 왜냐하면 자고르스크에서 교외선을 타면 돈을 구하거나 '선처를 호소하기 위해' 모스크바에 갔다가 당일 밤 막차를 타고 자기의 합법적 거주지로 돌아올 수 있었기 때문이다. 잠은 자기가 거주등록된 곳에서 자야 했다. 알렉산드로프는 다른 교통편으로는 모스크바까지 네 시간에서 네 시간 반 걸렸지만, 교외선으로는 세 시간밖에 걸리지 않았다.

1937년 반복적인 체포가 시작되자, 알렉산드로프같이 일정 장소에 전과자들이 많이 모여 살던 현상은 기관원들에게 도움이 되었다. 한 명씩 잡아들이는 대신 한꺼번에 도시 전체를 소탕하면 되었기 때문이다. 이런 조치는 계획에 따라 수행되었고 숫자로 제어되었기 때문에 체키스트들은 아마 이런 자기 헌신적 업무와 계획 달성에 따라 적잖은 보상을 받았으리라. 한편 텅 비게 된 도시들은 체포 순서를 기다리는 전과자들로 다시 꽉 차게 된다. 알렉산드로프 같은 도시가 다름 아닌 덫이라는 것을 누가 믿을 수 있었겠는가? 일정 부류의 사람들, 즉 한번 탄압당했던 사람들이 체계적으로 전멸당한다는 생각은 우리 중 그 누구의 머리에도 떠오르지 않았다. 모든 사람은 자기 개인의 일이라고 생각했고, '저주받은 장소'에 대한 이야기를 그저 유언비어라고 생각했다. 우리는 이미 모스크바에 있을 때 알렉산드로프에서 일어나는 일에 대한 경고를 들을 수 있었지만, 물론 믿지 않았다. 우리가 그곳으로 가지 않은 이유는 다만 만델슈탐이 '바보 예언자 마을'에 가고 싶어 하지 않았기 때문이다.[1] "그보다 더 나쁜 곳은 없을 거야." 만델슈탐이 말했다. 더욱이 그곳은 방세가 엄청나게 비싸다는 것을 알게 되었고, 그래서 우리는 그 밟아다져진 길로 향하지 않았다.

사벨로보에는 체포를 기다리는 형사범 몇몇을 제외하고는 전과자도, 그렇다고 별장족도 없었다. 형사범들은 사냥 대상이 아니었지만, 정치범들을 잡지 못했을 경우에는 허탕치지 않기 위해서 그들이라도 잡아 가야 했다. 우리는 찻집에서 그들 중 한 사람과 이야기를 나누게 되었고, 그는 사벨로보가 왜 알렉산드로프나 콜롬나에 비해 좋은지 매우 알기 쉽게 우리에게 설명해주었다. 예를 들어 "모든 죄인이 한 장소에 모여 있을 경우 그들은 단번에 우유거품처럼 손쉽게 걷어갈 수 있다"는 것이었다. 그는 옛날 대학 배지를 달았던 사람들도 많이 포함된 소위 제58조항 위반자들(그들은 일사부재리의 원칙을 굳게 믿고 있었다)보다 더 똑똑했다. 제58조항 위반자들은 자기들의 무고함을 믿었기 때문에 언젠가는 무죄가 밝혀질 것이라고 생각했지만, 그 대신 그들은 '검은 까마귀'로 불리던 비밀경찰의 자동차에 다시 태워졌다.

1948년부터 1953년까지 나는 '100베르스타의 드라마'를 다시 목격하게 되었지만, 가죽을 벗기거나 울부짖는 소리, 총알소리나 고문이 없는 극히 작은 드라마였다. 나는 당시 울리야놉스크에 살았고, '전과'가

---

1) 1916년 만델슈탐은 츠베타예바와 함께 알렉산드로프를 방문한 뒤 그녀와 결별한다. 츠베타예바와의 이별에 관한 시 「부활의 기적을 믿지 않으며」(Не веря воскресенья чуду)에서 만델슈탐은 알렉산드로프를 '어둡고, 목조로 된 바보 예언자 마을'이라고 칭했다—편집자.

있는 사람들을 이 도시에서 깨끗이 쓸어내는 것을 보았다. 그들 중 일부는 바로 잡아갔고, 나머지 사람들에게는 거주허가를 취소했다. 그래서 그들은 100베르스타 지역으로 몰려갔다.

울리야놉스크에서 유행하던 피란도시는 멜레케스였다. 내가 알고 있던 바이올린 연주가도 그리로 향했다. 과거 프롤레타리아 음악가동맹 소속이었으며 공산당원이던 만델슈탐 연배의 이 사람은 한때 브류소프의 여동생과 함께 음악 정책을 입안한 적도 있었다. 1937년 그는 강제수용소에 끌려 가 8년인가 10년인가를 살았고 1940년대 말 울리야놉스크에 정착했다. 행복에 취한 그는 모든 나쁜 일은 이제 지나갔다고 생각했고(우리는 이 덫에 얼마나 많이 걸려들었던가) 새로운 인생을 시작하기로 결정하고 결혼했다. 전처와 아이들은 그에게서 '떨어져나가는 데' 성공했다. 그는 내 직장 동료와 결혼했고, 음악 학교에도 취직했다. 아들(이마가 넓은 아이였다)은 이미 바이올린에 흥미를 보였고 행복한 아버지는 그를 바이올린 연주가로 만들어야겠다고 꿈꿨다. 그는 예술가로 사는 것보다 더 큰 행운은 없다고 나에게 주장했고, 그러면서 마르크시즘의 고전을 인용하기까지 했다.

그러나 아들이 세 살 되던 해 아버지는 경찰서에 소환되어 거주허가를 박탈당했고, 24시간 내에 도시를 떠나라는 권고를 받았다. 나는 우연히 바로 그날 그들의 집에 들르게 되었는데, 그들의 얼굴을 보고 단번에 상황을 짐작할 수 있었고, 그들의 비밀을 공유하게 되었다. 이런 이야기들은 언제나 비밀에 부쳐졌다. 그렇지 않으면 가족 전체가 수난당할 수 있었다.

바로 그날 밤 바이올린 연주가는 멜레케스로 떠났다. 그곳에서 그는 방 한 귀퉁이를 빌려 살았고, 바이올린과 피아노 레슨 자리도 몇 개 얻을 수 있었다. 그러나 멜레케스로 떼를 지어 몰려갔던 전과자들이 다시 체포되기 시작했다. 소도시들에서 이런 소식은 그야말로 순식간에 퍼졌다. 아파트 주인은 자기 집에 세든 사람이 간밤에 체포당했다는 소식을 이웃여자에게 기꺼이 알렸다. 체포는 곧 이 소도시에 불순분자들이 너무 많이 모여 있으며 지방 기관에 도시대청소 계획이 하달되었음을 의미했다. 모두 경찰서에 달려가서 이주신고를 했고, 기차역은 도망자들로 가득 찼다. 바이올린 연주가도 역시 현명하게 이 위험한 도시를 제때에 떠났다. 그 후 스탈린이 죽을 때까지, 즉 2년여 동안 그는 유목민처럼 볼가 강을 따라 떠돌아다녔다. 다른 장소들은 모두 도망자들로 가득 했기 때문에 방 한 칸도 얻을 수 없었다. 간혹 그는 정착하여 지방 음악학교에서 레슨을 하기도 했지만, 그곳에서도 체포가 시작되었다는 소식을 접하게 되고 그러면 그는 다시 도망쳤다. 이렇게 방랑하는 동안 이따금 그는 울리야놉스크에 들렀고 밤중에 아내의 집에 몰래 들어왔다. 낮에 거리를 돌아다니거나 아내의 집 문을 두드릴 용기는 내지 못했다. 이웃들이 즉시 밀고할 수 있었기 때문이다.

그는 공포로 떨었고, 야위었으며, 기침을 했고, 자기 바이올린을 메고 다시 길을 떠났다. 그리고 새로운 도시에 갈 때마다 그는 모든 것을 처음부터 다시 되풀이해야 했다. 그는 음악 교육을 받지 않은 사람들도 음악학교에서 교사로 일하지만, 자기처럼 자격을 갖춘 사람들이 일자리를 찾지 못하고 있다는 사실을 예술위원회에 탄원하기 위해 모스크바에 다녀오기도 했다. 그는 협조를 약속받았으나, 그가 정착하려 했던 도시에서 다시 체포가 시작되자 도망쳤다. 그래서 모스크바 관리들이 약속을 지켰는지조차 알 수 없었다.

스탈린이 죽은 뒤 노약자로 분류된 그는 울리야놉스크에 있는 아내에게 돌아오는 것이 허가되었다. 그는 집에서 죽었지만, 아들에게 바이올린을 가르치지는 못했다. 그는 심지어 아들에게 다가가지도 못했는데, 목숨을 연명하기 위해 지방을 유랑하면서 걸린 결핵을 옮길까 두려웠기 때문이었다.

그래도 이 바이올린 연주가는 운이 좋은 편이었다. 결혼 사실을 숨기고 혼인신고를 하지 않았기 때문에 아내가 직장에서 쫓겨나지 않은 채 정착할 수 있었고, 그는 경험도 많아서 위험을 언제나 제때 감지할 수 있었으며, 유대인이 아니었다는 사실도 중요했다. 게다가 바이올린은 그에게 빵 조각을 제공했다. 그야말로 빵 조각일 뿐 그 이상은 아니었지만, 이것은 매우 중요했다. 음악가들은 다른 직업을 가진 사람들보다 대체로 생계를 잇기가 수월했다. 그러나 그가 끊임없는 에너지의 소유자가 아니었던들 목숨을 부지할 수 없었을 것이다. 다른 사람이 그와 같은 입장이었다면 그냥 멜레케스에서 체포될 때를 기다렸을 것이다. 과연 '그들에게서' 도망칠 수 있을까 회의하면서. 그러나 그가 그렇게 도망 다닌 목적은 결국 집에서 죽기 위해서였다. 물론 그것 역시 커다란 행복이었다.

이렇게 운 좋은 바이올린 연주가를 보면서 나는 언제나 생각했다. 만델슈탐이 강제수용소에서 살아남아 형기를 마치고 돌아왔다면 무엇이 그를 기다리고 있었을까. 만일 우리가 운명의 모든 가능한 다양성을 예견할 수 있었다면 우리는 모스크바 푸르마노프 골목에 있는 작가 아파트 5층의 우리 집 창문에서 뛰어내리는 '평범한' 죽음의 마지막 가능성을 놓치지 않을 수도 있었을지 모른다.

보로네슈는 기적이었으며, 기적이 우리를 그곳으로 데려다주었다. 그러나 기적은 두 번 일어나지 않는다.

64 늑대에게 다리를 내주다

어린 시절 프랑스 혁명에 관해 읽으면서 테러 정치 기간에 살아남는 것이 가능한지에 관해 자주 생각했다. 그것이 불가능하다는 것을 나는 지금 확실히 알게 되었다. 그 공기를 마신 사람은 만일 우연히 생명을 부지했다고 해도 죽은 자나 마찬가지였다. 죽은 자는 죽은 자로 치더라도, 다른 나머지 사람들(형리나 이념가, 방조자, 찬동자, 눈을 가리고 손을 씻은 사람들 그리고 심지어 밤마다 이를 갈았던 사람들)도 모두 테러의 희생자들이었다. 모든 사람은 타격을 입은 정도에 따라 테러로 생긴 무서운 병을 앓았고, 지금까지도 회복되지 않았으며, 아직도 정상적인 시민 생활에 부적합할 정도로 아프다. 이 병은 유전되며, 아들들도 아버지 때문에 대가를 치르고, 손자들 대에 가서야 건강을 회복하기 시작한다. 아니, 더 정확히 말해 손자들에게 병은 다른 형태로 전이된다.

우리나라에는 잃어버린 세대가 없다고 감히 누가 말했던가? 이런 말도 안 되는 거짓 역시 테러의 결과다. 우리나라에서는 한 세대의 뒤를 이어 또 다른 세대가 죽었지만 그 결과는 서구에서 있었던 것과 완전히 달랐다. 모두 노동했으며, 자기 입장을 위해 싸웠고 구원을 기대했으며 눈앞의 일들만 생각하려고 애썼다. 그와 같은 시대에 눈앞의 일들이란 마약과도 같았다. 많을수록 좋았다. 눈앞의 일들에 몰두할 필요가 있었으며 그러면 세월은 금방 흘렀고 회색 잔물결만 기억에 남을 뿐이었다. 우리 세대 중 극소수만이 명민한 두뇌와 기억력을 보존할 수 있었다. 만델슈탐의 세대 사람들에게는 모두 경화증이 일찍 찾아왔다.

이 모든 것도 사실이지만, 그와 동시에 우리가 얼마나 강인한지 나는 항상 놀라게 된다. 스탈린이 죽은 뒤 오빠는 내게 언젠가 말했다. "우리는 우리가 무엇을 견뎌냈는지 아직 모르고 있어." 그것은 사실이었다.

바로 얼마 전 나는 만원 버스를 탔다. 내 옆에 탄 노파가 내 팔에 자기 체중 전부를 실어 기댔다. "무겁지요?" 그녀가 갑자기 물었다. "전혀 아니에요. 우리는 모두 힘줄이 두 겹이잖아요"라고 나는 대답했다. "힘줄이 두 겹이라고요? 그래요, 맞는 말이에요. 힘줄이 두 겹이지요." 노파는 이렇게 말하고 갑자기 웃기 시작했다. "맞아요, 맞아." 옆에 있던 누군가가 맞장구치며 역시 웃었다. 버스의 모든 승객은 순식간에 '우리는 힘줄이 둘'이라는 말을 따라했다. 그러나 버스가 곧 정거장에 섰고, 모두들 내리려고 모여들었으며 '눈앞의 일들'로 바빠졌다. 즉 옆 사람들을 밀쳐내기 시작했다. 명랑했던 한때는 가버렸다. 우리는 정말 힘줄이 둘이며, 그렇지 않고는 우리 운명에 내려진 그 모든 것을 견뎌내지 못했을 것이다.

'예조프 시대'로 불리던 시기에 체포자들의 수는 감소와 증가를 반복했다. 아마도 더 이상 어찌할 수 없이 가득 찬 감옥에 자리가 부족했기 때문이었으리라. 그러나 아직 체포되지 않은 우리는 이미 큰 고비가 지나갔으며 점점 나아질 거라는 착각을 이따금 했다. 한 과정이 지나갈 때마다 사람들은 홀가분한 마음으로 한숨을 쉬며 "후, 이제 끝이군!"이라고 말했다. 이것은 즉 '다행히 나는 무사하군'을 의미했다. 그러나 그 후 새로운 과정이 시작되었고, 남은 사람들은 '민중의 적'을 비난하는 글을 쓰려고 서둘렀다. 총살당하지 않기 위해서 이미 총살당한 사람을 비난하는 것은 아무렇지도 않게 생각되었다. 만델슈탐은 이렇게 말했다. "스탈린은 사람들의 머리를 벨 필요가 없어. 이렇게 이미 민들레처럼 저절로 날아다니는데." 코시오르(С. В. Косиор)[1]의 연설문을 읽고, 그럼에

---

1) 코시오르(1889~1939): 1930년부터 정치국원으로 일했으며, 1928~38년까지 우크라이나 공산당 제1서기로 있었다. 우크라이나에 탄압의 바람이 분 뒤인 1937년 12월 그는 '파시즘 권력'을 세우려고 한 우크라이나 공산당 간부들을

도 불구하고 그가 체포되었다는 소식을 듣고 내뱉은 말이었다.

　1937년 여름 우리는 '별장족'들처럼 살았고, 만델슈탐의 표현대로 '여름은 언제나 가장 편한 계절이었다.' 우리는 제법 자주 모스크바에 다녔고, 아는 사람들의 별장에도 가끔 들렀다. 페레델키노2)에 있는 파스테르나크의 집에도 갔다. 그는 말했다. "아내는 아마 과자를 굽고 있나봅니다." 우리 도착을 알리러 아내 지나에게 갔던 그는 어두운 얼굴로 다시 나타났다. 그녀가 우리를 보고 싶어 하지 않는다는 것이었다. 몇 년이 흐른 뒤 타슈켄트에서 올라온 나는 파스테르나크에게 전화를 걸었고 그의 아내가 전화를 받았다. "제발 부탁인데 페레델키노에 오지 말아 주세요." 그 후로 나는 파스테르나크에게 절대 전화하지 않았다. 그러나 파스테르나크는 내가 바실리사 슈클롭스카야 집에서 한동안 살던 무렵 라브루신스키 거리에서 나와 우연히 만난 뒤 이따금 나를 찾아왔다. 그는 만델슈탐의 죽음에 대해 알고 나서 나를 찾아온 유일한 사람이었다.

　파스테르나크는 만델슈탐과 내가 페레델키노에 있는 그의 별장에 마지막으로 갔던 날 우리를 기차역까지 배웅하러 나섰고, 그와 우리는 기차를 여러 대 보내가면서 플랫폼에서 오랫동안 이야기를 나누었다. 그는 아직도 스탈린에 대한 생각에서 벗어나지 못했고, 스탈린과 전화통화하던 당시 개인적 접견을 얻어내지 못한 이후로 시를 쓸 수 없다고 푸념했다. 만델슈탐은 이해한다는 듯 웃었지만 나는 다만 어이가 없었다. 제2차 세계대전 이후 파스테르나크의 이 스탈린에 대한 강박관념은 끝이 난 듯 보였다. 적어도 그는 나와 이야기하면서 스탈린 이야기는 더 이상 꺼내지 않았다. 『의사 지바고』는 이미 오래전부터 계획되었다. 제2차 세계대전 전부터 만날 때마다 언제나 그는 '우리 모두에 관한' 산문을 쓰고 있다고 말했기 때문이다. 이 산문의 개념은 시간이 흐르면서 변했

　　비난하는 연설을 했지만, 그 후 조심성 상실이라는 이유로 우크라이나 공산당 서기직에서 해임된 후 1938년 5월 체포되어 1939년 총살당한다―편집자.
　2) 모스크바 근처에 있던 작가 별장촌.

으며, 그것은 소설 자체만 보더라도 알 수 있다. 어느 편에 진실이 있는지 모르고 허우적대던 시대였다.

슈클롭스키는 당시 모든 것을 알고 있었지만, 숙청이 다만 고위층에 국한되어 일어나기를 바랐다. 예를 들어 콜초프(M. E. Кольцов)[3]가 잡혀갔을 때 이것은 우리와 상관없는 일이라고 말했다. 그러나 단순히 인텔리겐치아를 체포하기 시작하자 그는 반응을 보이기 힘들어했다. 그는 '증인'으로 남고 싶어 했지만, 테러의 시기가 끝나자 우리는 모두 늙어버렸으며 '증인'의 필수 요소인 사물에 대한 이해력과 시각을 상실해버렸다. 슈클롭스키도 마찬가지였다.

레프 브루니는 만델슈탐의 주머니에 돈을 넣어주며 말했다. "이런 망할 놈의 체제가 누구에게 필요한 거지?" 마리예타 샤기냔은 체포에 관해 아무것도 못 들은 척 가장했다. "누구를 체포한다고요? 왜요? 음모가 밝혀져 다섯 명이 체포되었다는데 인텔리겐치아들은 왜 고함을 치고 그러죠?" 그녀의 친딸은 트레지야코프 가족에 관해 엄마의 귀에 대고 소리쳤으나 다행히도 귀가 먼 마리예타는 아무것도 듣지 못했다. 아달리스는 우리를 자기 집에 재우기 두려워했고, 그것은 당연했지만, 그녀는 다음과 같은 말도 안 되는 소리를 했다. "왜 푸르마노프 골목에 있는 당신 집에 가지 않으세요? 내가 당신들과 함께 가서 만일 경찰이 찾아오면 그들에게 대신 다 설명해줄게요. 약속해요." 당황한 사람들은 허우적댔고 모두 우연히 머리에 떠오르는 대로 말했고 가능한 한 살아남으려 애썼다. 공포에 대한 경험은 무서운 고문 중 하나였으며 그런 경험 후 사람들은 이미 회복 불가능해졌다.

우리는 살길이 막연했기 때문에 사람들을 찾아다니며 도움을 요청해야 했다. 카타예프와 제냐 페트로프, 미호엘스가 준 돈으로 우리는 여름의 일부를 났다. 미호엘스는 만델슈탐을 포옹했고 마르게스와 앞 다투

---

3) 콜초프(1898~1940): 저널리스트이자 작가. 『프라브다』 잡지사에서 근무. 총살당한다.

어 가장 위안이 되는 말을 우리에게 해주려 애썼다. 야혼토프도 떠나기 전까지 내내 우리에게 돈을 주었다. 만델슈탐은 모스크바에 갈 때마다 작가동맹을 찾아가 스탑스키를 만나려고 했지만 그는 만델슈탐을 피했고, 자신의 대리자 라후티에게 만델슈탐을 보냈다.

라후티는 만델슈탐을 위해 무슨 일이라도 해주려고 전력을 다해 노력했다. 그는 심지어 작가동맹의 이름으로 만델슈탐을 운하건설 현장에 파견했다. 건설에 관한 시를 뭐라도 써보라고 애원하면서. 나는 그 시를 아흐마토바의 비준 아래 난로에 던져버렸다. 운하에 관한 시는 아무도 만족시키지 못했을 것이다. 그는 그저 풍경에 관한 시만을 짜낼 수 있었기 때문에.

65 암소와 시낭송의 밤

우리 역시 살길을 찾았다. 사람들은 언제나 살길을 찾게 마련이다. 분신자살은 동양에서나 있는 일이며, 그래도 우리는 유럽인이었기 때문에 스스로 불 속으로 뛰어들고 싶어 하지는 않았다. 우리에게는 두 가지 계획이 있었다. 하나는 내 생각, 다른 하나는 만델슈탐의 생각이었고, 이루어질 가능성이 전혀 없다는 것이 둘의 공통점이었다.

내 계획은 '암소'라고 이름 붙여졌다. 빵을 얻을 수 있는 모든 방법이 국유화된 우리나라에서 사유경제를 위한 두 개의 틈새가 있었는데 그것은 동냥과 젖소였다. 동냥은 이미 해보았고, 참기 힘들다는 것을 알게 되었다. 모두 동냥하는 사람을 피했으며 적선하려 들지 않았다. 그들 역시 국가에서 적선받아 생활하는 입장이었다.

언젠가 러시아에서도 민중이 '불행한' 죄수들과 강제노동자들을 가엾게 여기고, 인텔리겐치아는 정치유형수들을 돕는 것을 의무로 여기던 때도 있었지만, 이 모든 것은 '추상적 휴머니즘'과 함께 사라졌다. 그리고 마침내 사람들은 우리를 두려워하게 되었다. 우리는 거지였을 뿐 아니라 전염병자였다. 모두 서로 두려워했다. 『프라브다』에 '민중의 적'을 비난하는 글을 쓴 지 얼마 안 되는, 가장 무사할 것 같은 사람도 밤중에 잡혀갈 수 있었으니까. 한 명이 잡혀가면 다른 사람들이 줄줄이 엮여 들어갔다. 친척들 그리고 체포된 사람의 전화번호부에 이름이 적혀 있던 지인들, 새해를 함께 맞았던 사람들, 새해를 함께 맞기로 약속했다가 겁이 나 모임에 나오지 않았던 사람들까지도. 사람들은 모든 모임과 대화를 두려워했고 이미 전염병이 감염된 우리는 더욱 피했다. 그리고 우리 스스로도 우리가 전염병을 퍼뜨리고 있다고 생각하게 되었다. 나에게는 단 하나의 바람이 있었는데 그것은 구석에 숨어 아무도 보지 않는 것이었고 그래서 암소에 관한 꿈을 가지게 되었다. 농사꾼이 뿔을 끌고 시장에 팔러 데리고 가는, 민중 문학에 등장하는 바로 그 '마지막 암소'였다.

우리 경제의 특성상 암소는 여러 해 동안 한 가족을 먹여 살릴 수 있었다. 오두막들마다 감자, 오이, 양배추, 순무, 당근, 양파를 재배하는 자투리 땅과 암소로 연명하는 수백만의 가족이 살고 있었다. 암소에서 짜낸 우유의 일부는 건초를 사는 데 쓰였지만, 남은 양으로도 충분히 수프를 만들 수 있었다. 암소는 사람들에게 독립성을 주었고 그래서 사람들은 빵을 살 돈만 대충 더 벌면 됐다. 국가는 아직까지도 이 우유를 제공하는 구세계의 잔유물을 어떻게 해야 할지 모르고 있었다. 사람들에게 암소 먹을 건초를 주면, 사람들은 게으름을 피우며 최소한의 일만 하러 집단농장에 올 것이며, 그렇다고 만일 암소를 압수한다면 민중은 굶주려 죽을 것이기 때문이었다. 암소는 금지되기도 허용되기도 했다. 그러나 점차 암소의 수는 줄어들어 갔다. 시골 아낙네는 이제 이 뿔 달린 보물을 지키기가 힘에 부쳤기 때문이었다.

암소는 우리를 구원할 수 있으리라. 그리고 나는 젖 짜는 법을 배울 수 있으리라 믿었다. 우리는 자취를 감추고 군중 속에 섞여서 절대 집 밖으로 나오지 않고 처박혀 있으리라. 그러나 오막살이와 암소는 엄청난 자금을 필요로 했다. 지금까지도 내 능력을 벗어나는 돈이었다. 우리가 사벨로보에 있을 때 통나무집을 가장 싼 가격에 제시한 여인들이 우리를 찾아왔지만, 예쁘게 칠해지고 단단한 벽을 보며 우리는 그저 입맛을 다실 수 있을 뿐이었다.

군중 속에 섞이기 위해서는 태어날 때부터 거기에 속해서, 굶주림으로 야윈 시골 할머니에게서 삐걱이는 울타리로 둘러싸인 밭과 지붕이 새는 낡아빠진 오막살이를 상속받아야만 했다. 어쩌면 자본주의 국가에서라면 유형당한 시인에게 오두막과 젖소를 살 돈을 대줄 괴짜가 나타 났을지도 모르지만, 우리나라에서는 그럴 가능성은 없었다. 유형당한 자에게 도움을 주거나 돈을 모금하는 것은 범죄로 간주되었으며, 이로 써 강제수용소로 보내질 수도 있었다.

만델슈탐은 이런 내 계획에 시큰둥한 반응을 보였다. 그것을 실현할 돈도 없었을뿐더러 발상 자체가 그의 마음에 들지 않았다. "그런 무모한 생각으로는 절대 아무것도 얻을 수 없어." 그의 계획은 내 계획과 완전 히 상반되는 것이었다. 그는 군중과 분리되려고 했다. 만델슈탐은 자기 가 작가동맹에서 '시 낭송의 밤'을 개최할 수 있는 허가를 받는다면 그 에게는 일자리가 생기지 않을 수 없다고 생각했다.

만델슈탐은 시로는 누구든 이기고 설득할 수 있다는 환상을 그때까지 도 잃지 않고 있었다. 그 환상은 젊은 시절부터 가져왔는데, 시인이라고 하면 그 누구도 그 무엇에서도 자기를 거절할 수 없다고 언젠가 내게 말 했다. 아마도 그래왔고, 그는 행복한 젊은 시절을 보냈던 것 같았다. 친 구들은 그를 아꼈고, 높이 평가했다. 그러나 1937년 모스크바에서까지 그런 대우를 받기를 바라는 것은 물론 완전히 어리석은 짓이었다. 모스 크바는 아무것도 믿지 않았다. '그럴 수 있는 자는 살아남으라'가 모스 크바의 모토였다. 모스크바는 세상의 모든 가치에 침을 뱉었고, 시에도 이미 오래전 그렇게 했다.

우리는 이것을 알고 있었지만, 너무나도 정력적인 사람이던 만델슈탐 은 팔짱을 낀 채 앉아 있을 수 없었다. 게다가 늑대에게는 발이라도 던 져주어야 하므로 그는 죽기 직전까지 한숨 돌릴 틈도 없었다.

라후티는 시 낭송의 밤에 관한 만델슈탐의 아이디어를 반겼다. 그에 게도 이 생각은 구원의 길이라 여겨졌다. 그가 친절하며 주의 깊다는 것 외에는 나는 그에 관해 아는 게 없다. 그러나 그 잔인한 시대에 그의 친 절함은 기적과도 같았다. 시 낭송의 밤에 관한 문제는 라후티나 스탑스 키가 독자적으로 결정할 수 없었다. 상부에서 결정할 사항이었다. 우리 는 사벨로보에서 이 문제가 결론나기를 기다렸고 상부의 의견을 알아보기 위해 가끔 작가동맹에 들렀다. 이렇게 작가동맹에 들르던 어느 날 만델슈탐은 그곳 복도에서 수르코프와 만나 이야기를 나누었고, 헤어진 뒤 거리에 나와보니 자기 주머니 안에 300루블이 들어 있다는 것을 알게 되었다. 아마도 수르코프가 만델슈탐의 주머니에 몰래 이 돈을 넣었던 듯하다. 이런 행동을 아무나 할 수 있는 것은 아니었다. 그 때문에 아주 심각한 곤란을 겪게 될 수도 있었다. 수르코프를 평가할 때 이 돈에 관해 잊으면 안 된다. 이것은 성모 마리아가 죄인을 천국으로 끌어올리는 데 사용하는 파뿌리이기 때문이다.

어쨌든 시 낭송의 밤은 열리지 않았다. 오빠는 작가동맹에서 걸려온 전화를 받았다. 만델슈탐을 어떻게 찾을 수 있는지, 시 낭송의 밤이 내일로 정해졌다는 소식을 만델슈탐에게 즉시 알릴 수 있는지 그에게 물어왔다. 당시 전보는 제멋대로 전달되었기 때문에 오빠는 전보에 기대는 모험을 감행하지 않았다. 그는 즉시 기차역으로 가서 마지막 기차를 타고 사벨로보에 있는 우리 집에 왔다. 당시 그 역시 시와 시 낭송의 밤의 힘을 믿고 있었던 듯하다.

다음 날 우리는 모스크바로 향했고, 정해진 시간에 맞추어 작가동맹에 도착했다. 여비서는 자기 자리에 아직 앉아 있었지만 시 낭송의 밤 개최에 관해서는 아는 사람이 단 한 명도 없었다. 무슨 소리를 들은 것은 같은데, 무엇인지 기억하지 못한다는 것이었다. 클럽의 모든 방은 잠겨 있었고, 아무런 벽보나 공고도 없었다.

사람들에게 통지서를 보냈는지 알아보는 일만 남았다. 슈클롭스키는 받지 못했다고 했지만, 그는 시인들에게 전화해보라고 조언했다. 같은 분과의 회원에게만 초대장을 보내는 일도 흔하다는 것이었다. 우리 수중에는 아세예프(Н. Н. Асеев)[1]의 전화번호가 있었고, 그래서 만델슈탐은 그에게 전화를 걸어 통지서를 받았는지 물어보았다. 그러더니 얼굴이 창백해져서 수화기를 내려놓았다. 아세예프는 얼핏 무슨 소리를

---

1) 아세예프(1889~1963): 시인. 마야콥스키와 함께 레프에서 활동.

들은 것도 같지만 지금은 통화하기가 곤란하다고 대답했다는 것이다. 「눈 소녀」[2]를 보기 위해 볼쇼이 극장에 가려고 서두르는 길이라는 것이었다. 만델슈탐은 다른 시인에게는 감히 더 이상 전화하지 못했다.

그리하여 우리는 시 낭송의 밤의 수수께끼를 풀 수 없었다. 작가동맹에서 전화한 것은 분명했지만, 누가 전화했는지는 알 수 없었다. 보통 이런 일을 담당하는 여비서들이 아무 지시도 받지 못했던 것으로 보아 (비록 어렴풋이 무슨 이야기를 들은 것같기는 했지만) 인사과에서 직접 전화했을 수도 있다. 만일 인사과였다면 무엇 때문에 만델슈탐을 찾았을까?

체포를 위해 사벨로보에서 만델슈탐을 유인하려고 전화했으나 상부 (어쩌면 스탈린, 왜냐하면 첫 번째 체포 때는 스탈린의 지시가 있었으므로)의 지시를 받지 못해 체포하지 않은 게 아닐까 하는 생각이 우리 머리를 스쳤다. 과중한 업무로 힘들었던 체키스트들의 업무를 수월하게 하기 위해 사람들은 간혹 임의의 기관으로 호출되었고, 거기서 바로 루뱐카로 보내졌다. 이런 경우에 관한 이야기들은 많이 퍼져 있었다. 그러나 이에 관해 추측하는 것은 의미가 없었다. 미리 스스로를 매장할 필요는 없었다. 그리하여 우리는 사벨로보로 돌아왔고, 여름을 보내러 온 별장족 행세를 하며 다시 지냈다.

살아남기 위한 두 가지 계획은 무산되었다. '시 낭송의 밤'은 대소동과 함께, '암소' 계획은 조용히. 살아남는 것은 이제 공상조차 허락되지 않았다.

아세예프가 왜 다른 것도 아닌 이 「눈 소녀」를 언급했는지는 이해가 갔다. 그가 속한 시 분파에서는 기독교 이전의 고대 러시아 문화에 열중해 있었기 때문이다. 그러나 우리가 아세예프에게 전화한 바로 그날 볼쇼이 극장 상연 목록을 알아볼 정도로 우리는 부지런하지 못했다. 그저 볼쇼이 극장은 여름에는 휴관하지 않았을까 싶다. 아세예프는 노년에

---

2) 림스키 코르사코프가 러시아 전래동화를 소재로 1881년에 작곡한 오페라.

고독하게 버려진 상태였다고 나는 들었다. 그리고 자신은 이렇게 버려진 이유를 자신이 개인숭배에 대항해 투쟁했기 때문에 지지 기반을 잃게 되어서라고 설명했다고 한다. 코체토프에 관한 비평의 글에서 그의 동지들 역시 아세예프는 스탈린 숭배에 반대해 투쟁했다고 썼다. 우리나라에 스탈린주의자는 아무도 없었으며 모두 용감히 그에 맞서 투쟁했음이 밝혀졌다. 그러나 내가 증언하건대 내가 아는 사람 가운데 그 누구도 투쟁한 사람은 없었으며 그저 그늘에 숨으려 노력하는 사람들만이 있었다. 양심을 잃어버리지 않은 사람들이 바로 그렇게 행동했다. 그리고 이것을 위해서도 진정한 용기가 필요했다.

66 옛 친구

시 낭송의 밤 개최 계획의 실패도 만델슈탐의 활기를 빼앗지 못했다. "가을까지는 모든 걸 미루어야겠군." 그는 이렇게 말했다. 언제나 그렇듯 7월이 되자 모스크바는 텅 비었고 따라서 우리는 그 어떤 생존 계획도 세우지 못하고 다만 가을까지 기다리리라 생각했다. "직업을 바꿔야 해. 이제 거지가 되자고." 만델슈탐은 이렇게 선언했다.

그리고 레닌그라드로 가자고 제안했다. 나와 만델슈탐은 예전에는 언제나 대화를 나누었다. 그래서 그의 말들과 생각이 내 마음속에 남아 있는 것이다. 그러나 우리가 함께했던 마지막 시절은 명료한 말 대신 감탄사들만으로 기억된다. 무엇에 관해 이야기한단 말인가? 이야기를 나눌 것도 없었다. 다만 "여보, 저 지쳤어요. 좀 누울게요. 또는 더 이상 걸을 수 없어요. 뭔가 대책을 세워야 해요. 괜찮아요, 어떻게든 되겠지요. 신이시여! 다음에는 누가 잡혀갈까요?" 등이었다.

삶이 도저히 견딜 수 없게 되었을 때, 이 모든 끔찍함은 절대 끝나지 않을 듯 여겨진다. 키예프 폭격 시절[1] 나는 견딜 수 없는 것도 어쨌든 끝이 날 거라고 생각했으나 당시는 그것이 대개 죽음으로써 끝난다는 것을 알지 못했다. 스탈린 대학살 시기 우리는 비로소 끔찍한 상황은 약화되거나 강화될 수는 있을지언정 끝날 수는 없다는 것을 깨닫게 되었다. 무엇 때문에 그것이 끝난단 말인가? 모든 사람은 바쁘고 모두 자기

---

1) 1919년 내전시기 붉은 군대가 키예프에서 후퇴하던 때—편집자.

일을 하며 모두 미소를 띠고 있고 모두 저항하지 않으며 명령을 수행하고 다시 미소 짓는데. 미소를 짓지 않음은 불만이나 공포를 의미했고, 아무도 감히 이를 시인하지 않았다. 만일 사람이 두려워한다면 그것은 그의 뒤에 무언가가 있음을, 즉 양심이 편치 않음을 의미했다. 관직에 있는 모든 사람(우리나라에서는 매점 점원들도 중책을 맡은 관리였다)은 유쾌한 호인의 모습으로 다녔다. 지금 벌어지는 것이 나와는 상관없으며 나는 중책을 맡고 있고, 몹시 바쁘다. 국가에 이익이 되는 일은 하고 있으니 나를 성가시게 하지 말라. 나는 유리처럼 깨끗하다. 이웃이 체포되었다면 이는 무언가 이유가 있을 것이다.

그들은 이 마스크를 집에서만 벗었으며, 그것도 언제나 그런 것은 아니었다. 자신의 공포를 아이들에게도 숨겨야 했기 때문이다. 학교에 가서 무심코 지껄이지 않도록. 대다수의 사람들은 테러로부터 이익을 취하는 법을 습득할 정도로 테러에 적응했다. 이웃을 밀어내고 그의 주거 면적이나 직책을 차지하는 것은 자연스러운 일이었다. 그러나 이 마스크는 웃음이 아니라 미소를 띠어야 했다. 유쾌함 역시 수상쩍게 생각되었고 이웃들은 고도의 관심을 보였다. 왜 그가 저렇게 웃지? 어쩌면 비웃는지 몰라! 단순한 유쾌함은 사라졌고, 되돌릴 수 없었다.

레닌그라드에 도착한 우리는 루가 근처에 있는 외딴 별장에 살고 있던 로진스키를 찾아갔다. 그는 즉시 500루블을 꺼냈고 우리는 그 돈을 가지고 사벨로보로 돌아가 여름이 끝나는 기간까지 집세를 낼 수 있었다. 우리나라에서는 한번도 안정된 가격이라는 것이 없었다. 부단히 변화했으며 가격 급등에는 아무런 논리도 찾아낼 수 없었다. 자유시장에서라면 가격 변동에는 법칙성이 있지만, 계획경제 아래의 신비한 가격 변동에 관해서는 귀신도 모를 지경이었다. 상부에서 내키면 가격을 올렸고, 또 내키면 가격을 내렸다.

그리하여 우리가 100루블, 1천 루블 단위를 운용했다는 사실은 그야말로 마법적 힘을 부여했고, 그래서 우리는 스스로를 평범한 거지가 아니라, 동냥을 도매로 거두어들이는 특별하고 신비로운 거지라고 느끼게 되었다. 그리고 사실이 그랬다. 평범한 거지들에게는 빵 조각만 살 수 있는 코페이카를 동냥으로 주기 때문이다.

우리는 로진스키의 집에서 점심을 먹었다. 로진스키는 익살을 부렸고 만델슈탐은 농담을 지껄였다. 두 사람은 시인의 조합 시절처럼 깔깔대며 웃었다. 식사 후 만델슈탐과 로진스키는 방으로 갔고, 만델슈탐은 오랫동안 시를 읽었다. 발랄해진 로진스키는 우리를 기차역까지 배웅하려고 나섰다. 숲을 따라 길이 나 있었지만, 그 후 사람들이 다니는 거리까지 함께 나설 용기는 없었다. 누군가 로진스키가 미심쩍은 이방인과 있는 걸 보기라도 한다면! 만델슈탐의 얼굴을 아는 작가동맹에 소속된 사람을 마주치는 날에는 사태는 더 나빠질 것이다.

우리는 로진스키의 명예를 훼손하고 싶지 않았기 때문에 숲이 끝나는 부근에서 헤어졌다.

1890년대 태어난 아흐마토바나 로진스키, 만델슈탐은 1930년대가 되자 구세대 인텔리겐치아가 되어버렸다. 그들보다 더 나이 든 사람들은 이미 죽거나 사라졌기 때문이었다. 주위 사람들은 이 세 사람을 매우 일찍부터 노인네 취급을 했지만, 반면 소위 '동반작가'인 카베린, 페딘, 티호노프류의 자들은 비록 이 세 사람보다 몇 년뿐이 젊지 않았음에도 젊은이로 간주했다. 바벨은 그 어떤 쪽에도 속하지 않았다. 그는 외따로 떨어진 사람, 그 자신이었기 때문이었다. 만델슈탐이 『모스크바 공산청년동맹 단원』 잡지에서 일하던 1929년 나는 만델슈탐을 찾아갔고, 안내원은 이렇게 말했다. "당신이 찾는 노인네는 매점에 갔어요." 만델슈탐은 마흔도 아직 안 되었지만, 그의 심장은 이미 쇠약해져 있었다.

그런데 에렌부르그는 만델슈탐의 키가 작았다고 꾸며댔다. 나는 중키였지만 높은 구두를 신어도 만델슈탐의 귀에 달까 말까였다. 그리고 만델슈탐은 에렌부르그보다는 분명히 컸다. 또한 만델슈탐은 비실비실한 체격도 아니었다. 그의 어깨는 넓었다. 아마도 에렌부르그는 심한 기아로 쇠약해져 있던 크림 시절의 만델슈탐을 떠올렸던 것이 분명하다. 그리고 저널리즘의 과장하는 특성상 피아니스트 아슈겐나지(B. Д.

Ашгенази)[2]처럼 허약하고 섬세한 유대인 타입의 외모가 필요했던 것 같다. 그러나 만델슈탐은 전혀 그런 타입은 아니었다. 아슈겐나지보다 훨씬 더 건장했다.

만델슈탐의 심장은 우리 삶의 소름끼치는 하중과 자신의 다혈질적 성격을 견디지 못해 나빠졌다. 그런가 하면 로진스키는 성경에나 나오는 신비한 질병인 상피병에 걸렸다. 그의 손가락, 입술, 혀는 보통 사람들의 두 배가 되었다. 1920년대 중반 내가 로진스키를 처음 만났을 때 그는 자신의 병을 예감하기라도 한 듯 이렇게 말했다. 혁명 이후 모든 것이 더 힘들어졌으며 아주 조금이라도 긴장하면(이야기를 나누거나 사람을 만나거나 산책이라도 하면) 금세 피로해진다고. 로진스키는 만델슈탐처럼 당시 이미 감옥에 다녀왔고, 그는 체포를 대비해 자기 집에 미리 짐 가방을 싸놓은 사람들 중 하나였다. 그는 여러 번 체포되었고, 한번은 단순히 그가 지도하는 번역 세미나 모임 학생들이 서로 별명으로 부른다는 사실 때문에 체포되었다. 우리나라에서는 별명을 좋아하지 않았다. 음모의 냄새가 나기 때문이었다. 농담을 좋아하는 사람들도 모두 잡혀갔다. 다행히도 로진스키의 아내는 모스크바에 있는 누군가를 알고 있었고, 그래서 남편이 잡혀가자 바로 그 보호자한테 달려갔다. 지르문스키 아내 역시 같은 성과를 거두었다. 만일 이 우연(높은 자리에 보호자가 있다는)이 아니었더라면 그들은 그렇게 쉽게 빠져나오지 못했을 것이다.

사실, 이들은 처음부터 특출난 사람들이었고, 훈장을 받을 최초의 작가 명단에 로진스키의 이름이 올랐을 때 모두 기뻐했다. 그 목록 가운데 그는 군계일학이었으며, 이 표현처럼 그는 자기에게 이질적인 낯선 새들 속에 있게 되었다. 그러나 이후 이 훈장 역시 아무 도움이 되지 않음이 밝혀졌다. 체포시 몰수하면 그만이었다. 그러나 로진스키는 운 좋게도 감옥이나 수용소가 아니라 자기의 특이하고 무시무시한 병 때문에

---

2) 아슈겐나지(1937년생): 1963년 서방으로 망명한 소비에트 피아니스트.

죽었다.

우리는 모두 혁명 초 심한 충격을 받았으며 병들었다. 처음에 이 징후는 여자들에게 나타났지만, 여자들은 생활력이 강한 것으로 드러났고, 반평생을 앓고 난 뒤 살아남았다. 남자들은 더 강해 보였고, 첫 번째 충격 후에도 버티고 서 있었으나 심장이 상했고, 70세까지 살아남은 사람은 매우 드물었다. 옥살이와 참전 후에 돌아온 사람들은 로진스키나 트이냐노프같이 특이한 병이나 경색에 걸리고 말았다. 그리고 우리는 모두 암이 충격과 관계있다고 믿고 있다. 한 사람 위로 벼락이 치고, 공개적으로 그를 야유하고 궁지에 몰아넣고 위협하면 1년 후 그는 가장 흔한 암에 걸렸다는 소식이 들리는 경우가 흔히 있었다. 통계는 언제나 우리의 평균 수명이 계속 길어진다고 이야기하나, 이는 아마도 여자들과 아이들 때문일 것이다. 우리 여인네들은 정말 힘줄이 두 겹이니까.

67 비당원 타냐

만델슈탐의 막냇동생 예브게니는 가족과 함께 시베르스카야 거리에
살고 있었다. 우리는 로진스키를 만난 뒤 막냇동생을 찾아갔다. 만델슈
탐이 아버지를 보고 싶어 했기 때문이다. 동생과는 교제가 없었다. 동생
은 작가조직 주변에서 더 돈벌이가 잘 되는 일을 하기 위해 의학을 그만
두었다. 문학재단의 극작가들을 위해 원고료를 징수하러 다니거나 식당
일을 했으며 말년에는 영화인이 되었다. 그는 평생 한 번도 만델슈탐을
도와준 일이 없으며 단지 아버지를 모셔가라고 요구했을 뿐이다. 그는
만날 때마다 이 말을 되풀이했으며 우리가 보로네슈에 유형 가 있을 때
나 사벨로보에 피신 가 있을 때도 편지를 써 보냈다. 만델슈탐은 보로네
슈에 있을 때 동생에게 몇 차례 편지를 보냈으며, 동생이 편지를 보관하
지 않을 것을 알았기 때문에 사본을 남겨두었다. 이 편지들에서 만델슈
탐은 자신에 대한 동생의 태도를 몹시 비난하며, 자기 동생이라고 더 이
상 생각하지 말라고 부탁했다. 56세까지 이 막냇동생은 이에 관해 정말
생각하지 않았고, 그에게 내 안부를 묻는 사람들을 면박주었다. 그러나
말년이 되자 그는 만델슈탐의 기억을 소중히 하고 나에게도 연락하려고
애썼다.

어느 날 그는 예기치 않게 돌연 나타나더니, 나를 자기 집에 초대하려
했다. 그는 상업적 성격을 가진 보통 사람이었으며 자신이 꿈꿨던 모든
것(안락함, 돈, 자동차, 심지어는 여가 시간에 취미활동을 하기 위해 카
메라까지)을 인생에서 얻었다. 우리의 혹독한 삶에서 이런 유의 사람들

은 보통 장사로 생계를 꾸렸던 것이 아니라, 그리 아름답지 못한 방식으로 교묘히 난국을 빠져다니면서 살았다.

만델슈탐은 아버지뿐 아니라 조카 딸 타티카도 보고 싶어 했다. 막내 동생이 사라 레베제바의 동생과 첫 번째 결혼해서 낳은 딸이었다. 타티카는 아버지와는 조금도 닮지 않은 매력적인 아이였다. 훌륭한 분인 외할머니 마리야 니콜라예브나 다르몰라토바가 이 아이를 키웠다. 만델슈탐이 체포된 이후 외할머니는 나를 타티카와 몰래 만나도록 해주기도 했다. 아버지는 타티카가 나와 만나는 것을 금지했다. 타티카는 자기가 어렵게 구한 만델슈탐의 시 사본을 아버지가 벽난로에 던져버렸다고 하소연했다. 그녀는 그 시를 어떤 문학 소년들에게서 얻었다고 했다. 당시 이런 사본들은 아직 많이 돌아다니지 않았고, 가택수색시는 언제나 압수되었다. 제2차 세계대전이 일어났을 때 타티카는 역사학을 전공하는 대학생이었고, 시를 쓰며 만델슈탐을 흠모하는 청년과 결혼할 예정이었다. 그러나 그 청년은 전쟁이 시작되자마자 전사했고, 타티카는 그에 관한 소식을 알기 위해 굶주린 레닌그라드를 헤매고 다녔다. 타티카는 집에서도 매우 힘들게 살았다. 아버지는 구체제의 노파를 폭로하는 공산청년동맹 단원의 입장에서 언제나 외할머니와 싸웠다. 타티카는 계모를 피했다.

나는 이런 어려운 시대에 성장한 아이가 새로운 윤리의 최고 이상에 의해 극복되고, 비웃어지고, 잊혀버린 러시아 인텔리겐치아의 좋은 전통들을 유지하고 있다는 사실이 언제나 신기했다.

타티카의 계모, 타냐 그리고리예바는 가장 훌륭하고 진보적인 고등학교의 화학 선생님 딸이었으며, 1860년대 사람들의 스타일을 보존하고 있으며 벨린스키와 도브롤류보프를 숭상하던 바로 그 부류의 인텔리겐치아 가정에서 성장했다. 그녀는 자기 가풍을 자랑스러워했고, 귀족 혈통인 타티카의 외할머니 마리야 니콜라예브나를 약간 경멸했다. 타냐의 외모 역시 옛날 민주적 여자전문고등학교 학생의 본보기 자체였다. 똑똑하게 생긴 얼굴, 잘 빗어내려 하나로 묶은 색깔 없는 머리카

락, 역시 무색의 잘 다림질한 원피스, 이 모든 것은 가장 진보적인 경향의 여선생들이 혁명 전까지 입던 스타일 그 자체였다. 타냐는 부드러운 목소리를 지녔고, 농담하기를 좋아했다. 그녀는 모든 나무와 새, 풀의 이름을 알고 있다는 것을 긍지로 여겼다. 어릴 적 아버지가 데리고 다니면서 조국의 자연을 관찰하도록 가르쳐준 덕분이었다. 그러나 그녀의 의견에 따르면 의붓딸 타티카는 전혀 다른 교육, 비민주적 교육을 받았고, 그래서 그녀는 타티카가 겨울에 나무 종류를 구분하지 못한다고 놀려댔다. 타티카가 역사학부를 선택한 것도 타냐의 비웃음거리였다. 타냐는 민중에게 이익을 가져다줄 수 있는 것만 직업으로 인정했다. 타냐는 이 전통적 공식을 약간 수정하여 집단농장에 이익을 가져다주는 것에 관해 이야기했다. 타티카가 외할머니에게서 종교에 감염되지 않도록, 타냐는 타티카를 이삭 성당의 무신론 박물관에 데리고 다녔다.

그리고 어느 날 그곳에서 촌극이 벌어졌다. 타티카는 복음서에 대한 박물관 안내원의 설명을 믿지 못했다. 사제의 속임수를 폭로한 훌륭한 사람들의 집단적 경험을 믿어야 하며, 잘난 척하지 말라는 그의 설명을 들으며 타티카는 울었다. 박물관 안내원의 설명에 따르면 복음서는 덜도 더도 아닌, 부에 대한 숭배를 설교한다는 것이었다. 똑똑한 타티카는 그럴 리가 없다는 것을 잘 알고 있었다. 우리는 당시 우연히 레닌그라드를 방문했고, 타티카는 누가 도대체 옳은지, 할머니인지 아니면 계모와 아버지인지를 물으러 만델슈탐을 몰래 찾아왔다. 아마 이때부터 그 아이는 삼촌을 따르게 된 듯하다.

타냐는 아버지 덕에 당고위층들과 많이 알게 되었다. 그녀는 언니 나타샤와 함께 혁명이 시작된 바로 초기에 고아가 되었고 그래서 '붉은 아벨'이라고 그들이 불렀던 예누키드제가 그들을 돌봐주었다. 이것은 옛날 당에서 부르던 별명이거나 그리고리예프 집안에서 부르던 장난기 어린 애칭이었을 것이다. 1937년 에누키드제는 체포되었지만, 타냐는 시대와 보조를 맞추었고, 나에게 이렇게 설명했다. "그는 아마도 무언가 나쁜 일을 저지른 것 같아요. 권력은 사람을 그렇게 타락시키지요." 당시 그녀는 이미 어른이 되었고, 보호자는 더 이상 필요없었다. 그녀는 심지어 그들보다 더 성숙해버렸다고도 할 수 있다. 그들은 뒤처졌고, 이미 고인이 된 그녀의 아버지가 그리도 꿈꾸었던 모든 필요한 혁명적 개혁을 하기 위해 스탈린을 따라갈 수 없었다. 타냐는 바로 이것이 옛날 볼셰비키들이 체포된 이유라고 설명했고, 집단농장화에서 시작해 1937년 레닌그라드 귀족 체포 및 추방에 이르는 모든 대중적인 조치를 진심으로 지지했다. 구체적이 되기 위해 그녀는 언제나 자기 연구소나 주택 관리부에서 살아 있는 예들을 들었다.

타냐는 집안의 이념적 중심이었으며 언성을 높이지 않고도 집을 통치했다. 아마도 그녀는 직장에서도 그렇게 행동했을 것이다. 나는 그녀를 직장에서 관찰할 기회는 없었지만, 그녀와 같은 유형은 많이 보아왔기 때문이다. 타냐를 고민에 빠뜨리는 유일한 것은 타티카의 고집이었다. 타티카는 일찍부터 침묵하는 법을 배웠고, 타냐의 이론에 찬성하는 말 한마디도 그 애의 입에서 나오도록 강제할 수 없었다. 타티카와 계모의 최초의 커다란 충돌은 귀족 추방 기간에 일어났다. 추방되는 귀족 중에 이웃에 사는 타티카의 친구가 있었다. 타냐는 레닌의 도시에서 귀족들은 전혀 아무것도 할 일이 없으며, 이웃들이 추방당했다고 우는 소리를 할 필요는 없다고 주장했다. 타티카는 침묵했다. 타냐는 오늘날과 같은 주택 위기에 레닌그라드에서 노동자가 아닌 귀족에게 주거면적을 할당하는 것은 범죄라고 말했다. 타티카는 침묵했다. 타티카가 언제나 적합지 않은 친구들을 사귀는 것이 희한하다고 타냐는 말했다. 타티카는 침묵했고, 어쨌든 추방되는 자기 친구 올가를 배웅하기 위해 기차역에 나갔다. 타냐는 이것을 묵과했다는 이유로 타티카의 외할머니를 비난했다. 곧 이 사건은 촌극이 되어버렸다. 왜냐하면 타냐 자신과 그녀의 동생이 레닌그라드 대청소위원회에 소환되어 도시를 떠나라는 권고를 받았기 때문이다. 옛날 만들어진 『도시 인명록』에 따라 추방은 이루어졌고, 그 인명록에는 타냐의 아버지가 일대귀족¹⁾으로 올라 있었다. 추방위원회는 '일대'라는 말은 무시하고 '귀족'이라는 말에만 관심을 보였다. 그들에게는 머리수 채우기가 중요했고, 진짜 귀족들만으로는 목표 달성이 어려웠기 때문이었다. 당시만 해도 아직 영향력을 갖고 있었으며, 어쨌든 이런 간단한 일은 해줄 힘이 있었던 붉은 아벨이 그들을 구출해주었다.

"정의가 승리한 거죠." 타냐는 나중에 모스크바에서 나와 만나 이렇게 말했다. "그런데 왜 당신 아버지는 자기를 일대귀족으로 명부에 올리도록 그냥 놓아두었을까요? 50코페이카만 뇌물로 주어도 명부에 기입되지 않을 수 있었을 텐데." "우리 아버지는 원칙적으로 뇌물 같은 것은 모르는 분이셨어요." 타냐가 냉랭하게 대답했다. 그러나 나와 마리야 니콜라예브나는 타냐의 불행에 기뻐했으며, 서로 눈짓을 교환했다. 우리가 생각하기에 강직한 진보주의자 그리고리예프는 귀족으로 불리기를 원했고, 대학 졸업에 따라 얻은 권리를 누렸던 것 같다.

우리는 시베르스카야 거리에 있는 막냇동생의 집에서 우리가 어떤 대접을 받을지 미리 알고 있었고, 그래서 동생이 집에 없다는 사실에 기뻐했다. 그는 밤늦게 집에 돌아왔다. 다음 날 아침이 되자 일상적인 장면이 벌어졌다. 그는 우리에게 아버지를 데려가라고 요구했다. 그의 말에 따르면 아버지는 그를 망치고 모든 가족을 구렁텅이에 몰아넣는 지나치게 무거운 짐이었다. 만델슈탐은 동생과 말다툼하지 않았다. 만델슈탐은 이미 아버지나 타티카와 이야기할 시간이 있었고(만델슈탐은 언제나 일찍 일어났다), 그래서 동생이 일어나서 아버지에 관한 이야기를 꺼내자마자 우리는 인사를 고하고 떠났다.

당시 타냐가 우리에게 왜 레닌그라드에 왔는지 물었고, 이유를 설명하자 그녀는 매우 놀랐다. "이해할 수가 없네요. 어른이 두 명이나 있는데 왜 빵을 살 돈조차 벌지 못하는 건지." 모든 일자리가 국가 수중에 있으며 국가는 자격이 없다고 판단되는 사람들을 일하도록 허락지 않는다

---

1) 혁명 전 차르 정부에서 공직을 수행하면 자동으로 수여받은 세습되지는 않는 귀족 직위.

고 나는 그녀에게 설명하려고 해보았다. 그러나 타냐는 인텔리겐치아가 꾸며낸 이야기라고 일축했다. 마리예타와 마찬가지로 그녀도 체포에 관한 이야기는 아무것도 듣지 못했다. 나는 그녀에게 붉은 아벨에 관해 상기시켰지만, 그녀는 위에서 언급한 이야기를 했을 뿐이었다. 그녀에게는 스파르타인이나 인민의지당원을 연상케 하는 불굴의 무언가가 있었다. 나는 그 집을 나오면서 이렇게 말했다. "당신네 볼셰비키가 밤새 파시스트로 둔갑하여도 당신은 눈치 채지 못할 거예요." 그런 일은 없을 거라고 타냐는 대답했다.

이렇게 만델슈탐과 아버지, 타티카의 마지막 만남은 일어났다. 타냐는 만델슈탐을 즐겁게 했다. "당연해. 타냐는 비당원 볼셰비키니까." 만델슈탐은 이렇게 말했다. 당시 이 용어는 유행이었고, 어엿한 직장에 근무하는 모든 사람은 비당원 볼셰비키라고 불렸으며 그 명칭에 합당하게 처신했다. 타냐 같은 자들은 비당원이 올라갈 수 있는 한 가장 높은 자리까지 올라갔다. 그들은 스탈린이 의지하라고 명령한 민주적 인텔리겐치아를 대표해 국가기관에서 근무했다. 그들은 혁명 전 희생당했던 세대들을 상기시켰고, 가정과 국가는 그들을 필요로 했다.

그 후 나는 20여 년이 흐른 뒤 슈클롭스키 집에서 만델슈탐의 막냇동생과 만나는 자리에서 그녀를 보았다. 물론 나는 제20차 전당대회에 대해 그녀가 어떤 입장을 취하는지 물었고, 그녀의 남편이 그녀를 대신해 대답했다. 그녀는 처음에는 매우 불만스러워했다. "무엇을 했고, 무엇을 했고 등에 관해 왜들 떠벌리고 난리지?" 그리고 흐루시초프가 레닌그라드에 왔을 때 그를 태운 자동차가 그녀의 자동차 옆을 지나갔지만, 쳐다보고 싶어 하지도 않았다고 한다. "상상이나 할 수 있겠어요, 형수님. 아내는 쳐다보지도 않았어요!" 그러나 곧 그녀는 화해할 수밖에 없었다. 과거는 사실 과도한 면이 있었고, 그것이 바로 변증법인 것이다.

1938년 나는 타티카의 외할머니의 도움으로 시동생과 타냐가 집에 없는 시간을 골라 죽어가는 시아버지를 찾아뵐 수 있었다. 시아버지는 기뻐했다. 그는 나와 내 남편이 곤궁과 외로움, 무서운 병에서 그를 구원해줄 수 있으리라 믿었다. 나는 그의 장남인 내 남편이 체포되었다는 사실을 시아버지에게 알리지 않았다. 그 후 얼마 안 있어 시동생은 시아버지를 병원으로 옮겼고, 그곳에서 시아버지는 암으로 돌아가셨다. 의사들은 전보를 쳐서 모스크바에 있는 둘째아들 알렉산드르를 불렀고, 그는 서둘러서 장례식에 겨우 참석할 수 있었다. 병원 직원의 말에 따르면 시아버지를 문병 오는 이가 아무도 없었다고 한다. 시아버지는 혼자 돌아가셨다.

나는 타냐가 자기 할머니가 어떻게 돌아가셨는가에 대해 이야기하던 것을 떠올렸다. 단정하고 조용하던 그녀의 할머니는 마치 생쥐처럼 자기 방으로 가서는 아무 소리도 내지 않고 가볍게 조용히 돌아가셨다고 한다. 자기 손녀들을 방해하고 싶지 않았기 때문에. 타냐는 이 감동적인 이야기를 자주 했고, 마리야 니콜라예브나는 타냐가 이 이야기를 하는 것은 자신과 시아버지를 훈계하기 위해서라고 확신했다. 그래서 그들 두 노인들은 실제로 타냐도 그의 남편도 방해하지 않은 채 죽어갔다. 시아버지는 타냐가 시골 별장에 있던 여름에 돌아가셨고, 마리야 니콜라예브나는 레닌그라드 봉쇄시기에 돌아가셨다.

타티카 역시 봉쇄된 레닌그라드에서부터 볼로그다로 길이 열렸을 때 그곳 병원에 가서 죽었다. 죽을 때 타티카의 곁에는 이모 사라 레베제바가 함께 있어 주었다. 그녀가 죽기 하루 전 타냐는 현명하게도 타티카의 옷을 전부 병원에서 가지고 나왔다. 타티카는 환자복을 입고 있었다. 당시 모두 넝마를 빵으로 바꿔가며 살았고, 그래서 타냐는 타티카의 누더기들을 땅에 묻는 대신 자신과 자기 아들을 위한 빵을 사는 데 사용했다. 그것은 합리적인 생각이기는 했지만, 그 덕분에 타티카를 매장할 때 입힐 옷도 없었다고 한다. 이것은 사라 레베제바가 나에게 해준 이야기다.

사물의 참된 본질을 가리기 위해 위선적인 사회가 고안한 모든 덮개들을 사람들이 벗어버리는 야성화 단계가 있다. 그러나 우리는 결코 자신의 아름답고 상냥한 시민의 마스크를 벗은 적이 없다. 나는 호감 가는 인텔리겐치아의 얼굴과 부드러운 목소리로 출세하는 사람들을 자주 보아왔다.

울리야놉스크 사범대학장은 1953년 유대인 탄압을 흔쾌히 지휘했다. 나를 대학에서 쫓아내기 위해 특별히 학장의 사회로 학과회의가 열렸을 때 나는 그의 얼굴에서 눈을 뗄 수 없었다. 그는 체호프와 똑같이 생겼고, 아마도 그도 이 사실을 아는 듯 일반적으로 통용되는 안경 대신 가는 금테의 코안경을 썼다. 잊을 수 없는 얼굴 표정과 꾸민 듯한 부드러운 음성. 그러나 일일이 묘사하지는 않겠다. 독자들이 희화화라고 생각할 수 있으니.

나는 초기에 쫓겨난 사람들에 속했다. 유대인 탄압을 시작하라는 명령이 지방으로 하달되는 데는 시간이 걸렸고, 내가 쫓겨난 뒤 며칠 뒤 스탈린의 사망 소식을 들을 수 있었다. 나는 장례 행렬에 참여했고, 정말로 모두 통곡했다. 한 문서전령이 내게 설명했다. "우리는 잘 적응했고, 아무도 우리를 건드리지 않았는데…… 이제 어떻게 될까요?"

사범대학장은 스탈린이 살아 있는 동안 자기 임무를 완수하는 데 성공하지 못했고, 그래서 이후에도 그 임무를 계속 수행했다. 모든 추방은 상응하는 형식화가 필요했던 것이다. 그는 26명을 쫓아냈고, 거기에는 유대인뿐만이 아니라 다른 민족 출신의 명백한 인텔리겐치아도 포함되어 있었다. 르이센코(Т. Д. Лысенко)[2]에 반대했던 생물학자 류비셰체프 교수에 대한 공격 과정에서 이 사범대학장 역시 면직되었다. 그는 다른 대학으로 배치되었고, 동료들은 그의 부드러움과 체호프적인 외모를 매우 높이 샀다. 이 사람은 탄압이 천직인 사람이었고, 우리의 위선적인 시대는 그의 위선적인 외모로 그를 기꺼이 활용했다.

이런 종류의 모방은 매우 높이 평가받았고, 적지 않은 얼뜨기들이 이러한 인텔리겐치아적인 외모와 부드러운 목소리라는 올가미에 걸려들었다.

---

2) 르이센코(1898~1976): 농학자. 소비에트 유전학파를 괴멸하는 데 중요한 역할을 했던 '인민 학술회원'.

68 시를 사랑하는 사람들

우리는 레닌그라드에서 이틀을 보냈다. 푸닌의 집에서 묵었고 모두 만델슈탐을 즐겁게 하려고 애썼다. 당시 아직 청년이었던 안드로니코프까지 불렀고, 그는 만델슈탐 앞에서 기꺼이 허풍을 떨었다. 저녁때는 식탁에 앉아 술잔을 부딪치며 이야기를 나누었다. 모두 우리가 무엇을 앞두고 있는지 잘 알고 있었지만, 삶의 마지막 시간을 망치고 싶어 하지 않았다. 아흐마토바는 유쾌하고 근심 없이 보였다. 그녀의 남편 푸닌도 말을 많이 했고, 연방 웃었다. 그러나 나는 그의 왼쪽 뺨과 눈꺼풀이 자주 경련을 일으키는 것을 눈치 챘다.

낮에 우리는 스테니치(В. И. Стенич)[1] 집에 갔다. 블록이 러시아 댄디라고 불렀던 자였다. 소비에트 작가들 가운데 그는 철면피로 유명해졌다. 그 역시 짧은 활극을 보여주었으나 안드로니코프의 그것과는 완전히 다른 종류였다. 1920년대 중반 그는 호평받는 레퍼토리가 있었다. 그것은 자신이 자기 상관을 얼마나 무서워하면서도 사랑하는지, 국립출판사 사장에게 코트를 줄 준비가 되어 있을 정도로 사랑한다는 것이었다. 스테니치는 이 이야기를 모든 작가에게 들려주었지만 그들의 반응은 매우 냉랭했다. 그들은 스테니치의 이야기에서 자신들의 모습을 발견하기보다는 스테니치를 그저 스스로 아첨을 자랑하는 철면피로 생각하는 게 편했으리라. 스테니치는 풍자가였을까, 철면피였을까?

---

1) 스테니치(1898~1938): 문필가, 영미 문학 번역가. 총살당한다.

스테니치는 시인으로 처음 등단한 사람이었다. 1919년 키예프의 문학 카페 '잡동사니'에서 그는 풍자시들을 낭송했다. 많은 사람은 그 시들 가운데 「국무회의」를 기억한다. 이 시는 공식적으로 인정된 것이 아니라 진실된 현재를 담고 있었다. 이후 그는 시를 쓰는 것은 그만두었지만, 가장 진정한 시 애호가 가운데 하나로 남았다. 아마도 그는 산문 작가나 에세이스트, 비평가가 될 수도 있었을 것이다. 즉 그는 무언가 될 수도 있었던 사람이었지만 시대는 그와 같은 사람을 돕지 않았다. 스테니치가 살아서 사람들과 교제하며, 지껄이고, 얼마간의 번역 작업을 하는 동안 그의 번역은 모든 산문 번역가에게 모범이 되었다. 그는 이른바 '스타일리스트'였고, 미국 작가들의 작품을 번역하는 과정에서 그는 자신의 현대적인 감각을 전달할 수 있었다.

스테니치는 만델슈탐을 포옹하며 맞이했다. 만델슈탐은 우리가 온 이유를 설명했고, 스테니치는 지금 대부분의 작가들은 흩어졌고, 또 어떤 이들은 별장에서 살고 있다고 한숨지었다. 이것은 당연히 돈을 모으는 것을 힘들게 했다. 그러나 그의 아내가 그를 안심시켰다. 그녀는 레닌그라드 교외 세스트로레츠크에 가기로 약속했고, 점심을 먹은 뒤 바로 예쁜 모자를 쓰고 길을 떠났다. 스테니치는 우리를 잡아두었고, 우리는 그의 집에서 그의 아내 류바가 오기를 기다렸다. 사람들이 우리를 만나려고 그의 집에 왔고, 그중에는 아흐마토바와 볼페도 있었다. 볼페는 잡지 『별』에 만델슈탐의 산문 「아르메니아 여행」을 게재했다는 이유로 잡지사에서 해임된 사람이었다. 그것도 검열에서 금지했던, 아시리아인에게서 '추가의 하루'를 받았던 샤푸흐 황제에 관한 이야기까지 실었었다.

류바는 약간의 돈과 옷 더미를 가지고 왔다. 고물 더미 가운데 쓸 만한 바지가 두 벌 있었다. 한 벌은 매우 컸지만, 다른 한 벌은 치수가 딱 맞았다. 큰 바지는 사벨로보에 가지고 가서 우리에게 왜 알렉산드로프 같은 장소에는 정착하면 안 되는지 설명했던 바로 그 형사범에게 주었다. 만델슈탐은 바지가 한 벌 이상 있던 적이 없었다. 나머지 바지는 언제나 더 필요한 사람에게 주었다. 슈클롭스키도 당시 역시 단벌 바지의 사람들에 속했고, 그의 아들 니키타 역시 같은 운명을 기다리고 있었다. 언젠가 한번은 동화 속의 착한 요정이 나타나 소원을 들어주겠노라 하면 어떤 소원을 빌겠냐고 니키타에게 엄마가 물었다. 그는 조금도 주저하지 않고 대답했다. "친구들이 모두 바지를 갖게 해달라고요." 우리 상황에서 두 벌의 바지는 사양하고 바지 없는 다른 친구들을 배려하는 것은 그가 어떤 말을 하며, 어떤 작품들을 썼느냐보다 그의 됨됨이를 더 잘 알 수 있게 했다. 내가 관찰한 바로 소비에트 작가들은 대체로 독한 사람들이었지만 스테니치의 아내 류바 앞에서는 유형당한 시인을 돕는 것을 거절할 수 없었을 것이다.

스테니치 집에서 보낸 날은 평화롭고 조용했지만, 현실이 불쑥 고개를 내밀었다. 스테니치는 디키(А. Д. Дикий)[2]의 아내와 친하게 지냈다. 그녀는 이미 감옥에 다녀왔고, 디키도 마찬가지였다. 스테니치도 운명의 날을 기다리고 있었다. 다만 그는 아내 류바를 걱정했다. 혼자 남겨진다면 그녀는 어떻게 될까? 저녁 무렵 갑자기 전화벨이 울렸다. 류바는 수화기를 들었지만 상대방은 아무 말도 없이 전화를 끊었고, 류바는 울음을 터뜨렸다. 영장을 가지고 오기 전에 집에 사람이 있나 확인하기 위해 가끔 이런 식으로 확인 전화를 한다는 것을 우리는 알고 있었다. 그러나 그날 저녁 스테니치는 잡혀가지 않았다. 그는 겨울이 오기까지 아직 더 기다려야 했다.[3] 스테니치는 우리를 배웅하러 나와서 층계 앞에서 집집마다 문을 가리키면서 그 집 주인이 어떻게 체포되었는지 이야기해주었다. 두 층에서 그가 아마 유일하게 자유의 몸이었던 것 같다. 이걸 자유라고 할 수 있다면 말이다. "이제 내 차례지요." 그는 이렇게 말했다.

우리가 다음번에 레닌그라드를 찾아갔을 때 스테니치는 이미 없었고,

---

2) 디키(1889~1955): 영화감독이자 배우.
3) 스테니치는 1937년 11월 14일 체포당한다—편집자.

로진스키는 우리의 방문에 당황해했다. "당신들을 환대했던 스테니치가 어떻게 되었는지 모르세요?" 로진스키는 우리가 스테니치 집에서 하루 묵었기 때문에 그가 잡혀간 것이라고 생각했다. 내 생각에 로진스키는 우리 처벌 기관들의 수사 방식을 과대평가한 듯하다. 그들은 실제 사실 같은 것에는 별 관심이 없었다. 끊임없는 밀고자들의 망과 자원자들의 밀고에 의거해 그들은 명단을 작성했고 이 명단에 따라 체포했다. 그들의 계획을 완수하는 데 필요했던 것은 사실이 아니라 이름이었다. 취조 과정 중 그들은 심문당하는 자들에게서 모든 사람(체포할 생각이 없는 자들까지도)에 대한 진술을 확보해 비축해 두었다. 모든 고문을 영웅적으로 견뎌내면서 몰로토프에 관한 진술을 거부한 여인에 대한 이야기를 들은 적이 있다. 스파스키(Ц. Д. Спасский)[4]는 한 번도 만난 적이 없는 류바 에렌부르그에 대해 진술할 것을 요구당했다고 한다. 그는 강제 수용소에 있으면서 이 이야기를 류바에게 전해 미리 경고할 수 있었다. 아마도 아흐마토바가 류바에게 이 이야기를 전했던 것 같다. 그녀는 믿지 않았다. "스파스키가 누구예요? 모르는 사람인데." 그녀는 아직 세상 물정을 몰랐던 것이다. 그러나 나중에 모든 것을 알게 되었다. 고문실에서는 에렌부르그와 숄로호프, 알렉세이 톨스토이 등 그들이 건드릴 생각이 없었던 작가들에 관한 정보도 쌓여 부풀고 있었다. 수십 또는 수백 명의 사람들이 음모죄로 강제수용소에 보내졌고, 그 우두머리로는 티호노프와 파데예프가 거론되었다. 그리고 그들 가운데는 이미 스파스키도 있었다. 괴이한 날조, 엄청난 죄목, 이 모든 것이 목적 자체가 되었고, 기관원들은 자신들의 전횡에 탐닉하며 자신들의 재능을 거기에 쏟아부었다. '사람이 있으면 죄는 찾아지게 마련'이라는 1920년대 초 우리가 푸르마노프의 형에게서 알게 된 공식이 여전히 취조의 기본 원칙이었다. 우리가 스테니치 집에 머물러 있던 바로 그날 이미 그의 이름은 체

---

4) 스파스키(1898~1956): 시인. 1936년에서 1937년 사이에 체포되었으며, 감옥과 강제수용소에서 여러 해를 보낸 뒤에야 복권된다.

포당할 사람들의 명단에 올라 있었을 것이다. 왜냐하면 디키의 수첩에 그의 전화번호가 적혀 있었으므로. 더 이상의 정보는 불필요했다. 집단 테러의 원칙과 목적은 안보기관들의 일반 임무와는 근본적으로 달랐다. 테러는 일종의 위협이었다. 끊임없는 두려움 상태에 국민 전체를 몰아넣기 위해서는 천문학적인 숫자의 희생자가 필요했고, 각 층마다 몇 호실을 청소해야 했다. 그러면 이 빗자루가 쓸고 지나갔던 도시와 거리, 아파트의 나머지 거주자들은 죽을 때까지 모범 시민이 되는 것이다. 다만 아버지의 말을 믿지 않는 새로운 세대들을 잊어서는 안 되었고, 그래서 정기적으로 이 청소를 실시해야 했다.

스탈린은 오래 살았고, 테러의 파도가 계속 세력과 폭을 확장하도록 주시했다. 그러나 테러의 옹호자들은 언제나 한 가지 포인트는 기억했다. 모두 죽여서는 안 되며, 숨어 지내던 밤 동안 넋이 나가버린 대중 사이에 목격자는 살려두어야 한다는.

레닌그라드를 처음 방문했을 때 우리는 세스트로레츠크인가 라즐리프[5]에 있는 조셴코의 집을 찾아갔다. 그는 심장이 좋지 않았고 아름다운 눈을 가지고 있었다. 『프라브다』 신문은 그에게 단편소설을 청탁했고, 그는 시인 코르닐로프(Б. П. Корнилов)[6]의 아내에 관한 이야기를 썼다. 그녀가 직장을 구했지만, 체포된 이의 아내라는 이유로 어디서나 내쫓겼다는. 당연히 출판은 거부되었지만, 당시 조셴코만이 감히 이런 시위를 할 수 있었다. 당시 그가 아무 제재도 받지 않은 것은 놀랍지만, 어쨌든 이 일은 기억되었고, 물론 이후 한꺼번에 모든 죗값을 치르게 된다.

우리는 푸닌의 집에서 나와 기차역으로 향했다. 우리 기차는 막차였고, 그래서 밤 12시가 지난 뒤 역으로 향했다. 한밤중의 도시는 안나 아흐마토바의 시에 다음과 같이 그려졌다.

---

5) 페테르부르크 근교의 지명.
6) 코르닐로프(1907~38): 시인. 총살당한다.

한밤중 푸르른 모습의 이 도시는

아름다움 때문에 처음으로 상을 받은 유럽풍의 수도가 아니라

에니세이에 있는 숨막히는 유형지,

치타, 이쉼, 물이 없는 이르기스, 유명한 악바사르로 가는 중간역,

스보보드니 강제수용소, 썩은 낙타의 시체냄새 나는 곳으로 배웅하
는 장소로 여겨졌다.

아흐마토바가 레닌그라드를 강제수용소로 가는 중간 역으로 여겼다
는 것은 놀랍지 않다. 우리 모두 그렇게 생각했으므로. 다만 아흐마토바
가 언급한 그런 비교적 사람이 사는 장소로는 죄수들을 더 이상 보내지
않았다는 것만 언급하고 싶다.

류바 스테니치는 내가 잊고 있던 에피소드를 이야기해주었다. 만델슈
탐은 모스크바 역에 있는 종려나무 화분에 다가가 거기다 무언가를 걸
어놓고 이렇게 말했다. "사막의 유목민 같군."

우리는 레닌그라드 첫 번째 방문으로 3개월 동안 연명할 돈을 마련할
수 있었다. 사마티하로 출발하기에 앞서 봄에 우리는 다시 레닌그라드
방문을 감행했지만 이번에는 실패했다. 아침에 우리는 아흐마토바 집에
들렀고 그녀는 만델슈탐에게 유럽풍 수도를 찬양한 시인들에 관한 시
(만델슈탐에게 헌사된)를 낭송했다. 이것이 아흐마토바와 만델슈탐의
마지막 만남이었다. 그들은 더 이상 만날 수 없었다. 그들은 로진스키
집에서 만나기로 약속했지만, 우리는 그의 집에 머무를 수 없었다. 그래
서 그녀가 로진스키 집에 도착했을 때 우리는 없었고, 우리는 레닌그라
드에서 하룻밤도 묵지 않은 채 밤차를 타고 떠나기 직전 겨우 그녀와 전
화통화할 수 있었을 뿐이다.

로진스키 집에서 나온 뒤 우리는 어디로 가야 할지 몰라 한참 동안 길
에 서 있었다. 마르샤크에게 갈까?

사무일 야코블레치 마르샤크는 우리를 너무 유쾌하게 맞았기 때문에
만델슈탐은 차마 돈 이야기를 꺼낼 수 없었다. 문학적 대화가 시작되었

다. 만델슈탐은 보로네슈에서 쓴 시 몇 편을 낭송했다. 마르샤크는 한숨 지었다. 시가 마음에 들지 않았던 것이다. "당신이 누굴 만났고, 무엇에 관해 이야기하는지 모르겠소. 푸슈킨 시대에는……." "아니, 그가 뭘 원하는 거지?" 만델슈탐은 내게 이렇게 속삭였고 우리는 그의 집을 나섰다. 그뒤 우리는 다른 작가 집을 찾아갔지만, 그는 집에 없었고, 오랫동안 기다리다가 결국 나오는 길에 거리에서 마주쳤다. 만델슈탐은 그에게 돈을 부탁했지만, 그는 돈을 가지고 있지 않았다. 별장을 짓는 데 다 써버렸다는 것이었다.[7] 전 기간을 통틀어 이것은 두 번째 당하는 거절이었다. 첫 번째는 셀빈스키(И. Л. Сельвинский)[8]의 거절이었다. 그러나 이 두 번째 작가 이름은 거론하고 싶지 않다. 내 생각에 그의 거절은 우연한 것이며, 단순한 판단착오였기 때문이다. 그는 경우를 아는 사람이었고, 우리는 언제나 최후의 비밀스러운 인텔리겐치아에게 도움을 요청했으며, 그는 인텔리겐치아이며 시를 사랑하는 사람이었다. 당시 그의 머리는 흐려졌고, 그래서 작가동맹의 회원처럼 변했던 것 같다.

사마티하로 가기 직전 만델슈탐은 내게 말했다. "파우스톱스키(К. Г. Паустовский)[9]에게 돈을 청하러 가야겠어." 그와는 아는 사이도 아니었기 때문에 나는 황당했다. "그러면 줄 거야." 만델슈탐이 나를 안심시켰다. 얼마 전 나는 파우스톱스키를 직접 만나게 되어 이 이야기를 그에게 했다. "왜 그런데 오시지 않았습니까?" 그는 슬퍼했다. "그럴 틈이 없었어요. 곧 만델슈탐이 체포되었거든요." 나는 이렇게 설명했고, 그는 진정했다. "만델슈탐이 찾아왔더라면 주머니를 다 털어드렸을 텐데." 그는 이렇게 말하며 특유의 잔잔한 웃음을 지었다. 그가 그랬으리라는 것을 나도 의심치 않는다. 그는 정말 전형적인 비밀스러운 인텔리겐치

---

7) 카베린. 그는 내 회상록을 읽고 이렇게 이야기했다. "공연히 당신은 이 이야기를 거론했어요"—1977년 지은이.
8) 셀빈스키(1899~1968): 시인, 구성주의자.
9) 파우스톱스키(1892~1968): 소설가.

아 가운데 한 명이었다.

한 문학고위 관리[10]가 만델슈탐이라는 자가 과연 누구인데 사람들한테 돈을 빌리고도 갚지 않는지 놀라워했다는 소문이 나에게까지 들려왔다. 그는 만델슈탐이 몹시 마음에 들지 않았던 것이 분명하다. 생각 없던 청년 시절 만델슈탐이 정말 꾼 돈을 갚지 않았던 적이 있었을지 모르나 그때 이 관리는 아직 태어나지도 않았다. 스탈린 시대 때로 말하면 이것은 '빌린' 것이 아니었다. 우리는 국가에 의해 강제된 그야말로 거지 상태였다. 그러나 거지 상태가 당시 삶의 최악의 모습은 아니었다.

---

10) 오를로프—지은이.

69 등화관제

"누구에게 이 망할 놈의 체제가 필요해!" 레프 브루니가 만델슈탐에게 말르이 야로슬라베츠로 갈 여비를 찔러넣으며 말했다. 가을이 되자 사벨로보를 떠나는 문제가 거론되었고, 우리는 다시 모스크바 근교 지도를 펴고 고민하기 시작했다. 브루니는 말르이 야로슬라베츠로 가라고 제안했다. 그곳에 그는 자기 형 니콜라이의 아이들과 아내를 위해 오두막을 지었다. 전직 성직자였던 그의 형은 항공기 설계기사가 되었고, 1937년에는 강제수용소에 보내졌으며, 첫 번째 형기를 마치자 다시 두 번째로 수감되었다. '강제수용소에서 저지른 범죄' 때문에. 달리 말해 그는 한순간도 자유로운 곳으로 나갈 수 없었던 '반복 수감자'가 되었다.

모스크바에서 추방된 나댜 브루니와 그녀의 아이들은 이미 말르이 야로슬라베츠에서 여러 해 동안 살고 있었다. 그들은 텃밭을 일궈 연명했다. 레프 브루니는 암소를 살 돈까지는 없었기 때문이었다. 레프는 자기 대식구들과 형의 아이들까지 먹여 살렸다. 그래서 아마 본인에게는 전쟁 전에도 그리 많은 음식이 할당되지 않았을 것이다. 그리고 전쟁이 일어난 뒤 그는 영양실조로 죽었다. 이것은 '비밀스러운 인텔리겐치아'들 사이에서 종종 일어났다. 모두 레프 브루니를 좋아했다. 그는 운명이 내린 모든 시련에도 불구하고 인간으로 남아 계속 '살았다.' 우리 중 대다수는 죽기 전까지 '살지' 않고 다만 구석에 남아 무언가를 기다리며 생존했을 뿐이었다.

가을에는 일찍 해가 진다. 그러나 말르이 야로슬라베츠에서 불을 밝힌 곳은 기차역밖에 없었다. 우리는 진흙 때문에 미끄러운 거리를 따라 걸었지만 단 하나의 가로등도, 단 하나의 불 켜진 창도, 단 한 명의 행인도 볼 수 없었다. 우리는 길을 묻기 위해 두어 번 남의 집 창을 두드려야 했다. 창 안쪽에서 공포로 일그러진 얼굴이 나타났다. "어떻게 가야 하나요?"라고 우리는 물었고, 그러면 창 너머 안쪽에 있던 사람의 안색이 변했다. 표정이 펴지고 미소가 나타났으며, 너무나도 기꺼이 우리에게 자세히 길을 설명해주었다. 마침내 우리는 목적지에 당도했고, 이곳 사람들이 우리의 노크에 어떻게 반응했는지에 대한 이야기를 들은 나댜 브루니는 최근 몇 주 동안 이곳에서 지역 주민들과 유형자들에 대한 체포가 빈번해졌고, 그 때문에 사람들은 놀라서 집에 숨어버렸다고 말했다.

혁명 후 내전시기 어슬렁거리는 약탈자들의 주의를 끌지 않기 위해 집집마다 불을 켜지 않으려고 애썼다. 불빛을 보고 갑자기 들이닥칠 생각을 할 수도 있었다. 독일인들이 점령한 도시들에서도 사람들은 어둠 속에서 앉아 있었다. 1937년 불 켜진 창은 아무런 역할도 하지 않았다. 체포는 무작위로 이루어진 것이 아니라 영장에 따라 이루어졌기 때문이다. 그럼에도 사람들은 단지 불을 켜지 않기 위해 일찍 잠자리에 들었다. 아마도 원시적인 본능이 작용하는 것 같았다. 환한 곳보다는 어두운 굴이 더 안전하다는. 나 역시 이런 기분을 안다. 아파트 앞에서 멈추어서는 자동차 소리를 들을 때마다 나도 모르게 불을 끄니까.

이 소도시의 밤은 우리에게 끔찍한 인상을 남겼고 그래서 우리는 나댜 브루니의 집에서 하룻밤을 보낸 뒤 다음 날 아침 모스크바로 도망쳤다. 그리하여 우리는 레프 브루니의 조언을 받아들이지 않았다. 손수건처럼 도시 전체를 덮은 이 공포를 견디기 위해 공손하고 상냥한 나댜 브루니 같은 정신력이 필요했기 때문이다. 더 정확히 말해 이 공포는 나라 전체를 덮고 있었지만, 대도시나 시골 마을에서는 이곳 소도시에서처럼 그렇게 강하게 공포가 느껴지지는 않았다.

우리는 이번에는 바벨을 찾아가 조언을 구했다. 내가 기억하기로 그는 작가 아파트에서 살았던 적이 없었고, 언제나 자기만의 특별한 장소에서 살았다. 우리는 어떤 괴이한 단독주택에 살고 있는 그를 어렵사리 찾아낼 수 있었다. 어렴풋이 기억하기로는 그 집에는 외국인들이 살고 있었던 듯하며, 바벨은 그들에게 2층에 있는 방을 빌려 살았던 듯하다. 아니면 그가 단지 우리를 놀라게 하려고 그렇게 말했을 수도 있다. 모두 외국인들을 몹시 두려워했다. 그들과의 아주 피상적인 친분만으로도 목이 날아갈 수 있었다. 그런데 감히 누가 외국인들 사이에 산단 말인가? 나는 지금까지도 놀라움으로 정신을 차릴 수 없으며 이것이 어떻게 된 영문인지 모르겠다. 바벨은 우리와 만날 때마다 무엇으로든 우리를 놀라게 했다.

우리는 바벨에게 우리의 곤란한 상황에 대해 이야기했다. 대화는 오랫동안 이어졌으며 그는 비상한 호기심을 가지고 우리 이야기를 들었다. 바벨의 고개의 움직임이라든지 입, 턱, 특히 눈은 언제나 호기심에 가득 차 있었다. 이렇게 공개적으로 호기심에 가득 찬 시선은 어른들에게는 드물게 나타난다. 바벨의 가장 중요한 원동력은 그가 사람들과 인생을 바라보며 가지는 맹렬한 호기심이라는 생각이 들었다.

바벨은 우리 운명을 금방 결정했다. 그는 황소의 뿔을 움켜잡을 줄 알았다. "칼리닌으로 가세요. 거기 에르드만이 살고 있고 여자들이 그를 따르니까요." 바벨은 이렇게 말했다. 이 말의 의미는 이러했다. 에르드만은 곤경에 처하는 일이 없을 것이다. 왜냐하면 그를 숭배하는 여자들이 그냥 내버려두지 않을 테니. 그래서 바벨은 우리가 필요한 경우(예를 들어 방을 구하는 둥)에도 이 에르드만의 '여자들'을 활용할 수 있으리라 생각했다. 그러나 바벨은 여자들에 대한 에르드만의 영향력을 과대평가했다. 칼리닌에서 우리는 에르드만을 따르는 여자들을 볼 수 없었다.

그곳으로 갈 돈을 바벨은 다음 날까지 스스로 마련하겠다고 자청했고 대화는 다른 화제로 옮겨갔다.

바벨은 경찰들만 만나며, 그들과만 술을 마신다고 이야기했다. 바로 전날 밤도 모스크바의 고위 경찰 한 사람과 술을 마셨고 그 경찰은 '칼로 일어선 자는 칼로 망할 것'이라고 취중에 말했다고 한다. 경찰간부들은 정말 줄을 이어 사라졌다. 어제 한 사람이 잡혀갔고, 일주일 후에는 또 다른 사람이 잡혀갔고. "오늘은 살아 있지만, 내일이 되면 어떻게 될지 누가 알겠는가!"

'경찰'이라는 단어는 물론 완곡어법이었다. 우리는 바벨이 체키스트에 관해 말하고 있음을 알았고, 그의 술친구 중에는 정말 경찰관리들도 포함되어 있는 듯했다.

만델슈탐은 왜 바벨이 '경찰'에 끌리는지 흥미로워했다. 죽음을 나누어주는 배급소라서? 그걸 손가락으로 만져보고 싶어서? "아니요. 손가락으로 만져보지는 않을 거예요. 단지 코를 대고 냄새를 맡아보고 싶을 뿐이지."

바벨이 만나던 '경찰' 중에 예조프도 있었다는 것은 알려진 바다. 바벨이 그렇게 겁을 집어먹고 예조프까지 찾아다니더니, 오히려 바로 그 때문에 베리야[1]에게 잡혀간 것이라고 바벨이 체포된 후 카타예프와 슈클롭스키는 혀를 찼다. 그러나 나는 바벨이 예조프를 찾아다닌 것은 비겁해서가 아니라 호기심 때문이었다고 확신한다.

"우리에게는 내일 무슨 일이 일어날까?" 이것은 우리의 모든 대화의 주된 주제였다. 산문 작가였던 바벨은 이 테마를 '경찰'이라는 삼인칭의 입을 통해 이야기했다. 만델슈탐은 이 주제를 침묵으로 비켜갔다. 그의 '내일'은 이미 닥쳤기 때문이다. 단 한 번 이 침묵이 깨졌다. 만델슈탐은 우리에게 전혀 남이나 마찬가지였던 셰르빈스키(С. В. Шервинский)[2]

---

1) 라브렌치 파블로비치 베리야(1899~1953): 그루지야 태생 정치가. 1938년 예조프의 뒤를 이어 대숙청을 지휘. 1953년 3월 스탈린이 사망한 뒤 말렌코프, 몰로토프와 함께 집단지도를 하여 일정한 자유화를 내세웠으나 그해 6월 스탈린에 대한 '개인숭배' 혐의로 갑자기 체포당해 그해 말 재판을 받고 총살당한다.
2) 셰르빈스키(1892~1991): 인문학자, 고전학자.

를 우연히 거리에서 만난 뒤 돌연 그에게 이렇게 설명했다. "이렇게 계속될 수는 없어요. 나는 그들에게 언제나 눈엣가시예요. 그들은 나를 어떻게 처리해야 할지 어쩔 줄 몰라 하고 있어요. 이는 곧 내가 잡혀가게 된다는 뜻이지요." 이것은 짧지만 열띤 대화였다. 셰르빈스키는 잠자코 듣고 있었다. 만델슈탐이 사망한 뒤 나는 그와 이따금 우연히 마주쳤지만, 그는 내게 이 대화에 관해 상기시키지 않았다. 그가 잊었다 해도 나는 놀라지 않을 것이다. 유쾌하지 않은 많은 것에 관해서는 잊는 방법밖에 없었기 때문이다.

70 일상의 한 장면

　바벨뿐 아니라 어쩌면 우리도 예조프를 알고 있었는지 모른다. 1930년 수후미에 있는 정부 별장에 있을 때 만난 예조프는 1937년 찍은 초상화나 사진 속의 예조프와 매우 닮았다. 스탈린이 활짝 웃고 있는 그에게 악수하려고 손을 내밀며 정부의 포상을 축하하는 사진은 특히나 그렇다.[1] 수후미에서 우리가 만난 예조프 역시 다리를 절었다. 참된 볼셰비키는 어떠해야 하는지에 대해 훈계하기를 좋아했던 포드보이스키(Н. И. Подвойский)[2]가 게으르고 아무것도 하지 않는 나에게 아픈 다리에도 불구하고 지칠 줄 모르고 춤을 추는 '우리 예조프'를 본받으라고 말했던 일이 기억난다. 그러나 예조프라는 성을 가진 사람은 많으며, 전설적인 인민위원을 그의 짧지만 눈부신 경력이 시작되는 시기에 우리가 만날 수 있었다는 것은 믿기지 않는다.[3] 당대의 유명한 살인마이며 휴머니즘의 모든 전제를 파괴한 바로 그 사람과 우리가 같은 테이블에 앉아 먹고 마시고 이야기를 나누었다는 것을 믿을 수 없다.

　수후미에서 만난 예조프는 수줍음을 타고, 상당히 호감 가는 사람이

---

1) 1937년 6월 27일 열린 소연방 중앙 집행위원회 간부 특별회의에서 예조프는 레닌 훈장을 수여받는다. 내무인민위원회를 성공적으로 지휘한 공로로 받은 훈장이었다—편집자.
2) 포드보이스키(1880~1948): 1917년 전시혁명위원회 의장이었다.
3) 문서기록을 확인한 바에 따르면 만델슈탐 부부가 휴양소에서 만난 예조프가 바로 이후 대규모 숙청 작업을 지휘하던 자였다. 그는 당시 농업 분야의 인민위원 차관을 맡고 있었다—편집자.

었다. 그는 아직 승용차에 익숙하지 않았고, 그래서 그것을 자신만의 특권(보통사람이라면 감히 소유를 주장하지 못하는)으로 생각지 않았다. 우리는 가끔 그에게 시내까지 태워달라고 부탁했고, 그는 한 번도 거절한 일이 없었다. 그러나 정부 별장인 그곳에서 자동차는 중요한 문제로 부상했다. 아브하지 인민위원회 소속 자동차들이 계속해서 별장이 있는 언덕으로 올라 다녔다. 이곳에 휴양하는 중앙위원회 관료들의 아이들은 불결한 아이들(직원의 아이들)을 자동차에서 쫓아내고 거만하게 거기 앉았다. 그들은 자기들이 고위 관리의 자식이므로 태어날 때부터 이 자동차가 자기들에게 속한 것이라고 생각했다. 만델슈탐은 언젠가 이런 장면을 예조프의 아내인 토냐와 다른 중앙위원 부인에게 보여주었다.

그들은 아이들에게 바짝 붙어 앉아서 직원들의 아이들도 자동차에 탈 수 있게 하라고 명령했다. 그들은 아이들이 아버지 대의 민주적 전통을 깨뜨리는 것을 매우 속상해했고, 자신들은 아이들을 일반 학교에 보내며, 그들을 '인민에게서 멀어지게 하지 않도록' 다른 아이들과 같은 옷을 입힌다고 이야기했다. 아이들은 인민들을 통치하려고 준비했으나, 그들 중 많은 아이에게는 다른 운명이 기다리고 있었다.

예조프는 한 젊은 여자 문학연구가(바그리츠키의 동료였다)를 쫓아다녔고, 그녀를 위해 장미를 조금이라도 더 많이 꺾기 위해 아침마다 다른 사람들보다 먼저 일어났다. 포드보이스키도 그를 뒤따라 달려가 역시 장미를 꺾었는데, 이것은 모욕당한 예조프 부인을 위해서였다. 순수하게 기사도적인 선물이었다고 주변에서는 이야기했다. 왜냐하면 포드보이스키는 모범적인 가장이었으며 자기 아내 이외에 다른 여자들에게는 무관심했기 때문이다. 아무도 따라다녀주지 않는 다른 부인들은 스스로 꽃다발을 만들어 방을 장식했으며 포드보이스키의 낭만적 행동에 대해 이야기했다.

토냐(내 기억으로는 예조프 부인의 이름이 토냐였던 것 같다)는 별장 맞은편 테라스의 긴 의자에 누워 시간을 보냈다. 남편의 행동이 그녀를 슬프게 했더라도 전혀 드러내지 않았다. 스탈린은 아직 가정의 중요성에 대해 역설하지 않았다. 내가 혼자 있을 때 그녀는 내게 물었다. "당신 동무는 어디에 있지요?" 처음에 나는 그녀가 만델슈탐에 관해 묻고 있다는 것을 알아채지 못했다. 그들 사이에서는 아직도 지하 운동시절 습관이 보존되어 있었고, 남편은 무엇보다도 앞서 동지였다. 타냐는 마르크스의 『자본론』을 읽었고, 혼자 조용히 책을 되새기며 외웠다.

그녀는 코시오르의 활발하고 영리한 아내에 대해 화를 냈다. 아브하지야의 구비민속 문화를 수집하는 젊고 약간 뻔뻔한 음악가와 함께 말을 타고 다녔기 때문이었다. "우리 모두는 코시오르를 알아요. 그는 우리 동무지요. 그런데 저 음악가는 누구죠? 스파이일 수도 있잖아요." 토냐는 이렇게 이야기했다. 모두 이방인에게 이런 중요한 별장에 거주하도록 허락한 라코바의 경솔함을 비난했다. 이 별장에 있던 모든 비당원들에 관해 그들은 수군거렸지만, 라코바는 이 별장이 아브하지야 중앙 인민위원회, 즉 자신에게 속한 이상 이런 수군거림에는 조금도 개의치 않았다. 당원들을 위한 휴양소에 자리 분배하는 것도 중앙화해야 한다는 말까지 나는 들었다.

우리 바로 옆, 3층의 작은 방에는 구세대에 속하는 중앙위원회 위원이 머물고 있었다. 라트비아인이었으며 현명했던 그 사람은 다른 사람들과는 매우 조심스럽게, 거리를 두며 지냈고, 만델슈탐과만 이야기를 나누었다. 우리는 대화 중에 자주 불안해하는 그의 어조를 느꼈고, 이상하게 생각했다. 「네 번째 산문」은 이미 씌어졌고, 우리는 문학계의 상황이 좋지 못하다는 것은 알고 있었지만, 그는 문학인이 아니었고, 단지 고위당원 가운데 한 사람일 뿐이었으며 어떤 사상적 편향으로도 비난받지 않았다. 그런데 왜 불안해하며 내일은 어떻게 될까라는 테마를 계속 불쑥불쑥 꺼내는 걸까. 더 이상 나는 그에 관해 들은 바 없지만 그는 '승리자들의 회의'[4]에 참석하지 않을 수 없었을 것이며, 따라서 그 뒤

---

4) 1934년 1월에서 2월 동안 열린 제17차 당회의. 이 회의에 참석한 1,966명의 대

그가 어떻게 되었을까는 추측하기 어렵지 않다. 우리는 언제나 사건이 있은 뒤에는 똑똑해지기 때문이다.

라코바는 저녁마다 휴양소를 찾아와서 당구를 치거나 피아노 옆에 있는 식당에서 휴양객들과 수다를 떨었다. 특별 손님들을 받은 이 별장은 그가 기분전환을 하며 마음을 터놓고 이야기할 수 있는 유일한 환기구였다. 하루는 라코바가 산악지대 사람들에게 선물받은 새끼 곰을 데려오기도 했다. 포드보이스키는 이 짐승을 자기 방으로 데리고 갔고, 예조프는 그것을 모스크바에 있는 동물원으로 가지고 갔다. 라코바는 재미있는 이야기로 사람들을 즐겁게 할 줄 알았다. 그는 철천지원수(아마 셰르반시드제 공작이었던 것으로 기억한다)를 수후미에 있는 자기 집에 초대해 식사를 대접하기 위해 페테르부르크까지 걸어갔던 선조에 대해 이야기했다. 셰르반시드제는 이것으로 원한관계가 풀렸다고 생각하고 초대에 응했지만, 결국 살해당했다. 이 이야기는 만델슈탐에게 강렬한 인상을 남겼다. 그는 이 이야기에 있는 두 번째 층위를 읽었던 듯하다.

1937년 라코바는 이미 산 자가 아니었다는 이야기를 우리는 듣게 되었다.[5] 그는 아브하지야에 있는 크레믈린의 벽같이 명예 있는 장소에 묻혔으나, 이미 죽은 그에 대해 무언가로 분노한 스탈린은 그의 유해를 파내 없애버리라고 명했다. 이 이야기가 사실이라면, 라코바가 제때에 잘 죽은 것을 축하할 일이다.

우리를 정부 별장으로 초대한 사람이 바로 라코바였다. 우리가 아르메니아 여행에 앞서 중앙위원회의 문서를 가지고 휴양 왔기 때문이었다. 그곳에는 베즈이멘스키와 카진(В. В. Казин)[6]이라는 작가들도 있

의원들 가운데 1,108명이 3년 뒤인 1937년 숙청당한다—편집자.

5) 이후 예조프의 후임이 된 베리야에 의해 1936년 12월 28일 독살당했다. 그러나 스탈린은 1937년 여름 '민중의 적 라코바의 관을 무덤에서 꺼내고 기념비도 없앨 것'이라는 지령을 내린다—편집자.

6) 카진(1898~1981): 시인. 1920년 조직된 프롤레타리아 작가단체인 '대장장

었고, 그들은 우리와 달리 그곳에서 조금도 어색해하지 않았다.

　마야콥스키가 사망하던 날 우리는 라디오 방송국에서 일하는 오만하고 말쑥한 그루지야인과 함께 정원을 산책하고 있었다.[7] 식당에는 휴양객들이 모여 있었다. 저녁마다 그들은 보통 노래를 부르거나, 예조프가 좋아하던 러시아 전통 춤을 추었다. 그루지야인이 말했다. "그루지야 인민위원들이라면 그루지야 민족 시인이 죽은 날 이렇게 춤추지는 않을 겁니다." 만델슈탐은 내게 고갯짓했다. "여보, 가서 예조프에게 이야기해요." 나는 식당으로 가서 유쾌하게 흥분된 예조프에게 그루지야인의 이야기를 전했다. 춤은 멈추어졌지만, 내 생각에는 예조프 외에는 아무도 이유를 몰랐던 듯하다. 이보다 몇 해 전인 1923년 어떤 젊은 시인이 시를 읽을 때 만델슈탐은 크게 웃으며 이야기하던 브이신스키를 제지한 적이 있었다. 가스프르에 있던 체쿠부 휴양소에서의 일이다. 우리는 휴양소나 별장을 참을 수 없었지만 다른 곳에 전혀 갈 수 없을 때는 간혹 그곳으로 갔다. 그곳에서는 어쩐지 죽음의 냄새가 났다.

　이'(Кузница)의 회원.

7) 1930년 4월 14일의 일이다. 만델슈탐은 이날에 관해 다음과 같은 일기를 남겼다. "수후미에 모여 있던 사람들은 마야콥스키의 사망 소식을 지독히도 무관심하게 받아들였다. 그날 저녁 카자크 전통춤을 추었으며 피아노 앞에 떼지어 모여서 대학생들이 부르는 난잡한 노래를 불렀다"—편집자.

71 자살자

그 목적이 무엇이든 휴머니즘을 자발적으로 거부하는 것은 선(善)으로 이끌지 않는다는 사실을 누가 명확하게 이해할 수 있었을까? '모든 것이 허용되어 있다'고 선포함으로써 파멸의 길로 들어서게 되었다는 것을 누가 알았겠는가? 소수의 인텔리겐치아들만이 이에 관해 상기시켰지만, 아무도 그 말을 들으려 하지 않았다. 지금은 '추상적 휴머니즘'을 이유로 그들을 비난하지만, 1920년대에는 누구나 그들을 조롱했다.

그들은 병약한 '인텔리겐치아 나부랑이'로 불렸고, 풍자의 소재로 쓰였다. '흐늘흐늘한'이라는 수식어도 그들에게 적용되었다. 이렇게 '병약하고', '흐늘흐늘한' 인텔리겐치아 나부랑이들은 '새로운 시대'를 옹호하는 30대 사이에서 자리를 찾지 못했다. 최우선 과제는 문학을 통해 그들을 비하하는 것이었다. 일프와 페트로프가 이 임무를 맡았고 『열두 개의 의자』에서 '흐늘흐늘한' 인텔리겐치아 나부랑이를 그렸다. 시간은 이 문학적 인물들의 특징을 지워버렸고, 자기를 버린 아내를 계속 따라다니는 음울한 바보가 인텔리겐치아의 기본 특성을 유형화한 것임을 지금은 아무도 모른다. 1960년대 독자들은 일프와 페트로프의 불멸의 작품을 읽으면서 이 풍자가 어디를 향하며 누구를 비웃는지 전혀 모른다. 고리키가 매혹되었고, 메이에르홀드가 극으로 올리고 싶어 했던, 훨씬 더 심오한 작품인 에르드만의 「자살자」와 관련해서도 이와 유사한 상황이 벌어졌다. 희곡의 원래 내용은 혐오스러운 마스크를 쓴 인텔리겐치아들의 가련한 무리가 자살할 결심을 한 사람을 귀찮게 한다. 그들은 그의 죽음을 자신들의 목적을 위해, 즉 그들의 생존의 어려움과 출구 없음에 대한 저항으로서 이용하려고 시도한다. 사실 그것은 새로운 삶에서 제자리를 찾을 수 없는 그들의 무능력에 기인한 것이지만. 이미 그를 위한 고별 파티가 거행되고 자유주의적 연설이 행해졌음에도 결국은 삶의 건강한 본능이 승리하고, 자살하기로 예정되어 있던 사람은 그를 죽음으로 내모는 마스크들의 합창을 무시하고 살아남는다.

진정한 예술가였던 에르드만은 속물(사람들은 인텔리겐치아를 이렇게 부르기를 좋아했고, '속물적 대화'는 현존하는 질서에 대한 불만을 토로하는 대화를 의미했다)들의 마스크들이 등장하는 다성악적 장면에 정말 경탄할 만한 비극적인 음조를 본의 아니게 포함시켰다. 사는 것이 불가능하다고 드러내놓고 말하며, 모두 알고 있는 지금은 이 마스크들의 불평이 지친 유령들의 합창처럼 들린다. 주인공이 자살을 거부하는 것 역시 지금은 의미가 변색되어 전달된다. 삶은 역겹고, 참을 수 없지만, 삶은 삶이므로 살아야만 한다고. 에르드만이 이런 의미를 의식적으로 의도한 것일까 아니면 그의 목적은 더 단순했을까? 모르겠다. 아마도 본래 의도인 반인텔리겐치아적·반통속적 테마 속에 인간의 테마가 비집고 들어간 듯하다. 이 희곡은 모든 것이 우리를 자살로 내모는 데에도 우리가 왜 살아남아 있느냐에 관한 것이다.

에르드만 자신은 살아남기 위해 침묵의 운명을 선택했다. 칼리닌에서 그는 작은 침대와 탁자가 있는 작고 좁은 방에서 살았다. 우리가 도착했을 때 그는 침대에 누워 있었다. 그 방에서는 누워 있거나 단 하나뿐인 의자에 앉을 수밖에 없었다. 그는 즉시 몸을 부르르 떨며 일어나서 우리를 교외지역으로 데려갔다. 그곳 목조 개인주택은 이따금 방을 빌려주곤 했다. 그는 우리를 제법 자주 방문했지만 공동저자이자 자신과 정반대 성격의 미샤 볼핀은 데려오지 않고 항상 혼자 왔다. 미샤가 모스크바에 다니러 가는 날 그는 우리에게 오는 듯했다.

에르드만은 잘 알려져 있다시피 크레믈린의 저녁파티(달리 말해 코시오르 아내의 동반자를 단번에 스파이로 의심했던, 수후미의 정부 별장 사람들과 같은 부류가 모이는)에서 연극 배우 카찰로프(В. И. Качалов)[1]가 에르드만이 쓴 우화들을 경솔하게 낭독하는 바람에 곤경에 처하게 된다. 그날 저녁 기지가 뛰어난 모든 사람은 체포되어 유형보내졌고, 더욱이 미샤 볼핀은 유형이 아니라 강제수용소로 보내졌다. 내가 아는 바에 따라면 그는 기관과 전부터 청산해야 할 빚이 있었고, 청년 시절 이미 기관을 불쾌하게 만들고 말았다. 에르드만은 다음과 같은 마지막 우화를 지었다.

이솝에게 들렀다가 국가보안부로 잡혀갔다.
이 우화의 의미는 명확하다.
더 이상 우화는 그만!

이것이 에르드만의 인생 프로그램이었고 그는 더 이상 우화나 농담을 하지 않았다. 그는 침묵하는 자가 되었다. '입술을 움직일' 권리를 끝까지 주장했던 만델슈탐과 정반대로 에르드만은 자기 입을 자물쇠로 잠갔다. 이따금 그는 내게 와서 그가 막 구상한 희곡들의 줄거리를 이야기해주었지만, 애초부터 그는 이 희곡들을 쓰지 않기로 결정했다. 그중 하나가 바로 일상어와 관청식 말을 교대로 사용하는 내용의 것이다. 기관에서 일정 시간을 근무하는 관리가 어느 순간 그의 관청식 말과 생각, 감정을 일상적이며 인류 보편적인 말로 전환하는가? 이후 야쉰이 이에 관해 쓰게 된다.

만델슈탐의 체포 소식을 듣고 에르드만은 알아듣기 힘들었지만 다음과 같은 말을 했다. "만일 그런 사람들도 잡아간다면……." 그러더니 나를 바래다주었다.

우리가 타슈켄트로 피란 가서 살던 제2차 세계대전 시기 군인 두 명이 우리 오빠를 찾아왔다. 한 명은 에르드만이었고, 다른 한 명은 쉴새

---

1) 카찰로프(1875~1948): 모스크바 예술극장에 소속된 연극배우.

없이 지껄여 대던 볼핀이었다. 볼핀은 시에 관해 말했다. 시는 재미있어야 하며 마야콥스키나 예세닌의 작품은 재미있지만, 아흐마토바는 재미없다는 등. 볼핀은 레프의 교육을 받았고, 그래서 무엇이 재미있는지 알고 있었다. 에르드만은 침묵하고 술만 마셨다. 그러고 나서 그들은 일어났고, 오빠네 위층에 사는 아흐마토바를 만나러 올라갔다.

지금도 나는 가끔 아흐마토바의 집에서 에르드만과 볼핀을 마주친다. 나를 볼 때면 에르드만은 이렇게 말한다. "당신이로군요. 반가워요." 그러고는 술을 마실 뿐 아무 말도 하지 않는다. 말하는 자는 볼핀이다. 그들은 함께 일하며 아마도 아주 잘 지내는 듯하다.

언젠가 여름 배우 가린이 타루사에 살았다. 그는 당대 극장에 대해 불만을 토로하며 옛 시절을 그리워했다. 저녁마다 논쟁이 일었다. 어느 쪽이 상황이 더 나쁜가, 문학계인가, 극장계인가 아니면 미술계나 음악계인가. 모두 자신들의 분야가 상황이 가장 안 좋다고 주장했다. 하루는 가린이 우리에게 에르드만의 드라마 「자살자」(상연되지 못한)를 읽어주었고, 나는 이 드라마가 이제 새롭게 들린다는 것을 알게 되었다. "왜 당신이 창에서 뛰어내리지 않고 계속 살아나가는지 그 이유를 내가 당신께 말해주겠소"라고 하는 것 같았다.

인텔리겐치아에 대한 공격은 지금도 계속된다. 이 경향은 1920년대 유산이므로 이제 끝낼 때가 되었다.

내가 『열두 개의 의자』에 대해 안 좋은 뉘앙스로 말한 것 때문에 많은 사람이 기분 상해할지도 모르겠다. 나 자신도 그 작품의 여러 에피소드를 재미있게 읽었으며, 오스타프 벤제르가 다른 오데사의 사기꾼들과 함께 작가 전용열차에 들어가서 여정 내내 신분을 들키지 않고 작가들과 어울리는 대목들을 읽을 때는 대담한 묘사에 경탄을 금할 수 없었다. 그러나 무너져 가는 집에 함께 사는 인텔리겐치아를 묘사한 부분을 읽고 웃는다는 것은 죄악이다. 그 집에서 사람들은 황폐해져 갔으며, 무언가 시장적인 가치를 지닌 여인들은 모두 자기 남편에게서 도망치지 않을 수 없었다. 이미 질식당한 사람들을 비웃는 것은 무엇보다도 쉬운 일이다.

72 새로운 삶의 통보자

나는 스스로가 구제불능의 낙관주의자라는 것을 인정한다. 세기 초 삶이 19세기에 비해 나아지지 않아서는 안 된다고 믿던 사람들과 마찬가지로 나도 지금 우리가 휴머니즘과 높은 인간성의 전적인 승리를 앞두고 있다고 완전히 확신한다. 이것은 사회적 정당성, 문화 등 무엇에나 해당된다. 내 낙관주의는 20세기 전반의 혹독한 경험에도 불구하고 변하지 않았다. 오히려 그 반대라고 할 수 있다. 우리가 경험했던 것은 목적은 사람들로 하여금 수단을 정당화하며 '모든 것은 허용된다'고 주장하는, 첫눈에 보기에는 매혹적인 이론을 사람들이 오랫동안 외면하도록 만들 것이다.

만델슈탐은 역사는 행위를 통한 검증이며 선과 악의 길을 경험함으로써 검증하는 것이라고 내게 가르쳤다. 우리는 악의 길들을 검증해보았다. 우리가 그리로 돌아가고 싶어질까? 양심과 선에 관해 이야기하는 목소리가 우리 사이에서 강해지지 않을까? 나는 우리가 새로운 날들의 문턱에 서 있다고 느낀다. 나는 새로운 세계인식의 징후를 보고 있다. 그것은 적고, 거의 눈에 띄지 않긴 하지만 어쨌든 존재한다. 불행히도 내 믿음과 낙관주의를 공유하는 사람들은 거의 없다. 선과 악을 구별할 줄 아는 사람들은 불행과 악행이 부활하기를 기다린다. 나도 이런 부활 가능성을 알지만, 대체적으로 미래가 밝아 보인다. 우리 중 누가 옳을까?

나는 물론 단서를 붙이겠다. 나는 선의 특별한 승리를 기다리는 것은 아니다. 내가 흥미있어 하는 것은 주도적인 이념이지, 미래 헌병들의 악어의 눈물은 아니다. 우리는 휴머니즘의 가치가 모욕당하고 짓밟혀진 뒤에 악이 승리하는 것을 목격했다. 아마도 그 원인은 휴머니즘의 가치가 인간 지성에 대한 열광 외에는 그 무엇에도 기초하지 않았기 때문일 것이다. 이제 우리가 본의 아니게 우리 경험을 재검토하고 과거의 실수와 죄를 깨달음으로써 이 가치는 더 나은 기초를 확보하게 되었다고 나는 생각한다. 이제 과거의 유혹은 사그라졌다. 러시아는 한때 타타르에게서 유럽 기독교 문화를 구원했고, 지금은 합리주의와 그 결과 파생되는 악에 대한 의지로부터 유럽 문화를 구원하고 있다. 그리고 이것은 러시아에게 커다란 희생을 요구했다. 이것이 헛된 희생이었다고는 믿을 수 없다.

지인이 있다. 아직 아주 젊지만 현명하고 나이에 걸맞지 않게 음울한 사람이다. 그는 모든 시인 가운데 블록을 가장 높이 평가한다. 이유는 블록이 러시아 문화의 죽음을 예감하며 몸부림쳤기 때문이라고 한다. 이 블록의 팬은 나를 노인 특유의 낙관주의를 가졌다며 경멸한다. 블록이 예언한 대로 문화는 실제로 죽었으며 우리는 그 폐허 아래 묻혀 있다고 그는 말한다. 이 비관론자는 우리가 처음 만난 이래로 어떤 변화가 일어났는지에 관해서는 언급하지 않는다.

그는 제20차 전당대회 직후 나를 찾아왔다. 당시 당황한 사람들은 서로 물었다. "무엇 때문에 우리에게 이런 이야기를 하지?" 일부는 유쾌하지 않은 이야기를 듣고 싶어 하지 않았고, 지배층이 될 준비를 하던 또 다른 일부는 자신들의 일이 갑자기 전보다 더 복잡해진 것에 대해 상심했다. 또 누군가는 옛날 방식으로는 출세할 수 없으며 새로운 방법을 찾아야만 한다는 생각에 어찌할 바 몰라 한숨지었다. 이 시기를 사람들은 '해빙'이라고 했다. 사람들이 목청껏 이야기할 수 있는 허가가 상부에서 내려질 것이라고 누군가 믿었기 때문이다.

허가에 대한 예상은 빗나갔지만, 이것이 중요한 것이 아니라는 것을 모든 사람이 이해하지는 못했다. 중요한 것은 사람들, 모든 개개인, 그의 세계인식이었다. 허가 필요성 자체가 바로 권위와 승인, 지시에 대한 믿음, 처벌에 대한 두려움과 상관의 경고에 대한 공포 등을 가진 구시대의 유물이었다. 이 공포는 만일 다시 수백만의 사람을 강제수용소로 돌려보낸다면 다시 생겨날 수 있지만, 이제 이 수백만의 사람들은 울부짖을 것이다. 그들의 가족이나 친구, 이웃들도 울부짖을 것이다. 이것만 해도 큰 변화다.

앞서 말한 지인은 내가 체복사르의 사범학교 교사 기숙사가 위치한 검고 더러운 가건물에 살 때 처음으로 나를 찾아왔다. 곳곳에 악취가 진동했고 등유 그을음이 가득 차 있었다. 내가 살던 방은 건물 밖이나 마찬가지로 추웠다. 2층의 통나무 하나가 빠져나와 장난치는 아이들의 머리 위에 언제라도 떨어질 수 있을 정도로 위태롭게 모습을 드러내고 걸려 있었다. 눈 녹는 냄새를 풍기는 바람이 방을 자유롭게 휘젓고 있었다. 손님은 만델슈탐을 매우 좋아했기 때문에 나를 찾아오는 것을 억제할 수 없었다고 말했다. 그는 내가 알고 있는 사람이 쓴 그 어떤 소개장도 없이 바로 들이닥쳤기 때문에 그가 어떤 부류의 사람인지 정의할 수 없었다. 그러나 그의 습성 전체, 특히 눈빛은 즉시 신뢰감을 주었다.

나는 그에게 앉으라고 청했고, 우연히 찾은 방문객과는 절대 나누지 않았던 대화를 그와 나누기 시작했다. 나는 말했다. "내게 누군가 찾아와 만델슈탐을 좋아한다고 말하면 나는 그가 밀고자라는 걸 알지요. 그가 파견되었거나 자진해서 찾아온 사람이든 간에요. 벌써 20년이나 이런 상황이 계속되었지요. 나랑 그냥 단순히 만델슈탐에 관해 이야기하는 사람은 없지요. 언젠가 만델슈탐의 시를 읽었던 문학계 사람들은 나와 대화하더라도 만델슈탐 이야기는 피해요. 내가 이런 이야기를 당신께 드리는 것은 당신이 내게 좋은 인상을 주었기 때문이에요. 신뢰를 주었지요. 그러나 나는 심지어 당신과도 만델슈탐에 관해, 그의 시에 관해 이야기할 수 없어요. 이유를 이제 아실 거예요."

손님은 떠났다. 2년 정도 흐른 뒤 나는 내 주변에 그를 아는 사람들이 있다는 것을 알게 되었고 그에게 초대의 뜻을 전했다. 첫 번째 만남으로 당혹했던 그는 마지못해 온 것이 분명해 보였으나 곧 지난 일에 대해서는 잊어버렸다. 처음 만났을 때 내가 한 말이 내게 그가 불러일으킨 깊은 신뢰에서 나온 행동이었다는 것을 그가 깨달았는지는 나는 모른다.

그때로부터 많지 않은 해가 흘렀지만 이제 나는 만델슈탐에 관해 내게 물어보는 모든 사람에게 태연하게 대답한다. 이 사람들은 대부분 신세대들이다. 나이 든 세대들도 이따금 돌연 무언가를 이야기하기도 하지만 과거에는 전적으로 금지되었으며, 내 주위에 있는 대부분의 사람들이 감히 생각할 엄두도 내지 못하던 것들에 관해 우리는 이제 이야기한다. 더욱이 우리는 이제 어떤 테마가 아직 금지되어 있는지 아닌지를 알려고도 하지 않는다. 우리는 이에 관해 잊어버렸다.

그러나 이것이 다는 아니다. 1920년대 젊은 지식인들은 기관과 상부를 위한 정보를 기꺼이 수집했다. 그들은 이것이 혁명을 위한 일이며, 혁명과 질서 수호, 권력 강화에 흥미 있는 비밀스러운 대다수를 위한 일이라고 생각했다. 1930년대부터 스탈린이 죽기 직전까지 그들은 단지 동기만 변화되었을 뿐 역시 같은 일을 계속했다. 당시 포상이나 이익을 위해, 아니면 공포 때문에 그렇게 했다. 그들은 자기 작품들을 출판해줄 것이라거나 아니면 승진시켜주리라는 희망을 가지고 만델슈탐의 시나 동료에 대해 밀고했다.

또 다른 이들은 가장 원초적인 공포(체포되거나 감금되거나 숙청되지 않기 위해) 때문에 이런 짓을 했다. 그들은 위협당했고, 그래서 겁먹었다. 그들에게 개밥을 던져주었고, 그러면 그들은 그걸 받아먹었다. 또한 그들의 행위가 결코 표면으로 떠오르지 않을 것이며, 밝혀지지 않을 거라고 보증되었다. 이런 약속은 지켜졌으며, 그들은 그들의 행위의 대가로 받은 보잘것없는 모든 특권을 누리면서 죽을 때까지 평온하게 살고 있다.

반면 지금 징집당한 자들은 더 이상 아무런 보장도 믿지 않는다. 과거로 돌아갈 수 없다. 세대가 바뀌었으며, 새로운 세대는 이전 세대처럼 위협당하지도, 스스로 옳은 행동을 했다고도 절대 믿지 않는다. '모든 것이 허용된다'는 말도 그들을 설득하지 못한다. 물론, 이것이 곧 이제 더 이상 밀고자가 없음을 의미하지는 않는다. 단지 그 비율이 변했을 뿐이다. 전에 나는 모든 젊은이가 내 등을 칠 수 있다고 생각했다면, 이제는 내가 아는 사람 가운데 비겁자가 침입할 수는 있으나 이건 단지 우연히, 교활하게 그럴 수 있다는 것을 안다. 그리고 그런 비겁자조차도 이 새로운 상황에서는 비열한 행동을 하는 것이 자신에게 득이 되지 않으며, 모두 자신에게 등을 돌리리란 것을 알기 때문에 자제한다. 우리 눈앞에서 형성되고 있는 이 새로운 인텔리겐치아들 사이에서는 '진실은 그리스어로 므리야, 즉 꿈을 의미한다'는 유쾌한 경구가 통하지 않으며, '나무를 베면 부스러기가 튀게 마련'(큰 일에 작은 허물은 용서된다는 뜻)이라는 격언을 그 누구도 동감하며 따라 말하지 않는다. 달리 말해 영원히 파기된 듯했던 가치가 새롭게 나타나며, 본성상 이런 가치 없이도 살 수 있을 것 같아 보이던 자들도 지금은 이 가치를 고려해야만 하게 되었다.

이것은 이런 가치를 기억하는 자들이나 그것을 매장해버린 사람들에게나 모두 뜻밖의 일이었다. 이런 가치가 그나마 방치된 채 있었던 곳은 불꺼지고 닫힌 집의 고요 속에서였다. 이제 이 가치는 움직이고 힘을 모으고 있다. 이 가치를 파괴하는 데 앞장섰던 이들은 인텔리겐치아였다. 그걸 파괴하면서 인텔리겐치아는 재탄생했고, 더 이상 인텔리겐치아가 아닌 그 무엇이 되어버렸다. 이제 반대 과정이 일어난다. 그것은 매우 더디며, 우리는 인내심이 부족하다. 우리는 이미 참을 대로 참아왔기 때문이다.

인텔리겐치아가 무엇이며, 교육받은 계층과 어떤 차이가 있는지 정의할 수 있는 사람은 없다. 이것은 역사적인 개념이다. 이것은 러시아에서 발생해 서구로 건너갔다. 인텔리겐치아를 규정짓는 특징은 많지만 이런 특징을 종합한다고 해서 인텔리겐치아를 완벽히 정의할 수 있는 것은 아니다. 인텔리겐치아의 역사적 운명은 어둡고 불명료하다. 이런 이름으로 불릴 권리를 가지지 않은 층을 자주 명명하기 때문이다. 대학 졸업장을 가진 또는 소설이나 서사시를 쓰는 기술관료나 관리들을 인텔리겐치아로 부를 수 있을까? 투항의 시기 진정한 인텔리겐치아는 비웃음을 당했고 투항자들이 스스로 인텔리겐치아라 칭했다.

인텔리겐치아의 특징은 모두 인텔리겐치아뿐 아니라 다른 사회계층에도 속하는 것이다. 상당 정도의 교육 수준, 비판적 사유, 그것과 나란히 걱정, 사유의 자유, 양심, 휴머니즘 등. 이런 특징은 그것이 사라지면서 인텔리겐치아 자체도 사라졌음을 우리가 목격했기 때문에 더더욱 중요하다. 인텔리겐치아는 가치의 담지자이며 이런 가치를 파괴하려는 최소한의 시도가 있기만 해도 인텔리겐치아는 변질되어 사라진다. 우리나라에서 그러했듯이.

그러나 사실 인텔리겐치아만 가치를 수호하는 것은 아니다. 소위 문화적 상층부까지 이 가치를 거부했던 가장 암울한 시기에도 가치는 민중 속에서 자기 힘을 보존했다. 어쩌면 중요한 것은 인텔리겐치아가 안정되어 있지 않으며, 그래서 인텔리겐치아 수중에 있는 가치가 역동성을 가지는지도 모르겠다. 이 역동성은 발전하는 쪽으로도 자멸하는 쪽으로도 기울 수 있다. 혁명을 수행하고 1920년대 활동했던 사람들은 그들이 더 나은 가치라고 생각했던 것들을 위해 일련의 가치를 거부한 인텔리겐치아에 속했다. 이것은 자멸의 길이었다. 티호노프나 페딘 같은 사람과 러시아의 정상적인 인텔리겐치아 사이의 공통점이 무엇일까? 안경과 의치 말고는 없다. 새로운 인텔리겐치아들(대다수가 아직 소년들인)은 단번에 알아볼 수 있지만, 그들을 인텔리겐치아로 만드는 특징이 무엇인지 설명하기는 매우 어렵다.

덴마크의 언어학자이자 기지가 뛰어난 예스페르센(J. O. Jespersen)[1]은 품사를 어떻게 구분하는지에 대한 논쟁을 듣는 데 지치자 이렇게 말했다. "개가 빵과 흙을 구분할 줄 알 듯 민중도 명사와 동사를 구분할 줄

---

1) 예스페르센(1860~1943): 덴마크 언어학자. 음성학, 언어이론, 영어사, 국제어 운동 분야에 크게 공헌했다.

압니다." 어쨌든 새로운 인텔리겐치아들이 출현했으며, 이 과정은 거꾸로 되돌릴 수 없다. 과거의 대표자들이 가하려 애쓰는 물리적인 박해 역시 그것을 멈출 수 없다. 이제 한 인텔리겐치아에 대한 탄압은 오히려 열 명의 새로운 인텔리겐치아를 탄생시킨다. 우리는 브로드스키의 사건을 통해 이를 관찰했다.

러시아 인텔리겐치아에는 독특한 특성이 하나 있으며, 이것은 아마도 서구에는 낯선 일일 것이다. 서양철학부의 지방강사들 중에서 난 단 한 번 인텔리겐치아를 만난 적이 있다. 체르노비츠 태생인 그녀의 이름은 마르타였다. 그녀는 선과 진리를 찾는 학생들은 왜 하나같이 시를 좋아하는지 놀라워하면서 내게 물었다. 이건 사실이었으며, 바로 이것이 러시아였다. 만델슈탐도 언젠가 한번 무엇이 사람을 인텔리겐치아로 만드는지 나에게 (사실은 스스로에게) 물었다. 인텔리겐치아라는 단어 자체를 만델슈탐이 사용하지는 않았다. 이 단어는 당시 의미가 변질되어 비방의 의미로만 쓰였으며 이후에는 자유직에 종사하는 관료 계층을 일컫게 되었다. 그러나 만델슈탐이 암시하던 것은 바로 인텔리겐치아였다.

"대학 교육일까? 아니면 혁명 전 받은 중등교육? 그건 아니야. 그렇다면? 어쩌면 문학에 대한 태도가 아닐까? 그런데 어째 그것만으로는 불충분한 듯하군." 그러고는 만델슈탐은 인텔리겐치아의 결정적 특징은 시에 대한 태도가 아닐까라고 말했다. 우리나라에서는 시가 독특한 역할을 한다. 시는 사람들은 일깨우고 그들을 의식화한다. 지금 나타나는 인텔리겐치아의 탄생은 시에 대한 전례 없는 애착을 동반하고 있다. 시는 우리 가치의 황금 기금이다. 시는 삶의 의욕을 불러일으키며 양심과 생각을 일깨운다. 왜 그러는지는 모르지만, 그것은 사실이다.

블록의 팬이며 자신의 비관론을 위한 힘을 블록에게서 퍼올리는 내 지인은 시를 읽고 베껴 쓰면서 각성하게 된 인텔리겐치아 부활의 첫 번째 통보자였다. 그의 비관론은 틀렸다. 시는 자기 역할을 했다. 모든 것이 움직이기 시작했고 생각이 살아났다. 불을 보존하던 자들은 어두운 틈에 숨었지만 불은 꺼지지 않고 남아 있었다.

73 마지막 전원시

모스크바는 대화나 뉴스, 돈으로 우리를 끌어당겼다. 모스크바에 갈 때마다 우리는 매번 제정신을 차린 뒤 마지막 기차를 타기 위해 서둘렀다. 금지된 도시에서 불필요하게 잠들지 않기 위해. 한번은 인파로 가득 찬 기차에서 나는 자리를 양보받았고, 사람들은 이상한 동정심을 보이며 나와 이야기를 나누었다. 만델슈탐이 이 이야기를 퍄스트한테 했고, 그는 콧김을 내뿜는 것처럼 웃었다. "그것은 자네 부인의 옷차림 때문일 거야. 사람들은 자네가 아니라 자네 부인을 유형수라고 생각한 거지." 당시 나는 가죽 외투를 입고 다녔고, 퍄스트는 사람들이 나를 유형당한 자라고 생각했기 때문에 동정했다는 이야기를 하고 싶었던 것이다. 모스크바에서는 우리가 기름을 바른 장화를 신었다는 사실로 우리를 피했기 때문에, 우리에 대한 동정은 뜻밖의 선물로 여겨졌다. 가죽 외투는 다른 상황에서도 입고 다녔기 때문에 단지 보조 역할을 했을 뿐이다.

칼리닌에 도착하면 마차를 탈 것인지에 관해 기차 안에서부터 나와 만델슈탐은 언쟁을 시작했다. 나는 칼리닌에서 하루라도 더 머물 수 있는 돈을 아끼기 위해 걸어가고 싶었지만 만델슈탐은 계속 반대 의견을 고집했다. 하루 더 머무르는 것은 아무 의미도 없고 여하튼 모스크바에 '일을 추진하러' 가야 한다는 것이었다. 이것은 만델슈탐이 죽기 전까지 반복하던 일상적 테마였다. "이렇게 계속될 수는 없다." 우리는 칼리닌에서 이 이야기만 했으나, 아무런 일도 없었고 추진할 수도 없었다.

언쟁은 간단히 결론 났다. 칼리닌 역에 마차라고는 두세 대밖에 없었다. 이미 과도한 세금 징수로 마부들은 파산했고, 그래서 마부 계급은 사라졌다. 두세 대뿐인 마차에 군중이 달려들었고, 마차는 그중 가장 운 좋고 민첩한 승객들과 함께 사라졌기 때문에 우리는 걸어갈 수밖에 없었다.

볼가와 티마카 강을 가로지르는 다리 위로 매서운 바람이 불었다. 이미 언급한 유형과 박해의 바람이었다. 우리가 방을 빌려 머물고 있던 교외에는 가을에는 걸음을 옮길 수 없을 정도의 진창이 계속되었고, 겨울이 되자 눈 속에 떠내려갈 지경이었다. 직장에 다닐 필요가 없는 사람들만 살 수 있는 곳이었다. 만델슈탐은 숨을 헐떡거리며 우리가 공연히 마차 삯을 아낀 거라고 계속 말했고, 나는 그의 뒤를 따라 간신히 걸어갔다.

문을 두드리자 60세가량 된 야윈 여인인 집주인이 문을 열었다. 그녀는 찡그리며 우리를 쳐다보더니 배가 고프지 않은지 물었다. 우리가 밤중에 깨웠기 때문에 찡그린 것은 아니었다. 그녀는 원래 언제나 찡그린 얼굴을 했으며, 절대 웃는 법이 없었다. 어쩌면 한 가정의 어머니이자 아내, 커다란 벽 다섯[1] 개짜리 집의 안주인은 미소를 지어서는 안 된다고 그녀는 생각했는지도 모르겠다. 우리는 배고프지 않으며, 출발 전 모스크바에서 간단히 요기를 하고 왔다고 말했다. 그녀는 아무 말 없이 사라졌다가 조금 뒤 우유 한 컵과 저녁식사 때 남은 핫케이크, 감자, 양배추를 가지고 우리 방에 나타났다. 겨울에 그들은 돼지를 잡았고, 그래서 고기 조각도 가지고 왔다. "드세요. 산 게 아니라 '우리' 거예요." 우리나라 여자들은 자기들이 노동으로 얻은 것은 계산하지 않는다. 텃밭 또는 외양간에서 자란 것은 '자기' 것으로 돈으로 가격을 매기지 않으며, 신이 주신 것이었다. 우리가 요기하는 동안 그녀는 옆에 서서 우리가 모스크바에서 무엇을 얻고자 하는지 물었다. 돌아갈 수 있거나 일자리라

---

1) 중간 벽으로 반을 가른 큰 농가.

도 얻으려 한다고 대답했다.

우리는 다른 사람들을 깨우지 않기 위해 조용조용 이야기했다. 역시 100베르스타 바깥에 살아야 하는 추방자들이던 한 부부가 천장까지 가려지지 않은 널빤지 너머에서 자고 있었다. 남편은 레닌그라드 사람이었으며 쇼골레프(П. П. Щёголев)[2]의 비서였는데 강제수용소나 유형지에서 돌아와 칼리닌에서 살고 있었다. 행인들의 권고에 따라 이 집의 문을 두드렸을 때 이 남편이 우리 목소리를 듣고 나와서 만델슈탐을 알아보았다. 집 주인 역시 우리가 단순한 행인이 아니라는 것을 알고 방을 빌려주었으며 이것은 커다란 행운이었다. 전후 유럽에서 도시들이 폭격당해 이후 폐허가 되었을 때만큼이나 우리나라에서는 언제나 방을 빌리기가 힘들었다. 어쩌면 더 힘들었는지도 모른다.

우리 집 안주인 타티야나 바실리예브나는 야금공인 남편과 함께 살고 있었다. 그녀가 집에서 전권을 행사했으며 호인이자 상냥한 사람인 남편은 기꺼이 그녀에게 복종했다. 그러나 언제나 예절만은 지켰다. 아내는 남편에게 물어보기 전에는 아무것도 결정하지 않았다. 그래서 우리는 남편이 와서 우리에게 방을 세줄 것인지 결정하기 전까지 차를 마시며 기다리고 있었다. 남편은 언제나 무엇에도 반대하지 않았다. 그래서 그는 방을 세주는 데도 반대하지 않았고 만델슈탐과 곧 친해졌다.

음악에 대한 애정이 그들을 가깝게 했다. 은혼식 때 아들들(그들은 '공군조종사'였고, 그들 중 한 명은 스탈린 앞에 서기까지 했다)이 아버지에게 축음기와 레코드판 한 다발을 선물했다. 당시 공산청년동맹단원들과 군인들 사이에서 유행하던 노래들이 대부분이었다. 바깥주인은 아들들이 보낸 레코드판보다는 만델슈탐이 구한 판들을 더 좋아했다. 브란덴부르크 협주곡, 이탈리아 작곡가들과 무소르그스키, 드보르작의 교회 음악 등. 당시 레코드판을 구하기는 무척 어려웠고, 그래서 이 판들은 고심해서 선별한 것이 아니라, 정말 우연히 구한 것이었다. 그러나

---

2) 쇼골레프(1903~36): 프랑스 혁명을 전공한 역사학자.

이 레코드판들은 만델슈탐과 집주인에게 커다란 기쁨을 주었다. 우리가 칼리닌에 있는 동안 저녁마다 그들은 음악회를 열었고, 타티야나 바실리예브나는 사모바르를 준비하고 집에서 만든 잼과 함께 차를 내왔다. 만델슈탐은 언제나 자기 방식대로 차를 끓일 기회를 노렸고, 셉첸코는 돈을 받으면 제일 먼저 차 한 봉지를 샀다고 말했다. 만델슈탐은 차를 마시면서 보통 신문을 보았다. 중견 노동자였던 집주인은 『프라브다』 신문을 구독했다.

그 혹독한 시절에도 노동자 가정에서는 인텔리겐치아 가정에서보다 훨씬 더 직설적이며 공개적으로 대화했다. 모스크바에서 살면서 말줄임표라든지 테러에 대해 경련적으로 회피하는 말들에 익숙해 있던 우리는 집 주인 내외의 가차없는 말을 듣고 당황했다. 우리는 침묵하는 법을 배웠고, 타티야나 바실리예브나는 만델슈탐의 애매한 대답을 들을 때마다 그를 가엾다는 듯 쳐다보면서 이렇게 말했다. "어떻게 해야 하지요. 당신들은 다 겁먹고 있으니……"

우리 집 주인들은 그 아버지와 할아버지 때부터 공장에서 일했다오. 타티야나 바실리예브나는 자랑스럽게 설명했다. "우리는 순수 프롤레타리아지요." 그녀는 혁명 전 차르 통치 시대 때 자기 집에 숨겨주어야 했던 선동요원들을 회상했다. "그들이 이야기했던 것과 지금 상황은 전혀 달라요!" 주인 내외는 당시 상황을 전적으로 비판했다. "우리 이름으로 어떤 일들을 행하는지 보아요." 바깥주인이 역겹다는 듯 신문을 내던지며 이야기했다. "패권 다툼이지요." 그는 이렇게 당시 상황을 이해했다. 이 모든 것이 노동계급 독재라는 이름으로 불리는 사실이 주인 내외를 광분하게 했다. "노동계급이라는 말로 사람들을 현혹했어요." 또는 "그들은 우리 계급에 권력이 있다고 하지만 계속 자기들이 나서고 있어요"라고 말했다. 당이 계급을 통솔하고, 그 당은 지도자가 통솔한다는 이론을 나는 그들에게 설명했다. "편리하군요." 바깥주인이 말했다. 주인 내외는 프롤레타리아적 양심이라는 개념을 가지고 있었고 그 양심을 버리고 싶어 하지 않았다.

이 가정에서는 '아버지와 아들'이라는 러시아의 영원한 문제가 첨예하게 느껴졌다. 부모들은 아들들의 성공을 달가워하지 않았으며 그 성공의 확고함을 믿지 않았다. "아래에는 사람들이 많기 때문에 살아남기 쉽지만, 위에 오르면 금방이라도 추락할 수 있다"고 타티야나 바실리예브나는 말하곤 했다. 아버지도 사물의 뿌리를 보았고 자식들을 신용하지 않았다. 자식들이 있는 자리에서는 말하기를 꺼려했다. "단번에 밀고 할 수도 있으니. 지금 아이들이 어떤지 잘 알잖소." 그러나 가장 아픈 곳을 우리가 알기까지는 시간이 걸렸다. 부모를 가장 괴롭히는 것이 무엇인지 알려면 우선 그 유명한 소금 1푸드를 함께 먹어야 했다.[3]

타티야나 바실리예브나는 암소를 가지고 있었다. 월급만 가지고는 아이들을 키울 수 없었고, 암소만이 그들을 구원했다. 가정 전체가 이미 오래전부터 도시의 '프롤레타리아 계급'으로 옮겨갔기 때문에, 암소는 이 가정을 시골과 연결해주는 유일한 지점이었다. 그들은 집단농장원에게 암소를 먹이는 건초를 샀고, 거래는 사모바르가 놓인 탁자에서 이루어졌다. 타티야나 바실리예브나는 이 거래를 통해 집단화와 계획들, 노동일[4]들에 관해 많이 듣게 되었다. 계속된 이야기들로 흥분된 어느 날 그녀는 손님을 보낸 뒤 우리 방에 와서는 그녀의 큰아들이 아직 공산청년동맹단원일 때 집단화 추진작업을 위해 파견되었던 이야기를 만델슈탐에게 했다. 큰아들은 시골에 제법 오래 있었고, 임무를 마친 뒤 돌아와서는 부모한테 아무 이야기도 하지 않았으며, 그 어떤 질문에도 대답하지 않다가 곧 아예 집을 떠났다고 한다. "큰애가 거기서 무슨 일을 했던 것일까요? 내가 뭘 위해 그 아이를 키웠는지." 그녀는 집단농장원들과 이야기할 때마다 시골에서 자기 큰아들이 무슨 일을 저질렀던 것인

---

3) 푸드는 구러시아의 중량단위로 1푸드는 16.38킬로그램에 해당한다. 해당 구절은 그 정도로 많은 소금을 소비할 만큼 오랜 기간 함께 살아야 한다는 것을 의미한다.

4) 집단농장에서 노동을 측량하는 단위. 이를 기준으로 집단농장원들은 연말에 보수와 약간의 현찰을 받는다.

지 추측해보려 했고, 그럴 때면 그녀의 남편이 그녀를 진정시켰다. "그만둬, 애 엄마. 지금 애들이 다 그렇잖소."

그러나 우리는 주인집 내외의 독특한 특성을 곧 알게 되었다. 우리 삶에 대해 옳게 비판하는 이 깨어 있는 정신의 사람들은 그 어떤 정치적 투쟁이나 적극성에도 전혀 찬성하지 않았다. 소송들에 관한 보도를 읽으면서 바깥주인은 말했다. "왜들 기어오르려 안달이지? 월급들도 많이 받으면서." 그는 소송의 희생자들에 의해 밝혀진 적극성 자체를 미심쩍어했다. 스탈린의 권력장악을 막기 위해 그 누구도 손가락 하나 꼼짝하지 않는다는 사실이 우리를 경악케 했다. 반대로 모두 스탈린이 그의 잇단 희생자들을 구석에 몰아놓도록 저마다 돕고 있었다. 바깥주인은 '그들이 전에' 어땠는지 기억했고, 그래서 그들이 '얼쩡거렸을 것'이라고 의심했다. 그러나 노부부는 만델슈탐에게는 좋은 태도를 취했다. 만델슈탐은 체제의 수동적 희생자라고 생각했기 때문이다. '만델슈탐은 권력과는 전혀 상관없으며 그저 창작했을 뿐'이라고 하면서. 그들의 아들들이 정치와 멀리 떨어진 채 권력을 가진 자들을 알지 못하며 '자기 계급에서 이탈하지' 않았다면 그들은 아들들에게 만족했을 것이다. 모든 형태의 저항을 그들은 쓸데없으며 위선적인 것으로 생각했다. 그들은 이것을 '얼쩡거린다'고 표현했다.

칼리닌에서 우리는 처음으로 선거에 참여하게 되었다. 선거 방식에 놀란 만델슈탐은 어찌할 바를 몰랐다.[5] 그는 스스로 위안해보려고 시도했다. "초창기라서 그런 것뿐이야. 나중에 사람들이 익숙해지면 모든 것이 정상화되겠지." 그러나 나중에는 이 코미디에 참여하지 않겠다고 말했다. 노부부는 만델슈탐과 언쟁을 벌였다. 첫 번째 논거는 이러했다. "대세를 거스를 수 없다." 두 번째 논거는 "우리가 다른 사람들보다 나을 게 무어냐. 모두 간다면 우리도 갈 것이다." 세 번째 논거는 가장 설

---

5) 정부가 추천하는 단일 후보자만 출마하던 선거. 1936년 스탈린의 '헌법'에 따라 이러한 형식적인 선거가 실행되었다.

득력 있었다. "그들과 함께 헤매지 않으면 빠져나갈 수도 없다." 이 논거에는 동의하지 않을 수 없었다. 특히 우리와 같은 처지에서는. 그래서 우리는 모두 투표하러 갔다. 주인집 내외는 공장에서 지시한 대로 아침 6시에, 우리는 그보다 조금 더 늦게, 아침식사를 한 뒤.

사실 타티야나 바실리예브나는 법을 준수하는 사람이었다. 그것은 그녀가 법을 존경해서가 아니라(우리나라 법에 대해 그녀는 극히 부정적인 입장을 취했다), 대체적인 삶의 환경 때문이었다. 그녀는 살아남는 것을 자신의 첫 번째 의무로 생각했다. 그리고 바로 이 목적을 위해 모든 불필요한 행위를 피해야 했다. 희생의 이념 또는 이념을 위한 희생은 그녀에게는 가장 어처구니없는 짓으로 여겨지는 듯했다. 그녀는 '우리는 다른 사람들보다 몸을 내밀어서는 안 되는 작은 사람들'이라는 입장을 고수했다. 그리고 우리는 이런 입장에 약간의 교만함이 있음을 느낄 수 있었다. 위로는 투쟁, 악행, 노동계급의 이름으로 자행되는 투기가 있지만, 실제 스스로를 노동계급이라고 굳게 믿고 있는 그녀는 여기 아무 관련도 없으며, 그녀의 손은 깨끗하며 노동자의 그것이라는 것이다. 그녀에게 중요한 것은 삶과 노동이며, 윗사람들은 인간 사냥을 하든지 말든지……. 여기에 종교적인 측면은 전혀 없었다. 그녀는 교회에 다니지 않았다. 비록 성상 앞에 촛불을 켜 세워두기는 했지만 그것은 아버지 세대와 마찬가지로 관습에 따른 것이었다.

타티야나 바실리예브나는 때때로 우리를 공허한 상층부의 일부라고 생각하기까지 했다. 우리가 삶의 견고함이나 삶에 대한 의지를 결여했다고 의심될 때의 경우가 그러했다. 냉소적이거나 끔찍하거나 괴이한 기사들을 읽을 때면 만델슈탐은 말했다. "우리는 끝장이야." 고리키의 소설 「처녀와 죽음」(Девушка и смерть)에 대한 스탈린의 반응을 내게 보이면서 만델슈탐은 처음으로 이런 말을 했다. 스탈린의 반응은 이러했다. "이 작품은 괴테의 『파우스트』보다 더 걸작이다. 사랑이 죽음을 이기고 있다."[6] 스탈린이 예조프에게 손을 내미는 장면을 실은 잡지 표지를 보고도 만델슈탐은 "우리는 끝장이야"라는 말을 했다. "국가의 원수가 비밀경찰의 우두머리와 사진 찍는 걸 어디서 봤소?" 그러나 누가 사진 찍었느냐뿐 아니라 예조프의 표정도 문제였다. "여보, 이것 좀 봐. 그는 스탈린을 위해 뭐든 할 태세야." 하루는 타티야나 바실리예브나와 식탁에 앉아 있을 때 만델슈탐은 스탈린이 사관생도 졸업생들에게 한 연설을 소리 내어 읽었다. 스탈린은 우리에게 불필요한 학문이 아니라 우리에게 필요한 학문을 위해 건배를 제안했다. 이 말은 불길하게 들렸다. 우리에게 불필요하고 관계없는 학문이 있다면 그것을 없애겠다는 말이었다. 그래서 또 만델슈탐은 습관적인 말을 했다. "우리는 끝장이야"라고.

그러자 타티야나 바실리예브나와 그녀의 남편이 화를 냈다. "당신은 죽을 생각만 하는군요. 말이 씨가 돼요. 어떻게 살지를 생각해 보세요. 우리를 보고 배우세요. 우리는 살아나가잖아요. 어디에도 끼어들지 않으면 살 수 있을 거예요." 그러자 만델슈탐이 요약했다. "그래요. 인간의 첫 번째 의무는 사는 것이지요."

만델슈탐이 두 번째로 체포된 다음 나는 칼리닌 근교에 있는 타티야나 바실리예브나의 집에 남겨둔 원고 바구니를 가지러 그 집에 갔다. 만델슈탐의 체포 소식을 알게 된 집주인들은 몹시 슬퍼했기 때문에 나는 그만 울음을 터뜨리고 말았다. 언제나 찌푸린 얼굴의 여주인은 나를 포옹하더니 말했다. "울지 말아요. 그를 건드리지 못할 거예요. 그는 성자 같은 사람이니까요." 그녀의 남편이 덧붙였다. "당신 남편은 아무에게도 나쁜 짓을 할 사람이 아니에요. 그런 사람을 잡아가다니 정말 세상이 어찌 되려고." 그리고 그들은 아들들이 누구를 위해 일하며 무얼 숭배하는지 깨우쳐주기 위해 우리 일을 이야기해주기로 결심했다. "그런데 그 애들이 우리 말을 들으려고 할까?" 갑자기 바깥주인이 한숨쉬었다. 타티야나 바실리예브나의 아들들은 '스탈린의 매들'이었으며, 솔제니친이 작품에서 정확히 묘사한 모범적인 '조토프'들이었다.[7] 실제 그들에게는

---

6) 1931년 10월 11일에 쓰어진 서평—편집자.

아무 말도 할 필요가 없었다. 그들은 이미 세계를 다스리는 이념의 화신이 되어 있었다. 1960년대 중반인 지금 그들은 자기 자식들, 즉 타티야나 바실리예브나의 손자들에 대해 여기저기 불평하는 아버지가 되어 있다. 손자들은 아버지들을 거부하는 대신 할아버지 세대들과 결합하고 있다.

'스탈린 제국'의 다른 잔재와 철도에서 만났던 일이 생각난다. 그자는 제20차 전당대회를 전적으로 지지했는데 스탈린 시대 때 무언가 불쾌한 경험을 했기 때문이었다. 체포되지는 않았지만, 그 비슷한 것이었다. 이제 그는 삶을 즐기며 고위당원으로서 충분한 연금을 받고 살고 있었다. 당원인 그는 팔짱을 끼고 앉아 있고 싶어 하지 않았고, 그래서 젊은이들의 교육에 뛰어들었다. 레닌그라드에 있는 어떤 직업기술학교의 선동가가 되었다. 그는 내게 교육가로서의 자기 어려움을 토로했다. 선거하는 날 자기 생도들을 재촉하기 위해 갔지만 그 누구도 선거하러 가고 싶어 하지 않았다. 그는 말했다. "제군들은 우리를 본받아야 하네. 우리가 혁명을 이루어냈지." 그리고 그는 아침 일찍 이미 투표하러 갔다왔다고 말했다. 그가 얻은 대답은 다음과 같았다. "누가 선생님께 혁명을 일으켜 달라고 부탁했나요? 예전이 더 살기 좋았어요." 그의 모든 혁명적 문구들은 소용없었다. "생각해보세요. 어떤 젊은이들이 나타나게 되었는지. 당신은 이런 아이들을 어떻게 다루시나요?" 나는 전혀 문제가 없노라고 진심으로 대답했다.

나에 대한 체포영장을 가지고 사람들이 타티야나 바실리예브나 집을 찾아왔지만 나는 이미 그곳에 없었다. 다락과 헛간, 지하저장소를 포함해 온 집안을 샅샅이 뒤졌지만 물건들을 찾지 못했다. 이미 내가 다 옮겨갔기 때문이다. 내 사진을 가지고 와서는 타티야나 바실리예브나나 세든 여자와 유심히 대조해 보았다고 한다. 1년 뒤 기차역에서 나는 이

---

7) 솔제니친의 단편소설 「크레초토프 역에서 있었던 일」(Случай на станции Кречетовка)의 주인공—편집자.

사실에 관해 알게 되었다. 칼리닌에 정착해 살려고 가는 길이었다. 사람들이 나를 체포하러 다녀갔다는 소식은 레닌그라드로 돌아간 쇼골레프의 전직비서를 통해 알게 되었다. 아마도 내가 미리 이 소식을 알았더라면 칼리닌에 가지 않았겠지만, 이미 기차에 짐을 실은 상태였기 때문에 나는 손을 내저었다. "될 대로 되라지요." 두려움도 이미 약해진 상태였다. 예조프는 실각했고 대량 체포도 중단되었다. 나는 칼리닌에서 제2차 세계대전 발발 후 피란 가기 전까지 거의 2년을 살았고, 아무도 나를 건드리지 않았다. 비록 사용되지 않은 체포영장이 내 관련 서류에 끼워져 있었지만. 전설적인 경우 같지만, 사실 이런 일은 적지 않았다. 박해할 사람들의 목표량이 변했고, 그래서 잡히지 않은 사람들은 살아남았다. 테러 역시 계획경제처럼 삶과 죽음을 조절하면서 수행되었다.

수색은 타티야나 바실리예브나에게 커다란 인상을 남겼다. 낯짝이 큰 세 명의 청년이 그녀의 온 집을 뒤집어 엎었다. 그녀는 그 청년들과 나를 비난했다. 1년 뒤 그녀는 나를 보자 감옥에 갇혔던 것을 숨긴다고 비난했다. 그녀는 더 나쁜 혐의를 내게 씌우고 있는 듯했다. "왜 당신은 풀려났지요? 이제 아무도 풀어주거나 하지 않는데!" '그들이' 누군가를 잡고자 했으나 찾을 수 없었기 때문에 잡아들이지 않았다는 것을 그녀의 머리로는 이해할 수 없었다. 하기는 누구의 머리로 이걸 이해할 수 있으랴?

그러나 마침내 그녀는 누그러졌고 살 곳은 있느냐고 내게 물었다. "만일 없거든 여기서 사시게. 하느님은 스스로 돕는 자를 돕는다고들 하지만, 지금은 스스로를 돕는 게 가능키나 한지……." 사실 그녀는 이로써 우리나라의 불안한 삶에 개입하지 않는다는 자기 원칙을 배반했지만, 나는 그녀의 집에 머물지 않았다. 낯짝이 큰 세 남자에 관한 생각이 다른 집보다 이 집에서 자는 걸 더 방해했기 때문이다.

74 방직공

나는 떠돌이 생활을 하면서 여러 민중과 만났으며, 어디서나 소비에트 인텔리겐치아의 꽃이라고 생각되는 사람들과 있는 것보다 더 편했다. 물론 소비에트 인텔리겐치아 역시 나와 함께 있기를 바라지 않았지만⋯⋯.

만델슈탐이 체포된 뒤 나는 자고르스크를 지나서 있는 방직마을 스트루니노에 정착했다. 원래 정착하려고 했던 로스토프 벨리키를 떠나던 길에 우연히 이 마을에 대해 알게 되었다. 로스토프 벨리키에 도착한 첫날 나는 에프로스(A. M. Эфрос)[1]를 만났다. 그는 만델슈탐의 체포 소식을 듣고 얼굴이 창백해졌다. 그는 내부 감옥에 여러 달 갇혀 있다 풀려난 지 얼마 되지 않았었다. 그는 예조프 테러 시기 단순히 유형을 당하고 끝난 거의 유일한 사람일 것이다. 체포되기 몇 주 전 만델슈탐은 에프로스가 풀려나서 로스토프에 정착했다는 소식을 듣고 탄식하더니 이렇게 말했다. "로스토프 벨리키가 아니라 에프로스 벨리키군."[2] 그리고 그가 내게 로스토프에 정착하지 말라고 충고할 때 이 위대한 에프로스의 현명함을 믿게 되었다. "떠나세요. 여기에는 우리 같은 사람들이 너무 많아요."

로스토프를 떠나는 열차에서 나는 중년 여자와 이야기하게 되었다. 로스토프에서 방을 구하려 했지만 실패했다고 이야기하자 그녀는 스트

---

1) 에프로스(1888~1954): 예술학자.
2) '벨리키'는 러시아어로 '위대한'이라는 뜻이다.

루니노에 가보라고 조언하며 '술도 마시지 않고 욕설도 안 하는' 좋은 사람들의 주소를 알려주었다. 그리고 그녀는 덧붙였다. "그 집 어머니도 갇혔었다오. 그러니 당신을 가여워할 거예요." 기차에서 만난 사람들은 모스크바에서보다 친절했으며, 사람들은 내 처지가 어떤지 언제나 알아맞혔다. 비록 지금은 봄이고 가죽 재킷을 이미 팔아버렸지만.

스트루니노는 죄수들이 시베리아로 실려갈 때 지나는 야로슬라브행 철도 근처에 있었다. 언젠가는 죄수 수송열차의 틈에서 만델슈탐의 얼굴을 볼 수 있으리라는 어처구니없는 생각을 하던 나는 스트루니노에 가서 좋은 사람들의 집을 찾았다. 그들과는 곧 친해졌으며, 왜 내가 이 100베르스타 지역에 있는 '별장'으로 오게 되었는지 그들에게 이야기했다. 그러나 그전에 이미 그들은 알고 있었다. 나는 그 집에서 아무도 출입하지 않는 테라스를 빌렸다. 추위가 시작되자 그들은 강제로 나를 자기들 방으로 데려가서 옷장과 침대 시트로 한쪽을 칸막이해 살도록 했다.

경험에 비추어 이야기하건대 민중 사이에 유대인 혐오는 없었다. 그것은 언제나 위에서 행해졌다. 나는 내가 유대인이라는 것을 숨긴 적이 없었지만, 노동자나 집단농장원, 하급관리의 가정들에서는 나를 가족처럼 대해주었다. 전후 시기 고등교육기관에서 풍겼으며, 지금도 남아 있는 유대인 혐오 비슷한 것을 들어본 적도 없었다. 가장 끔찍한 것은 중간 정도의 교육수준이다. 이 중간 교육을 받은 층에서는 파시즘, 즉 민족주의의 저열한 형태 그리고 인텔리겐치아 전체에 대한 증오의 토대가 언제나 발견된다. 반인텔리겐치아적 분위기는 원시적인 유대인 혐오보다 더 끔찍하고 광범위하며 이런 분위기는 사람들로 가득 찬 모든 기관 (사람들이 광포하게 무식에 대한 권리를 주장하는)에서 언제나 나타난다. 우리는 그들에게 스탈린식 교육을 행했고, 그들은 스탈린식 졸업장을 땄다. 당연히 그들은 이 졸업장이 주는 특권을 꽉 붙들고 있다. 그렇지 않으면 갈 데가 없는 것이다.

만델슈탐에게 소포를 보내기 위해 모스크바에 다녔고, 그래서 그의 책을 팔아 생긴 내 얼마 안 되는 재산은 곧 바닥났다. 내가 먹을 것이 없다는 것을 집 주인은 눈치 채고 튜라와 무르초프카[3])를 나누어 먹었다. 그곳에서는 무를 '스탈린의 돼지기름'이라고 불렀다. 여주인은 내게 갓짜낸 우유를 따라주며 말했다. "마셔요. 안 그러면 완전히 영양실조에 걸리겠어요." 그들은 암소에서 짜낸 젖의 대부분을 건초를 사기 위해 팔아야 했고, 그래서 그들이 직접 마실 수 있는 양은 적었다. 나는 숲에서 산딸기를 따다가 그들에게 줬다. 나는 거의 온종일 숲에 있었고, 집에 돌아올 때면 발걸음을 늦추었다. 만델슈탐이 감옥에서 풀려나 나를 만나러 올 거라는 생각을 항상 했다. 사람을 집에서 잡아가 그냥 없애버린다는 것을 믿을 수 없었다. 비록 이성적으로는 가능하다는 것을 알고 있었지만, 믿을 수는 없었다.

가을에 내 재산은 바닥이 났고 일을 생각해야 했다. 집주인은 방직공이었고, 안주인은 염색공의 딸이었다. 집주인들은 나 역시 이런 힘든 일을 하게 된 것을 매우 속상해했지만, 다른 방법은 없었다. 직원 모집 공고가 붙었고, 나는 방적 분과에 채용되었다. 나는 방적기계를 돌리는 일을 했다. 1인당 열두 개의 방적기계를 분담해야 했다. 불면증에 시달리던 나는 야간근무를 자주 자원했고 공장을 돌아다니며 기계를 작동하면서 시를 읊었다. 나는 만델슈탐의 모든 시를 암송해야만 했다. 원고들은 압수될 수 있었으며, 원고를 맡아 가지고 있던 사람들이 두려움 때문에 모두 난로에 집어넣을 수도 있었기 때문이다. 가장 훌륭하고 문학적인 사람들의 경우에도 그런 일이 발생했다. 기억은 보존의 보완수단이었지만, 방적공장에서 일하던 때 내게 매우 도움이 되었다. 여덟 시간의 야간근무는 공장 노동뿐 아니라 시에 할애된 시간이기도 했다.

한숨을 돌리기 위해 여공들은 기계에서 벗어나 화장실로 갔다. 그곳은 그야말로 사교클럽이었다. 출세를 원하는 공산청년동맹 소속 여자가

---

3) 시골 요리. 튜라는 크바스라는 러시아 전통 음료에 빵을 담근 것. 무르초프카는 크바스나 물에 달걀과 양파를 섞은 것이다.

사무적인 걸음으로 나타날 때면 그들은 말을 멈추고 흩어졌다. 그러나 자기들밖에 없을 때는 지금 어떻게 살고 있으며 무엇을 잃어버렸고 무엇을 얻었는지 설명하면서 내 정신이 바짝 들도록 상당히 에너지 넘치게 이야기했다. "전에는 노동시간이 길기는 했지만, 차 마실 수 있는 휴식시간이 있었어요. 1인당 기계를 몇 개 돌렸는지 알아요?" 예세닌의 대단한 인기를 실감했던 곳도 이곳이었다. 그의 이름은 끊임없이 거론되었다. 그는 정말 민중의 전설이었고, 민중은 그를 자기 사람으로 생각했고 사랑했다.

야간근무를 마치고 공장 문을 나설 때면 그들은 곧바로 포목점이나 빵집으로 달려가 줄을 섰다. 제2차 세계대전 발발 전까지 옷감은 매우 부족한 물자였고, 빵도 부족했으며, 그래서 그들은 매우 궁핍한 생활을 했다. 지금은 이에 관해 전부 잊었으며, 프스코프에서 만난 스탈린주의자들은 전쟁 전에는 모든 것이 부족함이 없었다고 주장했다. 지금만 이렇게 부족하다는 것이다. 사람들은 그들이 원할 경우 놀라울 정도로 짧은 기억력을 가지게 된다.

바로 이곳 스트루니노에서 나는 '스토파트니차'라는 표현을 처음 알게 되었다.[4] 사람들은 나를 그렇게 부르며 잘 대해주었다. 나이 든 남자들이 특히 그러했다. 이따금 작업하고 있는 내게 누군가 다가와 사과나 케이크 조각을 주었다. "먹어요. 어제 아내가 만든 거예요." 휴식시간 식당에서 그들은 내 자리를 맡아주었고, "죽을 먹어요. 죽을 먹어야 든든하답니다"라고 가르쳐주었다. 한 걸음 한 걸음마다 나는 우정어린 관심을 느꼈고(나에 대해서가 아니라 스토파트니차에 대한), 이곳에는 반인텔리겐치아 분위기는 전혀 없었다.

어느 날 밤 내가 일하는 작업장으로 말쑥한 젊은이 두 사람이 들어오더니 내게 기계를 끄고 그들을 따라 인사과로 오라고 지시했다. 인사과

---

4) 대도시로부터 100베르스타 이내에 거주가 금지된 전과자들을 민중 사이에서 일컫는 말.

는 건물 밖 안뜰에 있었기 때문에 나는 여러 작업장을 지나쳐 가야 했다. 내가 젊은이들을 따라나가는 것을 본 노동자들은 자신들의 기계를 끄고 뒤를 따랐다. 층계를 내려가면서 나는 감히 뒤돌아볼 수 없었다. 사람들이 나를 배웅하고 있음을 느꼈기 때문이었다. 인사과에서 바로 비밀경찰 지부로 끌려가는 경우가 드물지 않다는 것을 모두 알고 있었다.

인사과에서는 바보 같은 대화가 오고 갔다. 왜 전공을 살려 일하지 않느냐는 질문을 받았다. 나는 전공 같은 것이 없다고 대답했다. 왜 스트루니노에 정착했냐고 물었다. 살 곳이 없어서라고 대답했다. "고등교육을 받은 자가 공장에서 일하다니." 그러나 당시 나는 고등교육 같은 것은 받아본 적도 없었다. 김나지움이 최종학력이었다. 아마도 대학졸업장이 문제가 아니라 인텔리겐치아에 속한다는 사실 자체가 문제였던 것 같다. 그것을 그들은 직감적으로 눈치 챘다. "왜 학교 같은 데서 일하지 않는 거요?" "졸업장이 없는데 채용될 턱이 없지요." "뭔가 이상하군. 바른대로 말하시오." 그들이 무엇을 원하는지 나는 이해할 수 없었다. 그날 밤 나를 놓아준 것은 아마도 사람들이 밖에 모여들었기 때문인지도 모르겠다. 나를 보내주면서 그들은 내일도 내가 야간근무조인지 물었고, 내일 근무를 시작하기 전에 인사과에 다시 출두하라고 명령했다. 나는 심지어 그러겠다고 서명까지 했다.

그날 밤 인사과에서 나온 뒤 나는 작업장에 돌아가지 않고 집으로 왔다. 주인집 사람들은 자지 않고 있었다. 누군가 공장에서 와서 내가 '인사과'에 끌려갔다고 알려주었던 것이다. 주인 남자는 술병을 꺼내 석 잔을 따랐다. "일단 쭉 마시고 어떻게 할지 생각해봅시다."

야간작업이 끝나는 시간이 되자 공장 사람들이 하나 둘씩 우리 집 창문 앞으로 모여들었다. 그들은 말했다. "떠나세요." 그러고는 창가에 돈을 두고 갔다. 여주인은 내 짐을 쌌고, 주인 남자는 다른 두 명의 이웃과 함께 첫차 시간에 맞추어 기차역까지 나를 배웅했다. 그리하여 나는 아직 무관심한 법을 익히지 못한 사람들 덕택에 파국을 면할 수 있었다. 만일 인사과가 원래 나를 경찰에 넘길 생각이 없었다고 해도 사람들이 나를 '배웅'하는 모습을 본 이상 나는 더 이상 무사하지 못했을 것이다.

스트루니노는 우리의 불행과 100베르스타의 삶에 대해 동정적이었다. 죄수들을 실은 열차는 주로 밤에 다녔고, 직물공장 노동자들은 아침마다 철길을 지나면서 발밑에 혹시라도 메모가 떨어져 있지 않은지 주의 깊게 살펴보았다. 이따금 죄수들이 창밖으로 메모를 던지기 때문이었다. 메모를 발견한 사람들은 메모를 편지 봉투에 넣어 주소를 옮겨 적고 우편으로 보내주었다. 그러면 체포된 사람들의 가족은 소식을 듣게 되는 것이다. 만일 죄수 수송 열차가 낮에 정차라도 하는 경우에는 모두 빈둥거리는 보초 뒤로 먹을 것이나 담배를 기차 안에 던져주려고 애썼다. 스트루니노에서도 잡혀 들어가는 사람들이 많았고, 그래서 사람들은 어둡고 찌푸린 표정으로 살았다.

여기서 나는 스탈린이 민중 사이에서 '곰보'라고 불린다는 것을 처음 알았다. 이유를 물었더니 이렇게 대답했다. "스탈린이 천연두를 앓았던 것 몰라요? 카프카즈에서는 흔한 일이지요." 이런 이야기로 그들은 곤경에 빠질 수도 있었겠지만, 이런 말은 '자기네들'끼리 있을 때만 했다. 그들은 밀고자가 누구인지 모두 알고 있었다. 작은 마을의 이점이었다. 도시에서는 밀고자가 누구인지 항상 알 수 없기 때문이다.

스트루니노에도 법에 순응하는 사람들이 있었지만, 천성적인 선량함은 그들이 말없이 복종하는 것을 방해했다. 언젠가 야쿨로프(Г. Б. Якулов)[5]는 내게 말했다. "러시아 혁명은 잔인하지 않아. 국가가 모든 잔인함을 빨아들여서 비밀경찰에게 넘겨주었지."

러시아에서는 아마도 모든 것이 언제나 위에서 이루어지는 듯하다. 민중은 온순하게 저항하거나 완고하게 순종하면서 잠자코 있었다. 민중은 잔인함을 비판했지만, 어쨌든 그 어떤 능동적 저항에도 찬성하지 않았다. 이런 특성이 어떻게 과거에 일어난 무시무시한 반란이나 혁명과 결합할 수 있는지 모르겠다. 누가 과연 이것을 이해할 수 있겠는가?

---

5) 야쿨로프(1884~1928): 화가.

75 슈클롭스키 가족

슈클롭스키의 집은 모스크바에서 유일하게 세상에서 버려진 자들에게 열려 있는 집이었다. 빅토르나 바실리사 슈클롭스키가 집에 없으면 아이들이 우리를 맞아 달려 나왔다. 손에 초콜릿을 든 작은 소녀 바랴와 홀쭉이 바샤 그리고 동작이 큰 소년 니키타(새잡이꾼이며 진리를 사랑하는 아이였다)였다. 그 아이들에게 그 무엇도 설명해주는 사람이 없었지만, 그 아이들은 무얼 해야 하는지 스스로 알고 있었다. 아이들은 언제나 가정의 심성(윤리적 성격)을 대변한다. 그 애들은 우리를 부엌으로 데려가서 먹을 것과 마실 것을 대접했고 이야기를 해주어 즐겁게 했다.

알토 가수인 바샤는 음악회 이야기를 좋아했다. 당시 쇼스타코비치의 교향악에 관해 말들이 많았고,[1] 슈클롭스키는 모든 이야기를 차례로 귀 기울여 듣고는 기쁘게 선언했다. "음, 쇼스타코비치가 제일 멀리 침을 뱉는단 말이지?" 당시는 모든 것을 정확히 순위 매기기를 원했다. 누가 으뜸이고 누가 꼴찌인지 누가 누구보다 침을 더 멀리 뱉는지…… 국가는 옛날 관등제를 명칭만 바꾼 채 그대로 사용했고 스스로를 그 최고 자리에 임명했다. 언젠가 레베제프 쿠마치(В. И. Лебедев-Кумач)[2](매우 겸손한 사람이라고 이야기되는)가 최고의 시인으로 지명된 적도 있

---

1) 쇼스타코비치의 제5번 교향곡을 일컫는다. 1938년 1월 28일 초연되었으며, 두 달 동안 다섯 차례 연주되었다─편집자.
2) 레베제프 쿠마치(1898~1949): 시인.

었다. 슈클롭스키 역시 순위 매기기를 좋아했지만, 그는 '함부르크식 셈'을 원했다.[3] 바샤 역시 쇼스타코비치가 일인자라고 인정했다. 만델슈탐은 그의 교향곡을 들어보고 싶어 했지만 마지막 기차를 놓칠까봐 걱정했다.[4]

바랴와는 다른 내용의 이야기를 나누었다. 그녀는 당지도부가 숙청될 때마다 선생님의 지시에 따라 계속 새 초상화를 덧붙인 교과서를 보여주었다. 그녀는 세마슈코(H. A. Семашко)[5]의 초상화가 마음에 들지 않았고, 빨리 그 위에 다른 초상화를 붙이라고 지시하기를 기다리고 있었다. "어차피 덧붙일 거면 지금 당장 했으면 좋겠어요." 백과사전의 편집국은 풀칠해버릴 논문과 잘라 없애야 할 논문의 목록을 보냈다. 가장인 빅토르가 이 일을 맡았다. 주요 인물이 체포될 때마다 집집마다 책들을 훑어보았고 숙청당한 지도부의 논문들이 벽난로에 던져졌다. 벽난로가 없는 새집들에서는 금서들과 작가 일기들, 편지, 그외 반역적 문서들을 가위로 잘라 변기에 넣고 물을 내렸다. 사람들이 매우 바빠졌다.

아이들 중 가장 말이 없던 니키타는 이따금 어른들을 어리둥절하게 만들었다. 언젠가 니키타가 파우스톱스키와 함께 카나리아를 훈련하는 유명한 새 애호가의 집에 갔을 때의 일이다. 주인의 신호에 따라 카나리아는 새장에서 나와 횃대에 앉아 노래를 불렀다. 그리고 신호하자 온순히 자기 새장으로 다시 들어갔다. "작가동맹 회원 같군요." 니키타는 이

---

3) 즉 극도로 엄격한 기준을 적용하여 작품의 참된 가치를 정의하기를 원했다. 이 말은 슈클롭스키가 만든 표현으로 서커스 투사들에 관한 함부르크의 오래된 전설에 기초한다. 그는 『함부르크식 셈』(1928, 레닌그라드)이라는 책에서 함부르크의 서커스 투사들이 프로모터들이 추진하는 공개시합과 별도로 1년에 한 번 비공개대전을 펼쳐서 순위를 매긴다고 지적하면서 작가들에게도 같은 방식이 적용되어야 한다고 주장했다—편집자.

4) 만델슈탐은 사마티하로 떠나기 직전인 3월 초 쇼스타코비치의 교향곡을 듣고 쿠진에게 다음과 같은 편지를 보낸다. "사상은 없고, 수학도 없고, 선도 없다. 예술 자체라고 한다지만 나는 받아들일 수 없다네!"—편집자.

5) H. A. 세마슈코(1874~1947): 소비에트 보건 분야의 고위 관리.

렇게 말하고 방을 나갔다고 한다. 니키타는 사람들을 어리둥절하게 한 뒤에는 언제나 자기 방으로 사라졌다. 그의 방에는 그가 잡은 새들이 살고 있었지만, 그는 새들과 사이좋게 지낼 뿐 훈련 같은 것은 시키지 않았다. 새들은 자기 무리에서 노래를 가장 잘하는 새들에게 노래하는 법을 배운다는 것을 우리는 알고 있다. 쿠르스크에서 사람들이 유명한 꾀꼬리들을 모두 잡아들이는 바람에 어린 새들은 노래하는 법을 배울 수 없었다고 한다. 최고의 거장들을 새장에 가두어놓는 인간의 욕심 때문에 이렇게 쿠르스크의 유명한 꾀꼬리 노래는 사라졌다.

밝은 하늘색 눈동자의 바실리사가 도착하면 웃으면서 일을 시작했다. 더운 목욕물을 준비하고 우리를 위해 속옷을 꺼내왔다. 나에게는 자기 것을, 만델슈탐에게는 빅토르의 셔츠를 주었다. 그러고 나서 우리를 쉬게 했다. 빅토르는 만델슈탐을 위해 뭘 할까 머리를 짜내었고, 소란을 피우며 뉴스들을 이야기했다. 늦가을 그는 만델슈탐을 위해 털외투를 구해주기도 했다. 그에게는 개털로 만든 오래된 반코트가 있었고, 지난해 겨울에는 그걸 안드로니코프에게 빌려주었다. 그러나 안드로니코프는 세상으로 나가서 작가 외투를 장만하는 데 성공했다. 그래서 빅토르는 그 오래된 외투를 가지고 오라고 그를 불렀다. 안드로니코프가 베토벤 교향악을 휘파람으로 불면서 만델슈탐에게 이 외투를 입히는 의식이 장엄하게 거행되었다. 슈클롭스키는 연설까지 했다. "당신이 기차에 매달려서 온 것이 아니라, 객실에 앉아 왔다는 것을 모든 사람이 이제 알게 될 겁니다." 그때까지 만델슈탐은 역시 다른 사람이 준 노란 가죽외투를 입고 다녔다. 바로 이 노란 가죽외투를 입고 그는 이후 강제수용소로 갔다.

초인종이 울리면 집주인은 문을 열기 전에 우리를 부엌이나 아이들 방으로 대피시켰다. 만일 우리 쪽 사람들이면 환호와 함께 우리를 즉시 포로 신세에서 해방시켜주었지만, 만일 파블렌코나 밀고자인 이웃 여자가 오면 우리는 은신처에 계속 숨어 있어야 했다. 우리는 그들에게 한번도 발각되지 않았고, 이것을 매우 자랑스러워했다.

슈클롭스키의 집은 우리가 스스로 사람이라고 느낄 수 있는 유일한 곳이었다. 이 집 사람들은 세상에서 버려진 자들을 어떻게 대해야 하는지 알고 있었다. 부엌에서는 어디서 잘 것이며 어떻게 음악회에 가고, 어디서 돈을 구할 것인지에 대한 토론이 벌어졌다. 우리는 슈클롭스키 집에서 자는 것은 피했다. 왜냐하면 그의 아파트에는 여자 문지기와 수위, 승강기 관리자가 있었기 때문이다. 이 선량하고 가여운 여자들은 옛부터 보안과[6]를 위해 일해 왔다. 그들은 이에 대한 보수는 받지 않았다. 부수적 임무였기 때문이다. 어디서 밤을 묵었는지는 기억나지 않지만 어쨌든 결국 음악회에는 갔다.

만델슈탐이 죽은 뒤 내가 혼자 나타나자 수위들이 내게 남편은 어디 있느냐고 물었다. 죽었다고 대답했다. 그들은 한숨지었다. "우리는 당신이 먼저 잡혀가리라고 생각했는데." 이로부터 두 가지 결론을 얻을 수 있었다. 우리 얼굴에 이미 우리 운명이 나타나 있었다는 것과 이 불행한 여자들을 두려워할 필요가 없다는 것이었다. 그들은 동정심을 가진 사람들이었던 것이다. 당시 나를 동정하던 사람들은 곧 무덤에 묻혔다. 그들은 자신들의 굶주린 침대 위에서 파리처럼 죽어나갔다. 그러나 나는 그때부터 그들의 후임자들과 언제나 좋게 지냈으며 그들은 내가 허가증 없이 슈클롭스키 집에 묵는 것을 한 번도 경찰에 알리지 않았다. 문을 열어주기 위해 그들이 일어나야 하는 밤 12시에 슈클롭스키 집에 찾아갈 때면 나는 언제나 그들 손에 20 또는 30코페이카씩 쥐어주었다. 그러나 1937년에 우리는 팁 줄 생각은커녕 수위만 보면 피했고, 슈클롭스키가 곤경에 빠지지 않을까 두려워 그의 집에 묵기를 두려워하면서 숨을 몰아쉬며 어디론가 언제나 급히 서둘러 갔다.

간혹 다른 수가 없을 때면 우리는 슈클롭스키의 집에서 밤을 보내야 했다. 그럴 때면 침실 바닥에 요와 양털 덮개를 깔아주었다. 물론 7층에서는 집에 다가오는 자동차 소리는 들리지 않았지만, 밤에 승강기가 올

---

6) 러시아에서 1880년부터 혁명까지 혁명운동을 단속한 비밀경찰부.

라오면 우리 넷은 현관 앞으로 달려나가 귀를 기울였다. "다행이네, 한 층 아래예요." 아니면, "다행이네, 지나쳤어요"라고 말하면서. 매일 밤 이렇게 승강기 소리에 귀 기울였다. 우리가 자고 가든 그렇지 않든 그것 은 마찬가지였다. 다행스럽게도 승강기는 자주 올라오지 않았다. 아파 트 주민들은 대부분 페레델키노에 있는 교외별장에 살고 있었고, 견고 한 생활방식을 취했으며, 그들의 아이들은 아직 성장하지 않은 시기였 다. 테러 시절에 다가오는 자동차 소리나 승강기 올라오는 소리에 귀 기 울이며 사람들이 공포에 떨지 않은 곳은 이 나라에 없었다. 지금까지도 슈클롭스키 집에 묵을 때면 이 한밤중에 나는 승강기 소리를 들으며 나 는 전율한다. 승강기가 어디에 멈추는지 듣기 위해 반라의 사람들이 출 입문 앞에서 웅크리고 벌벌 떨던 장면이 잊히지 않는다.

얼마 전 집 앞에 자동차가 멈춰 서는 바람에 나는 이런 꿈을 꾸게 되 었다. 만델슈탐이 나를 깨우며 "옷 입어요. 이번에는 당신을 체포하러 왔어"라고 말했다. 그러나 나는 그의 말을 들으려 하지 않고 이렇게 대 답했다. "됐어요. 나는 그들을 마중하기 위해 일어나지 않을 거예요. 지 옥에나 가라지." 그리고 돌아누워서는 다시 잠이 들었다. 이것은 심리적 반란이었다. 사람들이 체포하러 왔을 때 자발적으로 침대에서 일어나 떨리는 손으로 옷을 주워 입는 것 역시 일종의 협조였다. 됐어, 지겨워, 한 발짝도 마중 나가지 않겠어. 들것에 실어가거나 그냥 여기 집에서 죽 이라고 해.

언젠가 한겨울 우리는 슈클롭스키의 선량함을 더 이상 악용해서는 안 된다고 결심한 적이 있었다. 그들이 곤경에 처하게 될까봐 두려웠 다. 누군가 돌연 밀고한다면…… 슈클롭스키를 포함해서 그의 가족 전 체를 파멸시킬 수도 있다는 생각은 우리를 절망에 빠뜨렸다. 우리는 우 리 결심을 슈클롭스키에게 엄숙하게 알렸고, 그의 만류에도 며칠 동안 그의 집에 발을 들이지 않았다. 오갈 데 없는 외로움이 기하학적으로 불어났다.

브루니의 집에 앉아 있던 어느 날 만델슈탐은 자제하지 못하고 슈클롭스키에게 전화했다. 빅토르가 말했다. "빨리 와요. 아내가 속상해하며 어쩔 줄 몰라해요." 15분 뒤 우리는 그의 집 초인종을 눌렀고, 바실리사가 기쁨의 눈물을 흘리며 우리를 맞이했다. 그리고 그때 나는 깨달았다. 세상에서 유일한 실제는 이 여인의 바로 이 하늘색 눈이라고. 물론 지금도 그렇게 생각한다.

부연하면 아흐마토바를 나는 한 번도 나 자신과 떼어서 생각한 적이 없지만 당시 그녀에게는 닿을 수 없었다. 레닌그라드는 너무 멀리 있었다.

76 마리인나 로샤[1]

언젠가 한번 우리가 슈클롭스키 집에 있을 때 알렉산드르 베른슈테인
이 찾아와서 우리를 자기 집에 묵으라고 불렀다. 그의 집에는 작은 여자
애 '토끼'가 뛰어다녔고 알렉산드르의 부인은 우리에게 차를 대접했고
수다를 떨었다. 마르고 허약하며 응석받이였던 알렉산드르는 보기에는
결코 용기 있는 자 같지 않았지만, 우리와 함께 걸으며 아무렇지도 않다
는 듯 휘파람을 불었고, 마치 아무 일도 없다는 듯 문학에 관한 여러 잡
담을 했으며 무시무시한 국가적 범죄자인 우리를 자기 아파트에 묵게
하면서 숨길 생각도 하지 않았다. 그렇게 아무렇지도 않게 그는 1948년
에는 오빠한테 만델슈탐의 원고를 받아 보관했다. 그의 형 세르게이 베
른슈테인은 1937년부터 1938년까지 다른 죄수인 비노그라도프를 숨겨
주었다. 그는 전과 때문에 모스크바 거주가 금지되어 있었다. 복권되고,
학술원 회원이 되어 스탈린식 언어학을 지휘하는 임무를 맡게 되었을
때 그는 세르게이 베른슈테인의 가난한 집을 어떤 이유에서인지 잊었
고, 세르게이의 아내, 1937년의 손님을 반기던 안주인의 장례식에조차
참석하지 않았다.

우리는 슈클롭스키의 처제 나탈리야 게오르기예브나와 함께 자주 그
의 집에서 나왔다. 그녀는 독서에 열중했으며 아직까지도 19세기의 시
수백 편을 외운다.

---

1) 모스크바 교외에 있는 마을.

나탈리야는 마리인나 로샤에 있는 슈클롭스키의 옛 아파트에 방 하나를 배정받아 딸 바샤와 함께 살고 있었다. 우리가 그녀의 집에 드나들던 당시 바샤는 슈클롭스키의 집에 남아 있었고 우리는 그녀의 어머니와 한 방에서 잤다. 역시 같은 아파트의 방 하나를 니콜라이 이바노비치 하르드지예프가 차지하고 있었다. 그곳에서는 남자들이 저녁마다 많은 이야기를 나누면서 늦게까지 앉아 있었다. 그의 집에서 나는 만델슈탐이 체포된 뒤 며칠 동안 그리고 사망 소식을 알게 된 뒤 지냈다. 나는 정신이 나간 채 누워 있었고, 하르드지예프는 소시지를 끓여서 나에게 먹였다. "나댜, 따뜻할 때 들어요." 또는 "먹어봐요, 나댜. 이거 비싼 거예요." 가난한 하르드지예프는 사랑스러운 농담과 뜨거운 소시지, 귀한 알사탕으로 나를 기운 차리게 하려고 애썼다. 그는 우리 삶의 가장 힘든 시기에 나와 아흐마토바에게 끝까지 믿음직한 친구로 남았던 유일한 사람이었다.

한번은 그의 집에서 타틀린이 그린 흘레브니코프의 연필 초상화를 보았다. 타틀린은 흘레브니코프가 사망한 후 여러 해가 지나 이 초상화를 그렸지만, 그림 속의 시인은 내가 기억하는 그 모습(작가의 집에서 우리와 함께 메밀죽을 먹으러 와서 계속 입술을 오물거리며 잠자코 앉아 있었던 때[2])과 똑같았으며 살아 있는 듯했다. 나는 갑자기 만델슈탐도 언젠가 누군가의 그림에서 이렇게 되살아날지 모른다는 생각에 기분이 나아졌던 기억이 난다. 그러나 그때 나는 만델슈탐을 알고 있는 모든 화가가 그의 초상화를 그리기도 전에 죽어버릴 수도 있다는 생각까지는 하지 못했다. 『모스크바』 잡지에 실린 밀라셉스키(M. A. Милашевский)[3]의 불쌍한 그림은 만델슈탐과 전혀 닮지 않았다. 만델슈탐은 화가들에게는 별로 어필하지 못한 듯하지만, 사진들은 참 잘 나왔다.

---

2) 그가 사망한 노브고로드 주로 떠나기 전인 1922년 5월 초의 일이었다—편집자.
3) 밀라셉스키(1893~1976): 화가.

만델슈탐은 하르드지예프가 시에 대한 절대 음감을 가졌다고 말하곤 했고, 그래서 나는 이미 10년 동안이나 발행이 되지 않던 '시인의 도서관' 시리즈의 만델슈탐 선집 편집인에 그가 지명되도록 고집했다.

마리인나 로샤에 있는 반쯤 허물어진 목조 오두막이 내게는 성곽처럼 여겨졌지만, 이 성곽까지 가기는 쉽지 않았다. 우리는 나탈리야와 함께 슈클롭스키 아파트를 나서곤 했지만 수위실을 지날 때는 따로따로 흩어져서 걸었다. 이후 나탈리야는 앞서 갔고, 전차에 올라탔다. 그다음 그녀는 다시 정거장에서 내려 우리를 기다린 뒤 차를 갈아탔다. 우리는 그녀의 넓은 등을 시야에서 놓치지 않으려 애쓰며 조금 떨어져서 뒤따라갔다. 우리는 이른바 음모자였고 그래서 그녀와 나란히 걸어갈 수 없었다. 만일 만델슈탐이 거리에서 체포되기라도 하는 경우(그런 경우는 없지 않았다) 우리와 떨어져 걷던 나탈리야는 전혀 무관할 수 있었다. 그녀는 신분증 검사조차 받지 않을 것이며 아무렇지도 않게(그런데 아무렇지도 않을 수 있을까?) 자기 길을 계속 갈 수 있고, 그러면 우리는 슈클롭스키 사람들 집에 스파이를 끌어들이지 않을 수 있었다. 우리가 음모자라는 것이 우습기는 했지만 20세기에 태어나는 것에 동의한 이상 우리는 이렇게 해야 했다. 그래서 우리는 나탈리야 뒤를 따라서 갔다. 마치 그녀의 흔들거리는 걸음걸이에 최면이라도 걸린 사람들처럼.

나탈리야는 언제나 침착해 보였고, 그녀가 먼저 올라탄 전차를 우리가 타지 못하는 경우 갈아타는 정류장이나 종점에서 우리를 기다렸다. 그렇게 우리를 만나면 그녀는 다시 길을 나섰고, 만델슈탐과 나는 지쳐서 녹초가 되어 그녀의 뒤를 따라갔다. 인적이 드문 그녀의 집에서 우리는 한 번도 다른 사람과 마주치지 않았다. 비록 그곳에는 다른 주민들도 있었지만 우리는 그들에게 들키지 않게 몰래 숨어들 수 있었다. 바로 이를 위해 나탈리야는 직접 자기 열쇠로 문을 열어야 했고, 우리를 집에 들이기 전에 먼저 안을 살펴보아야 했다. 그러나 그럼에도 작가동맹 회원인 박스(Б. А. Вакс)[4]라는 자는 나탈리야의 집에 이방인이 머무른다는 것을 알게 되었다. 그가 우리를 밀고하지 않은 것으로 보아 그는 반 듯한 사람인 듯했다. 그런데 박스는 복도에서 전화통화를 하며, 우리 눈에는 성곽이나 천국으로 여겨졌던 이곳을 '빈민굴'이라고 표현했고, 그 빈민굴을 수리하기 위한 자재와 비용을 작가동맹에 요구했다. 그래서 만델슈탐은 수리를 요구하는 박스가 등장하는 농담시를 지었다. 시는 쓰지 않았지만(이런 생활 속에서 시는 창작될 수 없었다), 농담시는 이 따금 썼다. 그러나 슈클롭스키는 웬일인지 농담시를 무척 싫어했다. 그 는 농담시를 뇌신경이 약화된 징후라고 여겼다. 시대가 농담하기에는 걸맞지 않다고 생각해서는 아니었다. 각운이나 뭐나 다 제대로 된 것이 아니라는 것이었다. 농담시는 페테르부르크의 전통이었고, 모스크바는 단지 패러디만 인정했다. 슈클롭스키는 페테르부르크에서 살았던 자신 의 청년 시절을 잊었던 듯하다.

밤마다 나는 잠꼬대를 했다. 그해 겨울 나는 인간이 내는 것 같지 않 은, 마치 목졸린 짐승이나 새가 지르는 듯한 무시무시한 잠꼬대를 하기 시작했다. 슈클롭스키는 모든 사람이 잠꼬대로 '엄마'를 부르는데 나는 남편을 부른다고 놀려댔다. 지금도 나는 이 잠꼬대로 이웃들을 놀라게 한다. 이웃을 놀라게 하는 게 하나 더 있는데 그것은 손바닥 색깔이다. 그 당시부터 나는 불안할 때면 손바닥이 갑자기 새빨개진다. 반면 만델 슈탐은 침착함을 잃지 않았고 농담을 계속했다.

이따금 돈을 구하지 못할 경우 우리는 모스크바에 며칠 머물러야 했 다. 우리에게 돈을 주는 사람들이 점점 줄어들었기 때문이다. 그럴 때면 우리는 슈클롭스키의 월급을 기다리는 수밖에 없었다. 그는 주머니마다 돈을 집어넣은 채 집에 도착해서는 우리에게 그 일부를 나누어주었다. 그러면 우리는 낯선 도시 칼리닌의 외곽에 있는 타티야나 바실리예브나 의 집으로 돈을 쓰러 갔다.

---

4) 박스: 희곡작가. 제2차 세계대전에 의용군으로 참가했다가 전사.

77 공모자

1937년 가을 카타예프와 슈클롭스키는 만델슈탐과 파데예프를 만나 게 하기로 결정했다. 파데예프는 아직 권력을 잡고 있지는 않았지만 큰 영향력을 가지고 있었다. 아마도 권력 거의 가까이 갔던 때였던 것 같 다. 만남은 카타예프 집에서 이루어졌던 것으로 기억한다. 그곳에서 만 델슈탐은 시를 읽었고 파데예프는 감동했다. 그는 감성이 풍부한 사람 이었다. 침착했던 그는 눈물을 글썽거리며 만델슈탐을 포옹했고, 감성 이 풍부한 사람으로서 할 수 있는 모든 말을 했다. 나는 이 만남을 지켜 보지 못했다. 나는 슈클롭스키 집에 있었다. 만델슈탐과 빅토르는 만족 해서 돌아왔다. 카타예프가 파데예프와 둘이서 얘기할 수 있도록 그들 은 먼저 돌아왔다. 파데예프는 시를 잊지 않았고(곧 그는 에렌부르그와 함께 티플리스에 가야 했다), 만델슈탐의 시 선집을 출판하려고 노력하 겠다고 장담했던 듯하다. 그러나 이런 일은 일어나지 않았다. 아마도, 그에게 '권하지 않았던' 듯하다.

우리는 그런 공식을 가지고 있었다. 누군가에게 무엇에 대한 허가를 요청했을 때 그가 찡그린다면 '당신 재량껏 하시오'라는 뜻이었다. 침 울한 얼굴은 거절이나 마찬가지지만, '안 되오'라는 극단적인 말은 하 지 않았다. 거절은 '자발적인' 것, 따라서 지극히 민주주의적인 것이 되 었다.

우리나라의 권력 외에는 관료주의적 통치의 이러한 미묘한 뉘앙스 를 알지 못했다. 왜냐하면 우리나라의 권력층의 특성 가운데 하나는 미증유의 위선이었기 때문이다. 그리하여 우리는 파데예프에게 '권하지 않았다'고 결론지었지만 사실 그는 '연루되지 않기' 위해 그냥 그 누구에게도 아무것도 묻지 않았을 확률이 더 크다. 어쨌든 1937년 말 그는 작가동맹에서 만델슈탐과 만나자 '상부'와 이야기해서 '그들이 무슨 생각을 하는지' 알아보겠다고 갑자기 자청하고 나섰다. 그리고 그 대답, 아니 정보를 듣기 위해 우리는 며칠 뒤 작가동맹으로 다시 가야 했다.

놀랍게도 파데예프는 우리를 속이지 않았고 제 날짜 제 시간에 나타났다. 우리는 건물 밖으로 함께 나가 그의 승용차에 탔다. 그는 우리가 가는 곳까지 태워주면서 이야기하겠다고 제안했다. 그는 기사 옆 좌석에 앉았고, 나와 만델슈탐은 뒷좌석에 앉았다.

그는 안드레예프[1]와 이야기해봤지만 아무런 정보도 얻을 수 없었다고 말했다. 안드레예프는 만델슈탐에 대해 아무 말도 꺼내지 말라고 단호하게 선언했다고 한다. "절대로!" 파데예프는 그의 말을 그대로 옮겼다. 파데예프는 당황했고 상심해 있었다. 만델슈탐이 오히려 그를 위로했다. "괜찮아요, 어떻게든 되겠지요."

우리의 주머니에는 이미 사마티하로 가는 여행권이 들어 있었다. 스탑스키의 지시에 따라 문학재단은 우리를 두 달 동안 그곳 휴양소로 보내주었다.[2] 스탑스키는 갑자기 만델슈탐의 면담을 허락하더니 '요양소'에 가라고 권했던 것이다. 직업 문제가 해결될 때까지 그곳에서 쉬고 있으라며. 행운은 우리의 기분을 북돋았고, 그래서 우리는 파데예프의 말에 그다지 속상해하지 않았다. 반면 파데예프는 우리의 여행 소식을 상당히 흥분하며 들었다. "여행권이라고요? 어디로요? 누가 주었지요? 거기가 어딘데요? 왜 작가의 집이 아니지요?" 만델슈탐이 대답했다. 작

---

1) 안드레예프(1895~1971): 정치국 소속. 1937년 대숙청을 수행한 사람 가운데 하나―편집자.
2) 여행권의 날짜는 정확히 1938년 3월 8일에서 5월 6일까지로 되어 있었다―편집자.

가동맹은 우리에게 허가된 지역, 즉 금지된 대도시로부터 100베르스타 이상 떨어진 곳에 휴양소를 가지고 있지 않다고. "말례예프카는요?" 파데예프는 물었다. 우리는 말례예프카가 뭔지도 몰랐고 그래서 파데예프는 갑자기 정신을 차리고 해명했다. "그곳에 작가동맹이 인수한 집이 있거든요. 아마도 수리 중인가 봅니다." 만델슈탐은 자신의 지위 문제가 해결되기 전까지 그를 작가전용 휴양소에 보내는 것은 적합지 않다고 판단했을 거라는 추측을 밝혔고, 파데예프는 이 추측을 기꺼이 받아들였다. 그는 분명 걱정스러워하며 상심했다. 지나고 나서 지금에서야 나는 그가 무슨 생각을 했는지 알 것 같다. 그는 우리 앞에 무슨 일이 임박해 있는지를 알고 있었던 것이다. 아무리 강한 사람이라도 이런 일을 두 눈 똑바로 뜨고 바라볼 수 없었고, 게다가 파데예프는 감수성이 예민한 사람이었다.

자동차는 키타이고로드 구역[3]에서 멈췄다. 우리가 왜 그곳에 가려 했을까? 아마도 그곳에 휴양소 운영 센터가 있었고 그래서 우리가 출발할 날짜를 알리기 위해 그곳에 갔던 것 같다.

파데예프도 우리를 따라 자동차에서 내리더니 만델슈탐에게 작별의 키스를 했다. 만델슈탐은 휴양소에서 돌아오면 그를 찾아가겠다고 약속했다. "그래요. 그래요. 꼭 그렇게 하세요." 파데예프가 말했고 우리는 헤어졌다. 장엄한 작별 의식, 파데예프의 알 수 없는 침울함과 진지함은 우리를 당황시켰다. 그에게 무슨 일이 있는 거지? 당시 사람들에게는 무슨 일이든 일어날 수 있었다. 모든 사람에게 재앙은 넘쳐났다. 모스크바에 살던 기간에 처음 거둔 성공이라고 할 수 있는 여행권으로 우리는 눈이 멀었다. 작가동맹이 우리를 신경 써주기 시작한 것이다! 우리는 파데예프의 침울함이 만델슈탐의 운명 그리고 무시무시한 판결을 가리키는 안드레예프의 대답과 관련 있다고는 생각조차 하지 못했다. 당이 어떻게 돌아가는지 잘 알고 있었고 노련한 사람이었던 파데예프는 이것을

---

3) 모스크바 중심부에 있는 지명.

깨닫지 않을 수 없었을 것이다.

그런데 어쨌든 그는 왜 운전기사가 있는 자리에서 이야기 나누기를 두려워하지 않았을까? 아무도 그런 행위는 하지 않았다. 감시 체계에 따르면 중요 인물들의 모든 운전기사는 중요 인물들의 모든 행위와 말을 보고해야 했다. 스탈린 사후 작가조직의 권력을 잡게 된 수르코프는 원래 파데예프가 쓰던 자동차와 운전기사를 받게 되었다. 수르코프는 무언가 어처구니없는 핑계(자동차가 낡았다든가 차종이 마음에 들지 않는다는)를 대면서 자동차를 바로 거절했고 운전기사도 쫓아버렸다. 아마도 그는 끊임없는 엿들음을 피하고 싶었던 것 같다.

정말 파데예프는 자기 자동차에 있는 '국가의 귀'를 의식하지 않을 만큼 자신의 불가침성을 광적으로 믿었던 것일까? 아니면 그는 만델슈탐을 위해 준비된 운명에 이미 연대책임을 질 만한 위치에 있었고 그래서 접촉해서는 안 될 사람과 대화하면서도 자기 운전자를 거리낌없이 바라볼 수 있었던 것일까?

류바 에렌부르그는 파데예프가 감수성도 풍부하지만 거짓 눈물을 보일 줄도 아는 차갑고 잔인한 사람이라고 내게 말했다. 그녀의 말에 따르면 유대인 작가들에 대한 탄압의 시기 그의 이런 특성은 분명해졌다고 한다. 그 당시에도 키스와 눈물어린 작별 그리고 그들을 체포하고 말살하는 데 대한 동의가 있었다. 만델슈탐은 파데예프에게 남이었지만, 유대인 작가 탄압시기에 그가 그렇게 배웅했던 사람들은 그의 친구들이었다.

그러나 비이성적 국가의 관료사회를 알지 못하는 우리는 이중성을 전혀 이해하지 못한다. 만일 작가가 작가조직에서 모종의 직책을 맡았다면 그 작가는 어떤 자질을 갖추어야 하는지 말이다. 심오한 변질을 우리는 아직 인지하지 못했다. 사람들을 숙청하는 과정에 모든 기관의 우두머리들이 공범자로 끌어넣어지며 그들은 체포된 자들의 명단에 서명해야만 한다는 것도 우리는 몰랐다.

게다가 1938년 이런 역할은 파데예프뿐 아니라 스탑스키에게도 맡겨졌을 것이다. 사람들의 이야기에 따르면 말이다. 확실히 우리는 아무것도 모르고 있었다. 과거는 전처럼 비밀스럽게 남아 있고, 우리는 스스로에게 어떤 일이 일어났는지 아직까지 알지 못한다. 이로부터 1년도 채 안 되어 파데예프는 작가 최초의 훈장을 받고 라브루신스키 골목에 있는 작가 아파트에서 파티를 열었다. 파데예프는 그 자리에서 만델슈탐의 죽음에 관해 알게 되었고 그의 명복을 빌며 마셨다. "위대한 시인을 잃었군요." 이 말을 소비에트식으로 옮기면 "나무를 베면 부스러기가 튄다"다.

파데예프와 우리의 관계는 이것으로 마지막이었다. 전쟁이 끝나기 얼마 전 나는 승강기를 타고 슈클롭스키 집에 올라가면서 우연히 파데예프와 같이 타게 되었다. 내가 이미 문을 닫으려고 버튼을 누르는데 수위가 기다리라고, 누군가 오고 있다고 소리쳤고, 바로 그가 탔다. 이런 상황에 익숙했던 나는 나를 아는 척하고 싶어 하지 않는 사람을 불편하게 하지 않기 위해 돌아섰다. 그러나 승강기가 움직이자마자 파데예프는 내 쪽으로 몸을 굽히며 만델슈탐에 대한 판결문에 안드레예프가 서명했다고 속삭였다. 적어도 나는 그렇게 이해했다. 그의 말을 그대로 옮기면 대략 이러했다. "오십 에밀리예비치 사건은 안드레예프에게 맡겨졌지요." 승강기는 멈추었고 파데예프는 내렸다. 나는 당시 3인 협의회[4]에 대해 알지 못했고, 그래서 기관들이 판결을 내리는 줄 알았다. 그래서 나는 안드레예프가 무슨 관련이 있다는 건지 황당해했다. 더욱이 당시 나는 파데예프가 약간 취한 상태라는 것을 눈치 챘다.

그는 그때 왜 내게 그런 이야기를 했으며 그 이야기는 사실일까? 취한 상태에서 우연히 예전에 차 안에서 나누던 대화가 떠올라서 만델슈탐과 안드레예프를 연결지은 것일 수도 있다. 그러나 그가 진실을 말했을 가능성 역시 배제할 수 없다. 안드레예프가 스탈린 테러 정치의 직

---

4) 내무 인민위원부를 대표하는 인물 외에도 중앙위원회와 검사국의 대표자가 한 명씩 참석하는 특별협의회. 보통은 이미 준비된 판결에 서명하는 형식적 기능을 할 뿐이었다—편집자.

접적 실행자 중 하나였으며 '새로운 단계에서 어떻게 행동해야 하는 지', 즉 '단순화된 심문 요령들'에 관한 지령을 당원들에게 설명하기 위해 타슈켄트에 왔다는 것을 타슈켄트의 자살자의 서한을 통해 알게 되었다.

19세기 휴머니즘 원칙은 아무리 그 근거가 희박하고 그래서 사람들을 유혹에 빠뜨렸을지라도 우리 인식 속에 남아 있었다. 고용된 킬러들은 언제나 있게 마련이지만, 옛 지하운동가들(의심할 여지없는 휴머니스트이며 19세기 휴머니즘에 의해 교육되었고, 인류를 위해 청춘을 바쳤던)은 이 '역사적 불가피성'에 참여하면서 무슨 감정을 느꼈을까? 사람들은 우리의 예를 통해 '인간의 법'을 어겨서는 안 된다는 것을 배우지 않을 수 없었을 것이다.

나는 아무것도 확신할 수 없고 아무것도 알 수 없지만, 파데예프는 당시 차 안에서 이미 만델슈탐에게 어떤 운명이 기다리고 있었는지 알고 있었던 것 같다. 더욱이 그는 만델슈탐을 작가를 위한 휴양소로 보내지 않은 이유를 단번에 깨달았다.

78 엄마가 젊은 아가씨를 사마티하에 휴양보내다

모든 것이 순조로웠다. 우리는 체루스치 역에 내렸고 양털 깔린 썰매가 그곳에서 이미 우리를 기다리고 있었다. 매사가 완벽한 것은 우리 삶에서 드문 일이었기 때문에 우리는 매우 놀랐다. 제때 썰매를 보내는 것을 비롯해 모든 것이 제대로 되도록 엄중하게 지시받은 듯했다. 존경할 만한 손님에 대한 예우를 하는 것이라고 우리는 결론지었다. 3월이었음에도 날씨는 추웠고, 추위로 얼음이 쩍쩍 갈라지는 소리를 내는 것을 들을 수 있었다. 눈이 높이 쌓였고, 그래서 우리는 도착하자마자 얼마간은 스키를 타고 다녔다. 테니셰프 학원 출신답게 만델슈탐은 스키나 스케이트를 잘 탔고, 여기 사마티하에서는 스키를 타고 산책하는 것이 그냥 걸어가는 것보다 쉬웠다.

우리는 원래 본관에 있는 2인용 방을 바로 배정받았지만, 그곳은 한시도 조용할 때가 없었기 때문에 다른 곳으로 옮겨달라고 부탁했다. 부탁하자마자 원래 독서실로 쓰는 작은 별관으로 우리를 옮겨주었다. 휴양소의 주임 의사는 만델슈탐이 도착할 테니 가능한 한 배려하라는 연락을 받았다고 이야기했다. 그래서 그는 우리가 조용하게 쉴 수 있도록 공동 독서실을 일시적으로 폐쇄하기로 결정했다.

우리가 사마티하에 있는 동안 작가동맹에서 몇 차례 의사에게 전화해서는 만델슈탐이 어떻게 지내는지 물었다고 한다. 의사는 이 전화에 대해 놀라워하면서 우리에게 이야기해주었다. 아마도 우리가 분명 대단한 사람들이라고 생각하는 듯했다. 우리는 무언가 나아지고 있으며 우리를 배려하기 시작했다고 확신하게 되었다. 기적이 아닌가. 전화하고 통보하고 조회하고 최상의 환경을 만들어주라고 명령하고. 우리가 정말 인간 취급을 받게 된 것이다. 이제까지 겪어보지 못한 일이었다.

휴양소 사람들은 조용한 편이었다. 대부분 다양한 공장에서 온 노동자들이었다. 휴양소에서 흔히 그러하듯 그들은 일시적인 연애 사건들에 몰두해 있었으며, 그래서 우리에게는 최소한의 관심도 보이지 않았다. '레크리에이션 책임자'만이 귀찮게 굴었다. 만델슈탐의 시 낭송의 밤을 열고 싶어 했기 때문이다. 그러나 우리는 만델슈탐의 시가 금지되어 있으며 시 낭송의 밤을 열려면 작가동맹의 허가를 받아야 한다고 말함으로써 그를 따돌릴 수 있었다. 그는 우리 말을 즉시 이해했고 물러섰다.

물론 약간 지루했다. 만델슈탐은 단테와 홀레브니코프 그리고 토마셉스키가 편집한 한 권짜리 푸슈킨 작품집, 출발 직전 보랴 라핀이 선물한 셉첸코의 책을 가지고 갔다. 만델슈탐은 몇 차례 시내에 다녀오고 싶어 했지만 의사는 썰매도 트럭에도 자리가 없다고 말했다. 개인 소유의 말들은 구할 수 없었다. 주변에 시골이 거의 없었고, 시골에 있는 말들도 모두 집단농장 소속이었다. "우리가 덫에 걸린 건 아닐까?" 기차역까지 데려다달라는 우리 부탁을 의사가 거절한 어느 날 만델슈탐은 이런 질문을 던졌지만, 그 즉시 이 질문은 잊혔다. 어쨌든 사마티하에서 우리는 평온하게 잘 지냈으며, 그래서 불행은 이미 과거의 일이라고 생각했다. 작가동맹이 직접 우리에게 '둘을 위해' 여행권을 마련해주고 '편하게 배려할 것'을 명령한 것이다.

4월 초, 우리가 아직 본관에서 살던 휴양 초기 매우 인텔리겐치아같이 보이는 젊은 아가씨가 사마티하에 도착했다. 그녀는 만델슈탐에게 다가와 그와 이야기를 나누기 시작했다. 그녀는 카베린, 트이냐노프 그리고 다른 고상한 사람들 중 누군가를 안다고 했다. 그녀도 전과가 있었고, 그래서 그녀 부모는 금지된 도시에서 100베르스타 떨어진 사마티하와 같이 민주적인 곳으로 그녀를 휴양 보내야만 했다. 우리는 동정했고 놀라워했다. 이렇게 젊은 아가씨가 이미 5년 동안 갇혀 있었다니. 그러나 이 땅에서는 모든 것이 가능했다. 이 아가씨는 우리가 독서실로 방을 옮긴 뒤에는 특히 더 자주 찾아왔다. 그녀는 자기 엄마와 아버지에 관해 많은 이야기를 했다. 그녀가 병이 나자 아버지가 그녀를 손에 안고 직접 병실까지 간 일이며(그런데 어떤 아버지기에 병실까지 들어가도록 허락했을까?) 아버지가 항상 무릎에 앉히던 집에서 기르던 털이 부드러운 고양이들 그리고 그들의 집에서는 모든 것이 얼마나 고상하고 부드러웠는지, 사실 이 아가씨의 발과 손도 매우 귀족적으로 생겼다. 그러다 갑자기 이 모든 쓸데없는 잡담 가운데 예심판사에 관한 이야기가 언뜻 비쳤다. 예심판사는 그녀에게 어떤 시의 작가를 대라고 요구했지만 그녀는 딱 잘라 거절한 뒤 기절했다고 한다. 만델슈탐이 물었다. "무슨 시요? 왜 갑자기 시 얘기예요?" 그녀의 집을 수색하던 중 책상 서랍에서 금지된 시가 발견되었지만, 그녀는 저자 이름을 밝히지 않았다는 이야기를 들을 수 있었다.

며칠 후 그녀는 만델슈탐에게 이것저것 물어보며 귀찮게 했다. 누가 그의 시를 흥미로워하는지? 누가 그의 시를 가지고 있는지? 누가 보관하는지? "알렉세이 톨스토이가요." 만델슈탐은 화를 내며 이렇게 대답했지만, 이 여자의 정체를 의심하기까지는 시간이 걸렸고, 처음에는 그녀에게 자기 시를(아마도 1937년 2월 4일 시 「둥근 만의 틈들 그리고 자갈과 푸르름」Разрывы круглых бухт, и хрящ, и синева이었던 듯) 읽어주기도 했다. 그녀는 개탄했다. "어떻게 대담하게 이런 시를 쓸 생각을 하셨어요." 그러고서는 사본을 얻을 수 없느냐고 물었다. 지루한 나머지 긴장을 너무 늦추었다고 나는 만델슈탐을 질책하기까지 했다. "바보 같은 소리. 그녀는 카베린과도 아는 사이라지 않아." 만델슈탐이 대답했다. 휴양소의 편안하고 지루한 생활로 그는 그녀의 아버지 얘기조차도 들어줄 준비가 되어 있었다. 이후 나는 타슈켄트의 자살자의 딸 라리사나 그녀와 비슷한 집안의 다른 학생들한테 이런 유의 부모 이야기라든지 평화로운 가정사를 지겹게 듣게 되었고, 그들 계층에서는 이런 이야기가 지적인 대화로 여겨진다는 것을 알게 되었다.

이 아가씨는 5월 1일 노동절이 되기 2~3일 전에 떠났다. 사마티하에 두 달 동안 지내러 왔지만, 갑자기 모스크바에서 그녀의 아버지가 전화해서 돌아올 것을 허락했다고 했다. 허락했는지 제안했는지 우리는 확실히 알 수 없었다. 노동절을 맞아 물건을 사는 임무를 맡은 휴양객 중 하나와 레크리에이션 담당자가 그녀와 같은 트럭을 타고 역으로 갔다. 우리도 담배를 사다달라고 부탁했다. 만델슈탐은 휴일에 모스크바에 다녀오고 싶어 했다. 휴양소에서는 분명 사람들이 취할 정도로 마시고 노래하며 떠들썩하게 흥청댈 것이라고 예감했기 때문이다. 그러나 의사는 반대했다. 역에서 돌아오는 길에 트럭은 물건을 가득 싣고 오기 때문에 빈자리가 없을 거라고. 우리가 담배를 사다달라고 부탁했던 사람은 기차역에서 며칠 지체했고 우연히 같은 방향으로 오던 짐마차를 얻어 타고 휴양소로 돌아왔다. 그 아가씨는 기차역에서 트럭 운전사와 레크리에이션 담당자와 함께 진탕하게 놀았다고 한다. 그들은 몹시 마셔댔고, 너무 추태를 벌이는 바람에 그들과 동행했던 이 노동자는 어디로 도망쳐야 될지를 몰랐다고 한다. 그런데 놀랍게도 역장은 이런 추태에 화를 내지 않았으며 그 아가씨가 부탁하자마자 자기 집의 아이들 방에 그들을 묵게 했다고 한다. 다음 날 아침에도 술판은 이어졌고, 그래서 이 노동자는 운전사를 기다리지 않고 혼자 오는 모험을 감행한 것이다.

지적이며 귀족적인 부모에 대해 이야기한 뒤 그런 사람들과 술판을 벌였다는 사실은 충분히 이상하게 생각되었다. "그녀가 스파이였던 게 아닐까요?" 내가 만델슈탐에게 말했다. "그렇다 한들 무슨 상관이야. 이제 나는 그들에게 불필요한데, 이미 다 지난 일이잖아." 만델슈탐이 이렇게 대답했다. 불행은 이제 끝났다는 생각을 그 무엇으로도 우리 머리에서 떨칠 수 없었다. 그러나 지금 나는 그 여자가 출장을 나왔던 것이며 의사가 만델슈탐을 사마티하에서 떠나지 못하게 했던 것도 다 명령받은 일이었음을 의심치 않는다. 그때 모스크바에서는 만델슈탐의 운명이 결정되고 있었다.

79 5월 1일

5월 1일이 다가왔고, 휴양소 전체는 청소하고 닦고 축제를 준비했다. 사람들은 저마다 축제 식탁에 무슨 음식이 나올지 추측했다. 아이스크림이 주문되었다는 소문이 돌았다. 만델슈탐은 도망치고 싶어 했지만, 역까지 걸어갈 수는 없다고 나는 만류했다. "조금만 더 참아요. 길어야 이틀이고, 그럼 다시 조용해질 거예요."

4월 말 어느 날 나와 만델슈탐은 본관에서 멀리 떨어지지 않은 독립 건물에 위치한 식당으로 가고 있었다. 주임의사가 있는 건물 옆에 두 대의 자동차가 서 있었다. 승용차는 언제나 우리를 소름끼치게 했다. 식당 바로 옆에서 우리는 방문자들과 함께 있는 의사와 마주쳤다. 방문자들은 휴양객들과 외양이 완전히 달랐다. 건장하고 말쑥하며 살찐 자들이었다. 한 명은 군복을 입고 있었고, 다른 사람들은 사복을 입고 있었다. 고위 간부임은 분명했는데, 지방 간부인지 중앙 간부인지는 알 수 없었다. 우리가 만나본 지방 간부들과 그들은 조금도 닮지 않았다. '위원회인가?' 나는 생각했다. "내가 여기 있나 갑자기 그들이 조사하는 건가? 여보, 저자가 나를 바라보는 눈빛 봤어?" 만델슈탐이 갑자기 말했다. 실제로 그들 중 사복을 입은 한 사람이 우리를 유심히 쳐다보더니 의사에게 무슨 말을 했다.

그러나 우리는 곧 그들에 관해 잊어버렸다. 이들은 지방위원회이며, 휴양소가 5월 1일의 국제적 축제준비를 어떻게 하고 있는지 시찰 중이라고 생각했다. 부득이하게 다가오는 파국의 징후(가끔은 진짜이며, 가끔은 공연한)가 누적될 때 언제나 공포의 발작과 싸워야 했다. 그러나 이런 징후를 직접 찾아 나서는 것은 스스로를 정신병에 걸리도록 내몰 뿐이다. 우리는 이런 유혹에 굴복하지 않으려 했으나 허사였다. 그러나 이런 공포의 발작은 경솔함과 나란히 공존했고, 우리는 우리를 감시하는 스파이들과 마치 친한 사람처럼 이야기를 나누었다.

5월 1일은 하루 종일 술판이 벌어졌다. 우리는 방 안에 앉아 있었고, 식사 때만 식당에 잠깐 갔지만, 우리 방까지 고함과 노래, 싸움 소리가 들렸다. 모스크바 근교의 섬유공장에서 일하는 여공 한 명이 우리 방으로 피신 왔다. 그녀는 무슨 이야기인가를 지껄였고 만델슈탐은 그녀와 농담했다. 만델슈탐이 무언가 쓸데없는 말을 했고, 나는 그녀가 밀고하러 달려갈까봐 조마조마했다. 그녀는 자기가 살고 있는 마을에서 있었던 체포들에 관한 이야기를 꺼냈다. 체포된 자들 중 한 명은 좋은 사람이었고 노동자들에게 언제나 세심하게 신경 썼다고 그녀는 말했다. 만델슈탐은 그 사람에 대해 꼬치꼬치 물어보기 시작했다. 그녀가 나갔고, 나는 오랫동안 만델슈탐을 질책했다. "왜 그렇게 조심성이 없어요. 누가 당신 혀를 잡아당기나 보세요!" 그는 더 이상 그러지 않겠다고 나를 설득했다. "꼭 고칠게. 낯선 자들과는 절대 한마디도 하지 않을게." 내가 그다음 한 말은 영원히 잊히지 않는다. "고치기도 전에 아마 시베리아로 보내질 거예요."

그날 밤 꿈에 성상화를 보았다. 좋은 꿈은 아니었다. 나는 눈물을 흘리며 잠에서 깨어났고, 만델슈탐을 깨웠다. "이제 두려워할 필요 없어. 나쁜 일은 다 지나갔다니까." 만델슈탐은 이렇게 말했다. 그래서 우리는 다시 잠들었다. 성상화 꿈은 그전에도 후에도 꾼 적이 없다. 성상화는 우리의 일상과는 무관했고 과거에도 우리는 그저 예술품으로서 성상화들을 좋아했다.

아침 무렵 누군가 조심스럽게 방문을 두드리는 소리에 우리는 일어났다. 만델슈탐이 문을 열었고, 남자 세 명이 우리 방으로 들어왔다. 군인 두 명과 주임의사였다. 만델슈탐은 옷을 입었고 나는 가운을 걸친 채 침대에 앉아 있었다. "여보, 영장 날짜가 언제로 되어 있는지 알아?" 만델슈탐이 물었다. 일주일 전이었던 것으로 밝혀졌다. "우리 잘못이 아니에요. 일이 너무 많아서." 군복을 입은 자가 해명했다. 사람들은 축제를 즐기는데, 자기들은 일해야 하고 기차역에서 트럭도 가까스로 구할 수 있었다고(다들 놀고 있었기 때문에) 그는 불평했다. 정신을 차린 나는 짐을 챙기기 시작했고 귀에 익은 말을 들었다. "왜 그리 짐을 많이 챙기시오. 그가 우리에게 오래 붙잡혀 있을 것 같소? 몇 가지 물어본 뒤 돌려보낼 것이오."

수색은 없었다. 단지 여행가방에 있던 짐을 미리 준비해온 자루로 옮겨 담았을 뿐 더 이상 아무것도 없었다. 나는 갑자기 말했다. "내 주소는 모스크바의 푸르마노프 거리예요. 우리 원고들은 거기 있어요." 사실 그곳에는 아무것도 없었지만, 우리가 실제로 머물면서 원고 바구니를 놓아두었던 칼리닌의 방에서 그들의 주의를 멀리 돌리고 싶었다. "당신 원고들이 우리에게 무슨 소용이지요?" 군복을 입은 자는 온화하게 말하며 만델슈탐에게 가자고 했다. "여보, 트럭에 함께 타고 가서 기차역까지 나를 배웅해줘." 만델슈탐이 말했다. 그러나 군인은 안 된다고 말했고 그들은 떠났다. 이 모든 것은 20분가량 또는 그보다 더 빨리 끝났다.

주임 의사도 그들과 함께 나갔다. 마당에서는 트럭이 덜컹거리기 시작했다. 나는 침대 위에 꼼짝 않고 앉아 있었다. 나는 문을 열고 내다보지조차 않았다. 트럭은 출발했고 주임 의사가 다시 돌아왔다. "이런 시절이니까요. 절망하지 말아요. 어쩌면 아무 일도 없을 수도 있으니." 그리고 그는 흔히들 이야기하듯 힘을 아껴두어야 한다고 했다.

나는 얼마 전 그에게 찾아온 위원회에 관해 물었다. 지방 중심지의 직원이라고 했다. 그들은 휴양객 명단을 요구했다고 한다. "그러나 나는 당신들과 관계 있으리라고는 전혀 생각하지 않았어요." 의사는 말했다. 이 휴양소에서는 이미 사람들이 체포되어 간 전례가 있었다. 그중 한 번의 경우도 그 전날 휴양객의 명단을 검토하러 사람들이 다녀갔으며, 또 언젠가는 단지 전화로 모든 휴양객이 이탈하지 않고 있는지 물었다고 한다. 사람들의 대량학살 역시 나름의 기술을 가지고 있었다. 사람을 체포하기 위해서는 그가 그 자리에 있어야 했기 때문이다. 주임 의사는 구세대 공산주의자였고 좋은 사람이었다. 그는 소란한 삶을 피해 멀리 이곳 노동자를 위한 작은 요양소로 숨어, 이곳에서 혼자 모든 경영을 맡으면서 사람들을 치료했다. 그러나 삶은 그의 이 요양소까지 밀려들었고, 그는 이로부터 피할 곳이 없었다.

아침에 섬유공장 여공이 달려왔다. 바로 전날 저녁 만델슈탐과 대화를 나눈 바로 그녀였다. 그녀는 울음을 터뜨리더니 욕설을 했다. 모스크바까지 가기 위해 나는 물건들을 팔아야 했다. 우리가 가지고 있던 몇 푼 안 되는 돈은 만델슈탐에게 준 뒤였다. 이 여공은 내가 물건을 팔고 짐 싸는 것을 도와주었다. 축제를 맞아 이 요양소에서 쉬고 있던 아버지를 만나러 온 기술자와 함께 나는 그곳을 떠났다. 여공만이 이륜마차까지 나를 배웅했다. 덜컹거리는 마차에는 기술자 형제가 둘 더 타고 있었는데 모두 다 자동차 공장에서 일하기 때문에 한 명이 무너지면 다른 두 형제도 넘어지기 시작할 거라고 말했다. 그들은 젊었고, 그래서 더 신중해야 하며 서로 멀리 떨어져 있어야 한다는 생각을 하지 못했다는 것이다. 그러나 나는 당시 그들이 체키스트이며, 나를 루뱐카로 바로 데려가리라고 생각했다. 상관없었다.

나는 1919년 5월 1일 만델슈탐과 처음 만났고, 그는 우리츠키(M. C. Урицкий)[1]를 죽인 데 대해 볼셰비키들이 '시체들의 제물'로 답했다고 내게 말했다. 우리는 1938년 5월 1일 헤어졌다. 두 병사가 등을 떠밀며 그를 끌고 갔다. 우리는 서로 아무 이야기도 나눌 틈이 없었다. 사람들이 우리 말을 가로막았고 우리에게 작별인사할 기회도 주지 않았다.

나는 모스크바의 오빠 집에 도착해 말했다. "남편을 잡아갔어요." 오

---

1) 페트로그라드의 체카 의장이던 우리츠키는 1918년 8월 30일 카네기세르(Л. Канегиссер, 만델슈탐과 잘 아는 사이였다)에게 살해당한다. 체카는 이에 대한 보복으로 500명이 넘는 인질을 즉시 총살했다—편집자.

빠는 슈클롭스키 집으로 달려갔고 나는 칼리닌에 있는 타티야나 바실리 예브나 집에 남겨둔 원고 바구니를 가지러 나섰다. 내가 며칠만 지체했더라도 바구니에 든 것들은 압수되었을 것이고 나는 검은 까마귀에 태워졌을 것이다. 그러나 어쩌면 당시 나는 자유로운 삶보다 검은 까마귀를 더 원했는지도 모르겠다. 그렇다면 시는 어찌 되었을까? 우리가 사는 것처럼 살아야 한다고 자기 나라 사람들에게 가르치는 여러 아라곤[2]의 책들을 볼 때마다 나는 내 경험해 관해 이야기해야만 한다고 생각했다. 사람들(그것도 자기에게 가까운 이도 포함해)을 끊임없이 시베리아에 보내야만 하는 이념이 도대체 무엇이란 말인가? 만델슈탐은 그들이 사람들을 오차 없이 데려간다고 언제나 말했다. "사람뿐 아니라 생각 자체도 말살되도록."

---

2) 프랑스 공산주의 시인 루이스 아라곤.

80 구고브나

언젠가 멸종된 새들에 관한 책을 수중에 넣게 되었는데, 내 친구들과 지인들이 바로 멸종새와 같다는 것을 문득 깨닫게 되었다. 나는 만델슈탐에게 이미 멸종된 앵무새 한 쌍을 보여주었고, 그는 바로 그것이 그와 나임을 알아챘다. 그 책을 여기저기 가지고 다니다가 잃어버렸지만, 이런 유사함은 나에게 많은 것에 대해 눈을 뜨게 했다. 내가 당시 몰랐던 유일한 것은 멸종 위기에 있는 새들은 유난히 생명력이 강한 반면, 까마귀같이 흔한 새들은 그렇지 않다는 사실이다.

이미 고인이 된 드미트리 세르게예비치 우소프는 만델슈탐의 혈통이 유대인보다는 아시리아인에 가깝다고 생각한다고 말했다. "왜요?" 나는 놀라서 물었다. "그렇기 때문에 그는 그리 쉽게 아시리아인(스탈린)의 정체를 간파할 수 있었던 거지요."

우소프는 만델슈탐처럼 턱수염 나고 숨을 몰아쉬며 야생적이 되었으며 역시 이미 모든 것에 놀랐기 때문에 아무것도 두려워하지 않았다. 그는 타슈켄트 병원에서 사망했고 나와 작별인사를 하고 싶다고 불렀지만 나는 늦게 도착했다. 그러나 그가 이런 나의 잘못을 용서해주었으면 한다. 내가 그의 말년에 그가 그리도 좋아하던 만델슈탐의 시들을 읽어주었으므로. 미샤 젠케비치가 작가동맹의 주선으로 백해 운하 시찰 여행을 갔을 때 우소프는 그곳에서 이미 강제노동을 하면서 협심증을 얻게 되었다. 그는 '사전편찬사건'에 연루되었고 그 연루자들 중 많은 사람이 총살될 예정이었지만 로맹 롤랭의 청원 운동으로 감형되었다. 전쟁 시기 그들 중 어떤 자는 강제수용소에서 5년을 복역하고 출감한 뒤 아내들이 추방된 중앙아시아로 갔다. 40대 중반의 그들은 강제수용소에서 얻은 심장병으로 차례차례 죽어갔다. 지인 우소프도 그들 중 하나였다. 에르미타슈 박물관 직원들,[1] 역사학자들,[2] 사전편찬원들이 연루된 모든 사건은 나라의 지적·정신적 자원들을 체계적으로 파괴하기 위한 것들이었다.

알리사 구고브나 우소바는 자기 남편을 타슈켄트 묘지에 묻고 그 무덤과 나란히 자기 자리도 마련한 뒤 자기 건강에 극히 해로운 기후의 중앙아시아에서 죽을 때까지 살았다. 그녀는 장작을 패고 물을 길어 나르는 것을 도와주며 유형기간 동안 자신과 가깝게 지내던 전직 고위관료와 그의 대가족을 카자흐스탄의 외진 유형지에서 빼내오기도 했다. 그녀는 사범대학 교수들에게 배정된 자기 방에 현명하게도 이 가족 전체를 거주등록했던 것이다. 우소프 교수가 받은 이 방이 자신이 죽은 뒤 헛되이 사라지지 않게 하기 위해서였다. 당시 그녀는 지상에서 모든 지상적인 일을 완수하기로 결정했다. 그녀는 자기 묘지에도 남편 묘지에 있는 것과 같은 나무를 심고, 꽃에 물을 주도록 가난한 묘지지기에게 돈을 미리 지불한 뒤 평안하게 묘지에 잠들었다. 그녀의 방에 정착하게 된 사람들에 대해 그녀는 별로 기대하지 않았다.

알리사 구고브나는 조금씩 죽음을 준비하면서도 삶의 모든 변덕에 활기차게 반응하는 것을 멈추지 않았고, 관리들과 멍청이, 가짜 학자들에게 심한 욕설을 퍼부었다. 그녀는 학자의 삶에 매우 익숙해 있었고, 어떤 사람이 진짜 학자고 어떤 자가 아닌지, 누가 스파이고 누구와 포도주

---

1) 1931년 신문 기사에 따르면 에르미타슈 감사위원회는 "극히 최근까지 박물관 직원 중에 이질분자가 있었다"는 사실을 밝혀냈다. 이질분자 적발 캠페인은 에르미타슈 소장 그림들에 대한 대대적인 수출과 동시에 벌어졌다—편집자.

2) 1929년 10월 레닌그라드의 역사학자들에 대한 체포로 시작되었다. 이와 관련된 신문 기사는 없다. 황제 복위에 대한 음모로 기소된 학술원 회원 플라토노프 (С. Ф. Платонов)를 비롯한 많은 학자가 체포·유형·사형당했다—편집자.

를 함께 마실 수 있는지 정확히 구분했다. 믿을 수 없는 대학원생이 갑자기 우리의 초라한 술자리에 나타나면 했던 건배의 말을 생각해낸 사람도 바로 그녀였다. 교수와 선생들이 직접 자진해서 이런 행복한 삶을 우리에게 준 자를 위해 첫 번째 잔을 드는데 어떻게 밀고할 수 있으랴. 스파이들과 대학원생들은 헛탕을 치는 것이다.

다리를 절던 구고브나는 방 안을 분주히 뛰어다니면서 이빠진 도자기들과 완전히 닳아빠졌지만 중세 분위기를 떠올리게 하는 담요 그리고 우소프가 남긴 책들을 가지고 아파트를 매우 안락하게 꾸몄다. 그녀와 우소프가 가장 좋아하는 잔은 '꾀꼬리'라는 별명으로 불렸는데, 만델슈탐의 시를 외우는 사람만이 그 잔으로 마실 수 있었다.

구고브나는 가느다란 손으로 얼굴을 마사지하면서 아흐마토바에 대해 이렇게 말하곤 했다. "전혀 가꾸지 않는 여자예요." 그녀는 끊임없이 손톱을 다듬고 매니큐어를 발랐다. 여러 해 동안 임시 벽난로로 난방하고 냄비와 바닥을 닦는 생활을 하면서도 손톱 관리에는 각별히 신경을 썼으며, 반백이 된 기다랗게 땋은 머리도 훌륭하게 관리했다. 만일 그녀가 '자기 외모를 유지하지 않는다면' 저 세상에서 우소프가 자기를 알아보지 못할지도 모른다고 노심초사했다. 우소프가 강제수용소에 있는 동안 자신은 카자흐스탄에 추방되어 있으면서도 이렇게 불안해했다. 그녀는 남편과 헤어지던 날 밤과 똑같은 아름다운 모습으로 그를 다시 만나기 위해 세심히 준비했다. 우소프가 죽은 뒤 그녀는 그가 그리도 경솔하게 자신을 혼자 내버려두고 가장의 의무를 내팽개친 데 대해, 빵값을 벌기 위해 그녀가 직접 모든 어휘와 문체를 연구하도록 만든 데 대해 오래도록 화를 냈다.

그녀는 모스크바의 고대 귀족 말투가 가진 삐그덕거리는 아름다운 음악을 소유한 마지막 사람들 가운데 하나였고, 그래서 우소프는 그 어떤 상황에서도 그녀는 단순한 유대인이 아니라 존경할 만한 유대인으로 취급될 거라고 단언하곤 했다. 모스크바에서 추방되기 전 그녀가 종사했던 일도 이때 고려할 수 있었다. 그녀는 레닌도서관의 고문이었고, 18세기와 19세기 초 초상화에 묘사된 사람이 누구인지 밝혀내는 일을 했다. 그녀는 당시 귀부인들에 관한 모든 스캔들을 알고 있었고, 시인들을 배출한 가문들의 가계도를 누구보다도 잘 알고 있었다.

나와 같은 세대의 미녀, 감옥과 강제수용소, 유형지에서 자기 머릿속에 저장된 비밀스러운 시 창고로 위안을 삼았던 수난자의 미망인은 이렇게 삶을 마쳤다. 시의 독자 역시 당시에는 멸종되어 가는 새에 속했다. 최상의 독자들은 마지막 호인이었으며, 곧고 담대한 사람들이었다. 어디서 그들이 이런 담대함, 아니 더 정확히 말해 단단함을 가지게 되었을까? 지금 1960년대 나타난 새로운 세대의 독자들도 자기 선배들과 닮게 될까? 언제나 스스로를 응석받이, 변덕쟁이, 못된 여자라고 주장했던 구고브나가 감내했던 것과 같은 시련을 그들도 참아낼 수 있을까? 운명은 그러나 구고브나에게 유형지에서조차 그 기다랗게 많은 머리와 시에 대한 기억력, 모든 기회주의와 거짓에 대한 맹렬한 분노를 유지하도록 했다.

어느 날 타슈켄트 대학에서 한 젊은 학자가 구고브나를 멈춰 세우더니 나에 관해, 그리고 내가 만델슈탐 원고를 보존하느냐에 대해 오랫동안 캐물었다고 한다. 구고브나는 애매하게 대답한 뒤 즉시 모든 원고를 태워버리라는 이 젊은 학자의 충고를 전하기 위해 내게 달려왔다. 그는 스스로도 차마 거명할 수 없는 비밀스러운 제보자를 인용하며 이 말을 내게 전하라고 집요하게 부탁했다고 한다. "헛소리를 하는군요. 생각할 여지도 없어요. 사람들이 와서 압수할 테면 하라지요. 그러나 내가 직접 없애버리지는 않을 거예요." 나는 이렇게 말했다. "맞아요. 그러나 비밀경찰에게도 주어서는 안 돼요. 우리가 사본을 만들고, 원본을 감춥시다." 구고브나가 말했다.

우리는 밤새도록 앉아서 사본을 만들었고, 원본은 구고브나가 가져가서 어딘가에 맡겨두었다. 우리는 이런 규칙을 만들었다. 내가 체포될 경우를 대비하여 나는 원본을 감추어둔 장소를 알지 못해야 했다. 이것은 내가 그 어떤 경우에도 장소를 댈 수 없게 함을 의미했다. 우리는 언제나 최악의 상황을 대비했으며, 어쩌면 그래서 살아남을 수 있었는지도 모른다. 함께 근무했던 타슈켄트 대학에서 나와 만날 때마다 구고브나는 '꾀꼬리'들이 무사하다고 알렸다. 아무 일도 없으며 노래하고 있다고. 이 때문에 그녀는 심지어 시 애호가로 소문나기도 했다. 라리사가 '자기 아버지 밑에서 일한다'고 알려주었던 개인교습 학생이 나를 방문하던 바로 그 시기의 일이었다. 이 '교습생'은 상부의 명령을 받은 것이 아니라 스스로 원해서 일했던 것 같다. 왜냐하면 라리사가 나랑 가깝게 지내면서 일을 방해한다고 그 학생이 라리사 아버지한테 가서 불평하자 그는 당장 나를 내버려두라고 그녀에게 명령했기 때문이다. 그는 만델슈탐이 정치범이 아니라 형사범이라고 이야기했다. "모스크바에서 잡혔고 그곳에서 말썽을 일으켰기 때문에 그곳에 살 권리를 잃었다"고. 내가 '모스크바 소관'이라는 이야기를 했던 것도 그랬다. 이 모든 이야기를 나는 라리사에게 들었다. 아마도 나를 따라 이 도시에서 저 도시로 여행했던 내 파일에 그렇게 적혀 있었던 듯하다. '교습생'이 사라지자 우소바는 내게 원고들을 되돌려주었다. 그녀는 스탈린이 죽을 때까지 살지 못했지만, 나처럼 어쩔 수 없는 낙관주의자였으며 스탈린도 언젠가 죽으리라는 사실을 의심치 않았다.

81 덫

만델슈탐이 체포된 뒤 사망 소식을 알기 전까지 나는 내내 같은 꿈을 꾸었다. 내가 저녁거리로 무언가를 사고, 그는 뒤에 서 있다. 우리는 이제 집에 갈 것이다. 내가 고개를 돌리면 그는 이미 그 자리에 없고, 어딘가 앞쪽 멀리 가고 있는 것이 보인다. 나는 달려가지만 그를 따라잡을 수도 없고, '거기서' 그에게 무슨 일이 일어나는지 물어볼 수도 없다. 수감자를 고문한다는 소문이 이미 돌고 있었다.

낮에는 지난 일들을 계속 후회했다. 사마티하 요양소에서 의사를 찾아왔던 위원회를 보고 무언가 좋지 않은 예감을 느꼈으면서도 우리는 왜 두려워하지 않았고, 기차역까지 걸어서 도망치지 않았을까? 왜 그렇게 스파르타인같이 용감한 척하며 당황하지 않았던지! 마차를 내주지 않았을 것이며 잡동사니 짐들은 버려두고 걸어가야 했고, 그래서 기차역까지 25베르스타가 되는 길을 걸으며 만델슈탐의 심장 발작이 일어났을지 몰라도 말이다.

휴양소에 있으면 몇 주 동안 먹을거리 걱정을 하지 않아도 되고, 지인들에게 구걸하며 그들을 귀찮게 하지 않아도 된다는 것 때문에 우리는 왜 스스로를 덫에 빠뜨렸을까? 스탑스키가 우리를 일부러 덫에 몰아넣었다는 것을 나는 의심치 않는다. 아마도 어딘가 상부에서 스탈린이나 그 측근 중 누구의 결정을 기다렸을 것이다. 왜냐하면 1934년 사건 파일에 '고립시키되 남겨두라'는 결정이 남아 있었기 때문이다. 스탑스키는 우리를 일시적으로 정착시키라는 제안을 받은 것이 분명했다. 나중에 우리를 찾으러 다니지 않기 위해. 기관이 추적 업무까지 하지 않도록 스탑스키는 친절하게도 우리를 요양소로 유인한 것이다. 기관원들은 과로로 지쳐 있었고 스탑스키처럼 지각 있는 공산주의자는 언제나 그들을 도울 준비가 되어 있었다. 그는 요양소도 신중하게 선택했다. 그곳은 잠시 외출할 수도 없는 곳이었다. 역에서 25베르스타 떨어진 거리는 만델슈탐 같은 심장병 환자가 우습게 여길 수 없었다.

만델슈탐을 사마티하 요양원으로 보내기 전 스탑스키는 처음으로 면담을 승낙했다. 우리는 이것 역시 좋은 징조로 보았다. 그러나 사실은 아마도 그는 만델슈탐에 대한 '보고서'를 위한 부가적 재료, 즉 그의 체포에 선행되는 성격묘사가 필요했던 것이리라. 이따금 이러한 보고서는 사람을 이미 감옥에 가둔 뒤 씌어지기도 하고, 가끔은 체포에 앞서 사전에 씌어지기도 한다. 이것은 사람들을 학살하는 세부절차 가운데 하나였다. 보통의 경우 보고서는 해당 인물이 속한 기관장이 쓰지만, 작가들을 체포할 경우에는 보완적인 성격묘사가 자주 요구되었고, 이를 위해서는 비밀경찰이 작가동맹의 아무 소속원이나 소환할 수 있었다.

1960년대 윤리에 따라 우리는 이렇게 압력 아래서 쓴 '보고서'를 직접적인 밀고와는 구분한다. 비밀경찰에게 소환된 자들 가운데 그 누가 체포된 자신의 동료에 대한 '보고서'를 거절할 수 있으랴. 그것은 즉시 스스로도 체포된다는 것을 의미했고, 아이들이나 가족도 무사하지 못할 것이었다. 이런 보고서를 쓴 사람들은 언론에서 묘사한 것 이상의 말은 하지 않았다고 지금은 스스로를 합리화한다. 스탑스키 역시 언론을 참조했을 것이다. 그의 꼼꼼한 여비서들이 스크랩해서 그에게 주었을 것이다. 거기다가 몇몇 개인적인 인상을 덧붙였을 것이다. 만델슈탐은 총살에 관한 자신의 입장을 밝힘으로써 그를 도왔다. 만델슈탐의 말에 따르면 스탑스키는 매우 주의 깊게 그의 이야기를 경청했다고 한다. 공동의 범죄처럼 지도층을 단합시키는 일은 없다는 것은 잘 알려져 있다.

1956년 수르코프를 만나기 위해 20년 만에 다시 내가 작가동맹에 갔을 때 그는 나를 매우 반가워하며 맞이했다. 당시 많은 사람은 스탈린 독재 기간에 대한 재검토가 엄격히 행해지리라 믿었고, 낙관주의자들은 스탈린 체제 때 미리 준비된 스프링의 반작용, 즉 스탈린 체제 때 죄에 연루되었던 군중 전체의 반작용까지 예견하지 못했다. 타슈켄트의 경찰 관료 딸인 라리사는 다음과 같이 말했다. "이렇게 급격히 변해서는 안돼요. 그러면 전직 관리들이 상처를 입어요." 분명 바로 이것에 대해 그녀는 외국에 알리고 싶었을 것이다.

수르코프는 즉시 만델슈탐의 유산에 대한 말을 꺼냈다. 그것이 어디에 있는지? 그리고 그는 자기도 만델슈탐의 친필 시들을 가지고 있었지만 스탑스키가 무슨 이유에서인지 빼앗았다고 오랫동안 집요하게 반복해서 말했다. 시를 절대 읽지 않는 스탑스키에게 그게 왜 필요했을까 자문하면서. 이 무의미한 대화를 끝내기 위해 나는 그의 말을 가로막았고, 내가 생각하는 스탑스키의 역할에 관해 이야기했다. 그는 반박하지 않았다.

수르코프가 자리에 없을 때 찾아간 시모노프에게도 나는 같은 말을 했다. 시모노프는 만델슈탐을 사후라도 작가동맹에 가입시켜달라는 청원을 제출하라고 조언했다. 스탑스키가 만델슈탐이 두 번째로 체포되기 전 그의 가입을 추진했다는 것에 의거한 조언이었다. 나는 이런 책략을 거절했고 내가 스탑스키에 대해 어떻게 생각하는지 말했다. 그 역시 반박하지 않았다. 경험이 많았던 사람인 시모노프는 테러 당시 책임자들이 했던 일을 알고 있었다. 수르코프도, 시모노프도 운이 좋았던 것이다. 그 당시 그들은 아직 책임자의 자리에 오르지 않았기 때문에 체포될 자들의 명단에 서명하거나 '보고서'를 쓰도록 요구받지 않았으니 말이다.

누가 책임자였는지는 중요하지 않다. 누구라도 그런 일을 요구당하면 수행했을 것이다. 그렇지 않으면 그들을 체포하러 한밤중에 자동차가 갈 것이기 때문에. 우리는 모두 양처럼 스스로 도살하도록 하거나, 도살자의 예의바른 조수가 되었다. 양의 무리에서 벗어나고 싶었으므로. 두 부류 모두 자기 안에 있는 인간적 본능을 모두 없애가면서 놀라울 정도로 순종했다. 예를 들어 우리는 왜 유리창을 깨고 창밖으로 뛰어내리지 않았으며, 숲이나 외진 곳으로 총탄을 무릅쓰고 도망치지 않았을까? 왜 우리는 우리 짐을 수색하는 것을 온순히 선 채 바라보고 있었을까? 왜 만델슈탐은 병사들을 순순히 따라갔으며, 왜 나는 짐승처럼 그들에게 달려들지 않았을까? 우리가 잃을 것이 뭐가 있었단 말인가? 체포시 저항에 대한 추가 조항을 두려워했던 것일까? 어쨌든 최후는 하나였는데 두려울 것이 무언가. 아니다. 이것은 두려움이 문제가 아니라 전혀 다른 감정이었다. 스스로의 고립무원 상태에 대한 자각이 죽음을 당하는 자뿐 아니라 죽이는 자들까지도 예외없이 사로잡았다. 모두 어떤 방식으로든 그 건설에 참여했던 시스템에 짓눌린 우리는 수동적인 저항조차 할 수 없었다. 우리의 순종은 이 시스템에 능동적으로 봉사했던 사람들의 재갈을 벗겼고 그래서 악순환이 시작되었다. 그로부터 어찌 벗어날 수 있겠는가?

82 소피이카[1]의 창구

체포된 자들과 유일하게 연결될 수 있는 방법은 소포였다. 한 달에 한 번 긴 줄을 선 뒤(체포된 자의 숫자는 갈수록 줄어들었고, 그래서 서너 시간 이상은 줄을 서지 않아도 되었다) 나는 창구에 다가가서 만델슈탐의 성을 댔다. 창구에 있는 사람은 M으로 시작하는 명단을 넘겨 찾았다. 나는 그가 이 M자로 시작하는 명단을 넘기는 날에 찾아가는 것이다. "이름과 부칭은?" 그러면 나는 대답했고, 창에서 손이 내밀어졌다. 나는 그 손에 신분증과 돈을 얹고, 그리고 조금 있다가 신분증과 거기 끼워넣어진 인수증을 되돌려 받아 떠났다. 그러면 내가 찾는 사람이 어디 있는지 알며, 아직 살아 있다는 것 때문에 사람들은 나를 부러워했다.

창구에서 고함이 자주 들렸다. "없소. 다음 사람." 물어봐도 소용없었다. 대답 대신 창구 안의 사람은 창구를 쾅 닫아버렸고, 그러면 경비병이 나타나 질문을 퍼붓는 자에게 다가갔다. 순식간에 질서가 되찾아졌고, 감금자의 성을 대기 위해 다음 사람이 창구로 다가섰다. 만일 창구 앞에서 누구든 시간을 끌려고 하면, 줄 서 있던 사람들이 경비병을 도와 그를 쫓아낼 판이었다.

줄 선 사람들은 보통 이야기를 나누지 않았다. 이것은 소련의 가장 중

---

1) 내부인민위원부의 접수실은 쿠즈네츠키 모스트 거리 25번지에 있었고, 지금은 푸셰츠나야 거리로 불리는 소피이카 거리에 그 입구가 있었다.

심 감옥이었으며, 가장 엄선되고 규율 잡힌 확고한 사람들만 선별되었다. 그 어떤 논쟁도 없었으며, 누구든 불필요한 질문을 하면 즉시 그는 당황해서 사라졌다. 그러나 단 한 번 예외인 경우가 있었다. 어느 날 풀 먹인 옷을 입은 소녀 두 명이 왔다. 그 전날 밤 엄마가 끌려갔기 때문이었다. 줄 서 있던 사람들은 그 아이들의 성이 어떤 철자로 시작되는지도 묻지 않고 제일 앞줄로 보내주었다. 아마도 모든 여인은 자기 아이들도 곧 저렇게 창구를 찾아올 거라는 생각에 가슴이 죄어들었을 것이다. 그중 언니뻘 되는 아이도 창구에 키가 닿지 않았기 때문에 누군가 그 애를 들어 올렸고, 그 애는 창구에 대고 소리쳤다. "엄마는 어디 있나요?" "우리는 고아원에 가기 싫어요. 우리는 집으로 돌아가지 않을 거예요." 창구는 닫혔지만 그 애는 닫힌 창구에 대고 자기 아버지가 군인이라고 말했다. 그 애의 아버지는 정말 군인이거나 아니면 체키스트였을 것이다. 체키스트의 아이들은 어렸을 때부터 학교친구들을 겁먹게 하지 않기 위해 아빠가 군인이라고 말하도록 훈련받는다. "안 그러면 너희에게 나쁘게 대해요." 부모들은 이렇게 설명했다.

그리고 체키스트 아이들은 외국 여행을 가기 전 자기 부모들이 외국에서 사용하는 가짜 성을 외우도록 훈련받는다. 풀 먹인 옷을 입은 소녀들은 분명 관사에서 살았을 것이다. 그래서 그 애들은 같은 건물에 사는 다른 애들은 고아원에 끌려갔고, 자기들은 우크라이나에 있는 할머니 집에 피해 있었다는 이야기를 줄 서 있던 사람들에게 했다. 그런데 이때 창구의 옆문이 열리더니 경비병들이 나와 아이들을 데려갔다. 창구는 다시 열렸고 다시 통지서를 배부하기 시작했으며 완벽한 질서를 찾았다. 여자아이들을 데려갈 때 누군가 이렇게 말했다. "어리석은 애들이군." 그러나 다른 여자가 이에 덧붙였다. "우리 애들도 늦기 전에 멀리 보내야 해요."

풀 먹인 옷을 입은 아이들은 예외에 속했다. 줄을 서는 아이들은 보통 소극적이었으며 말이 없었다. 보통 제일 먼저 아버지가 끌려가고, 특히 아버지가 군인일 경우 아이들과 함께 남겨진 엄마는 자기가 끌려갈 경우 어떻게 처신해야 하는지를 아이들에게 미리 가르쳤다. 그들 중 대다수가 고아원 신세를 피할 수 있었지만, 그것은 주로 그들 부모가 사회에서 어떤 위치를 점했느냐와 관련 있었다. 그들의 지위가 높았을수록 아이들이 고아원으로 갈 확률이 높았다. 가장 놀라운 것은 삶이 계속되고, 사람들은 가정을 꾸려가고 아이들을 낳았다는 것이다. 이곳 창구 앞에서 무슨 일이 벌어지는지 알면서 사람들은 어떻게 그럴 수 있었을까?

나와 함께 줄을 서던 여인들은 대화에 말려들지 않으려 애썼다. 자기 남편은 무언가 착오가 있어서 잡혀간 것이며 곧 풀어줄 거라고 모두 하나같이 주장했지만, 줄 선 여인들 중 울음을 터뜨리는 사람을 나는 한 명도 보지 못했다. 여인들은 거리로 나오면서 안간힘을 써서 자기 모습을 다리미질하고 포장하는 듯했다. 그들 중 대다수는 창구에서 소포를 전하기 위해 무슨 핑계든지 대고 나온 직장으로 다시 돌아가야 했다. 직장에서도 그들은 자신들의 괴로움을 드러낼 엄두를 내지 못했고, 그래서 그들은 맨 얼굴이 아니라 마스크를 쓰고 다녔다.

1940년대 말 울리야놉스크에 살 때 두 아이와 함께 기숙사에서 살던 여자가 있었다. 그녀는 내가 다니던 사범대학에 조교로 취직했고 일을 매우 잘해서 곧 아무도 그녀를 대신할 수 없게 되었다. 그래서 그녀는 승진했고 통신교육을 받을 수 있는 허락까지 받았다. 그녀는 매우 궁핍하게 살았고, 아이들은 그야말로 굶주렸지만, 남편은 그들을 버렸고 양육비도 주려 하지 않는다고 그녀는 말했다. 양육비 소송을 걸어보라고 사람들은 그녀에게 충고했지만, 그녀는 울면서 자존심이 허락하지 않는다고 말했다. 엄마와 두 아이, 이렇게 세 사람은 계속 야위어 갔다. 그녀는 지방위원회의 당조직장에게 소환되었고, 아이들을 위해서는 자존심을 버려야 한다는 권고를 받았다.

그러나 그녀는 고집을 버리지 않았다. 남편이 자기를 배신했으므로 그에게서 돈을 받지 않을 것이며 아이들에게도 얼씬거리지 못하게 할 거라면서. 큰아들을 통해 그녀를 설득해보려고도 했지만, 그 아이 역시 자기 엄마와 마찬가지로 고집이 셌다. 몇 년이 흘렀고 갑자기 그녀의 남편이 나타났다. 우리는 모두 그녀가 남편의 목에 매달리는 것을 보았다. 그리고 곧 그녀는 직장을 그만두고 짐을 싸기 시작했다. 남편이 강제수용소에서 풀려나왔기 때문에 거주등록이 거부되었다고 수위들이 말했다. 그동안 그녀는 직장을 잃지 않기 위해 자존심이라든지 상처받은 자존심에 대한 이야기를 지어냈던 것이다.

아주 말단직이었지만, 그녀가 죄수의 아내라는 사실을 숨기지 않았다면 기관 인사과는 곧 조처를 취했을 것이다. 그녀의 남편은 정치범이 아니라 형사범이거나 민사범이었을 확률이 높았음에도 말이다. 그는 스탈린이 죽기 직전 풀려났고 그래서 반복적 체포를 당하지 않아도 되었다. 바라건대 그들이 지금 모두 잘 지냈으면 한다. 허약한 두 아이와 어머니, 이 세 명의 공모자들은 아마 밤마다 속삭였을 것이다. 아버지에 관해 무엇을 물었으며, 어떻게 대답했는지, 사람들이 설득해도 눈치 채지 못하게 했다고. 그러면 엄마는 아버지가 돌아올 때까지만 견디고 조심하라고 말하는 것이다. 아버지는 언젠가 정치경제학부 학생이었고 이데올로기적 별이었다고 했다. '자기편에게도 대포를 쏘아 댄' 무수한 경우 중 하나였다.

소피이카의 창구 앞에서 몇 달 동안 줄을 서던 어느 날 나는 만델슈탐이 부트이르카로 이송되었다는 사실을 알게 되었다. 그곳은 강제수용소행 집단 수송열차를 타게 되는 죄수들의 집결지였다. 나는 'M'으로 시작하는 성을 가진 사람들에게 언제 통지서를 발급하는지 알아보기 위해 곧장 부트이르카로 갔다. 그곳에서는 통지서는 배부하지 않았고 소포만 접수했다. 그러나 내가 두 번째로 그곳에 찾아갔을 때 만델슈탐은 특별협의회[2]의 결정에 따라 5년간 강제노동수용소로 보내질 것이라고 알려 주었다. 역시 상응하는 줄을 서서 들어갈 수 있었던 검사국에서도 이 사

---

2) 1934년 '사회적 인물들'을 다루기 위해 설립되었다. 내무인민위원부의 고위 관리와 경찰관리들로 구성되었으며 유형이나 강제노동수용소 선고를 내렸다.

실을 확인해주었다. 청원서를 제출하는 창구가 있었고, 그래서 나는 다른 모든 사람처럼 청원서를 제출했다. 청원서를 제출한 모든 사람은 정확히 한 달이 지난 뒤 청원이 거부되었다는 통지를 받았다.

이것이 체포된 자들의 아내가 걷는 통상적인 길이었다. 만일 그녀도 강제수용소에 가지 않는 행운을 얻게 될 경우 말이다. 우리가 두드리던 미끄럽고 부서지지 않는 단단한 벽에는 청원서를 제출하는 창구, 통지서와 거부를 받는 창구들이 특별히 만들어져 있었다. 나는 만델슈탐에게서 한 통의 편지를 받았으며[3] 이 역시 매우 행운으로 생각되었다. 만델슈탐이 있는 곳을 알아낼 수 있었기 때문이다. 나는 즉시 소포를 보냈지만,[4] 그 소포는 '수신인 사망'이라는 이유로 반송되었다. 몇 달 뒤 만델슈탐의 동생 알렉산드르는 만델슈탐의 사망통지서를 받았다. 내가 아는 한 이런 통지서를 받은 사람은 아무도 없었다. 우리가 왜 이런 혜택을 받게 되었는지는 모르겠다.

제20차 전당대회가 열리기 얼마 전 아흐마토바와 함께 모스크바의 거리를 걷다가 스파이들이 전에 없이 무리를 이루고 있음을 알아챘다. 그들은 그야말로 모든 개구멍마다 모습을 드러냈다. "이번에는 겁낼 필요 없어요. 무언가 좋은 일이 일어나고 있으니." 아흐마토바가 이렇게 말했다. 흐루시초프가 그 유명한 서한[5]을 낭독했던 당 회의에 관한 소문

---

3) 만델슈탐이 남동생 알렉산드르 앞으로 보낸 편지의 내용은 다음과 같다—편집자.

　　사랑하는 동생 슈라. 나는 지금 블라디보스토크에 있어. 반혁명활동으로 5년 형을 선고받았고, 모스크바의 부트이르카에서 10월 9일 출발해 이곳에는 10월 12일에 도착했어. 내 건강 상태는 아주 나쁘고 몸은 극도로 쇠약하고 거의 알아볼 수 없을 정도로 말랐어. 의미가 있을지는 모르겠지만 가능하면 옷과 음식, 돈을 보내줘. 적당한 옷이 없어서 매우 추우니.
　　사랑하는 아내는 살아 있는지? 아내의 소식을 어서 알려다오. 여기는 임시수용소야. 콜르이마에 가는 조에 포함되지 못했고, 아마 겨울에는 이곳에 있을 것 같아.

4) 보관되어 있는 영수증에 따르면 1938년 8월 23일의 일이다—편집자.

이 그녀의 귀에까지 들렸던 것이다. 그리고 바로 이 회의 때문에 도시는 사복으로 갈아입은 요원들이 경호했던 것이다. 그리고 아흐마토바가 내게 작가동맹에 가서 분위기를 알아보라고 조언했던 것도 바로 이 시기의 일이다. 바벨의 미망인과 메이에르홀드의 딸이 복권을 요구하는 청원서를 제출했다는 이야기를 우리는 이미 알고 있었다. 에렌부르그는 이미 오래전부터 그들의 예를 따르라고 충고했지만 나는 서두르지 않았다.

그러나 어쨌든 작가동맹에 갔다. 수르코프가 나를 향해 달려왔고, 나를 맞이하는 태도를 통해 나는 시대가 정말 바뀌었음을 실감했다. 이전에는 그 누구도 나와 이야기조차 하려 들지 않았는데……. 수르코프와의 첫 번째 만남은 비서가 있는 접견실에서 이루어졌다. 그는 며칠 뒤 나와 면담하겠다고 약속했고, 면담 전까지는 모스크바를 떠나지 말라고 간청했다. 2주 또는 3주 내내 나는 인사과에 전화했지만, 좀더 기다려달라는 친절한 설득을 들을 수 있을 뿐이었다. 이것은 수르코프가 나와 어떻게 이야기해야 할지에 관한 지시를 아직 받지 못했음을 의미했고, 그래서 나는 이른바 '인사과'로 불리던 무시무시한 곳이 돌연 어조를 바꾼 것에 놀라워하며 기다리기로 했다. 면담은 결국 성사되었고, 나는 인간답게 이야기할 수 있게 된 것에 대해 수르코프가 기뻐하는 모습을 볼 수 있었다. 그는 구밀료프와 아흐마토바의 아들을 돕겠으며, 나를 위해서는 내가 부탁하는 모든 것을 해주겠다고 약속했다.

수르코프 덕분에 나는 연금을 받을 수 있었다. 면담 당시 나는 다시 실직 상태였고, 수르코프가 교육부장관에게 연락해서 내가 이제껏 어떤 대접을 받고 있었는지 이야기했기 때문이다. 그에게는 미래가 무지갯빛으로 여겨졌다. 그는 나를 모스크바에 살도록 해주겠다고 했고, 방과 거주등록 허가, 만델슈탐의 책을 출판하는 문제에 관해 이야기를 꺼냈다.

---

5) 1956년 당 대회에서 흐루시초프가 스탈린의 범죄행위를 고발한 편지형식의 글-편집자.

그러나 그는 이 모든 일에 앞서 나에게 복권에 대한 청원서를 제출할 것을 당부했다. 만일 만델슈탐에게 미망인이 남아 있지 않았다면 누가 청원서를 제출하게 되었을까 알고 싶었지만 고집을 부리지는 않았다.

나는 곧 1938년 일어났던 만델슈탐의 두 번째 체포와 관련된 기소를 취하한다는 통지서를 받았고, 1934년 기소 취하에 대한 청원서를 어떻게 써야 할지도 검사가 알려주었다("피고는 시를 썼지만, 그걸 유포하지는 않았습니다"라고).[6] 이 사건은 헝가리학생운동[7] 시기 검토되었고 그래서 기소 취하는 거부되었다. 그러나 수르코프는 이 거부를 심각하게 생각하지 않았고, 만델슈탐의 상속권에 대한 위원회를 개최했다.[8] 위원회에서는 내게 5천 루블의 보상금 지급을 결정했다. 1937년 우리를 도와주었던 사람들과 나는 그 돈을 나누었다. 이것이 바로 강제수용소에서 죽은 작가들을 삶으로 되돌리는 방법이었다. 두 번째 단계는 작품 출판이었다.

그러나 책이 출판되기까지는 너무나 많은 장애물이 있었다. 나는 경쟁이 무엇인지 몰랐지만 우리나라에서 모든 수단을 동원해 이루어졌던 자리다툼은 잘 알고 있었다. 작가 복권위원회에 대한 소문이 돌기 시작했을 때 많은 사람이 불안해했고, 그것은 경쟁자를 제거하는 데 협조했던 사람들만의 이야기가 아니었다. 돌아온 자들이 어디로 가게 될까. 갑자기 전의 자리를 되찾고 싶어 하지 않을까에 관해 수군거리는 소리를 나는 들을 수 있었다. 이 모든 사람에게 직업을 마련해주기 위해서는 얼마나 많은 새로운 자리가 소비에트 관청에 필요하겠는가? 그러나 소동은 일어나지 않았다. 돌아온 자들 중 대다수는 그 어떤 활동적인 일도 생각할 수 없을 정도의 상태였기 때문이었다. 모든 것이 조용히 지나갔고, 서로 밀치며 웅성댈 것을 걱정하던 사람들은 마음이 홀가분해져서

---

6) 1938년 두 번째 체포의 기소 내용이었던 여권제도 위반과 잡지 편집국에 시를 유포한 죄는 1956년 7월 31일 취하되었다—편집자.
7) 1956년 1월에 일어난 시위. 그 후 모스크바에서는 정치적 반동이 이어졌다.
8) 1957년 6월 16일의 일이다—편집자.

한숨지었다.

그러나 문학은 상황이 달랐다. 세심히 만들어진 문학적 등급표는 적극적으로 수호되었다. 그렇지 않으면 대다수의 명성이 타격을 입을 수도 있는 일이었다. 죽은 자들의 책을 편찬하는 일은 바로 이 때문에 그리도 강력한 반대에 부딪혔던 것이다. 그렇다고 해서 산 자들의 책이 더 쉽게 출판되었던 것도 아니다.

만델슈탐의 책은 1956년 '시인의 도서관' 계획에 포함되었다. 모든 편집위원은 출판에 찬성했다. 나는 프로코피예프(А. А. Прокофьев)[9]의 시각이 매우 마음에 들었다. 만델슈탐은 대단한 시인이 절대 아니며, 따라서 환상을 없애기 위해서라도 만델슈탐의 작품집을 출판해야 한다고 그는 생각했다. 그러나 불행히도 그는 이런 훌륭한 입장을 관철할 수 없었던 듯하다. '시인의 도서관'의 편집장이던 오를로프는 적극적인 반대에 부딪히리라는 사실을 예상치 못했고, 그래서 내게 친절한 편지들을 썼지만, 만델슈탐 책 출판이 모종의 불쾌한 일들을 몰고 오리라는 것을 알게 되자 곧 후퇴했고, 이와 함께 편지도 중단되었다. 오를로프는 만델슈탐의 시에는 전혀 무관심한 고위관리일 뿐이었다.

만델슈탐의 시를 정말 좋아하던 사람들의 입장은 훨씬 더 진지했다. 권위는 있으나 결코 관료주의적이지는 않았으며 독립적이었던 그들, 파괴된 세대 중 가장 훌륭하게 보존된 대표자들은 오를로프가 만델슈탐의 책을 출판하지 않은 것은 전적으로 옳은 결정이었다고 내게 설명했다.

비록 오를로프가 형식적으로는 모든 능력을 가졌지만, 만델슈탐 책의 출판은 그의 적들에게 빌미를 줄 수 있었다. 많은 사람이 그의 자리를 탐내고 있었고, 그가 그 자리에서 물러나게 되면 문화적 편찬 사업 자체가 중단될 것이기 때문이다. 오를로프는 만델슈탐의 책을 출판하는 것을 거절한 대신 자기 지위를 지키고 1920~40년대의 시인들의 작품집 편찬 계획을 계속 수행할 수 있었다. 개인적인 관심과 집단적인 관심이

---

9) 프로코피예프(1900~71): 시인. 소연방 작가동맹 레닌그라드 지부 서기.

얽히는 이곳에서 자리와 국가가 나누어주는 과자 조각을 위한 투쟁을 나는 도통 이해할 수 없었다.

내가 할 수 있는 유일한 일은 만델슈탐의 책을 자비로 출판하는 것이었으나 그것은 우리 여건에서 불가능했다. 그리고 내가 죽을 날도 얼마 안 남았기 때문에 나는 만델슈탐 시집 출판을 보지 못하리라는 것을 안다. 만델슈탐은 구텐베르그의 발명품을 필요로 하지 않는다는 아흐마토바의 말이 오로지 나를 위로한다. 어떤 의미에서 우리는 정말 인쇄 이전 시대에 살고 있는지도 모른다. 시 독자들은 점점 많아지고 있으며 시들은 사본 형태로 전국을 돌아다닌다. 그러나 그럼에도 나는 만델슈탐의 시집을 보고 싶다.[10]

---

10) 만델슈탐의 시집은 드임시츠(А. Л. Дымшиц)가 쓴 엉터리 소개글과 함께 축소된 형태로 1973년에야 출판된다—편집자.

83 사망일

 1938년 12월 말에서 1939년 1월 초 사이 『프라브다』 기자들이 슈클롭스키에게 말한 바에 따르면, 중앙위원회는 만델슈탐에 대한 그 어떤 기소 내용도 없다고 밝혔다고 한다. 당시는 예조프가 숙청된 직후였고, 따라서 만델슈탐 체포는 그의 과오 가운데 하나였음을 뜻했다. 나는 이는 곧 만델슈탐이 사망했음을 의미한다고 추측할 수 있었다.

 얼마 지나지 않아 나는 우체국에서 발급한 소환장을 받았다. 그곳에 가자 내게 소포를 돌려주었다. '수신인 사망'이 이유라고 여직원이 설명했다. 소포를 되돌려 받은 날이 언제였는지는 기억하기 쉽다. 바로 그날 신문마다 훈장을 수여받은 작가들의 긴 명단을 발표했기 때문이다.[1]

 오빠는 이 축제의 날에 만델슈탐의 사망 소식을 슈클롭스키에게 알리기 위해 작가 아파트에 갔다. 그는 카타예프의 집에 있었다. 거기에서 파데예프와 동반작가들은 정부의 은총을 축하하며 마시고들 있었다. 바로 이때 만델슈탐이 죽었다는 소식을 들은 술 취한 파데예프가 눈물을 흘리며 훌륭한 시인을 없앴다고 말했다. 새로운 훈장 수여자들의 축제는 불법적이며 비밀스러운 추도식의 여운을 띠게 되었다.

 그러나 슈클롭스키 외에는 그들 중 그 누구도 사람을 없앤다는 것이 과연 무엇인지 전혀 몰랐을 것이다. 왜냐하면 그들의 대다수는 가치를 재평가하고 '새로운' 것을 위해 투쟁한 세대에 속했기 때문이다. 그들

---

1) 1939년 2월 1일의 일이다―편집자.

스스로가 자기 재량대로 처벌하거나 사면할 수 있고, 목표를 세우고 그것을 달성하기 위한 수단을 선택할 수 있는 강력한 인물, 즉 독재자를 위한 길을 다졌기 때문이다.

1940년 6월 만델슈탐의 동생 알렉산드르는 모스크바 중심지인 바우만 지역 호적등록과로부터 호출을 받았다. 그곳에서 그는 만델슈탐의 사망증명서를 받았다. 나이 47세, 사망일은 1938년 12월 27일이었다. 사망원인은 심장마비. 이는 곧 그는 죽었기 때문에 죽었다고 바꾸어 말할 수 있었다. 심장이 마비되었다는 것은 곧 죽었다는 뜻이기 때문이다. 그리고 동맥경화증이라는 용어도 덧붙여졌다. 나는 클류예프가 자신의 때이른 백발에 관해 했던 말을 떠올렸다.

사망증명서 발급은 통상적인 것이 아니라 예외적인 것이었다. 수용소로 보내진 시기, 아니 더 정확히 말해 체포된 시점부터 그 사람은 죽은 것이나 마찬가지였다. 체포와 함께 이루어지는 시민권 박탈은 물리적 죽음과 동등했고, 삶으로부터 완전히 삭제됨을 의미했다. 강제수용소에 갇히거나 체포된 사람이 사망했을 때 그 누구도 그들의 친지에게 이 사실을 알려주지 않았다. 가장이 체포되는 순간부터 미망인과 고아의 삶은 시작되었다. 이따금 검사국에서는 남편이 10년간 유형이라는 판결을 받았다는 사실을 부인에게 알리면서 다음과 같이 이야기하기도 했다. "다시 결혼해도 됩니다." 이러한 친절한 허가와 절대 죽음을 의미하지 않는 공식적 판결이 어떻게 공존 가능한지에 관해 그 누구도 고민하지 않았다. 이미 말했듯 왜 나에게 그리도 호의를 베풀어 만델슈탐의 '사망증명서'를 발급해주었는지 모르겠다. 여기에는 무언가 이면이 있는 것은 아닐까?

이런 상황에서 죽음은 유일한 출구였다. 만델슈탐의 사망 소식을 알게 된 후 나는 더 이상 악몽을 꾸지 않았다. 이후 카자르놉스키는 내게 말했다. "만델슈탐은 잘 죽은 거예요. 아니면 콜르이마로 갔을 겁니다." 카자르놉스키 자신은 콜르이마에서 유형생활을 했고 1944년 타슈켄트에 나타났다. 그는 거주등록도 빵 배급권도 없이 살았고 경찰을 피해 다녔으며 모든 사람을 두려워했고, 술을 몹시 마셨고, 신발이 없어서 죽은 내 어머니의 작은 덧신을 신고 다녔다. 덧신이 맞았던 이유는 발가락이 없었기 때문이었다. 강제수용소에서 동상이 걸렸고, 회저병 감염을 막기 위해 도끼로 발가락을 잘라야 했다. 강제수용소 수감자들이 목욕탕에 몰아넣어지면, 탈의실의 축축한 공기 속에서 속옷이 얼었고 양철판같이 삐그덕거리는 소리를 냈다. 얼마 전 나는 강제수용소에서 노동하던 사람들이 더 많이 살아남았을까 아니면 노동을 하지 않던 사람들이 더 많이 살아남았을까에 관한 논쟁을 듣게 되었다. 노동하던 사람들은 녹초가 되었고, 노동하지 않은 사람들은 부족한 빵 배급으로 죽었다. 그 어느 쪽을 편들 만한 논거나 증거도 가지지 못한 나였지만 노동했던 사람들이나 그렇지 않은 사람들 모두 죽어갈 수밖에 없었다는 사실을 분명히 알 수 있었다. 소수의 생존자들은 예외에 속했다.

이 논쟁은 어느 길이나 죽음이 기다리는 세 갈래 길에 관한 러시아 고대 영웅 이야기를 상기시켰다. 러시아 역사의 항구적인 주된 특징은 영웅이거나 그렇지 않거나 모든 길이 죽음과 연결되며, 단지 우연에 의해서만 용케 살아남을 수 있다는 것이다. 놀라운 것은 이 같은 사실이 아니라 보기에는 약해 보이는 사람들 중 몇몇이 사실은 영웅이었으며, 목숨뿐 아니라 명철한 지혜와 기억력까지도 보존했다는 사실이다. 그런 사람들을 나는 알고 있으며 그들의 이름을 기꺼이 열거할 수도 있지만, 여기서는 그저 우리가 모두 알고 있는 한 사람 솔제니친만을 언급하겠다.

카자르놉스키는 목숨은 건졌지만 기억은 토막 나 버렸다. 그는 겨울에 콜르이마 수용소에 도착했으며 그곳은 허허벌판이었다고 기억했다. 거대한 물결처럼 몰려드는 죄수들을 위해 새로운 땅이 개척되었다. 그곳에는 건물 한 채, 감옥 한 동도 없었다. 죄수들은 천막에 살면서 자신들을 가둘 감옥을 지었다. 새로운 정착자들을 위해 신대륙을 개척한 것이다.

듣기로는 블라디보스토크에서 콜르이마까지는 바다를 통한 뱃길만이 있었다. 한겨울 바다는 얼어붙는다. 그렇다면 카자르놉스키는 겨울에 콜르이마에 어떻게 갔던 것일까? 뱃길은 없어졌는데. 아니면 카자르놉스키의 첫 번째 상설강제노동수용소는 콜르이마에 있었던 게 아니며, 기차를 타고 도착한 죄수로 빽빽한 '임시수용소'의 부담을 덜기 위해 가까운 곳에 얼마 동안 그를 보냈는지도 모른다. 나는 이것을 밝혀낼 수는 없었다. 카자르놉스키의 병든 머릿속에는 모든 것이 뒤죽박죽 섞여 있었다. 그러나 만델슈탐의 사망일을 밝히기 위해서는 카자르놉스키가 언제 임시수용소를 떠났는지 알아야만 한다.

카자르놉스키는 시베리아에서 온 최초의 믿을 만한 정보제공자였다. 그가 나타나기 훨씬 전부터 나는 카자르놉스키가 만델슈탐과 같은 조에 있었다는 이야기를 시베리아에서 온 사람들에게 들었다. 임시수용소에서 그들은 함께 생활했으며, 카자르놉스키는 만델슈탐을 도와주기도 한 듯했다. 그들은 같은 건물에서 거의 나란히 놓여 있는 판자 침대를 사용했다. 바로 이런 이유로 나는 석 달 동안 카자르놉스키를 경찰의 눈을 피해 숨겨주면서 그가 타슈켄트까지 가져온 정보들을 천천히 뽑아냈다. 그의 기억은 수용소 생활의 사실들과 공상, 허구, 전설들이 함께 뒤범벅되어 굳어진 하나의 거대한 쉰 팬케이크로 변해 있었다. 나는 이미 이런 종류의 병적 기억을 알고 있었다. 이것은 불행한 카자르놉스키만의 특징이 아니었으며, 그가 심하게 마셨던 보드카의 탓도 아니었다. 내가 만난 거의 모든 강제수용소 출감자들의 특징이었다. 그들에게는 날짜나 기간이 존재하지 않았으며 그들이 목격한 사실과 그들 사이에 떠돌던 소문을 구분하지 못했다. 장소와 명칭, 사건의 흐름은 강렬한 충격을 당한 이들의 기억 속에서 실타래처럼 엉켜 있었으며 나는 그것을 풀 수 없었다.

그들이 내게 해준 수용소 이야기들 중 대부분은 화자가 죽음의 목전에 위치했지만 어쨌든 기적적으로 목숨을 건졌던 강렬한 순간을 두서없이 나열한 것들이었다. 수용소 생활은 그들 기억에 각인된 이런 순간으로 흩어져 있었고, 목숨을 건지기는 불가능했지만, 삶에 대한 인간의 의지가 그것을 극복 가능하게 했다는 것을 증명하는 정도였다. 그래서 과거에 있었던 것들을 증언할 수 있는 사람들이 없다는 사실을 끔찍한 기분으로 나는 되뇌어야 했다. 그리고 철조망 너머 밖에 있던 우리도 모두 기억을 잃어버렸다. 그러나 맨 처음부터 스스로에게 단순히 살아남는 것뿐 아니라 증인이 되어야 한다는 사명을 부여했던 사람들도 존재했다. 이들은 강제수용소 노동자들 집단에 녹아 있던 진실의 보존자들이었지만, 보존자로서 그들의 역할도 오래가지는 못했다. 바깥세상에서는 많은 사람이 삶과 타협했고, 편안히 자기 명까지 살라는 유혹에 굴복했다. 보존자들은 수용소에 더 많이 남아 있었던 듯하다. 물론 이렇듯 정신이 맑은 사람들은 이미 별로 많지 않지만, 그들이 남아 있다는 자체가 선이 결국에는 승리한다는 것에 대한 가장 훌륭한 증거였다.

카자르놉스키는 이러한 영웅적인 사람들에 속하지 않았고, 나는 그의 끝없는 이야기를 인내심을 가지고 들으면서 진실의 조각을 추려냄으로써 만델슈탐의 수용소 생활의 극히 적은 부분을 알게 되었다. 임시수용소의 구성원은 언제나 변했지만, 그들이 갇히게 된 가건물에는 처음에는 모스크바와 레닌그라드에서 온 인텔리겐치아, 즉 제58조항 위반범들이 보내졌다. 이것은 생활을 한결 수월하게 했다. 당시 모든 곳에서처럼 형사범들이 조장으로 임명되었는데, 이들은 평범한 도둑, 강도가 아니라 바깥세상에서는 비밀 경찰들과 같이 일하던 자들이었다. 수용소의 이 '말단 간부'는 극도로 잔인했으며, 제58조항 위반자들은 그들이 가끔 부딪치게 되는 진짜 지휘부들만큼이나 이 '말단 간부'들에게 매우 고통받았다.

만델슈탐은 언제나 흥분하면 활동적이 되었으며, 그래서 흥분할 때마다 방 한 귀퉁이에서 다른 귀퉁이로 분주히 돌아다니는 것을 볼 수 있었다. 인파로 가득 찬 수용소에서 만델슈탐의 이런 분주한 움직임과 기계적 흥분은 간부들을 자극했다. 그런가 하면 감옥 안에 있는 뜰에서 만델슈탐은 자주 담장이나 경비 구역 등 금지 구역에 다가갔고, 경비병들은 고함을 지르고 욕설을 하면서 그를 멀리 쫓아냈다. 그러나 내가 이야기 해본 열 명가량의 사람들 가운데 만델슈탐이 형사범들에게 몰매를 맞는 것을 목격했다는 사람은 없었다. 아마도 이것은 헛소문일 것이다.

임시수용소에서 의복은 지급되지 않았다. 이미 누더기가 되어버린 가죽외투 차림의 만델슈탐은 추위로 고생했다. 비록 카자르놉스키의 말처럼 가장 지독한 추위는 만델슈탐이 죽은 후에 닥쳤지만. 이것 역시 만델슈탐의 사망일을 추정하는 데 하나의 단서로 작용했다.

만델슈탐은 거의 아무것도 먹지 않았고 음식 먹기를 두려워했다고 한다. 나중에 조셴코가 그러했듯이. 그리고 자기 몫으로 배급받은 빵을 잃어버렸고, 배식판도 제대로 챙기지 못했다. 카자르놉스키에 따르면 임시수용소에는 담배와 설탕을 판매하는 매점이 있었지만 돈이 없었다. 그리고 음식에 대한 만델슈탐의 공포는 상점에서 파는 식료품들과 설탕도 예외가 아니었고, 오로지 카자르놉스키가 주는 음식만 받아먹었다고 한다. 설탕 한 조각이 놓여 있는 축복받은 더러운 손바닥 그리고 이 마지막 선물을 멈칫거리며 받아드는 만델슈탐. 그러나 카자르놉스키의 말이 사실일까? 이 디테일 역시 그가 꾸며낸 것이 아닐까?

음식에 대한 공포와 불안한 상태에서 활동적이 되는 습성 외에도 카자르놉스키는 만델슈탐의 허황된 생각 하나를 언급했다. 그것은 꾸며내기 불가능한 만델슈탐의 특징이었다. 만델슈탐은 로망 롤랭이 자신에 관해 스탈린에게 편지를 쓸 것이기 때문에 그의 삶이 더 나아질 거라는 희망으로 자신을 위안했다고 한다. 이 작은 특징은 카자르놉스키가 정말 만델슈탐과 대화를 나누었다는 사실을 입증해주었다.

보로네슈에 유형 가 있는 동안 우리는 로망 롤랭이 아내와 함께 모스크바에 도착했고 스탈린과 만났다는 기사를 신문에서 읽었다.[2] 만델슈

---

2) 1935년 6월에서 7월의 일이다. 로망 롤랭은 당시 스탈린과 부하린, 야고다를 접견하고 '밀도 있는 대화'를 나누었다고 한다. 1938년 부하린을 비롯한 많은 사람이 체포당하자 로망 롤랭은 '체포당한 친구들'을 옹호하는 스무 통의 편지를 소련에 보냈으나 한마디의 답변도 듣지 못했다고 한다—편집자.

탐은 로망 롤랑의 부인인 마이야 쿠다셰바(М. П. Кудашева)[3]를 알고 있었고 그래서 안도의 한숨을 쉬었다. "마이야는 모스크바에서 내 이야기를 들을 수 있을 거야. 로망 롤랑이 스탈린에게 나를 풀어주라고 이야기하는 것은 어렵지 않을 거야." 직업적 휴머니스트들은 개인의 운명이 아니라 인류 전체에 대해 관심 있다는 것을 만델슈탐은 절대 믿지 못했으며 그에게 로망 롤랑은 출구 없는 상황에서의 희망을 의미했다.

실제로 로망 롤랑은 모스크바에 와서 '사전편찬자들'의 구명운동을 했던 듯하다. 어쨌든 그랬다고들 한다. 그러나 이것이 직업적 휴머니스트들에 대한 내 견해를 바꾸지는 않는다. 진정한 휴머니즘은 모든 것을 알고 있으며, 모든 개인의 운명에도 관심을 가진다.

카자르놉스키의 이야기 중 특징적인 디테일이 하나 더 있다. 만델슈탐은 나 역시 수용소에 갇혔다고 확신하고 있었다는 것이다. 만델슈탐은 카자르놉스키에게 살아 돌아가면 나를 찾아내고, 아내를 도와 달라고 '문학재단'에 부탁할 것을 간청했다고 한다. 강제노역자가 자신의 외바퀴수레에 그러하듯 만델슈탐은 평생 동안 작가 기관들에 매어 있었으며 그들의 허가 없이는 단 한 조각의 빵도 얻지 못했다. 아무리 이 구속에서 자유로워지려고 애썼지만 그는 성공하지 못했다. 우리나라에서는 이런 방식이 허용되지 않았다. 통치자들에게 이익이 되지 않았기 때문이다. 바로 이 때문에 만델슈탐은 나를 위해서도 문학재단의 원조만을 기대했던 것이다.

그러나 내 운명은 다르게 전개되었고, 우리에 관해 모두 잊어버렸던 제2차 세계대전 시기 나는 다른 영역으로 도망치는 데 성공했다. 바로 이 때문에 나는 목숨과 기억을 부지할 수 있었다. 이따금 평정을 되찾은 만델슈탐은 죄수들에게 시를 낭송했으며, 아마도 누군가는 이것을 받아 적었던 듯하다. 죄수들 사이에서 회람되던 만델슈탐 시 「앨범」을 나는 본 적이 있다. 언젠가 레포르토보에 있는 사형수 감방 벽에 자기 시 구

---

3) 쿠다셰바(1895~1985): 러시아 여류시인.

절("정말 내가 진짜이며, 진정으로 죽음이 찾아올까"Неужели я настоящий И действительно смерть придет[4])이 새겨져 있다는 이야기를 만델슈탐이 듣게 되었다. 이 이야기를 들은 만델슈탐은 기뻐하며 며칠 동안 평온해졌다.

청소 같은 옥내 작업에도 그는 차출되지 않았다. 극도로 쇠약한 죄수들 사이에서도 만델슈탐은 최악의 상태에 속했던 것이다. 하루 종일 그는 모든 간부의 위협과 욕, 저주를 한 몸에 받으며 일없이 어슬렁거렸다. 그는 단번에 도태되었고 매우 낙담했다. 만델슈탐은 상설수용소로 옮겨 가면 모든 것이 더 나아지리라 생각했지만, 경험자들은 정반대라고 그를 설득했다.

어느 날 만델슈탐은 임시수용소에 하진이라는 성을 가진 사람이 있다는 이야기를 듣고 어쩌면 그자가 자기 친척일지도 모른다고 생각하고[5] 카자르놉스키에게 같이 가서 찾아보자고 부탁했다고 한다. 그저 성이 같은 사람인 것으로 드러났다. 이 하진이라는 자는 에렌부르그의 회고록을 읽고서 그에게 편지를 썼고, 그래서 나는 그와 만나게 되었다. 하진의 존재 또한 카자르놉스키가 정말 만델슈탐과 함께 있었다는 또 하나의 증거였다. 하진은 만델슈탐을 두 차례 만났다고 했다. 한 번은 만델슈탐이 카자르놉스키와 함께 그를 찾았을 때이고, 다른 한 번은 만델슈탐을 찾고 있던 죄수에게 그가 만델슈탐을 데리고 갔던 때였다.

만델슈탐과 그를 찾고 있던 사람의 만남은 매우 감동적이었다고 하진은 이야기했다. 이 사람의 성은 힌트였으며 라트비아인이었고 엔지니어였던 자로 하진은 기억했다. 힌트는 이미 몇 년 동안 갇혀 있던 강제수용소에서 모스크바로 재심을 위해 호송되었다고 했다. 이런 재심은 당시 보통 비극적으로 끝났다. 힌트는 만델슈탐의 학교친구이자 레닌그라드 사람인 것 같았다고 하진은 말했다. 사실 힌트는 만델슈탐의 막냇동

---

4) 1911년 시 「왜 영혼은 이리도 노래하는지」(Отчего душа так певуча)의 마지막 구절.
5) 저자의 결혼 전 성은 하진(Хазин)이었다.

생 예브게니의 동창이었다. 힌트는 임시수용소에서 단지 며칠 머물러 있었다. 카자르놉스키도 만델슈탐이 하진의 도움으로 어떤 옛 친구를 만났다고 기억했다.

하진의 이야기에 따르면 만델슈탐은 발진티푸스가 돌던 시기 사망했지만, 카자르놉스키는 티푸스 유행에 대해 기억하지 못했다. 그러나 나는 여러 사람에게서 티푸스가 실제로 유행했다는 것을 확인했다. 힌트를 찾아보려는 시도를 해야 했지만 우리 상황에서 그것은 불가능했다. 수용소에서 내 남편을 만난 누구누구를 찾는다고 신문에 광고를 낼 수는 없는 노릇이었다. 하진으로 말할 것 같으면 유치한 사람이었다. 아마도 체키스트였던 듯한 자기 형제들과 함께 참여한 혁명 초에 대한 기억을 이야기하려고 그는 에렌부르그를 찾아왔던 것이다. 하진의 기억에는 바로 이 시기가 보존되어 있었으며, 그는 나와 대화를 나누면서도 계속 자신의 과거 영웅적 행적으로 자꾸 화제를 돌리려 했다.

카자르놉스키의 이야기로 돌아가면, 만델슈탐은 어느 날 간부들이 고함을 지르며 재촉해도 판자 침대에서 내려오지 않았다고 한다. 당시는 추위가 심해지고 있었다(이것이 내가 얻은 유일한 날짜 추정 근거다). 모두 눈을 치우기 위해 동원되었고 만델슈탐 혼자 남았다. 며칠 뒤 그는 판자 침대에서 내려져 병원에 보내졌다. 카자르놉스키는 만델슈탐이 곧 죽었으며 매장되었다는, 정확히 말해 구덩이에 던져졌다는 이야기를 듣게 되었다. 물론 관 없이 옷이 벗겨진 채 묻혔다. 물자를 아끼기 위해. 발마다 번호패를 달아 한 구덩이에 몇 명씩 묻었다.

이것은 죽음의 최악의 시나리오가 아니었으며, 그래서 나는 카자르놉스키의 이야기가 사실이라고 믿고 싶다. 나르부트의 죽음과 비교하고 싶지 않다. 사람들의 이야기에 따르면 그는 임시수용소에서 청소부였다. 즉 화장실 구덩이를 청소했고, 다른 두 명의 장애인과 함께 폭발된 화물선에서 죽었다. 이 화물선은 수용소의 장애인들을 없애기 위해 일부러 폭파한 것이었다. 그런 경우들이 있었던 것이다. 타루스에 살 때 내게 물과 장작을 가져다주던 전직 절도범 파벨이 언젠가 자진해서 내게 해준 이야기에 따르면 그는 언젠가 바다 쪽에서 나는 폭발 소리와 함께 물에 가라앉고 있는 화물선을 목격했다고 한다. 소문에 따르면 그 배에는 제58조항을 위반한 장애인들이 타고 있었다는 것이다. 지금도 어떻게든 정당화할 방법을 찾고 싶어 하는 사람들은(이런 사람들은 특히 수감되었던 자들 중에 많았다) 단지 화물선 한 척만 폭발시켰으며, 이런 불법행위를 자행한 수용소장은 이후 총살되었다고 내게 주장했다. 이것은 정말 감동적인 결말이었지만, 왜 그런지 나는 감동받지 못했다.

내가 아는 사람들의 대부분은 강제수용소로 보내지자마자 죽었다. 문학에 종사하던 그들은 그곳에서 살아남을 수 없었고, 또 그럴 필요도 없었다. 만일 죽음만이 유일한 구원이라면 무엇 때문에 목숨을 연장하겠는가. 마르굴리스는 밤마다 죄수들에게 뒤마의 소설을 이야기해준 대가로 그들의 비호를 받아 며칠을 더 살 수 있었다고 한다. 그런데 그것이 무슨 소용이었을까? 그와 한 감옥에 있었던 스뱌토폴크 미르스키는 곧바로 완전히 쇠약해져서 죽었다. 사람이 죽는다는 사실은 신께 감사드릴 일이지만, 철조망 너머 그곳에서 벌어진 일을 기억했다가 이후 사람들에게 이야기하기 위해서는 살아남아야 했다. 어쩌면 그럼으로써 이런 광란이 반복되는 것을 막을 수도 있을지 모르니.

두 번째 믿을 만한 목격자는 생물학자 메르쿨로프(В. Л. Мерку-лов)[6]였다. 만델슈탐은 그에게 만일 석방될 경우 에렌부르그를 찾아가 자신의 최후에 대해 이야기해달라고 부탁했다고 한다. 만델슈탐은 자기가 살아남지 못하리라는 것을 알고 있었다. 나는 그를 직접 만나지는 못했고 에렌부르그를 통해 그의 이야기를 전해들었다. 나를 기다리는 동안 에렌부르그는 몇 가지를 잊어버렸고, 특히 그는 메르쿨로프를 농학자로 불렀다. 사실 그는 풀려난 뒤 자기 신분을 숨기고 농학자로 일하고 있었다. 메르쿨로프의 기본적 정보는 카자르놉스키의 이야기들과 일치

---

6) 메르쿨로프(1908~1980): 레닌그라드 출신의 생리학자. 만델슈탐과 같은 수용소에 있던 사람.

했다. 그는 만델슈탐이 첫해에, 바닷길이 열리기 전, 즉 1939년 5월이나 6월 이전에 사망한 것으로 생각했다. 그는 만델슈탐에 관해 풍문으로 알던 의사(역시 유형수였다)와 나눈 대화를 제법 상세히 전해주었다. 의사의 말에 따르면 믿기 힘들 정도로 쇠약해 있던 만델슈탐을 구할 수 없었다고 한다. 이것은 만델슈탐이 음식 먹기를 두려워했다는 카자르놉스키의 말에 의해서도 뒷받침된다. 물론 수용소 음식이라는 것이 먹기를 두려워하지 않는 사람이라도 해골로 만들 수 있는 것이었지만. 만델슈탐은 병원에 며칠밖에 누워 있지 않았으며 메르쿨로프는 만델슈탐이 사망한 직후 이 의사를 만났다고 했다.

만델슈탐이 메르쿨로프에게 에렌부르그를 찾아가 자신의 최후에 관해 전하라고 한 것은 적절한 행동이었다. 에렌부르그와 슈클롭스키를 제외한 그 어떤 소비에트 작가들도 당시 이런 사절(使節)은 만나주지 않을 것이었기 때문이다. 아니면 사절 스스로가 다시 체포되는 것이 두려워 감히 다른 작가들을 찾아가지 않았을 수도 있고.

5년 또는 10년의 형기를 마친 사람들은 자의든 타의든 대개가 그 지역에 남아 자기 곰의 굴에 숨어 살았다. 제2차 세계대전이 끝난 뒤 많은 사람이 수용소에 다시 끌려갔고, 우리 사전과 법에는 '반복수감자'(повторник)라는 믿기 어려운 용어가 등장했다. 바로 이 때문에 1937년에서 1938년 사이에 수용소로 끌려간 사람들 중에는 수용소 생활을 젊은 시절에 시작한 소수의 사람들만 살아남았으며, 따라서 수용소에서 만델슈탐과 마주쳤던 사람들도 얼마 살아남지 못했다.

그러나 만델슈탐의 운명에 관한 소문은 수용소마다 널리 퍼졌고, 수십 명의 사람이 만델슈탐에 관한 전설을 내게 전해주었다. 만델슈탐에 관한 이야기를 들은(그들은 이렇게 말했다. '아마도 나는 아는 것 같아요') 사람들을 만나러 나는 여러 차례 불려나갔다. 그들은 만델슈탐이 살아 있다거나 전쟁이 일어날 때까지 살아 있었다거나 아직도 수용소에 갇혀 있다거나 이미 풀려났다는 등의 이야기를 했다. 만델슈탐의 죽음을 목격했다는 사람들도 개중에는 있었지만, 나와 만나면 대개 당황하면서 다른 사람들(물론 매우 믿을 만한 목격자라고 이야기되는)에게 들은 이야기라고 실토했다.

만델슈탐의 죽음에 관한 소설을 쓴 사람도 있다. 샬라모프(B. T. Шаламов)[7]의 소설은 만델슈탐이 어떻게 죽었으며 어떤 기분으로 죽어갔을지에 대한 상상에 지나지 않는다. 이것은 고난당했던 예술가가 자기와 같은 운명을 살다간 동지에게 바치는 세금이었다. 그러나 핍진성을 가장한 많은 디테일로 장식한 다른 소설들도 있다. 그런 소설들 중 하나는 만델슈탐이 콜르이마로 가는 배 위에서 죽었다고 기술했다. 그리고 만델슈탐이 어떻게 바다에 던져졌는지에 관한 상세한 이야기가 이어진다. 형사범들이 만델슈탐을 살해한 이야기라든지, 모닥불 가에서 페트라르카의 작품을 읽은 일 역시 전설에 속한다. 특히 마지막 일화는 많은 사람이 속아 넘어갔는데 왜냐하면 이것은 시적 모범답안이었기 때문이다. 형사범들이 반드시 등장하는 '리얼리즘적' 문체의 이야기들도 있다. 시인 P의 작품은 그중에서도 가장 잘 만들어진 이야기다. 밤중에 누군가 감옥 가건물의 문을 두드렸고, '시인'을 찾았다. P는 한밤중의 방문자들 때문에 당황했다. 형사범들이 내게 무엇을 원하는 걸까? 그들은 매우 호의적인 자들이며 죽어 가는 시인에게 그를 데려가기 위해 온 것임이 밝혀졌다. P는 가건물의 판자 침대 위에 누워 죽어 가는 시인, 즉 만델슈탐을 만났다. 정신을 잃었다 차렸다 하던 만델슈탐은 P를 보자 단번에 제정신을 차리고 그들은 밤새도록 이야기를 나누었다. 아침이 되자 만델슈탐은 숨을 거두었고 P는 그의 눈을 감겼다. 물론 정확한 날짜는 전혀 거론되지 않았지만 지명은 기재되어 있었다. 블라디보스토크 근교의 임시수용소 '프토라야 레치카'(Вторая речка). 슬루츠키가 내게 이 이야기를 해주고 P의 주소를 주었다. 그러나 P는 내 편지에 답장하지 않았다.

---

7) 샬라모프(1907~82): 1929년부터 강제수용소에 갇혔던 장기수. 시인이자 산문 작가. 「콜르이마 이야기들」에서 강제수용소 생활에 대한 사실적인 증언을 했다.

내게 정보를 준 사람들은 모두 호의적인 사람들이었다. 단 한 번 나는 그야말로 조롱을 당한 적이 있었다. 스탈린이 아직 살아 있던 1950년대 초 울리야놉스크에서의 일이다. 문학부의 일원이 저녁마다 습관적으로 나를 찾아왔다. 튜퍄코프라는 그자는 사실 학장 대리였으며 전쟁 때 부상당한 장애인이었고 부대의 정치과에서의 업적으로 받은 훈장들을 가득 달았고, 비겁자들이나 탈주병들을 총살하는 내용이 담긴 전쟁소설들을 읽는 것을 좋아했다. 튜퍄코프는 평생을 '대학 재건설의 업무'에 헌신했고, 그 때문에 학위나 졸업장, 고등교육을 받을 여유도 없었다. 그는 1920년대의 영원한 공산청년동맹 단원이자 '누구와도 바꿀 수 없는 일꾼'이었다. 책임 있는 임무가 그에게 맡겨진 이후부터 대학의 순수성 감시가 그의 임무가 되었고, 그로부터 조금이라도 벗어날 경우 그는 곧장 상부에 보고했다. 그는 이 대학에서 저 대학으로 옮겨 다니며 자유사상으로 의심받는 학장들을 주로 감시했다. 바로 이 때문에 그는 울리야놉스크의 이상하면서도 명예로운 '대리'직에 배치되었다. 비록 그는 고등교육기관에서 일할 수 있는 형식적 권리, 즉 학위를 가지고 있지 않지만.

우리 대학에는 이런 영원한 공산청년동맹 단원이 두 명 있었다. 튜퍄코프 외에도 글루호프라는 자가 있었다. 글루호프의 성은 어딘가에서 문학과 역사를 가르치고 있을 후세를 위해서라도 기록해야 한다. 이 자는 집단화 작업의 공로로 훈장을 받았으며 스피노자에 관한 논문으로 박사학위를 받았다. 그는 드러내놓고 활동했으며 자기 연구실로 학생들을 불러서 회의석상에서 누구에 대한 어떤 폭로 발언을 해야 할지 가르쳤다. 튜퍄코프는 그에 비하면 훨씬 은밀히 작업했다. 이 두 사람은 1920년대 초부터 대학 교육을 황폐화하는 사업에 종사했다.[8]

---

8) 1921년 9월 2일자 '고등교육기관들에 대한 법령'에 따라 고등교육기관의 모든 자치권은 몰수당했고, 교육부장관이 대학의 총장과 그밖의 지도부를 임명하게 되었다. 이 법령은 페테르부르크 대학 부총장 라자렙스키(Н. И. Лазаревский)를 비롯한 여러 대학교수를 총살한 직후 발포되었다―편집자.

튜퍄코프는 일과는 별도로 쉬면서 즐기기 위해 자발적으로 나와 '일' 했다. 나와의 일은 그에게 거의 탐미적인 만족을 주었다. 그는 날마다 새로운 이야기를 고안해냈다. 만델슈탐이 총살되었다고 했다가, 또 만델슈탐이 스베르들롭스크에 있으며 자기가 수용소에 있는 그를 휴머니즘적 동기에서 방문했다고 하기도 하고, 또 어느 날은 만델슈탐이 도주 중 총에 맞았다고 했다. 그런가 하면 형법 위반으로 감옥에서 다시 형기를 살고 있다거나, 빵조각을 훔쳐서 다른 죄수들에게 죽도록 두드려 맞았다거나, 출감한 뒤 북쪽 지방에서 새 아내와 살고 있다고도 했다. 그런가 하면 쥬다노프의 교서를 듣고 놀라 바로 얼마 전 목을 매고 자살했다고도 했다. 이 모든 가설을 그는 엄숙하게 이야기했다. 바로 얼마 전 검사국을 통해 이런 정보를 알게 되었다고 하면서.

나는 그의 이야기를 끝까지 들을 수밖에 없었다. 왜냐하면 밀고자들을 쫓아내는 것은 금지되어 있기 때문이다. 우리의 대화는 보통 튜퍄코프의 문학에 대한 명상으로 끝이 났다. "우리나라의 가장 훌륭한 시인은 돌마톱스키(Е. А. Долматовский)[9]지요. 나는 시의 정교한 형식을 높이 삽니다. 은유 없는 시는 없으며 없을 것입니다. 문체는 형식적인 현상일 뿐 아니라 이념적 현상이라는 엥겔스의 말을 기억하세요. 그의 말에 동의하지 않을 수 없습니다. 그런데 당신은 수용소에서 쓴 만델슈탐의 시들을 가지고 있지 않나요? 거기서 만델슈탐은 시들을 많이 썼다는데……." 튜퍄코프의 야윈 몸은 마치 용수철처럼 튀어 올랐다. 군인 같은 스탈린식 콧수염 아래로 미소가 비쳤다. 크레믈린의 병원에서 그에게 진짜 인삼 뿌리를 구해주었고, 그는 인공약제를 조심하라고 모든 이에게 경고했다.

나는 만델슈탐이 수용소에서 시를 썼다는 소문을 자주 접했지만 고의든 아니든 언제나 꾸며낸 이야기로 밝혀졌다. 수용소에서 만든 「앨범」의 사본을 나는 얼마 전 보게 되었다. 거기에는 「아파트」 같은 종류의

9) 돌마톱스키(1915~94): 시인.

시들, 즉 직접적인 정치적 내용이 전혀 없는 만델슈탐의 후기 시들이 상당히 왜곡되어 기록돼 있었다. 주된 출처는 1930년대 돌아다니던 사본들이었지만, 기억에 의존해 만들어졌기 때문에 다수의 왜곡이 발생했다. 예를 들어 「독일어에 관해」에서처럼 폐기된 옛날 판본의 시들이 포함되기도 했다. 그런가 하면 의심할 여지없이 만델슈탐이 직접 구술한 시들도 있었다. 그 어떤 사본들과도 일치하지 않는 시들이 그 증거였다. 그런데 그가 직접 십자가형에 대한 청년 시절 시를 회상했을까?[10] 「앨범」에는 예를 들어 「마부와 단테」같이 내가 가지고 있지 않은 농담시 몇 편도 들어 있었지만, 유감스럽게도 기이한 모습이었다. 이런 시들은 수용소에 많이 끌려갔던 레닌그라드 거주자들만이 가져갈 수 있었을 것이다.

돔브롭스키(Ю. О. Домбровский)[11]가 내게 이 사본을 보여주었는데, 그는 옛말로 '가슴의 피'로 쓴 우리 삶에 관한 소설의 저자였다.[12]

---

10) 1910년에 쓴 「가차 없는 말들……」(неутолимые слова……)을 가리킨다. 시의 전문은 다음과 같다.

  가차 없는 말들……
  이스라엘은 돌이 되었다.
  그리고 시간이 지날수록
  그의 머리는 무거워지며 떨구어졌다.

  식어가는 몸을 지키면서
  군인들은 주위에 서 있었고
  꽃봉오리 같은 머리가
  가늘고 낯선 꽃대 위에 매달려 있었다.

  그는 통치했고 고개를 숙였다
  태어난 심연을 향해 마치 백합처럼.
  꽃대들이 가라앉는 심연은
  자기 법칙의 승리를 경축했다.

11) 돔브롭스키(1909~78): 15년 동안 감금생활을 한 시인이자 산문작가. 스탈린 시대에 관한 뛰어난 소설들의 작가.

이 책은 비록 발굴과 뱀, 건축, 사무실 근무 여성들에 관해 이야기하지만 우리의 불행한 삶의 가장 본질을 파헤쳤다. 이 소설을 주의 깊게 읽은 사람이라면 강제수용소가 왜 우리나라의 균형을 유지하는 주된 힘이 되지 않을 수 없었는지 이해하지 않을 수 없다.

돔브롭스키는 내가 만델슈탐의 사망시기로 생각하는 1938년 12월 27일보다 1년여 지난 뒤인 '이상한 전쟁' 시기[13]에 만델슈탐을 보았다고 주장했다. 뱃길은 이미 열렸고, 돔브롭스키가 만델슈탐이라고 생각하는 사람 또는 실제 만델슈탐일지도 모르는 사람은 콜르이마로 향하는 조에 속했다고 한다. 역시 '프토라야 레치카'에 있는 수용소에서의 일이다. 당시 격정적이며 열정적인 청년이었던 돔브롭스키는 '시인'이라는 별명으로 알려진 사람이 같은 조에 있다는 이야기를 듣고 그를 만나보고 싶어졌다고 한다. '안녕하세요, 오십 만델슈탐'이라고 돔브롭스키가 부르자 그자는 돌아보았다고 한다. '시인'은 약간의 분간만 할 수 있을 뿐 정신적으로 병든 상태로 보였다고 했다. 만남은 1분가량 이어졌고, 전쟁의 불안한 상황에서 콜르이마로 가는 것이 가능할지에 관해 이야기를 나누었다고 한다. 그 후 이 노인(돔브롭스키는 '시인'이 70세가량 되어 보였다고 했다)은 죽을 먹으라는 소리에 가버렸다고 했다.

만델슈탐이라고 추정되는 자의 늙은 모습은 아무것도 증명하지 못한다. 그런 상황에서 사람들은 믿을 수 없을 만큼 급속히 늙게 되며, 만델슈탐 역시 한 번도 젊어 보인다는 소리를 들은 적이 없었고 오히려 자기 나이보다 언제나 훨씬 더 나이 들어 보였다. 그러나 이 정보를 내가 알고 있는 사실들과 어떻게 연결할 수 있을까? 만델슈탐을 알고 있던 사

---

12) 1964년 잡지 『신세계』에 실린 소설 「옛것의 수호자」(Хранитель древностей)를 가리킨다—편집자.

13) 제2차 세계대전 발발 초인 1939년 10월부터의 9개월간을 일컫는다. 영국과 프랑스가 개전 초 방관했기 때문에 붙여진 명칭. 돔브롭스키가 만델슈탐을 만났다고 주장하는 시점은 이미 오호츠크 해의 뱃길이 열린 때이므로 해당 시기 말인 1940년 5월경이라고 할 수 있다—편집자.

람들이 이미 상설수용소로 모두 보내진 뒤 만델슈탐은 병원에서 나와 몇 달 또는 1년 동안 더 연명했다고 추측해볼 수 있다. 또는 만델슈탐과 같은 성을 가진 노인, 아니면 이름도 같은 자가(만델슈탐이라는 성을 가진 사람들은 이름이 겹치는 일이 많았으며 심지어 얼굴도 서로서로 비슷하게 생겼다) '시인'이라는 별명에 아는 척했으며, 자신을 만델슈탐이라고 여기는 수용소에서 살았을 수도 있다. 돔브롭스키가 만난 사람을 만델슈탐으로 생각할 수 있는 근거가 있을까?

내가 알고 있는 사실을 이야기해주자 돔브롭스키는 자기 얘기에 약간 확신을 잃은 듯했지만, 나 또한 그의 이야기 때문에 혼돈스러워졌고, 이제 그 무엇도 전혀 확신할 수 없게 되어버렸다. 우리 삶에 믿을 만한 것이 과연 있을까? 그래서 나는 모든 것의 진위를 다시 가늠해보게 되었다.

돔브롭스키는 만델슈탐과 아는 사이는 아니었지만, 만델슈탐이 모스크바에 있을 때 우연히 만날 기회가 있었다고 한다. 그러나 당시 만델슈탐은 턱수염을 기르고 있었고, 돔브롭스키가 수용소에서 본 '시인'은 깨끗이 면도한 상태였다고 했다. 그럼에도 '시인'의 몇몇 점이 만델슈탐의 외모를 상기시켰다고 돔브롭스키는 회상했다. 그러나 물론 이를 확신할 수는 없다. 착각하기도 쉽기 때문이다. 돔브롭스키는 하나의 디테일을 알고 있었지만 이건 '시인'에게서가 아니라 제3자의 입을 통해 들은 이야기였다. 부하린의 편지가 만델슈탐의 운명을 결정했다는 이야기가 그것이다.

1934년 첫 번째 사건에 첨부되었던 스탈린에게 보내는 부하린의 편지와 첫 번째 수색 때 압수되었던 부하린의 여러 메모가 1938년에 밝혀진 것이 분명하다. 이 경우라면 그럴듯했다. 그리고 이런 사실은 진짜 만델슈탐만이 심리 과정을 통해 알아낼 수 있는 것이었다. 그러나 '시인'이라는 별명으로 불리던 미스터리한 노인이 편지에 관해 말했는지 아니면 이미 죽은 만델슈탐이 했던 이야기가 수용소에 떠돌다가 우연히 그 노인과 관련지어진 것인지의 문제는 여전히 풀리지 않는다. 실제로 어떻게 된 것인지 확인하는 것은 불가능하지만 편지에 관한 소문 자체가 내 관심을 끌었다. 이것은 두 번째 사건에 의해 감옥에 갇힌 기간에 관해 내가 들은 처음이자 마지막 소문이었기 때문이다. "내 사건은 끝나지 않았으며 끝나지 않을 것이다"라고 만델슈탐이 「네 번째 산문」에서 말한 것은 우연이 아니었다. 부하린의 편지에 기초해 1934년 사건은 1934년에 이미 재검토되었지만, 역시 이 편지에 기초해 1938년 사건도 재검토되었던 것이다.[14] 이후 1955년에도 재검토되었지만 아직도 완전히 암흑이다. 바라건대 언젠가 다시 만델슈탐의 사건이 재검토되기를.

그런데 1938년 12월 만델슈탐이 죽었다는 내 가설에 대한 증거는 무엇인가. 만델슈탐의 사망 소식을 제일 먼저 알린 것은 '수취인 사망'으로 반송된 소포였다. 그러나 이것으로는 불충분하다. 그런 이유로 소포가 되돌아왔으나 이후 수취인이 단지 다른 장소로 이동해 소포를 받지 못했던 것으로 밝혀지는 경우가 허다했기 때문이다. 반송된 소포는 죽음과 곧잘 연결되었고, 대부분의 경우 이것은 친지의 죽음에 관해 알 수 있는 유일한 단서였다. 그러나 죄수로 가득 찬 수용소의 혼란 속에서 군복을 입은 뻔뻔스러운 관리들은 닥치는 대로 썼다. 죽었다고 쓰지 뭐 상관없잖아? 철조망 너머에 갇힌 사람들은 어차피 삶에서 삭제되었으며 그들에게 격식을 차릴 필요도 없다. 사실은 부상당했거나 포로가 된 병사나 장교들의 사망통지들이 전선에서 날아들기도 했다. 군인들이 모든 사람의 관심과 동정을 받는 전선에서도 실수로 이런 일이 일어나는 것이다. 짐승만도 못한 취급을 받았던 수용소 사람들에게는 더 말해 무슨 소용이랴. 반송된 소포는 죽음에 대한 증거가 될 수 없었다.

호적등록과에서 발급한 사망증명서상의 날짜 역시 별 의미가 없었다.

---

14) 1934년에는 부하린의 편지가 만델슈탐에게 유리한 방향으로 작용했지만, 1938년에는 부하린이 이미 인민의 적으로 공개처형당한 뒤였으므로 그가 만델슈탐의 선처를 호소했다는 사실은 만델슈탐에게 불리하게 작용했으리라 짐작할 수 있다.

날짜는 그야말로 자의적으로 기입되었으며, 수백만 명의 사망일이 고의적으로 한 시기, 예를 들어 전쟁 시기로 표기되기도 했다. 수용소 죄인들의 사망일이 전쟁 시기와 겹치는 것이 통계를 위해 편리했기 때문이다. 이로써 테러의 그림은 눈에 안 띄게 가려질 수 있었고, 그 누구도 진실을 알려 하지 않았다. 복권의 시기 사망일은 거의 기계적으로 1942년 또는 1943년으로 표기되었다. 그러나 누가 사망증명서에 나온 날짜를 믿을 수 있겠는가? 그런데 누가 만델슈탐이 보로네슈에 있는 수용소에 갇혀 있다가 독일인들에게 살해당했다는 소문을 국외로 퍼뜨렸는가? 수르코프의 표현에 따르면 남의 일에 끼어드는 외국인들 때문에 궁지에 몰린 외교관이나 진보적 작가가 모든 책임을 독일인에게 뒤집어씌운 것이 분명하다.

사망증명서에는 만델슈탐의 죽음이 1940년 5월 사망인 명부에 기록되었다고 쓰여 있었다. 아마도 이것이 유일한 사실일지 모른다. 살아 있는 사람은 보통 사망인 명부에 기록하지 않기 때문이다. 비록 이것도 절대적으로 확신할 수는 없지만. 로망 롤랑같이 스탈린이 존중하던 누군가가 스탈린을 찾아가 만델슈탐의 석방을 요청했다고 가정해볼 수 있다. 외국에서 우리 주권자에게 호소할 경우 사람들을 풀어주는 경우가 있었다. 스탈린은 만델슈탐을 석방하고 싶지 않았거나, 만델슈탐이 감옥에서 너무나 두들겨 맞았기 때문에 그럴 수 없었는지도 모른다. 이런 경우 나에게 만델슈탐의 사망증명서를 발급함으로써 그가 죽었다고 선포하고 나에게 정부가 지어낸 거짓말을 퍼뜨리도록 만드는 것보다 더 쉬운 것은 없었을 것이다.

왜 유독 내게 이런 증명서를 발급해주었을까? 무슨 목적으로?

만일 만델슈탐이 1940년 5월 이전 언젠가, 예를 들어 4월 정말 사망했다면 돔브롭스키가 보았던 '시인'은 만델슈탐일 수도 있다. 카자르놉스키와 하진의 정보를 신뢰할 수 있을까?

수용소에 있었던 사람들은 대부분의 경우 날짜 개념이 없다. 수용소의 단조로우며 잠꼬대같이 어렴풋한 생활에서 날짜 개념은 사라져버린다. 카자르놉스키는 만델슈탐이 병원에서 나오기도 전에 다른 곳으로 떠났기 때문에 만델슈탐의 이후 소식을 알 수 없었는지도 모른다. 만델슈탐의 죽음에 대한 소문 역시 아무것도 증명하지 못한다. 수용소에는 소문이 무성하기 때문이다. 메르쿨로프와 의사가 나눈 대화도 날짜는 알 수 없다. 그들은 어쩌면 1년이나 2년이 지난 뒤 만났을지도 모른다.

그 누구도 그 무엇도 모른다. 그 누구도 철조망 친 울타리 안에서 일어난 일, 그 울타리 밖에서 일어난 일에 관해 아무것도 모른다. 발목에 번호판을 단 시체와 산 자가 나란히 누워 있던 무시무시한 혼돈, 강제수용소의 복닥거림 속에서 그 누구도 자기 주변에서 벌어지는 일들을 정리할 수 없었다.

만델슈탐의 시체를 본 자는 아무도 없었다. 매장 전 그를 씻겼다는 사람도, 그를 관에 넣었다는 사람도 본 적이 없다. 수용소에서 수난당한 자들의 열띤 잠꼬대는 시간을 모르며, 현실과 허구도 분간하지 못한다. 이들의 이야기는 다른 모든 수난사 정도로 신빙성이 있다. 목격자로 남았던 많지 않은 사람들(돔브롭스키도 그들 중 하나였는데)도 분석할 가능성, 그 자리에서 모든 정보의 진위를 가늠할 기회를 갖지 못했다.

내가 확신하는 단 하나는 고통받던 수난자 만델슈탐이 어딘가에서 죽었다는 것이다. 모든 삶은 죽음으로 끝난다. 만델슈탐이 죽기 전 판자 침대에 누워 있었으며 죽을 운명의 다른 자들이 그를 둘러쌌을 것이다. 그리고 만델슈탐은 분명 소포를 기다렸을 것이다. 그것을 배달해주지 않았거나, 배달되기 전에 만델슈탐이 죽었을 것이다. 그래서 소포는 반송되었다. 이것은 만델슈탐이 죽었다는 징표, 소식을 의미했다. 반면 소포를 기다리던 만델슈탐은 소포가 오지 않자 우리가 죽었다고 생각했을 것이다. 이 모든 것은 사람들을 죽이는 훈련을 받은 군복 입은 살찐 사람이 수감자들의 거대한, 끊임없이 변하는 명단을 뒤지면서 어려운 성을 찾기 싫증나서 주소를 지우고 그의 머리에 떠오르는 가장 간단한 말 '수취인 사망'을 비고란에 적어 소포를 되돌려보냈기 때문에 일어난 일이다. 그래서 남편의 죽음을 기원하는 나는 이 마지막, 나쁘지만은 않은 소식을 우체국 직원에게 듣고 창구 앞에서 약간 휘청거려야 했다.

그런데 만델슈탐은 죽은 후(어쩌면 그전에도) 언젠가 바깥세상에서 시를 썼으며, 그래서 '시인'이라는 별명으로 불리는 넋 나간 70세의 노인으로서 수용소를 떠도는 전설 속에서 살아 있던 것이다. 그리고 어떤 다른 노인(아니면 정말 만델슈탐이었을까?)이 '프토라야 레치카'에 있는 수용소에 살았고 콜르이마로 가는 조에 포함되자, 많은 사람은 그를 만델슈탐이라고 생각했던 것이고……. 나는 그가 과연 누구인지 모르겠다.

이것이 내가 만델슈탐의 최후의 날들과 병, 죽음에 대해 아는 전부이다. 다른 사람들은 자기와 가까운 자들의 죽음에 대해 이보다도 더 적게 알고 있다.

84 또 하나의 이야기

    그리고 나는 조금 더 알고 있다. 1938년 9월 7일 만델슈탐을 태운 열차가 모스크바를 떠나 블라디보스토크로 향했다. 물리학자 L은 스탈린이 증오하는 사람[1]의 아들이 근무한다는 이유로 완전히 박살난 모스크바의 한 대학에서 일했다. L은 다음과 같이 말하면서 이름을 밝히지 말아달라고 부탁했다. "지금은 괜찮지만 나중에 어떻게 될지 누가 알겠습니까. 그러니까 내 이름을 밝히지 말아주시기를 부탁드립니다."

    바로 그가 만델슈탐과 같은 열차에 타고 있었다. 다른 사람들은 내부 감옥에 있다가 출발 바로 직전 부트이르카로 옮겨진 사람들이었다. 그는 같은 열차에 만델슈탐이 타고 있다는 것을 가는 도중에 알게 되었다고 한다. L의 동료 중 한 명이 병이 나서 며칠 동안 격리되었다가 돌아오는데, 그가 돌아와서 하는 말이 격리되어 있을 때 만델슈탐을 만났다는 것이었다.

    그의 말에 따르면 만델슈탐은 머리까지 요를 뒤집어 쓴 채 계속 누워 있었다고 한다. 만델슈탐은 아직도 약간의 돈을 가지고 있었고, 그래서 기차역에 정차했을 때 호위병들이 이따금 그에게 흰 빵을 사다주었다고 한다. 만델슈탐은 그 빵을 반으로 쪼개 같이 있던 죄수에게 나누어 주었지만, 같이 있던 죄수가 빵을 먹는 모습을 요 틈으로 보기 전까지는 자기 몫을 건드리지 않았다고 한다. 그러고서는 만델슈탐도 앉아서 먹었

---

1) 트로츠키—지은이.

다. 독살의 공포가 만델슈탐을 따라다녔다. 이것이 바로 그의 병적 증상이었다. 그는 감옥에서 주는 멀건 야채죽은 전혀 건드리지 않았으며 굶주림으로 자신을 괴롭혔다.

10월 중순 블라디보스토크에 도착했다. '프토라야 레치카'에 있는 수용소는 초만원이었다. 새로 수송되어온 사람들은 갈 데가 없었다. 죄수들은 두 건물 사이의 공터에 배치되었다. 건조한 날씨가 계속되었고 L은 지붕 아래로 기어들려고 노력하지 않았다. 화장실 주위(수용소 화장실이라는 것이 어떤지 상상할 수 있을 것이다)에는 언제나 반라의 사람들이 웅크리고 앉아 이미 누더기로 변해버린 옷에 있는 이를 잡고 있었다고 한다. 그러나 발진티푸스는 아직 시작되지 않았다.

며칠 뒤 신참자들은 콜르이마의 수용소 지도부 대표자들로 구성된 위원회에 넘겨졌다. 그곳에서는 건설이 진행 중이었고, 지도부는 노동력을 필요로 했지만, 감옥살이와 야간 심문에 지친 죄수들 가운데 건장한 사람들을 찾기는 쉽지 않았다. 많은 사람이 탈락했고, 어렸을 때 다리가 부러졌던 서른둘의 L도 여기에 속했다. 수용소에서 차출된 사람들은 얼마 되지 않았지만, 기차들은 계속 수백 또는 수천의 굶주리고 더러운 황폐화된 사람들을 실어왔다. L은 수용소 인원을 대략 짐작할 수 있었다. 그는 정확한 수학적 머리를 가진 사람으로서 20여 년의 강제수용소 생활 기간에 보았던 모든 것을 분석하고 기억하고 기록했다.

그러나 그는 자신의 이런 지식을 다른 사람들에게 알리지 않았다. 수용소 삶에 지칠 대로 지쳤던 그는 아무것도 믿지 않으며 안정 외에는 아무것도 바라지 않았고, 자신과 자기의 새로운 가정 안으로 칩거했기 때문이다. 그리고 중년의 병든 그에게 모든 삶의 의미는 딸에게 집중되었다. 그는 훌륭한 증인 중 하나였지만, 증언하지 않았다. 그는 나에게만 예외를 적용했다. 자신에게 커다란 인상을 남겼던 만델슈탐과의 만남에 관해 그는 수용소에서도 그리고 석방된 이후에도 이따금 이야기했다. 콜르이마의 위원회가 건장한 사람들을 오랫동안 요구했는지 나는 그에게 묻지 않았다. 내 생각에는 위원회는 곧 아무나 데려다가 그의 남은 힘을 다 짜내 소모해버리면 된다고 결정했을 것이다. 노동의 질은 양으로 대체할 수 있었다.

비가 내렸고 건물로 들어가 그곳에서 자리를 확보하는 것은 주먹다짐으로만 가능했다. 한 걸음 한 걸음마다 주먹다짐이 벌어졌다. 이 시기 L은 60명가량의 사람들로 구성된 조에서 연장자 또는 조장이었다. 그의 의무는 빵 배급을 나누는 것에 국한되었지만, 비가 내리기 시작하자 사람들은 그에게 자리를 구하라고 요구했다. L은 비어 있는 다락이 남아 있는지 확인해보자고 제안했다. 조금이라도 더 원기 있고(원기는 대부분의 경우 나이 문제였다) 더 건강한 사람들은 다락을 좋아했다. 그곳은 덜 혼잡했고 공기도 그렇게 숨막히지 않았다. 겨울이 되면 추위에 얼거나 또는 굴뚝 연기에 데지 않도록 다락을 떠나야만 했지만, 겨울 일까지는 아무도 생각하지 않았다. 수용소의 죄수들은 언제나 가장 가까운 목적만을 염두에 둔다. 밤에 다락에 숨어 들어가서 몇 주간 상대적 자유를 얻는 것이다.

다섯 명의 형사범이 자리를 잡은 적당한 다락이 곧 발견되었다. 세 배의 인원은 더 들어갈 수 있는 곳이었다. L은 동료들과 함께 답사를 갔다. 입구는 합판들로 막아져 있었다. 합판 하나가 헐거워져 있었고 L이 그것을 잡아뽑자 형사범의 대표자와 마주치게 되었다. L은 주먹다짐을 할 각오가 되어 있었지만 다락의 주인은 정중하게 자기 소개를 했다. "아르한겔스키라고 합니다." 담판에 돌입했다. 수용소 사령관이 이 다락을 아르한겔스키와 그의 동료들에게 내어주었음이 밝혀졌다. L은 함께 사령관을 찾아가자고 제안했고 아르한겔스키는 정중히 동의했다. 사령관은 뜻밖의 태도를 보였다. 그는 양측을 화해시키려 애썼던 것이다. 그는 형사범들과의 싸움도 불사한 L에 대해 존경의 감정을 느꼈거나 L 역시 형사범으로 생각했던 것 같다. 사령관은 말했다. "상황을 고려해야 하오. 거주공간이 심각하게 부족하니 좀 바짝 붙어서 같이 살도록 하시오."

승리를 거둔 L은 다락에 거주할 열 명 정도를 선발하기 위해 동료들에게 돌아갔지만, 그들은 마음을 바꾸었고 형사범들과 함께 한 지붕 아래서 살고 싶어 하지 않았다. "그들이 다 훔쳐갈 거요!"라고 하면서. L은 그들을 설득하려고 해보았다. 훔쳐가려야 훔칠 것도 그들은 가지고 있지 않으며 수적으로도 그들보다 두 배나 많다고. 그러나 동료들은 건물 밖에 남겠다고 했다. 소득은 L이 그저 새로운 지기를 사귀었다는 것뿐이었다. L과 아르한겔스키는 만날 때마다 언제나 인사했다. 만남은 대개 고물을 사고팔거나 교환하는 수용소 한가운데서 이루어졌다.

어느 날 아르한겔스키는 바로 그 다락으로 저녁때 시를 들으러 오라고 L을 초대했다. L은 강도를 두려워하지 않았다. 몇 달 동안 옷을 입은 채 잤기 때문에 그의 누더기는 수용소의 도둑들도 전혀 탐낼 만한 물건이 아니었다. L에게는 중절모가 남아 있었지만 수용소에서 이것은 쓸모없었다. 대체 무슨 시를 말하는지 궁금했던 L은 가보기로 했다.

다락에는 양초가 타고 있었다. 중앙에는 나무통이 놓여 있었고 그 나무통 위에는 통조림과 흰 빵이 있었다. 굶주림에 허덕이는 수용소에서 이것은 보기 힘든 사치였다. 사람들은 콩깍지 죽으로 연명했고 그마저도 언제나 부족했다. 아침식사로는 1인당 멀건 죽 반 컵이었다.

형사범들 가운데 노란 가죽외투를 입고, 허연 턱수염을 기른 사람이 있었다. 그가 시를 낭송했다. L은 이 시의 작가를 알았다. 바로 만델슈탐이었다. 범죄자들은 시인에게 빵과 통조림을 대접했고, 그는 아무렇지도 않게 그것을 받아먹었다. 아마도 그는 수용소에서 배급하는 음식만 두려워하는 듯했다. 사람들은 조용히 그의 시 낭송을 들었고 이따금 반복해달라고 부탁했다. 그러면 그는 다시 낭송했다.

이날 저녁 이후 L은 만델슈탐을 만날 때마다 그에게 다가갔다. 그들은 쉽게 친해졌으며 L은 만델슈탐이 쫓기고 있다는 망상이라든지 다른 집요한 생각으로 괴로워하고 있음을 알게 되었다. 만델슈탐의 병적 증상은 음식에 대한 두려움만이 아니었다. 그는 그 어떤 주사를 두려워했다. 체포되기 전부터 그는 사람의 의지를 제거하고 그로부터 필요한 진술을 듣기 위해 '내부'에서 행하는 모종의 비밀스러운 주사 또는 '접종'에 대해 들었다.

1920년대 중반부터 그런 소문은 집요하게 돌았다. 이런 소문에 어떤 근거가 있는지 물론 우리는 몰랐다. 게다가 '사회적으로 위험한'이라는 무시무시한 단어가 유행했다. 특별위원회는 바로 이 잠재적인 '사회적 위험성'을 이유로 사람들을 유형 보냈다. 그래서 만델슈탐의 병든 머릿속에서 모든 것이 뒤얽혔고, 정말 '위험'하게 만들어서 없애버리기 위해 자기를 미치게 만드는 주사를 놓았다고 생각했다.

그는 우리나라에서는 사람을 없애기 위해 그런 주사를 놓을 필요도 없다는 것을 잊어버린 것이다.

L은 정신병에 관해서는 아는 것이 없었지만 만델슈탐을 매우 돕고 싶어 했다. 그와 논쟁하는 대신 그는 만델슈탐이 완전히 의식적으로 그리고 일정한 목적을 가지고 스스로가 미쳤다는 소문을 퍼뜨리고 있다고 생각하는 척했다. 사람들이 만델슈탐을 피하도록 하기 위해서 말이다. "그러나 당신은 나를 쫓아버릴 생각은 없으시지요?" L이 말했다. L의 이런 꾀는 성공했고 L이 놀랄 정도로 만델슈탐은 더 이상 정신병이라든지 주사 접종에 대한 이야기를 하지 않았다.

임시수용소에서는 노동을 강제하지 않았지만, 형사범들에게 할당된 구역에서는 작업이 진행되었다. 보통 제58조항을 어긴 정치범들은 특히 유해한 죄수들로 분류되어 다른 죄수들에게서 격리되었지만, 사람들이 너무 많아서 이 규칙은 거의 지켜지지 않았다. 건축자재들을 열차에서 내려 어디론가 옮기는 작업이었다. 노동하는 자들에게는 아무런 특권도 부여하지 않았으며 빵 배급도 늘리지 않았지만, 그런데도 일하려는 사람들이 있었다. 이들은 인파로 가득 찬 수용소의 비좁은 공간에서 넋 나가고 황폐해진 사람들과 복닥거리는 데 싫증이 난 사람들이었다. 그들은 이웃에 있는 덜 밀집된 지역으로 뛰쳐나가고 싶어 했고 그런 식으로 산책 코스를 확장하려 했다. 그리고 감옥에 오래 갇혀 있던 젊은이들도 육체적 운동을 필요로 했다. 물론 이후 상설수용소의 힘겨운 노동에 지친 뒤 그들은 더 이상 자발적으로 노동하지는 않았지만, 당시는 '임시 수용소'였다.

L도 자발적 노동에 참여했다. 그는 의기소침해하지 않는 사람이었다. 상황이 견디기 어려울수록 그의 의지는 더 굳건해졌다. 그는 이를 갈며 수용소를 거닐면서 혼자 계속 되뇌었다. "나는 모든 것을 보고 모든 것을 알고 있지만, 나를 죽이려면 이것으로는 불충분하다"고. 그의 생각은 자신을 파괴하도록 허용하지 않고 모든 것에 맞서서 목숨을 지키겠다는 한 가지 목적에 집중되어 있었다.

나도 이 감정을 잘 안다. 왜냐하면 나 역시 이를 갈면서 거의 30년을 살기 때문이다. 그래서 나는 L을 높이 평가한다. 나는 보통의 조건에서 목숨을 지키는 것이 무엇을 뜻하는지를 알 뿐이지만, 그는 1938년의 수용소에서 이 가장 힘든 임무를 스스로에게 부과했으며 무시무시한 세월의 긴 기간에 그것을 포기하지 않았기 때문이다. 그는 1956년 결핵환자가 되어 돌아왔다. 심장도 회복 불가능하게 엉망이 된 상태였지만 어쨌든 그는 돌아왔고 정신도 멀쩡했으며 기억은 바깥세상에 살던 대다수의 사람들보다 더 잘 보존하고 있었다.

L은 만델슈탐을 데리고 2인조 노동에 나섰다. '임시수용소'에서는 그 어떤 작업 규정이나 작업량도 존재하지 않았기 때문에 가능한 일이었으며 L 스스로도 열심히 일할 생각은 없었다. L과 만델슈탐은 돌 한두 덩어리를 들것에 실은 뒤 500미터가량 날랐고, 그 후 돌을 내려놓은 뒤 앉아서 쉬었다. 돌아올 때는 L이 들것을 들었다. 돌 더미에 앉아 쉬던 어느 날 만델슈탐이 말했다. "내 첫 시집 제목은 『돌』이었지요. 마지막 작품집도 『돌』이 되겠군요." L은 만델슈탐의 시집 제목을 몰랐지만 이 대화 내용을 기억했고, 이 일을 회상하면서 내게 물었다. "만델슈탐의 시집 제목이 정말 『돌』인가요?" 내가 그렇다고 하니 그는 기뻐했다. 이로써 스스로 자기 기억력을 확신할 수 있었기 때문이다.

군중의 무리에서 떨어져 나와 비교적 인적이 드물고 조용한 범죄자들의 영토에서 그들 둘은 기운을 차렸다.

L이 들려준 노동 이야기는 만델슈탐이 쓴 마지막 편지의 다음 구절을 설명해주었다. "일하러 나가고 이것은 기분전환이 되오." 내 주변의 사람들은 모두 '임시수용소'에서는 강제노동을 시키지 않는다고 주장했기 때문에 나는 어떻게 된 것인지 전혀 이해할 수 없었던 것이다. L 덕분에 명확해졌다.

12월 초 발진티푸스가 번지기 시작했고 그때 L은 만델슈탐을 시야에서 놓쳐버렸다. 수용소 지휘부는 정력적인 수단을 취했다. 전염병에 걸린 자들 때문에 공간적 여유가 생긴 건물들로 죄수들을 몰아넣고 자물쇠를 채워 가두었다. 아침마다 건물 문은 열렸고, 감방 내 변기통을 바꾸고, 간호사들이 모든 사람의 체온을 확인했다. 이런 감옥의 예방법은 물론 아무 소용이 없었으며, 병마는 사람들을 계속 베어나갔다. 전염된 자들은 격리되었고, 이들에 대한 괴이한 소문이 떠돌았다. 격리에 관한 이야기들로 사람들은 서로 겁주었다. 살아서는 그곳을 나올 수 없다고 생각되었다.

3층으로 된 판자 침대에서 L은 두 번째 층을 차지하는 데 성공했다. 이것이 성공이라고 할 수 있는 이유는 1층은 끝없이 혼잡하고 3층은 견딜 수 없이 공기가 답답했기 때문이었다. 며칠 뒤 L은 오한을 느꼈다. 몸을 따뜻하게 하기 위해 그는 3층에 있는 자리와 바꾸자고 제안했고, 희망자는 많았다. 그러나 3층에서도 오한은 멈추지 않았다. 그래서 L은 자신이 발진티푸스에 걸렸다는 것을 깨닫게 되었다. 이곳에서 병을 참아내야 하며 격리되어서는 안 된다는 일념이 그를 사로잡았다. 그는 체온을 제대로 재지 않았고 몇 차례 간호사를 속였다. 체온은 높았고, 그러던 어느 날 그는 체온계를 제대로 털어내지 못해서 속임수가 들통나 격리병동으로 끌려갔다.

그가 도착하기 얼마 전 만델슈탐이 그곳에 있었다는 이야기를 들을 수 있었다. 역시 죄수였던 의사들이 만델슈탐을 잘 대해주었고, 그에게 반코트까지 구해주었다고 했다. 그곳에는 죽은 자들이 남긴 옷이 많이 있었다. 그곳에서 사람들은 파리처럼 죽어갔다. 이 무렵 만델슈탐은 옷이 몹시 필요했고, 입고 있던 가죽외투마저 설탕과 바꾸었다고 한다. 외투를 설탕 1.5킬로그램과 바꾸었지만, 그 자리에서 설탕은 도둑맞았다. L은 만델슈탐이 어디로 갔는지 물었지만 아무도 아는 사람이 없었다고 한다.

L은 의사들이 발진티푸스를 진단하기 전까지 격리병동에서 며칠 동안 지냈다. 그 후 그는 입원병동으로 보내졌다. 알고 보니 '프토라야 레치카'에는 제법 버젓한 입원병동이 있었다. 2층 건물에다 깨끗했다. 이 병원을 발진티푸스 환자들에게 내어준 것이다. 여기서 L은 몇 달 만에 처음으로 시트 위에 누웠으며, 병은 휴식과 달콤한 안락함으로 탈바꿈했다.

퇴원한 뒤 L은 만델슈탐이 죽었다는 소식을 접했다. 이것은 1938년 12월에서 1939년 4월 사이의 일이었다. 왜냐하면 1939년 4월 L은 이미 상설수용소로 보내졌기 때문이다. L은 만델슈탐의 죽음을 목격한 자들을 만나지 못했고, 단지 소문을 통해서만 모든 것에 관해 알게 되었다고 했다. L 자신은 정확한 사람이었지만, 그에게 정보를 제공한 자들은 어떤지 알 길이 없다. L의 이야기는 만델슈탐이 곧바로 죽었다는 카자르놉스키의 이야기를 긍정하는 듯했다. 그러나 나는 이로부터 또 하나의 결론을 얻었다. 입원 병원이 발진티푸스 환자들에게 할당되었다면 만델슈탐은 격리병동에서 사망할 수밖에 없었을 것이며, 죽음 직전에도 만델슈탐은 좋지는 않지만 그래도 수용소 내에서는 기적과도 같은 시트가 깔린 침대에서 쉴 수 없었다는 것이다.

나는 그 어디에도 문의할 수 없었고, 그 누구도 나와 이에 관해 이야기하지 않았다. 누가 심지어 시집도 아직 출판되지 못한 만델슈탐을 위해 그 무시무시한 사건들을 파헤치겠는가?

죽은 자들은 사후에라도 그들을 복권한 데 대해 또는 적어도 증거 불충분으로 그들의 사건을 종결시킨 데 대해 기뻐해야 한다. 우리나라에는 심지어 문의처도 두 종류가 존재하며, 만델슈탐은 당연히 두 번째에 속했다. 따라서 나는 내가 가진 빈약한 정보를 모두 모아 만델슈탐이 정말 언제 사망했는지 추정할 수밖에 없다. 지금까지도 나는 혼자 되뇌인다. 만델슈탐이 일찍 죽었을수록 낫다고. 더딘 죽음만큼 끔찍한 것도 없다. 우체국 직원에게 만델슈탐의 사망 소식을 듣고 내가 마음을 놓았을 때 만델슈탐은 어쩌면 아직 살아 있었고, 우리 모두 그를 죽은 이로 생각했을 때 그는 사실 콜르이마로 향해 가고 있었을지도 모른다는 생각을 하면 끔찍하다. 사망일은 확실치 않다. 그리고 나는 이제 그것을 확실하게 하기 위해 무언가 더 할 힘이 없다.

찾아보기

|ㄱ|

가르신 366

게르첸 164, 194, 265, 277, 278, 381, 433

게른슈테인 42, 315, 326, 444, 446

고골 255, 257, 401

고르부노프 176

고리키 36, 186, 199, 200, 251, 253, 539

구밀료프 32, 88, 186, 188, 253, 282, 323, 333, 355, 365, 391, 396, 435, 444, 447, 448, 455, 456, 588

구세프 261, 291, 292

그네디치 395

그론스키 261

글라드코프 203

기피우스 395, 418

긴즈부르그, 그리고리 234

긴즈부르그, 레오 234

|ㄴ|

나르부트 23, 78, 229, 455, 472

네스테로프 469

니쿨린 449, 451

닐렌데르 371

|ㄷ|

데르쟈빈 394

도브롤류보프 391, 497

도스토옙스키 380, 393

돌마톱스키 605

돔브롭스키 601, 606~608, 611

들리가치 78

디키 506, 508

|ㄹ|

라스콜리니코프 179, 180, 187~189

라코바 192

라콥스카야 314

라핀 391

라후티 89, 487

란드스베르그 440

랴슈코 272

레닌 186, 187

레르몬토프 367, 401

레오노프 106, 162, 363, 401

레쥬네프 399, 400

렐레비치 280

로모노소프 392

로미나드제 242, 291, 292

로제스트벤스키 275, 276
로지나-로진스키 391
로진스키 135, 492~496, 506, 509
루곱스코이 387, 388
루다코프 32, 128, 129, 217, 221, 234,
  441~446, 469, 470
루폴 216, 455
르이센코 503
린데 252
립시츠 357, 390, 393

| ㅁ |
마르굴리스 127, 128, 152, 370, 455,
  601
마르샤크 229, 509
마르첸코 231, 232
마르키슈 269
마야콥스키 60, 182, 204, 260, 375,
  393, 521, 525
마카베이스키 254
마콥스키 285, 395
메르쿨로프 601, 602, 611
메이 394
메이에르홀드 273, 467, 522, 588
모로조프 264
몰로토프 198, 263, 291, 507
뫼리케 377
미가이 234
미르바흐 174, 175, 178, 180
미호엘스 206, 483
밀라솁스키 556

| ㅂ |
바그리츠카야 61

바그리츠키 446
바기노프 445
바라트인스키 393, 394, 465
바르비에 277, 287, 396
바벨 25, 78, 493, 514, 515, 517, 588
바실리예프 424, 425
바흐 382
바흐탄고프 273
박스 557, 558
발몬트 391
발트루샤이티스 60
베드느이 57~60, 262
베레샤예프 431
베르댜예프 185, 236, 367, 397, 429~
  434, 436
베르멜 129
베르홉스키 254
베른슈테인, 세르게이 325, 448, 555
베른슈테인, 알렉산드르 325, 555
베리야 515
베즈이멘스키 155, 156, 520
벨르이 37, 120, 255~258, 381
벨린스키 497
보로댜옙스키 391
보론스키 188, 189, 228, 413
볼페 230, 505
부하린 50~53, 191~200, 229, 239,
  291, 412, 413, 608
불가코프 77
뷔르거 391
브로드스키, 다비드 23, 24, 26, 157
브로드스키, 이오시프 319, 532
브루니 150, 483, 512
브류소프 254, 376, 392, 395, 436, 477

브릭 280

브이고트스키 371

브이신스키 142, 521

블라고이 246

블록, 게오르기 189

블록, 알렉산드르 401, 409, 527, 532

블륨킨 173~181, 184

비나베르 53, 54, 160

비슈네베츠카야 62

비슈넵스키 294, 427, 450

| ㅅ |

사르기드쟌 72, 156

사빈 284

샤기냔 145, 345, 346, 483

샬라모프 603

세마슈코 550

세묘노프 89

세베랴닌 28

세이풀리나 56

셀빈스키 510

셰니에 396

셰르바코프 231, 232

셰르빈스키 515, 516

셰프킨 265

셴겔리 151

셸리 340

솁첸코 306, 536, 566

솔로구프 296

솔로비요프 381, 407

솔제니친 387, 464, 467, 540

쇼골레프 535, 542

쇼스타코비치 549, 550

숄로호프 507

수르코프 22, 59, 205, 227, 355, 387,
464, 468, 488, 562, 581, 588

슈바프 302, 303

슈클롭스카야 208, 256, 293, 294,
316, 482

슈클롭스키 74, 92, 144, 208, 271,
294, 316, 415, 450, 451, 483, 488,
501, 506, 515, 549, 551~553, 555~
559, 563, 573, 592

슈테인베르그 73

슈템펠 127, 295, 358, 447

슈펭글러 409, 410

스이르초프 291

스크랴빈 128, 259, 284, 286

스탈린 29, 36, 37, 59, 69, 70, 87,
95, 115, 121, 143, 148, 149, 156~
158, 191, 210, 229, 230, 238~
245, 260, 261, 263, 264, 337, 345,
356, 358, 361, 366, 371, 390, 399,
416, 427, 447, 466, 478, 481, 482,
489~491, 499, 501, 508, 511,
517, 519, 520, 529, 538~541,
548, 563, 578, 581, 586, 597, 604,
605, 608, 610, 613

스탑스키 219, 358, 361, 454, 468,
484, 487, 560, 562, 579~581,
504, 505, 507

스톨프네르 371

스파스키 507

슬루쳅스키 23, 394

슬루츠키 304, 325, 603

시나니 252

시모노프 447, 581

| ㅇ |

아르도프 41

아리오스토 328, 395, 410

아무신 367

아바쿰 106

아베르바흐 105, 269, 270, 280

아세예프 338, 488, 489, 490

아슈겐나지 493

아흐마토바 22~24, 32, 34, 35, 38, 40, 42~45, 47, 56, 60, 64, 72, 77, 79~90, 106, 123, 126, 130, 145, 167, 168, 199, 213, 230, 236~ 239, 251, 253, 262, 267, 277, 280, 282, 283, 306, 324, 329, 336, 340, 342, 363~365, 367, 375, 379, 388, 391, 412, 430, 444, 445, 456, 463, 464, 493, 504, 505, 508, 509, 525, 554, 587, 588

안넨스키 309, 394, 396

안데르손 300

안드레예프 560, 561, 563

안드로니코프 316, 504, 551

알트만 365

야고다 31, 136, 142, 143

야르호 90

야즈이코프 394

야쿨로프 548

야혼토바 68

야혼토프 155, 203, 204, 219, 337, 366, 367, 471, 472

에렌부르그, 류바 507

에렌부르그, 일리야 52, 56, 182, 196, 239, 264, 304, 450, 493, 588, 599~ 601

에르드만 514, 522~525

에이젠슈테인 407

에이헨바움 443

에프로스 543

엑스테르 182

엘스베르그 73

예누키드제 56, 498

예세닌 525

예스페르센 531

예조프 54, 128, 137, 145, 219, 263, 290, 379, 398, 402, 481, 515, 517, 520, 521, 539, 540, 542, 543, 592

오를로프 325, 590

오샤닌 246

오추프 187

우리츠키 572

우소바 74, 575, 577, 578

우소프 90, 574, 575, 576

유디나 234, 362

이바노프, 게오르기 174, 176, 178, 179, 365, 396

이바노프, 뱌체슬라프 253, 268, 390, 429

일린 220

일프 522

자돈스키 217

| ㅈ |

제르진스키 178~180, 185, 196, 197

젠케비치 87~89, 152, 203

조셴코 45, 151, 453, 508, 597

주콥스키 129, 394

지르문스키 74, 494

| ㅊ |

차다에프 397, 407, 413, 414, 418
차렌츠 308
체차놉스키 261, 370, 371
체틀린 195
쵸르느이, 사샤 28
추콥스키, 니콜라이(콜랴) 384
추콥스키, 코르네이 384, 393
츠베타예바 230, 441
치체린 177

| ㅋ |

카메네프 257
카베린 272, 493, 566, 567
카블루코프 284, 447
카자르놉스키 238, 298, 593~602, 610, 620
카진 520
카찰로프 524
카타니얀 237
카타예프 287, 450~454, 483, 515, 559, 592
칼레츠키 217, 221, 443, 444
케렌스키 252
코나르 173
코녭스키 391
코르닐로프 508
코르트이료프 401
코마롭스키 391
코스트이료프 219, 352, 358, 359, 361, 454, 457, 458, 462, 469~471
코시오르 481, 523
코체토프 230
콜초프 322, 327

쿠다셰바 598
쿠마치-레베제프 549
쿠진 38, 121, 127~129, 135, 150, 263, 364, 370, 377, 378
크레스토바 217
클롭슈토크 396
클류예프 593
클류쳅스키 398
클르이치코프 228, 330, 424, 425, 455
키로프 192
키르사노프 254, 261

| ㅌ |

타게르 116
타라센코프 148, 280
타소 395
타이로프 273
토마셉스키 566
톨스토이, 레프 393, 451, 455
톨스토이, 알렉세이 21, 36, 51, 129, 156, 507, 567
튯체프 393, 465
트로츠키 176, 177
트바르돕스키 447
트이냐노프 443, 453, 495, 566
트이슐레르 362, 428
티호노프 384~388, 493, 507, 531

| ㅍ |

파데예프 203, 249, 250, 427, 507, 559~564, 592
파블렌코 145, 146, 386, 551
파스테르나크 57~59, 87, 144, 183, 219, 237, 239~248, 250~253,

257, 258, 262, 265, 267, 308, 309,
329, 345, 358, 375, 390, 409, 428,
430, 447, 465, 482, 510, 550
퍄스트 30, 37, 47, 48, 533
페댜 127, 129, 175, 295
페딘 338, 493, 531
페슈코바 53, 57
페트 393~395
페트라르카 30, 395
포드보이스키 517
포스투팔스키 61
폴레쟈에프 394
폴론스키 23, 394
폴리바노프 364
푸닌 21, 22, 366, 504, 508

푸르마노프 39
푸슈킨 65, 97, 119, 204, 324, 340,
393, 401, 510, 566
프로코피예프 590
프리슈빈 315
플로렌스키 381
피사레프 232
필냐크 192

| ㅎ |
하르드지예프 364, 389, 445, 446,
556
한친 128, 370
흐루시초프 427, 587, 501
흘레브니코프 27, 75, 556, 566

지은이 나데쥬다 야코블레브나 만델슈탐

나데쥬다 야코블레브나 만델슈탐(Nadezhda Yakovlevna Mandelstam, 1899~1980)은
러시아 사라토프의 유대계 중산층 가정에서 태어났다. 유년기에는 부모와 함께
독일 · 프랑스 · 스위스 등을 오가며 지냈고, 키예프에 있는 사립중학교를 졸업한 후
당시 키예프의 대표적 아방가르드 화가였던 A. 엑스테르의 스튜디오에서 회화를
공부한다. 1919년 시인 오십 만델슈탐을 만난 뒤 1938년 5월 1일 그가 마지막으로
체포될 때까지 함께 산다. 20세기 초 러시아의 대표적인 모더니스트였던 오십 만델슈탐은
1934년 스탈린을 풍자한 시로 체포당해 보로네슈에서 아내와 함께 3년간의 유형을
마치고 모스크바로 돌아왔지만, 1938년 다시 체포당해 블라디보스토크 부근의
임시수용소에서 목숨을 잃었다. 나제쥬다는 남편의 사후 체포를 피해 계속 거처를
옮겨 다니면서 공장 노동자 · 학교 교사 · 번역 등을 하며 생계를 이어가다가, 1958년
비로소 모스크바에 돌아갈 수 있는 공식 허가를 받은 뒤부터 남편의 복권과 시집
출판을 위해 힘썼다. 1979년 오십 만델슈탐의 작품 원고를 미국의 프린스턴 대학에
기증하고, 1980년 모스크바에 있는 자신의 아파트에서 81세의 나이로 숨진다.
나데쥬다 만델슈탐은 남편의 작품을 필사해 지인들에게 계속 나누어주는 방식으로
'인민의 적'의 미발표 원고들이 사라지는 것을 막았고, 모든 원고가 압수당할 경우를
대비해 작품의 대부분을 끊임없이 암기했다고 한다. 뿐만 아니라 나데쥬다는 남편의
생애와 창작에 관한 두 편의 회고록을 1960년대부터 1970대 초까지 장장 10년여에 걸쳐
집필했다. 러시아에서는 오랫동안 출판되지 못한 채 필사본 형태로 읽혔다. 반면
서구에서는 1970년대 초 영문판과 러시아판이 동시에 출판되어 커다란 반향을
불러일으켜, 이때부터 시인 만델슈탐에 대한 재조명이 본격적으로 이루어졌다.
그녀의 회고록은 만델슈탐의 작품을 연구하는 데 중요한 참고문헌이자 대규모 숙청이
자행된 스탈린 시대에 관한 생생한 기록이다. 그런가 하면 러시아 출신 노벨문학상
수상자인 이오시프 브로드스키는 그녀의 『회상』을 "20세기 가장 위대한 작품 중 하나"라고
일컬었을 정도로, 이 작품은 많은 작가와 문학연구가로부터 높이 평가받고 있다.

옮긴이 홍지인

홍지인(洪智仁)은 고려대학교 노어노문학과를 졸업하고 같은 대학
대학원에서 「만델슈탐의 시에 나타난 도시의 상징」으로 박사학위를 받았다.
지금은 고려대학교 노어노문학과에 출강하고 있으며, 역서로는 한길사에서 펴낸
나데쥬다 만델슈탐의 『회상』을 비롯하여, 도스토옙스키의 『약한 마음』,
V. N. 토포로프 외의 『시간과 공간의 기호학』(공역) 등이 있고,
논문으로는 「만델슈탐의 「눈 속의 장미」에 나타난 메타시적 층위」
「만델슈탐 시에 나타난 모스크바의 이미지」 등이 있다.

한국학술진흥재단 학술명저번역총서

서양편 ● 61 ●

'한국학술진흥재단 학술명저번역총서'는
우리 시대 기초학문의 부흥을 위해
한국학술진흥재단과 한길사가 공동으로 펼치는
서양고전 번역간행사업입니다.

회상

지은이 · 나데쥬다 만델슈탐
옮긴이 · 홍지인
펴낸이 · 김언호
펴낸곳 · (주)도서출판 한길사
등록 · 1976년 12월 24일 제74호
주소 · 413-756 경기도 파주시 교하읍 문발리 520-11
www.hangilsa.co.kr
E-mail: hangilsa@hangilsa.co.kr
전화 · 031-955-2000~3
팩스 · 031-955-2005

상무이사 · 박관순
영업이사 · 곽명호
편집 · 배경진 서상미 신민희 홍혜빈 장혜령 백은숙
전산 · 한향림 노승우
마케팅 및 제작 · 이경호 이연실
관리 · 이중환 문주상 장비연 김선희

출력 · 지에스테크 | 인쇄 · 현문인쇄 | 제본 · 경일제책

제1판 제1쇄 2009년 8월 30일

값 35,000원
ISBN 978-89-356-6106-0 94890
ISBN 978-89-356-5291-4 (세트)
* 잘못 만들어진 책은 구입하신 서점에서 바꿔드립니다.